历史的诗性守望

吴秀明历史小说研究自选集

吴秀明 著

ZHEJIANG UNIVERSITY PRESS 浙江大学出版社

自　序

　　"历史小说是一部蕴含丰富的跨世纪文化启示录,它呈现了转型时期中国丰赡复杂的思想艺术特征;同时在发展过程中,又不失时机地对'再造中华文明'做出了自己独特的贡献。"这段写于 20 世纪末,并在后来被编辑当作拙著《中国当代长篇历史小说的文化阐释》(文化艺术出版社 2007 年版)封面提示语所作的概括,虽然今天情势发生了很大变化,但我秉持的历史、小说与历史小说的观点仍基本依其旧。某种意义上,这也可视作我历史小说研究的基点。

　　当然,这是一种宏观、总体的认知,落实到具体实践活动中,则大致经历了由"作家作品批评"到"形态理论探讨"再到"整体系统评判"这样三个阶段。对此,笔者在一次讲演时曾作过梳理[1],为避免重复,这里就不再赘述。那种将历史小说创作或研究视为"反现代性"或"非现代性",然后纳入鄙视链中加以贬抑的观点,不仅是一种偏见,而且也是一种狭隘和肤浅。它的问题,借用卡林内斯库的话来说,主要就是:在重构现代性的历史过程中,将"那些对立面之间无穷无尽的平行对应关系——新/旧,更新/革新,模仿/创造,连续/断裂,进化/革命"等"相互阐明"关系[2],简单地对立起来,没有看到历史小说虽然写的是过往的历史,但却与当下正在行进中的现实具有难以切割的精神联系,"现代性有时还会依靠最远古的思想模式来战胜最新的或较新的思想模式"[3]。尤其是在新时期以降的最近几十年,我们往往将现代性中的"民族性"抽去,变

---

① 参见本书附录一:《如何"历史"? 怎样"小说"——谈谈我的历史小说研究,兼及治学相关问题与方法》。

② [美]马泰·卡林内斯库:《现代性的五副面孔》序言,顾爱彬等译,商务印书馆 2002 年版。

③ [法]伊夫·瓦岱:《文学与现代性》,田庆生译,北京大学出版社 2001 年版,第 25 页。

成了"西方性"的单声话语（这也就将"现代性等同于西方性"）。在这样的情况下，历史小说对传统文化与民族根性进行的创化工作，其意义就不言而喻了，它可"使由于现代性而产生的文明取得平衡或再平衡，使在追求现代性的'失去'（被抹杀、被遗忘）的前现代的知识、智慧以及生活方式取得平衡或再平衡"①。

这也许就是笔者从1981年的《虚构应当尊重历史——关于历史小说真实性问题探讨》到2007年的《女性主义视域下的凌力历史小说创作——兼谈当前女性主义历史小说》，在这二十多年间，尚能持续地从事历史小说研究的主要缘由所在。因为在这里，我不仅品味、领悟到小说艺术那种普遍共性之美，而且还可进而从这些貌似远遁现实的钩沉索引背后找到与今相通的东西，且沉潜蕴藉，获得了一种通古鉴今的智慧，产生绵延不绝的遐思。而这，往往是现实题材小说所没有的。当然，它也由此培养了我"瞻前顾后"的致思理念和"问学于文史之间"的学术取向。②

不过，从现代性角度为历史小说正名，并不意味着它已臻佳境，没有缺失和迷误。事实上，由于当代历史小说第一次高潮产生于20世纪80年代初，像姚雪垠、端木蕻良、任光椿、徐兴业、蒋和森等老辈或年长作家创作的《李自成》《曹雪芹》《戊戌喋血记》《金瓯缺》《风萧萧》等，尽管它们的思想艺术与同期现实题材小说相比，似乎高出一筹，普遍显得较为沉稳和成熟（这与历史小说作家的生活和史料积累有关，也与他们在创作上的较早"酝酿"和"动笔"有关），但由于诸多原因，这些作品在历史观、真实观、价值观、艺术观等方面也存在不少问题，尤其是描写农民起义的作品更是如此。90年代以后，凌力、顾汶光、刘斯奋、唐浩明、二月河、熊召政等中年作家的《少年天子》《大渡魂》《白门柳》《曾国藩》《雍正皇帝》《张居正》等，在用文化、诗性和大众范式取代原来的阶级和民族斗争范式，掀起颇具影响的当代历史小说第二次高潮的同时，也在如何处理古今中西、文史雅俗等关系方面，留下了不少可资探讨的空间。至于与之几乎同时或前后出现，量大面广，而在路向与理念上存在颇多差异的革命历史小说以及新历史小说和新故事新编，它们在对上述两种历史小说进行超越时又

---

① ［法］蒂洛·夏伯特：《现代性与历史》，姜其煌等译，《第欧根尼》1985年第1期。
② 参见本书附录二：《问学于文史之间——吴秀明教授访谈录》。

面临新的困境,产生了新的问题。特别是新历史小说和新故事新编,它们那带有先锋品格的颠覆性写作,因过于执迷于后现代烙上了浓厚的历史虚无感和颓废色彩。

凡此这些,笔者在研究过程中,根据自己的认知,在对它们给予积极肯定的同时,也都曾率直地表达了自己的批评意见,包括姚雪垠、任光椿、徐兴业等在当时颇为炙热的名家及他们的名作,有时批评还不无尖锐,如:《李自成》的"现代化问题"、《曾国藩》的"重史轻诗"、《雍正皇帝》的"俗化倾向"、革命历史小说的"内化不足"、新历史小说和新故事新编的"主观随意"等。当代文学研究不同于偏向"知识考古"的古代文学甚至不同于现代文学,它往往通过充满"人文性"的现场批评来表现对现实的关怀。因此,能否洞察作品存在的问题与不足,就成为其研究的应有之义。这也可以说是包括历史小说在内的当代文学历史化的第一道环节,是文学史"遴选"或"压抑"机制的一个具体表征吧。当然,这里所说的批评不是故作惊人之语,它是与人为善,可以讨论的。从性质上讲,它大概属于"建设性的批评"。如此,对推进文学更有意义,哪怕批评很尖锐,它也不会对批评对象进行"棒杀"。应该说,这样的"棒杀"在近些年来的历史小说研究中是存在的。

克罗齐有一个观点,就是要把"编年史"与"历史"区分开来。他说:"历史是活的历史,编年史是死的历史;历史是当代史,编年史是过去史;历史主要是思想行动,编年史主要是意志行动。一切历史当它不再被思考,而只是用抽象词语记录,就变成了编年史,尽管那些词语曾经是具体的和富有表现力的。"①历史小说中的"历史"无疑属于后者。套用童庆炳三个"历史",即历史 1(历史本真)、历史 2(历史文献)、历史 3(历史想象)的说法,历史小说中的"历史"不妨可称作历史 3。它与历史本真、历史文献有关,但又融入了很多虚幻的东西,加入了作家个人的艺术虚构与想象。②要言之,历史小说是作家按照自己的历史认知和审美理想对题材对象所作的一种合历史、合目的、合情合理的创造,是作家主体与历史客体超时空互动对话的一个产物,从本质上讲属于"当代史"的范畴。所以,在研究时有必要对之采用"历史"与"现实"双重观照的方

① [意]贝内德托·克罗齐:《历史学的理论与历史》,田时纲译,中国社会科学出版社 2005年版,第 11 页。

② 童庆炳等:《历史题材文学创作重大问题研究》前言,经济科学出版社 2011 年版。

法。就像对《李自成》《曾国藩》等第一、二两次历史小说高潮作品的评价,固然不能脱离粉碎"四人帮"初拨乱反正和20世纪90年代民族传统文化复兴的大背景,但同时更要体现今天在螺旋式阶梯上人们思想认知所达到的高度。只有这样,才能避免"棒杀"或"捧杀",对其作出较为客观的评价。在这个意义上,历史小说研究与现实题材小说乃至整体的当代文学研究,并无二致,它们都是对当下文学文化的一种言说。这里关键不是研究对象是"历史题材"还是"现实题材",而是将其纳入怎样的精神文化和义理体系中进行阐释;它也不是简单返回历史现场作还原或考古式的考察,更为关键的是"有学问做底子,有理论做骨骼"(胡适语),在历史对象化的过程中其赋予温煦的人文关怀,使历史与小说交相辉映。

新时期以来,历史小说与其所在的当代文学一样,变化实在太快,在这不算太长的时间内,奇妙地聚集起老中青三代作家,融汇了现实主义、现代主义、后现代主义三种主义,而成为当代文学的重镇;有时候,它甚至代表了当时文学的最高成就及水平(这种情况在当代历史小说第一次高潮中尤为突出,客观地讲,是与"文革"结束初期整体文坛乍暖还寒、尚处在低水平徘徊的特定环境有关)。在这一文学重镇中,各代作家和各种主义各领风骚,各呈个性,同时彼此之间又相互碰撞、相互激发、相互建构。当然,历史小说既姓"文"("小说"),又与"史"具有密切关联,它的这一独特的文体属性,也对我们研究者的知识学养尤其是史学学养提出了挑战。或许与此有关,有人早就发出"作小说难,作历史小说尤难,作历史小说而欲不失历史之真相尤难"[1]之类的感叹。的确,相比于"现实题材",历史小说创作与研究自有一定的难度,在一般的情况下,它也往往难以做大,成为时代文学文化的"主旋律"或"主餐"。但正因"尤难",我们就更要给予重视。遗憾的是,21世纪以来,历史小说曾经有过的盛况不说完全消失,起码日趋冷寂,呈现出疲软不振状态,包括创作,也包括评论和研究。借此机会,笔者不揣冒昧地呼吁业内同行给予其关注和重视,共同做好这篇"文体之难"的文章。不管怎样,无论如何,只有"现实题材"而没有"历史题材",或"现实题材"强劲而"历史题材"薄弱,是有问题的,它都会对文坛、学界的整体平衡和协调发展产生影响。所以,有必要将其提到"战略"高度加以认

---

① 　魏绍昌:《吴趼人研究资料》,上海古籍出版社1980年版。

识。这也就是笔者之所以不避浅陋，编选这本自选集的一个初衷吧。我希望通过自己这些浅鄙的文字，为如何重振历史小说、破解这一历史性"难题"，提供某些参酌。

本书分上、下两编，共收文章 37 篇，这些文章是从笔者 100 多篇历史小说研究文章中遴选出来的，曾发表于 20 世纪 80 年代到 21 世纪第一个十年的《文学评论》《文艺研究》《文艺理论与批评》《文艺理论研究》《浙江大学学报》《文艺报》等报纸杂志。上编"现象与问题探讨"，主要从现代性、真实性、本体形态、文体限度、历史重写，以及传统历史小说、抗战文学、领袖传记文学、新历史小说、新故事新编的历史发展、存在状况和相关理论实践等方面，对之作带有专题性质的深入考察。下编"作家与作品解读"，则选择具有代表性也是影响较大的 15 位作家（包括已故老作家巴人和中国台湾作家高阳）有关农民起义、民族冲突、宫闱斗争、焚书坑儒、维新变法、商贾之战、家族恩怨等题材内容，分别从思、史、诗等不同角度进行文本解读。此外，还在全书最后，附上与历史小说研究有关的讲演、访谈及会议综述。

有必要说明两点：（一）笔者在 2018 年出版的一本"学术论文自选集"①，曾收录 12 篇历史小说文章。为避免重复，这里仅收录其中的 3 篇文章。不过就内容而言，其他未被收录的 9 篇文章，也同样重要，它们与本书所选 34 篇合在一起，较为完整地反映了笔者对历史小说的想法。（二）为体现新时期以来批评研究频变不断的客观事实，方便大家比较，本书有意在若干相同或相近话题或点上选择两篇文章，如上编谈真实性问题，收录《虚构应当尊重历史——关于历史小说真实性问题探讨》《关于历史文学的虚构自由与限度问题》；下编论凌力创作，选编《〈少年天子〉的史与诗》《女性主义视域下的凌力历史小说创作——兼谈当前女性主义历史小说》。将它们放在一起，可以看出：具有历史质感和实感的历史小说也不是恒定的，而是在时代巨手的推演下，呈现出了动态变化的特征。

"历史—小说—历史小说"（或"历史—文学—历史文学"），这几个耳熟能详的概念看似容易，如何将其联系起来，探寻如何"历史"，怎样"小说"（或如何

---

① 吴秀明：《重返文学的"历史现场"——吴秀明学术论文自选集》，浙江大学出版社 2018年版。

"历史",怎样"文学"),寻找彼此之间的异同关系及其内在逻辑关联？再进一步,如何发掘被忽视或遮蔽了的"历史"潜能(这种"历史"潜能往往被有的人视为文学的"负值"),通过文史对话这一特殊的创造机制开发出历史小说的新格局、新气象,并在哲学和美学上给予阐释,并不是那么容易的事。在这方面,从黑格尔、别林斯基、卢卡契到鲁迅、郭沫若、茅盾、吴晗、翦伯赞、何其芳等中外学者都作过探索,为我们留下了不少学术资源。但这远远不够,我们需要根据时代变化和实际情况,及时进行充实和调整。在这里,历史小说作为一种亚文体,看似比较简单,但真正深入其"本体",情况相当复杂,涉及的问题也不少:如历史本体与历史本质、历史真实与现代意识、历史感与当代性、客观性与主观性、帝王将相的历史评价、农民起义的功过是非;怎样看待阶级斗争与民族斗争、人民性与民主性精华、学术追求与伦理规约;如何辨析大历史与小历史、唯物史观与"技术角度"即技术理性(黄仁宇)、循守妙肖自然原则与"艺术所必有的反历史主义"(黑格尔),以及历史翻案与艺术创造、经验纪实与超验写作、虚构的自由与限度、影射与现代化、整体与碎片、偶然与必然、宏观与微观等等,谓之"一个系统工程"亦不为过。上述这些,有的笔者曾作过浅尝辄止的探索,有的稍有涉及,也有的则尚付阙如。而就当代学界来讲,在 20 世纪 60 年代历史剧问题讨论和 20 世纪八九十年代二次历史小说高潮评论研究时,曾广泛地旁及一些,尤其是茅盾先生在 60 年代初,还结合当时创作实践,在《文学评论》上发表带有总结性的 9 万字长文《关于历史和历史剧》。① 不过坦率地讲,真正自觉地将它提到"本体"建构的高度,进行全面、深入和系统探讨的,还很不够。可见,历史小说创作及研究虽取得了引人注目的突出成就,但仍有较大的拓展空间。

忘记了是谁说的,编选自己的旧作是需要勇气的。最近一段时间的编选,笔者对此倍有所感。翻检当年拉杂写下来的这些文字,我在惊异于它们均出于自己之手,陡生一种世事沧桑感的同时,又仿佛"穿越"弥漫着浓重世俗功利气息的当下,回到了曾经经历的相对单纯贫乏但却颇具诗意和弹性的大学校园,回到了各种思潮主义和观念方法迭出、频变的那个年代。也正是这些迭出、频变的"思潮主义和观念方法",它们逐渐引发了笔者在研究过程中对原先

---

① 茅盾:《关于历史和历史剧》,《文学评论》1961 年第 5、6 期。

信奉的本质论、动力说和虚实观的不满，而向皮亚杰的发生认识论、弗洛伊德的泛性论、萨特的存在主义以及文化学、阐释学、接受美学、"新三论"（系统论、信息论、控制论）等寻找借鉴，以丰富和充实自己。我庆幸赶上了一个好时代，是时代精神气候的浸溉和影响，使我较早地将探究的目光投向长期被边缘甚至被打入另册的历史小说，感知到它深沉蕴藉的魅力及其对"再造中华文明"和现代性所作的贡献。当然，不必讳言，由于功力和学养所限，我也深知自己这些研究尤其是"建构性研究"尚不成熟，存在着不少生硬之处。在观念与方法上，更偏重于经典和经验的历史现实主义一脉，对非经典和非经验的历史现代主义及后现代主义，缺少关注，功底也显得薄弱。这可能与自己"50 后"的出身及研究时所处的 20 世纪八九十年代历史语境有关。

　　前不久，读到钱理群在 20 世纪 90 年代末给赵园的《艰难的选择》重版作序中所讲的一段话，深有感触。他援引赵园对 80 年代"演讲风"的反思：赵"怀疑自己被讲台所操纵"，将演讲"变成了表演"，遂主动"由 80 年代的氛围中脱出，与某些联系脱榫，回到更宜于我的'独处'与'自语'的状态"；但在脱出"演讲风"之后，她又对这种日复一日的"学术被制作"的"职业化"感到恐惧。钱理群认为，这种恐惧"出现于'学院派学术'成为 90 年代的学术潮流时，实在意义重大"①。钱理群所说的赵园对"演讲风"和"职业化"的深刻反省，涵义相当丰富复杂，在一定意义上，击中了当下学术体制及其生产的"时代之痛"，是带有普遍性的。也许学术研究就存在于"现实性"与"超越性"二者张力之间，它是一个永恒的悖论。我们所能做的，就是在反思和盘点的基础上，竭力给予协调融通，找到彼此的平衡点，并与研究者的学术个性结合起来，就像司马迁所说的"究天人之际，通古今之变，成一家之言"。

　　历史小说作为一种言说历史的艺术方式，当然应该而且需要多样化，故各种主义都有驰骋的空间，不必一刀切，搞舆论一律。但多样性只是一个方面而不是全部，诚如列宁所说，即使是本质，它也可分"初级的本质到二级的本质"的许多层次。② 正因此，我们有必要倡导与"再造中华文明"相适的高层次和大境界的精品力作，尤其是对于有高远追求的作者。用"一切真历史都是当代

---

① 钱理群：《回顾八十年代——赵园〈艰难的选择〉重版序》，钱理群《拒绝遗忘：钱理群文选》，中国大百科全书出版社 2009 年版，第 453 页。
② 《列宁全集》（第 38 卷），人民出版社 1959 年版，第 278 页。

史"一句话,把历史真实悬置、实则加以虚无或虚妄,无论如何,是说不过去的,也有违克罗齐的本意。至于像后现代那样,因对封闭僵硬的历史本质说不满,不加规约地提出"文本之外无历史",将其思考停留在"历史即文本"或"历史即玻璃"(仅仅当作用来观照历史的一面玻璃,即"玻璃说"),而拒绝承认历史有超逸"文本"或"玻璃"的"历史本体"存在的历史虚无的观点,将历史主观性绝对化,更有必要值得警惕。① 说实在的,如果历史真像后现代所说那样只存在于"文本",或只是一面"玻璃",那它还有什么客观性、质定性可言? 我们又何必"深入历史",耗费心力去伪存真呢? 结论当然是否定的。难道两次世界大战、日本侵华战争、南京大屠杀是无关乎"历史本真"存在的"文本"或"玻璃"吗? 顺便指出,后现代这样一种全然否定历史客观性的观点,在当下仍有一定的市场,这是需要引起注意的。

总之,在历史小说问题上,我还是信奉黑格尔经常被人引用的如下两句名言:"我们固然应该要求大体上的正确,但是不应剥夺艺术家徘徊于虚构与真实之间的权利","对纯然历史性的精确,在艺术作品中只能算是次要的部分,它应该服从一种既真实而对现代文化来说又是意义还未过去的内容(意蕴)"。② 这虽然很难,但因重要和有意义,有必要值得我们不懈地为之努力。

这就是我对历史小说的理解,或者说,对如何"历史"、怎样"小说"的理解,是这个选本想要表述的主要意思。敬希同行专家学者和广大读者批评指正。

---

① 有关"历史玻璃说"的分析,可参见吴秀明:《当代文学研究"历史化"需要正视的八个问题》,《学术月刊》2021 年第 1 期。

② [德]黑格尔:《美学》(第 1 卷),朱光潜译,商务印书馆 1979 年版,第 345、343 页。

目　录

上编　现象与问题探讨

下编　作家与作品解读

上编　现象与问题探讨

论世纪之交历史小说的现代性进程

　　作为 20 世纪八九十年代中国当代文学的重镇,历史小说本身就是一部蕴含丰富的跨世纪文化启示录。一方面,随着中国社会由传统向现代转型步履的加快,历史小说在价值取向、思维观念和艺术审美等方面都发生了深刻的嬗变,日益鲜明地呈现出现代性的特征;另一方面,作为中国传统文化最深沉固执的表现和与之具有特殊精神连接的"这一个"文类,历史小说在现代性展现过程中又不失时机地对"再造中华文明"做出了自己的回应,顽强地搏动着本民族的节律。历史小说创作的这一状况,是派生它现代性特别丰赡也特别复杂的缘由。同时,也启迪我们对其现代性的评价研究不能简单极端地与西方化划等号,而应该融入民族性的丰富内涵。

　　何为现代性? 这是一个充满歧义的概念。但一般中外学者都将它解释为"代表我们这个历史时代特色的一种'文明的形式',一种'精神状态'"①,或"促使社会不断走向科学、进步的一种理性精神、启蒙精神,一种高度发展的科学精神与人文精神"。② 我们这里所说的历史小说现代性,大体也作如是观。它主要指的是作家创造主体(包括价值观、思维观和艺术观)在世纪之交现代化历史进程的冲击影响下,业已经历或正在经历的从传统向现代的深刻嬗变,并最后通过文本创作得到具体实现。从这个意义上讲,历史小说所谓的现代性,是作家现代性思想观念激活题材对象固有现代性蕴含的结果,是主客之间在时代精神氤氲下彼此融会的产物。

　　本文主要就真实形态和文体形式的层次角度,探讨世纪之交历史小说的

---

① ［美］阿历克斯·英格尔斯:《人的现代化》,殷陆君编译,四川人民出版社 1985 年版,第 18 页。

② 钱中文:《文学理论现代性问题》,《文学评论》1999 年第 2 期。

现代性进程,借以为即将到来的 21 世纪在这方面更加理想的构建提供有益的借鉴。需要指出,中国的历史小说通常是指以一定历史真实为基础加工创造而成的一类作品,它与历史真实具有"异质同构"的特殊关系。最近一些年来,在新的文学观、史学观特别是在西方"新历史主义"的浸渗影响下,时人开始把文本叙述只有"虚"的历史形态而无"实"的历史依据的虚构性作品也包括进来,并冠之以"新历史小说"名称,这就使原本比较复杂的问题愈显复杂。本文为了避免歧义和论述方便,分别在不同场合使用不同的概念,并将它们连同"革命历史小说"一起归属到"历史小说"的整体概念上来。这也表明本文探讨的已溢出了传统的历史小说范畴,属于广义的"历史小说"。

一

20 世纪 70 年代中国文化的重要使命是拨乱反正,恢复历史本真。与整个精神思想领域变革的进程相联系,真实形态上的现实主义还原与文体形式上的史诗构建,就成了七八十年代之交当代中国历史小说的两大显著艺术特征。对历史真实的执着追求、对鸿篇巨制的倾心向往一直是这一阶段最普泛的创作意向。刚从是非颠倒的"文革"中走出来的人们,对"知真伪"有一种近乎本能的特殊敏感,他们首先祈望在小说中正本清源,恢复和重建真实的观念。那时候,大家谈论最多的话题就是"还历史以本来面目",使用频率最高的术语就是"历史真实与艺术真实的统一",对真实性尤其是历史真实性的追求被提到了历史小说创作的突出重要的地位,还原式的历史化叙事自然而然地被奉为"正宗"乃至最好的叙述方式。无论是文坛宿将肖军、姚雪垠、端木蕻良,还是后起新秀凌力、冯骥才、顾汶光,他们的叙事个性和风格虽有所不同,但在"忠实历史"这点上却都有着惊人的相似或一致之处,颇具浪漫传奇特色的杨书案也不例外。特别是徐兴业、蒋和森、鲍昌等一些精通文史的学者型作家,更是将这方面描写推向极致,甚至连诸如银子和制钱的比价变化、皇帝案头上放些什么器物、京城戒严由哪个衙门出布告等一类细枝末节也爬罗剔抉,悉按史载。这是典型的现实主义真实观。所以,难怪此时期创作的作品"史"的含量很高,内中人、事描写经得起"史"的检验,以至重"史"轻"诗",将"忠于历史真实"与否当作品评历史小说的最高标准。这种情况与当时社会上倡导的解放思想、实事求是的思想潮流是十分吻合的,它也反映了作者很强的理性自信心,即认为历史真实不但可以确认,而且通过理性之光的烛照可以确凿无误地进行还原。他们自信掌握着过去历史的所有密码,是以往历史的知情者;还原历史、演绎历史的激情使他们超然于今天并不存在的想象性的历史,而把自我视为无所不能、无往而不胜的"上帝",视为历史和现实最可信赖的忠实的代言人。

不仅如此,由于主体理性和激情的高扬,加上政治历史反思创作心理的驱动和传统美学观的影响,作家们在进行历史还原叙述时,都不约而同地把目光投向有关阶级斗争、民族斗争的大历史:如陈胜、吴广、黄巢、李自成、洪秀全等农民起义,郑成功、戚继光、义和团等抗御运动。他们不仅选择大历史的题材内容,而且采用大历史的文体形式进行写作,往往一部作品写的就是一个时代、社会的整体、全貌和全过程。这就造成了 20 世纪七八十年代之交历史小说领域史诗空前发达的盛况,大多数的作品都是多卷本、巨构型、全景式、大容量的。它们充分发挥长篇小说囊括整个时代、包罗广阔无垠社会生活的优势,用无所不知的第三人称全知视角和多种多样的表现手法,在时间的纵轴和空间的关系上给历史主义写作提供了足以驰骋的广阔天地。据笔者不完全统计,在 1977—1982 年间出版的 20 部左右历史长篇小说中,仅多卷本的就有姚雪垠的《李自成》、徐兴业的《金瓯缺》、凌力的《星星草》、杨书案的《九月菊》、蒋和森的《风萧萧》、鲍昌的《庚子风云》、顾汶光的《天国恨》、李晴的《天国兴亡录》等 15 部之多,声言要写三、五卷最终只写了一、二卷的也不在少数。在这方面,最突出的要数《李自成》,它以皇皇五大卷、三百万言的惊人篇幅,全面地再现了三百年前明末清初那场天崩地解的农民运动,仿佛把业已逝去的当时包括政治、经济、军事、地域、民俗等在内的整个"现实关系"重新拷贝。像 20 世纪 90 年代那样采用小长篇主要是短中篇体式的,在七八十年代是很少见的,多数作家甚至不愿写。可以这样说吧,历史真实与史诗形式,或者说"历史真实＋史诗形式",这不仅是构成 20 世纪七八十年代历史小说现代性走向的两大基本存在,同时也成为衡量其价值标准的主要依据。

作为一个过程或实践形式,"历史还原"显示了一代作家对长期以来历史题材领域中"反历史主义"流弊的痛疾之情,这里的意义自不待言。因为历史曾一度成为政治意识形态的简单比附,"客观性"被政治需要所取代。在此情况下,这些历史小说普遍运用"历史还原"的叙述,这对于清除历史躯体上的斑斑污迹,为我们解除极左政治的压力,整肃创作环境,促使叙事从政治化、准政治化向历史化转换,无疑具有重要的历史意义和现实意义。历史小说创作当然不是简单的返古求真,它的主要目标不在此;但无论如何,求真毕竟是它创作的基点和不可或缺的一个重要环节,只有立足于"真实"两字,作家才能腾挪跌宕地展开艺术创造,将历史审美对象化为富有意味的"第二自然"。而历史,作为一种本体存在,它是有客观性、质定性的,并不因后人的贬褒臧否而改变自身;更何况这一时期描写的从秦末农民起义到晚近的辛亥革命,从秦始皇造万里长城到康、梁、谭的戊戌变法等重大历史,都曾被有所"改造",有的甚至被篡改得面目全非。因此,广大作家将他们的良知和社会责任化为了对既往历史刊谬纠偏式的真实还原,就显得十分必要和必然。我们应该看到,在当时政治化色彩颇浓、思想观念还相当封闭的环境中,要进行这样的历史还原是很不容易的,还有不少主客观方面的因素限制着作家。但唯其如此,它才难能可贵,显得更有意义。虽然它只是初步的,并且着眼点较多落在史学或准史学真实的层面上。但有没有这种追求是大不一样的,它至少为此后及现在的《少年天子》(凌力)、《白门柳》(刘斯奋)、《曾国藩》(唐浩明)等历史小说更真实、更廓大的艺术描写奠定了基础,提供了宝贵的经验。

　　如果说"历史还原"的现代性的成就主要是从反映论上强调突出历史小说与历史之间的特殊姻缘联系,以历史的权威性和客观写实性正本清源,消解着庸俗虚假的历史观,向我们确证着返回历史、恢复其自我本真的重要性和必要性;那么史诗文体的现代性的意义则在于在构成形态上反映、体现了作家的立体多元和整体意识,它以开阔的艺术视野和从容不迫的大家风度,将长篇历史小说的宏伟叙事推进到一个全新的境界。史诗作为人类童年时期文学艺术的一种极致化表现,原指"叙述伟大的历史事件,歌颂英雄的丰功伟绩"的古代长篇叙事诗,从某种意义上,可以视为一个民族文化历史传统的一种隐喻;而现代意义上的史诗则是那些吞吐百川、涵容万象的鸿篇巨制的特指性称谓,它既是文体,同时还带有某种美学标准性的概念含义。以此衡之,我国的《三国演义》《水浒传》便可称得上是这样的宏伟佳构。然而,由于它以演正史为鹄的,过分看重情节的完整性,又生发出结构与情节相互纠结的线性组合方式,所以虽大开大阖,极尽波谲云诡,但叙事的思维和触角的空间并不大,有关的生活化、审美内化方面的内容却遭到了不应有的排拒。作为一个过程或实践形式,此期历史小说文体形式现代性的意义,恰恰就体现在这里。当姚雪垠、端木蕻良、徐兴业、凌力、任光椿、蒋和森、杨书案、顾汶光等作家不仅用鸿篇巨制而且用现代开放开阔的文类特征和美学原则,对特定的历史生活进行高屋建瓴、全景式俯瞰,他们实际上是用自己较为深厚的文化素养和博大的艺术胸襟,将包括历史小说在内的整个长篇小说叙事由简单狭隘有效地推向丰富开阔,从而初步具备了现代长篇的文体特征和美学品格。

不过,应该清醒地认识到,七八十年代历史小说的叙事是一种社会历史和强势意识形态的叙事。过分的历史崇拜和史诗情结,也导致作家的历史还原、史诗构建带有明显理性虚妄和空疏朴拙的特征,使他们在获取很大成就的同时付出了相当的艺术代价。这样,其对"大历史"的"还原"往往缺乏灵性和美感,无形之中滤去了不少历史本身所固有的丰富事实和丰厚的文化蕴涵,史学价值高于艺术价值。就是这个原因,才致使任光椿在《戊戌喋血记》后创作的《辛亥风云录》出现了令人遗憾的审美逆转。另外,过分强调尊重历史、依傍历史,同时还必然诱使作家严格按照时间的一维性进行叙述,这在一定程度上也造成了史诗文体形式的单调和呆板,其文本描写看似头尾呼应、因果相连,严密完整得不容置疑、无可挑剔;但人物和情节活动的余地并不大,外在的物象时空与内在的心理时空形成很大的错位,思想情感上的因果逻辑关系并未得到合情合理的展现。这就不能不使其现代性大打折扣。由此也可以解释为什么像姚雪垠那样具有深厚文史功底和精湛思想艺术造诣的一代大家,其《李自成》的创作从宏观的框架、主旨到微观的细节、场面,内中都夹杂着不少明显的弊端,包括不适当地拔高了李自成、高夫人,未能达到它应该达到的理想之境。显然,旧有历史观、文体观导致的思维艺术结构的凝固或半凝固,是其问题的症结所在。

二

当然,从文学发展史的高度看,上述现象的出现也不足为奇,这也许是历史小说真实形态和文体形式走向现代性过程中的一个必不可少的、无法绕过的环节。重要的是,当文学的列车驶进20世纪80年代中期以后,我们看到了在王伯阳、赵玫、苏童、叶兆言、格非、北村、方方、余华、刘震云、刘恒、李晓、廉声等一批后起的年轻或较年轻作家那里,此一情况发生了根本变化。不同的文化背景,不同的知识结构,使他们对历史小说的真实形态和文体形式作出了不同于以往的全新选择和处理。特别是"新历史主义"有关"存在的历史"永远只是作为"文本的历史"形式存在,而所谓的"文本的历史"仅仅是作者的一种"修辞想象",是一种话语拼合产物;有关"对传统史学整体模式的冲击,打乱其目的演进秩序,瓦解由大事和伟人拼合的宏伟叙事,以消除人们对历史起源及合法性的迷信,重现它们被人为掩饰的冷酷面貌"①;有关对以往的"主流历史"采取不约而同的拆解态度,一改过去那种被动和屈从的"对由稳定不变的、结成一体的历史事实构成的'背景编纂学'式的反映",而转为采取那种类似福柯的"历史编纂学"式的"多种声音的奇怪的混合"②方式等思想、观点和写法的潜在深刻的影响。这就不仅为他们对以往真实观、文体观的质疑和挑战提供了基础,同时也为文学创作对历史的介入活动中的自由虚构、奇思遐想提供了合法性依据。作家们清醒而又不无固执地认识到,真正客观的历史也许是存在的,但它从根本上讲则是非文本性的,只存在于不复出现的"过去";历史一旦进入我们的视野,就必然面临被抑损增删的命运,只能借助文本和叙述才能企及。而所谓的"历史文本"与"文学文本",它们在情节设置、叙述程式、形式观念和话语运作策略诸方面,并无本质的区别;至于叙述,作为一种语言,它终究是一个单维的世界,是不能反映真实的多维的客观世界,它们彼此是不可能达到真正的契合(所以他们将这种不可能之事的执着追求称之为"语言乌托邦")。有的甚至颇为极端地将以往的一切历史都统统视为"婊子""骗子",说成是"子虚乌有"的——格非在其处女作《追忆乌攸先生》中,就利用"乌攸"(即"乌有"的谐音)这个人名表达了对历史还原的怀疑和否定。

    正是基于这样的认识和理解,这些年轻或较年轻作家很快走出对"纯客

---

① 　赵一凡:《什么是新历史主义》,《美国文化批评集》,生活·读书·新知三联书店1984
　　年版,第238页。

② 　参见《最新西方文论选》,漓江出版社1991年版,第464-465页。

观"历史的迷信。他们不再相信"历史"有着一个完全独立于"主观意识"的"本来面目",自觉把历史小说创作当作一种充满"修辞想象"乃至文字合成的叙事游戏,从而将真实形态和文体形式的现代性带入了一个新阶段:把一个从根本上非叙述、非再现的历史(history)拆解成一个个由叙述人讲述的故事(histories);把一个过去所谓的单数大写的历史(History)改造化解成众多复数小写的历史(histories)。在这里,由于作家主观因素(包括合理的历史认知,也包括偏执的"不可知论")的强烈介入和干预,"历史"明显个人化、主观化、散文化了。它或已由历时性文本变成了共时性文本,或已由主流"历史"的庄严叙述变成了更小规模的家族甚至个人"野史""稗史""秘史"的随意调侃式的表达,或已由侧重表现人文之真、文化之真变成了侧重揭示生命之真、生存之真,或已由整体变成了碎片、官方变成了民间,或已由仿真性的写实纪实变成了虚拟性的荒诞、变形、寓言、象征。无论是《苦海》(王伯阳)、《高阳公主》(赵玫)对郑成功、高阳公主的孤独、神秘、琐屑、幽暗的内心体验和狂热暧昧性心理的描写,还是《大年》(格非)、《罂粟之家》(苏童)对农民豹子、陈茂与地主丁伯高、刘老侠之间围绕性纠葛而展开的暴力、死亡、饥饿、性冲动的揭示,都让我们具体切实地感受到了上述变化所带来的这种细腻、精致、鲜活的特征和温婉可人的人性力量。它们负载的文化意蕴虽不及早先顾汶光的《大渡魂》《百年沉冤》以及后来唐浩明、杨书案的《曾国藩》《孔子》等"文化历史小说"那样明确和积极,但由于摆脱了旧历史主义僵硬的史学定论和一维线性叙述模式的制约,就显得别具新意、深度和魅力。尤其是《大年》《罂粟之家》等作,它们显然是对以往千篇一律的阶级对抗经典框架的改写,内中有关地主与农民之间的人性(情欲、性欲、私欲)冲突已远远超越了阶级斗争的偏狭话语,以至构成了作品叙事的内在张力,从而有效地恢复了长期以来被忽略遮蔽了的历史细部的丰富多彩和破碎偶然的本然状态,从传统经典和意识形态边缘角度对历史进行了重构。

特别值得一提的是苏童的《我的帝王生涯》。在这部长篇小说中,作者对他擅长的历史和他笔下的人物进行了特殊的艺术处理,他细腻逼真地模拟了一个燮国小皇帝——端白的帝王人格与心态的发展历程。十四岁的他,因父王的突然驾崩而意外登基。然而,戴上王冠的一刹那事实上就宣告了他作为一个自由自在的少年身份的丧失,他从此开始了可怕的人身异化和沦落,将猜忌、宠宦、荒淫、残酷、暴虐、虚伪、无信等帝王恶性都无一例外地承续下来。显然,作者所写的这一切,当然是史无所本的,端白的许多情感体验及自我的反思意识,似乎也并非古人所能有的,某些描写(如端白失去王位后的遭遇)也略有不真实的感觉。但正是通过这样一种自由不拘、类似现在时态的体验性描写,作者让我们以现代人的意识具体切实地去品味中国权力文化中心所造成的人性窒息,从而使文本历史的叙事由此形成一个良好的对话体系:一方面,是文本历史规定情境的书写,凡属"帝王权力"能够给予个体灵魂造成的压力,都在这文本系统中得到了富有历史逻辑性和说服力的淋漓尽致的展现。读者可以将心比心,体验一下自己的灵魂在此条件下,将被这巨大的、无所不在的"权力中心"异化成何等可怕的样子。但另一方面,由于作家打破了旧的历史神话而致力于文本历史的人性流程的揭示,因此这文本历史流程将不断帮助读者跳出既定的阅读框架,用一种更全面的眼光去注视小说中端白的人性挣扎。读者甚至不由自主地从各个方面来假定端白"假如不是这样或那样又将怎样",但最终只能发现,只要一陷入权力怪圈,他的悲剧无论如何又是无法避免的。这样,端白的形象便超越了个体的存在,而凸显出一种强烈的现代意识,一种深刻的文化真实,他表征着中华民族几千年在"权力文化中心"中痛苦的灵魂自戕。总之,在端白身上,作者奇妙地融汇了李后主、光绪以及宋明时代若干荒唐帝王的思想性格和精神心理。可以这样认为,假如苏童不是巧妙地利用类似古今对话的功能方式,把许多封建帝王的影子映射到端白身上,他是很难轻松地把一个如此思辨哲理性命题用诗化的方法给表达出来的。这也就是说,新历史小说叙事文本对于历史传统具有的解构功能,正帮助他潇洒自如地把古往今来诸多历史人事自然而然地聚合到一个富有典型性的艺术形象中去。而这种潇洒自如的程度,则往往是传统的历史小说作家所欠缺的,也是他们羡慕不已的地方。

与上述对真实形态大胆革新相映成趣的,是这批新历史小说在其非历史化文本中,有不少已由过去几乎清一色的第三人称叙述而转向了对历史小说来说十分犯忌的第一人称叙述。大家知道,为使作家获得创作自由,也为给作品的描写增加历史感和权威性,以往的历史小说从《三国演义》到《李自成》基本上都采用第三人称的全知全能的隐身叙事。因为按照传统叙事学的观点来看,叙述人"不在场"似乎意味着客观、公正、真实。然而,有趣的是,从1986年莫言的《红高粱》开始，到后来的乔良、洪峰、苏童、格非、刘震云、余华，几乎大多的新历史小说作家却放弃了"客观"风格而让第一人称"我"直接登台亮相。他们采用或回忆（如《灵旗》）、或寻访（如《青黄》）、或引证史料（如《温故一九四二》）、或与第三人称交错并置（如《枫杨树乡村》）等多种方式，更喜欢、更熟练地以叙述主体身份频频在小说中抛头露面，甚至通过种种露迹行为，故意模糊古今关系、主客关系，中断正常有序的故事叙述。他们这种集体性的努力，可能会对作品真实形态和文体形式的连贯性和生动性带来一定的伤害，但作者与叙述人的合二为一，作者（叙述人）公然出场，却使它获得了另一种真实性——情感的真实性，添上了某种明显的或抒情或伤感的韵味，叙事间隙的情绪性增多了。更为重要的是，作家作为叙述人自由穿梭于历史与当下，它可以摆脱现实客观时空的拘囿，而以一种主观性时空构架大大强化叙述对象与现实的精神连接。共时与历时的交织，古今、主客界限的模糊，反而增强了小说的内在弹性和活力，使之获得了极大的叙述自由和空灵。

由上可知，历史小说在走出了《李自成》《金瓯缺》的历史化、宏观化的叙事阶段，而进入了《苦海》尤其是《红高粱》《温故一九四二》的个人化、主观化、散文化叙事阶段之后，它的现代性已日益明显地发生了质变，与当下先锋文学思潮不可分割地联系在一起，有的作家（如苏童、格非、余华等）作品（如《苦海》《高阳公主》《红高粱》《温故一九四二》）本身就是先锋派和他的代表作。他（它）们的成就和局限，都直接肇数于先锋派，从先锋派本体特征那里找到解释。这里也给我们提示了这样一个信息：从此以后，历史小说将结束它的沉稳有余而创新不足、在思想艺术敏锐性上往往比现实题材小说慢一拍的滞后状况，一下子从总体上推进到了先锋的境地，呈现出了前所未有的生机和活力。从这个意义上讲，无论怎样称道这批作品都不过分。

三

以上讲的个人化、主观化、散文化叙事，毫无疑问构成了世纪之交历史小说耀眼的景观，在急速推进历史小说真实形态和文体形式由传统向现代的质向突破方面发挥了前所未有的重要作用。但是尽管如此，我仍要说，我们不宜也不应对它的成就和价值作过分的张扬。这倒不仅是因为这批"新"字号的创作理论本身有缺陷,实践上迄今也拿不出可与《李自成》《少年天子》《白门柳》等传统式历史小说媲美的优秀杰作,且最近几年由于刻意肢解历史主流结构、过于虚化随意化而陷入了某种困境;更主要的是从 20 世纪八九十年代历史小说总体格局来看,它仅仅是一个方面,一个构成要素,不能代表和反映通俗历史小说、革命历史小说特别是传统型历史小说在这些方面所取的成就。事实上,在一个多元复合的环境中,任何类型的文学都是相辅相成的,它们各有各的存在必要和价值;而传统型的历史小说,原先就有新历史小说所没有的悠久传统、文化积累和颇具实力的严谨创作队伍,在这几种文体中就显得更突出。故八九十年代期间,当一大批年轻作家挟西方"新历史主义"之威在文坛上踌躇满志之时,凌力、杨书案、刘斯奋、唐浩明、二月河、吴因易、韩静霆、颜廷瑞、王顺镇、马昭等一批年龄在五十岁左右的中年作家不仅不为所动,一直孜孜不倦地在历史长篇小说领域探索着既传统又现代的真实形态和审美方式,而且在秉承《李自成》《金瓯缺》的现实主义历史还原叙述的基础上又有新的拓展,先后创作了《少年天子》《倾国倾城》《暮鼓晨钟》《梦断关河》《白门柳》《曾国藩》《旷代逸才》《张之洞》《孔子》《康熙皇帝》《雍正皇帝》《乾隆皇帝》《孙武》《唐宫八部》《庄妃》《汴京风骚》《竹林七贤》《长河落日》《林则徐》等一批长篇小说。他们一方面突破先前现实主义还原的封闭狭窄,放开眼光,博采众长,广泛借鉴古今中外包括新历史主义在内的各种表现形式与技巧以充盈自己,使笔下的历史和文体真正成为一个丰富开放的生命体系;另一方面突破原有的历史定见或阶级论、本质论的描写模式,致力于用新的观点对有关历史人事进行翻案,做足翻案这篇文章,从而达到对历史富有创意的还原,真正把历史叙事历史化。

此种意向的作品很多。前者如杨书案的《孔子》等"文化历史小说"、王顺镇的《长河落日》《竹林七贤》:一个将人物、故事、心理描写三位一体地糅合在一起,追求浪漫传奇和诗情画意的艺术效果,语言上的白描与感觉的相得益彰,表明了作者有一种将新的艺术审美与传统现实主义精神相结合的能力;一个在民族冲突和社会斗争的大框架中融入轮回历史观的寓意指向,将中国儒道释传统文化独特的禅理诗性与西方现代文化的形上思辨结合,而情节设置破除主人公贯穿到底的模式,而代之以立体交叉桥式的网络结构,以及对战争、暴力、权力、死亡的高度关注，对复仇主题的刻意强化渲染，则同作家开放开阔的思维艺术观念和自由主义、民间立场的价值取向契节相符。后者如唐浩明的《曾国藩》《旷代逸才》、二月河的《雍正皇帝》等"清帝系列"：一个站在精英文化的立场，以高强的理性思维、严谨的创作态度和务实的艺术描写，着重从文化和人格诸方面对曾国藩、杨度这两个有争议的历史人物作出重新评价；一个则以民间（民本）文化为本位，采取历史判断与道德判断相结合并以历史判断为主的叙述方式，再辅之以民间化的人物（如邬思道、乔引娣）、民间化的欣赏习惯和趣味（如章回体、评书口吻、注意故事的传奇性、引进大量的野史轶闻），从家国同构的角度为历来"恶名昭著"的雍正进行了艺术翻案。

综观这些长篇历史小说，应该承认，它们的综合水平自不及《李自成》，尤其是在整体把握历史生活方面，明显缺乏姚雪垠那样雍容大度、吞吐风云的风范。但开放的现实主义的历史化叙述，如用历史合力论取代阶级论、本质论，既注重"大历史"基本构架的框范，又注意吸纳"亚历史""小历史"的细致描摹，也使它们除却了如《李自成》中不少非历史、非审美的"硬伤"，显得大而充实，真而丰满，杂而有趣；同时也较好地避免了新历史小说过于虚化、无质、小气的通病。就对社会思潮和时代情绪的冲击作用这点而论，传统型历史小说也许不如探索性的新历史小说，但它在内在的思想艺术质量上则往往要超过新历史小说。这也说明现实主义至今仍有不衰的生命力，说明上述的历史化还原和史诗文体的创作不仅没有过时，只要驾驭得当，按照历史小说的审美规律和时代精神进行创作，它照样可以获取成功。《少年天子》《白门柳》荣膺第三、四届茅盾文学奖以及《曾国藩》《雍正皇帝》等一版再版甚至屡屡出现盗版，倍受学界和读者的欢迎，就从一个侧面证实了这一点。如果不是怀着偏见，而是实事求是地评估世纪之交的历史小说创作，那么应当说：新历史小说的勃兴为整个历史小说领域由传统向现代的质变速变提供了广阔的天地，起到了强烈刺激作用；但是真正标志这一时期文学创作实绩、代表这一时期文学真实形态和文体形式现代性最高成就的却不是新历史小说，而是传统型的长篇历史小说。由此看来，对前些年历史题材评论中的有关的现实主义真实观和文体观的批评，我们是可以再反思的。

四

历史小说发展到今天,实属不易。虽有曲折,但总体来看,它不仅思想艺术起点较高,而且其现代性的演进一直比较平稳,整体上始终居于一个较高位的水平。这种情况在其他题材的文学创作中似不多见,就是放在五四以来的历史小说发展史上,也是绝无仅有的。往远处说,这甚至可以看作是自明代中叶(这是产生《三国演义》的时代)以来中国历史小说的又一次高潮。不过,话又说回来,惟其思想艺术起点和整体水平都较高,要想进一步提升,难度自然也就大了,这在事实上亦对 21 世纪历史小说的创作和发展提出了新的挑战。在一个上下几千年、纵横几万里,《三国演义》和《水浒传》妇孺皆知、广为流行的国度里,人们没有理由不对未来的历史小说寄予很高的期盼。更何况,自《李自成》迄今,历史小说自身也存在着鱼目混珠、良莠相存的现象,现代性历时演进过程出现了不少问题。特别是进入 20 世纪 90 年代以后,在西方后现代、海外新儒学、国内商业实利和影视文化的多重影响、挤压、诱导下,其内部构成的"四大板块"或曰子系统又遇到了诸多新情况,产生了诸多新问题,处境不容乐观:传统型的历史小说虽成绩卓著,推出了一批力作,但因观念和手法比较守成而出现了某种危机;新历史小说则由于没有把握住观念与历史、文本与存在之间的关系,过于放纵虚构而随心所欲进行"反历史"的叙事策略,已陷入了日趋艰难的困境,甚至出现开始衰变的迹象;革命历史小说为政治意识形态逻辑所驱,加上主客之间又缺少必要的距离观照,自 20 世纪八九十年代之交的领袖传记文学热之后,至今未见有新的起色;而通俗历史小说在推进"历史民主化"的同时,因游戏历史、消遣历史过甚又往往身不由己地滑向平庸肤浅。因此,在充分肯定、接受既往现代性创作成就的基础上,如何总结经验教训,寻找、归纳未来的方面、方向和可能性,提出自己建设性、预见性的构想,就刻不容缓地摆到了每个评论研究工作者的面前。无论怎样,建立在洞察现状基础上的清醒忧患总比盲目乐观要好。

现在要对未来的历史小说创作作出预测还为时尚早,不过,从总体上看,我认为它至少有以下几点新的动向值得引起注意：首先是题材内容的选择继续呈下移的趋势，从过去着重写古代到现在同时向晚近及现当代延伸，并且拿出了相当的文学实绩，纪实性成了不少作品共同的艺术风格。陈军2000年出版的长篇《北大之父蔡元培》，可以看作这方面的代表作。与之相关的，其次是越来越多的作品涉及中西文化碰撞、共和与立宪、民主与科学、战争与和平之类极富现代性的时代命题，作品与社会时代贴得更紧。如《梦断关河》（凌力）、《白门柳》（刘斯奋）、《大清王朝的最后变革》（张建伟）、《长城万里图》（周而复）、《战争和人》（王火）、《大国之魂》（邓贤）等，都明显具有这样的意向。再次是在日益多样化的同时，也开始出现了某些融合的迹象，包括精神价值、真实形态，也包括文体形式、艺术技巧等。如潘军刊发在《花城》2000年第1期上的中篇小说《重瞳——霸王自叙》，熔历史化与非历史化、现实主义与超现实主义、全知叙事与限知叙事于一炉，富有创意地描写和诠释了两千多年前曾叱咤风云、后又一败涂地的楚项羽故事。凡此种种，预示了历史小说的新变，也对当下及未来作家的创作提出了更高的要求。

文学现代性是时代社会现代性的审美反映。我们高兴地看到，新的社会文化生态环境氤氲的人文精神和民族传统文化的反弹，不仅为历史小说现代性的发酵提供了适宜的温床，使之较以往任何时候都更需要历史小说；而且受此时代精神的影响，理论界和出版界也开始调整、改变原有的观念，采取切实有效的措施，从各个方面关心、支持历史小说创作。就拿最近几年来说吧，先后就有《文学评论》编辑部和中国作协、中国社科院文学研究所、湖南文艺出版社三家协办的两次全国性历史小说研讨会；《文学评论》《文艺研究》等名刊还经常刊登有关历史小说的评论研究文章。这种情况是过去所没有的。特别值得一提的是在海峡对岸的台湾，历史小说在进入90年代以后，也倍受关爱，呈现出良好的发展态势。学界同仁和有关出版社，不仅自发成立了"历史文学学会"，而且还举办了面向世界华人的两届"罗贯中历史小说创作奖"（大陆作家杨书案的《庄子》、胡晓明和胡晓晖的《洛神》分别荣获两届创作奖的首奖；王顺镇的《竹林七贤》荣获第一届创作奖的优等奖），推出了一系列历史小说丛书（如实学社出版公司计划在几年内出齐一套包括大陆作家在内的、总数达36种之多的历史小说丛书）。凡此种种，都很能说明问题，对将来的历史小说无疑是有影响的。世纪之交历史小说高起点的创作，在思想艺术上一系列富有成效的探索,为其未来创作及其现代性的跨世纪构建打下了坚实的基础。立足于这样的客观现实,我们没有理由不对历史小说创作前景寄予厚望。现在的问题和关键,是我们的作家需要进一步拓展眼界,活跃思维,提高素质,精益求精,及时总结以往的经验教训并在实践中不断加以完善提高。

　　在 21 世纪,历史小说现代性能否在现有基础上实现整体的质向突破,达到更加辉煌的高度,时间会回答我们的。

（原载《长江学术》第 3 辑,2003 年）

文化转型语境中的历史叙事
与本体演变
——近 20 多年来历史小说创作走向及发展轨迹

中国拥有丰厚的历史遗产,世界上的几个文明古国如古埃及、古印度、古巴比伦,都没有像中国这样保存了将近五千年的编年史和历史人物传记,拥有如此发达的史官文化。这为我们作家的历史文学创作提供了得天独厚的优势。然而,由于社会政治等方面的原因,自五四新文学以来,历史小说一直处于冷寂境地,偶尔虽也有一些精致的短章出现,但终未能形成气候。真正繁荣发达、引人注目起来,只是 20 世纪 70 年代末以来的事。在这 20 多年间,涌现了姚雪垠的《李自成》、端木蕻良的《曹雪芹》、徐兴业的《金瓯缺》、任光椿的《戊戌喋血记》、蒋和森的《风萧萧》、杨书案的《九月菊》《孔子》、鲍昌的《庚子风云》、凌力的《星星草》《少年天子》、顾汶光的《大渡魂》、刘斯奋的《白门柳》、唐浩明的《曾国藩》、二月河的《雍正皇帝》、黎汝清的《皖南事变》等一批广有影响的佳作,成为当代文学名副其实的重镇。这也说明,历史小说只有尊重自身的创作规律,不再搞简单的影射比附,才有可能寻找到自己恰当的位置。当然,在当下文化转型语境中,为了重铸中华文明的辉煌,也为了在横向的民族交流中不至于失语,客观上也需要我们进行纵向的"寻根"或"寻祖"。这种情况也为历史小说的崛起提供了很好的发展机遇和极为有利的外部条件。

关于历史小说,当年郁达夫给予的定义,是"指由我们一般所承认的历史中取出题材来,以历史上著名的事件和人物为骨子,而配以历史的背景的一类小说而言"①。笔者倾向于其创作应遵循"基本事实和基本是非"要有所规范的原则,但为了避免歧义和论述方便,在这里沿用比较宽泛的概念来进行概

---

① 郁达夫:《历史小说论》,《郁达夫文论集》,浙江文艺出版社 1985 年版。

括,即将只有"虚"的历史形态而无"实"的历史依据的纯虚构的作品(如《红高粱》)也视为历史小说引进视野,同时把它与革命历史小说如《遵义会议纪实》《走下神坛的毛泽东》等归属于门下——即是说,从内部构成上看,它实则包括了"传统型历史小说""新历史小说""革命历史小说"三大板块或曰子系统。这个概念也许太宽泛了,但却可以在更大的视野范围内对世纪之交20多年来客观存在的多元复杂的历史题材创作作出回应;而同时又不至于对多数人认同的历史小说概念进行弃置,保持其合理合法的存在。在没有更好的命名之前,这样的划分也许是一个折中的办法,至少可聊备一说。

本文根据论题的需要,主要从历时性的角度归纳、梳理历史小说的创作走向与发展轨迹。在笔者看来,新时期以来的历史小说尽管错综复杂、良莠掺杂,在演进的过程中出现了不少问题;但在时代之风和文学大格局的影响作用下,总体来讲,是不断地走向丰收和成熟的,并以其沉稳和厚重彰显出自我存在的独立意义。具体的创作过程,就纵向而论,大体经历了"爆发期""过渡期""多元复合期"这样三个发展阶段。

一、爆发期:与反封建的新启蒙契节相符

新时期的历史小说是以姚雪垠的《李自成》为发端的。20世纪70年代末,随着该作前两卷的问世,当代历史小说创作进入了一个前所未有的、爆发性的新阶段。与之相应的,对民族政治历史的反思,不期而然地成为广大历史小说作家的普遍自觉。因此,在"归来"之后乍初,他们就毫不迟疑地把情感指向和主体价值追寻活动定位在对封建主义思想的批判上。基于自己的切身感受,也是受当时思想解放运动的催动,作家们普遍涌动着一种强烈的政治激情,他们关注并愤怒鞭笞的是传统文化中的君权独裁、愚民政策、盲目崇拜、伦理至上、扼杀人性等负面内容;就像当时涕泪交流的伤痕文学、反思文学怀抱强烈政治忧患意识倾全力批判极左思潮一样。他们以至将传统文化连同儒家思想与封建主义完全等同起来,一概当作民族劣根性进行笔奋意纵的批判。

翻看那几年反映农民起义或反抗外侮的《李自成》《金瓯缺》《星星草》《风萧萧》《九月菊》《庚子风云》《义和拳》《神灯》《天国恨》《天国兴亡录》《陈胜》等

一批长篇历史小说,我们便会深切地感受到作者胸臆中那份浓浓的政治情结,其文本叙事写得最投入、最感人、最具深度的莫过于揭示封建主义那部分内容。姚雪垠曾不止一次地说他在写作《李自成》的过程中,"常常被自己构思的情节感动得热泪纵横和哽咽,迫使我不得不停下笔来,等心情稍微平静之后再继续往下写"。① 任光椿也自述在创作《戊戌喋血记》之时,"写着写着,我常常流下了眼泪。我为我们国家近代的积弱、落后和挨打,感到无比的痛苦。我因生活中总是奸佞得势、忠良受苦而感到无比的悲愤"。② 其他众多的作家如徐兴业、肖军、凌力、顾汶光、李晴等也都有类似的情形。这使得这批充满政治激情叙事的作品平添一种特别的艺术感染力和亲切感,使它们处于颇高的思想艺术起点之上,与反封建的新启蒙思潮契节相符并成为这场新启蒙运动的重要组成部分。而反封建,恰恰正是新时期包括历史小说在内的整体文学走向现代性的起点。为此,历史小说的成就和影响自然也就远远超出了自我本身,而在一定意义上成为当时的"文学经典"。这也是历史小说最为耀眼的时期。

正是基于这样一种时代之风,所以难怪《括苍山恩仇记》的作者吴越在一篇题为《历史小说与反封建》的笔谈文章中,不仅公开声言"每一个从事于编写或创作历史小说的人,都应该在自己的作品中把反封建这个主题放在第一位",甚至进而认定"一部历史小说,如果反映不出这个主题来,就不是优秀的历史小说,就是没有完成一个有觉悟的作家所肩负的任务"。③ 后来,有些人在回顾这段文学史时,对此多有贬斥,似乎认为写政治就是公式化和概念化,这是片面的。其实,在思想大解放时代,知识分子对社会政治表现热切关心之情可以理解,也不乏积极的意义,更何况中国历史本来就是高度政治化的。所以即使从求真角度讲,历史小说作家也不应在文本中排拒对政治的描写。所谓的"非政治"或"反政治",将政治排斥在文学之外,往往招致作品的浅显和单薄。20 世纪 90 年代以后,为数相当多的新历史小说从局部看颇有意味,而就整体观照往往缺乏思想艺术内涵,显得单薄,很重要的原因就在于此。可见,问题不在于文学表现了政治或抒写了政治激情,而是在于如何表现政治或抒写政治激情,即是否将它纳入正确的审美形式,按照美的规律造型,是否体现

---

① 姚雪垠:《李自成》(第一卷)前言,中国青年出版社 1977 年版。
② 任光椿:《生命之恋》,湖南人民出版社 1983 年版,第 113 页。
③ 吴越:《历史小说与反封建》,《文艺报》1996 年 6 月 21 日。

了作者的主体能动性。

当然,这是今天的认识,在粉碎"四人帮"初那个历史时期,人们并不这么看,也不可能这么看。那是文学与政治高度结盟的时代,也是作家政治激情高扬的时代。那时"现代性"淡出,"政治性"高于一切,它往往成为人们创作和评论最主要、最根本的价值标准。这样就使得社会历史全部的丰富性有意无意地被抽象为一种两极对立的简单形式。于是,这些卷帙浩繁的作品大多思想价值和艺术取向比较单一,其文本构造很难跳出农民/地主、我军/敌军、革命/反革命、前进/后退、真/假、善/恶、美/丑、正/邪这些二元对立项的格局。人物的区分也是泾渭分明的,并相应组成"我方"和"敌方"两套话语系统:"我方"系统使用的是一系列美好的词汇,他们通常出身贫苦,英勇善战,光明磊落,具有超人的意志、崇高的品格、献身的精神,甚至连相貌都高大英武、光彩照人;而"敌方"系统则由一系列丑陋的语言构成,他们一般生于恶霸官僚地主家庭,生性贪婪好色、凶残阴险、愚蠢自私,身上还有人民的血债,而且长相鄙琐。在实际创作中,这两套话语系统分别代表着两种不同的价值体系。所有的描写都被简单纳入阶级斗争的框限,而很少甚至不敢旁涉非阶级性的、纯人性方面的内容。即是说,这是国家的、民族的、阶级的话语,而不是个人性的或大众通俗性的话语。反映在题材选择上,基本都局限于暴力革命范围内,阶级的、民族的战争或斗争受到高度的推崇而成为当时作家创作的普遍体式。这种现象的出现,既与刚刚粉碎"四人帮"时社会文化处于戒备紧张的现实境遇相吻合,同时更有政治意识形态方面的内在原因。

上述此类历史小说,比较特殊的是任光椿的《戊戌喋血记》。在这部 60 万字的长篇小说中,作者一反传统惯见的作法,热情歌颂了以谭嗣同为首的自上而下的维新派,将其视为爱国主义义烈,多方面地表现他们"废君统,倡民主,变不平等为平等"的先进思想和明知不可为而为之的革新精神以及无私无畏、济世爱民的高尚人格;相反,则把自下而上的农民起义——义和团运动作为戊戌维新的陪衬,对其挖铁路、砍电杆、信奉神灵符咒等盲目排外、反科学、反文明的行为给予笔裹霜毫的严厉批判。这在历史小说中是不乏突破性意义的,它显示了作家现实主义的创作勇气和大无畏的艺术胆识。在同时出版的周熙的《一百零三天》中,我们也窥见类似的创作意向。不过也要实事求是地指出,这一类小说尽管在思想内核上有创意,但主要还是政治进步性意义方面而不是文化开放性意义方面的创意。故其文本中的戊戌变法及谭嗣同形象的描写，也明显具有两极对立的特征。除了政治立场上的拨乱反正和在历史进步意义上表现历史真实之外，作者所秉持的基本上还是原有的变革、进步、爱国等历史价值观。其政治翻案要大于艺术审美，以至政治激情化的叙事程式潜移默化地取代了文化冲突，遮蔽了文学的审美原则。这一点，只要对照稍后的《白门柳》就不难见，就是与同时期的《李自成》也没有太大的差别。从这里，我们可以得到这样的启示：新时期文学的现代性如同社会的现代性一样，首先是以政治进步性为先声的，它并不排斥政治；但如果过分黏滞于政治，把历史小说狭义为泛政治的一种文本创作，那么就会造成对艺术审美的阻遏。

也许正是因为在这一定位问题上把握不准，加上政治反思的创作动机与艺术实践在经过数年以后矛盾抵牾的现象日趋明显，作家们慢慢地发现，他们的政治历史反思虽可直接"今用"于当代中国人的思想启蒙，但它离丰富、丰润和丰厚的历史本身毕竟还有相当一段距离。当作家们一旦认识到这个问题时，他们介入历史的态度也就不知不觉地发生了转换。尤其是一批后起的作家，不得不放弃原先那种不堪重负的启蒙任务以及自以为可以洞穿历史的理性判断力。这样，历史小说创作就顺理成章地进入了第二个阶段。

二、过渡期：非政治性的内容逐渐浮出水面

所谓"过渡"，是指从 A 到 B 的一个过程。它既是对前面"爆发期"的一种修正和调整，同时也为下文将要讲到的"多元复合期"进行必要的铺垫和转换。时间上，大致从 1983 年起始，延至 80 年代末，先后有七八年之长。

不必讳言，在整个过渡期，历史小说创作相对显得沉寂，成就和影响也不及在这以前的"爆发期"。但是稍加细心考察，我们可以发现它内在仍顽强搏动着要求变革的节律。这种求变的推动力，首先来自历史小说界的内部。1984、1986 年，花城出版社和中国作协分别在黄冈、广州召开"历史题材小说研讨会"（花城出版社还同时在 1984 年独家创办了《历史文学》刊物），便显示了历史小说圈子内的作家和评论家要求突破、创新的强烈呼声。尽管此时大多数作家尚未形成明晰的创作思路，他们更多只是不满而不是构建，但是，那些

对文学与历史有深刻理解的新锐作家,却在时代精神的感召下切切实实地进行着思考和探索。在两次讨论会上,《大渡魂》的作者顾汶光都提出对《李自成》《金瓯缺》创作模式进行"超越突破"的问题,①这其实寄寓了作家对历史小说一体化模式的不满和求革新的殷切之情。随着政治意识形态逐渐淡出,思考在发展,过去被历史小说所遮蔽的非政治性内容逐渐浮出水面,慢慢地,革命历史小说(如黎汝清的《皖南事变》)、新历史小说(如莫言的《红高粱》)也开始出现了。另一方面,受波及整个人文学科"文化热"的影响和"观念创新"的驱动,历史小说在整体上又明显表现出由一般"政治历史反思"向"文化历史反思"转换的趋向。愈来愈多的作家特别是年轻作家突破过去惯见的单一模式,自觉采用宏观大文化视角,笔力所及中华上下五千年历史以及由此凝结而成的内隐和外显的观念系统,包括物质文化、制度文化、社会潜文化等方方面面。这就在思维层次和艺术向度上给作品带来了两大新的变化:一是艺术重心已不再满足于对阶级论、农民革命动力说的概括和反映,而是站在时代的制高点上,把艺术思考的笔触投向朝代兴亡、文化人格、心理结构、人性冲突等历史的纵深,从中开掘题材所固有的迪人警世的思想意蕴;二是描写对象开始广泛地由农民扩大到知识分子、统治阶级内部矛盾等各个领域,并且其创作热情也由单一的价值倾向评判转移到对审美价值的把握上,写人叙事按照审美的需求来进行艺术处理,因而作品显示出较高的艺术魅力和艺术品格。

前种创作走向在顾汶光的《大渡魂》和已故著名老作家巴人(王任叔)的《莽秀才造反记》中表现得比较典型。这两部作品都取材于农民起义失败的悲剧历史,然而,由于它们没有简单地摘取某个流行的概念,而是透过历史的表象和表面价值,深入揭示其中最本质、最有意义的东西,因此较之以往同题材作品,更具有一种耐人咀嚼的深沉意蕴。关于反映农民革命悲剧的作品,我们至今见到的,大多把失败的原因归咎于敌我力量悬殊、敌人暗中破坏等外部客观条件;从农民作为小生产者的苟安短视、争权夺利等内在主观原因上寻找的,便是其中最深的一个层次了。《大渡魂》和《莽秀才造反记》对农民革命悲

---

① 顾汶光此一观点,以后整理成文章《驱策千古,以为我用》,载《文艺报》1986 年 6 月 21 日。

剧的描写,可说又更深入了一个层次。《大渡魂》主要从封建文化道德观和农民思想内在联系的角度来感知、透视农民革命的悲剧根源。小说通过石达开在天京内讧后率部西征入川,被清军围困大渡河畔全军覆灭的描写,富有见地地为我们开启出一个令人怵目的深刻主题:农民革命的失败,不是败在天时、地利不好,也不是单单败在人不和,更为主要的还是由于以"忠义"为特征的因袭旧道德文化思想。而《莽秀才造反记》则主要是从民族和土地的"文化惰性"给人民精神心理带来严重损害的视点观照农民起义的失败。这里所说的民族和土地的"文化惰性",也就是为鲁迅先生深恶痛绝的"国民性",如保守、循矩、沉滞、古板、迷信、偏见、狭隘、陋习等。由于它的存在、弥漫、恶性膨胀,致使发生在浙东的这场"反洋教"的农民暴动,从义军领袖王锡彤到普通将士都普遍沾上了浓重的"小康安命的思想,分散互轧的精神,疟疾似的痉挛的症状,时冷时热时辍时息的不能坚持到底的行动,爱小利而忘远景的眼光",而最终只能悲壮地走向毁灭。值得指出的是,巴人这部作品,是在 20 世纪 20 年代就开始执笔,之后历经沧桑才写成的。这就愈显示作者对历史文化认知的深邃不凡,令人钦佩。

与《大渡魂》《莽秀才造反记》的艺术走向相比,过渡期历史小说在题材领域的扩大特别是在审美意识的觉醒方面也有明显的拓展。先前政治性、阶级性的因素大大减弱,艺术性、审美性的含量不断得到增强。刘斯奋的《白门柳》于此就很具代表性,有必要引起我们的重视。这倒不尽是因为这部三卷本的历史长篇在 1997 年获得了第四届茅盾文学奖,更主要的还是它领时代风气于先(这恐怕与作者所处的岭南文化的开放性有关),早在 20 世纪 80 年代初中期整个社会文化尚处在主流政治意识形态严格框范的情况下,按照艺术规律,也根据对历史的认识,刘斯奋率先在这部反映明末清初士林斗争生活的作品中进行了"审美+文化"的尝试。不同于《李自成》虽有崇祯等复杂人物的成功描写,但总体思路还没有超逸阶级论的框架,《白门柳》从具体的人物形象到小说整体构架都突破了单一正统的阶级论模式。立足现代的写作立场回眸过往的这段王朝更替的历史,作者敏锐地发现:真正体现人类思想和社会进步的,既不是爱新觉罗氏的入主中原,也不是功败垂成的李自成农民起义,而是以黄宗羲为代表的我国早期民主思想的诞生。这种不以阶级定性而以历史进步为标识的艺术取向,使作品对东林、复社名士群体、知识分子的描写有效地避开了是非曲直、忠奸正邪的评判模式,既有独到的新意和深度,又获得了较高的审美价值。于是,我们看到,即使像钱谦益这样一个历来被视为十恶不赦的"民族叛徒",也成为一个活生生的人,一个形象生动、具有多层立体的文化符号。更不要说柳如是、董小宛、冒辟疆、黄宗羲这些名妓名士,他们的悲欢离合远远超出了阶级论的框范而充盈着丰富鲜活的文化信息和审美内涵。反映到具体的人事描写,就是将历史的真与艺术的美有机地统一起来,始终坚持用审美的眼光观照历史,从情节、场面的选择到细节、语言的处理,均按历史小说的审美规律予以造型。

除《白门柳》外,本阶段还值得一提的是王伯阳的《苦海》。与侧重从传统文学那里寻找可资借鉴的审美资源的《白门柳》不同,它承续 20 世纪三四十年代施蛰存及冯至的作法,在创作上明显取法于西方非理性主义、存在主义以及弗洛伊德精神分析学,并以此观点重新解释和处理民族英雄郑成功,在其身上抉发了与英雄、伟岸、崇高、理性、完整、完美等一类截然相抵的鄙琐、阴暗、丑陋、荒诞、孤独、本能欲望。这样一种审美观或人学观与西方非理性主义、存在主义对人的理解是颇为一致的,而同新时期以政治理性为核心的新启蒙主义主潮则相去甚远。公平地说,《苦海》在思想艺术的圆润丰满上不及《白门柳》,作品中的中西艺术融合也存在着不少不尽如人意之处,但它的意义价值却不在《白门柳》之下。至少它为当下历史小说艺术向度由传统向现代转型展示了不同于《白门柳》的另一条新路:这就是大胆地走近西方,从它们那里寻找异质的审美和文化资源。

三、多元复合期:个人化写作造成"众声喧哗"的复杂景观

如果说 20 世纪 80 年代中后期是历史小说从政治性向文化性、审美性转换的过渡期,那么 90 年代以来它则进入了更加丰富驳杂也更为混沌无序的多元复合期。如同其他文体一样,在转型步履的急剧催动下,历史小说整体格局又一次发生了全面的刷新和嬗变,原来相对统一的艺术理想被日趋鲜明的个人化写作所取代。80 年代后期寻根小说、先锋实验小说、新写实小说开始发生转向汇集,加上后现代主义和新历史主义的登堂入室,对本阶段历史小说的多

样化发展,起着重要的影响。作家们不再按照对历史的共同理解来进行创作,而是以个体的生命体验与独特的方式,来描写自己心中的历史。在这种情形之下,历史小说看似丧失了七八十年代的那种"轰动效应",但坚持个人独立性的结果,倒是使它有可能回到文学本体的起点,在总体上获取更加真实的艺术效果。90年代的历史小说仿佛是一个令人目眩的万花筒,新的、旧的、洋的、土的、雅的、俗的,各种各样的"主义"和"形式"都有。以前从未有过的,现在有人在写;以前比较幼稚的,现在愈来愈趋向成熟。其间的成就不可小觑。特别是1993年,短短的一年中推出了凌力的《暮鼓晨钟》、唐浩明的《曾国藩》、高建群的《最后一个匈奴》、李锐的《旧址》、刘震云的《故乡相处流传》等一批佳作,几可称为"历史小说年"。某种意义上,90年代的历史小说已走向一种集体性的"众声喧哗"。这种"众声喧哗"当然与七八十年代固有的创作直接有关;但更为主要的,它还是体现了90年代更加自由开放,也更为纷繁庞杂的时代新变,是时代新变的一个曲折的反映。

那么,对于多元复合期的历史小说来说,它的个人化写作所带来的"众声喧哗"到底是怎样表现的呢?归纳起来,我认为主要有以下几种形态或模式:

第一,是主旋律范畴的"革命纪实历史小说"。他们出于政治意识形态的考虑,往往专注于中共党史、军史和共和国史,着重描写毛泽东等老一辈革命领袖人物,题材下移,力图通过对那段刚逝去的创世纪辉煌历史以及那些创世纪伟人的回忆,引导读者认同来之不易的社会现实,如石永言的《遵义会议纪实》,陈敦德的《毛泽东、尼克松在1972》,权延赤的《走下神坛的毛泽东》、《走下圣坛的周恩来》,毛毛的《我的父亲邓小平》等。

第二,是以阶级斗争和民族斗争为主旨的"政治历史小说"。如周而复的《长城万里图》,王火的《战争和人》,李尔重的《新战争与和平》,黎汝清的《湘江之战》《碧血黄沙》,邓贤的《大国之魂》《日落东方》。特别是老作家姚雪垠的《李自成》四、五卷,他用经典的阶级斗争和阶级分析的思维方法,严格按照现实主义文学编码所应遵循的理性主义的逻辑规范,在近百万字的续作中,深入揭示李自成这场农民运动盛极而衰的全过程,总结历史的经验教训。

第三,是取法西方异质文化的"现代主义历史小说"。它在一定的历史框架内,直接注入作者的现代思想和对历史的主观理解如女性意识、女权观念和弗洛伊德的泛性论等,以古喻今,反过来也以今拟古,重新解释历史,比较有代表性的作品有赵玫的《高阳公主》《上官婉儿》及苏童的《武则天》等。

第四，是固守本土民族之根的"文化历史小说"。如杨书案的《孔子》、唐浩明的《曾国藩》、韩静霆的《孙武》、熊召政的《张居正》、王顺镇的《竹林七贤》等，希望通过文化溯源增强中华民族的自信心，用名人先哲的伦理精神和人格魅力来教育后代，将人物史传的叙事巧妙地转化为现实民族本位文化的支撑和承传。

第五，是与新历史主义密切相关的"新历史小说"。他们不再将匡时救世、重塑民族魂魄作为自己不能承受之重的使命，而是袭用后现代主义、新历史主义的某些理论，在随意、无奈乃至颓唐的叙事中，将历史由过去庄重严肃的阶级或阶级斗争层面转向到世俗卑琐的纯人性纯生存纯生命的层面。像苏童的《我的帝王生涯》、叶兆言的《半边营》、格非的《敌人》、刘恒的《苍河白日梦》等作，都明显地体现了此种意向。

第六，是模仿鲁迅《故事新编》的"新故事新编"。如李冯的《另一种声音》、朱文颖的《重瞳》、张伟的《东巡》、张想的《孟姜女突围》、杨小春的《陈家洛的电脑选MM》等，用滑稽戏拟的超常叙述，将古今的人事杂糅在一起，给人以有别于传统的怪诞美和新奇感。

第七，是崇尚娱乐消遣的"游戏历史小说"。街头书摊上这类作品颇多。它不外乎按照市民的趣味来编排历史，用商业规则来突出其感官刺激功能，将历史题材小说变成纯文本的游戏操作。

需要特别强调的是，在上述诸种模式形态中，数量最多、影响最大并始终占据主导地位的，还是对本土民族和传统文化进行阐扬的这批作品。尽管存在主义伴随商业物质主义价值观念的发育堂而皇之地进入了社会文化，进入了历史小说文本尤其是年轻作者创作的历史小说文本，但这仅仅是一个方面，它并不能取代启蒙主义固有的理性原则和民族情感。不仅不能取代，在相当长的时间内，存在主义与以民族理性为本位的启蒙主义事实上是共存的。而且即使在20世纪90年代标"新"立"后"的语境中，历史小说在价值层面上，仍顽强地表现了古为今用"启蒙"的目的和功能，其现代性中注入了颇浓的民族传统内涵。因此，这就造成了此一阶段历史小说思想艺术取向特别丰赡也特别矛盾复杂的特殊景观：一方面，是西方后现代主义、新历史主义有关的非主流、非理性、非功利的价值观，有关人类爱欲是历史文明"动力"的认知观，有关种族记忆、集体无意识对民族心理结构的影响的文化观等等,在这里大行其道,产生了深刻的辐射作用;另一方面,与之对应的是,因上述两方面挑战激发的新保守主义反而形成了有利于历史小说发展的背景。

出于对西方殖民文化和文化殖民的警觉,也是为了使历史小说现代性接上民族文化这根精神血脉,不仅是一般的精英作家,就是主流意识形态也大力关心支持有关这方面的创作。于是,我们看到,在多元复合期的今天,才有那么多的作家置身历史小说领域,且文本中的民族内涵明显凸显,以至成为左右现代性的主导精神力量。特别是传统型历史小说文体更是如此,对传统文化认同与批判兼得、以认同为主,已成为普遍的主题模式,历史温情迅速弥漫开来。这与七八十年代的历史小说相比,不说是截然不同起码是大相径庭,与国内兴起的"国学热"是一致的。此种情形,正好应合了余英时有关文化"激进"、"保守"的基本判断:"在一个要求变革的时代,'激进'往往成为主导的价值……相反的,在一个要求安定的时代,'保守'常常是思想的主调。"①

(原载《浙江大学学报》2002 年第 1 期)

---

① 余英时:《钱穆与中国文化》,上海远东出版社 1994 年版,第 216 页。

从世界格局和中国传统看新时期 历史小说创作

——中外古今历史小说的比较研究

上篇 中外视野中的新时期历史小说

在当今世界文坛上,纪实文学的兴起已经成为一个非常引人注目的现象。尽管人们对什么是纪实文学,它的概念内涵到底如何界定,一直有着不同的看法,但这并不妨碍纪实文学在全世界的繁荣发展。20世纪中叶尤其是末叶以来,更是如此。我个人认为,如果将全部文学分为纪实文学与虚构文学两大类,那么历史小说不妨可归之于纪实文学的范畴,起码它是一种准纪实文学。

纪实文学的出现乃至成为当今世界文学总体格局中的一股浪潮,是有一定的社会历史原因的。众所周知,现代西方社会是一个充满着超常态的变形与不稳定的社会。在这样环境下,不少作家都存在着如同英国哲学家伯特兰·罗素式的困惑:"我们称之为醒着的生活可能仅仅是一种寻常的、持续不断的梦魇"①,把握现实成为一种很了不得的难事。这样一种困惑,使西方部分创作走向两极:一种是用超现实的"荒诞"形式反映现实,于是就出现了现代主义文学;另一种是用忠实于历史和生活的纪实或准纪实的手法进行创作。他们认为,既然现实世界是不可捉摸、无法把握的,那么作家也就不如干脆背向现实、写过去的生活,或者用文学的手法直接表述现实世界中的真人真

---

① 引自《西方现代派文学研究》,北京大学出版社1981年版,第136页。

事①。在这样的思想观念指导和影响下,西方文坛出现了大量的纪实或准纪实文学作品;它们猛烈地冲击传统的虚构性文学,大有与之分庭抗礼、一比高低的气势。

西方现当代历史小说所产生的时代背景与此有关。这就决定了它同整个纪实文学中的其他所有作品一样,在真实性方面往往易于走向片面和极端。当然,这也和西方长期以来将悲剧和历史文学交替相混以及西方民族心理结构、审美惯性不无关系。西方现在盛行的历史小说,在欧美各国都颇流行。如法国在近一二十年就掀起了历史小说热,作者写历史小说,读者看历史小说,蔚然成风。据说《昂热利克》一书,在法国有几百万读者,在全世界有 150 余种译文。早些年法国推选出的 20 部最佳图书中,历史小说就占 5 部。其中让·勒维描写秦始皇的长篇历史小说《伟大的皇帝及其玩偶》,还获得 1985 年法国文学奖。英国、意大利的情况也颇为相似,这些年来不时有长篇历史小说获奖。如英国苏珊·基描写伊丽莎白一世爱情生活的《遗物》和意大利恩贝尔托·埃古描写 14 世纪意大利修道院生活的《玫瑰的名字》,这两部作品,一部获 1986 年贝蒂·特拉斯克文学奖,一部出版迄今先后三次得奖,并被译成英语,畅销欧美。美国建国于 1776 年,虽历史不长,但美国历史小说创作从 19 世纪末以来一直兴盛不衰;中长篇历史小说在整个美国文学中占有相当的比重,出现了诸如乔·凯布尔的《昔日的克里奥耳人时代》、史密斯的《卡特斯维尔的卡特上校》、佩奇的《在旧日的弗吉尼亚》等作品。1983 年美国著名作家诺门·梅勒新出版的《古代的傍晚》,把读者带到遥远的古埃及。该书初版精装本的订数高达十万册,很令西方评论界感到吃惊。

东欧各国包括苏联、捷克、保加利亚、南斯拉夫、波兰等,他们的历史小说也比较活跃。苏联在斯大林时期,就产生了阿·托尔斯泰《彼得大帝》这样颇具影响的历史小说。20 世纪 60 年代以来,作品也相当多,如格·马尔科夫的《西伯利亚》、伊凡诺夫的《永恒的召唤》、努尔佩伊索夫的《血与汗》、梅列日的《大雷雨的气息》等。苏联国内早些年搞文学评奖时,历史小说获奖的也很多。至于捷克、保加利亚、南斯拉夫等国从 70 年代以来,历史小说创作遂成新潮,

---

① 以上参阅王晖、南平:《美国非虚构文学浪潮:背景与价值》,《当代文艺思潮》1986 年第 2 期。

作品不仅数量多,而且还产生了如博·日哈的《在我的面前跪下》、埃米利安·斯塔涅夫的《基督的敌人》、多·乔西奇的《死亡时代》等一批富有艺术探索和个性描写的佳作。波兰的历史小说更可称道。从 19 世纪末以来,长篇历史小说就一直与短篇历史小说、现代题材短篇小说并驾齐驱,出现了像显克微支、斯·热罗姆斯基、波烈斯拉夫·普鲁斯这样引以为傲的高手,其中显克微支的《你往何处去》获得诺贝尔文学奖,在西方轰动一时,他的《十字军骑士》也深为我国广大读者所熟悉和喜爱。

与西方相峙竞雄,在东方也兴起了一股历史小说新潮。泰国、印度等东南亚诸国,都有一批志在用历史小说向读者进行爱国教育的严谨作家在辛勤不懈地耕耘。如泰国的克立·巴莫,他的长篇历史小说《四朝代》不仅在泰国乃至在整个东南亚都产生了影响。岛国日本,历史小说如同漫山遍野的樱花一样,一向受到推崇和厚爱,从鲁迅先生当年提到或称道过的森鸥外、芥川龙之介、菊池宽,延续到今天,历史小说始终在日本文坛保持优势地位;作品数量多,质量一般也较高。中国人民非常熟悉的井上靖、司马辽太郎、陈舜臣等人的作品,在日本就享有盛名。尤其是井上靖,在国际上也很有影响。日本文学大奖评奖中,历史小说得奖是很多的。比如 1983 年的文学大奖,得奖的两部作品《琉璃潭》和《本觉和尚遗文》,就系历史小说。

从以上简略的介绍中,我们可以得出这样的结论:历史小说的兴起,是现今世界文坛的一个普遍现象。从西半球到东半球,都无不涌动着这股文学热潮。

中国历史悠久,有着丰富的历史小说创作传统。然而,由于诸多原因,在当代文学领域,历史小说创作一度很少。直到 20 世纪 60 年代初,才产生了《李自成》(第一卷)和几十个短篇历史小说。这与我国悠久的历史相比,显得很不相称。只有到了 70 年代以后,我们才从根本上改变了此种落后现象。短短的十年时间,产生了六七十部长篇历史小说,近百部的中篇历史小说,500 余篇之多的短篇历史小说。

我国历史小说出现的这种空前盛况,很快引起了海内外的广泛注意。香港《文汇报》1981 年刊登的《在历史小说的长廊里》一文,就曾为我国内地有名的和无名的作者“写出了一部一部史料丰富,才情华茂的历史小说”发出由衷的赞叹。文章说:作为一般读者,我们行走在内地新时期历史小说的长廊里,虽然难以深究细研其中真讹得失,"但因其多姿多彩,已开始令人感到目不暇给了"。这里所说的"多姿多彩""目不暇给",当然指的是从"文革"结束初到1981年这段时期的历史小说创作;而自1981年迄今,我国历史小说的创作无论从数量还是质量上看,其成就同样也不可低估。前些年,香港作家杜渐在访问姚雪垠时谈到《李自成》在英国大受欢迎的情形,说在伦敦图书馆里等候阅读的人"太多,都在排着队"①;而在日本,第一卷初版即达两万册还供不应求②。至于其他长篇历史小说,也有一些被翻译到国外,引起重视。

任何民族的文学总是带有自我个性的。当我们将我国新时期历史小说置于世界历史小说新潮中加以考察的时候,就深深领悟到这一点。我国新时期历史小说除了个别作品外,从整体和主要方面看,至少在以下两方面是显现了自己独特的品格,并以此对世界历史小说大潮作出了贡献:

第一,积极主动的入世态度。诚如前述,在世界历史小说大潮,主要是西方历史小说大潮中,为数相当的作家写作的目的和兴趣,主要不在以古鉴今,古为今用,通过历史上富有意义的人和事的描写,来警策社会现实,给广大读者以深刻的历史启迪和美的享受,而往往是出于逃遁现实的需要。他们写的虽然是古人古事,但却从一个特殊的角度,曲折地反映了作家对现实的困惑和迷惘,从某种意义上说,这是他们面对现实无法把握,而想消极超世的一种自我表现。这一点,连西方评论界也直言不讳。如《美国新闻世界指导》杂志在谈到20世纪70年代末以来美国国内掀起的怀旧热,出现了大量的历史小说作品时,就曾一针见血地指出:这种现象的出现,原因就在于现实"使人们的幻想破灭了,他们正转向历史,寻求摆脱这种混乱现状的办法"③。根据这样的思想观念生产出来的历史小说,当然也就很容易滑向平庸和消遣。也正因此,西方现今历史小说中有一大部分没有多少思想意义。

我国新时期历史小说创作与之相比,完全是另一番境界。当然,这首先归结于古今关系的把握。"古为今用"在过去一段时期内曾经受到了曲解,把"今用"当作为某项现行具体政策直接之"用"。这当然是错误的,其教训值得记

---

① 《在历史小说的长廊里》,载(香港)《开卷》1979年第3期。

② 转引自《关于〈李自成〉和当前中国文学——姚雪垠答外国朋友问》,《文学报》1985年11月14日。

③ 《世界知识》1979年第17期。

取。但我们不能由此而否定"古为今用"本身,去搞什么为古而古的纯历史创作。否则,那就会使我们的历史小说丧失灵魂,为时代和人民所淡漠。我国新时期历史小说之所以值得称道,首先就在于作家们对古为今用有了一个较为全面正确的理解,他们在进行艺术创作时,不是对现实抱着消极冷漠的超世思想,而是有感而发,有为而作,始终持积极主动的入世态度。姚雪垠明确表示,他写《李自成》,就是想通过历史艺术形象,给广大读者以历史唯物主义教育。对他这部小说的主角明末农民领袖李自成,人们在具体评价上是有分歧的,但对书中的有关李自成在身处逆境之中的那种百折不挠、凛然振起的意志和毅力的描写,人们大多给予认肯。作品写的是李自成,其实写的何尝不是作者他自己的心灵,也是他本人积极主动入世态度的一种"自我表白"。书中的不少地方,比如像潼关突围、商洛屯兵时李自成对待逆境的态度,从某种意义上讲,就是姚雪垠的"夫子自道"。美国的一位作家问姚雪垠:"你小说的主题和你的生活之间有什么关系?"姚雪垠说:"第一卷写李自成全军覆没,他不动摇,不妥协,不投降,也不想到自杀,还是要用各种办法推动革命高潮,这一点,和我自己受过挫折是有关系的。我们当一个知识分子,热爱祖国,爱护人民的事业,受了挫折以后,就是那个态度!我的精神世界和李自成的钩在一起了。"①可见,作者在刻画李自成形象时,是饱含着自身的深切感受,他将自己倔强个性也印嵌到李自成的形象身上。这些描写,读来往往能打动人心。而像这样的描写,也只有对现实、对社会、对人生持积极主动的入世干预态度才能做到。

再比如《戊戌喋血记》,写的是清朝末年发生的改良维新。维新派谭嗣同等人的戊戌变法仅仅延续了"百日"(即"百日维新"),就被封建顽固守旧势力以破坏祖训之罪扼杀了。可见历史上改革之艰难。我们今天所进行的改革和戊戌变法当然有着本质的区别,但是为什么要改革、改革之难等问题上则还是有许多相通之处。作者深深认识到这一点。他写这部作品的思想动机就是要通过谭嗣同这段悲剧,以警策我们的现实生活,使我们从积贫落后中惊醒,励精图治,发愤图强,尽快跻身于世界强国之列。作者写这个作品时,我们还没有着手全面改革,但作者按照历史发展的规律,已经敏锐感知这个问题。他用历史法则审视现实生活,反过来又借现实之光洞烛历史真相。作者这种熔历

---

① 引自《关于长篇历史小说〈李自成〉》,上海文艺出版社 1979 年版,第 342-343 页。

史感和现实感于一炉、写古以鉴今的积极主动的创作态度,是使他的这部作品获得广大读者共鸣的一个主要原因之所在。在处理作品与现实关系问题上,我国历史小说所表现出来的面向现实、勇于入世的积极态度,是很突出的。

第二,严谨不懈的求实精神。这也是中国与西方历史小说的一个区别。西方写作历史小说的,除了像福楼拜等极少数外,绝大多数作家并不把对历史真实的追求视为历史小说创作的前提和基础,他们更多是靠艺术直觉和灵感,而不大愿意为获得丰富史料而付出艰苦的劳动。正因此,西方不少历史小说对历史真实不甚关注,当然你也可以说它对历史真实比较放达。比如美国20世纪40年代很流行的《飘》,美国国内评论界就认为:该书对美国历史上那个非常险恶时期的南北战争的描写,是"不准确的,无处不使人感伤的、浪漫的",是"对内战创伤加以美化"。[①] 这是为什么呢? 原因虽然比较复杂,但其中很重要的因素恐怕是跟他们长期以来将悲剧和历史文学交混使用不无关系。从古希腊的亚里士多德到莱辛、狄德罗、黑格尔、别林斯基等,他们有关历史文学的论述,就鲜明地体现出这种意向。实际上,有的悲剧是历史文学,有的则不是,其间是大有分野的。法国的大仲马有一句名言:"什么是历史,那不过是挂小说的一根钉子。"他认为,根据不同条件,可以任意摆布它,不妨把它当成一个孩子。[②] 既然历史只是作者用来"挂小说的一根钉子",那就当然没有必要如此尊重它,也没有必要为它耗费更多的工夫。大仲马写作历史小说这样随便,以致后来开办起一个历史小说"加工厂",成批成批地生产历史小说,都与他这个观点有关。

我国新时期历史小说与之不同。虽然在历史真实探求上我们也存在着种种不足,但从总体和主要倾向看,对真实性的追求是我国历史小说作者的共同意向。我们的历史小说作者普遍都很重视真实性,把它视为作品获得艺术生命力的前提和基础。为了求真,他们苦心孤诣,惨淡经营,付出了艰苦的劳动。姚雪垠、端木蕻良、徐兴业写作《李自成》《曹雪芹》《金瓯缺》,从动念、搜集史料到今日,已近半个世纪。凌力为了写《星星草》,沿着捻军活动路线考察,足迹近十个省。顾汶光创作《天国恨》,也曾先后三次跋涉在太平天国当年活动过

---

① 参见《美国文学中的高雅艺术和通俗艺术》,《当代外国文学》1981年第3期。

② 参见阿·莫阿鲁:《三仲马》,天津人民出版社1981年版,第216-217页。

的地方进行实地调查。蒋和森在《风萧萧》中为弄清宦官田令孜在长安的真实住处,竟然特地去翻阅了有关的二十卷的木版线装书……据我所知,鲍昌的《庚子风云》、杨书案的《九月菊》、李克异的《历史的回声》、刘斯奋的《白门柳》、唐浩明的《曾国藩》、熊召政的《张居正》等历史小说的创作,也大多有这样或类似这样的情况。由于我们的作家普遍自觉地深入历史,因而,就自然而然地铸就了我国历史小说具有尊重历史真实、讲究历史真实的品格。不少作品不仅主要人物、主要事件悉按史载,而且不甚重要的人和事也努力做到务真求实,合乎历史生活的可能性。我国历史小说这种写法,自然难度很大,也自有其问题;但惟其如此,它在真实性方面方能显现独到的个性和魅力。

朱光潜先生曾指出:"像罗马人一样,中国人也是一个最讲实际、最从世俗考虑问题的民族……中国人用很强的道德感代替了宗教的狂热……他们的文学也受到他们的道德感的束缚。对他们来说,文艺总是一种严肃的事情,总有一个道德目的。这个事实可以解释为什么纯想象和虚构的文学作品那么少。"①我们认为,我国新时期历史小说如上特点,可以说正是我们中华民族"最讲实际"、求实尚实品格的具体写照。对此,我们应当珍视,大可不必把它当作民族文化负值加以否定。

下篇　古今视野中的新时期历史小说

我国历史小说是从史传文学发展而来的。司马迁的《史记》,多少带有历史小说雏形的性质。但《史记》只是文学性较强的历史,它当然属于史书而不属于文学;尽管其中有些片断如《廉颇蔺相如列传》《李将军列传》《魏其武安侯列传》以及鸿门宴场面等可以当作小说来读。大致考定写于汉晋之际的《吴越春秋》,其中的某些部分则已具历史小说的形骸,兹后便有唐代的笔记小说和演史变文如《子胥变文》《昭君变文》《汉将王陵传》《季布骂阵》等。至宋代,历史小说基本形成,宋人在集前人成就的基础上,一跃又有新的拓展。特别是讲史,更是空前发达,在众多勾栏瓦舍这些平民的娱乐场所,都有艺人讲史,从而

---

① 朱光潜:《悲剧心理学》,人民文学出版社1983年版,第217页。

出现了诸如《秦并六国平话》《三国志平话》《新编五代史平话》《大宋宣和遗事》等一批作品,历史小说逐成一时之盛。其中的"说三分",就是后来《三国演义》的范本。宋代讲史艺人号称"贯穿千古五车书……天下鸿儒有不如",他们的口头文学的流传或经过整理加工的文字,对后代的历史小说产生了广泛而深远的影响。自此之后,历史小说在我国文学史上便进入了一个崭新的时代,直至今日仍保持不衰的艺术生命力,成为我国广大人民群众最喜闻乐见的艺术样式之一。

历史小说的发展,至元代有起有落。但元代的历史剧还是比较发达的,小说方面在元明之际产生了国人至今引以为自豪的、百读不厌的《三国演义》。到了明代嘉靖、万历年间,历史小说创作十分活跃,这是历史小说真正意义上的自觉时代的开始,也是历史小说发展史上的一个新的里程碑。它所显现出来的辉煌成就,在我国整个封建社会长达五百多年之久的后半期都是仅见的。

"三国"中的一些故事早在魏晋六朝笔记小说中已有零星记载;宋代的讲史科目中,更有"三国"专门一类,称为"说三分",产生了像《三国志平话》这样的讲史文学。这些当然为罗贯中的创作提供了丰富的借鉴。然而,作者并没有对前人进行简单的移植照搬,而是根据自己对历史的理解,在吸收民间文学、继承群众创作传统的基础上,作了较大的创造和提高。小说对历史真实与艺术真实之间关系的处理和把握,能做到既尊重历史真实,又适当虚构。他的"七实三虚"的写法,开创了后来严谨的、现实主义一类历史小说的先例。小说对人物与事件之间关系的处理把握,能做到既重视人物塑造,又注意情节引人入胜。他笔下的"三顾茅庐""空城计""赤壁大战"等事件的描写,至今为人们所赞叹。他所塑造的曹操、刘备、诸葛亮、关羽、张飞、孙权、周瑜、鲁肃、司马懿等几十个人物,都获得了很高的艺术成就,有的已成为中国文学史乃至世界文学史上的不朽的艺术典型。另外,在结构布局、表现形式、艺术技巧等诸多方面,也都达到相当成熟的境地。至于书中写及的丰富的历史生活知识,例如如何冲杀,如何布阵,如何埋伏,如何突围,如何斗智,如何离间等等,更使它历来享有军事教科书之盛誉。正是基于这样的道理,历史学家范文澜说:"一部《三国演义》教会中国人民打仗。"《三国演义》不愧为中国历史小说中的翘楚之作。

《三国演义》的成功给予了当时许多作者以极大的鼓舞和信心,加以时代历史的促成,遂使历史小说"为世所尚,嗣是效颦日众",①逐渐趋向繁荣,至明代中叶嘉靖、万历年间出现了首次高潮。其间较有名的作品有《春秋列国志》《西汉通俗演义》《东汉通俗演义》《三国志后传》《东西晋演义》《隋史遗文》《英烈传》《杨家府演义》《于少保萃忠全传》《梼杌闲评》等等。从作品所演叙的时代看,上自春秋战国,下至明王朝,几乎构成了一幅完整的历史谱系,"其浩瀚几与正史分签并架"②。

明中叶至清朝、民国间,历史小说创作也相当兴盛,其中也出了一些颇有影响之作,如《东周列国志》《说岳全传》《隋唐演义》《说唐全传》《洪秀全演义》《中国历代通俗演义》等等。但诚如鲁迅所批评的:总体上它们"大抵效《三国演义》而不及,虽其上者、亦复拘牵史实,袭用陈言,故既拙于措辞,又颇惮于叙事","其他托名故实,而借以腾谤报怨之作亦多"。③从清末、民国初而下,到20世纪70年代末为止,这中间还有两个不算太长但却非常重要的历史阶段:一个是始自五四至新中国成立的30年的现代文学阶段,一个是1949—1976年近30年的社会主义的当代文学阶段。这是两个非常重要的历史阶段,我们许多优秀长篇佳作都产生于此时。而现代文学阶段,是历史剧创作的黄金时期。20世纪40年代在国统区、抗日根据地兴起的历史剧,曾给中国历史文学宝库增添了许多瑰丽的珍宝。然而与历史剧相比,历史小说不免相形见绌。也许小说不像戏剧那样可以借舞台演出"直观"地和读者见面,这是它体裁特点的限制,为此,使它不能在风云骤变的时代赢得广大作者和读者的青睐。尽管有郁达夫等的呼吁,但响应者寥寥。在长达30年之久的现代文学史上只留下几十个短篇历史小说和一部临近解放之时写的长篇历史小说《新桃花扇》(谷斯范)。新中国成立后的近30年,情况又与之不同。仅60年代初的一两年内,各刊物就发表了四五十个的短篇历史小说;紧接着长篇历史小说巨作《李自成》第一卷于1963年问世,这是令人欣喜的。然而到了1964年情况突变,这些历史小说就挨批判了,陈翔鹤、黄秋耘等写得颇有思想艺术特色的短篇历史小说更被粗暴地斥为"射向无产阶级的一支毒箭"。于是,一瓣瓣刚出

---

① 吴门可观道人:《新列国志》序。

② 同上。

③ 鲁迅:《中国小说史略》,《鲁迅全集》(第9卷),人民文学出版社2005年版,第154-155页。

土的嫩芽,人为地被践踏了。至"文革"期间,取历史小说而代之的则是"柳下跖批孔丘""法家批儒家"等等所谓的"历史故事新编"。

从 1976 年至今即新时期历史小说就是在这样的基础上产生发展起来的。在几十年的时间内奇迹般地出现了复苏。大概进入 20 世纪 80 年代,它却成了社会上引人注目的热门样式之一。如今历史小说在中国,已不是往日文坛可有可无的点缀和装饰,而是形成了一股锐不可当的创作潮流。人们记忆犹新,粉碎"四人帮"后随着《李自成》第一、二卷的畅销,历史小说闯进了千家万户,赢得了很高的声誉。1980—1981 年,接踵问世的就有《李自成》(第三卷)、《曹雪芹》《星星草》《戊戌喋血记》《吴越春秋史话》《庚子风云》《风萧萧》《金瓯缺》《九月菊》等 20 余部作品,一时之间,社会上竟出现了"历史小说热"。1982 年以后,虽然总体上出现了某种胶结和沉滞,但创作成就同样不可小觑。不仅冒出了凌力、刘斯奋、吴因易、唐浩明、二月河、熊召政等一批后起新秀,结集的队伍更广大了,而且创作出如《大渡魂》《百年沉冤》《白门柳》《苦海》《宫闱惊变》《偏安恨》《黄梅雨》《长安恨》《梦断金戈》《少年天子》《梦断关河》《曾国藩》《雍正皇帝》《张居正》等一批颇具思想艺术特色的作品。短短的二十多年,能产生这么多的佳作,呈现这样兴盛的景观,这是很难得的。

一定的文化,既与一定的民族传统相维系,又是一定社会历史的产物。正因此,任何优秀的文化,总是既带有独特的民族性,又具备鲜明的时代感;它与过去传统的东西相比,既有联系又有超越,既有继承又有发展。我国新时期历史小说情况也同样如此。但由于产生的时代社会历史条件的不同,新时期历史小说比起传统的历史小说在不少地方呈现出明显的突破和发展。

首先是思想观念方面。传统历史小说总是难于摆脱英雄创造历史的唯心主义史观的影响。几乎所有传统历史小说,每每写到两军对阵的时候,总是"阵前苦斗貔貅将,旗下旁观草木兵"。从《三国演义》到《说唐》《说岳》《杨家将》等,都概莫能外。帝王将相、英雄豪杰成了一种超稳定性的存在,他们无一不在作品中扮演主宰一切的主人公角色,无一不超凡拔世,神通广大,无一不颐指气使,至尊至显,其地位和作用均作了极度的夸饰。而新时期历史小说却显示了为传统作品所鲜有的真实和风采。今天的作家,因有唯物主义史观的指导,所以在这个问题上不会重蹈前人作家的艺术覆辙。他们在作品中张扬的是人民的力量、人民对历史的决定性作用,不仅原有惯见的主角易换了,处于艺术中心位置的往往是被传统小说所鄙弃、所丑化的名不见经传的下层人或所谓的"盗贼",而且人民的历史作用和内在价值也重新得到了应有的肯定。《历史的回声》《黑水魂》《王爷的末日》等作品告诉我们,决定抗御外侮、民族自强的力量不来自上层统治阶级及其少数的英杰人物,而是靠像魏泰山、赵保义、格力尔图这样千千万万民众的凝聚力和向心力。《李自成》《金瓯缺》《星星草》的战争描写表明,大至千军万马的一次战役,小至一场神出鬼没的遭遇战,农民起义的胜利哪一次离得开广大起义军战士的耿耿忠心和丹丹热血?《李自成》中写总哨刘宗敏于紧急关头跃马过汉水,就写了他身边的一个亲兵主动为他打掩护:当官军准备举弓就射时,"这个人连砍死几个敌人,自己也被砍倒",他用自己的生命为刘宗敏的脱险争得了时间。即使像《宫闱惊变》《少年天子》这样主要描写宫廷斗争的作品,也没有忘记在"民心"两字上做文章。得民心者得天下,失民心者失天下,是作者赋予宫斗的意义,比之过去传统历史小说那种单纯剔恶扬善的描写,显得要真实得多,也深刻得多。倘若不是作者们用"历史活动是群众的事业"①的历史唯物主义思想统御全书,是难以达到今天这样的高度的。事情正像马克思所说,"如果要去探究那些隐藏在——自觉地或不自觉地,而且往往是不自觉地——历史人物的动机背后并且构成历史的真正的最后的动力,那末应当注意的,与其说是个别人物、即使是非常杰出的人物的动机,不如说是使广大群众,使整个的民族,以及在每一个民族中间又使整个阶级行动起来的动机"②。

与重视人民力量显示的创作意向紧密相关,新时期历史小说在民族关系问题的处理上,其艺术观念也是有明显突破的。传统历史小说由于受正统的大汉族主义的民族观的影响,对少数民族向来都是持鄙薄的态度,什么"南蛮""北狄""西戎""东夷",连称谓上都含有歧视的意味。至于具体描写那就更不用说了,什么茹毛饮血、劫掠成性、愚顽无知,一副可憎可怕的样子。这种描写虽然能够在一定程度上描述历史的个别现象,但从根本上说,却是非历史的,它不可能正确反映历史的深层本质,较多属于封建性的糟粕。与这种偏狭的民族观相反,新时期历史小说在这个问题上则表现出了非常宽阔的现代人胸

---

① 《马克思恩格斯选集》(第2卷),人民出版社1995年版,第104页。
② 《马克思恩格斯选集》(第4卷),人民出版社1995年版,第245页。

怀。如《李自成》第三卷写清朝入关以前旗人的生活,就用赞许的笔调肯定了他们那种尚武好胜的思想风貌。他们的皇帝清太宗皇太极,怀有入主中原、并吞汉族的军事野心,但他政治上励精图治,用人唯才是举,作风上果断干练,甚至为了降服洪承畴,不惜遣其宠妃前往诱劝,这是非常豁达和开通的。这样的形象塑造不带丝毫民族偏见,又忠于历史,与传统历史小说中所写少数民族的"邦主"形象相比,思想差距十分显见。最为典型的例子是《金瓯缺》。这部小说的作者对宋、辽、金三个王朝彼此间进行的民族战争是有自己的是非臧否的,在描写上作者对马扩、耶律大石、完颜阿骨打三个各自民族的英雄都是赞肯的,尤其是对辽国亡国前夕耶律大石的不计前嫌、喋血皇城那段描写,更是充满深情和敬意。相反,当写到宋军攻入燕京城,宋将杨可世下了对城内契丹族人"格杀勿论"的命令时,作者情不自禁地站出来斥责:这是"罪恶的命令",愤慨之情溢于纸上。《李自成》《金瓯缺》这样的描写,是现代民族观在文学作品中的形象体现。两部作品都是站在整个中华民族大家庭立场上而不是站在某一个民族立场上的艺术处理,这样,就不仅与过去那些带有浓厚的狭隘民族意识的旧式历史小说严格地区别开来,在真实性和思想性方面也大大向前拓进了一步,与当代人之间的感情则更为契近了。

其次是有关艺术表现方面。传统历史小说在形象塑造方面,往往有意无意地排斥人物性格的丰富性。它们一般是按既定的思想标准和道德观念来构造形象,使之纳入标准化、类型化、单一化的公式。人物的忠与奸、善与恶、正与邪、勇与怯,都是了了分明的。好就是好,绝对的好;坏就是坏,绝对的坏。以至于像《三国演义》这样的作品,也受其羁拘,"欲显刘备之长厚而似伪,状诸葛之多智而近妖"①,"只是凭主观方面写去,往往成为出乎情理之外的人"②。至于等而下之的作品,把人物写成某种道德观念的投影,思想品性的化身,从而成为缺乏真实味、缺乏人间味的虚幻的傀儡,那就更多了。新时期历史小说创作,以其丰富的艺术实践,有力地突破了古典现实主义的传统格局,在创造真实性格的形象体系方面取得了较高的成就。它们的艺术表现,主要是现实主义的,人物的丰富性、全面性,即美学上的"杂多的统一",是它基本的也是最

---

① 鲁迅:《中国小说史略》,《鲁迅全集》(第 9 卷),人民文学出版社 2005 年版,第 135 页。
② 鲁迅:《中国小说的历史的变迁》,《鲁迅全集》(第 9 卷),人民文学出版社 2005 年版,第348 页。

显著的特征。可以说,举凡成功的艺术形象,从《李自成》中的崇祯、杨嗣昌、洪承畴、慧梅、张献忠开始,到《戊戌喋血记》中的谭嗣同,《星星草》中的曾国藩、李鸿章,《天国恨》中的张嘉祥,《大渡魂》中的石达开,《百年沉冤》中的袁崇焕,《苦海》中的郑成功,再列《少年天子》中的顺治、《白门柳》中的钱谦益、《曾国藩》中的曾国藩、《张之洞》中的张之洞、《雍正皇帝》中的雍正、《张居正》中的张居正等等,没有一个是美丑善恶绝对化的。这些人物,自然可以把他们归入通常所说的"正面人物"或"反面人物"行列中去,但他们与先前人们惯见的那种"叙好人完全是好,坏人完全是坏"①则截然不同,而是往往"美恶并举",思想性格和情感心理呈现出相当丰富复杂的状态,很难用几句话能概括得了。就拿《少年天子》中的顺治来说,他作为满人入关后的第一代皇帝,一个锐意图治的革新派,当他面对满汉民族矛盾叠起,而清朝贵族因循守旧处处掣肘,虽然他强制推行了开明的、进步的革新之策,但又囿于皇室习俗,常常患得患失。他孝上尊长,笃忠爱情,很富有仁爱之心和人情味,然而也时时表现出"唯朕是从"那种暴躁与专断。他独裁天下,并为满洲八旗的剽悍善战、凌厉无前产生出一种"征服者的骄傲",但他内心深处却也为满人的文化道德远远落后于汉人感到自卑自弃,这真是性格多元,一个一言难以道尽的艺术形象。像这样的艺术形象,在传统的历史小说中是未曾出现的。

比较古今之间历史小说的艺术表现,还有一个区别似乎也应该摆进去,这就是作品中有关生活化的描写问题。中国传统的历史小说也有一些生活化的描写,如《三国演义》中的曹操和刘备煮酒论英雄,曹操在赤壁大战前夕的横槊赋诗等等。但这毕竟太少,只是点缀性地插上数笔而已。就描写方法看,古典现实主义大体属于"英雄传奇"一路,它热衷的是超乎寻常的奇人奇事(主要是帝王将相、英雄豪杰的事),而对真实地反映社会历史特别是那些平平常常、普普通通的特定时代的民情风土等生活习俗则不感兴趣。从元末明初到晚清、民国初年,我国历史小说一路下来,中间或多或少产生了一些嬗变,但对生活化描写的漠视却一直持续如故。新时期历史小说的艺术成就,在这方面也是表现得很突出的。以长篇为例,我们看到,几乎有居半的作品是既写历史又写

---

① 鲁迅:《中国小说的历史的变迁》,《鲁迅全集》(第9卷),人民文学出版社2005年版,第333页。

生活,努力向生活贴近、靠拢。特别是那些成功的或较成功的作品,没有一部没有这方面的精彩描写;有的还明确地把它当作一种美学追求,不惜花大力气、用大篇幅泼墨倾彩,穷形尽相。《曹雪芹》《金瓯缺》或写曹雪芹一叶扁舟似的颠沛生涯、或写北宋季世的民族战争,内中穿插了多少眉眼活跳的有关当时民情风土的情节和场面:北京南苑北海的笙歌灯花,江南曾府的锦衣玉食;东京元宵灯节的狂欢,金明池上龙舟的夺标。《庚子风云》《莽秀才造反记》叙北方义和团运动的历程和南方平洋党的兴败,笔墨尽兴地甩宕开去描画:京津一带乡村人民的劳动场面,市井各色人等的生活习尚;浙江东南沿海农村古朴的乡规陋习,强悍的民风民气。如此等等,不一而足。像这样的写法,在过去传统历史小说中也是绝无仅有的。这是因为同样是现实主义,古典现实主义和现代现实主义是分属两个不同历史阶段的创作。后者主张真实地反映社会,创造环境,再现历史的本来面貌,所以它在进行人事描写的同时,关心和重视生活化问题,就是题中的应有之义。

可见,新时期历史小说每一项创新和突破,都是文学发展到一定历史阶段的必然,是时代赋子我们的应有使命。明乎此,我们就应该自觉地强化自己的创新意识,培植自己的开拓观念,在继承和发扬民族传统的基础上,大胆出新,不断超越。这也许就是我国历史小说从昨天到今天,又从今天通向明天的必由之路。

(原载《文艺理论与批评》1987 年第 2 期)

历史文学与传统文化核心价值的现代建构

　　20世纪八九十年代以来,伴随着社会体制的深刻转型,文化、观念、价值、信仰也迅疾分化,呈现出开放的、多元化的态势。开放的多元文化价值观一方面打破了诸种束缚,作为审定"价值"的历史叙述也获得了全面繁荣,历史文学的创作实践十分活跃:小说、戏剧、影视等历史文学创作全面繁荣,产生了一大批名篇佳作;学术界也对历史文学相关理论问题进行了深入的研究与探讨;甚至大众传媒、网络也掀起了一波又一波的历史叙事热。另一方面,在历史文学活跃的背后,则是各种价值、观念、信仰、意识形态杂然纷呈的状态:产生了诸如恶搞、戏拟、歪说、闲话历史,以大众文化的消费需求瓦解历史的庄严,受利益驱动而歪曲历史,表现出娱乐化的历史游戏态度与历史价值的虚无主义、悲观心理。这显然不利于社会主义良性文化生态的营造,与社会核心精神相悖,也与千年文化传统不相适应。因此,以文学的深刻反省方式来书写历史本质内涵,以丰富多彩的创作实践完成重寻历史之根,重铸民族之魂的根本任务,自然也就成为当下历史文学创作日益凸显的一个重要而迫切的问题。

　　历史文学在全球化、后现代与市场消费主义的多重时代课题面前,只有梳理和承继并打通传统文化的精神命脉,才能承担起探索文化转型的特殊使命,引领和统摄多元的价值立场,使之整合为积极而有意义的社会主义价值体系,并从丰厚的价值体系中寻找、挖掘和提炼出社会主义核心价值。这也要求我们的历史文学创作应以高度的历史责任感,深重的忧患意识,强健的立意,宽阔的胸襟,开放的视角,来发掘民族历史中的精神钙质,以积极的现代转汇,使之与时代精神对接,实现中华民族传统文化的涅槃式更生。在这个意义上,我们可以说历史文学核心价值的建构与确立,是一个不断继承与反省传统文化的动态过程。传统文化的多重、复杂、丰厚的内涵正借此文学表现,日渐激活,生成为时代核心价值的有机组成部分。这样的价值建构与确立的过程,必须不断克服历史认知过程中的种种单极化、封闭性的思考方式。它既需要独立探索的勇气,也需要多元开放的宽容审视,才能对民族传统文化进行有效的批判性建设。

一、从现代性出发的传统文化重审

从晚清至五四的现代性转型开始,传统文化才成为一个不断被拷问的话题。在五四重估一切的现代性焦虑面前,传统文化被定位为现代性的对立面,是一个亟须反对、割裂、批判的对象。无疑,当西方现代文明成为现代性的唯一尺度时,五四急切激烈的反传统情绪,也就成为当时历史条件下的必然选择。百年来中国社会的现代化进程,更进一步使从西方现代性出发的传统文化批判,愈演愈烈,单向度的狭隘思维模式限制了我们对传统的认知。然而,在今天民族崛起与复兴的语境下,从祛蔽了西方神话的现代性出发,打破线性的、单一的文化进化理论,避免对历史是非、功过、义利使用以及过于简单的价值判断模式,重审传统文化,无疑可以对传统文化可资借鉴的积极因素重新加以认识与思考。在新儒家、新保守主义等海内外思潮的推动下,大批阐扬传统文化正能量的历史文学创作出现了。这不仅是在当前文化全球化语境下中华文化的积极应对,也是一次思维方式、价值观念的革新。

唐浩明的《曾国藩》《张之洞》《杨度》三部历史长篇,首次大胆肯定了封建文化的正面因素和“士”阶层的积极力量;凌力的《倾城倾国》《少年天子》《暮鼓晨钟》“百年辉煌”三部曲则把孙中山等革命先驱一度视为“鞑虏”的异族统治者清王室作为讴歌对象;熊召政更在小说《张居正》中塑造了一个“果敢任事”与“贪淫虚荣”并存,在道德上颇有瑕疵的改革良相形象。帝王将相的集中描写,它不是简单的皇权崇拜,而是着重从文化角度上肯定贤明帝王与杰出将相身上那种浓厚的儒家社会责任感和社会忧患意识。他们不惜背负“恶”与“孤独”,以“先天下之忧而忧”的精神,实现济世拯民的社会理想,既与传统中那些优游闲适、疏狂怪诞、伪道德至上主义等负面性格相对立,其“不以道德论英雄,应为苍生谋福祉"①的复杂英雄形象更体现了现代人对历史真实的认知方式。肯定他们挽狂澜、救时世的积极历史作用,正是肯定民族文化中"济苍生,扶社稷"的政治理想,肯定"平治天下,舍我其谁"的伟大人格,肯定"民为贵,社稷次之,君为轻"的民本思想传承。是否有利于国家、民族、人民根本利益这一判断标准,是最根本、最核心的历史价值判断。从国家统一、民族团结等中华民族的根本利益出发,对帝王将相进行大胆的肯定,方可称得上是真正挖掘了传统文化的积极因素,激活历史,在传统与现代的互动中以开放的胸襟建构历史文学的核心价值与精神本质,有可能达成了文学的真境界、高品位。由之,它也与那些从历史中寻一点由头戏说一番,打着宫廷牌子吆喝招徕的媚俗作品划清了界限。这些帝王将相身上的人格魅力,也只有在民族根本利益的大前提下,才得以充分展现,甚至他们的人格走向偏执的一面:如曾国藩的一味忠孝的理学规矩、守雌忧谗、谨慎多疑的性格;张居正的不避物议、不惜弄权运谋、沉溺物欲的人格缺陷等。在肯定大节的前提下,这些如实的描写,不仅不会拔高帝王将相,相反倒凸显了其内涵的丰富。帝王将相自有其独异的禀赋,但如实书写他们的人格缺陷,展现历史道德主义与功利主义之间矛盾彷徨的混沌状态,才能有效地揭示传统文化精神传承的厚重质地与斑斓色彩。

国家、民族、人民利益的根本判断,是文学的人民性标尺,也是历史文学核心价值最重要的评判标准。描写帝王将相,也就不能简单地视之为"清官"+"愚忠"的封建思想的回潮。应该看到,在历史的、人民性的标尺下,大众呼唤明君贤主,其实隐含着渴望清平之治、繁荣盛世的心理期待。但是,帝王将相描写需要掌握好一个尺度,不能脱离基本史实的底线,一味地拔高颂扬,模糊历史的价值标准。影视类作品中,此种投合受众的权力崇拜心理,为帝王脸上贴金,为阴谋弄权大唱赞歌的现象屡见不鲜。如《施琅大将军》避而不谈施琅的变节,《大明王朝:1566》赞扬嘉靖帝的英明,《贞观长歌》则省略李世民逼父弑兄、晚年昏聩的事实,引发了历史评价的诸多争议。这就需要我们的作家在创作之前做足功夫,严肃思考历史文化遗留的正负因素,以"通天人之变"的卓越史识,不虚美、不隐恶,以独立的判断,真正挖掘出中国历史文化中的"脊梁式"精神。

---

① 熊召政:《闲话历史真实》,《理论与创作》2003 年第 1 期。

简单的批判或赞肯都不能达成对传统文化的现代性重审。许多描写近代历史的作品都关注到杰出的帝王将相们在面临传统文化危机的末世时痛苦迷惘而又矛盾的心情。恐怕作家本身在描写末世悲剧英雄形象时,也充满了矛盾心理,他既赞肯其不无辉煌的最后一搏,又理智地展示其有心救世、无力补天的无奈,替传统文化作最后的挽歌。这样的作品承载了颇多的文化反思意味,将爱恨交加的传统情结书写得格外深刻动人。遗憾的是,有些作品,尤其是影视作品对传统一味歌颂,失衡失控,迎合消费文化市场的需求,缺乏对文化内涵的思考,没有深层次的沉思况味。作品大多要什么给什么,权谋、凶杀、色情,一味满足观看欲望和老旧传统的精神意淫。作品恰恰遗忘了历史文学的真正价值:以文学的方式寻找历史本质。帝王将相,个个君圣臣贤;朝代更迭,尽是汉唐盛世。缺乏以现代文明为参照系的人文理念审视,赞肯型历史文学秉承的仍是古典主义的封闭的创作观念,现代性的文化反思无法进入传统的内在肌理;圣主贤臣们被塑造成完美无缺的古典英雄形象,缺乏现代文学应有的张力,被过分夸大了个人的历史作用。

马克思、恩格斯反复强调:即使是帝王将相等杰出人物,使他们拥有推动历史更强大的力量的原因乃是历史的必然要求和本质意志。"每一个社会时代都需要有自己的伟大人物,如果没有这样的人物,它就要把他们创造出来。"①英雄之伟大,在于他完成了历史赋予的使命。写英雄而没有站在对时代本质的深刻理解的基础上,也就无法写出"历史人物的动机背后并且构成历史的真正的最后动力的动力"。② 建立在消费动机下的历史题材影视,应当努力克服享受、娱乐、消遣的生物性要求,避免把历史和时代精神简单化的做法,而应进一步追求对历史本质的表现,以现代思维理性的成熟态度把握历史精髓;塑造英雄、描写盛世,以全息式的立体全面再现,剖析出每个人物、每个时代背后的精华与糟粕,对传统文化进行全面反思与重审,从而使之进入当下的积极价值建构。恐怕有必要调整历史文学的结构,去除那些蝇营狗苟于宫女太监间的媚俗打闹、一味匍匐在"圣君"脚下呼唤万岁的盲目尊崇,那些以娱乐消遣为目的的庸俗之作。而应大力倡导发展的、理性的、以文化的自我反思与

---

① 《马克思恩格斯选集》(第1卷),人民出版社1995年版,第432页。
② 《马克思恩格斯选集》(第4卷),人民出版社1995年版,第249页。

传统的现代转换为严肃主题的优秀历史影视作品。历史剧激发的网上热评表明,观众并非一味处于有什么吃什么的被动消费。在古装戏充斥荧屏的今天,他们仍然在思考被消费主义冲昏头脑的编导们不曾思考的种种复杂的历史价值观念。这也提醒我们的历史影视创作者们,只有真正担当起历史反思责任,深入剖析传统的优秀作品,才能占领市场,也才能真正融入历史文学的核心价值建构过程。

二、中西冲突视角下文化的自我批判:探索民族命运的新生之途

在现代性参照下重审传统文化时激发出来的优劣掺杂、正负并存的复杂状态,其实正与中国社会现代转型关头遭遇到的中西冲突息息相关。正是在19世纪中西文化第一次交锋时,我们才面临了这样一个沉重的问题:五千年的辉煌文明何以在近代西方文明的冲击下一败涂地?强健坚韧的民族力量为何无法挽救中华文化末世衰竭的命运?这又给我们的历史文学价值建构什么样的启示?何以在帝王将相的描写上,易滑入单纯肯定与讴歌的误区?从大文化观激发出来的传统活力有着怎样的正负因素交织的矛盾状态,关系到对传统文化进行现代转换的关键问题。文化自信力如果盲目尊大为文化自恋,就无疑堕入了曾在晚清中西文化冲突中显现的痼疾——某种难以自拔的"天朝心态"。中华民族近代以来的由盛而衰,自与"天朝心态"有关。由此进一步深究中西文化冲突语境下煌煌"天朝"的本质、危机、崩溃之种种根源,成为关系到民族命运的重大命题。

这样,历史文学如果仅停留在恋古、崇古与歌功颂德上,就回避了对盛衰之理的深究,也就是对民族命运的问题悬置不问。中华文化五千年岿然不倒,肯定有可资汲取的价值建构钙质;而在近代中西冲突中节节败走,肯定有自身的原因。这才是真正的重大问题。对此讳莫如深,历史文学的正面价值建构将再次成为盲目封闭自大"天朝心态"类同物,无法进入现代文化的生长结构。历史的必然要求将文化的自我批判、自我反思与自我解剖推到了创作实践的前台。从20世纪50年代的《林则徐》、到90年代的《鸦片战争》(谢晋导演),再到世纪之交凌力的新作《梦断关河》,都不约而同地聚焦于近代中西冲突的

历史转折关头,但表现的重点却发生了微妙的转移。与《林则徐》单纯的爱国主题仅仅激发人们的民族感情不同,《鸦片战争》将殖民主义与中华民族的矛盾深化为积极向外扩张的西方资本主义工业文明与一个关闭自守的东方封建主义的农业文明之间的矛盾,并在两种力量的较量中,不无悲壮地指出,成败的关键因素在于文明的先进与落后。历史理性的清醒批判告诉我们,仅有爱国的激情远不能拯救中国由盛而衰的命运。《梦断关河》进一步发展了这一传统文化批判的主题,将现代理性批判与民族情感依赖并置在中西冲突的背景下,极大地丰富了历史文学的艺术内涵和思想深度。小说充满历史辩证法地描写了镇江都统海龄一方面率全体满兵以死殉国,另一方面出于民族封闭与仇视的心理大量屠戮平民。类似这样展现道德与价值、历史与现实、爱国激情与封闭落后等复杂纠葛矛盾的原生态历史真实的描写,在小说中比比皆是。凭借世界性的现代文明的参照视角,《梦断关河》获得了自身文化体制之外的清醒认识与批判力量。小说还以中西文化交融的开阔胸襟与气度进一步超越民族战争的狭隘立场,虚构了中西恋情,寄托了汉民族文化汲取异文化菁华更新重构的文化整合理想。这表明作家已经有意识地将历史文学纳入中/西冲突与传统/现代冲突的格局中思考,严肃地探索民族文化的新生可能与发展方向。

从《火烧圆明园》到今天的纪录片《圆明园》,同样显示出从狭隘的爱国主义向文化冲突视角下反思传统的主题深化。我们有理由相信文化的冲突、对话、交流、融合,已经成为今后历史文学创作新的生长点。摆脱尊崇五千年文化、四大发明、汉唐盛世等种种僵化封闭的"天朝心态",打通中西、古今间的文化对峙,探索世界格局下的民族命途,才真正开始了尽管不无痛苦却又异常重要的对传统文化的自我反思。唯其如此,传统文化的菁华才能在中/西、传统/现代的冲突下再次激活,为当下价值建构提供有效成分。中华民族的盛世重现,辉煌再造才成为可能。历史文学关注近代中西冲突的作品,也因此获得了不寻常的历史悲剧质地和深刻的忧患意识。

可以说传统文化的菁华与它的消极面紧密地纠结在一起,这使我们在书写历史时充满了历史道德、情感与现代理想批判间的紧张冲突。历史文学也因之而充满了辩证的、全面的、立体的、富有活力和弹性张力的价值建构。从近代冲突背景下士大夫精英们回天无力、内外交困的悲剧命运,到现代民族文化成长中的壮怀激烈,历史文学以严肃的思考突破了简单的价值二元对立和历史的单维度状态。面对这一沉重的话题,更多的思考还停留在思想史、历史学的层面。《天朝的崩溃》《戊戌变法史事考》《苦命天子》《圆明园》《大国崛起》等史学专论与历史纪实,或如《东京审判》亦较多纪录色彩。随着思想史、历史学上的突破探索,我们有理由期待中西冲突视野下的历史文学书写取得更具艺术水准与文化境界的实绩。

事实上,文化类型本身的差异并不能决定文化的优劣,中西文化冲突境遇下传统文化的溃败,不仅是老旧中国在西方现代文明面前的败走,更是传统文化自身僵化封闭、自投末路的失败。由中西冲突引起的,是对传统文化发展轨迹的根本判断。近代中西冲突使传统中国面临了由盛而衰的重大命运转折,而由此上溯剖析中华文化的"创世—盛世—末世"精神内核,借助西方现代文明的参照力量,我们才能清醒地认识到末世文化衰落的历史必然性、盛世文化中已经孕育的内在危机、创世源头活力中可资接继的文化气脉。遗憾的是,许多历史文学创作实践,仍然缺少对中西冲突问题的敏锐感知,缺乏自觉的中西文化对照立场。因而,对传统文化的价值挖掘陷入种种简单化的误区:要么过滤纯化创世文化源头的精神活力,使中华文化的多元发展路向难以揭橥;要么沉迷于盛世讴歌而不自醒;要么回到简单的爱国主义、民族主义,对历史事件与人物作功利性判断;要么面临末世危机,仓皇失措,难以准确把握历史的根本判断原则,陷入价值迷误之中。即使是已经接触到中西冲突问题如《走向共和》《杨度》《梦断关河》等作品,作家的自觉意识水平也仍然高低参差,导致作品的价值判断与历史反思常常停留在较粗糙的水平。正是在这些历史文学核心价值涌动着重大突破的地方,创作主体的非自觉状态影响了对这些敏感而重大的题材的表现深度。

所以,借此有必要呼吁作家们站在新的高度,以自觉的文化冲突意识,对这些历史题材中蕴含的核心价值生长点加以充分的关注与思考,创作出更具思考力度与冲击力的优秀作品。

三、从"大历史"到"小历史":民间自由的历史精神原则

如果上述对传统文化的褒扬与批判都更多地关注帝王将相等杰出人物,

那么历史文学核心价值建构的另一关怀对象,则应是掩盖在帝王将相的高大庙堂阴影下的民间。真正将视角从国家、民族的叙述主题上挪移至日常民间,从"大历史"转向"小历史",才真正走向了日常叙事。

作为小历史的民间历史,最具生长意义的是与庙堂传统相对立的民间精神的自由、生命活力与个性勃发。原有的革命历史叙事也写民间,但更多是以单一的革命民间遮蔽了"藏污纳垢"的丰富民间。民间革命的自觉性、成熟性常有过分拔高之嫌。也就是说,将民间的自由精神纳入紧箍的意识形态规范,民间往往也就失去了它的野性本色。而传统文化中的民本思想所着眼的民间,更多是一种自上而下的政治文化精英对民间的外在关怀,只有走向"小历史"的日常民间,才第一次将民间日常自发的生机与活力、民间应对苦难的自我调适与坚韧,展现到历史书写中来。民间不再是知识者和统治者关怀的对象,而上升为历史的主体。历史中默默无闻的小人物,他们的日常生活,是"大历史"所不屑一顾的,从未进入视野。受新历史主义思潮与新历史小说创作实践的影响,呼应着文学中日常叙事、日常美学观念的兴起及文学底层意识的日渐上扬,"小历史"的日常民间逐渐进入历史的舞台。历史曾经只是帝王将相的家谱,曾经只是印证农民起义推动历史发展的革命图解,如今又成为卷土重来的帝王将相的英雄颂歌。而"小历史"恰恰将这些重大历史统统推远成为背景,改朝换代敌不过天长日久的温暖度日;宏大叙事的单一色调下,通过民间细部的涂抹修饰,历史才现出鲜活颜色与丰富层次。回到民间主体本位,"大历史"与"小历史"交相穿插,虚构小人物进入历史视线,历史的生命正是由这许许多多鲜活独立的生命组成。宗族史、家族史、村落史、家庭史乃至个人的命运史、心灵史、情爱史和欲望史,丰富了历史的多元状态,也将历史向民间还原。"小历史"的繁荣反过来也为"大历史"叙述提供了关爱个体生命,尊重底层民众的新的价值观念。这不仅造成历史小说文体结构发生重要的变化,虚实相生,摇曳多姿,同时也关系到一个重大的历史观问题:谁是历史的主体?写那么平凡的人,不那么美好的人,将民间普通人视为历史的主体,将国家的历史、民族的历史进一步推进到人的历史,实际上扩大了历史文学的书写范围,繁荣了历史文学的艺术手法,最终扩大了历史的整体观念。

民间为历史文学核心价值提供了更为广袤的营养土壤。《丰乳肥臀》永恒而强大的母性力量,《檀香刑》泼辣鲜活的猫腔,无一不是讲述面对苦难时的坚韧执着、刻苦耐劳,面向反抗时的自由生命意志等民间精神原则。民间自由粗犷的生命力量是对矫揉造作的庙堂文化的反拨,民间的坚忍执着则是将普通人的喜怒哀乐,将他们应对苦难的生存方式都一一珍视。而这些不同于庙堂的民间精神原则确实对传统文化的精致繁琐,对文明推进造成的生命委顿"种的退化"颇具纠偏之力。近期的"重述神话"系列已推出苏童的《碧奴》、叶兆言的《后羿》,更把民间历史上溯至文化创世期的原始神话。与原始神话短小简单的情节不同,"重述"加入了复杂的现代感受,实际把原始神话内蕴的民间价值尺度理想化,以此来批判、反抗现实生活的萎靡不振。碧奴之哭、嫦娥之泪,都是现代文明的讨伐者。这说明,民间历史从来都不是纯然的民间,尽管民间已成主体,经由知识分子追述的民间却仍旧不停地贯穿着知识分子对现代西方文明的隐忧,以现代意识反思中华民族的源头与去向。

由知识分子挖掘出来的民间自由精神,鲜活饱满,内蕴着与庙堂、精英文化大相径庭的异质成分,即自由个性的舒展,它构成了历史的新型形态与价值原则。"小历史"的民间书写那些曾被秩序扼杀了的自由潇洒;书写原始野性的勃发与粗糙未经提炼但却强盛的生命活力,有力地防止历史文学走向单一的僵化,提供了新的价值生长点。

然而,我们也需清醒地看到"小历史"书写中存在的诸多缺陷:刻意以"小历史"瓦解"大历史",宣扬历史的解构与虚无;一味渲染"小历史"的情爱金钱、风花雪月,带来价值的迷惘与困惑。甚至一些严肃作品也因刻意与"大历史"的对立,造成民间精神的过分美化与过度扭曲。这种缺陷正是由于缺乏从现代文明高度,对民间文化加以理性辨析。民间面对苦难的坚忍执着,很可能是与狭隘封闭保守的民间超稳态结构联系在一起的。这种超稳态结构要比封建文化的政治结构更长期、更牢固隐性地影响着国民精神与心灵。民间的自由强力,也很可能流于盲动的暴力倾向。知识分子用来对抗主文化的民间,那些土匪妓女、流氓官绅构成正面角色的所谓"民间历史",与百年来数千年来英勇壮烈的争自由求独立的事件与民族英雄的正统历史,除了形式的对立之外,在核心价值上并没有提供新的东西,只是分处于二元对立思维的两头。他们共同的封闭保守的思维方式,一起构成了传统文化根深蒂固的精神内核。而将民间的自由精神置于现代性与文化冲突的背景之下,加以严肃的批判与反省,才能写出更深入更丰满的民间历史。

如小说《白银谷》、电视《乔家大院》、话剧《立秋》不约而同地选择了晋商这一表现对象。作品写民间晋商文化并没有站在与"大历史"主流刻意对立的角度,而是尽可能地勾勒出广阔的历史背景,以展现历史的总体风貌和基本事实,准确地表现了历史事件和历史人物的主要性质和特征。获得茅盾文学奖提名的小说《白银谷》与获得惊人票房的话剧《立秋》,更进一步描写晋商的没落期,写他们在近代中西冲突下故步自封、难图变革终于失去制度转型的机会,不可避免地走向衰落的过程。主人公们在历史转折关头,以强大的民间人格精神力量,弃小我,成大我,不惜倾家荡产,也要维护传统的信义原则,以道德极端理想化成就了一曲排斥抗拒现代文明的历史悲歌。古典英雄悲剧在精神人格上的高大,警醒着现代人格的萎缩;古典英雄在历史情境前的悲剧选择,则提示着传统民间文化同样处于现代性批判与反省的焦点。抛开"小历史"对抗性,民间的自由个性才真正成为历史的主体,显示出历史杂芜丰厚的立面,与"大历史"一起共同汇聚成历史宏大叙事的真实画卷。民间自由精神原则也才能真正挖掘出历史的核心正面价值。

(本文与王姝合撰,原载《文艺报》2007 年 5 月 24 日)

历史真实与作家的现代意识

　　对现代意识的追求,是中国当代尤其是新时期历史小说创作中的一个日趋强化的趋势。长篇历史小说《努尔哈赤传奇》作者刘恩铭在他的一篇文章中,就赫然用《以现代意识表现历史生活》为题写道:"只有作家具有鲜明的现代意识,将历史真实与现代意识结合起来,才能使历史小说达到更高层次的真实,才能更深刻地感动当代读者,受其欢迎,充分发挥历史小说的审美、认识功能。"①

　　其实,其他一些作家如任光椿、鲍昌、凌力、顾汶光、刘斯奋等也有这种自觉的意向。这只要看看他们的"创作谈"或"后记"之类的,就大致可以明白。而作为这种趋势的理论表现,是历史小说批评家们越来越多地从这个角度对作品的价值和意义进行阐发,现代意识,几乎成了他们评论的"口头禅"。这种颇成时尚的阐发,自然又回过头来大大刺激了作家对现代意识的追求。

一、问题的提出

　　现代意识是一个很大很泛的概念,它的内涵似乎很难界定。据前些年《文艺报》的一次"现代意识"讨论会报道,具体解释竟有几十种之多。本文为了避免歧义,不妨将它解作是社会发展最新阶段中所体现出来的人的最高自觉,是当今现代人站在人类认识世界的制高点上鸟瞰时间和空间所产生的最新观念。这也就是说,我们所说的现代意识是指作家主体意识的现代性,而不是指作品中人物的现代性(那是令人望之生厌的历史小说"现代化"倾向,是一个否贬性的概念),它与惯常的陈旧意识、陈腐观念是相对立的。每一个时代总是

① 刘恩铭:《以现代意识表现历史生活》,《沈阳晚报》1986 年 12 月 29 日。

有自己的时代意识、时代精神。用时代意识和精神观照题材对象,也是每个作家应尽的艺术使命。尤其是像今天这样新旧交替、在意识形态领域内呈现辐射状复杂结构的转型时期,情况就更应如此。不过,这样讲对于历史小说来说还是不够的,也嫌太笼统、一般化。实际上只要我们从本体论角度观照,那么就会发现它的现代意识问题的提出,还另有其自身的特殊性和特殊意义:

首先,是历史小说的题材内容源于符号化文字的记载,而文字记载由于各种复杂的原因往往真假并存,是非掺杂。为了爬罗剔抉,区辨真相,发掘内中蕴含的历史真实的本质,作家必须以现代意识武装自己,并用它作为价值取舍的标准。而现代意识,作为作家和史家"那一时代提供的最好的灯"①,它的确也具有非凡的理性洞穿力。否则,作家即使具有很强的主体创造意识,他也只能面对复杂的历史资料而不知所措,无法将感受到的真实真正上升到现代意识到的真实,从而在艺术转化时出现不应有的错位。

其次,是历史小说创作是一种多级的思维活动,其认识过程的主体、客体和中介,或者说参与认识过程的历史 1、历史 2 和历史 3,与一般现实题材的思维活动不同,不处于同一层次。一般现实题材的思维活动,我们的认识虽然不一定通过直接的实践活动,但在时空上具有直接实践的可能性,并且信息的来源毕竟还是通过与我们处于同一认识水准的人们的直接实践活动。这样的思维过程叫单级思维。历史小说则不然,它的认识客体是永不重演的过去,不具有重新实践的可能性。作为认识中介的史料记载也不与我们处于同一认识水准。这样的多级思维特点自然给历史小说的创作主体提出了很高的要求。显然,由于主体与客体及中介不是处于同一层次,它们彼此一方面不可能通过直接的实践活动加以验证,而另一方面又要求它能在更高级的认识水准上感受到信息史料提供者往往所未能认识和感受的内容,这在事实上就使历史小说作家在主体意识现代性方面较之一般单级思维的现实题材显得更艰难。作家只有极大地提高主体的认识水准和审美的思辨能力,他才有可能及时发现、纠正信息提供者的谬误,敏锐感知到为信息提供者忽视的内容,从内部增加信息量。

当然,无论是就普遍性还是就特殊性来看,历史小说强化现代意识,都是

---

① 《现代西方历史哲学译文集》,上海译文出版社 1984 年版,第 263 页。

为了帮助和启迪作家透过现象看本质,以便在艺术转化时对历史生活作出更真实、更深刻的反映,提高作品的思想艺术价值和真实品位,它们的目的是一样的。其实,现代意识之于作品真实的作用岂止是能动的帮助和启迪,有时候,它们之间何尝不是成正比:意识强化到什么程度,作品的真实就达到什么程度,会产生惊人的对等效果。历史小说创作实践,也雄辩地证实由于作家艺术感知力、思辨力的差异,用以观照的思想意识不同或自觉程度不同,因而即使是同样一个题材,往往在真实性的效应上也大相径庭。卢卡契在《历史小说》中所说的雨果《九三年》与法朗士《诸神渴了》之间的"实质性的对立",就是属于这种情况。

这两部作品都是以法国革命为题材。然而思想意识的不同,却给它们各自的真实带来了同步对应的影响:"雨果基本上是同意雅哥宾党人的政治社会目标的,而认为他们的悲剧问题症结在于他的方法,在于恐怖手段。法朗士却不太反对恐怖手段,然而他看出……雅哥宾党人的英雄主义是以悲剧性的问题出现的。可是这个悲剧的社会内容本身并不含有前途无望的因素,并没有'永恒的'进退两难(像雨果作品中那样),而是含有一个未说出来的,因而却更加明显的未来远景。因为法朗士看到了这巨大的过渡危机,所以他能够允许自己在面对革命敌人时有一种造物者的客观性,同时并不丝毫削弱他的这个党性原则。"①卢卡契对《诸神渴了》如此称誉,也许未必为我们所完全赞同(平心而论,法朗士这部作品对法国大革命的描写是存在着明显的片面性和局限性的),但他所说的两个作品因思想意识差异而造成的真实"对立",则无疑是事实。可以这么说吧,古今中外的历史小说,它的真实与否以及真实程度怎样,都与作家的思想意识息息相关。凡是优秀的作品,它的思想意识一般都是先进的或进步的,集中地体现了当时的时代精神。而一切优秀的作家,他也总是自觉地站在时代的前列,掌握时代的先进思想,从不把自己降低到一般的的、平庸的水准。莎士比亚的历史剧《亨利四世》等所以高出同时代作家作品,成为文学史上的一个丰碑,其根本的原因就是他的作品表现了鲜明的人文主义思想。而这种人文主义,则是代表了当时文艺复兴时期欧洲的先进思想。托尔斯泰的历史小说《哈吉·穆拉特》特别是《战争与和平》,之所以非凡卓越,

---

① 《卢卡契文学论文集》(一),中国社会科学出版社 1980 年版,第 93-94 页。

在世界文坛上独步一时,主要的也不在于它对特定历史真实的准确反映,而是在于其所体现出来的民主、民本主义思想和人民决定历史命运的观点在当时达到了难得的高度。相反,马克思在《路易·波拿巴的雾月十八日》等著作中所批评的雨果的《小拿破仑》和蒲鲁东的《政变》,它们之所以不知不觉地犯了主客观历史唯心主义错误,歪曲了波拿巴政变的历史真实,致命的症结主要也就在于单凭各自的"直接观感"而没有将它上升到科学理性的层次,作出富有现代意味的解释。诚如马克思所说:"维克多·雨果只是对政变的负责发动人作了一些尖刻的和俏皮的攻击;事变本身在他的笔下却被描绘成了晴天霹雳。他认为这个事变只是一个人的暴力行为。他没有觉察到,当他说这个人表现了世界历史上空前强大的个人主动作用时,他就不是把这个人写成小人而是写成伟人了。蒲鲁东呢?他想把政变描述成以往历史发展的结果。但是,他对这次政变所作的历史的说明,却不知不觉地变成了对政变主人公所作的历史的辩护。这样,他就陷入了我们的那些所谓客观历史家所犯的错误。"①

同样道理,有 20 世纪 40 年代李健侯写的《永昌演义》(李健侯系陕北著名人士李鼎铭先生的侄子,他写的这部书毛泽东同志当时在延安看过,并曾给作者写了回信)。他与姚雪垠的《李自成》截然不同,对李自成个人品质是肯定的,而对李所领导的整个农民起义持否定态度,并自觉不自觉地从中宣扬了封建宿命论思想。譬如书中有一个情节,写明朝在李自成起义后派人去掘李家的祖坟。结果发现李父尸身生毛,上面盘有一条白蛇,坟墓里的一盏灯不灭。坟墓周围的树砍下时竟会流血……这里除了落后的封建迷信思想作祟外,还有一个重要原因就是为唯心主义旧历史观所羁,影响、削弱了对历史对象的深刻感知,堕入了"用迷信说明历史"的泥沼。我们千万别以为作家在搞文字游戏,不,他的态度是很严肃的,他认为这就是真的历史。为了使读者相信他并非杜撰,他在紧接这个情节描写之后,郑重其事地附录了当时挖坟记载的两份"扩报",并且还来了一段严正的声明:"谨按原文附载,未敢增删一字,以昭信实。"其虔诚的态度无可怀疑。由此可见,对现代意识的强调,这不仅是历史小说作家求真活动所必不可少的一种认知需要,同时也是关乎历史小说创作成

---

① 《马克思恩格斯选集》(第 1 卷),人民出版社 1995 年版,第 599 页。

败的一个根本关键所在。

对于我们上述的结论,是否有人以艺术的情感性、想象力诸特征为由提出诘问呢？这是有可能的。我们认为,作为一种艺术创作,历史小说将历史真实化为作品真实当然离不开作家情感和想象等因素的参与,而且甚至可以说这些因素在历史真实转化过程中恐怕还发挥了主要的作用。但这决不等于理性意识不重要或无关宏旨。事实上理性因素自始至终参与历史真实从选材到构思、创作的全过程,也一直潜在地起着不可或缺的催化作用。因为从脑科学原理讲,一个人在进行形象思维时,他的主管抽象思维的另一左半脑不可能完全处于冬眠状态。只要它还在活动,还在产生出信息,它就会通过胼胝体和主管形象思维的右半脑沟通,从而在艺术思维活动中占有它的一席之地。而按形象构成的理论来看,任何一个真实生动的艺术形象,它都是把"理解力和想象力联合起来"(缪越陀里语)的。单有想象力或有理解力,都不能构成真正的艺术形象。所以,黑格尔虽然那么强调想象和情感对历史小说创作的重要性,但也认为要使其理性内容和现实形象有机结合起来,没有现代意识的知性理解力是不行的。他说:"在这种使理性内容和现实形象互相渗透融合的过程中,艺术家一方面要求助于常醒的理解力,另一方面也要求助于深厚的心胸和灌注生气的情感。所以只有缺乏鉴赏力的人才会认为荷马所写的那样的诗是诗人在睡梦中可以得到的。没有思考和分辨,艺术家就无法驾驭他所要表现的内容(意蕴)。"①

前些年,雷达在评论当代革命历史小说创作时提出了一个颇具意味的命题,叫"灵性激活历史"。其实不仅是现代革命史,一切历史均可以灵性激活。但这个命题也是相对的,正如有的同志所说,它自有其特定的现代含义:这就是"在创作意念的发生上,从知性为驱力,转而以灵性为驱力;在创作的准备和素材的采撷与运用上,从以书本为源泉转而以生活为源泉;在创作的内容上,从以史实为中心转向以人特别是以人的'内宇宙'为中心;在创作的意蕴上,从再现历史的实践性转向挖掘历史理性、历史文化性、历史的人生哲理和历史的哲学性;在创作的主客体关系上,从以客体为对象转向以主体对客体的主动渗入为对象;在创作的艺术表现上,从人物的典型化、性格化转向非典型化、非性

———————

① [德]黑格尔:《美学》(第1卷),朱光潜译,商务印书馆1979年版,第359页。

格化,从情节转向非情节,从单一叙事角度转向非单一叙事角度,从写实性转向变形、荒诞、寓言、象征,从史诗和史诗性转向非史诗、反史诗"即所谓的"历史心灵化的创作"。所谓的"灵性激活历史",只有在这个意义上才是正确的,而不能理解为非理性(知性)、反理性(知性)。因为尽管这个命题比之传统的"知性激活历史"更具现代意味,"但它并不是唯一的命题和法则,只是历史小说的一个命题和历史小说的一种法则。……一切历史小说杰构佳作的作者,无不既仗知性也凭灵性激活历史。知性、灵性于作家,合则双美,离则两伤"。①

二、追求的过程及其阶段性特征

现代意识概念内涵的界定,使我们找到了观照新时期历史小说的一个理想的角度和切入点。那么我国新时期作家是怎样追求历史小说的现代意识的呢? 概括地讲,就是不再简单袭用前人的思维观念,而是把自己笔下的对象,放在整个历史的坐标系中,用当代人崭新的历史意识和审美意识进行烛照。为此,他们所表现的思维空间是开阔的,它体现了当今人应有的博大的胸怀,所表现的思想意识是"重建"的,它反映了当今时代的某种情绪和理性思考的某些特点,某种程度上也可以说是出自近年来新的文化价值观念潜移默化的启示。

例如民族关系问题的处理,像《李自成》《金瓯缺》,它们对私有制制度下汉族与少数民族之间产生的兄弟阋墙的把握,便很具这样的特色。《李自成》一方面既充分肯定了汉民族在捍卫本民族利益上所进行的必要的抵抗战争,歌颂了为此而献身的英雄,谴责了民族利益的叛卖者;另一方面又公正地表现了少数民族所走过的历史道路,评价了清最高统治者皇太极统一中国北方,对整个中华民族的发展所起的积极作用。该书第三卷对清入关前那种强悍、进取思想风貌的描写,笔调清新而又浸润着赞许,这是先前的任何作品所从未有过的。《金瓯缺》则似乎更典型。这部小说在展现宋、辽、金多民族生活大视野和大剖面时,是有自己是非臧否的态度的,但它并不把作者自我的思想倾向作为

---

① 腾云:《故事化—生活化—心灵化——历史小说走向管窥》,《文艺报》1989年11月4日。

艺术评判的简单准绳。全书对马扩、耶律大石、完颜阿骨打三个朝廷的各自民族英雄都是赞肯的,尤其是对辽国亡国前夕耶律大石的不计前嫌、喋血皇城的那段描写,更是充满深情和敬意。相反,对宋军攻入燕京城,宋将杨可世下了对城内契丹族人"一律摘杀"命令有关描写,则是批判的,将其斥为"罪恶的命令"。姚雪垠、徐兴业这样的描写,是当代新型民族观在文学作品中的形象体现。他们站在整个中华民族大家庭立场上而不是站在某一个民族立场上的艺术处理,使其作品与过去那些带有浓厚的狭隘民族意识的旧式历史小说严格地区别开来。

诚然,以上仅仅是举例性质。作为一种普遍性的现象,新时期我国历史小说的现代意识,最突出最集中还是体现在文化反思、理性批判因素的明显增加,审祖意识、忧患意识的含量日见强化。不少作家突破为祖讳的思维模子,已经开始有意识地把过去旧时代人民革命失败的惨痛教训与封建思想观念的沉重可怕结合起来思考,从民族文化心理结构的层次上探求我们民族长期遭厄受困的原因了。1984 年年初出版的顾汶光的《大渡魂》和已故著名中年作家鲍昌的《庚子风云》,在这方面是颇有代表性的。这两部作品都是取材农民起义的一段悲壮史事,然而,由于它们没有简单地摘取某个流行的概念,而是自觉地站在时代高度,深化和拓展自己的思维空间,因此较之以往同题材的其他作品,更具有一种耐人咀嚼的意蕴。关于反映农民革命悲剧的作品,我们至今见到的,大多把失败的原因归咎于敌我力量的悬殊,敌人暗中破坏等外部客观条件,从农民作为小生产者的苟安短视、争权夺利等内在主观原因上寻找的,便是其中最深的一个层次了。《大渡魂》和《庚子风云》对农民革命悲剧的描写,可说又更深入了一个层次。《大渡魂》主要从封建道德观念和农民思想的内在联系的角度感知、透视农民革命的悲剧根源。小说通过石达开在天京内讧后率部西征入川、被清军围困大渡河畔惨遭全军覆灭的描写,富有见地地为我们开启出一个令人怵目的深刻主题:天国革命的最终失败,不是败在天时、地利、人和不好,更为主要的还是肇祸于头脑中的以"忠义"为特征的因袭旧道德思想。小说的悲剧主角石达开,把奉行"忠义"两字作为自己毕生最高的道德标准。然而,正是这愚昧的"忠义"即对天王洪秀全的"愚忠"、对部下乃至对叛徒对敌人不讲原则的"痴义",虽使他一时在个人精神上得到平衡和人格上得到自我完善;但却在整个大局上坐失良机,陷入困境,最后终于功亏一篑,酿成了一场遗恨千古的历史大悲剧:不仅使自己而且使七千将士作了这种"忠义"的牺牲品。石达开的失败,在史学界是有争论的,作者的见解是否均已精当周全也还可以讨论;但他对石达开悲剧性格的把握,则不能不说是别开生面,富有深意和力度、富有典型性和概括力的。在中国封建社会里,由于受儒家正统思想的长期影响,"忠孝节义"历来被视为最高的道德规范。石达开作为一个"自幼熟读经史,受儒家思想影响较深"的知识分子,自然也不例外。他明知所谓的"忠义"要毁掉他的"事业",可他却偏要在违心和痛苦中一味地效行"忠义",这正是他的可悲之处,说明他身上负荷的旧道德思想的沉重。而这,正是造成他悲壮走向毁灭的内在思想根源。

如果说《大渡魂》是从根深蒂固的封建旧道德对人民思想侵蚀的角度剖析农民起义的悲剧,那么《庚子风云》则主要是从思想观念、思维方式的守旧封闭对人民造成沉重桎梏的视点来观照农民起义的逆转。这里所说的守旧狭隘,其意相当于鲁迅先生所讲的"国民性"。因为它所叙的内容仅限于义和团由酝酿走向举旗这一段,故自然不能像《大渡魂》那样作如是强化的描写。但尽管如此,作者还是以他特有的热情和冷静、缜密和潇洒之笔,挑开了外表的欢腾和喧闹,让读者看到了其间藏匿的矛盾和积淀;看到了这些头扎黄布,手持大刀的义和团英雄们,他们一方面反帝反封建,在同洋人和官府的斗争中威武挺拔,气贯长虹,另一方面也盲目无知,片面执端:王德成在新城板家窝举事,"从一村杀到一村,三天三夜,都没有瞌一瞌觉",情绪偏激,斗争过于扩大化,接着又扒铁蜈蚣、砍千里杆、烧铁牛(即义和团隐语中的铁路、电线杆、火车头),把帝国主义同西方文明一锅煮;阎老福血洗了莱水高洛村后,对着死去的义和团兄弟磕头,视迷信的梦呓为科学;林黑儿从皇会庆典会上看到天后娘娘的威仪开始,便走火入魔,陷于狂热的、迷醉的、谵妄的思想情感中……上述这些描写,在前两部九十多万字的长篇中,分散开来也许并不觉得什么,但一经剪辑组合,便使我们颇有大吃一惊之感。什么叫愚昧、落后、保守的思想观念,什么叫封闭、狭隘、小农式的思维方式,一句话,什么叫作历史因袭,我们可以从中看到它的具体生动的体现。七八十年代之交,任光椿的《戊戌喋血记》在表现维新变法运动时曾经大胆地接触到这个问题,引起了读者的广泛注意和好评。作者如是描写,可以说是继《戊戌喋血记》之后的又一次有特色的成功实践。像《大渡魂》《庚子风云》这样的写法,我以为是接触到了列宁所说的事物的"深刻的本质"。正因此,这两个作品方能在较深的层次上,为我们开启出农民革命的某些深刻的历史原因,在别人写得很多的习见题材上翻出了旨趣上的新意。

除了精神因袭思想的透视以外,新时期历史小说作家对现代意识的追求,还有一个显著表现是历史观方面摒弃了延续很长时间的庸俗阶级论、本质论、动力论的传统习惯,努力实践一种更符合客观真理的辩证唯物主义和历史唯物主义观点,不搞简单的政治定性,把人真正还给历史。这种史观更新的最初表现,是较集中地反映在作品的具体人物特别是反面人物塑造上,用立体的"人性说明"代替简单的政治命定,把消融在偏狭的阶级和阶级斗争冰水中的人的个性拯救出来。如《李自成》(姚雪垠)中的崇祯、杨嗣昌、洪承畴,《戊戌喋血记》(任光椿)中的光绪,《风萧萧》(蒋和森)中的郑畋,《秦时月》(刘亚洲)中的冯去疾,《秦娥忆》(杨书案)中的秦始皇,《梦断金戈》(姜兆文)中的科尔丹等,都具有这样的特色。这些人物,作者并不因他们阶级本质与人民对立就将其一概骂倒骂臭,全盘贬否,而是联系错综复杂的社会关系,包括统治阶级内部的斗争,从多方面、多层次的角度予以透示。《李自成》之所以能够蜚声海内外,其所创造的崇祯形象迄今为止仍成为中国历史小说的成功的艺术典型,其根本的原因,我以为就在这儿。这也就是作者自己所谈的:把崇祯"作为历史的复杂问题去分析和认识,避免用一个公式去解释生动、具体的历史现象"。把他"放在当时的典型环境和他的皇帝生活中去表现。……写成一个生活着的人,而且是他这个人,并不是别的人,不是一般的人,也不是一般的亡国之君"。①

而到了 20 世纪 80 年代中期之后,这种史观的新变又进了一步。它的主要表现,是由原先的较为单一的人物塑造逐渐升华为带有本体、整体意义的思维解放。于是,随之而来的,不仅题材的领域有所拓新,规约历史小说多少年的写农民起义、颂农民革命的创作热开始降温,帝王将相、才子佳人又纷纷披挂上阵,被人从神灵的殿堂和冥冥的阴司中招回笔下;而且某些困惑史学界多年、十分棘手的复杂问题,因为思考的进展和艺术心灵的活跃,也都开始进入了不少作家的艺术视野,或不期然地成为他们探究的对象,其所体现出来的自由不拘的程度甚至较专业史家还要大。如黎汝清《皖南事变》对皖南事变及事变中的新四军领导人项英、叶挺的评价把握,就是既吸取了史学界的成果,又

---

① 　姚雪垠:《李自成》(第 1 卷)前言,中国青年社 1977 年版。

糅进自己独特的艺术创造,熔历史真实与艺术真实于一炉。1989年年初在南宁召开的"历史小说创作现状及走向"座谈会上,凌力讲到自己正在写的一部取材孔有德登州事变的长篇历史小说时说:过去都把汉族反清说成革命,而把像孔有德这样的汉人降清说成是叛徒,这样的结论是不公平的。对于登州事变及其后果,难道明朝朝廷和皇帝就不该承担责任么?她认为,我们站在今天来看历史事件,尤其是看历史人物,应该给他们以平等的权利。应该把所有的人,不论是皇帝百官,还是叛徒逆臣;不论是贤士才子、绿林豪杰,还是仆隶优倡、市井小人;以至于外国神甫、少数民族首领,都拉在同一条基准线上。这条基准线,就是首先得承认他们是人,是应该享有平等的生存权利的人。① 顾汶光则从总结太平天国失败的历史文化教训角度提出:太平天国与曾国藩这敌对双方,到底谁代表封建文化的精华,谁代表封建文化的糟粕?他认为在封建社会里,农民不代表新的生产关系,他们接受的文化层次很低。太平天国则不过是打着外来文化的旗号,实际上吸收和推行的,多是封建糟粕的东西,如地租沉重、等级森严、刑罚野蛮等等,在许多方面甚至是在开历史倒车。而曾国藩及其湘军大多尚为布衣却不满朝政的腐朽,秉性正直,欲匡天下。他们虽然仇恨太平天国,但在很大程度上接受和继承了封建传统意识中的民主精华部分,这与太平天国的首领们恰成某种对照。或许有同志会说顾汶光的思考不无见地,但有失偏颇;而我则认为深刻的片面远比平庸的滴水不漏要强,这至少是一种新的史识。它与著名哲学家冯友兰先生在其新著《中国哲学史新编》(第六卷)中对太平天国文化思想的否定性意见,异曲同工,具有惊人的相似。他们的思考表明了历史小说作家反思的触角愈后愈深化,他们的确已经具有了自己的主体意识。而缘乎于此,他们创造的历史小说也就必然被赋予新生命的内光。这一点,我们只要将顾汶光的《天国恨》第一卷与第二卷进行比较阅读,其间的结论便不证自明。

有必要指出,新时期历史小说在现代意识方面所作的追求,是经历了一个从着重于政治批判到政治批判与文化批判结合的渐进过程。1977年年底轰动于文坛的《李自成》,尽管它已承载了文化批判的主题意向,但由于当时社会注意力集中于那个时期所必然形成的政治热点,人们还是更多从政治学、社会学

---

① 凌力此说的这部作品,1991年以《倾国倾城》为书名,由北京十月文艺出版社出版。

角度分析和评价这部作品,只把崇祯举措乖戾看作是反常政治造成的性格反常,而没有注意到内在文化心理基础提供的性格必然。对李自成形象塑造过于"现代化"的批评,也只是从阶级政治属性方面找依据,而未能注意到他所反映的文化深层结构。到《大渡魂》《莽秀才造反记》《白门柳》的发表,批评家们不约而同地指出石达开、王锡彤、冒襄、钱谦益等人身上积淀的浓重的文化因子,甚至他们所处的生活环境,也充溢着鲜明的文化内涵。这说明从作家到批评家文化批判的初步觉醒。80年代中期以后,随着中国大地"文化热"的兴起,受其直接影响,历史小说创作中的文化批判又有进一步自觉和强化。王伯阳的《苦海》对郑成功、施琅文化心理结构的解剖以及对心象、思维、意识和情绪的把握,显示了作者这方面的执着追求。顾汶光的《百年沉冤》致力于从大厦将倾的封建末世,探讨民族精英的孤愤,从中挖掘民族文化心理特别是精英文化心理的痼症,带有明显的哲学思辨色彩,使人读来沉思不已。特别是凌力的《少年天子》,它揭示的天下初定的历史转折关头,新旧(包括满汉)两种文化剧烈碰撞以及这种碰撞的必然趋势,更是深深地感动着读者。

与《大渡魂》《庚子风云》一样,凌力这部长篇历史小说也是属于悲剧形态的作品,所不同的只是它将悲剧的题材内容从农民领袖的揭竿造反转换成封建少主即少年天子福临的革旧鼎新上来:他一方面将一些昏庸无知的八旗贵族逐出朝纲,废除一些过时的陈规旧习,另一方面又大胆起用了一些汉人参政,实行"满汉一体"的新政。结果令出不行,处处掣肘,不仅心爱的皇子被暗算至死,而且自己也险些被忠于大清的一些勋臣联合起来"废掉",最后终于在极度痛苦和难以排解的孤寂中匆匆地走完了短暂的一生,落得个遗恨千古的可悲结局。富有意味的是作品的结尾,顺治皇帝死前留下遗诏,仍执着地把"满汉一体"的话写了进去。但此遗诏到了庄太后那里,却被改成了他向众臣颁发"罪己诏"的第一大"罪",意思完全改得相反。结果顷刻之间,又全盘恢复了往昔的所谓"祖宗礼制"。庄太后是顺治改革最有力的后台。她执掌朝政,权倾天下。她也深知皇儿之举是为了永固江山,无可非议;作为一个母亲,从心底里讲,她很希望与她息息相通的儿子这一临终愿望能得以实施。为了这,她犹豫、痛苦,辛酸地流下了眼泪。但是,当她冷静地考虑了朝野的时势,就只好违心地改掉了儿子的遗诏。母子两人,都是有见地的政治家。然而,当他们要对社会现实作些改革时,他们所面临的对手,就不是少数几个人而是一个无所不在的强大的社会习惯势力。顺治的悲剧就是过高地估计了自己的能力和帝王的权力,方法上又太急躁,他没有充分认识到这种沿袭已久的正统观念的顽固性。他想用专断的、快捷的方式革除弊政,结果反而很快归于失败。他的悲剧性的一生,惊心动魄而又发人深思,涵盖着极为丰富复杂的历史内容,它使我们从中更加深了对包括今天在内的改革艰巨性、复杂性的理解和认识。

看,一个宫闱题材,到了作者笔下,能被开掘出这样迪人警世的深刻主题,这就是创作主体认识深化的很好标志,也是创作主体认识深化的必然结果。正因此,这两个作品方能在较深的层次上,为我们开启出农民革命和宫廷变法的某些深刻的历史原因。

三、值得注意的倾向

不过,在这个问题上新时期长篇历史小说也存在着明显的不足。我们看到有些作者,不是在现代意识统摄下对"既定事实加以新的解释,新的阐发,而是具体的把真实的古代精神翻译到现代"。[1] 他们的创作思路基本还停留在表象性历史现象的直观反映。这样写,也不能说就"不真实",可因没有沉潜其内,进行富有意味的理性之光的照耀和富有力度的开掘,这"真实"就多少显得有点表面皮相,僵硬隔膜;作者花力甚多,读者读来总不免有"纸上得来终觉浅"之感。这些作品,倘按列宁有关事物有"初级的本质到二级的本质"或"不甚深刻的本质到更深刻的本质"[2]之分的观点衡量,至多恐怕只停留在"初级的本质"或"不甚深刻的本质"真实的阶段,还不能说是达到了"二级的本质"或"更深刻的本质"的真实。

如不少历史文学对魏征犯颜直谏的描写,的确,从历史真实性角度讲,这无可指摘,而且写得好,也自有它的感人动人之处。然而,仅仅这样,我认为还没有把魏征性格中最光辉的思想发掘出来,缺少今天的时代精神。因为魏征之所以为魏征,不止是他的敢于进谏,而且还在于他具有很可宝贵的朴素的民

---

① 郭沫若:《我是怎样写〈棠棣之花〉》,见《棠棣之花》,人民文学出版社 1980 年版。
② 《列宁全集》(第 38 卷),人民出版社 1959 年版,第 278 页。

主思想。贞观元年,他与唐太宗有一段关于"良臣"与"忠臣"的对话。他主张要"为良臣,勿为忠臣",愿"君臣协心,俱享尊荣",不愿"面折廷争,身诛国亡"。这种朴素的民主思想正是我们当前时代精神的历史渊薮。可惜的是我们的作家却没有抓住这一点进行强化处理。因此,塑造出来的魏征形象不仅大同小异,鲜有新意,而且内涵单薄,难以在读者审美情感上引起强烈的共鸣。这说明强化现代意识的关键还是取决于主体意识的自省。主体意识一俟盲目疲沓,即使有最好的题材对象,那也只是感而不知,让它在失去理性之光的照耀的情况下白白地糟蹋掉了。

还有一种情况值得注意。那就是少数历史小说作者在审视历史时,自觉或不自觉地把自己的思想意识降低到古人的水准上。比如有一个描写后金汗主努尔哈赤如何学习中原文治武功的作品,题材内容倒是新鲜而有意义的,文笔也相当流畅优美;可是出乎意料,小说的笔墨却集中在努尔哈赤和他仇敌的夫人的"爱情"关系上:说这位夫人如何慧眼识"真龙",她从努尔哈赤不同常人的相貌,特别是他的脚心有七颗红痣这件事上,发现被丈夫视为"憨奴"的这个人其实"真乃神人也",将来必有"主君主之命"。于是她向努尔哈赤高呼"君主"而投入了他的怀抱,并背着丈夫,在家规森严的府内与他深夜饮酒,又是操琴寄情,打得火热。最后为了解救努尔哈赤顺利逃脱险境,自缢身亡。而四十年后,努尔哈赤果然身登龙座,成了后金的开国君主。作者带着欣赏的口吻,津津有味地渲染、描写了这一切,仿佛告诉读者,历史的发展不是自有其规律,而是取决于"主君主之命"的个人,而这个人物的命运,如同这位夫人所言,是先天早已命定了的,更不是后天斗争的结果。这就难免与科学的唯物史观大相径庭了。像这样的描写出于古人之笔可以理解,出于我们今天作者之手似不应该。我们反对将历史人物"现代化",即将今人才有的思想意识强加到古人身上,但是,我们在描写历史人物时,是可以而且应该站在今天时代的思想高度的。

历史真实与现代意识是历史小说创作中的大端问题,它们之间关系处理得当与否,直接决定着一部作品的成败毁誉。为此,我们应当引起高度的重视。这也许就是我们当前长篇历史小说所面临的一个最为迫切的课题吧。

（本文原载吴秀明《真实的构造——历史文学真实论》第十四章,该书1995年1月由春风文艺出版社出版）

历史真实与作家的理性调节

一

真实性问题是历史文学理论中一个颇为棘手的老大难问题。自亚里士多德以来一直论辩不休,甚为热门。遗憾的是在过去很长一段时间里,人们只习惯从文艺与生活的关系角度把它剥离出来作单向单维的认识论观照。于是,历史文学真实理论的研究,实际上变成了简单诠解历史与艺术之间虚实含量的分析模式,在相当程度上背离了文学创作的本义。事实表明,历史文学真实虽与历史原型具有某种"异质同构"的联系,不能作毫无边际的谵妄之想;因为无论作为一种独特的文学形态还是从艺术接受的角度讲,历史真实之于历史文学都是一个不可或缺的宝贵存在,它所暗含的指向带有一定的"社会公理性质"。

但是,历史文学从根本上说毕竟属于文学的范畴,不能违背艺术创作的基本规律。它的真实的求取与获得,一刻也离不开作家创造主体的能动参与和调节。从历史的真到历史文学的真,这之间起码经历了将历史真实"心理化"再进而"审美心理化"这样两个阶段①。历史真实作为一个构成因素固然一直参与,并对它最终形态的铸就产生制约影响;但起决定作用的毕竟还是作家的创造主体,特别是主体理性调节的能力、水平、衡度,即是否将它纳入审美机制中按照美的规律予以造型。创作心理学告诉我们,作家从事历史文学创作,并不像传统经验论或机械论概括的"→"即"刺激→反应"公式,而是皮亚杰所谓"↔",即"反应"对于"刺激"不是消极单项的受制者,而是具有双向联系的主动

---

① 参见吴秀明:《论历史真实与作家的主体意识》,《齐鲁学刊》1990 年第 2 期。

相互作用过程。"一个刺激要引起某一特定反应,主体及其机体就必须有反应刺激的动力。"当作家面对历史,将其题材原型对象纳入自己的图式之中,他实际上已经自觉不自觉地按照主体的认识机制对历史真实进行同化和调节。一般说来,"同化就是把外界无数整合于一个机体的正在形成或已完全形成的结构内"。换言之,也就是将历史对象纳入原有的主体格局之内,使之像营养物一样被消化系统所吸收,以适应主体。而调节,则是指主体受到刺激或环境作用而引起和促进原有格局的变化和创新以适应外界环境的过程。调节是对同化的补充,它的"效应具有合乎规范的必然性"①。主体通过同化和调节,认识结构才能与客体对象相适应以达到相应平衡,形成新的图式结构。可见历史文学同任何艺术创作一样,作家在接纳历史对象,将它与艺术真实统一的处理过程中,主体的理性调节功能始终是介入并在发挥着作用的。一部历史文学作品真实与否以及真实程度如何,很大程度上取决于这种理性调节的功夫。

就拿郭沫若的《屈原》来说吧,该剧为什么抛弃原先构想而不得不另行新创? 一般地说,可以归因于作者先前太为史实所拘,不敢展开大胆合理的艺术虚构。但深入一步看问题,那主要还是他理性调节不当的缘故:因为作者"当初的意图",偏离了艺术创作的审美规律尤其是戏剧讲究时空高度集中、矛盾冲突高度概括的规律,不适当地在将屈原从楚怀王时代"被疏"和顷襄王时代"被逐"的整个"悲剧一生"都搬上舞台;创造主体对于引进的题材对象和有关原生材料缺乏应有的"反应刺激的动力",所以最后真实物象就不能转化为真实审美物象,殷实丰富的史料反倒成为创作的累赘。由此可知历史文学在走向历史真实与艺术真实的统一过程中,作家理性调节功能是非常强的,具有不可忽视的重要作用。惟有调节,作家的主体认知机制不仅在相谐的史实面前实现同步对应的平衡,而且即使碰到矛盾甚至相抵的历史对象,他也能及时有效地进行自我调整,将其同化、对象化,以向读者输出可资满意的"R"(即反应)。在惯见的理论批评中,我们常把历史文学说成是历史生活的反映,这是一种十分笼统的说法,它未能道出在这种反映中主体能动奇妙的功能。实际上人类的社会历史正如有些论者所指出的,是一种古今交融、主客互渗的双层结构,它是由物理境和心理场所组成的。我们讲调节,归结到反映论层面上

---

① [瑞士]皮亚杰:《发生认识论原理》,王宪细等译,商务印书馆1986年版,第60-70页。

说，就是为了协调历史真实与艺术真实的关系，使它们由两极对立走向两极统一。古往今来不少人在谈历史真实与艺术真实关系时，往往扬此抑彼或抑此扬彼，将两者截然对立起来。这都是片面的。其实，历史真实与艺术真实——推而广之是历史与文学，它们彼此尽管功能指向不同，但按辩证法的观点来看，仍然具有两极相通的同一性。这种同一，在审美范畴上就叫"和谐"："它牵涉到的不复是单纯量的差异，而基本上是质的差异。这种质的差异不再保持彼此之间的单纯对立，而是转化到协调一致。"①借用中国传统文论的术语，这就叫文史的"不尽同而可相通"："史家追述真人实事，每须遥体人情，悬想事势……盖与小说、院本之臆造人物，虚构境地，不尽同而可相通。"②这里关键不在扬此抑彼还是抑此扬彼，而是首先要看作家有无"认识到真实，并且把真实放到正确的形式里，供我们观照，打动我们的情感"③，从而创造出既不同于彼也不同于此、同时又吸取了彼此之长的独特的真实形态来。黑格尔此所谓的"正确的形式"就是历史文学的形式。它的"徘徊于虚构与真实之间"④的独特的本体属性，决定了作家在求真致真、处理其历史真实与艺术真实关系问题时都不能走极端，而只能冀希主体在此间进行融会贯通的理性调节。

需要指出，近来有的同志出于捍卫文学本性纯洁的意愿，往往把历史真实排斥于历史文学大门之外，不能容忍它的合理合法的存在。仿佛讲历史真实，就要扼杀艺术审美创造，降低艺术品位，有的还进而把历史文学创作中出现的种种积弊全部归处于历史真实。这种所谓的"历史文学新观念"看似很"新"，思维方法实则是陈旧封闭的。它不仅没有搔到艺术创作的痒处，存在着别林斯基所批评的将艺术与非艺术界线"清楚地隔离开来"的简单化、非现实的问题，同时也透露出浓厚的纯虚构文学"大一统"的独断气味。它的症结，究其根本，就是将历史文学真实视为由艺术真实单向赋予，而忽视了作家理性调节这个最重要、最关键的环节。实践证明，即使是艺术真实，它的功能效应的实现也同样要靠作家主体理性的相濡以沫。前者是受制于后者、受惠于后者的。

---

① [德]黑格尔：《美学》(第1卷)，朱光潜译，商务印书馆1979年版，第319页。

② 钱钟书：《管锥编》(第1册)，中华书局1986年，第166页。

③ [德]黑格尔：《美学》(第1卷)，朱光潜译，商务印书馆1979年版，第352页。

④ [德]黑格尔：《美学》(第1卷)，朱光潜译，商务印书馆1979年版，第353-354页。

没有主体从中进行出色的调节,它就极有可能变成非历史非审美的凭空臆造。此时,作家不受任何他律的束缚,貌似很自由,但因为违背主体自律和必然性的法则,其实一点也不自由。作家只有很好地把握理性调节的环节,才能使自己的艺术真实描写恪守其所禁,纵横其所许,最大限度地发挥艺术的能动性、创造性。离开作家理性调节这个前提,把历史文学真实简单地等同于艺术真实,这种说法无论从理论还是从实践来看,都是不足取的。

二

作家的理性调节,目的是为了求得客观与主观、历史与艺术的有机统一,凸显历史文学独特的真实形态和个性之美。然而同样是统一了的真实,由于作家理性调节时主体指向不同,它们彼此在构成形态和表现方式上也是大相径庭的。它们共同创造的"真实世界",具体又可以分别纳入如下两种不同的构成图式和三个不同的形象序列之中。

(一)两种不同的构成图式,即指"顺向性图式"和"逆向性图式":

"顺向性图式"是指作家在求真的活动中,客体对象与创作主体基本一致,输出的反应与刺激实际之间大体处于平衡或对应状态,没有太大的出入。这时艺术真实以作家理性调节机制作用和历史真实整合在一个图式内,正像历史真实经过作家同化处理和艺术真实融合一样,它们彼此都恰好为对方所认同,顺契对方之需。如陈白尘在创作《大风歌》的当初,他对江青等人的所作所为怀有强烈的批判之情,意欲往上追溯,为刚逝的现实"找到一面历史的镜子",而西汉的吕雉恰恰正是这样一个典型,她在这方面与江青具有某种惊人的相似之处,历史原型跟作家作品的艺术旨趣意蕴之间呈同向合成之态。当然,完全与主体认知机制同化的历史对象毕竟不是很多的。总体方面同化了,具体部分又产生了矛盾;在这个方面同化了,在那个地方又存在对峙。所以在实际的艺术实践中,我们见得较多的倒是"同中有异"的构成图式,即在首肯的前提下容忍一点异己的东西。这就出现了对已然恒稳结构的拓宽性的调节。不过由于这种拓宽性是以基本同化为基础,因而也不妨纳入顺向性图式的范畴。

"逆向性图式"是一种强制性的逆调节。在这一图式中,历史对象与创造主体错位很大,简直无法捏合在一起,是作家出于某种特定意图的需要,强行将对象纳入已然的认知机制中进行受制性的逆处理。逆向性图式对主客双方来说是"不平等"的。它的司令权始终掌握在主体一方,客体是从属性的,并不怎么被看重。作家创作指向主要是历史的喻义所在,和它特定的指谓价值,而不是历史的具体存在,历史的本身含义。逆向性图式常常较多出现在社会思潮大变革时代。我国五四时期、抗战时期历史剧创作在这方面就很典型。以创作方法而论,浪漫主义类型的表现更为突出。如郭沫若早期的诗剧《孤竹君之二子》,让殷末周初的孤竹国王子,唱出资产阶级要求自由的声音。郭老以后写就的不少作品也有此一明显意向。碰到史实恰好符合他的意图,他就拿来为我所用;一旦发现矛盾或抵触,他就以现实需要为基准,不惜对史实拗逆处置。如《屈原》《孔雀胆》对宋玉、张仪、段功处理就是。郭老这种做法,在莎士比亚、歌德、席勒、雨果、普希金等作家那里,早就有之。它与顺向性图式相辅相成,成为历史文学作家理性调节历史真实与艺术真实的两大基本构成形式。

(二)三个不同的形象序列,具体是指"具象世界""表象世界""幻象世界":

1."具象世界"。侧重于外在历史的具象描写,以准确性、确定性和实在性为其特征,以与客观生活相一致作为叙述方法。因此,它所建构的艺术世界是具体可感的,跟我们日常感性经验所获得的真实有着十分惊人的重叠和相合之处。在这个具象世界中,作家的理性调节当然要融进自己的主观倾向,但这一切均通过情节和场面自然地、隐蔽地流露出来,并且与外部世界保持近距离的关系。他们的审美理想和艺术意识,主要就是强调创作与生活在相一致情况下的典型化制作。我国迄今为止的历史文学作品,基本是以这种具象形态出现的。古典历史小说《三国演义》、历史剧《桃花扇》不必说,就是当代众多的历史小说如《李自成》《戊戌喋血记》《金瓯缺》《星星草》《风萧萧》等作品都可归属此列。西方的司各特、大仲马,日本的井上靖,还有其他许多作家的历史文学创作都表现着这样一种具象的形态,至少在观念上不曾背离这样的形态——具象化可以说是自古以来被人们使用得最为广泛的一种传统的形态。

自然,由于这种以表现客观自在的生活实体为旨归的艺术形式跨度很长,因此随着时间的消长,它所创造的具象世界必然也会发生一些嬗变:初始时代在混合思维的统制下,催生的是人神合一的英雄史诗,此时的艺术世界带有幻想、神秘和非理性的特征,不妨称之为初始现实主义的具象世界。文明时代的情况与此不同,理性精神的真实观取代了初始幼稚朴拙的英雄史诗式的真实意识,于是在艺术表现形态和方式上便自然而然地把确定而又绝对的逻辑原则凝为己有。如《三国演义》中对关羽、曹操、诸葛亮的描写,忠、奸、智三种颜色,一贯到底,不仅是绝对的而且还是类型化了的。这就是人们通常所说的古典现实主义的具象世界。19 世纪以降的近现代现实主义的历史文学,它所创造的具象世界与前期又有了新的发展。以前些年得奖的电视连续剧《诸葛亮》中的空城计为例,这里的孔明弹琴退仲达,《三国演义》式的笑容可掬、若无其事的情状已不复存在;他紧张得可以,以致连背后的衣衫都惊湿了一大片。可知,同样是具象化的描写,近现代的现实主义与过去的现实主义也是大相异趣的。

　　2."表象世界"。如果说具象世界是重客观、重再现,那么表象世界则正好相反,它是重主观、重表现。故而,前者主要是现实主义的,而后者更倾向于浪漫主义,或更贴近于浪漫主义。一般而言,表象艺术并不摒弃细节的真实描绘。相反,它经常借助于细节的真实力量来弥补因主观化色彩太浓而造成的缺乏历史感之不足;但是无论如何,它毕竟不再把外在细节的客观真实性放在首位,而将作家自我的内在情感视为根本。在主客交融的文本世界中,与感官相一致的客观具象的位置被缩小了,取而代之的是充满主观色彩艺术表象的强化和凸现。作家的自我意识在调节时与其说是依存于具体确定的情节、场面和细节,毋宁说是溶释在人物玄妙的、飞动的意识、情感和记忆之中。施蛰存的历史小说集《将军底头》明显受现代派象征主义、精神分析学和神秘主义的影响。作家所写的鸠摩罗什、花惊定、石秀、段功等人物,虽然只给予有限的几个生活片断,但由于不作直观投影的具象描写而对他们潜意识进行弗洛伊德式的深入解剖,遂使得这些人物形象在小说屏幕上显得情致飘迷、心绪浩邈,由此构成了一个独特的充满心灵图景的表象世界。当代作家王伯阳的长篇历史小说《苦海》、孟伟哉的中篇历史小说《望郢》也都有某种类似的心景。总体来说,表象化的作品在我国历史文学中为数不多,似还未引起作家和理论家的应有重视,但它的艺术价值和实践意义是显而易见的。而且,从历史文学创作的态势来看,随着作家主体意识的日趋强化,它很有可能在不久的将来有一个较大的发展。

3."幻象世界"。所谓幻象,就是指超越具体感性材料的规范,用"非常态"的特殊手段有意对生活作反逻辑的幻化处理。幻象的艺术描写之所以能自成一个"幻象世界",主要在于它具有幻象美的素质。具象化与表象化的描写尽管不同,但它们的作者对古今世界的把握界限毕竟是确定的,内在的叙述也是合乎规则、合乎时尚情理的。幻象化则不然,它也有可以确定的情节,有颇为充实的心理,但这一切都被作家幻化成超脱"实际可能"的虚幻的乃至荒诞的奇特形态。鲁迅在《故事新编》中叫大禹时代的人用英语会话、谈论莎士比亚,周朝的人大讲"海派"的"会剥猪猡",嘴里吐出"文学概论""为艺术而艺术"的新名词。布莱希特在长篇《贵族尤利乌斯·恺撒的业绩》里让公元前1世纪罗马社会出现银行在凭信用证券付款、金融中心在东方做大买卖。这种情形在实际的现实生活中当然不可能存在,它不仅远远超离人们已然的物理世界而且大大超出了人们惯常的心理世界。然而,正是这种似是而非、真假互渗、古今交融、荒诞与写实合一的处理,却在艺术上使人产生一种如置身哈哈镜面前的似真犹幻、似幻犹真的奇特美感,并诱使我们从内心深处涌动起一种"采奇于象外"的特殊心理。德国当代作家安娜·西格斯认为历史和现实可能有两种不同的形态:一种是能够看得见摸得着的;另一种是幻想的、梦幻的,并且这两种形态的历史和现实是可以互相转变的。她在那个将果戈理、霍夫曼和卡夫卡这三位身处不同时代、不同国别的作家在一家咖啡馆里聚会的短篇《旅途邂逅》中,借他们之间的有趣争论提出了"幻化致真"的美学主张:"梦幻无疑也是属于现实的","为使读者能够辨别现实,完全可以置'时间规则'于不顾"。① 安娜·西格斯曾经在拉丁美洲生活过,拉美文化传统中充满幻化、把幻化当成真实的奇妙特点无疑对她是有启迪的。历史文学中的幻象世界的确与拉美文化有着某种内在的深刻一致。

上述两种"构成图式"和三个"形象序列"并存,说明历史文学创作不仅形式和途径是多样的,它的真实性真实感在理性调节作用下也是多元的。历史

---

① 参见张黎:《民主德国文学中美学思维的变革》,《读书》1986年第4期。

文学的真实既然是一种多元立体的系统,那么我们在对它进行评判时所持的标尺也应该有所不同。显而易见,这种多元立体的真实形态都有其独到的价值,彼此的关系应是相容的、互补的。它们都根植于历史和现实的土壤,彼此也都有存在和发展的合理性、必然性。对于它们,我们只能分辨其各自的不同特色,却不应对它们作高下尊卑的等级判断。这是因为无论顺向、逆向,还是具象、表象、幻象,它们都不过是历史文学反映历史的某种表现途径和手段。而且,所谓的顺向、逆向、具象、表象、幻象也只是相对的,从历时性意义上说,它们处于连带关系之中,彼此无法摆脱相互之间不可分割的血肉联系;落实到具体的一部作品,往往不期而然地以共时性的状态并呈于笔端,顺向式的作品中仍然包含着逆向的因素,逆向图式之作也不可能没有顺向的成分。具象、表象和幻象道理亦然。西班牙著名画家毕加索在谈论他的立体画时曾说:"从艺术的角度上讲,世界上根本不存在什么具体的或抽象的形式,存在的形式仅仅是那些多少使人信服的谎言,这些谎言之于我们的内心本质极为重要,对此我们不能有丝毫的怀疑,因而正是通过这些谎言,我们才构成对生活的美学看法。"①毕加索所说的"谎言"一词,指的是每个艺术家所信奉的不同的艺术观和理性调节的方式。他在这段话中贯穿的思想移用到我们这里也是十分贴切的。基于此,我们对历史文学真实理论批评中的那种以形式逻辑排中律态度、以类型定高下的说法很难表示赞同。我们主张多元立体的真实观,更主张要有开阔的眼光,豁达的气度。

<h1 style="text-align:center">三</h1>

历史真实与艺术真实经过作家能动的理性调节是可以统一的,这种调节和统一也是多样的,具有不同的表现形态。但调节和统一也是有前提的。从历史的真、艺术的真,进而到历史文学的真,这里无疑还存在着一个非常重要的中介环节,一个可以纳入创作论范畴、带有强烈实践色彩的中介环节,即作家为求得历史真实与艺术真实融会贯通所运用的具体的艺术媒介。

① 引自《艺苑》1984 年第 5 期。

中介是个哲学的概念,而且主要是思辨的概念。在范畴史上,康德对此是很有研究的,他把中介称之为"构架"。认为引进了构架这个范畴,即使"内容上不同种类的东西的从属在逻辑上是矛盾的",它都"可能把一个经验置于知性纯粹概念之下,这就是主体内感觉表象综合出某物概念"即我们所说的统一①。康德这里所说的构架中介是主观唯心的,但他从人类的主体性高度提出问题并将它作为具体调节对立范畴的手段和契机来看待,应该说是精辟的,这是康德美学的一大贡献;它对我们深入探讨历史真实与艺术真实关系,如何进一步认识和把握作家主体之于两个真实之间的统摄整一作用,不仅具有方法论意义,而且不乏原则性的指导意义。道理很简单,因为我们前面讲的统一,主要还是侧重形而上的理论可行性的论析上。所举的诸多例证,也只是两真统一所呈现的最后形态,它带有很大的假设成分。实际上历史真实与艺术真实的统一,它的实现都无不以康德所说的艺术中介项存在为前提。这正如在氢分子这个矛盾统一体内相互排斥的两个氢原子若没有"公用电子对"为其中介物就无法联结为一体而构成分子一样。作家只有找到了沟通两个真实的间接媒介物,历史文学的两个真实才能由对立走向文学美学意义上的融会贯通,构成一个有机的艺术整体。我们应该知道,两个真实的统一不是半斤八两的机械拼凑,它是一个富有意味的艺术调节,与一般文学审美属性虽有差异但在本质上并没有什么两样,无疑是属于高悬于空中的审美领域。而文学审美意义上的统一总是离不开艺术中介的,它更需要借助于形象具体的审美间接物来互为媒介进行审美协调。在这里,作家"如果把情致揭示出来,把一种情境的实体性的内容(意蕴)以及心灵的实体性的因素所借以具有生气并且表现为实在事物的那种丰富的强有力的个性揭示出来,那就算达到真正的客观性。……做到这样,艺术作品也就能感动我们的真正的主体方面,变成我们的财富"。②

那么,在历史文学求真问题上,作家到底如何运用艺术中介进行调节呢?艺术中介在调节中具体又能发挥什么作用呢?

这当然比较复杂,但归纳起来我以为主要不外乎结构和情感两个方面。

---

① 见康德 1797 年 12 月 11 日给梯夫屈克的信。

② [德]黑格尔:《美学》(第 1 卷),朱光潜译,商务印书馆 1979 年版,第 354 页。

前者如《三国演义》中的蒋干。他受罗贯中调遣,以"说客"的身份秘密往来于江北的曹营与江东的孙吴之间:先是"盗"回一个假情报,使曹操杀了蔡瑁、张允两个得力的水军头领;继之又"引来"了庞统巧献"连环计",把曹营的船只都拴在一起,招致后来火烧连营的惨败。这个人物的设计,主要就起到了结构上的中介作用。它不仅使原本因长江天险造成的敌我双方分离阻隔的固有历史一下子沟通了,融合了,艺术描写也因此紧凑集中,繁中有序;而且为后来事变的结果埋下了伏笔,找到了很好的解释。试想,如果没有蒋干其人的从中穿插,周瑜的"反间计""苦肉计""连环计"能这样顺利地实现吗? 曹魏与吴蜀之间胜败的必然性能得以有效地揭示吗? 文学史上类似蒋干这样的结构性中介人物还可举出不少,如曾朴《孽海花》中的彩云、林纾《剑腥录》中的邴仲光,包括新时期历史小说《星星草》(凌力)、《皖南事变》(黎汝清)中的李如秀、林志超等。作者之所煞费苦心地将这些人物引入笔端——这种引入有时往往以过分劳累主人公的耳目为代价,不甚高明地让他们在作品中只充当情节结构穿针引线的简单"道具";但正如林纾表白的那样,若不假此类人物为艺术中介则作品就"有目无纲""无以贯串成文",①所谓的历史真实与艺术真实统一以及作家的理性调节就可能成为一句空话。卢卡契在论及司各特历史小说成就特色时指出:"司各特总是挑选一些由于性格或者家世的原因而和两个阵营都有着人与人之间的接触的主要人物。这样一个并不热情地站在他那个时代巨大危机中的相互敌对阵营的任何一边的平庸英雄,由于他恰如其分的命运,是能够提供这种联系,而又不至于在结构上显得牵强附会。"②这里他所说的,主要是艺术中介对结构的沟通连接作用。

　　比上面结构意义上的中介更重要的是情感意义上的中介。这是属于更内在更深层的一种理性调节。一部历史文学作品没有结构性的中介是可能的,特别是一些非叙事文学,如咏史诗、历史画等;而且有时也不乏成功的例子,但却不可以没有情感性的中介。没有情感性中介的统摄,其真实结构中的历史与艺术诸要素就难以有机地融合在一起,即便有具体的人或物作为中介缩接起来,那也是形合而神离,不能产生自组织的协同效应。只有以情相系,以情

---

① 　林纾:《剑腥录》第三十二、三十章,《林纾选集》,四川人民出版社 1985 年版。

② 　引自《司各特研究》,外语教学和研究出版社 2012 年版,第 104 页。

相融,作家对历史真实与艺术真实的理性调节才能由形式化、表面化的综合自如地向情感性、内层性的综合挺进。当代历史小说《庚子风云》(鲍昌)中的李大海,作为一个艺术中介,他之所以高出上文提到的彩云、邴仲光等人物,很重要的就在于作者赋予他以结构和情感的双重作用:在写他充当结构性中介、发挥"结构功能"效应的同时,融进了对义和团运动贬褒臧否的灼人情感,使之成为统摄全书所有人事描写的情感结穴和契点。郭沫若的历史剧是同样道理,他在设计中介时,也从不以单纯的结构上的协调沟通为满足,而总是把笔力放在情感契合点的营建上。如《屈原》《棠棣之花》《虎符》《高渐离》中的婵娟、春姑、韩山坚、侯嬴、宋意等,他们之所以在作品真实性和有序化方面发挥了出色的作用,很大程度上也归因于作者"望合厌分"主体情感的投射。所以,不仅艺术中介达到内外、表里的对应同一,而且整体真实形态也显得颇为完整丰满。有的论者说,郭老的历史剧是"情节线与情感线并行不悖同步发展的双线结构",情节线"如筋骨脉络似的贯穿",它以人或物为线索进行联络,是"悲剧结构中的枢纽";情感线则是"跳动和贯穿于悲剧机体中的情绪脉络",它"以情感的起伏表现悲剧冲突的开端、进展和高潮","用情绪的反复和回旋强调悲剧情感基调和主题思想的统一"。① 斯言甚为精当。这不但是对郭老而且也可视为是对整个历史文学求真活动中的中介调节功能的很好概括。顺便一提的是,对于艺术的情感,人们往往援引托尔斯泰在《艺术论》中有关观点来解说它的交流作用;其实情感岂止可用作同读者、同社会的交流,它同时还具有不可忽视的整合、通融诸系统要素的特质。美学家苏珊·朗格提出的著名的"情感表现说",内中就多少包含这层意思。这也从一个侧面说明:历史文学真实虽然具有自己独特的个性,但它毕竟不同于历史学的真实或准历史学的真实,而是属于情感性、心灵性的精神意识和审美范畴。

当然,深入一步来看,同样是中介——我这里主要指的是结构性的中介,还可分为无我中介和有我中介两种。无我中介一如司各特《玛密恩》中的玛密恩,还有《孽海花》《剑腥录》中的彩云、邴仲光,他们在作品中仅仅起着联结各种人事的实用的作用。虽频频不断地跑场,但自身却苍白无力,缺乏主体应有的个性色彩。这样的人物固然也起到了中介的作用,但正如勃兰兑斯批评《玛

---

① 韩立群:《论郭沫若历史悲剧的结构》,《聊城师范学院学报》1985 年第 4 期。

密恩》所说的那样,司各特"只是利用它作为一个中心,好在它的周围聚集起若干人物和事件"①,即我们此说的单纯的结构之用。因而,绝对不是理想的中介。有我中介则不然,像上文提到的蒋干,他既是吴蜀与曹魏双方斗智的"使者",同时本身又是一个言过其实、胸无机谋的活生生的庸才形象:他自恃才高,其实浅陋;自以为与周瑜同窗交契,其实并不了解周瑜;自以为得计,其实弄巧成拙,处处上当受骗而不自觉。有我中介从真实统一的过程即实践推理来看,它只是其有机的一环;但就一个具体有限的目的活动着眼,则可称之为"目的的总体"(黑格尔语),其地位甚至比有限目的的实现还要高。既然是目的的总体,它之于真实两极之间就不是简单地搭一座桥或铺一条连接的路,而是既扬弃了主体目的的单纯主观性,又扬弃了客体的单纯客观性,从而具有本体意义的能动独立性。理想的历史文学真实中介,它既是一个比外在合目的性的有限目的更高的东西,又是一个富有意味的独立本体。总之,它是一个既服务又自建的多功能的奇妙复合体。

(原载《文艺研究》1997 年第 6 期)

---

① ［丹麦］勃兰兑斯:《十九世纪文学主潮》(第 4 卷),张道真译,人民文学出版社 1997 年版,第 130 页。

虚构应当尊重历史
——关于历史小说真实性问题的探讨

历史小说是写历史生活的,因此就有个历史真实性的问题。仅个人所读的近年来创作的部分历史小说来说,我以为大体上是坚持艺术真实与历史真实相统一,即在艺术虚构的同时尽力尊重历史。但是我们也不能不遗憾地看到,只讲虚构而不尊重历史的现象也是相当程度地存在着的。有的作品对待历史的态度,颇像将人拉长或截短的希腊神话中的铁床匪那样,是随心所欲、任意搓揉的。结果违背或歪曲了历史,作品的思想艺术力量受到很大的损害,效果不好。

1977年底出版的、描写秦末农民起义的长篇历史小说《陈胜》就是一例。这部作品在重大事件和主要人物的虚构上,违背了基本的历史事实,经不起推敲。这里略举一二。骊山突围是小说着力描绘的一个重要章节。作者在写秦二世、赵高惨无人道地将三千多名宫女活活地封死在骊山墓城中之后,紧接着虚构了一场触目惊心的历史事件:一万三千名造墓工匠在面临集体殉葬的绝境中,意外地得到了陈胜送来的"报信",并在他的直接领导和指挥下,同秦壁观外的官军进行了一场浴血奋战,最后终于"差不多全冲出去了",避免了一场大灾难。这样的描写固然大快人心,但历史的本来面貌却因而大为走样。史实是:秦始皇入葬时,不仅后宫非有子者,"皆令从死,死者甚众",而且还"或言工匠为机,臧皆知之,臧重即泄。大事毕,已臧,闭中羡,下外羡门,尽闭工匠臧者,无复出者"。① 明明是全部被活活殉葬,作者却把它虚构成集体暴动,突围而出,这与史实相去实在太远! 当然,历史小说不是历史教科书,作家在历史法庭面前,是有"精骛八极,心游万仞"的虚构自由的,要求历史小说字字句句

---

① 《史记·秦始皇本纪》。

言必有据是不近情理的,那样做是出不了艺术的。但是,对历史上已有定评的、影响重大的事件又应另当别论,不能任意为之,进行漫无边际的虚构;如若把它当成小说的主要事件来描写更应慎重。

与突围事件紧密相关的主人公陈胜,在这次突围事件中,作者赋予了他以领导者和组织者的身份。当工匠们还蒙在鼓里的时候,是陈胜经过一番调查和"紧张地思索"后,断定秦二世当夜要向工匠们下毒手,然后冒险潜进秦壁观中,给他们送递消息,当工匠们恐慌绝望的时候,是陈胜"从容冷静的神态,不徐不疾的话语","铿锵的声音",使他们"浑身上下仿佛猛然增添了无穷无尽的勇气";当官军将秦壁观像铁桶似地包围起来的时候,是陈胜不慌不忙,有板有眼地指挥他们冲豁口,突重围。这样一来,陈胜卓越的领导组织能力和军事指挥才能确实得到了充分的施展,但是历史的真实性也因而牺牲了。因为:第一,既然历史上本无工匠突围之事,又哪来的领导者和组织者呢? 第二,陈胜自起义到败死,只有六个月,如果他真有如此卓越的才能(太像一个经验老到的政治家、军事家),何以败得那样骤然? 我很赞同历史学家范文澜先生的结论,他说:当时的陈胜既"没有什么声名,也没有什么政治军事上的才能。缺乏军事知识"。[1] 应当说,范文澜先生此论是符合唯物史观的正确观点。在为数众多的短篇历史小说中,违反历史真实的现象也同样存在。这里仅以《斩庄贾》[2]为例。《斩庄贾》是以著名的历史事件"二桃杀三士"为史实的。"二桃杀三士"的主意是晏婴出的。据《晏子春秋·谏下》记载,春秋时公孙接、田开疆、古冶子三人臣事齐景公,并以勇力闻名。齐相晏婴见三人挟功恃勇傲慢无礼,为谋去之,请景公以二桃赠予三人,使三人论功食桃,结果三人皆弃桃而自杀。我国古代历史小说《东周列国志》辟以"晏平仲二桃杀三士"的回目,对此有过生动的描绘。我国古典诗歌中,也常常提及这件事。如诸葛亮《梁甫吟》:"一朝被谗言,二桃杀三士。谁能为此者,相国齐晏子。"李白《惧谗》诗:"二桃杀三士,诅假剑如霜。"可见影响之深广。《斩庄贾》却一反尽人皆知的史实,凭空地把它移到了庄贾头上,硬说这是齐景公的宠臣庄贾出的鬼主意。这种不加规约、随意改变历史事实的做法是不可取的。

---

① 范文澜:《中国通史简编》,人民出版社 1964 年版,第 27-28 页。
② 载《边疆文艺》1980 年第 5 期。

类似这样在重要人物和事件上违反历史真实的例子,也不是绝无仅有,至于社会环境生活习俗等方面的失真处在一些历史小说中就更为常见,由于篇幅所限,这里不一一列举。

为什么会出现上述种种违反历史真实的虚构呢?它的原因何在?我认为主要有以下几方面。

首先,是左的文艺思潮影响的缘故。左的文艺思潮早在以前就存在,它在历史小说创作中的表现主要是题材上人为设立"禁区"的问题。"文革"之际,这种左的思潮急剧膨胀,推到了极点。"四人帮"一伙一方面给所有历史小说都扣上死"罪",另一方面把历史题材的创作纳入"阴谋文艺""影射史学"的轨道,也搞所谓的"三突出"。君不见"评法批儒"那阵子的许多"历史故事新编"吗,法家人物无一不将儒家人物踩在脚底,一个捧上天堂,一个打入地狱,致使历史题材创作堕落到"瞒和骗"的泥沼。粉碎"四人帮"以来,情况有了根本的好转。然而"冰冻三尺,非一日之寒",由于长期受极左思想的影响,也由于有的作品本身就写于此时,因而不可避免地残存着某些诸如"三突出"的痕迹。

恕我直言,《陈胜》中的人物塑造多少就有这方面的问题。最突出的是对陈胜的描写,从思想到行为,甚至外表,都过于现代化、公式化,仿佛这个农民首领的威望和才能天生就有。例如,在秦壁观外杀声冲天,秦壁观内慌乱不堪的局面下,只要陈胜"看了看,略一思忖,马上在心中拿定了主意。他把手一挥,用洪亮的声音喊道:'弟兄们!大家不要慌乱!'这一喊真管用,人群立即恢复了刚才那种安静。乱跑乱撞的人停止了脚步;跪在地上的人也爬了起来;摔倒的人也被别人搀扶起来。所有的人都盯住这个沉着的陌生人,盯住他那张神色威严的脸膛,盯住他那双深邃的眼睛。在他们的心目中,这时候已经自然而然地把陈胜看成是自己的救星了"。陈胜形象在这一"喊"中确实突出了不少,但人们不禁要问:以陈胜普通正卒身份,这一"喊"果真"管用"到了能制万人纷乱于安静吗?至于为了突出这位古代农民英雄的神奇般的勇力,安排陈胜擅自跳进圈斗场内,面对两头嗷嗷待食、凶猛无匹的狮虎,只身单刀竟能在转眼之间将它们刺死的情节(这里要指出:秦时并不存在作为"娱乐"的人与兽角抵的圈斗),也是违反历史真实的。

当然,作为一个最先举起造反大旗的农民首领,陈胜也应有他不凡的一面,否则,他就无从揭开中国农民起义的序幕。但是,让几千年的陈胜觉得"穷苦百姓若要彻底翻身,过上真正的好日子,永远不受别人欺侮和宰割就必须靠自己,靠普天下的穷苦百姓,而不靠某一个皇帝",赋予他以《国际歌》的政治思想水平,我却期期以为不可。因为"人的概念,他们的观点,他们的观念,一句话,他们的一切意识,是随着他们的生活状态,他们的社会关系,他们的社会存在的改变而改变的"。① 上述这段描写,可以说是超越了历史条件,而把陈胜现代化了。

可喜的是,这种现象在近年的历史小说创作中有了明显的改变。《陈胜》作者在其同题材的另一部长篇历史小说新作《秦时月》②中却醒人耳目:类似《陈胜》那样失真的描写不复出现,与笔墨拘谨的《陈胜》相比,伸向历史的触角更为大胆,主题思想更为深化,艺术手法趋向成熟。这也是长篇历史小说作家不断汲取经验教训的结果,这种情况,令人欣喜。《秦时月》的经验值得注意。

其次,是对"古为今用"的片面理解。历史小说要"古为今用",这是无可非议的。对于一个严肃的历史小说作者来说,他的创作绝不是"发思古之幽情",为古而古的,他选取什么样的历史题材总是有感而发,有为而作的。历史与现实往往有着惊人的相似之处,它山之石,可以攻玉。把这种"相似"之处逼真地再现出来,可以使今天的人民从历史的经验教训中得到启示,增加对历史辩证法的了解,有助于现实的斗争。但是,"相似"并不等于"相同",因为每一个事物,其内部包含着本身特殊的矛盾这种矛盾就构成了一事物区别他事物的特殊的本质。因此,我们在进行具体创作的过程中,就没有理由为了某种政治需要把这种表面上的"相似"穿凿附会成本质上的"相同",用来影射、比附今天的现实,图解今天的政治。这样做,既歪曲了历史,也歪曲了现实,是不能真正起到"古为今用"的作用的,因而也历来为有识者所不取。诚然,在鲁迅的《故事新编》中,确也有着古人说今人的话、做今人的事的描写。如大禹时代的人用英语对话,庄子从道袍中摸出警笛狂吹。但据笔者之浅见,这是鲁迅借用历史或历史传说故事对现实的一种讽喻,他将其称为"故事新编"。鲁迅说:"叙事有时也有一点旧书上的根据,有时却不过信口开河。而且因为自己对于古人,不及对于今人的诚敬,所以仍不免时有油滑之处。"③所谓的"信口开河"和"油

---

① 《马克思恩格斯选集》(第 1 卷),人民出版社 1995 年版,第 270 页。

② 载《当代》1980 第 3 期。

③ 鲁迅:《故事新编》序言,《鲁迅全集》(第 2 卷),人民文学出版社 2005 年版,第 354 页。

滑之处",乃是鲁迅嬉笑怒骂、指控现实的惯用手法。今天,我们当然也可以用"故事新编"这样一种文体样式来"古为今用",但不应简单化、狭隘化、功利化。茅盾先生在总结古往今来历史题材创作中的经验教训时指出:"如果能够反映历史矛盾的本质,那末,真实地还历史以本来面目,也就最好地成了古为今用。"①这是精辟宏论。

《李自成》的创作实践很好地证实了这一点。尽管姚雪垠在动笔之前和写作过程中,明确表示写作《李自成》主要是为了"替党的文学事业多尽点微末力量,为无产阶级专政的利益占领历史题材这一角阵地",并且"不知多少次思索过"②这个问题。但由于作者相当真实地再现了三百多年前农民革命战争的风云际会和"现实关系"的本来面目,例如即使对李自成这样的农民"英雄",也没有讳言他身上的帝王思想、天命观和孔孟思想,这便于作品发挥"古为今用"的作用。

有些历史小说所以出现影射、比附的偏差,问题往往就出在这里。比如有个描写古代贤臣腹䵍执法的短篇就是这样。腹䵍是秦惠王的心腹大臣,"墨者之法"的笃忠信徒。正当他准备依法惩办左史王淦独子案情时,他的独子却犯下无故杀害"贱民"独子的死罪。王淦为了达到释放独子的目的,千方百计地劝诱腹䵍徇私枉法;秦惠王考虑腹䵍年迈独子,破例地予以恩赐,"令吏勿诛"。腹䵍为了严肃法纪,毅然谢绝了惠王的好意,依法处斩了独子。腹䵍执法如山、大公无私的精神读来感人。作者选择这一题材的本意是想警策现实生活中执法不严的不良现象,以古鉴今,达到劝诫的目的。问题是赋予腹䵍以什么样的思想:是今天现代人的思想,还是古代墨者信徒的思想。《吕氏春秋·去私》中的记载告诉我们,腹䵍之所以忍痛杀掉爱子,是为了"行墨者之法"。他对秦惠王说:"墨者之法曰,'杀人者死,伤人者刑'。此所以禁杀伤人也。夫禁杀伤人者,天下之大义也。王虽为之赐,而令吏弗诛,腹䵍不可不行墨者之法。"而在《三个独生子》中则把他写成是"以身作则",模范带头执法,还叫他对"法只下百姓,刑不上大夫"的法制进行了一番批判,这就拔高了腹䵍的思想,不符合历史生活的真实,因而也就降低了作品固有的教育意

---

① 《茅盾评论文集》(下),文化艺术出版社1981年版,第190页。
② 姚雪垠:《李自成》前言,中国青年出版社1977年版。

义。作品的教育作用是建立在真实准确的描写基础上的;读者看了不真,不信,又怎能谈得上从中受到感动和教育呢?

再次,是忽视了历史小说本身的创作规律,片面强调艺术创造,低估了它的科学性、严肃性。哲人曾说,对于包括历史题材在内的文学创作,他是"从美学观点和历史观点"加以"衡量"①的。这无意道出了历史文学的创作规律。它启示我们,创作或评论一部历史小说,不能不顾及事实,不能为了艺术而忘了历史。历史小说与一般文艺作品的最大区别就在于:写一般文艺作品可以按照作品的需要和作者的想象自由虚构,不受历史事实的制约;写历史小说则不同,它固然允许而且离不开虚构,没有虚构就没有历史小说,但这种虚构是有限度的,而不是漫无边际的。考察一些成功的历史小说的经验,虚构的限度大体是:(一)主要历史事件,特别是发生过重大影响的历史事件应该有基本历史依据;(二)主要历史人物的基本思想性格特征应该合乎历史真实而不能随意虚构;(三)当时的典型环境,包括时代气氛、生活风尚、历史人物的相互关系等应该真实;(四)根据故事情节的需要而虚构的人和事,也应该是当时历史环境里可能产生的,合情合理的。只要在大的方面不违反这些要求,可以任凭作家展开想象翅膀自由飞翔。如果这些都不考虑,那就会使历史环境面目全非,历史人物真假不清。

近人吴趼人曾感叹地说道:"作小说难,作历史小说尤难,作历史小说而欲不失历史之真相尤难。"②此话说得很实在,是作者长期艺术实践的经验之谈。正因为历史真实"尤难",我们就更须认真、严肃对待。创作之前,应当深入钻研,广泛占有历史材料,力求取得本题材历史科学研究的权威。许多优秀历史小说的创作实践,雄辩地证实了这一点。法国福楼拜为了写历史小说《萨兰坡》,曾读过九十八种书,还亲自进行考察。姚雪垠创作《李自成》,从"开始动念"到着手动笔,前后几近四十年之久,积累的资料卡片有二万多张,还写了不少研究明代历史的笔记和论文;即便如此,小说也间或出现现代化的疵点,足见其难度之大。而我们有些学者和批评家却往往忽略了这一点。他们以为现代题材难把握,历史题材既盖棺定论,又有现成的故事情节,只要稍作加工,便

---

① 《马克思恩格斯选集》(第4卷),人民出版社1995年版,第347页。
② 魏绍昌:《吴趼人研究资料》,上海古籍出版社1980年版。

可成篇。但由于缺乏应有的历史知识,又未能进行认真学习研究,结果信手写来,颇多失真,效果不佳。这种苗头应当引起我们足够重视。我们欢迎有更多的历史小说涌现,但却不希望炮制粗制滥造的历史小说。一哄而上、凑热闹的创作态度是无助于历史小说的发展的。

许多作者的创作经验告诉我们:历史小说真实性之"尤难",并不是难在大的历史事件、故事情节的具象化,而是难在细节准确、逼真的再现,如当时的生活起居、语言方式、风俗习惯、世态人情等等。这些虽然都是枝微末节的小事,但它对于一部作品的成败毁誉,往往起着重要的作用。以服饰穿戴而言,如果写清代的人穿上明代的衣冠,这就违反了清代的礼制,在当时就有杀头之罪。足见古人对衣冠制度是严谨的。因为这是历史制度下的产物及当时生活风俗所确定的。唐代大画家张僧繇画了北人穿草鞋,阎立本画了王昭君入匈奴而妇女有戴帷帽者,但草鞋为南方水乡所有,非北地所有,帷帽自隋代始用,汉时宫人尚未有戴之者,因而受到后人批评,成为大画家的一个"画病"。服饰如此,其他生活、风俗、礼仪何尝不是如此。可见,细节描写非常重要。惟其如此,我们就要下苦功务求了解、熟悉它。不突破这一点,就无从提高历史小说的真实性。近年来的历史小说在这方面有教训。《斩庄贾》中的许多细节描写就是典型的例子。其实,岂止是《斩庄贾》,即使一些比较好的作品,也有细节失真的微疵。当然,也有的作者"高明"一点,自知对历史钻研不够,把握不准,就对应该描写的时代风貌和生活环境一概回避,结果写成的作品时代难分,环境不明。这种消极的办法同样是不可取的,它从反面说明了遵循历史小说创作规律的重要性和必要性。

最后,我想顺便对历史小说的评论工作发表一点意见。近年来,历史小说创作成就是相当可观的。据笔者不完全的统计,出版和发表的长篇已达二十部左右,短篇也足有六七十篇之多。题材广阔,内容丰富,阵容壮大,都是前所未有的,数量上也远远超过了新文学六十年的总和,并且已经产生了一批有影响的作品。除长篇历史小说《李自成》外,比较有影响的,如《曹雪芹》《戊戌喋血记》《星星草》《风萧萧》《金瓯缺》等。虽然目前尚未达到繁荣的境地,但它所显示出来的方兴未艾的壮势,则使其他姐妹艺术也不得不刮目相待。遗憾的是我们的评论界对此重视不够,反映不力。许多总结性的大型评论文章,常常将历史小说"忘却"了,有的甚至连历史小说的字眼也不曾提及。这种冷漠的态度应当及早改变。记得 20 世纪 60 年代初期,为了总结经验,促进历史剧的发展,茅盾先生曾在百忙之中作了大量的调查研究,撰写了九万字的长文《关于历史和历史剧》;近年来,又不顾高龄和眼疾,认真细致地阅读《李自成》的初稿,提出具体修改意见,为《李自成》创作耗尽心血。这种精神着实感人! 我们热切期待我们的专家、评论家像茅盾先生那样多多关心历史小说的创作,为更多更好的历史小说的问世,作出应有的贡献。

(原载《文艺报》1981 年第 18 期)

关于历史文学的虚构自由与限度问题

　　选中这个命题可能有点背时和冒险，但只要我们正视理论批评的现状而不是蹈虚凌空地兜售时髦术语，那么就会发现：这个传统命题的提出在当下仍不乏意义。近些年来，我们不止一次地看到，有的学者在构建历史文学"新观念"时，为倡扬作家创造力之需，往往自觉不自觉地将历史文学虚构的自由与限度截然对立起来。在他们看来：历史文学既然是"文学"，那么它就应按艺术可然性、必然律原则办事，大可不必也不应在"史"的层面上对它提出什么要求，否则，就会造成不必要的文史错乱。历史文学创作用不上规范，艺术审美不应有终极的模式，这种说法自有其合理性和历史的深刻性，但是否就这样简单和绝对呢？这就需要作一番认真的斟酌了。

一

　　所谓历史文学的虚构自由与限度问题，投影到哲学认识论上，实际上就是自由与必然、主观与客观之间的一种感知把握。依照历史唯物主义和辩证唯物主义观点看，自由作为理性范畴的东西，它与客观的必然紧密无间地融合在一起。对于动物来说，它受自然必然性的绝对统治，没有思想，没有意志，永远靠本能活动，当然也就无所谓"自由"。只有人类，他具有实现自己本质目的的神圣的思想力量，具有将这一思想实现了外在对象的实践活动能力，他才产生"自由"的意愿，向客观和必然提出要"自由"的问题。然而，人类之需自由，"目的在于要以自由人的身份，去消除外在世界的那种顽强的疏远性"①,更好地认识自然(包括自我)、主宰自然,使客观的自然人化而不是超脱自然界,这就决定了人的自由这个命题只能在合乎客观必然性规律的前提下才能成立,它丝毫也不意味着可以为所欲为的任性和放纵;决定了自由不仅只能是具体的而不是抽象的,而且具有相对性而不是绝对性,或曰是相对性和绝对性统一的特征。苏联学者戈卢宾科在他的《必然和自由》一书中指出:"如果自由是对必然的认识,那么因此,第一,认识就是主体反映客体的产物,第二,充当这种客体的就是不以主体为转移的必然性";为此,他认为"自由不可避免地具有局限性,也必然是不完全的、受制约的","只有在更深刻和更全面地认识必然性并在人根据必然性采取更积极和更有目的行动的基础上,自由之花才能竞相怒放。"②他的意见是正确的。历史文学虚构自由之所以不能成为无限度的自由,也就是这个道理,因为历史题材对象被我们先前的"太史公"们记载下来,无论怎样"总是包含着一种活动和一种复杂的判断过程",故绝对纯化的历史事实上确难存在;但它毕竟是"从事实开始,并且在某种意义上这些事实不仅是开端还是终端,是我们历史知识的起点和终点"。③ 只要我们不是抱虚无主义、相对主义的态度和观点,那么应当承认,在本源上历史是有其客观性和质定性的。情况既然如此,以历史为题材对象的历史文学在进行虚构创造时,它怎么可以完全不顾历史客观性和质定性的限制而一任由作家主观的放纵呢?"我如果是依附他物而生存的,那我就同非我的外物相连,并且不能离开这个外物而独立生存。相反地,假如我是依靠自己而生存的,那我就是自由的。"④黑格尔此话,变通一下,实在是可以作为历史文学虚构自由与限度对立统一关系的理论依据的。

比理论更直捷更明白的是实践,这毋宁是广大历史文学家作长期艺术实践经验的一个宝贵凝结和升华。中外历史文学史上都不乏这样的例证:有些作家由于在艺术虚构时只讲自由而不顾限度,超逸了历史的可能性和性格的逻辑性,将历史人物和事件作了不应有的虚饰处理,结果写出来的作品招致非

---

① [德]黑格尔:《美学》(第1卷),朱光潜译,商务印书馆1979年版,第39页。
② [苏]В. П. 戈卢宾科:《必然和自由》,仓道来译,北京大学出版社1984年版,第145-148页。
③ [德]恩斯特·卡西尔,《人论》,甘阳译,上海译文出版社1985年版,第221页。
④ [德]黑格尔:《美学》(第1卷),朱光潜译,商务印书馆1979年版,第124页。

议,从而大大影响了作品的思想艺术价值,作家自己也不胜尴尬和被动。莎士比亚《亨利四世》为福斯塔夫原名欧尔卡苏名字触"楣头",激怒了欧氏后裔而差点弄得下不了台一事就是颇好的一个例证。我国前几年拍摄的历史题材影片《秋瑾》也相当典型。我们知道这部人物传记体的影片在新时期众多的同类影片中属于严谨的、档次较高的一类,艺术上也不乏新意和特色。然而,当编导者一旦偏离必要的历史限度,在影片中为了反衬秋瑾的需要而将其丈夫王廷钧描写成一个拧丫鬟、逛窑子的流氓式的人物,为了表现英雄女侠人性人情的需要而有意无意地渲染秋瑾与陈天华特别是与徐锡麟之间不无暧昧关系时,它也就在一定程度上给作品抹上了不应有的虚假痕迹,造成了观众审美心理和审美对象之间的抵牾。要知道,对于这样一段距今不到一百年的史事,人们太熟悉了。他们在观赏之前,心理上都有一个审美的"格"存在。所以,影片放映后,不仅秋瑾的后裔纷纷著文批评抗议,就是一般稍有历史知识的观众也觉得难以接受。这便使影片和它的编导者一样,陷于难堪的境地,其固有价值不能不大打折扣。

中外历史文学史上也不乏这样的例证,有些作家创作的作品,其人其事的描写,哪怕些微细节,都经得起历史学家的考查,有的地方简直"字字有出处,个个有考据",但读者就是不爱看,不欢迎。在这方面,蔡东藩的《中国历代通俗演义》就是一例。他在这部六百余万字的浩瀚帙卷中,由于不适当地在创作中贯彻了所谓的"以正史为经,务求确凿""附史家之羽翼"的演义观,把历史文学纳入了"通俗史学"的格局,结果作茧自缚,把作品写得如同历史教科书一样枯燥乏味,鲜有魅力。遗憾的是,蔡东藩还不以为然,在作品中运用夹批自评的形式,津津乐道地自我标榜,力抨《三国演义》等出色虚构作品,这就使我们不能不为之深感惋叹。

也许值得一提的是陈白尘的创作,他在虚构问题上所作的"三部曲"探索,融上述两种极端于一身,但也正是实践的教训,使他最后深深懂得了虚构自由与限度统一的重要并终于走上了理想的艺术新境。第一阶段,受郭沫若五四时"翻案"史剧的影响,他赋予虚构以绝对的自由,横笔扫去,把历史对象固有的貌态改得面目全非。《汾河湾》中,薛仁贵的儿子薛丁山变成一个觉醒的新青年。《虞姬》里,楚霸王卫士罗平可以与虞姬自由恋爱。"历史剧干吗当真作为历史去写呢? 不能把现代的东西塞进历史的躯壳里么? 其实这想法,并不是我独创,也是受了别人影响,于是我也就同别人一样:请'摩登女郎'著上古装了,于是冥人可以革命、豪侠可以大喊口号了。结果呢,既失去了历史的真实,又失去了艺术的真实,成为两不象的东西。"①这是作者初次探索的教训。第二阶段,改弦更张,摆脱"翻案"式的现代化作法,尽力抑制虚构自由,力图"以怀古的心情","规规矩矩地来写历史",但纠偏过分,又程度不同地表现了重"史"轻"诗"的倾向,如《金田村》的创作,内中就有颇明显的自然主义繁琐描写,作者将自己深入历史的研究心得,"一股脑儿都塞进史剧里去",结果如他后来总结的那样:"历史是复活了,但如果比做一个人,则这个人太臃肿,臃肿到超过一个人形状,因为这个人虽也穿的是历史服装,但他为了求全求真,把春夏秋冬四季服部给穿上了。"作者为此感到"深悔",认为自己"胀破"了历史剧的躯壳,"压瘦了历史"②。看来他是从一个极端走向了另一个极端。第三阶段,是以《大渡河》为起点直至《大风歌》的问世,这是作者在吸取以往经验教训基础上的、既不同于此也不同于彼的全新境界的虚构。它融自由与限制于一体,夸而有节,节中见夸。《大渡河》对石达开"仁义"悲剧性格的塑写,虚构成分相当浓重,但一是重大的关节点基本吻合历史事实(除石达开结局外),二是即使子虚乌有,也力求按照可然律必然律营造。故剧作较之作者以前同题材的《石达开的末路》在恒度和价值上自然高出一筹。尤可称道的是《大风歌》,作者的创作正如他郑重其事的声明一样,内中历史人物和重大事件描写"根据"《史记》《汉书》"有关篇章编撰",皆有所本,但与此同时,这些历史人事与艺术虚构又奇妙大胆地组合在一起,化为一幅幅自由自在、形象生动的艺术画面。吕后残害戚夫人为"人彘",刘章与吕通的"宴斗"等场面,曾使多少观众为之倾倒!它既是高度历史真实的,又是充分艺术虚构的,可以说是达到了自由与限制的有机统一。"既然是历史剧,就必须基本上忠实于历史,失去历史的真实,也将失去艺术的真实。"③老作家这句话,凝聚着他毕生的宝贵经验。他的三个不同阶段的实践告诉我们:历史文学虚构自由与限度的关系是辩证

---

① 陈白尘:《金田村》序,参见胡星亮等编《陈白尘研究资料》,人民文出版社 2016 年版。

② 陈白尘:《历史与现实——史剧〈石达开〉代序》,参见胡星亮等编《陈白尘研究资料》,人民文出版社 2016 年版。

③ 陈白尘:《〈大风歌〉首演献辞》,参见胡星亮等编《陈白尘研究资料》,人民文出版社 2016 年版。

统一的关系,如果各执一端,彼此对立起来,那都是片面不可取的。其所以如此,道理很简单,用哲学的语言来讲,就是"为了反题而牺牲正题,也如为了正题而牺牲反题一样,同样是没有根据的。我们只有把正题与反题中间所包含的真理要素统一成为一个合题的时候,能找到正确的观点"。①

应当指出,就虚构的"自由"与它的对立统一物"限制"比较而论,现在人们一般对前者还容易理解,最近几年的歧义主要看似转移到后者身上。有些同志担心,向作家讲"限制"会影响他们的创作情绪,甚至认为要窒息他们的创造力。这种担心和说法如是针对创作、批评现状弊端而发自然可以理解,但倘若因此将"限制"从历史文学的虚构中一笔勾销,我以为是不可行的。恩格斯早就指出:"世界体系的每一个思想映象,总是在客观上被历史状况所限制,在主观上被得出该思想映象的人的肉体状况和精神状况所限制。"②人之受限制,这本是人出自生存本能的一种应有需求。科学研究充分表明,人的肉体精神感觉功能的适宜度是颇有限的,视觉的适宜刺激物是波长为 400~760 纳米的光波,对超过幅度 70 倍以上 Y 射线、X 射线、紫外线、无线电波就只能熟视无睹。人类的听觉能对每秒 16~20000 次振波的声音有所感觉,音强超过 140 分贝时,耳膜就会感到疼痛。人类对于外界信息的这种"有限"反应,正是人类得以生存和衍化的前提。不难设想,如果人类能看见所有的电磁波,听到所有的频率和分贝的声音,感受器失去限制,那么就将使自己生活在一个多么混乱可怕的环境中——不,人类恐怕就无法生存。"过犹不及",凡事都有个度。人的精神肉体如此,人的审美反映也是如此,绝对的自由是没有的。"一切自由艺术里仍然需要某些强制性的东西,否则使作品有生气的整体,就会完全淹没躯体而全部化为虚空。"(康德语)这是一个普遍的规律。更何况,美的东西只有在人们理解和认可的前提下方能显现美,而理解和认可,从来都是通过一种公认的逻辑的格,一种带有明显限制性的形式规范才得以完成。这是一。

其二,就形式而论,任何文体都有限制。戏剧受舞台的局限,只能在有限的空间里进行活动。影视受屏幕限制,离开了有限的屏幕,作家纵有天大的自由权也无以表现。音乐受旋律的限制,音乐家的创造性只有借助了旋律才能

① [苏]格奥尔基·普列汉诺夫:《论个人在历史上的作用问题》,王荫庭译,商务印书馆 2010 年版。第 37 页。

② [德]恩格斯:《反杜林论》,人民出版社 1999 年版。

得到发挥。戏剧理论家张真同志在谈历史文学的局限性打过一个非常形象贴切的比喻,他说:"这正像下象棋,马只能走'日'字,这是对它的限制,但又不是限制。马凭着这一条就可以'卧槽',炮凭着另一条就可以'闷攻',下棋的人凭着这些去把握它们动行的规律,熟于运用这些规律就可以得到很大的'创作自由',冲锋陷阵,把对方'将死'。可以说,这胜利也是这些条件提供的。难道没有这些条条,那盘棋更好下一些吗?"他接着说,历史文学作家的任务是熟悉这些规律,像象棋名手一样,从规律中获得自我的写作自由,"而不是去企图不顾这些条条而自由行事,把马走得不像马,或者想用炮去'卧槽'。这是达不到目的的。裁判员——观众——不能承认你算赢了"。① 他的话对于澄清我们今天在限制问题上的一些观念,无疑是有启迪意义的。

其三,退而言之,即或是限制,我们也只是限于"基本事实,基本是非"方面(这是指历史现实主义这类作品而言),丝毫无意于作家脚板步步踏在历史窠臼里,更不是说要他们拿史书来勘比自己的创作,字字句句照搬历史,像蔡东藩所主张的那样。当然,不必讳言,也有一些作家因此把作品写得拘泥呆板,毫无生机,但这不能简单归咎于限制本身,主要还是作者自己没有启动主体参与意识,消极受动地匍匐于客体,没有将历史文学创作纳入主客相融的艺术机制,用美的眼光予以观照的缘故。此一情形,就好比是一些"现代化"的作品,我们总不能因为它们虚构失当而"恨屋及乌",宣布虚构"有罪",将其从历史文学中驱逐出境,应当说是不难明白的。19 世纪法国作家兼批评家德·斯太尔夫人说得好:"历史题材看上去碍手碍脚,但只要能掌握某些界限之内的一个基点,掌握一定的轨道与适度的激情,那么这些界限本身对才华是有利的。忠于史实的诗才能烘托出历史真相,犹如阳光能将五颜六色照耀得更加光彩夺目,这诗才能赋予史实以岁月的阴影已夺去的光华。"②可见无论从哪个角度讲,限度问题之于历史文学来说,其可行性都是无可置疑的。

---

① 张真:《古为今用及其他》,中国戏剧出版社 1963 年版,第 26 页。
② [德]斯太尔夫人:《德国的文学与艺术》,丁世中译,人民文学出版社 1981 年版,第 107 页。

二

指出历史文学的虚构要有限度,目的是为了更好地把握驾驭它,以求得更大更充分的虚构自由。歌德说:"一般说来,对于一个画家的笔墨或是一个诗人的字句,我们不应该在细节上斤斤计较;毋宁说,对于一件本来是用大胆而自由的气魄创造出来的艺术作品,我们也应该尽量用大胆而自由的气魄去看它,欣赏它。"①我们所说的历史文学虚构自由,也可作这样的理解。然而古今中外大量事实告诉我们,同样是根据有限度的自由原则创作而成的作品,或者简单地说,虚构自由并没有超出"基本事实,基本是非"许可范围内的作品,它们彼此在真实性的层次、境界、深度、恒度上大相径庭,甚而有天壤之别。这里我认为就涉及歌德所说的"气魄"问题:是谨小慎微、斤斤计较地在细节上打转转,追求外在的自由,还是恒度自若、开放大胆地着眼于整体和系统,以求在内在指向上和限度的真正遇合的自由,这是问题的关键。一切作品自由度的分野,就赖此建立。

很显然,前者的自由也是一种自由。但因创作主体方面缺少应有精魄的熔铸,所以一俟物化为具体作品时,它对客体对象的表现就不能不处于一种被动效法的状态。作家也获得了某种程度的自由,但这种自由只停留在较低的层次上。不错,这些作品都有具体而准确的外表,它们对于历史事实的严谨和忠信简直使你无可挑剔。然而,这种严谨和忠信的背后,常常正是反映了主体的麻木和疲弱,它无作家自我强健的心理律动以为后盾。借用传统"形神"论的说法,它们便是"形具而神不备""得形而失神"了。就是说,主体心灵还被客观对象压抑着、侵凌着,未能进入本质对象化的境地。从文艺与生活关系看,还没有脱出师法自然、模仿自然的初始状态。比如,大家非常熟知的冯梦龙的《东周列国志》,它对历史的高度忠信而最后不幸只得了个浅层次自由,不能与《三国演义》比肩,根本的原因就在于内在主体被外在凛然的客体所拘牵,堵塞了思维空间的拓展。所以尽管作品"九实一虚",甚至细节都经得起历史的检

---

① 《歌德谈话录》,《世界文学》1957 年第 7 期。

查,但它的主体意识终究无法得以完满凸显。还有,像近年来出版的一些长篇历史小说,写人叙事动辄从生到死、从头到尾;要么中间再插以人情风俗点缀。作者的命意似乎全落在情节框架的组构和细节的刻画上,至于如何让情节和细节来充分承载自我的主体心灵则很少考虑。结果是,他们又在不同程度上重蹈了冯梦龙的覆辙。其实说穿了,这也没有什么奇怪,因为情节框架只是形式的层次;而细节呢,根据林兴宅的研究,它的真实成功与否归属于认识论的层次。没有强劲健全的创作主体的融会贯通,它们又奈我何用。一味情节化的作品往往是最缺乏主体自由的作品,一味细节化的作品往往难免陷于自然主义泥潭,其理即此。意大利作家亚历山德罗·曼佐尼在谈历史小说作家职责时告诫说:为了使艺术描叙避免拘谨琐细而更加富有力度的韵味,作家"您应该在描写的事件的各个部分之间进行选择,淘汰那些不符合您的特殊的、崇高的意图的部分;您将会遇到阻碍事件展开的种种困难,您自然也会寻到克服这些困难的力量,您必须虚构各种遭遇、图谋、激情和重要的或不太重要的人物,您还必须设计事件走向结局的道路"①。上述这些作品的作家恰恰没有做到这一点,故他们创作的主体心灵理所当然地被客体对象所掣肘,显得消极被动;他们虽手脚不停地奔走于情节与细节之间,好像显得很自由,实则被史实牵着鼻子走,并无真正的自由可言。

相反,后者的自由则不同。它同样也接受史实的限制,但"限制"对于它来说,与其说是来自外在的一种强制性的镣铐,不如说是发自内心本能需要的一种很自然的默契。用理性的话说,就是"主体对和它对立的东西不是外来的,不觉得它是一种界限和局限,而是就是在那对立的东西里发现它自己"。② 不消说,这当然是一种高层次意义的自由。这种自由的特点,刘再复认为主要表现是"内心自由",它靠作家"艺术心理结构的自然掌握"③。若再借用"形神论"的原理,就是以形传神,意在神似。具体到艺术创作,则是致力于作品内在思想意蕴特别是人物性格内在精神的抉发,并时时不忘以主体的"内省力"为标尺,去同化和感知它们。黑格尔早就有这个观点:"历史的外在方面在艺术

---

① 《欧美古典作家论现实主义和浪漫主义》(一),中国社会科学出版社 1980 年版,第167 页。

② [德]黑格尔:《美学》(第 1 卷),朱光潜译,商务印书馆 1979 年版,第 124 页。

③ 刘再复:《论人物性格的模糊性与明确性》,《中国社会科学》1984 年第 6 期。

表现里必须处于不重要的附庸地位，而主要的东西却是人类的一些普遍旨趣"。黑格尔认为这种普遍旨趣就是历史的不朽内容，它和外在形式或细节不同，不会随时间推移消逝而永驻人间。如果作家找到了它，也就找到了历史文学的主题或中心支点，主体就获得了横贯古今、永恒不朽的理性自由。① 尽管黑格尔的话将形式与内容截然对立起来的说法不无偏颇，而且是用普遍人性论观点来解释高远旨趣，显现了颇浓的唯心主义的味道；但置这些历史局限于不顾，我们不能不说他的这个观点是相当深刻而精辟的。事实确实也是如此，那些富有大胆而自由气魄的作家，如莎士比亚、歌德、普希金、大小托尔斯泰、罗贯中、关汉卿、孔尚任、郭沫若等等，都无不高度注重"神似"的创造和开发，而不把眼睛仅仅盯在"形"即外表的具体而准确上。大手笔之所以为大手笔，其重要的分界就在于此，大手笔所以虽有细节失真之误，但终究无夺于整体高度真实，原因也就在于此。而二三流作家即使每个细节务工求实，不出半丝差错仍跻身不了自由不拘层次，道理也就在于此。也许基于这样的缘由吧，曾对莎士比亚细节失误作过辩解的卢卡契在谈司各特历史小说时写道："对他来说，历史的真实可靠性就在于某一具体时代所特有的精神生活、道德观念、英雄主义、牺牲精神、坚定信念等等。这些才是司各特的历史真实中最重要的、不会消失的、对文学史来说是划时代的内容，而决不是那种众说纷纭的在描绘方面的所谓'地方色彩'，它不过是许多辅助性的艺术手法里的一种，单靠它自身是决不可能唤醒时代精神的。"② 司各特为司汤达所讥，终身不能成为大作家，显现大胆而自由的气魄，根本原因也就在于过多注重外在的"地方色彩"而对蕴含于历史和人物身上具有划时代内容的深层精神心理关注不够，开掘不深。可知历史文学的自由，其间实在也有个层次与境界之别的问题。

无疑，对于每一个不安平庸的作家来说，他恐怕时刻都在渴望着自己早日跨进高层次的自由之神的大门。然而，事实表明，要真正进入这样一种理想之境，难度是很大的。这里光有自觉的理性魄力远为不够，还须有其他许多条件的辅助配合。我们看到不少作家，他们何尝没有攀向自由臻境的气魄，但是很遗憾，他们苦苦渴求，有的甚至渴求了一辈子，写下了为数相当的作品却始终

---

① ［德］黑格尔：《美学》（第1卷），朱光潜译，商务印书馆1979年版，第348页。
② 《司各特研究》，外语教学与研究出版社1982年版，第113页。

未能叩开自由女神的大门。这是为什么呢？参酌许多作家的经验,我们认为有两方面的因素是可以提出来讨论解决的:一个是艺术契合点的问题,一个是艺术分寸感的问题。

艺术契合点是历史感与现实感交融汇合的中介,也是作家与读者之间进行情感交流的桥梁。作家的创作是属于个性化的劳动。他写什么、怎样写,都具有别人无法干预的绝对自由权利。但是,当他要将他的创作汇入社会的整体精神文化之中,并冀希为社会大潮愉悦接受,形成一个良好的输出—接受—反馈系统时,就不能不考虑到契合点寻找的问题。伊凡·米拉玛佐夫对他弟弟谢辽沙说:"我想到欧洲去,我很知道,我只是到墓地去,但是我也知道,那墓地对我是珍贵的,非常珍贵的,亲爱的死者葬在那里,他们上面的每一块墓石都诉说如此热烈的过去的一生,都诉说对自己的成就,对自己所持的真理,对自己的战斗,对自己的学识如此热烈的信仰,因之我事先知道我会扑到地上,去吻这些墓石,去为他们啜泣。"①这段不无感伤的话具有深刻性。是的,正是因为人们反顾历史并不只是去温习那些冰冷的事实外壳,而更重要的是通过自己滚烫的心灵去感受其中的精神品格、以古迪今,从而丰富自己、警策现实,这就在事实上为作家的契合点寻找在社会心理上提供了客观依据,使取材于过去的历史文学照样也能和当代读者沟通默契,激起他们思想感情的强烈共鸣。历史文学作家的成败、自由与否及自由的程度如何,往往就集中地反射在这个契合点上。曹禺《王昭君》后半部对昭君出塞及其出塞后的描写,很多观众感到不能接受,这里一个很重要原因就是作者派给王昭君在远适沙漠中所表现出来的轻松惬意的情感与当代观众的思想情感相悖离。人们不能明白:一个民间女子孤身被送到边远和比较落后的地方,对她本人究竟有什么可笑、可惬意之处。很多人批评这个史剧违反历史真实,其实在我看来,这主要还是契合点不"契"的问题。郭沫若在《棠棣之花》创作时提出了一个很好的观点,他说:"《棠棣之花》的政治气氛是以主张集合反对分裂为主题,这不用说是掺和了一些主观的见解进去的。望合厌分是民国以来共同的希望,也是中国自古以来的历代人的希望。因为这种希望是古今共通的东西,我们可以据今推

---

① [德]斯本格勒:《西方的没落》,齐世荣等译,商务印书馆 2001 年版,第 339 页。

古,亦正可以借古鉴今。"①我们历史文学的理想契合点,大概也只有到"古今相通"的题材中寻找得到。

艺术分寸感也是沟通古今、连接作家与读者之间的一个中介物。它的内涵往往不那么确定,从大的方面看,可以是指虚实关系的比例,如鲍昌同志就是据此加以解释的②。从小的方面讲,可以视为艺术表现的一种火候。我们此处所说的分寸,主要就后者而言,它是哲学上的自由与限制对立统一关系在艺术上的一种体现,是辩证法思想在审美创造上的具体运用。用现代系统科学的概念来说,就是系统有序性的程度(标志),是系统运动的有序与无序的临界线。它渗透在艺术创造中的一系列环节,通常情况下又以形象创造这个关节表现得尤为突出、集中。无数的实践证实,分寸感的把握既重要,难度又大,它是成熟历史文学作家必备的特点和艺术上获得自由的标志。一个人物形象刻画的成功往往获益于此,一个人物形象出现的疏漏或失败常常也可以从这里找到答案。姑以大家非常熟悉也是议论较多的《李自成》中的崇祯与李自成为例。这两个人物形象为什么同出于一部作品而在艺术价值上颇有差距:崇祯形象具有历史深度,成为文学史上成功的帝王典型,而李自成形象虽花了很大心力,但读来却多少给人以一种不真、不亲之感。此处的分野落实到艺术表现上看,实质上是个分寸感掌握得当与否的问题。崇祯其人,他既写其宵衣旰食、励精图治,一心想重振朝纲,有所作为,又写他刚愎无能,乖戾忌刻,病急乱投医,尽干蠢事,艺术笔触始终抓住其自诩英明帝王而实则空有其表、基本上是个庸常之主不放,描写的火候恰到好处、恰如其分。李自成形象就不尽是这样。对于他,也许是史学观、创作观上的偏颇,作家在艺术表现时常常不适当地将之拔高。李自成似乎满脑子都在思想着"救民于水火",甚至在家庭私房中也念念有词地和高夫人谈"革命"、谈"理想",这是不可思议的。至于他在摇旗出走问题上所表现出来的无比坦荡的胸怀,高尚无私的情操等等,更是使人感到难以置信,不能不说是大大超出了作为小生产者的思想极限③。为什么不少人都批评李自成有现代化之弊,据说有个刊物还登了一幅"李自成读马

---

① 郭沫若:《我怎样写〈棠棣之花〉》,见《棠棣之花》,人民文学出版社 1980 年版。

② 鲍昌:《历史小说谈屑》,《花溪》1984 年第 3 期。

③ 有关李自成在"摇旗出走"问题上的表现,笔者在《三百言写史诗——评〈李自成〉前三卷》(《文艺报》1983 年第 1 期)有具体分析(参见本书第 234 页),此处不赘。

列"的漫画,我以为都颇说明问题。

起步于历史小说创作的冯骥才说:取材著名历史人物的作品,尤其要注意分寸感,"分寸感包含真实感。歪曲、削弱、拔高历史人物,都是由于分寸感把握不够准确的原故"。① 他的这番话,对于我们破译李自成形象的成败得失,无疑是有助益的。"盖艺之至者,从心所欲而不逾矩"(钱钟书语),看来不仅在分寸感问题上,就是在整个虚构自由与限度关系问题上,我们历史文学作者都应该牢牢把握住这一条。这是历史和现实给我的启迪,也是本文反复想要说明的一个道理。

(原载《浙江学刊》1988 年第 3 期)

---

① 冯骥才、胡德培:《关于历史题材创作问题的通信》,《新港》1982 年第 9 期。

历史文学底线原则与创作境界刍议

　　提出历史文学的底线原则与创作境界问题,是基于当前历史文学创作和批评方面存在这样两种偏向:

　　在创作领域,尽管凌力、唐浩明等作家的辛勤耕耘,结出了许多令人欣喜的硕果,作品在读者中也产生了良好的社会效益;但是这些具有较深刻思想内涵和较高艺术品位的作品,主要在知识界产生影响,向市民阶层辐射的力度毕竟有限。而靠现代大众传媒传播的历史影像制品,尤其是一些靠戏说历史制造卖点的历史情感剧以及官场剧等,成了文化市场上老少皆宜的畅销产品。它造成的消极后果之一,是误导历史知识欠缺的青少年,往往不加区分地把它们作为接受历史知识的主要渠道,甚至把其中的野史戏说以及嘻嘻哈哈、打打闹闹,也当作真正的中国历史的一部分。客观地说,现在文化市场相当多的历史文学作品艺术格调和思想品位不高,基本上是在低浅的底线上下滑移。

　　而在文学批评界,尽管最近几年高规格的历史文学研讨会开过多次,评论文章也发了不少,人文知识分子以积极的姿态介入了当下历史文学纷乱的创作局面;但不可否认的是,由于主客观等多方面原因,这些批评和研究多是抽象的、零碎的,基本上停留在原有的水平层面上没有多大进展,真正回应现实并且有建设性、原创性的并不很多。

　　有鉴于上述两种偏向,我认为首先有必要在作家中树立一种自律意识,重提创作的底线原则,即对多样化背后的基本事实和基本价值规范需要作特别的强调——也就是说,历史文学可以不拒绝任何形式的虚构,但它不能违反连解构主义大师德里达都不能不加保留的艺术应"有益无害"于社会的这个基本的"阿基米德点",不能将人导向对历史的无知和偏见,渲染历史文化中反人性、反历史、反道德的精神糟粕,张扬陈旧落后的价值观念和艺术趣味。与此同时,也有必要呼吁作家站在时代的高度,用现代开放开阔的思维和人文的激情,在充分体悟民族文化资源的基础上,努力创造超越于底线之上、与拥有五千年悠久文明的泱泱大国相匹配的高品位和大境界的历史文学精品力作,以此来拉动和提升整体历史文学的创作层次和水平。说实在的,中国历史典籍太丰富了,找几个故事编制一个并不太难,但要从中写出境界和品位就不那么容易了。这里所说的境界和品位,当然离不开历史和哲学的共同参与(黑格尔甚至认为理想的历史文学创作应该借助历史哲学的中介来连接古今),它有思想的穿透力,对历史有独到的开掘和发现;但同时应该有对独到发现的独特表述。它既是充分人文人性化的,又是高度诗性化的;是作家才、学、识氤氲的产物,是现代意识、历史真实和创造精神相互碰撞融会的艺术结晶。

应该承认,在当前历史文学创作中,上述这样境界和品位的作品虽不多见,但在有的作家那里也程度不同地得到体现。特别是历史小说领域,成果不容低估。如凌力的《梦断关河》对鸦片战争的描写,她既坚守民族正义,分清历史是非,又站在现代文明的立场看待和处理当年这段历史,并且将这一切通过大开大阖而又细致入微的几个梨园弟子的心史和情史展示出来。因而在一个极具钢性和硬度的题材中,发现了为过去所没有的震撼人心的历史内容。其他如刘斯奋的《白门柳》、唐浩明的《张之洞》、吴果达的《海祭》等都有类似的情况。需要指出,自 20 世纪 90 年代起,历史文学取材重心已逐步从阶级斗争和唐宋盛世向中华文化的"生成"和"转型"的两端位移,"先秦"和"明清"叙事成了历史文学创作的突出亮点。而这两端的历史叙事,事实上已触及史学、哲学、意识形态的敏感地带,与当下日益对垒的新保守主义和新激进主义思潮纠缠在一起(电视剧《走向共和》引起的超出文学范畴的争议就充分说明了这一点)。这就使问题显得更复杂也更具现代意味,从而为作家高品位和大境界的历史文学创作提供了一个很好的契机,当然也平添了不少可以想见的难度。像过去那样,用纯粹或封闭的阶级的民族的思维视野显然是不够的,它要求我们作家在观念认知、知识结构和话语叙事策略诸方面及时进行调整和拓展。否则将无力应对题材的新变,更不要说敏锐地发掘其中蕴含的价值势能。事实表明,在今天,全球化不再是历史文学的外在附加物或白日梦,它已成为作家的一个潜在的写作背景,甚至内在地渗透到它的创作机制之中。特别是明末清初的这几百年,它正好处在中华文化由盛转衰、由开放走向封闭的非常时期,全球化更是我们把握历史、进行古今对话的一个很好的契机。

　　遗憾的是,除凌力等少数人之外,大多作家都没有这样的意识。题材的转移和环境的新变,似乎没给他们带来多少的影响,他们仍一如既往地循守着原有的创作思路:新锐作家关注的是民族文化中的阴谋、凶杀、死亡、性爱、丑陋等历史碎片和泡沫,并把这一切幻化成历史的全部;大众化写作感兴趣的是历史的娱乐消费及其带来的票房价值,为此不惜将历史平面化甚至故意涂鸦化了;而传统的史传式的作品则似乎对戡乱治世的封建明君贤臣情有独钟,它们翻案式或赞肯式的描写基本没有超越传统文化的范畴。这样,就使历史文学创作在外观形态上是多样了,但其内在的精神质地却相当贫乏。它明显缺少歌德、莎士比亚、雨果、司汤达、托尔斯泰、卡夫卡等世界级经典作家那样雄视千古、囊括寰宇的大境界大视野;就是与郭沫若、姚雪垠等老辈作家相比,也显得拘谨得多、狭窄得多。这个中的原因当然很复杂,但无疑与作家的知识结构和写作心态不无有关。

　　当然,历史文学毕竟是文学。作为与历史具有"异质同构"关系的特殊文体,它虽然在关系和形态方面与史家呈现某种"同构"的相通或一致,但在目的、功能和手段则有着"异质"的根本区别。因此,从本质上讲,历史文学创作是不能与艺术的自由秉性和创造精神相抵牾的。高品位和大境界历史文学当然也不能背离艺术创作的这个基本特征。而且,惟其内在品位和境界的"高"和"大",这在事实上对作家创造力、想象力提出了更高的要求。可以这样吧,高品位和大境界的历史文学是建立在作家艺术大创造的基础之上,没有创造性作为依托,它就不可能获取历史叙事应有的诗性价值,负载起史诗所具备的宏大而广阔的阐释空间。

　　正是从这个意义上,我不大赞成对历史文学作考证索引式的研究,也不同意用现实主义一把标尺来度量丰富复杂的历史文学本身,将一切抽象或超验的非现实主义作品都排斥于研究视野之外。那样不符合历史文学的创作规律,也无助于它品位和境界的提升。而事实上,我认为影响和制约当前历史文学创作的一个主要原因,不是局部或个别的史实失真即所谓的"硬伤",而是整体和普遍的艺术创造力的匮乏。传统的史传式的创作,这一弊端似乎较为明显,甚至还程度不同地存在着历史知识对艺术创造的"压迫"。戏说类写作特别是新历史小说,开始似乎好些,它的大胆出格的描写曾一度颇为流行,但不久就陷入了某种模式化的机制而呈现下滑态势,这说到底还是主体创造力的缺乏。中国是一个好史的国家,中国的历史文学也是从史传文学那里发展过来的,这很容易造成创作和批评的崇史情结。它给历史文学带来的副作用是显而易见的。

当然,历史文学作为历史与文学的"双声话语",它不应也不可强调虚构创造而对历史行使"话语霸权",或将历史视为文学的累赘或简单的对立物。这不仅是历史原型中蕴含着无比丰富的美质可以为它所用,同时丰富美质的本身还能有效地激活作家的想象力和创造力。这是一种极富意味的双向能动与互融。高品位、大境界的历史文学作家应敞开胸臆,充分向历史开放自己的文本,挖掘和发现历史原型中的固有本真和本美,并将它纳入审美创作机制中进行转换。如此,他的作品才能在历史与文学的碰撞和交流中实现新的超越和质的提升。

(原载《文学评论》2004 年第 3 期)

深入历史：
历史文学作家的诗外功夫

"深入历史"——这是一个十分稔熟，在今天看来似乎有点背时的题目。说它稔熟，是因为这个从历史学那里借来的术语，早在托尔斯泰、郭沫若笔下我们就曾反复地聆听过并且迄今议论不息；说它背时，则是因为在时下高扬主体、崇尚自我的时代，它的那种特定的思想涵义颇有点"非现代"的味道，特别是与主体创造、艺术接受、现代意识等命题相比，便如小媳妇见了公婆，自觉惭愧和卑微。

我在这里无意为"深入历史"张目和喝彩，更不愿将这个问题的重要性夸饰到不适当的地步。我只是想说，在今天，当我们的历史文学在经过漫长而多样探索之后仍有不少作品倾向性地存在着"历史真实贫乏症"的时候，当我们有些作家面对喧哗骚动的商品经济大潮的冲击，为一种贪快图便的思想情感驱使而愈来愈"放纵自我"的时候，重提一下这个"稔熟"而又"背时"的论题不无现实意义。是的，历史文学是审美创造的事业不是历史学，它同样毫无疑义地应该充分体现作家的主体能动性，它的同化历史客体的强健的思维活力。但是，历史文学既然取材于历史，而历史虽则不是与我们处于一个"同在"的历史本体，它的本义和意义要随历史的变化而变化，但不管怎么说，它的本义和意义以及它的基本过程、主要事件毕竟有它的客观定性，并且这种定性在人们阅读欣赏之前已化为一种具有"公理"性质的逻辑的格，实际上无形地在左右和影响着人们的艺术认同。因此，它的作者在创造转化时就不能完全撇开历史真实不管，而一意听凭主体自我的凭空发挥和张扬，它也就很自然地向我们的作者提出了"深入历史"的要求。按照反映论的观点，历史文学是历史生活的反映，它的源泉存在于历史生活之中。从这个意义上讲，作者也有个如何"深入历史"的问题。

那么，怎样才算是"深入历史"呢？它的具体的内涵到底是指什么？

一、深入历史的一般指称

所谓"深入历史",当然不是指深入实体性的历史即"历史本体"那里去。真正的"历史本体",我们看不见,摸不着,留不住,它早就以每秒 30 万公里的速度耗散于宇宙之中;不管后人对它怎样眷恋,都一去永不复返,不会也不可能作再次重现。历史留给我们今天的只有遗文、遗物和遗迹。面对于此,我们所谓"深入历史"的途径和涵义,也就只能视作深入现场的实地实物考察特别是深入史书记载才具有其现实的合理性。我们讨论历史文学创作虽不必陷溺于此,但却无法完全脱离这一客观境况。一切真实性和历史感的求得,都不能舍此而立。你要写唐朝的历史生活,你就应该去搜集和查考有关唐朝的各种史书,潜心对它们作深入研究;多多益善,愈深愈好,最好像郭沫若所说,能成为本题材范围内的"研究权威"。一个作家只有无条件地深入历史,对题材对象有关史实进行认真切实的研究,他才有可能实现史实的真实化,为嗣后的艺术创作奠下坚实的基础。

已逝著名电影导演郑君里在一篇创作谈的文章中曾说过:他执导的《林则徐》,开始时"由于人物素材收集得不多。因此,在创作的初期,人物的创造工作多凭主观的臆测和杜撰"。以后在有关同志指点下再度深入史海,进行艰苦的探寻钻研。这才有效地克服和避免了原先主观化的创作模式,"恢复了林则徐原有的生命力和性格特征","使这些生动具体的资料给导演和演员提供了既真实而又富于想象的创作基础。影片里许多有关林则徐的生活和性格的描绘(例如微服私访、夜观地舆、下棋等等)都是从以上的素材中引申出来的"。①当代历史小说作家凌力在一篇短文中也指出:深入历史,虽然要花费作家大量的时间和精力,但它却是历史文学创作的前提和基础,因为深入历史阅读史料,"不仅为了从中获得形象、情节,形成主题,还是对作者的一个潜移默化的过程,它使作者'染'上历史的特定气息、那个时代的味道,自然而然地形成一种辨别力,在后来下笔的时候,比较容易发现和摒弃那些违背历史真实的不自

---

① 《林则徐》(从剧本到影片),中国电影出版社 1962 年版,第 256-258 页。

然的不和谐的地方,对增强作品的真实性是有好处的".①

郑君里与凌力上说角度虽不同,但内在的思想却是一致的。尽管我们不无清楚地知道:历史文学创作不是史实的简单敷衍和复呈,它完全可以而且应该进行大胆必要的虚构创造,作家具体的艺术处理与他苦苦所得的历史真实结果往往并非一回事;但即或这样,在我们看来,深入历史也是非常值得的。且不说没有这样的研究在先,历史文学创作就失去了它丰富生动的源泉而极易堕为主观臆造的产物。就拿艺术创造来讲,如是不以研究为基础,那么就必不可免地使作家的能动性和创造力陷于盲目莽撞之中,不是战战兢兢地不敢放手,就是肆无忌惮地任性其事,难以存什么真正出色的艺术成果,卡尔·贝克说过这样的话:"向从来没有发生过的事件之中去求得人类经验的重要意义,肯定是一桩价值值得怀疑的事情。"②将他的话稍加改造引用,我要说:向从来没有深入历史、求得历史真实的作家去要能动性和艺术创造,要出色的艺术成果,肯定是一桩价值值得怀疑的事情。为什么呢? 道理很简单,因为"现代题材的形象化的源泉主要在于深入生活,而历史的形象主要的只能从研究和考证中获得"。③ 而历史研究,作为一门科学思维的工作是十分严肃辛苦的,正如马克思、恩格斯所说:"必须充分地占有材料,分析它的各种发展形式,探寻这各种形式的内在联系。只有这项工作完成以后,现实的运动才能适当地叙述出来。"④"即使只是在一个单独的历史实例上发展唯物主义的观点,也是一项要求多年冷静钻研的科学工作;因为很明显,在这里只说空话是无济于事的,只有靠大量的、批判地审查过的、充分地掌握了的历史资料,才能解决这样的任务。"⑤

历史充分地证明了深入历史优化历史文学创作及其真实的观点。我们从郭老的一系列历史剧中看到,他的这些成功或较成功作品的写成,几乎每一部都经历了一个刻苦深入历史、认真进行史实研究的特殊的前创作阶段。他在创作《屈原》之前,早就出版、发表过许多有关屈原和《楚辞》的学术论文和有广

①　凌力:《历史小说的历史感》,《文艺报》1986 年 6 月 21 日。

②　田汝康、金重远主编:《现代西方史学流派文选》,上海人民出版社 1982 年版,第 272 页。

③　《林则徐》(从剧本到影片),中国电影出版社 1962 年版,第 272 页。

④　《马克思恩格斯选集》(第 2 卷),人民出版社 1995 年版,第 321 页。

⑤　《马克思恩格斯选集》(第 2 卷),人民出版社 1995 年版,第 229 页。

泛影响的专著,真正称得上是这方面的研究权威:1935 年,他出版了专著《屈原》;40 年代初期写了《革命诗人屈原》《屈原考》《屈原的艺术与思想》《屈原思想》等;1942 年写成长篇学术论文《屈原研究》。他的《孔雀胆》的创作,所下的研究功夫也很大:他查阅了《明史》《元史》《新元史》;研究了《明玉珍传》《巴匝拉瓦尔密传》《阿盖公主传》《顺帝传》《云南土司》等;研究了法国多桑的《蒙古史》、《马可波罗游记》等;还托人在昆明作实地调查,所得的资料抄本比作品本身的字数要多出五倍。他为写《高渐离》,花费的艺术劳动也十分惊人:光是为了搞清剧中的古乐器"筑"的弦数、大小、鼓法、形制、质地等具体情况,就不厌其烦地反复披阅《说文解字》《汉书》《淮南子·泰族训》《史记》《格致镜原》《续文献通考》《释名释乐》等史书典籍,并进行详尽的考证;还对《聂政刺韩王图》等古画作了研究。人们在谈郭老历史剧时,往往只讲他如何落笔生花,才气夺人,殊不知这里面凝聚着作者多少研究心血。"我……在事实上有好些研究是作为创作的准备而出发的。"①"史剧既以历史为题材,也不能完全违背历史的事实……故尔,创作之前必须有研究,史剧家对于所处理的题材范围内,必须是研究的权威。关于人物的性格、心理、习惯,时代的风俗、制度、精神,总要尽可能的收集材料,务求其无瑕可击。"②这的确是郭老的经验之谈,心血的结晶。

　　又比如鲁迅先生那部不幸"流产"了的有关杨贵妃的历史小说(一说历史剧)创作,其深入历史的功夫说来也同样令人叹服。据许寿裳、冯雪峰等知情者介绍,鲁迅为了要写该小说,曾精心地收集有关素材,他"对于唐明皇和杨贵妃的性格,对于盛唐的时代背景,地理,人体,宫室,服饰,饮食,乐器以及其它用具……统统考证研究得很仔细"。他还"特地到长安跑了一趟,去看遗迹"。由于迷恋于奔波,考察心切,以致跌伤了右膝,惊动了西安古董家。③

　　其实岂止是郭沫若、鲁迅,举凡一切严谨的作家均也如此。福楼拜为写《萨朗坡》,光是读的书就有 98 种之多。普希金作《上尉的女儿》,三年前就特地写了一部史著《普加乔夫史》。托尔斯泰创作《战争与和平》时,跑遍了莫斯科所有的图书馆,还亲临当年波罗金诺战役的战场,搜集到的有关资料,加起

---

①　郭沫若:《历史人物》序,人民文学出版社 1978 年版。

②　郭沫若:《历史·史剧·现实》,《郭沫若谈创作》,黑龙江人民出版社 1982 年版。

③　参见许寿裳的《亡友鲁迅印象记》和冯雪峰的《鲁迅先生计划而未完成的著作》。

来足有整整"一书库"之多。他的《哈吉穆拉特》在写出了初稿后，为了进一步修改，不惜花费大量时间和精力来研究有关高加索战争年代的全部历史和民俗资料，包括回忆录、书信、文件；他还特地去寻找那些曾同哈吉穆拉特有过亲身接触的人，向他们详尽地打听这个历史人物的外貌、性格、言行、服饰等种种细节。显克微支写《十字军骑士》，从史料准备到最后完成，前后经过十年，为了使语言更加真实化，他苦心孤诣地去各地档案库搜寻古代法院佚录，在残存的一些拉丁文文件中找波兰证人供词……"凡历史底作品，不论是什么种类，总必得以学究底准备和知识为前提。"①德国学者拉斐勒·开倍尔此话，可以说是道出了一个规律。难怪它很得鲁迅先生的称道和欣赏，认为这虽是"古典底，避世底"，"但也极有确切中肯的处所"。②

有的同志可能认为：历史文学所写的历史往事反正谁也没经见过，就是随意编派，一般读者也不知其所，因此花费那么多的时间精力深入历史是不值得的，也没有这个必要。这样的说法也许有一定的事实根据，但它得出的结论则是错误的。我们姑且不说读者当中亦有一部分人是通晓历史，具有丰富的文史知识，要想在他们面前瞒天过海是很难办到的；即使对大多数文史知识比较贫乏、艺术感知比较迟钝的读者而言，难道因为他们"不可能知道"就可以随意而为吗？深入历史的终极目的是为了提高作品的真实力量和审美价值，以便创造出人民更满意的精神佳作。如果将它理解成是对付读者的一种"手段"，这就不仅是褊狭而且是庸俗，其创作态度和出发点就有问题。姚雪垠曾经指出：

> 历史小说的读者大致分三个层次：一是人数最多的一般读者，二是较有知识和欣赏水平的读者，三是有较高知识修养的，包括专家学者的读者。作品犯有常识性的错误，有时可以哄住一般读者，但不能蒙混住文化修养稍高的读者，更不能逃过一般专家学者的眼睛。一部历史小说的命运不决定于第一层次的读者，而决定于第二和第三层次的读者。有志于写历史小说的同志，千万要尊重读者。用马

---

① 引自鲁迅：《壁下译丛》，《鲁迅全集》（第 10 卷），人民文学出版社 2005 年版。
② 引自鲁迅：《壁下译丛》，《鲁迅全集》（第 10 卷），人民文学出版社 2005 年版。

虎的态度对待读者,只能葬送作品的前途。①

　　姚氏的表述是否确当可以讨论,但他强调尊重读者我以为无可非议。无论怎么说,抱着实用偷巧(是实用偷巧而不是审美睿智)糊弄读者的观点进行创作,终非艺术的正道。换个角度看问题,作家深入历史实际上就是在大量地接触史书——词,以词作为条件刺激物和反应方式,通过"词跟第一信号系统刺激物紧密联系着,同时具有抽象和概括的性质,词本身又是一种物质现象"②的特性和作用,发动自己的认知、经验与之建立暂时联系系统,借此感知前人记录和积累下来的经验知识,求得历史的真实。而词对于人来说,由于它"像人和动物共有的其它条件刺激物一样,也是一种现实的条件刺激物。但同时,这种条件刺激物却是那样的广阔丰富,这是任何其他刺激物所不及的,就这一点来说,无论在量上或在质上,都是不能与动物的条件刺激物作比较的。由于成年人过去全部生活的关系,词与那些达到大脑半球的一切外来的和内起的刺激联系并成为它们的信号,随时代替这些刺激,因而词也能引起有机体的各种本来由那些刺激所决定的行动和反应了"。③ 正因这个缘故,作家的深入历史、大量接触史书,其意义和价值就不只是获得丰富的艺术素材,而是同时必然地触发起创造主体连绵不断的灵感,使主体心灵的历史感受与史书中的种种特殊蕴藏在接触中感应碰撞,遇合成果。所以,当作家在"读历史的时候,找到了题材",而无意触发了创作动因,成为历史小说的"成立径路"④,这也就不奇怪了。

　　有必要提示的,是作家接触史书或曰词的活动,它是融理性与感性、共体与个体的复杂劳动。英国现代美学家、哲学家科林伍德在《历史哲学的性质和目的》一文中说:一切史实的记叙,不管是以口头传说还是以书面记录形式出现,都是人类知觉的共同记忆或史家个人的回忆录。因此我们在阅读这些回

---

① 见姚雪垠递交 1986 年在湖北召开的历史小说讨论会学术论文:《当代中国历史小说的若干理论问题》。

② 曹日昌主编:《普通心理学》(上),人民教育出版社 1963 年版,第 66 页。

③ [苏]柯·柯·普拉图诺夫:《趣味心理学》,张德等译,吉林人民出版社 1984 年版,第 187 页。

④ 郁达夫:《历史小说论》,《郁达夫全集》(第 10 卷),浙江大学出版社 2007 年版。

忆性史实时,不但要用自己的生活经验来理解这些成文的东西,而且还有责任对它进行研究,用自己的经验对它作补充。因为这里所说的回忆性经验"是一种知觉上的经验,因而有真假之分,所以,我们不仅要读,而且还要鉴别"。但这种鉴别由于是以鉴别者的"'直觉''知觉'为中心,以他对那种知觉的意义的理解深度为半径的一个世界",故在具体的实践过程中,他们彼此感知的世界的圆周"必定始终不能重合"。① 科林伍德这番论述告诉我们,作家深入历史、对史实进行鉴别,一方面是艰苦严肃的,它对每一个作家自我知觉和个人经验都是一种严峻的考验;另一方面也不乏能动的选择,它绝不像我们有的同志所想象的那样消极被动,是扼杀艺术创造的一种举措。

二、深入历史的深层内涵

同样是深入历史,作家之间还有个旨趣之差,境界之别。我们常常看到这样两种截然不同的态度:一种是在深入历史之后,总悉心于掇拾一些零碎的历史表象,埋首在史书中寻找故事构件;一种是纵身历史海洋,目光犀利而开阔,紧紧将笔墨扎到历史河床的底层,从中探求内在的精魂品格、整体神貌和文化积淀。这两种不同的态度,相应也带来了两种不同的效果:前种态度,它的结果是历史外形勉强有了,而所得的历史真实则支离破碎。故事情节也有头有尾,甚至不无紧张动人之处,但故事折皱包裹的思想平庸肤浅,离历史的客观实在性相去甚远。人类有史记载已有几千年历史,古代留给我们今天的史书也很多(中国仅"二十四史"就有 3000 多卷,加上元史、清史、民国史近 1000卷,总计达 4000 卷左右),因此找些故事情节总还比较容易。即便找不到,还可以编造。于是他们就心满意足了,匆匆忙忙地将寻找来的断片加以组装,兜售给读者。这样的作品当然也可满足一部分读者的口味——有的还可以成为风靡一时的畅销书,但它的真实程度和思想艺术价值却是有限的,它所得到的历史馈赠也是很少的。后种态度表面看来得不偿失,实则它是无目的而甚目

---

① 引自张文杰等编译:《现代西方历史哲学译文集》,上海译文出版社 1984 年版,第 165-167 页。

的,无功利而甚功利,获益最多。这是深层意义上对历史真实的把握,它不仅要求得外在形真,而且更锐志于内在神似。为此它的创作归趋常常表现为以形写神或舍形得神。向我们展开的具象史料片断不一定很多,但内中却含有极强的历史真神实韵。叙述的故事情节也许可能平常朴实,没有多少快感取悦的成分,但它转达出来的思想哲理却通古鉴今,让人感悟沉思不已。高水平的历史文学作品,哪怕九虚一实抑或全然虚构,它也仍能使我们体味到真实的历史气氛和客观的历史精魂,原因就在于这些作品的创造,它抹去了沾落在历史身上的浮尘泥土,反映了历史的内在本质的真。

毋庸置疑,上述两种"深入历史",后者难度更大。说实在,在帙卷浩繁的史书中找些故事构件,这毕竟是比较容易的。而要从中发现灵魂精魄的实体性东西,那就不啻艰难万倍。我很推崇一位戏剧理论家在析说少数民族题材描写时所持的如下观点,他说:对少数民族的描写,说它勇敢蛮强、能歌善舞、突飞猛进都未尝不可,结构一个轻巧的伦理爱情故事,敷之以丰润光彩的人情风俗,对其作出粗疏的概念性评价也是容易的,但如果"深入地竣通它的历史河道,清晰地了解它的祖祖辈辈所曾经历的豪壮和悲凉,并摸清这部历史在今天的积淀和选择的成果;踏遍它聚散生息的高山巨乡,品味自然环境和它的民族性格的微妙关联;目睹并参与它的全部风俗活动,追溯它的原始形象和宗教观念;探察它的血缘系列和两性观念,领会它的人格意识和艺术喜好……最后,终于对它的文化心理结构有所憬悟"。要达到这样的层次,非有"十年格物"①的功夫不可。所谓"十年格物",也就是我们所说的长期深入历史、对客体对象的方方面面进行全身心的体认。一个思想严肃、在艺术上具有崇高追求的作家,他在自己深入历史的向度上都会自觉地择其后者而行之。而作家一旦有了这样一种追求和选择,他也就必然会理智地抵制一切表层性片断的诱惑,排除一切惰性思想的干扰,使自己持久地沉潜于历史深处,目光炯炯地盯着历史客体的里层堂奥而有所新的发现、新的创造。在这个时候,也只有在这个时候,他才会真正得到历史对他的慷慨馈赠,自如地进入"十年格物而一朝物格"的理想佳境。

说到深入历史的深层内涵,我们不仅要注意它的纵向开掘,同时还应该顾

① 余秋雨:《艺术创造工程》,上海文艺出版社1987版,第16-17页。

108

及它的横向拓宽,即将目光由单纯的正史搜研向稗官野史、历史遗物遗迹作全相式的开放。因为后方面内容同样也是"史"的一部分,它不仅在事实上与正史起着互补的作用,而且对深化和丰富历史文学艺术内涵产生不可忽视的深远影响。昔人曰:"正史者纪千古政治之得失,野史者述一时民风之盛衰。"①"寓言稗史亦史也。夫千古者史以纪事;今稗史所记何事? 殆记一百八人之事也。记一百八人之事,而亦居然谓之史也。何居? 从来庶人之议皆史也。"②这是很有道理的。它也为新时期颇具影响的历史小说创作所证实。比如《李自成》《金瓯缺》《曹雪芹》《风萧萧》等一批长篇历史小说,它们之所一反传统英雄传奇的情节化套路,浓墨重彩地展开对有关民情世俗的生活化描写,而使作品不仅平添了较强的历史感、时代感,而且随时散发出浓郁的生活情趣,给人以耳目一新之感,在很大程度上就是得益于他们的深入史既向正史同时也向非正史的野史的全相式的开放。蒋和森在谈《风萧萧》创作体会时曾不无感慨地说:要写好历史文学,细节真实的描写尤其难,特别作品"要牵涉到当时的社会风尚、衣冠文物、典章制度生活习惯以及其它许多方面,而这些往往从'正规'的史书上读不到,只能到庞杂的野史遗闻或诗文笔记中去寻找"。③ 日本现代历史小说作家菊池宽在回顾总结自己的创作经验时也认为:要写好历史文学,"除了读破普通历史而外,一定还要阅读一切关系历史的杂记和笔记。同时,对于当时的文艺也要看一看,因为当时的文艺是将那一时代告诉给我们的东西……倘若只读普通的历史,关于当时的人情风俗,是不能显然知道的。"④既然稗官野史独具的这方面内容对历史文学这么重要,那么,我们作家在深入历史时怎么能将它弃置于外而不管呢?

刚才说的是稗官野史。那么历史遗迹遗物呢? 它为什么也要作为我们深入历史深尽内涵的一个构成要素? 历史遗迹遗物是历史具体的见证,是历史"活"的理想化石。躬履其境,亲身进行实地实物考察,这就等于对历史作了一次富有意味的超时空体验。它所映显的对具体历史感性认识的功能,是其他一切史书包括正史、野史等文字记载材料所无法达到的。而且,由于遗迹遗物

① 引自黄霖、韩同文选注:《中国历代小说论著选》,江西人民出版社1982年版,第323页。
② 引自金圣叹:《水浒传会评本》,北京大学出版社1981年版,第54页。
③ 蒋和森:《黄梅雨》后记,上海文艺出版社1985年版。
④ [日]菊池宽:《历史小说论》。

具有无可置疑的客观性,它还可诱使作家在深入考察时能由此及彼地展开逻辑推理,从而无意为自己的艺术描写又找到了一个新的契机和可比的参照物。姚雪垠自述,他在《李自成》第三卷"燕辽纪事"单元创作时碰到这么一件棘手的事:明军统帅洪承畴在松山与清军作战不幸兵败,城破之际,他曾自杀但最后又自杀未遂,被清军所捕。洪承畴为什么没有自杀成呢? 这在以往都是没有结论的,然而它对作家写好洪承畴这个人物来说恰恰又是一个重要的关捩点。姚雪垠为此陷入困境之中。怎么办呢? 他最后还是在一次对松山的实地考察时无意得到解决的。因为就是那次考察,他发现洪当年出逃的西城门有一个坡,于是综合访问所得的有关材料,就大胆地作出了判断:洪当年出西门逃时,到此遇坡马失足,四面被包围,未及自杀就被捕,从而解开了一个历史悬案。从洪被押到盛京后很长一段时间不降这一事实看,应当说这样的判断还是颇具说服力的。而这,则是他在第三卷中将此一人物复杂思想性格纤毫毕现地予以揭示,达到高度真实性、丰富性和深刻性的契机所在。

　　不仅如此,作者深入历史遗迹遗物,由于面对的是"活化"了的、具有特殊意义的形象具体的客观对象,他还会由此触景生情,催发联想,为自己的作品抹上一种说不尽、道不完的情意。台湾地区当代学者张火庆在比较了咏史诗创作的两种不同深入历史、据以起兴的方式后指出:根据实地实物考察后写成的作品,由于"有具体现在的凭吊物作媒介,虽然它们并不能如文字般表达任何意思,但它们外表上印着古人活动的无数痕迹,却足以直接打动诗人敏感的心灵,一方面是怀想钦慕当年人事的煊赫辉煌,另一方面则感伤今日遗物的残破腐朽。在这种抚今追昔的对比中,兴起无常的感悟。又由于媒介物的定点存在,造成时空的分割以及古今人事的不协调,诗人的想象往往受当前景物的限囿,只能在有限的范围里盘桓俯仰,销魂神伤,莫可奈何而又不能自已。或者可以这样说:由读史引起的咏史,是比较抽象的、理念的,置身事外而远视;由古迹引起的怀古,则透过身体的接触,具有亲临现场的感受"。① 张火庆是就一般诗论的角度发言,而且似乎较多强调了诗人面对历史所产生的那份感伤情怀,不过他所提出的遗迹遗物考察的"触景生情"说则颇具见地,无疑是合

---

① 引自刘岱总主编:《中国文化新论·文学篇一·抒情的境界》,台北联经出版事业公司1982年版,第275-276页。

乎事实的。

　　说到深入历史,最后还想附带提一下,作家深入历史,只是他写好历史文学的一个前提条件。历史文学创作除了深入历史,在遗文遗迹遗物那里寻找生动的题材、主题外,还应该深入现实,借现实生活中得来的丰富实感和情感来血肉自己;史书上的记载,调查研究得来的材料固然十分重要,必不可少,但这毕竟是古人、他人的东西,是第二性的东西。如果不与作者现实实际的感受和感性的生活结合在一起,那么它就很可能变成"感而不受"、没有生命力的"死"东西;即使材料再多,也无法转化为真切动人、富有审美感的情节和场面。田汉曾说,他"若没有在抗战在国民党统治区搞戏剧运动的生活,就很难写出《关汉卿》的某些场面"。① 菊池宽也说过,他的历史短篇《投票》的创作,就是融进了现实生活中的一次难堪的投票选举的切身感受。他的处女作《报恩的话》《忠直乡行状记》,还有芥川龙子介的《小说三昧》《芋粥》等,也都是"从现实生活中取得主题的"②。菊池宽把历史文学作家深入历史得来的主题称之为"第一个场合的作品",把从现实生活中得来的主题称之为"第二个场合的作品"。他指出:"现在大部分的读者,讲到历史的创作,大概只照第一个场合解释,而不知道还有第二个场合的解释。"其实就它们两者比较来看,反倒是"第二场合这一方面的杰作多一点。第二场合所用的,从自己生活本身所感到的主题,是有力量的主题,而第一场合所用的从历史的记录中取来的主题,是用脑筋抓住的主题,换句话说,是没有生命的主题"。③ 话虽说得有点绝对,但其基本的意思还是正确的。

三、理性思维对作家深入历史的增值效应

　　回到原来的话题上来,作家深入历史,目的主要是为了占有史料,取得历史真实,以其为自己创作采撷丰富的艺术素材,寻找主客感应的理想契机。然而大量事实表明,史料并不简单地等同于真实。从已存的原生史料到对历史

---

① 田汉:《题材的处理》,《文艺报》1961 年第 7 期。
② 〔日〕菊池宽:《历史小说论》。
③ 〔日〕菊池宽:《历史小说论》。

真实的体认,这里还有一个不可或缺的重要环节,即有赖于理性思维对它的过滤、提炼和知解作用。不然,"深入"就很有可能变成"陷入";面对茫茫"史海",作家就会感到迷惑失措,以至于"连两件自然的事实也联系不起来,或者连二者之间所存在的联系都无法了解"。①

　　为什么这样说呢?

　　这主要是因为作家深入历史所采撷的史料真假并存,十分复杂;它不仅不等同于历史真实,有时还与真实历史本身相去甚远以至完全背离。这里有四种情况:

　　(一)至今保留的史书,有相当一部分是后朝补修的。继之而起的新王朝为了证明本朝所谓的"高明",对前朝历史往往是肆行歪曲篡改的。鲁迅先生在《魏晋风度及文章与药及酒之关系》一文中指出:"在历史上的记载和论断有时也是极靠不住的,不能相信的地方很多,因为通常我们晓得,某朝的年代长一点,其中必定好人多;某朝的年代短一点,其中差不多没有好人。为什么呢?因为年代长了,做史的是本朝人,当然恭维本朝的人物,年代短了,做史的是别朝人,便很自由地贬斥其异朝的人物。"汤因比也认为历史往往是"胜利者的宣传",包括古希腊如所谓的"伯罗奔尼撒战争"史的命名,也存在着"采用胜利者单方面命名的危险;它几乎全是从雅典观点来写的……把伯罗奔尼撒人看成是敌人"。②

　　(二)就是本朝人的记载,乃至直接参与其事者所作的记载,史料不可信的也很多。美国现代史家毕尔德的《罗斯福总统与战争的来临》,出于对战争的厌恶,竟把此书"编成了一份激烈的控诉状,指责罗斯福是侵略德国和日本的罪魁,说罗斯福要美国为他自己的个人目的参战,为此而作了种种策划和阴谋活动,诱使日本人进攻珍珠港以达到这些卑鄙的目的"。③ 梁启超在谈到王闿运的《湘军志》和自己当年所著《戊戌政变记》时自述;这些被当作是"第一等史料""信史"的书,其实"不实之处甚多"。他认为这是史家"感情作用所支配,不免将真迹放大"的缘故,不足为怪;"治史者明乎此义,处处打几分折头,庶无大

---

① 引自《马克思恩格斯选集》(第 3 卷),人民出版社 1995 年版,第 482 页。

② 田汝康、金重远主编:《现代西方史学流派文选》,上海人民出版社 1982 年版,第 132-133 页。

③ 张文杰等编译:《现代西方历史哲学译文集》,上海译文出版社 1984 年版,第 268 页。

过矣"。①

(三)出于狭隘的政治功利或阶级、历史的局限,完全有意歪曲篡改历史真相、颠倒是非者,在过去史书中也不乏其例。如恩格斯在《英国状况——评托马斯·卡莱尔的〈过去和现在〉》一文中所斥责的基督教伪造历史,"他们编造了一部奇异的'天国史',否认真实的历史具有任何内在意义,只承认彼岸的抽象的而且是杜撰出来的历史具有这种意义"。② 又如对李自成、张献忠的记载,《明亡述略》《明史·流贼传》中就称李在打下洛阳后"杀福王,以其血杂鹿醢,名曰'福禄酒',通饮群下"。还说"自成为人……声如豺,性猜忍,日杀人斮足剖心为戏"。而对于张献忠,则说其"屠四川","将卒以杀人多少叙功次,共杀男女六万万有奇"。查明万历六年户籍,四川人口只有 300 余万人,全国总人口才 6000 多万,足见编造到了何等离奇的地步。

(四)因疏忽之故,将史实弄错了的,在史书中也常或可见,包括《史记》这样的光辉典籍。为聂政姊弟行刺侠累故事,司马迁处理不慎,同是一事,在《刺客到传》和《韩世家》记载的年代发生矛盾,而且所载史实的本身也有很大的讹误。上述这些情况,是很现实也是很严峻的。要想剔误抉谬,辨其真假,就必须要借助于理性思维之光的照耀。否则,即使深入历史耗费的功夫再大,获得的史料再多,它也失去了实在的意义和价值,甚至以假当真,闹出不应有的常识性笑话。

从理论高度审思,作家深入历史,接触史实,只是感性阶段;这时史料在作家头脑中是以事物的片面或各个事物之间的外部联系的状态存在,还是无序的。到了历史真实阶段则不同,作家对史料已由"接触"进而到了"占有",它是达到了对象的本质化。而"要完全地反映整个事物,反映事物的本质,反映事物的内部规律性,就必须经过思考作用","就必须从感性认识跃进到理性认识"。③ 人毕竟不同于动物,他的大脑天然地具有抽象概括和理性思维的机能,"概念是人脑(物质的最高产物)的最高产物。"④按近代神经生理学原理解释,人的大脑不仅有高等动物所共有的第一、二级的无条件反射及条件反射

---

① 梁启超:《中国历史研究法》(第 5 章),上海人民出版社 2008 年版。
② 见《马克思恩格斯全集》(第 1 卷),人民出版社 1956 年版,第 650 页。
③ 毛泽东:《实践论》,《毛泽东选集》(第 2 卷),人民出版社 1991 年版,第 291 页。
④ 引自《列宁全集》(第 38 卷),人民出版社 1986 年版,第 177 页。

区,而且还有一切高等动物所没有的占主导地位和控制作用的第三级区即最高皮质区:这个"皮质后部第三级区的活动不仅对于顺利地综合直观信息是必要的,而且对由直接的直观综合水平过渡到象征过程水平,对于词的意义、复杂的语法结构和逻辑结构的运用、数的系统和抽象的相互关系的运用都是必要的。……在成年人那里,主导地位就转移到皮质的高级区,甚至在感知周围世界的时候,成年人也把自己的印象组织到逻辑系统中去,换句话说,成年人的最高皮质区控制着服从于它的第二皮质区的工作"。① 现代西方有些人将包括历史文学在内的创作视作白日梦,定义为反理性的产物,认为这种理性反得愈彻底,创作成功率就愈高,这是荒谬的。

历史文学创作"首先要储备资料,储备丰富的资料;其次研究探讨、分析、综合"。② 我国已故的历史小说作家李劼人斯言,讲的才是实情。所谓"研究、探讨、分析、综合",意思就是要靠理性的思维和推断,来对史料进行概括加工。陈白尘对此说得更具体,他在谈《金田村》创作过程时,将该作的准备工作具体分为四步;而在这其中,就有三步是一刻也离不开理性思维的光照作用:

> 第一步工作就是修残补缺,拉曲扭直。把这还不曾被史家所整理的太平天国史料,清理出一个面目来。对一切侮蔑与过誉的记载加以挑剔,不同的传说加以比较与选择,怪谬的神话给予合理的说明,许多奇特而真实的行动也找出它的解释……第二步,清理出它的军事行动的发展,用满清官书与野史杂乘的记载对照校正,得一较可确信的结果。第三步,确定各个领袖的阶级身分与历史以及各个间的相互关系……第四步,从太平军的生活、信仰、习惯、言语、服饰……等等方面找出那时代的氛围气,作为写作的帮助。③

可以这么说,作家深入历史,搜研史料实物的过程,伴随而来的,也就是他理性思维的过程。这两者是互为联系、互为制约而又互为递进的。如果说前

---

① [苏]A. P. 鲁利亚:《神经心理学原理》,汪青等译,科学出版社1983年版,第101-102页。

② 李劼人:《大波》(第三部)书后,作家出版社1963年版。

③ 陈白尘:《金田村》序,胡星亮等编《陈白尘研究资料》,人民文学出版社2016年版。

者是作家获取历史真实的前提条件,那么后者便是他致真求真的根本关键了。

理性思维对作家深入历史的作用,从现有的艺术实践看,大致可分为两种形式:一种是现存的史料实物很多,举目所见,比比皆是。这时对于作家来说,理性思维的功能主要表现在透过万千的表象或假象而逐步引向深入,从中推演和提炼出真正本质的东西。这种形式我们可以举历史影片《林则徐》为例。据导演郑君里介绍,此片在创作之前的史料搜集过程中,他们曾一度陷入了汗牛充栋的"史海"之中摸不到边,不知从何下手,乃至萌生知难而退之意。因为史料愈是浩瀚无际,情况愈是复杂,要将它们理出个头绪来,掌握得不偏不倚,就往往愈是不容易。就拿当时社会的主要矛盾来说,根据史书记载就有以穆彰阿为首的投降派和以林则徐为代表的禁烟派的斗争,有满族与汉族的斗争,有广大人民与封建统治者的斗争,有英国资本主义和中国封建主义的斗争等等。开始由于缺乏认识,他们写出来的初稿"目的性成了问题"。以后在修改过程中,经中科院历史研究所专家们的提醒,特别是学习了毛泽东同志《矛盾论》《中国革命和中国共产党》有关论述,才澄清了是非,终于从纷繁复杂的史海中把握住了当时的中心矛盾,从而使作品一举成功①。郑君里在此篇有关《林则徐》创作谈的文章中加上"毛泽东思想照亮了创作的道路"这样一个小标题。从他介绍的内容来看,这个标题是非常"切"的。如果我们不把"毛泽东思想"这个概念理解得过于狭隘,那么应当说,它实际指的就是一种广义的理性思维。《林则徐》的例子在史料多的历史文学创作中是颇具代表性的。这种理性思维的催化形成,我们不妨把它称为"寓理于史"。

另一种形式与之不同,它可据用的史料实物极其有限,有的甚至只有片言只语的记载,一无实物可考,为此,作家的理性思维之于历史真实的催化作用,主要就通过对历史的总体把握而得以体现。此一方面的例子较为典型的是田汉的《关汉卿》。史料的先天贫乏,使作者在深入历史时不得不把心力更多地放在对关汉卿赖以生存的整体历史的研究上,借此来求得历史的真实,于是,理性思维也就不能像《林则徐》那样"寓理于史",而只能相应采取"据理推史"的形式,即根据总体研究得来的思想见解,处身设地为之安排和设计有关具体环境、情节和场面。例如,历史真实告诉我们,在长期的封建秩序被外来奴隶

---

① 郑君里:《将历史先进人物搬上舞台》,《电影艺术》1960 年第 3 期。

制破坏的元代,"杀一回教徒罚黄金四十巴里失,杀一汉人仅罚驴一头",而知识分子迫害更甚,"妄撰词曲",就要判为"犯上恶言",处以重罪。立足于这样的情势,作者在描写关汉卿冒死创作《窦娥冤》同时的那些惊心动魄场面的穿插:如朱小兰被杀、二姐被抢、演戏被禁、赛帘秀被挖眼以及关汉卿和朱帘秀被监禁等等,虽然于史无载,虚构成分很重,但从总体上看,却都具有坚实的历史真实的基础。《关汉卿》创作表明,作家置身历史、之于历史真实的求得,并不简单取决于史实的多寡,只要理性思维运用得当,它同样可以在一度创造中催化出令人信服的真实效应。

　　理性思维还应当包括科学方法和手段的合理移用。这一点过去往往被忽略了,其实是不应该的。要知道理性思维本来就是一种带有很强科学性的思维活动,它与科学在本质上是相通的。郭沫若对此曾发表过很好的意见,他说:历史文学创作"总得有充分的史料和仔细的分析才行。仔细的分析不仅单指史料的分析,还要包括心理的分析。入情入理地去体会人物的心理和时代的心理,便能够接近或者得到真实性和必然性而有所依据"。① 郭老此说极富见地,这不啻是从"心理分析"的角度为历史文学的理性思维催化求真拓发了一条富有意味的新道。郭老自己的实践是对他上说的最好证明。他在《高渐离》中将秦始皇写成"少恩而虎狼心"的"大独裁者",除了政治上的"影射"意图外,其中还有一个重要原因就是对有关史载作心理、生理分析的结果所致:

　　　　这位未来的大独裁者,据《史记》本纪所载,精神和肉体两方面显然都有缺陷。……因为有这生理上的缺陷,秦始皇在幼时一定是一个可怜的孩子,相当受了人的轻视。看他母亲的肆无忌惮,又看嫪毐与太后谋,"王即薨,以子为后",可见他那么年青的时候便早有人说他快死,在企图篡他的王位了。这样的身体既不健康,又受人轻视,精神发育自难正常。为了图谋报复,要建立自己的威严,很容易地发展向残忍的一路。身居王位,要这样发展也没有什么阻碍,结果他是

---

① 郭沫若:《我怎样写〈武则天〉?》,《郭沫若谈创作》,黑龙江人民出版社 1982 年版。

发展着向着这一条路上来的。"少恩而虎狼心"便是这精神发展的表征。①

郭老还有一部史剧《虎符》也是这样。此剧说秦将白起"得了神经病",史书上是没有明文记载的,主要是作家"根据他死时说的几句话下的近似的诊断"。《史记·白起传》中叙白起被秦王赐剑自裁时候有过这样几句话:"武安君引剑自刎,曰:我何罪于天而止此哉? 良久曰:我固当死,长平之战,赵率降者数十万人,我诈而尽坑之,是足以死。遂自杀。"根据这些话推测,作家认为:"他死的时候,的确是有些疑神疑鬼,受着良心上的苛责的。虽然兵不厌诈,但我揣想这人物的确有嗜杀的变态心理——即所谓嗜杀狂。他不愿意参加邯郸之战而得病,不管他病是真是假,恐怕都和他的精神状态有关。"②郭老是学过医的,颇通医学之道。他对秦始皇、白起的如上分析,实际上是借鉴了医学上的心理学、生理学的知识原理,这里便鲜明地印上了科学性理性思维活动的特点。它对于我们认识和理解秦始皇、白起思想性格的真相,无疑提供了重要的参考依据和有益的启迪作用。卡西尔说过这样的话:"人类世界并不是一个独立不倚的存在或自行其是的实在。人生活在物理环境之中,这环境不断地影响着他并且把它们的烙印打在人的一切生活形式之上。为了理解人的创造物——他的'符号的宇宙'——我们必须牢牢记住这种影响。"③他的话,可谓把我们上说的借鉴科学方法和手段的合理性、重要性一语道尽。

以上我们着重从历史文学作家作为史家身份深入历史展开探讨。需要指出,这种探讨是非常粗糙的,带有一定的假设成分。严格地讲,同是理性思维,作家与史家之间并不完全一样。首先表现在思维的目的上,史家收集史料,核实史料,为的是从中引申出什么论点,推寻因果关系,本意在于"证明"。故它的描写是"理智"的,它对人物性格及其在历史事件中的影响也往往是略而不述。比如拿破仑的性格对战争进程和结果发生什么影响一般是不去关心的,它一般也不考察人物的容貌长相。而作家储存材料则是为了"显示"、塑造形

① 郭沫若:《吕不韦与秦王政的批判》,郭沫若《郭沫若全集》(第 2 卷),人民出版社 1982 年版。

② 郭沫若:《〈虎符〉写作缘由》,《郭沫若谈创作》,黑龙江人民出版社 1982 年版。

③ [德]恩斯特·卡西尔:《人论》,甘阳译,上海译文出版社 2004 年版,第 256 页。

象的需要,是要通过这些材料打碎重组后,使之血肉成一个完整的形象体系去感染、教育读者,给人们以美的享受。所以,他读历史的时候,是调动了自己的"全人格",将自己的全部主观熔铸其里,并活泼泼地把"古人的生活照样再生活了一番"。"为此,则历史的记述中过于平凡的记述,一经我们将主观投入其中,就成了光辉灿烂的人生插话。"①它们两者,彼此的着眼点不一样。其次表现在思维内容上,史家注意选择那些重大的,具有决定性意义的史料,比如写曹操的功绩,选取的史料总离不开他的兴屯田、平乌桓、统一北方,融和民族及文化发展等方面,对于与他主要功业关系不大的其他材料,史家一般是不留意,甚至不屑一顾。作家却不同,他选择史料,并不以其本身的历史重要性来定其取舍,而是还要看它是否宜于做创作素材,他关心的是它内容是否有审美质。与史家不一样,他"对史料中某些有特色的、有情节的或戏剧性的事件发生兴趣。在翻阅有关历史人物的材料中,作家更注意有关人物特征的记载"。② 最后表现在思维的过程和方式上,史家与作家也有明显的不同。史家看到一条史料,首先想到的是辨真伪,其次是它的历史价值如何,还有是这条史料能印证什么问题,于是以非常理智和冷静的态度去进行考证和鉴别。作家接触到一条史料,他也要辨真伪,但他的出发点不是史料的历史价值,而是考虑对他的创作是否有用。"而且作家对待这些材料时,也不像历史家那样,处于一种冷静和客观的状态中,往往不自觉地采取感受的方式。对于作家来说,文字材料是一种间接的有声有色的生活。人物也应该是有血有肉的。作家一边看材料,一边用形象思维把材料中的人与事变成可感的形象和可视画面,储存在脑袋里。同时,作家动用了想象……"③可见,史家与作家之间毕竟有一道鸿沟,哪怕是在以理性思维为指导的深入历史的求真鉴别阶段,它们也存在着的差别。

（原载《创作评谭》1988 年第 4 期）

---

① 　[日]菊池宽:《历史小说论》。
② 　冯骥才、胡德培:《关于历史题材创作问题的通信》,《新港》1982 年第 9 期。
③ 　冯骥才、胡德培:《关于历史题材创作问题的通信》,《新港》1982 年第 9 期。

当代历史小说中的明清叙事

在新时期斑驳纷纭的历史小说大潮中,明清叙事无疑是一个引人瞩目的突出亮点。尤其是 20 世纪 90 年代以来,愈来愈多的作家更是把目光投向中国晚近的这充满风云变幻的历史时空。这是因为明清鼎革之际社会矛盾和文化纠葛的尖锐复杂,与当下中国社会的大变革和文化转型有许多脉息呼应之处;中华民族由盛转衰的那段历史大动荡以及由之而来的人性大曝光,"与小说艺术应当高度集中的写作要求正好一致"。① 尽管在这之中,也许无法不打上现时代的某些潜隐的印痕,甚至并不排除间或仍存在着戏说、野说、闲说历史等现象;但从总体来看,毫无疑问,绝大多数的作家都是写得很用心的,创作路子也相当严正。特别是像姚雪垠的《李自成》最后二卷(即第四、五卷),凌力继《星星草》之后的"百年辉煌"系列(《少年天子》《倾国倾城》《暮鼓晨钟》)及《梦断关河》,唐浩明的《曾国藩》《旷代逸才》《张之洞》,二月河的"落霞"系列(《康熙皇帝》《雍正皇帝》《乾隆皇帝》),刘斯奋的《白门柳》,熊召政的《张居正》(刘、熊这二部作品均获"茅盾文学奖"),张笑天的《太平天国》,蔡敦祺的《林则徐》,马昭的《世纪之门》等一批长篇小说,可堪称是这方面的代表作。因此,在个人化、欲望化叙事颇有点失控的今天,它们就显得格外的凝重厚实和富有钙质。一定意义上,可以说是表现出我们这个转型时代的文学精神和骨气,反映了知识分子以史鉴今、重塑中国未来新形象的殷殷之情。正是基于如上的事实和道理,我认为当代历史小说作家的明清叙事,不仅仅是属于历史小说的,同时也是属于整个时代文学的。它所体现出来的思想艺术指向,与世纪交替的文化反思潮流十分合拍,给我们以许多深刻的思考。

---

① 刘斯奋:《〈白门柳〉的追述及其它》,《文学评论》1994 年第 6 期。

　　本文为了论题的方便和集中,拟以凌力、唐浩明、二月河三位作家的作品为中心进行考察,试图通过这颇具代表性的个案分析,从一个侧面对 90 年代以来的历史小说创作进行归纳和总结。

一

　　历史小说作为一种独立的小说体裁,具有某些特定的写作规范。在通常所说的历史与艺术的关系上,古往今来的创作实际上各行其道,各领风骚。鲁迅当年曾将它分为"博考文献,言必有据"和"只取一点因由,随意点染"两类。① 今天的情况当然就更丰富也更复杂了,除了姚雪垠为代表的社会政治型历史小说之外,还有年轻新锐创作的现代主义历史小说(如赵玫的《高阳公主》)、新历史小说(如苏童的《我的帝王生涯》)、新故事新编(如李冯的《另一种声音》)等。且每个作家亦往往都有自己的考量和处理,真可谓争奇斗艳,姿态纷呈。

　　面对历史小说的这种日趋多样的创作趋向,凌力、唐浩明、二月河作出了自己的理性选择。他们彼此的艺术个性和审美趣味不同,但在追求艺术描写的历史性、质定性和整体性、尽可能地复现历史原貌方面,却具有惊人的相似或一致之处。凌力在谈《梦断关河》的一篇短文中就坦言相告:"认真倾听历史的声音,尊重客观的历史真实,应该是我写历史小说的基础。"②二月河、唐浩明也多次表白:他们的"落霞"系列、《曾国藩》等小说的创作,不仅"既忠实于历史的真实性,又忠实于艺术的真实"③,而且内中"所写的大多都是真的","当中主要人物的姓名、家世、生平经历等等,也与历史记载相符",即使虚构也"是有可能发生的,也就是说,将虚构的成分置于整个小说的历史氛围中是浑然一体的,令人可信的"。④ 这便使他们在众多的"主义"和类型中,不能不对现实

① 　鲁迅:《故事新编》序言,《鲁迅全集》(第 2 卷),人民文学出版社 2005 年版,第 354 页。

② 　凌力:《倾听历史的声音》,《光明日报》2000 年 7 月 20 日。

③ 　李海燕、谭笑:《晚霞璀璨,黑暗来临——二月河谈他的"落霞"系列小说》,《东方》2000年第 4 期。

④ 　唐浩明:《〈曾国藩〉创作琐谈》,《文学评论》1993 年第 6 期。

主义情有独钟,反映在创作中,就是普遍采用建立在"深入历史"研究基础上的那种史传式的客观写实和理性把握的宏观叙事。而现实主义,无论是作为一种艺术哲学或美学原则,还是作为一种创作方法,它原本就与辩证唯物主义、历史唯物主义具有密切的理论渊源关系,在真实地再现历史及其本质,反映历史的深度和广度上,的确较之其他样式具有难以企及的独到优势。所以这样的结果,自然就给他们的历史叙事带来了为一般作者所没有的特别充强的艺术品格和真实效应:不仅在诸如吴桥兵变、清初入关、顺治临朝、康熙除霸、雍正夺嫡、太平天国、中法战争、洋务运动、戊戌变法等一系列重大事件描写上,悉按当时的历史"本事"演绎,与历史原型保持异质同构的"对应"关系;而且内中还全方位、大容量地融进事件之外的山川名物、宫廷礼仪、典章制度、机构设置、官员配备、饮食起居、农事桑麻、民俗风情等各类生活场景,以及自己深入历史所得的研究成果。这无疑使小说因此更切近历史的本色与本色的历史,实现最大限度的历史还原,从而散发出浓浓的历史感。这一点,在当下"戏说"历史成风的情况下,尤为难能可贵。

当然,这也许不是最主要的,关键还是要看它还原什么,怎样还原。须知我们今天所说的历史,其实包括"历史本体"与"历史认识"。按照福柯的说法,前者属于文献知识,后者属于意义知识。只有将文献知识上升为意义知识,历史小说才能在史实还原的基础上表现出一种重诠历史的价值判断和意义指向。这也是现实主义的本质规定之所在,是历史小说创作的一个根本要旨和难点。上述三位作家之所值得称道,主要也就在于此。就拿凌力的"百年辉煌"来说吧,该作品系列浓墨重彩地再现了崇祯五年(1632)至康熙六十一年(1722)期间明清两个朝代的重大历史事件和重要历史人物,这其中就融入了作者个人对王朝兴亡的历史理性思考和以"变"为要揭示历史的思想认知:"'人间正道是沧桑',变化确是天地人间的大道,是事物的客观规律。写长篇更得注重这个'变'字。"①在这里,最具价值并让我们赞赏不已的,应该说主要还是作者的史识而不是它所还原的史实本身。同样道理,是二月河笔下的"落霞"系列展现的宫闱争斗尤其是雍正与"八爷党"之间的储位之争,它显然烙上

---

① 凌力:《天子—孙子—孩子——有关〈暮鼓晨钟〉创作的思考》,《当代作家评论》1994 年第 1 期。

鲜明的时代社会和作者个人情感好恶色彩,包括站在整个社稷民生和社会稳定高度来审视封建帝王个人作为的历史认识,甚至包括赋予某种通古鉴今的现实的生存体验(如对雍正的"恶与孤独"主题的叙述)。简言之,他对雍正的"翻案"及其悲剧的描写,已远远超出了传统的"历史演义"的范畴,实际上变成了"把自己投入进去"(二月河语)进行重塑的个性化历史的产物。至于唐浩明的皇皇八大卷、洋洋二百多万言的三部小说在这方面似乎就更突出了,他的以文明、社会进步而不是以阶级、政治意识形态为取向的人文立场,对知识分子和民族文化既认同又批判,同时又将其纳入世界整体格局进行重构的历史理念,不仅极大地激活、提升了题材本身固有的厚重的史实内涵,而且使其笔下的曾国藩、杨度、张之洞因此具有很强的现实性和关照性,并让我们由此及彼对古与今、中与外、情与理、理想与现实、个体与群体等关系问题作出深刻的反省和别具新意的阐释。总之,唐浩明的成功,他让人觉得有"味道",最根本的是得益于厚积史实基础上的新颖而不失稳健的历史眼光。福柯曾说过,历史叙事不应简单地局限在"解释文献、确定它的真伪及其表述的价值,而是确定文献的内涵和制订文献",依靠作家的知识素养和理性认知,使历史由文献"这样一种无生气的材料","重新获得对自己的过去事情的新鲜感"。① 上述三位作家的创作,又一次为这个观点提供了证据。

不过尽管如此,我们不应让凌力、唐浩明、二月河作品中"史"的因素夺去太多的注意。毕竟,历史小说是小说而不是历史;既为小说,就不能偏离塑造人物及追求小说自我美学规范的基点。而作为具有丰富创作经验和艺术积累的中年作家,他们自然也深谙此道,并努力实践各具个性化的史、诗结合或曰融史于诗的审美转换和创造。文学硕士出身的唐浩明于此似乎较为谨慎、规矩,他特别敏感于捕捉凝聚着复杂社会历史关系的"蜘蛛式"的典型人物——一头连着宫廷帝王后妃,一头连着各级地方官吏的朝廷重臣,以此为主线,用一种俯瞰般的整体观照和全知全能的叙事视角,笔力雄健地再现一段历史的风云波涛。从书写的气质来看,他的创作大体属于史传式的历史正剧。作者注重历史氛围和文化气息的营造,强调叙事情节因果链的前延后递,并将它纳

---

① ［法］米歇尔·福科:《知识考古学》,谢强等译,生活·读书·新知三联书店1998年版,第6-7页。

入历史大框架中按照现实主义的事理逻辑进行编码。这就使其不仅散发出浓浓的书卷气，而具有很强的理性穿透力。当然有时他也失之分寸、表现出了颇明显的重史轻诗倾向，故艺术描写未免质胜于文，显得有点拘板，缺少应有的韵味。

相比之下，凌力、二月河就洒脱得多，更具灵性的特点。凌力以前也比较偏重历史还原，强调主要内容要有史可稽，是一种学者型的较为正规的历史小说写法。从《少年天子》开始，她就有意识地进行历史人化、内化的探索，并取得了骄人的成就。90 年代以来，她的历史小说大体走的也是人化、内化的创作路数，继续描写重大历史事件和历史事变中的人的生存及其精神心理状况，将历史转化为活生生的心史和情史；同时又在虚与实、大与小、轻与重、英雄传奇与世俗生活、真善美与假恶丑等一系列关系处置上有新的拓展。尤其是反映鸦片战争的近作《梦断关河》，其众所周知的血与火的内容被巧妙地虚化为作品的背景，正面向我们展示的则是完全虚构的普通人——一个梨园世家与时代风雨纵横交织的爱情传奇故事。这种独出机杼的创作视角和聚焦谋略，不但对凌力本人甚至对整个历史小说创作而言，都是一次难得的突破和超越。它使作者笔下的历史显得格外的厚实而鲜活，充分显示出现实主义创作方法有着通向艺术至境的多种手法、多条渠道。

二月河则又有别于凌力，在历史真实与艺术真实之间，他自述更偏重于后者。这不仅表现在虚构的自由度更大，进入作家历史叙事中的，除了正史外还有大量的野史、民间史、神话传说甚至妖道鬼神（这方面描写，有些地方显得过火，如《雍正皇帝》中的人妖斗法就明显失之荒诞）；更为主要的还是在于在寻求史、诗结合的同时，特别进行了通俗化写作的探索，为历史叙事的雅俗共赏作了卓有成效的成功尝试。如采用章回体形式，评书口吻表述，熔历史、情爱、武侠、推理等小说因素于一炉等。因而故事情节波澜叠起、环环相扣而又层次分明、脉络清楚。传统的历史小说到底如何进行审美转换，寻找既合乎小说艺术又契合市场规律及读者需求的新的历史还原的叙述方式，最大限度地发挥娱乐消遣功能，处理雅俗之间的关系，二月河的创作对我们无疑是很有启迪的。

二

　　可能是受潜在的民族情感的驱动,现如今包括明清叙事在内的历史小说都加强了对传统文化资源的发掘。与粉碎"四人帮"初期将凌厉笔锋投向帝王将相、饱蘸血泪地反封建不同,他们似乎更多也更愿在传统文化及其封建上层人物身上寻找人物品性中的积极正面的东西。凌力、唐浩明、二月河也是如此。所以,历史温情在他们笔下弥漫开去,传统文化显示出了前所未有的迷人色彩;其有关的顺治、康熙、雍正、乾隆、曾国藩、张之洞、杨度等描写变得可亲可爱起来,他们普遍被作者"翻案"为戡乱治世的英杰和忠勇仁义的传统文化的代表。这表明作者们在观念上已实现了对简单狭隘的阶级论、本质论的超越,真正运用恩格斯的有关"历史合力论"对传统文化进行比较客观公正的理性审思。这一点,他们的创作谈可以佐证。如二月河就曾说过:"中国的文化是博大精深的,孔孟以来的中国文化传统是渗透到每个中国人的血液里的,是任何力量打不倒的。"①凌力也认为:康熙、雍正、乾隆"他们祖孙三代皇帝,以'敬天法祖、勤政爱民'为座右铭,医治战争浩劫遗留下来的创伤,努力实现中国传统文化长期提倡和颂扬的仁政,给中国平民百姓带来了一个半世纪的和平与繁荣"。② 已有的大量事实也告诉我们:中华民族的文化传统是富有生命力的,即使在步入由盛转衰的晚期——明清时期,在内忧外患的刺激下,它也能调动起全部力量和精华,作最后一搏,实现一次回光返照式的中兴,产生出一批的历史人物。也许正是从这个意义上,凌力、二月河才将他们的多卷本作品命名为"百年辉煌"和"落霞"系列,显示了强烈的民族自尊与对文化重建的期盼。这与新历史小说致力于消解颠覆,其中有的作品流露颇浓厚的虚无颓废倾向,形成了反差。

　　但这样说并不意味作者就不写历史的负面与负面的历史,为了弘扬所谓的民族优秀传统,主观随意地美化和粉饰笔下的明清历史。而是相反,基于严

---

① 李海燕、谭笑:《晚霞璀璨,黑暗来临——二月河谈他的"落霞"系列小说》,《东方》2000年第 4 期。

② 凌力:《暮鼓晨钟》后记,十月文艺出版社 1997 年版。

正的现实主义立场,充分正视其中可怕的异质,对它在走向"落霞"过程中所展现出来的衰退没落有着足够清醒的认识。在他们看来,虽然明清之际中国社会各方面在原有的体系框架下达到了极致,固有文化也显得相当璀璨夺目;但它毕竟是西山迟暮,沉入黑暗的趋势不可逆转,其封建文化的劣根性也表现得最为淋漓尽致。尤其是上层政治集团的腐败丑恶及其专制政体内部的残酷诡谲的政治权力、政治权术的运作,更是达到了登峰造极的地步。于是,他们往往带着不无矛盾、痛苦乃至惆怅的心情对此进行批判揭露,这使得他们的作品无意中平添了一种微妙而复杂的况味,并深深触摸到了中国晚期封建社会的某些规律性的东西。唐浩明的深刻犀利,很重要就表现在透过貌似正常平静的一些重要人事变动,来揭示其背后隐含的惊心动魄的政治角逐和权力斗争。如《张之洞》上卷第二章有关张之洞"破格简拔"为朝廷重臣并出任山西巡抚一事,表面上看,它只不过是朝廷下的一道谕旨,但作者洞幽烛微的描写告诉我们,实际上它却包含了当时晚清君臣干员之间极为诡谲复杂的政治用心和机谋权变:最高统治者慈禧越级提拔张之洞,是为了制衡功高自大的李鸿章、曾国荃等人;醇王极力举荐,是意在拉拢;堂兄张之万中间斡旋,主要是为了扩大自己在朝中的势力。而作为政治利益最大受惠者的张之洞,为了未来的政治前途,也为了保持一点清流的名节,他在接到谕旨的当天晚上,独自一人前去醇王府拜谢,对醇王动之以情,恭谦应答……其他类似的情节和场面在书中比比皆是,包括前面两部作品《曾国藩》《旷代逸才》。不妨这样说,张之洞及曾国藩、杨度所谓的立德、立功、立言,他们无一不殚思竭虑而又无可奈何地借助于政治权力这根魔杖,被置于当时满汉之间、庙堂之上和群僚之间的权力角逐的网络之中。这就从一个侧面向我们揭示了知识分子与封建集权体制之间的暧昧关系:一方面,为了经世致用,贡献自己的政治智慧,往往千方百计地进入权力机制、介入权力斗争,因为有位才有为,只有这样,才能改变其整体的功能结构;另一方面,一旦进入权力机制和介入权力斗争,就不能不与政治权力合谋,不可避免地学会了权力机制派生的特有的狡诈和残忍,其智慧则变成世故圆滑、尔虞我诈,甚至异化为可怕的反人性反人道的阴谋诡计,最后成为权力斗争的受害者和迫害者。作者对集权专制下知识分子的生存处境和文化命运可谓洞若观火,鞭辟入里。

如果说唐浩明主要从知识分子和官场文化角度揭示封建王朝内部残酷的

政治杀戮、权力斗争,那么凌力、二月河则侧重从帝王及宫廷文化层面探讨这种政治杀戮、权力斗争与专制独裁王权结合给整个社会带来的巨大吞噬力。这是一个比官场更可怕也更诱人的特殊场所,它拥有了封建专制政体的全部狡诈和阴谋,实际上成了一切政治杀戮、权力角逐的大本营和策源地,能把人性中最卑鄙、最丑恶的那部分私欲如挑拨是非、钩心斗角、排斥异己、争权夺利、父子反目、兄弟倾轧等激发出来。处在这样的权力机制中,作为皇权化身封建帝王,即使有良好的个人素质,也都不能幸免。凌力《暮鼓晨钟》中的冲龄天子康熙形象塑造便具有这样一些特点,作者倾力在险恶的宫廷斗争中展示他智擒鳌拜、夺回大权的非凡智慧和胆识;但同时也表现他少年老成地学成帝王之术,他那天资聪颖、坚毅倔强性格中的另一面:这就是随着年龄的长大和形势的严峻,而为人处世日趋虚伪多疑、刚愎暴烈,这与他在后宫的率真天性形成了鲜明的对比。

当然,最典型的恐要数二月河的《雍正皇帝》,他所描绘的宫斗要比凌力的叙述更来得严酷惨烈,扣人心弦。围绕着雍正的“夺嫡之谜”、励精图治以及“恨水东流”等重大史事,作者将人们引向波谲云诡、危机四伏的深宫内廷,用他那极具渲染力和观赏性的生花之笔描写了四爷雍正与兄弟“八爷党”之间展开的一场惊心动魄的权力争夺战:双方斗智斗勇,斗权斗术,阴谋诡计无所不用其极,把上自康熙皇帝、后宫皇后嫔妃、弘时皇子,下至年羹尧、隆科多、张廷玉等大批重臣以及谋士、太监、宫女等都拖曳进来,搅得宫廷内外腥风血雨,狼烟四起。以至连作为最高存在的康熙都无法摆脱它的梦魇般的纠缠,不仅在有生之年为儿子间的相互争斗和残害而伤心焦虑,耗尽心机,而且在弥留之际都不得安宁地走完生命的最后旅程,被这帮时刻觊觎皇位、毫不顾惜父子之情的儿子们活活地气死。而作为赢家的雍正,他也正是靠察言观色、沉着应对,采取一系列政治手腕和权术,才问鼎九五,实现其整顿吏治的政治抱负的。作者以较显著的篇幅展示,在九个阿哥中,雍正本来尚比较温和厚道,但他一俟介入权力斗争,就逐步变得刻薄寡恩、不择手段。为了争夺皇位和巩固皇位,他殚思竭虑地博取康熙的信任,拉拢十三爷、年羹尧、隆科多,甚至对跟随和效忠自己多年的心腹下毒手。他在当皇帝前后,活埋了与八爷勾结的管家高福儿;即位之后,将知道很多内情的手下坎儿杀掉;而对“智囊”人物邬思道也不放心,虽然邬已急流勇退,但他仍派人监视,时刻加以控制。可见其心机之深沉、手段之狠毒,难怪悉知他的邬思道形容说:"四爷豺声狼顾,鹰视猿听,乃是一世阴鸷枭雄之主。"而生活在这样尔虞我诈权力机制中的封建帝王也许他个人是"自由"的(黑格尔认为古代的中国只有一个人是自由的,这个人就是皇帝①),并享有至高无上的权力,但他内在的人性是寻觅不到灵魂的安妥,而必然陷于无可排解的孤独。这种孤独不是传统意义上缺乏心灵与心灵的对话,而是根本就不存在着这种对话的可能。因为他由己推人,往往对周围的一切充满了怀疑猜忌,是真正的孤家寡人。《雍正皇帝》的结尾,作者安排雍正死于乱伦的悲剧,他宠幸最多、寄托了最大心灵对话可能性的,竟然是他自己的亲生女儿引娣。这个结局明显是作家的一种大胆的想象,引起了不少的争议,但是这种安排的确写出了雍正令人绝望的孤独和无法超越的历史规定。虚与实的比例在此都是无关紧要的,重要的是想象的某些素质已经悄悄地发生了变化,多少融进了一些先锋文学的因素,②并且颇富意味地将权力描写与人性嬗变有机地结合起来。

明清题材历史小说中的这种充强的权力叙事有其深刻的必然性、合理性。权力本来就是政治的重要组成部分,是驱动历史发展的一个根本要素。正如英国历史学家阿克顿所说:"历史并非清白之手编织的网。使人堕落和道德沦丧的一切原因中,权力是最永恒的、最活跃的。"而中国作为一个具有几千年悠久历史的高度集权的国家,在这方面就更是得到极度膨胀。从一定意义上讲,几千年中国历史就是一部权力争夺的历史。因此,自《三国演义》以始,古往今来包括凌力、唐浩明、二月河等作家在内的历史小说将艺术描写建立在对政治斗争及其斗争策略或权术关心之上就很自然的了,甚至像唐浩明的《旷代逸才》"更把它作为贯穿全书的一根链条"(唐浩明语)也不难理解。这是历史对作家选择的结果,也是当代历史小说作家求取历史真实(历史还原)、诠释封建文化乃至承续历史经验和人生智慧的一个重要途径或方面。因为无论是作为一种行为还是作为一种手段,从某种意义上讲,权力运作实际上表现了人的政治智慧和人生智慧,它在客观上不能不说是人类历史经验的一个特殊的积淀和组成部分。而从艺术创作的角度审视,权力角逐、计谋权变的诡秘性、不定

---

① [德]黑格尔:《历史哲学》,王造时译,上海书店出版社1999年版,第127页。
② 参见武汉大学范奇志博士论文《中国当代长篇历史小说创作论》第49页。

性,它本身就蕴含着极为丰富复杂的叙事资源,只要稍加转换,就可以写成相当曲折动人的作品。这一点,对虚构受到一定限制的历史小说来说显得尤为重要。加上文化市场的诱导以及读者探秘心理的期待,因而历史小说创作中出现的包括上述明清题材在内的权力叙事现象就不仅可以理解,而且也具有为其他描写所不能取代的独到意义和价值。

　　然而在肯定这一切的时候,我们不应忽略这些作品所写的权力角逐毕竟寄植在封建文化基础之上,是封建政体的衍生物。它所体现出来的政治智慧和斗争经验虽不能说都与社会历史发展无益,但它的核心是等级制的,是人治式专断,与现代民主政治完全相背离。"这种智慧却并没有带来社会的进步和经济的发展,没有带来现代中国的繁荣和富强,它起到的是恶化社会环境、阻碍人类进步的作用。"①至多也只能起到历史循环的作用,从本质上讲是反人性反人道的。正因此,我们在进行艺术描写时就应该将其纳入现代民主和人性人道的整体框架中加以理性审思。这里的根本关键,是要确立权力叙事现代性的逻辑基点,凸显权斗有关的真实的总体历史背景,揭示权斗具体的性质所在及其意义指向。以此反观《暮鼓晨钟》《雍正皇帝》《曾国藩》《旷代逸才》《张之洞》等作,应该说它们对此也是注意的。其中有些描写,如上文提到的雍正从得势前的"龙骧虎步"到得势后的"鹰视猿听"的性格嬗变,他的孤独,他与引娣乱伦而双双死于非命的悲剧结局,又如《曾国藩》中的曾国藩为了免遭朝廷非议,逼迫兵败的同胞兄弟隐姓埋名去出家,从此与黄卷青灯为伴等,还以自己独到的识断眼光和深刻的批判态度,令人战栗地揭示了权力杀戮的极度残酷及其对人性的可怕扭曲和异化,从而也就在思想艺术上有效地实现了对传统权力观的超越。

　　当然,这只是举例性质。就总体而论,这样人道主义性质的权力叙事尚不多。不少作家的有关这方面描写似乎还停留在古代史家的认知水平上,因而未能充分显示作为现代人应有的文化超越和审美创造力。情感上也往往流露对权力运作的欣赏同情,有的还借人物之口发出诸如"皇上也难呀"之类的感叹,为权谋者辩解,将权力的知晓(叙述)与权力的皈依不适当混为一谈。这样的作品也许在历史知识、人生智慧和生存处世给人以阅读的愉悦,但却难以在

---

① 　王富仁、柳凤九:《中国现代历史小说论》(三),《鲁迅研究月刊》1998年第5期。

精神上带给人们以震撼和新的启悟;这恐怕正是它们在官场颇为"走红",以至成为"从政之道""从商之术"的形象教科书的深层原因。上述三位作家的创作,类似此弊也不能没有。如《雍正皇帝》中历史进步和民本立场的逻辑基点就过于薄弱,与紧张酷烈、触目惊心的权力叙事显得不那么相称;有关引娣这个审视雍正的"第三只眼睛"的人物描写,赋予其理性批判的色彩也嫌淡。另外,像《曾国藩》《旷代逸才》等作,在权力叙事方面也或多或少存在重述多于创造、同情多于批判的问题。看来以人性人道为基点实现对古代历史家权力观的超越,包括精神取向、思想认知也包括艺术审美的超越,这个问题有必要引起当下历史小说作家的高度重视。否则,他们所创作的文化历史小说的原有文化优势不仅难以得到有效发挥,处理不当,甚有可能滑向与时代社会相悖的反现代性的轨道上去。

三

探讨明清题材的历史小说创作,还不能不述及中西文化冲突方面的内容。这也是近年来历史叙事的一个新的生长点。可能是与题材的普遍下移(从古代下移到近现代)不无有关吧,现今的不少作家已不满于过去垂直式的古今关系的创作思路,而是放开眼光,努力从横向的中外尤其是中西关系角度切入进去,站在世界文明一体化的高度来观照历史,正面直接地表现民主、自由、平等、科学等时代话题,从而给历史小说带来了不少生机和活力。像刘斯奋的《白门柳》、马昭的《世纪之门》、蔡敦祺的《林则徐》、吴果达的《李鸿章·海祭》、张笑天的《太平天国》,包括陈军的《北大之父蔡元培》等,都明显地体现出了这种意向。尤其是刘斯奋的《白门柳》,更以其自觉写民主、颂民主的高远立意和文化+诗情的描写在同类题材中脱颖而出,备受广泛好评,而荣获第四届茅盾文学奖。可以这样说吧,几乎所有的明清或近代题材的历史叙事,都程度不同地涉及这个问题,它们从来没有像今天这样普遍感兴于民主、自由之类话题,重视文本中西文化内涵的阐发。这样的结果,毫无疑问,它当然不能不给相对单一滞后的历史小说的整体构成和水平带来一定的改观,使之新颖警策,以更大的时空范围和更具现代性的思想去激活历史,创造历史。为什么在整个世纪交替的历史小说创作中,明清叙事较之其他时代的作品显得更有思想冲击力,与时代社会更有一种精神连接的对话关系,这恐怕是其中一因。

在了解了当下历史小说中西叙事的总体情况之后,我们就可更具体切实地展开对凌力、唐浩明等作家有关这方面求索的探讨了。二月河的创作对此很少涉及,这里就暂付阙如。

不妨还是从凌力说起。她虽不能说是最早的,但无疑是迄今为止当代历史小说中最早进行中西文化关系探索的少数作者之一。她的《少年天子》在描写清初宫廷斗争时,抛弃了一般人对西方传教士的误解,以充满韵致之笔为我们刻画了一位热心宣扬西方博爱、仁厚基督精神的文明使者汤若望形象。此后的《倾国倾城》《暮鼓晨钟》,在满、汉、洋文化对峙的聚集点上,又进而对此作了较深入的揭示。如《倾国倾城》在叙述吴桥兵变、明王朝覆亡时有这样一些围绕西洋火炮的情节:孙元化善用西洋火炮,筑炮台抵御清兵;朝野保守势力则把火炮当作"妖术",利用一次炮筒爆炸事件否定这一先进的防卫技术;而率兵进攻登州的皇太极和范文程却乔装潜入登州城,探寻西洋火炮的秘密。这样的情节想象与设置,就寓意深刻地将兴亡治乱的历史题材与西方文化联系起来思考。

当然,真正正面展开叙述并且在整体上有创意的当推1999年下半年出版的《梦断关河》。不同于20世纪八九十年代众多的反映鸦片战争或抵抗外侮的作品(如穆陶的《林则徐》等),《梦断关河》不仅构思独特,视觉新颖——通过玉笋班戏子的不幸遭遇来映射鸦片战争给人民带来的深重灾难,将"大历史"与"小历史"、"国事"与"家事"有机地融为一体,使历史进程内化为人的命运的流程,显示了知识分子强烈的民族自尊心和正义感;更为主要的是在中西文化关系问题上,摆脱了以前历史叙事完全按照阶级关系或本土文化进行审视的创作模式,至少在以下两点融入了自己独到的见解(自然也包括吸收了史学界在这方面的最新研究成果):

一是将中英战争性质的定位与个中蕴涵的新旧文明之间的冲突结合起来。一方面,作者义正词严地揭露这场侵略战争的凶残暴虐,另一方面又从经济、军事、政治、科学各方面如实显示近代的西方后来居上,处于明显的强势地位。相反,此时的清王朝则全方位地落后了,他们对战争的认识,与千年前的赤壁之战、淝水之战并无根本区别,重视的是权变谋略。更为可怕的是思想观念的落后,甚至愚昧到了用女人马桶和妓院月布沿江排列去"破"所谓的英军炮火进攻,用占卜求签的荒唐之举来"决定"战争总攻的时间……这样的描写,"两相对照,在军事思想的观念上,交战的双方仿佛差着好几个世纪。所以,侵略者每战必胜,而清王朝各路兵马不是英雄战死,就是望风溃逃,百战百败"。这就注定了"这场战争不可避免,这场战争中中国的失败不可避免"。① 而正是借助于这样痛切而严酷的历史叙述,它表现了作者对中西文化冲突的思考已超越了传统惯见的中国"单纯受害者"的狭隘层次(这往往是道德情感层次),而推进到了更加深邃开放的文化和体制反思的层次。二是将这场侵略战争的描写与两国人民之间的关系严格区分开来,用现代宽阔的胸怀看待和处理当年这段历史。小说通篇而下,浸渗着浓烈灼人的民族情感,但作者并没有将战争责任简单归咎于参战的士兵,把参战的双方简单纳入二元对立的思维模式中。相反,还颇为"出格"地为我们塑造了一个反战的英军军医亨利的形象,叙述了他与玉笋班戏子天寿之间从孩童起就结下了深厚的友谊,最后他俩经过了一番曲折磨难还成了一对恋人。他还腾出相当的篇幅,用笔裹霜毫的笔调揭露清王朝统治者对外御敌无能而对内杀人夺物有方。他们在西方殖民者入侵的非常时期,不仅不去团结依靠人口和文明程度都占优势的汉族广大人民群众,反而对他们防范更严甚至肆加杀戮,将抗洋与反汉荒唐地联系起来,视为一体。该书第四卷有关镇江满洲将军海龄在英军兵临城下之际,以"杀汉奸"为名残酷杀害无数汉族百姓、血染小校场和城墙内外的描写,可见一斑。据说这是真实的历史而不是出自作者的虚构,这就更令人震悚,使人痛心。由之,它也体现了作者深挚的人道主义思想,并自觉地将反侵略与反封建、爱国主义与个体主义结合起来,这就十分难能可贵。这样的写法,较之同题材的其他历史战争小说,无疑是更见深度,也更具艺术魅力。

就中西文化冲突描写的人性化、灵性化而言,唐浩明的《张之洞》似不及凌力的《梦断关河》,多少显得有些粗疏呆板;但是,男性作家擅长的理性思辨,也给他这部长达125万字的反映近代洋务运动的长篇新作增添了独到的深度和力度,显得厚重大气。它让我们看到中西文化冲突除了最激烈、最极端的民族战争形式外,更多、更普遍并且往往更深刻的还是表现在传统文化自身内部产生的结构性、功能性的裂变,即通常所说的近代维新变法。当然,严格地讲,这

---

① 凌力:《倾听历史的声音》,《光明日报》2000 年 7 月 20 日。

样的题材内容早在 20 世纪 80 年代初就有人写过,如任光椿的《戊戌喋血记》、周熙的《一百零三天》等,且在《曾国藩》《旷代逸才》中作者也曾有所涉及。但前者的创作指向主要意在为"改良主义"翻案,歌颂其爱国主义的义烈豪举,故题材本身固有的中西文化冲突内涵被淡化了;后者也即作者的《曾国藩》《旷代逸才》两作,因人物原型所限,这一主题亦没有成为作者在此所要表现的重点。因为对曾国藩来说,他当时的主要忧患是来自传统社会体制内的太平天国起义而不是来自西方的外部威胁,所以无论就他还是就作者而言,都无意于中西文化冲突方面花费太多的笔墨。至于杨度斯人,虽然其生活的近代末期已具备了这种历史选择的可能性,但他迷恋于帝王之术而不悟的行为却偏离了时代本质,因而也难以承起此一严肃的文化冲突的主题。只有到了张之洞这个比曾国藩稍后,而又毕生深深卷入时代社会的矛盾漩涡中,并身体力行地实践"中体西用"的晚清重臣兼知识精英身上,借助于这一具有特定文化语码的人物载体,作者关于传统文化应对西方文化、实行近代转型的思想,才算找到了可以较完美呈现的题材对象。

作为当下历史小说的一部凝重厚实之作,《张之洞》关于近代中西文化冲突的思想理念,最突出的,首先体现为对转折时代传统社会文化心理的痛苦裂变及其反应机制所作的深刻领悟和把握上。作者用如椽大笔描写在内忧外患的弱势生存环境条件下,上至宫廷慈禧、光绪,中至朝廷大员、地方要员,下有民间势力等各种利益群体所作的不同选择,以及在这种选择过程中所折射出来的扑朔迷离的历史走向和丰富复杂的心理内涵。尤其是具有补天倾向的儒家知识分子,面对这场三千年来未有过的文化大碰撞、大裂变,更是表现出分外的痛苦和迷茫。中华民族所创造的辉煌灿烂的华夏文明铸就他们身上根深蒂固的心理优越感,使之有理由哪怕是在清季这一封建末世之际也对固有传统颇为陶醉不已。但另一方面生逢日趋开放的环境,西方列强坚船利炮入侵的事实以及注重科学经济的现状,又迫使他们不得不逐步调整自我心态,在坚持传统价值根基的同时尽可能顺应世道潮流。于是,围绕着改革还是守成,就酿就了作家们叙说不已的知识分子悲喜剧。他们有的恪守周公孔孟之道,不图通变,有的则与时俱进,开始认同并接纳一点西方异质文化。

《张之洞》就是站在这样的层次和高度历历审视张之洞倡导的那场"洋务运动",并以某些因循守旧的知识分子为参照对此作了认肯。小说开篇,写张之洞虽跻身清流党,但他在对待崇厚与俄国签署的伊犁条约一事却不像张佩伦等其他清流党人那样一味慷慨激昂,攻讦不留情面,只求痛快不懂转圜,而是在奏折和召见时尽可能关注经济,讲究务实,重在言事而少言人,为朝廷设想应时之策。这就将他与一般的清流党区别开来。以后,随着故事情节的进一步推进,当张之洞由言官进而为学官、干臣,尤其是在出任湖广总督期间,从民族求生的"第一命令"的理念出发,破天荒地借鉴西方的强国方略,办工厂、开矿山、建学堂、练新军,成为洋务运动"殿军"之时,由于对现实社会和国情有更深切的了解,进而与清流拉开了距离并逐渐从他们那里分化出来。小说后半部多次写到张之洞对这些清流的不满,以至产生深刻的裂缝,拒绝相见。这其实包含了作者对传统文化尤其是儒学的空疏虚伪("只重虚而不重实,只重末而不重本")的批判,以及对西方经世之学崇尚的深刻用意,从"内源性"现代化的角度揭示了晚清之际社会文化变革的迫切性、必然性。而这种经世之学,正是张之洞最终与清流党分道扬镳的精神内核和心理基础。把握了这一点,它也就将作者大量的有关张之洞突破固有的传统藩篱办洋务,包括为了达此目的不惜投机取巧等有关描写在文化框架的纵横关系上作了清理。该书第八章有这样一个细节:张之洞在山西与西方传教士李提摩太接触过程中,当亲自聆听到了对中国文化的批评和目睹了蒸汽机等科学小实验之后,"不得不在心里表示赞同",他终于认识到在经世致用和科学技术方面,中国确实"一点能耐都没有"。因此他感到有必要向洋人学习,"不管他出自何种目的,我至少可以从他那里取来为我所用之物"。这表明他思想观念上已产生了新的嬗变,身上的求"变"的那一部分内涵开始得以凸现。

当然,张之洞不同于"戊戌维新派"康有为、谭嗣同等人试图一夜之间改变中国的激进式的改革,他的改革是渐进的、温和的,是在维护旧文化和体制前提下的修修补补。他引进西学办洋务,仅仅限于一些技术性、实用性的东西,而不想也不愿去触动传统文化和"圣"教之本;他也正是站在传统文化和"圣"教为本的立场引进西学办洋务的。这使他建立在"中体西用"文化理念基础上的洋务运动,随着历史的急遽发展,日益明显地暴露出内在逻辑的破绽。但即使如此,在上一个世纪之交,他的这一不伤筋动骨的变法也阻力重重,步履艰难,新旧两派都有意见。加上本人好大喜功,使气任性,喜好形式主义那一套,最后终于功亏一篑,不幸流产。小说结尾,张之洞惨淡经营的钢铁厂因管理混乱、贪污成风而导致严重的亏空,办不下去了;他本人也在凄凉中离开了人世,以至于临终前发出了这样的感叹:"这一生的心血都白费了。"如此这般,这就向我们昭示张之洞文化自救的失败,说明在科学昌明时代和传统文化日渐衰微的情况下,选择"中体西用"道路所不可避免的悲剧性结局。众所周知,明清时期正好是欧洲历史从文艺复兴走向现代资本主义的全面大发展时期。这时,整个西方文化与成长中的资本主义生产关系互渗互融,产生一系列重大的革命性的变化,使西方社会呈现出了前所未有的勃发生机。而恰恰是在这个时候,中国却在世界范围内落后了,农业经济的自足性和社会文化系统的长期封闭保守使中华民族在近代化转型中停止了脚步,造成了千古历史遗恨。正是有感于此,所以作者上述的有关描写悲凉和痛切之情力透纸背,愈后愈浓。这多少冲淡、弥补了作品诗化不足的一些弊病,它也反映了作为当代知识分子巨大深刻的文化忧患。

　　然而,虽然作者揭示了张之洞文化应变无法更改历史进程的悲剧性本质,但他并不因此贬低或否定其所作的努力;相反,借张之洞的老友兼幕僚桑治平之口,肯定其"中体西用"在特定的历史条件下"是一个极高明的策略"。不仅如此,在小说最后,通过盛宣怀接任汉冶萍钢铁矿公司扭亏为盈以及黄兴在东京宣称要给张之洞颁发大勋章等情节细节的描写,来反证它在中国现代化过程中所起的作用。凡此种种,都蕴含着历史辩证法思想。即使是对慈禧这样一个应受重责的历史人物,也没有简单地划归保守派之列加以批判鞭打,而是将她放在满、汉、洋三种文化相互矛盾又相互激荡的错综复杂的潮流中加以历史的具体的考察:一方面写她为了维护大清来之不易的江山,不得不"变",默认甚至支持洋务运动,有时甚至表现得不无开通;另一方面出于猜忌、短视,也是为了满足一己私欲和维护权贵者的利益,不仅经常摇摆不定,而且成为推动变革运动的极为重要的制约性因素。这就比较客观公正,它也体现了作者惯有的开放而又不失稳健的叙事风格。

　　总之,无论从中西文化冲突的整体历史理念来看,还是就它对具体历史情景和构成内涵的把握来看,《张之洞》都有独到和深刻之处。它的出现具有一种标志性的意义,表明了历史小说叙事尤其是明清题材历史小说叙事进入了一个新的更加开放开阔的时空领域。

（原载《文学评论》2002 年第 4 期）

历史追忆中的多层次掘进
——论近年国内"反法西斯主题"抗战文学创作

历史是否正如多棱镜一样,具有变幻莫测的多种潜在话语的可能? 20 世纪 80 年代中期以来,取自中国近现代历史时段的作品源源不绝,这与其说是文学对历史的好感,不如说是文学向历史讨要话语权力的一种方式。因为从作家的创作实绩来看,他们的兴趣似乎并不在于历史本身的钩沉索隐,而是立足于当代性的要求来表达重新书写历史的欲望。以眼下"反法西斯主题"的文学创作而论,作为一个世界性的文学事件,它曾蕴生了多少优秀佳构,以致成为超越国界、超越民族的永恒话题。但随着人们对"二战"历史认识和理解的不断深化,近年来这类题材又成为许多作家关注的热点,在选材立意、价值取向、审美形态诸方面发生了微妙而深刻的变化。

一、世界格局与文学传统中的当代中国写作

也许我们宁愿拒绝今天这种文学的辉煌,而不愿人类拥有昨天曾经历过那场可怕的"文学之源"。在人类的整个发展过程中,战争作为一种特殊的文化符号系统,它保存了人类求生存发展过程中人的本质异化和分裂的种种非常表现形式。战争无情地毁灭了人的价值与创造,以肆无忌惮的暴力形式颠覆着我们曾经坚定不移地恪守着的正义、公理、和平等价值信条。"二战"无疑是一个极致。它像一个巨大的"震源"以其强烈的冲击波影响到整个人类。彼时和此时,法西斯主义的浓重阴影还不时地出现在我们的上空。相应的,在文学领域,对于这场战争的残暴性与荒诞性的追问与反思,对于战争状态下人的精神价值、人的生存处境的关注,就很自然地成为世界反法西斯文学共通的主

题模式。

"战争与人"有着天然的联系。它既是人类实现自身目的的一种途径,也是人类捍卫自己生存权利的一种手段。就其本身而言,它既在创造着人,同时也在毁灭着人。所以"战争与人"的矛盾实质上是任何战争文学都会面临的两难选择。第二次世界大战是场侵略与反侵略、法西斯主义与反法西斯主义激烈斗争的民族矛盾,它直接关涉到反法西斯斗争的许多国家、民族的生死存亡。因此,作为一种战争文学,无论从历史还是从逻辑角度上讲,世界反法西斯文学必然要共同经历一个英雄主义与爱国主义的"颂歌"时代。正义与非正义的战争价值观,使它的作家们情不自禁地站在捍卫国家民族利益的本位立场上,表现正义之战的崇高与壮美,呼唤英雄的出现,并且以强化英雄的智慧、力量与人格的完美来支撑起处于弱势民族对法西斯主义的精神抵抗。如果我们有兴趣翻读一下肖霍洛夫的《学会恨》、阿·托尔斯泰的《俄罗斯性格》、西蒙诺夫的《日日夜夜》、法捷耶夫的《青年近卫军》以及被文学史家称为苏联战争文学第一浪潮的诸多作品,就不难体味。另外像法国罗曼·罗兰的《欣悦的灵魂》、萨特的《自由之路》、维尔高的《沉默的海》等,也都颇可称道。

与上述作品相比,中国"反法西斯主题"抗战文学中的爱国主义、英雄主义情感更是深沉固厚,被强化到了极致。从新中国成立前夕的《吕梁英雄传》(马烽、西戎)到20世纪五六十年代的《风云初纪》(孙犁)、《战斗的青春》(雪克)、《铁道游击队》(知侠)、《野火春风斗古城》(李英儒)、《苦菜花》、《迎春花》(冯德英),中国作家在对抗战历史进行"伟大叙事"的同时,都无不对我们民族在抗击日本法西斯斗争中所显示出来的伟大凝聚力与英勇的献身精神进行了讴歌,着力表现了战争对于人的超验情感的激活与净化。尤其是孙犁,更是以诗化笔墨来描绘战争的感性存在。他的小说中,成功的艺术形象似有一个基本模式:女性+普通人=英雄。这里,"等号"关系之所以能够成立,主要在于他的小说文本中植入了一种超越性的精神力量,这种力量可以使柔情似水的水生嫂们变得坚毅刚强。人物形象上的张力,引发出小说的另一种内涵:战争对于人的奇异改造力量。

弘扬爱国主义与英雄主义,构成了世界反法西斯文学的第一个潮头。但是,毋庸讳言,这种表现由于过分专注于营造超验的民族精神神话,那就很容易忽视对战争本体、人类生存、人的本质力量的艺术思考,致使形象塑造有意无意地走向理想化和模式化,主题思想的开掘,也难以达到黑格尔所谓"高远的旨趣"尤其是"人类所共有"的人性人道的层次和境界,因而往往导致审美价值的平面化和单一化。其实,战争对于人类的灾难并不单纯是毁伤肉体,更主要的还是戕害灵魂、扭曲人性。20世纪后半叶,为什么西方哲学思潮与文学思潮表现了浓厚的虚无颓废倾向,譬如存在主义对此在一切价值的质疑,黑色幽默将整个人类视为荒诞的存在,这一切恐怕都与"二战"密切相关。可见,战争对于人类生存特别是精神生活的影响是多么的巨大而深刻!

就世界的范围来看,把人作为价值尺度,用人道、人性、人情来审视战争,大约始于20世纪50年代。这一历史性转换的结果,是使对战争残暴与荒诞的揭示,对人之命运的悲剧性同情必然升格为作品文本的中心,而国家和民族的精神话语则相应地退居到了次要的边缘。这一点可以看作是"二战"之后的西方包括苏联反法西斯文学发展的一条基本轨迹。肖霍洛夫的短篇小说《人之命运》就开启了这一文学浪潮的先河。小说以主人公自述的方式,叙述了索科洛夫在战争中的不幸经历,表现战争如何影响普通人的生活及其命运。对战争给人造成的不幸和灾难的渲染,使作品蒙上了一层悲剧的色调。同样的作品还有瓦西里耶夫的《这里的黎明静悄悄……》、法国作家加缪的《鼠疫》等。日本作为"二战"的发动者与战败国,战争中人民饱受离乱之苦,战后控诉战争罪行的作品也相继问世。五味川纯平的《战争和人》,就以非常明确的反战意识对日本军国主义罪行进行深入揭示和剖析。尤其是作者对战时各种爱情的描写,把死亡与爱两个永恒的主题置放在情节的延宕之中,更是感人至深。当然,这样的"反战"作品在日本也少了。再就是,同样以人为价值中心的描写,在肖霍洛夫和瓦西里耶夫的创作意识中,我们还可以看到英雄主义精神的余辉。在表现"人与战争"的冲突时,他们竭力调和价值取向上的矛盾性,既表现正义战争的合理性,又从人性的角度写出战争的残酷。于是,英雄主义与悲剧性往往成为这批作品的双重题旨。真正完成反法西斯文学中英雄历程的则是那些走得更远的作家。苏联"战壕真实派"的作品,以生命本体意义作为价值评判尺度,渲染战争中人的求生本能,甚至倾注对逃兵、开小差士兵的同情;美国作家约瑟夫·海勒的小说《第二十二条军规》,在表达了对战争价值的怀疑和对特定军事生活的荒诞体认的同时,也对"开小差"行为予以人道主义的肯定。在这些作品中,由对人本体的思考取代了过去对战争本质的思考,民族主义、英雄主义遭到了无情的抹灭与消解。在某种意义上可以说,由于切入战争生活的角度变异,这类作品丢失的不仅是悲壮与崇高的美学内涵,而且也失去至少是极度淡化了"反法西斯主义"这一美学题旨。

如果说新中国成立前夕和五六十年代的中国"反法西斯主题"抗战文学走过的是一条相近于苏联的发展道路,那么,近年来我们在这方面的创作则显示出迥异于西方的独特景观。当西方作家们以人道主义精神对即便是"正义"的战争进行重新审视,更多地发现战争的荒谬与残酷的时候,中国作家受传统文化思想与现实政治意识形态的影响,却相当谨慎而有节制地接纳人道、人性渗透融入。可以说,西方作家是在视点的位移(从战争本体向人的本体)中完成了20世纪反法西斯文学的历程,而中国近年的反法西斯文学却依赖作家文学观念的多方位变动,才逐步实现了自身创作的发展变化。这种审美逻辑上的差异,使中国近年的"反法西斯主题"抗战文学呈现出另外一种发展态势,它完全可以纳入新时期文学发展的主潮中并成为其中的一个不可分割的重要有机组成部分。如莫言描写农民自发抗日活动的《红高粱家族》,就是颇具代表性的寻根文学的文本实践;叶兆言、刘震云等有关抗战题材的新历史小说,它们体现的写作意识及文学精神与新写实存在着不谋而合的话语关系;张廷竹以国民党军队抗日活动为描写重点的《黑太阳》等一系列作品,在真实与虚构的矛盾关系处理上,相当典型地反映了当前许多作家艺术选择的意向;周而复、李尔重、王火等老作家的鸿篇巨制《长城万里图》《新战争与和平》《战争和人》则清晰地显示出新时期文学"回归现实主义"的美学追求……文学观念、思想意识的解放无疑拓宽了作家的审美视域。因此,他们的思维触角也就不期然而然地由原来较为单一的国家民族本位向个人本位转换,以深邃的目光关注起人的生存与命运、道德与人性、死亡与爱情,努力揭示战争作为人之存在方式的本体意蕴。这种追求,使得我们的反法西斯文学在内化深化人学方面,殊途同归地接通了同当代世界文学的联系。尤凤伟的《生命通道》最近之所以引起广泛的关注和好评,究其根本,主要也就在于它摆脱了我们习见的那种狭隘的政治功利和阶级归属模式体系,而将"战争与人"的思考推进到人本体的层面。

当然,由于人学内涵的丰富复杂,也由于我国作家文学观念、审美价值取向的差异,近年文坛反法西斯抗战文学虽有阶段性的不同呈现,但就总体来看,它基本上还是处于一种共时态的块状景观。不同的创作群体以及他们的作品当然有联系,但彼此之间的确还存在着很大的区别,有的甚至是抵牾,难以对话。但如同其他所有文学题材的创作一样,中国当前"反法西斯主题"的抗战文学,它本身就是一个复杂的多元无序格局。对此,我们应该有个恰如其分的、准确的认识。

二、不同价值取向中的不同艺术形态

反法西斯文学毕竟不同于现实题材的文学创作。严格地讲,它同一般战争文学相比较,也自有其独特的题材、主题、审美价值取向,它体现了作者对战争、历史、人类精神在某一特定历史情境下特殊的情感和认知。正是因为这个缘故,所以面对同样的历史,中国当代作家才表现出他们不同的价值取向,并且以各自不同的艺术实践,对历史重新进行着自己的书写。

如果对近年来"反法西斯主题"的抗战文学稍加梳理,我们就可以看到,作家们对历史的种种书写尽管千差万别,殊态纷呈,但就实而论,它们基本可归为以下四种艺术形态或曰审美范式:一是以现实主义精神为创作旨归,力图客观地再现历史的原生全貌,确立战争历程、人物事件的叙事价值;二是超越战争客体,对战争过程中人的精神形态进行把握审视,着意破译蕴存于其中深层的文化意蕴和某种先验的存在;三是在对历史本体的思考中,由过去机械教条的一元论进入到现在立体多元的合力叙述;四是由人性层面切入战争本体,致力于表现战争中人的情感世界的丰富性、复杂性。当然,这只是一种相对的划分,事实上这四种形态彼此之间或多或少都存在着一定的交叉和联系。

试图以史诗气势的恢宏与壮阔,全景式地复现抗日战争的全貌,整体把握当时的政治、军事、经济、文化、外交等方方面面,是第一种形态作品的一个显著特征。这批作品规模宏伟、篇幅巨大,无论就其包容的历史信息量,还是就它们所传达的思想意蕴和取得的艺术成就来看,都达到了相当的境界,堪称近年来反法西斯抗战文学的重头戏。尤其是周而复的《长城万里图》、李尔重的《新战争与和平》和王火的《战争和人》三部多卷本、长达几百万字的皇皇巨著,更是发挥了长篇小说囊括整个时代、包罗广阔无垠社会生活的优势,以历史上曾经发生过的一系列重大事件为骨架或背景,支撑起一座蔚为壮观的艺术殿堂。在这里,作者不是罗列少数几个人物,少数几个事件,少数几场战斗,少数几个生活片断敷衍成篇,而是描写生活的一个全貌和整个过程。从纵的方面看,它从抗战开始写到抗战胜利,几乎把抗战时发生的重大人事都一一编织进小说。从横的方面看,它把中国的抗战放到第二次世界大战的背景下,笔墨涉及敌、我、友诸方面,中、日、意、美、英、德等主要国家;上至共产党领袖、国民党不同派系人物、民主党派和知名人士的抗战活动,下至地下党的艰苦奋斗、知识分子的痛苦选择、普通小人物在抗战激流中的种种生存风景;包括孤岛时的上海,沦陷了的苏州和南京,天灾人祸的中原,惨绝人寰的南京大屠杀,白雾茫茫的陪都重庆,都尽收眼底。如此包罗万象的历史容量,在以往的反法西斯抗战文学中恐怕是难以见到的。它反映了这些老作家雄厚的生活积累和非凡的艺术概括力,同时也说明思想解放和进步史识之于创作的重要。如《战争和人》中的主人公童霜威,原是国民党政府的高级幕僚,放在"文革"以前的作品中,肯定要被目为汉奸或反派人物的,但作者却把他还原成一个关心民生疾苦、对抗战前途深怀殷忧的正直的爱国者,并以他为中心,组成一个犬牙交错、异常复杂的人际关系网。这样,不管是共产党员柳忠华、冯村、童家霆,还是汉奸欧阳筱月、三青团的处长陈玛荔、陷身泥淖难以自持的欧阳素心等形形色色的众多人物也就自然而然地被引出笔端,得到真实生动的描写。

由此可见,"史诗"的追求对作者来讲,既是一个艺术观念的问题更是一个思想观念的问题。"生活本来就是复杂的,这些五光十色的人和事其实人们在那时代都多少有过见闻,但不解放思想就不会这么写,也不'敢'这么写。""如不是解放思想,我将不会去写这个题材。如不是解放思想,童霜威和他的下一代童家霆将不能在书中占有重要地位。"①王火此言,从一个侧面道出了这类作品之所以成功的根本原因。

如果说第一种形态作品主要是通过历史情节化的推进,表达了正义必胜的理性观念,弘扬崇高的精神主题,从而给我们以"凝重"的阅读感受的话,那么在以莫言、池莉、叶兆言、刘震云、苏童、周梅森为代表的第二种形态的作品中,前者所习惯表达的主题再也不是延宕于小说情节中的一个形而上隐喻和

---

① 王火:《〈战争和人〉三部曲创作手记》,《文学评论》1993年第3期。

某种精神性暗示,而是作者着意要填补的一个空白甚至是悬置。这批作品,通常被广泛地称为新历史小说。但实际上,这一指谓下的作家队伍却是一个庞杂而缺乏一致性的创作群体。就本文述及的反法西斯抗战文学的题旨而论,刘震云、苏童的作品,在把历史向故事转化的过程中,历史其实只是充当故事结构中的风景和摆设而已。历史的时间性被得到证实,而空间实在性却在小说文本中被断裂成为无数碎片,以致我们难以把它们纳入"反法西斯主题"这一严肃命题中加以析论。而周梅森的《国荡》等一类作品则似乎无意于解释历史,在某种意义上,他关注的只是历史中发生了什么。尽管他的叙述话语中隐含着揭示历史的动机,但作者自己发现的历史结果往往只是一团迷雾,历史的本质和理性真实在文本中遂成为一个巨大的悬置与存疑。这种历史认知方式渗入"反法西斯主题"的文学创作之中,它对这类作品固有价值取向的影响乃至消解自然就不言而喻了。

相比于刘震云、苏童、周梅森,莫言、池莉、叶兆言的作品就更有一种精神企慕。在他们这里,历史本身的叙述被淡化,小说文本由过去单纯的表意操作,走向对人类文化的深度审视。有关这方面的追求,始作俑者当推莫言。他的长篇《红高粱家族》就是在寻根意识驱动之下对战争感性存在的一种深沉打量。余占鳌领导的农民武装队伍,没有经过革命思想的洗礼,也没有明确的奋斗目标。但在外族入侵的历史情势之中,他们强悍的生命力和敢作敢为、富于冒险的个人品格却爆发出威武不屈的抗暴精神。余占鳌、戴凤莲们的浓厚乡土之情中凝聚着超拔的民族精神力量,在战争中,这一切升华成令人敬畏的壮美人格和民族抗争意志。他们的抗日显然也是历史的一种真实存在。莫言从寻找民族生命活力的层面去表现战争中人的精神形态,无疑是对历史和战争本身的重新发现。

沿着莫言的路子走下去的还有叶兆言的《追月楼》和池莉的《预谋杀人》。《追月楼》的作者虽然尽力保持一种温和而有节制的叙述口吻,但小说情节和人物形象的张力却无处不在。前清翰林丁老先生,反对过白话文,讲究尊卑有序,有大片田产,过着优厚的地主生活。但在日军攻占南京后,他却不愿躲进租界做难民;他心仪顾炎武等前明先贤,把卧室易名为"不死不活庵",仿《日知录》写《不死不活庵日记》;临终立下遗嘱:生不愿与暴日共戴天,死亦不乐意与倭寇照面,就葬在追月楼下。他心里铭刻着先贤古人的人格、操守、名节,在国难当头、外敌侵凌之际,这些人格精神却成为丁老先生的一道坚实的精神防线,成为他抗衡现实环境的巨大力量。与叶兆言从民族传统文化中寻绎民族精神的代码相比,池莉的《预谋杀人》则有一种对历史揭秘的味道。小说讲述的是一个农民向地主"报仇"和"告密"的故事。农民王腊狗是地主丁宗望的两代佃户。他对丁宗望充满妒恨:丁宗望广有田产且娶了一个漂亮妻子,王腊狗却为生计所迫背井离乡只娶了个麻脸老婆。为了杀死丁宗望,他向日本人告密,出卖了新四军通讯员,堕落成汉奸。而地主丁宗望却能坚持民族大义,在日寇严刑之下一声不吭。他为新四军办事颇有古道热肠,掩护通讯员,替新四军传送情报,完成通讯员未竟之业。这里,"农民"与"地主"再也不是那种标本式的人物。生命个体的道德善恶在特定历史条件下却显影为英雄与民族罪人的截然对立。

显然,《红高粱家族》《追月楼》《预谋杀人》等作品提供给我们的,已经是超越一般常规阅读经验的那种历史真实。在突破原来单向极化的阶级论、民族论模式之后,作家们的视点拓展到民族文化与人类本体的基点上,触及战争过程中一些带有普遍性和更为深广的民族精神与人类心理问题。这无疑是作家自省意识的觉醒,也是作家认识深化的标志。它使我们的阅读获得了前所未有的纵深感,作品的思想穿透力因之也大为加强。

直接取材和描写国民党军队抗日的一类作品,是我们这里要谈的第三种形态的反法西斯抗战文学。这种形态的作品近年来为数不少,如《落日孤城》《血战台儿庄》《光岳遗恨》《激战红土地》等等。它们大多是纪实性的,文学品位不高,散见于各种地摊文学和个体书店。真正写出成就、具有创意的恐怕要数浙江的中年作家张廷竹了。他的《黑太阳》《支那河》《酋长营》《中国无被俘空军》《泪洒江天》《落日困惑》等作,对于传统话语场中累积的以共产党领导下的军民共同抗日活动的观念显然是一个大胆的突破,而且整个叙述的确也让人感到有一种颠覆历史、重写历史的味道。但他与许多新历史小说作家不同,不是以解构历史的态度表现历史,而是自始至终用炽烈的艺术真诚参与其间。更主要的,它不单纯是观念、描写范围的开拓与扩大,从一定意义上说,正是反映了作者对历史真实在理解方式上的变化:"现在我们清楚地知道了历史是这么一回事,我们就会知道任何已经铸成的历史事实后面肯定还有一条或多条并行的隐线。就像山是事实,而山的表层下的石头也是事实一样。"①正是由于这种理解方式的变化,作者在他笔下才避免了以往那种单向的观察所带来的局限,而从"对历史的纵横比较和多层次的价值把握"②中,放笔描写了当年国民党军队曾经有过的壮怀激烈而又无可奈何的抗战活动,将过去被阶级斗争"漏斗"过滤了的、纷繁斑驳的历史内容还给历史。如《黑太阳》这个中篇描写的张将军"盘着肠子"照样指导战斗,直到取得最后胜利,它让我们具体地感受到历史的另外一种真实。这种真实超越了狭隘的党派观念,它对于我们虽然是陌生的、异己的,但它的确曾是构成我们抗战历史"合力"的一个重要参数,是我们中华民族顽强的生存意志和复仇意识、深沉的尚武精神与爱国主义传统的真实反映。所以,我们读来同样受到心灵的震撼。有人说,张廷竹的作品一方面追求最大限度的还原,利用一切信史、档案,让人难分属实录还是虚构;另一方面又将信史与戏剧化、纪实风格与英雄美人模式结合,使人读后有英雄豪气、儿女情长之感。在我们看来,作者之所以如此,主要还是因为他洞照历史和审视战争的真实观、审美观变化所致。而观念的变化,至少在目前,它恰恰是驱策我国当代"反法西斯主题"抗战文学的一个重要的动力源。

第四种形态的创作,相对而言,现在还没有形成一个颇可观的创作群体。尽管从人性的角度切入战争生活,在徐怀中、朱苏进、李存葆的军事题材的作品中早已经有过积极的探索。但在反法西斯抗战文学这一领域,却不免显得有些孱弱。没有一定数量的作品,就把它们归类为一种艺术形态似乎有点勉强。但作为一个创作意向,或一种对于战争生活的审美诠释方式,我们认为它恰恰应该提倡。因为,战争是人的战争,只有表现战争中人的丰富性、复杂性,在审美意义上表现出战争与人的深刻的矛盾,才能把对战争的认识推进到深刻的层次上去。

值得欣慰的是,近年来这方面的探索毕竟不是完全绝迹,有的作品甚至颇富创意。如《最后一幅肖像》就是以凝练的笔致,刻画了日本侵华宪兵队长复杂的心理矛盾。作为一个以杀戮为天职的日本军人,他的双手沾满了被侵略

---

① 张廷竹等:《论战史文学——关于军事文学创作突破的思考》,《当代文学研究资料与信息》(中国当代文学研究会主办的内刊)1988 年第 6 期。

② 张廷竹等:《论战史文学——关于军事文学创作突破的思考》,《当代文学研究资料与信息》(中国当代文学研究会主办的内刊)1988 年第 6 期。

国人民的鲜血;但作为一个良知未泯的人,他又深为自己的残暴行为感到不安。实际上,他是一个被战争的血污与灵魂的自我忏悔紧紧缠绕的战争的受难者。作者跳出过去脸谱化的写作方式,从战争与道德的双重空间,逼视敌对一方人物的人性中固有的矛盾,无疑是一次大胆的尝试。另一个作家尤凤伟的《生命通道》,在这方面更可称道。该作所写的是抗战时一个医生的奇特生活与命运,副标题是"反法西斯战争胜利五十年祭",可见作者的郑重态度。但具体描写却从人性角度切入战争而又超越"人性善恶"的纠缠。作者把艺术聚焦对准人的灵魂,他苦苦拷问的是人在生死攸关时刻的良知、道德与正义。小说中的医生苏原,他既不是一个十恶不赦的汉奸,也不是一个大义凛然的民族英雄(他既迫于无奈为日军治病,同时也窃取过日军的情报)。事实上,他只是一个恪守医生天职的普通意义上的人。"生命通道"计划是他人生意义的完美体现,也是他在尖锐激烈的民族矛盾中的一次超越性选择;而其他一切,诸如爱国意识与民族意识,在他个人行为中却显示出某种不确定性。很显然,《生命通道》不仅超越了传统"反法西斯主题"抗战文学那种非此即彼的审美认知方式,同时也超越了一般人性价值的评判。

三、新的突破与新的前景

中国当代"反法西斯主题"抗战文学创作的多元格局在标志着创作的一时繁荣之外,是不是同时也意味着它已走上了一条成熟的、理想的发展通道了呢? 其实不然。一种情况是,在近年创作界一窝蜂地追异求新思潮的影响下,不少作家把审美目光投向了历史,投向了抗战生活(因为题材知名度高),在文本实验主义态度操纵下,历史(抗战生活)颇有点试验田的味道。历史与文本的对立中,重心正悄悄地向后者转移。另一种情况是,传统意义上的反法西斯文学,发展到今天,也在实现自身文学观念、历史观念的不断变革。这些作品无疑刷新和改变了我们对反法西斯抗战本身的一些印象。但这种艺术实践又绝非已臻无懈可击的完美之境,它们同样是成功与不足并存。

因此,作为一种审美现象的反法西斯抗战文学,在眼下文学转型的大环境中,正在进行一场深刻的变革,孕育着新的突破。这场变革与突破是那么艰巨和复杂,以致我们理论界要对它进行审慎的研究,除了在接受当下创作的突出成就之外,更要洞察到创作实践中存在的不足,总结经验教训,归结出突破不足的方面、方向与可能性。只有这样,才能有助于反法西斯抗战文学这一时代创作更加健康扎实地发展,尽量少走弯路。

那么,对于目前的反法西斯抗战文学创作来说,它的不足在哪里? 又该在什么方面需要寻求新的突破? 我们认为主要有以下三点。

首先,是作家们的审美意识有待进一步深化,文学的审美领域有待于进一步拓展,应该致力向战争文化的深层结构中探寻其丰厚的人文内涵。因为,文学的本体功能永远是以人为价值中心,失去了人,就失去了美,更谈不上美的丰富性与深刻性了。从读者接受角度来看,反法西斯抗战文学影响我们的,主要还不是战争本身的扑朔迷离、多姿多彩和战争中人们的怎样行动,我们更为关注的是战争是如何影响人类,它对人类生存究竟产生了一种什么样的深刻影响? 恰恰是在这个带有普遍性的问题上,目前的文学创作却少有人触及。如果把战争文化比作一个球体,那么近年来的许多创作无疑只是球体表面的种种姿势优美的滑翔。从作品的主题立意到对战争的审美观照,诸多作家作品都还停留在某种为人熟知的形而上语义层面。如周而复、李尔重、王火所表达的"正义必胜"的主题模式,莫言们在广阔的文化空间中所审视的民族气节与英雄意识,周梅森们对历史本质的种种质疑等等,莫不如此。这倒不是说近年来中国作家们的探索只停留在浅显的表层,但至少可以说,他们远未将战争文化固有的丰厚内涵和艺术应有的审美特质揭示出来,以致我们很难读到像美国作家诺曼·梅勒《裸者与死者》那样的具有震撼人心力度的作品。如果梅勒不是带着"弄清楚第二次世界大战事件对美国人民有什么意义"①这样的写作目的去揭示战争中人的生存处境,关注人的命运,那么它的艺术魅力和给予读者心灵的震动肯定会大大减弱。当然,作家们有自己的创作自由,我们也不否认在特定的题材范围之内,他们的作品达到了较高的水准。但是,从民族文学自身体系的完整性来看,反法西斯抗战文学应该做到多层次、多角度地再现和表现那场空前规模的人类战争。这不仅是文学丰富性的需要,也是衡量一

---

① [苏]莫·缅杰利松:《当代美国文学探胜》,傅仲选译,上海译文出版社 1994 年版,第282 页。

个民族文学在此一领域是否成熟的一个重要参照。缺少这样的作品,无疑是一个很大的遗憾。

其次,是历史观念与历史认知方面既有成功的经验,也有探索中的失误。反法西斯抗战文学既然是熔历史与艺术于一炉的一个特殊的艺术品种,那么对于作家来讲,在历史向艺术转化过程中,很自然就会遇到一个历史的内化问题。历史观念、历史认识可以说是内化的一个思维中介。当然,这里所谓的历史观念与历史认识已经不是历史哲学意义上的纯粹理性范畴,而是在作家创作过程中所体现出来的历史的综合审美意识。我们强调历史认识的重要性,既是反法西斯抗战文学的个性使然,也是它求得独特功能价值的基本前提条件。近年来不少作家在这方面作出较为成功的努力。正是由于老一辈作家如周而复、李尔重、王火等对于历史本质的辩证把握与宏观认识,他们的《长城万里图》《新战争与和平》《战争和人》),以及李为奇的《光岳遗恨》、宗璞的《南渡记》、费枝的《二战飘尘》等,才能以大时空或较大时空的叙事构架真实地再现了中国反法西斯抗战这一历史特别事件。其作品开合有度、大起大落、气势非凡,非胸有成竹者显然不能为之。尤其是《长城万里图》,有效打破过去线性的历史时空架构,从更为广阔的世界历史背景中来表现中国的抗日战争。很显然,随着历史时空的超越,作品所达到的历史真实程度无疑是被更进一步拓展和延伸的。

或许可以这么说,表现本质、必然,是以牺牲一定的现象、偶然为前提的。周而复等作家虽然在表现历史本质方面堪称典范,但在历史表象的丰富多彩和鲜活灵动上却显然不及新历史小说的作家们。由纯粹本质向历史本体原生状态回归,可以说是许多新历史小说的显著特征。作家们的创作意识中,存在着强烈的反叛"透明本质"的倾向。当他们以此观照历史、表现历史的时候,往往就把历史本体中的"实有"升格、放大为历史认识中的"真实"。《预谋杀人》中王腊狗与丁宗望在民族矛盾中的相异表现,就比较完整地体现了作者这方面的追求。在向历史本原的回归中,本体真实与本质真实相互混同。以本体代替本质进而取消本质,这是新历史小说作家们历史观念和历史认识的一个误区。这种观念上的错位有其必然性。因为,与其说是历史激起了作家的话语欲望,不如说是作家们在注解历史中,自由地注入了个人极其强烈的随意言说的欲望。他们无法漠视与绕开我们视为本质的走向必然,所以在历史的自由叙说过程中只好在现象中建立表达策略。在周梅森的《国荡》中,历史所呈现的一切都是那么的偶然,充满玄机,英雄与叛徒、投降与爱国的两极行为中没有解释的可能性。历史仿佛是一道永远没有正解的数学方程式横置在那里,费人猜测。

我们承认历史的表象中饱含丰富的真实,新历史小说以此为实践领域,作为对过去一种真实论的补充当然无可厚非。但是,如果这种历史认知方式大规模进入文学,它给文学带来什么样的后果就很难说了。正确的态度应该是坚持历史辩证的哲学观点,作富有意味的价值观照(当然这是就总体原则而言)。惟其如此,才有可能使反法西斯抗战文学在现有基础上更上一层新境。

最后,是强化作品的当代价值,并且要与审美价值有机融涵。对于取材于历史的反法西斯抗战文学来说,当代价值不应只是一个理论术语,它应该成为一个具有浓厚实践色彩的文学语词。当然,当代价值也不是一种狭隘的功利观,它是作品所体现出来的与今天甚至是未来的人类生活息息相通的那种思想深度和深层价值。写过不少反法西斯抗战小说的作家张廷竹这样理解:包括抗战作品在内的战史文学应该“是一个高层次高规格的未来学。它能凝聚民族魂魄,弘扬人类品格,一切向着未来,展示着人类坚韧进化的趋势”。① 站在人类文化的高度来把握历史的当代价值,作家们的视界就会开阔起来。以此观照当下的文学创作,我们欣慰地看到有些作家已经摆脱了过去单一民族论、阶级论的普遍模式。如《红高粱家族》《最后一幅肖像》,这些作品颇为鲜明地体现了作家们对于当代价值的追求,已经突破过去那种“过去—现在”的共时态对应模式,而是从历史的历时性发展中寻求更为深层的沟通。因此,它就更具有开放的气度和恒远的文化意蕴。这样一种创作思路显然是第一种形态“还历史本来面目”的创作所不具备的。由于过多拘囿于历史本身,缺乏应有的超越,第一种形态作品的当代价值大多往往体现在它的认识功能,而相应地缺少一种更为深广的人类精神价值指向。不过它用挚爱之情讴歌的历史爱国主义和民族英雄主义这些崇高的精神审美价值,今天仍然是很闪光动人的。而这一点却恰恰是许多新历史小说作家在对历史的自由言说中竭力拒绝介入

---

① 张廷竹等:《论战史文学——关于军事文学创作突破的思考》,《当代文学研究资料与信息》(中国当代文学研究会主办的内刊)1988 年第 6 期。

文本的。它们的主体地位完全被一种形而下的日常生存或生命本能所代替。《红高粱家族》中对高粱地里野合的渲染,对日本侵略者活剥人皮的零度叙述,都表明作家们的美学观、价值观已经发生了实质性的转移;在其转移过程中,反法西斯抗战文学固有的崇高美、悲壮美不能不大打折扣。

以上两种相异的创作是两种不同价值观、美学观的不同艺术实践,我们对此当然不可简单地贬褒臧否。但是,作为对反法西斯抗战文学这样一种启迪今天、警示未来的特殊文学现象或文学形态来说,我们就必须既要照顾到其创作价值的前瞻性,又要充分注意其自身艺术实践所呈现的审美价值态度问题。看来,提高当代中国反法西斯文学思想艺术力量的关键,乃是在于它的当代价值与审美价值的有机融合。

(本文与周保欣合撰,原载《文艺研究》1995 年第 5 期)

论世纪之交的领袖传记文学创作

　　这是一个原本辉煌而且可以创造得更加辉煌的史诗。遗憾的是,它在很长一段时间里却被我们定格在过于神性的世界被作为一种令人敬畏的精神象征。因此,当历史进入 20 世纪 80 年代中后期以来,它首次频频不断地在文学界、影视界出现,以至形成一股颇具规模的领袖传记热时,它给我们社会和文坛带来的震动、影响就可想而知了。尽管对这一领袖传记热至今有不同的看法,并且严格地讲,对这样一种文学现象进行客观评估,现在恐怕还为时尚早;然而,这丝毫不意味我们的批评今天可以放弃理性析说而驻足不前。关键是,我们自身对从事的这项工作是否有清醒的认识,关系到我们能否摆脱各种狭隘的、功利的观念的束缚,而尽可能做出合乎时代、合乎逻辑的公平判断。

　　应当承认,领袖传记是一个不那么确定的概念,有历史性与艺术性之分。我们在此说的领袖传记属于后者,它是单指文学性、艺术性较强的那一类作品;着眼于"历史本事"记载的,并不包括在内。故有时我们又以传记文学称之。

一、作为"真实领域"的领袖传记文学

　　传记文学作为历史与文学结合的特殊品种,讲真实历来是题中的应有之义。然而,同历史文学、报告文学这类带有纪实写实性特征的艺术类型一样,传记文学的真实又是那样歧义叠起,解释迥异。何谓传记文学的真实性,人们对此至今尚无严格而明确的界定。有的说它的真实主要是对历史真实的特指和限定,有的说它的真实更多的是对一般艺术真实的涵括;有的说它应该严循史实真实,不能虚构,有的说它应该忠于艺术真实,可以虚构。就是主张真实是特指和限定的吧,彼此的理解和阐释也不一样,有的认为它指的是史料史实

的真实,有的认为它讲的是历史本质的事实;有的认为真实应该以文献资料作准,有的认为应以当事人知情人回忆为据;此外还有某些内部情况内部资料能否解密问题;随着资料新发现、研究新进展,如何对待既有历史文献资料问题;对领袖传记历史真实的要求是否也针对一般纪实作品、纪实性历史小说等不同类型而区别对待,也都有不同的看法。这其中的原因,除了观念、观点的差别之外,理解层次、范畴的不同,判断角度、观点的不同,都可能增加理解的难度,使这一原本极为复杂的问题显得更为复杂。

这里不想就这些问题展开讨论,那不是我的任务;而只是想指出传记文学真实与史家真实在目的、功能上虽然毫无疑义地存在着质的差异,但是它们彼此却也有着能够相互叠合的一面,有其共同性。那就是面对历史对象所体现出来的最大限度的客观性、公正性和写实性,以及严肃认真、孤介耿直的思想态度;在事关历史事件、事关主人公的基本面貌方面,要求毫不含糊地忠实于真实。从美学角度说,一般文学只是"可能"就够了,它不必一定是发生的实事而只要合乎生活的实情;而传记文学则必须是"只能",它对传主及其有关人事描写,受史实的制约,"只能"写成这样而不能随意虚构成"可能"的那样。也就是说,它与一般文学相比,自由度受到了更多的限制,只能"通过选择、构思,从事实中得出生活形象,在给定的材料范围内……把素材加工成闪光的东西,如果他捏造或隐瞒材料来制造一个效果,那么他在艺术方面就是失败的"①。传记文学的这一特点,对于以张扬主体个性为能事的作家来讲无疑是个难耐的束缚——这也使不少作家不愿涉足传记文学;然而,唯其如此,它才真实有力,对读者构成一种特殊的信赖和诱惑,产生为其他一般文学所没有的艺术效应。有些人不了解这一点,往往对此多有非难呵责,仿佛一提历史真实,就玷污了文学的神圣纯洁,将传记文学引入邪路。这种说法看似创新,思维方法实则是僵硬封闭的,它透露出浓厚的也是不切实际的虚构文学大一统的独断气味,其结果是在文学或审美的名义下模糊传记文学自我,并进而取消它在整个文学大家族中的特殊位置和作用。

事实表明,历史与文学,或者说历史真实与艺术真实,它们彼此尽管各具非己莫属、无法越俎代庖的性质和功能机制,但也并不像我们所想象的那样绝

---

① 《新大英百科全书》"传记文学"条目,《传记文学》1984 年第 1 期。

然对立,而是互渗互融,在一定条件下可以转化的一个矛盾的统一体。这种统一,在审美范畴上就叫"和谐",诚如黑格尔所说,它"不只是现为差异面及其对立和矛盾,而是现为协调一致的统一,这统一固然把凡是属于它的因素都表现出来,却把它们表现为一种本身一致的整体"①。此外,从艺术接受方面审视,传记文学是以历史或现实生活中的真人真事作为描写对象的,这些对象大多早已化为带有"公理性质"的逻辑的"格"积淀在人们的认知结构中。尤其是领袖传记,所叙的都是知名度很高的人物,就更是如此。稍有不慎,就要招致作品创造的"艺术形象"与已然积淀于人们认知结构中的"历史心理图像"的直接抵牾,从而由此及彼,造成接受者思想情感上的严重审美阻遏以致损及作品整体的接受效果。这方面教训在我们以往的领袖传记创作中是很多的。譬如,"文革"之中兜售的旨在歪曲革命历史的所谓《林彪上井冈山》。又譬如新时期之初出版的平江起义的作品,其间有关描写居然没有彭德怀,甚至将他的事迹移到别人身上。这种对历史采用极端实用主义的做法,凭借一定政治他力等因素的作用,虽也可能热闹一阵,但终因与历史真实也与人们已知心理结构中的历史图像距离太大,而被拒之接受大门之外。可见,对领袖传记讲真实,讲尊重历史真实,不仅符合传记文学的文体特征,同时也包含着对读者尊重、对社会审美接受尊重的意思。

了解和认识了历史真实之于传记文学特别是领袖传记文学的特殊姻缘联系之后,我们再谈领袖传记创作如何致真求真的话题时,就有了一种具体观照和操持的批评尺度。

若论世纪之交领袖传记的真实追求和表现,毫无疑问,它的成绩是显著的,而且是呈立体多样的状态;但最令人瞩目的我以为主要体现在以下这样两个方面:一是根据实事求是的文学态度和对立统一的美学原则,努力突破真实表现封闭狭窄的思维格局,强化或突出艺术创作的表现领域,使之在真实的广度上有新的开拓。二是借重当今时代的思想意识和艺术哲学的理性思辨,尽力将艺术笔墨伸向历史生活的底蕴,由表及里,掘微探幽,以期在真实的深度上有新的发现。当然,这两者是相辅相成的:真实的广度,本身就包含着真实的某种深度;同理,真实的深度,是以一定真实广度为前提;而且,它们分明都

---

① ［德］黑格尔:《美学》(第 1 卷),朱光潜译,商务印书馆 1979 年版,第 180 页。

受到现实主义审美精神的滋润,或者说,不约而同地体现了现实主义高度忠于历史生活、不作毫无节制谵妄之想的精神品格。因此,当它们被付之实现,那也就必然极大地拓阔领袖传记的审美天地,给这方面的描写带来真实深刻的效应。

在那些以表现领袖生活化描写以及长征、解放战争等题材作品中,这种态势被体现得更为明显一些,譬如权延赤的《走下神坛的毛泽东》《走向神坛的毛泽东》《领袖泪》《红墙内外》、纪实的《朱德和康克清》、赵蔚的《长征风云》、黎汝清的《湘江之战》、魏巍的《地球上的红飘带》、石永言的《遵义会议纪实》、铁竹伟的《霜重色愈浓》、范硕的《叶剑英在1976》、陈敦德的《毛泽东、尼克松在1972》,以及电影《周恩来》《巍巍昆仑》《开国大典》《大决战》等等。这些作品与20世纪五六十年代乃至80年代中期之前的领袖传记相比,其"异样的真实感"是很容易察觉和品领到的。它们的艺术传达方式自然各有千秋,风格、个性、类型的差异也十分明显,但在对待和把握历史的审美精神方面却有着某种惊人的一致。就其理论和实践的可能性而言,它们至少从文化学角度为这一题材领域致真求真提供了一种新颖的视角,展示了相当诱人的前景。在这里,我要特别指出《遵义会议纪实》《湘江之战》《周恩来》《霜重色愈浓》等一些正面涉笔遵义会议和"文革"的作品,它们面对历史所表现出来的那种真诚和勇气,那种充分尊重历史客观性,而又熔铸作家自身对历史对现实人生许多深刻乃至不乏痛苦见解的艺术态度,与前面所说的作品相比,在程度和水准上似乎更可值得称道。

《遵义会议纪实》《湘江之战》所写的毛泽东为挽救红军、实施自己政治抱负向"三人团"发起的"夺权",他如何在会前找王稼祥、洛甫做工作;周恩来作为"三人团"成员之一如何面对危局和被动,迈出历史性的一步等等,第一次披露了人们想知而又不知或知之甚少的一段历史隐情,一段富有意味、分明蕴含着极为丰富审美内涵的历史隐情。这种写法虽然是初步的,笔墨也远非饱满恣肆,但它对于那种以尊卑浮沉定褒贬的思维方式无疑是一次革命。它所显示的意义,不仅是真实内容的廓大,而且是真实内容的深化,因此,不能不被我们视为现实主义精神回归的一个重要表征。与之相似,是《周恩来》《霜重色愈浓》,它们对周恩来、陈毅"文革"生活命运的直接正面切入,当作者把艺术笔触伸向高层,不是"想当然"而是"求真情",力图写出真实立体、既矛盾又统一的总理、元帅时,也就给整个作品的艺术传达和表现涂抹上某种大胆而又宝贵的"艺术悲剧"色彩。而这,正是这两部风格迥然不同的作品之所以别有新意和深度、颇能打动人心的奥秘所在。

著名部队作家也是传记文学作者兼组织者石言同志在比较黎汝清的另一部作品《皖南事变》、赵蔚的《长征风云》与莫言的《红高粱家族》时,曾指出传记文学的要义在于"利用客体史实的优势","拥抱你的客体",这种"拥抱"的前提是必先拥有"材料",进行艰苦细致的"真相"探索和"真情"探索。他认为:黎汝清的成功,首先就在于很好地实践了这一点,所以,他方能"突破了过去虚假成分较明显的虚构,通过艺术创造,求得了文学艺术最主要的东西——真,生活的真和艺术的真。《皖南事变》一书中文学价值高的部分正好是这样搞出来的。在这里,严峻的历史题材和严峻的文学真实得到了不同于《红高粱》的另一种谐和。这部小说中文学价值较低的又正好是作者占有材料太少,很不熟悉,基本上靠走老路编制出来的人物和情节。这岂不说明,在带纪实性的革命历史题材小说(传记文学)中,史实性和文学性并不总是此强彼弱,弄得好倒是可以相辅相成的"①。他所说的,与我们前面有关传记文学真实性的阐释无疑是一致的,用来归纳和总结当代领袖传记创作,也颇为贴切。如果说这些年领袖传记文学在真实性方面有什么可资借鉴的经验的话,那么,我想这也许就是其中很重要并且是首要的一条吧。

行文及此,我们实际上已接触到领袖传记的历史真实与艺术真实关系处理问题。作为传记文学中的"这一个",如前所述,领袖传记自然要充分尊重历史,不能像一般虚构性文学那样作可塑性很强的自由驰骋,纵笔放达。但是,传记文学毕竟是文学的一种而不是历史,它与历史只是保持"异质同构"而不是"同质同构"的关系。就是说,它对历史的尊重、引进、描写、处理,虽然在关系、形态方面与史家呈现某种"同构"的相通或一致;但在目的、功能、手段上则有着"异质"的根本区别,就其实质而言,仍然属于文学功能圈的范围,不能违背艺术创造的基本规律。历史的真实与传记文学的真实,它们之间虽有共叠交叉,但毕竟是性质不同的两码事。从前者到后者,它起码经历了将"历史真

---

① 石言:《拥抱你的客体吧》,《文学报》1988 年 7 月 7 日。

实心理化(心灵化)再进而审美心理化"这样两个阶段①,此间主观化的因素是十分强烈而明显的。尽管我们知道,人类历史上,的确存在着如司各特所说的"使得那些创造性的辉煌相形见绌的事实",存在着"比所有单纯虚构的东西更扎实有力,更引人入胜、动人心弦"②的自然。作为一个伟大的存在,中国现代领袖群体中的毛泽东、周恩来、刘少奇、朱德等,他们每一个既是一种历史形象,在一定程度上又是一种艺术形象,潜藏着无比丰富的审美潜能可资开掘和利用。然而,这一切终究是历史原生态的东西,是一种历史的真。原生态中审美潜能的丰富固然有利于创作的成功,但它毕竟不能代替艺术创造,代替艺术的真即传记文学的真。对于传记文学来说,它的真实与否以及真实程度如何,主要不是看它写了什么样的历史而是怎样写历史,即是否根据自己对历史生活的理解和感受,将其纳入富有意味的审美机制中加以表现,使历史之真如同溶于水一样被艺术之真所化解,从而创造出一种独特的"艺术双合金"。

上举有关作品的真实描写之所以获得成功或较为成功的效果,主要也就归因于此。譬如被称为"大型史诗文献片"的《周恩来》,看似只用广角镜如实地记录了周恩来在最后十年所走过的人生轨迹,殊无多少艺术性可言;但细思则发现它拙中藏巧,其实倒是相当注意艺术化真为美的功能,注意艺术以情感人的规律的。如周恩来出场的描写,他坐在缓缓行驶的车内,目睹大街两旁铺天盖地的大字报的那种焦虑不安的神情,不仅一下子就展现了那个特殊年代的真实情景,而且为全剧带有艺术悲剧色彩的叙述定下了基调。又如周恩来抱病参加贺龙追悼会的描写,他对贺龙夫人薛明那一声声令人心碎的呼唤,面对贺龙遗像那一次次忘情的鞠躬,以及"我没有把他保护好啊""我的时间也不长了"的凄然话语,其环境气氛的渲染,典型化细节的运用,特别是情感机制的构建,简直达到了极致,更非一般虚构性作品可比。它不仅合历史,而且也合艺术。

及此我们不难做出结论:对于历史真实的强调,不但丝毫不意味着对领袖传记艺术真实的贬抑或薄视,恰恰相反,而是更强化了对它艺术真实的推崇和重视。因为唯其强调历史真实,才在事实上给作家的艺术审美转化提出了更

---

① 参见吴秀明:《论历史真实与作家的主体意识》,《齐鲁学刊》1990年第2期。

② 参见《司各特研究》,外语教学研究出版社1982年版,第202页。

高更严的要求。要知道,化解高强的历史真实,是需要有相应高强的艺术感知力、审美创造力的。

二、人的还原与领袖超常特质的把握

读过《红墙内外》的读者可能记得该书开篇的那段作者与被采访者的对话:"你看银幕上的'毛主席'表演得像吗?""貌合神离,少了血肉和性格。"这个被采访者就是毛泽东当年的贴身卫士长李银桥。作为长期工作在毛泽东身边、对毛泽东有特殊了解的直接当事人,他的批评无疑是带有权威性的,实际上提出了领袖传记如何从神坛中彻底解放出来,向人的层次还原的问题。

人的还原核心就是人学的回归。这是当代文学在 20 世纪七八十年代之交,就与真实性问题一道被提出来进行热烈讨论并得到了理论界原则认同的一个不算太新的问题。但理论原则认同是一回事,具体理解和实践又是另一回事。同样是人的还原,怎么个还原法? 还原到哪里去? 在向度、价值等问题上一直吵吵嚷嚷,并没有得到圆满解决。领袖传记处在这样的大背景中自然不例外。所不同的,是由于题材对象的高强政治性,文化心理上的崇拜情结以及对传主生活情状的隔膜无知,它显得更加举步维艰:在从神坛向人学回归的道路上虽起步不晚,但却很快被其他现实题材追赶上来居于胶结不前的状态;塑造的领袖形象往往只有共性而无个性,概念化、模式化的倾向颇为严重。面对这样一种情景,下一步到底怎么走,这是人们普遍关心和苦恼的难题所在。

在表现领袖向人还原的问题上,我认为权延赤的努力是颇具成就和特色的。他的《走下神坛的毛泽东》等一批数量众多而又颇多重复的作品,其最大的特征,主要就是一反过去政治化或泛政治化、单从社会变革或党性阶级性角度写人的叙事模式,首先把领袖还原为一个具体的人,当作一个活生生的生命个体来塑造;着重表现他们日常生活中的精神情感世界,从人的基点上透视,寻找内在的审美价值。这个特色在作品中是如此鲜明突出,它的大量引进、执着的强化式的渲染,其功能作用以至远远超出了一般教科书所谓的艺术细节而直接成为小说从政治大事记向人化生活化转变,凝聚整体审美情趣、审美价值的枢机所在。

　　例如《领袖泪》中有关毛泽东在观看《白蛇传》以及在得知农民还在吃窝窝头时的"三哭"描写,有关他在天津正阳春饭店和武汉黄鹤楼被沸腾的群众包围时的激动而又苦涩心情以及为不能游长江而发脾气、面对七级大风而执意向大海挑战的描写,有关"朱总彭总相持不下,小平同志观棋不语"的描写,甚至有关他们的生活偏嗜,如毛泽东的爱吃红烧肉、脱光身子睡觉、习惯性便秘,乃至跟身边工作人员就"放屁"问题幽默风趣地进行调侃,也毫无忌讳地将它呈于笔端,编串成一个个生动感人的小故事。权氏的这种写法,客观地讲,艺术上不无粗糙,手法也嫌单一,但因它的材料直接来自领袖身边工作人员,"它保存了原始材料和传记作者亲身经历的事实,并常常保存了传主的私人文件",属于根据第一手材料写成的"来源性传记"①,有时甚至以这些被采访者的"第一人称"叙述形式来写。因此,较之以前我们见到的以第二手资料研究写成的领袖形象(这类传记多以某某研究室集体创作的名义发表),包括老一辈革命家撰写的回忆性传记中的领袖形象(这类传记以《红旗飘飘》《星火燎原》为典型代表作),自别有一番血肉真情的诱人魅力。后两类传记文学成绩当然不可磨灭,它们分别在形而上的智性空间和党性群体原则高度为我们塑造了颇有力度、颇具理性光彩的领袖形象。但是作为历史伟人,这些形象在获得辉煌灿烂(且不说这辉煌在过去常常或多或少地包裹着某种神化色彩)的同时,却减弱了生活的鲜灵性、可感性和情感的湿润性。当他们在高文化的理性、理想的层面上走动时,作为现实关系总和中人所共具的个体生命情感——那种由文化积淀和文化影响所形成的领袖个体的精神生活、情感生活及家庭私人生活之类的东西却在一层隔板上封闭着。正是从这个角度我们看到了权延赤对当代领袖传记的意义。他的作品,相比之下较少形而上的理性、理想的依傍,更多的是一般平民百姓喜闻乐见的形而下的东西,因而更朴素更本真,更带有浓烈的人民性思想,在艺术传播和接受上更易得到人民群众的广泛认同。因为按照美学、心理学观点来讲,艺术作品的接受是与接受主体的先在经验和认知图式密切相关的。愈是与读者先在经验和认知图式相近或一致的对象,就愈能在经验和情感心理层面上使他们消除隔膜,产生一种先天的亲和性和吸附力。所以,当读者读到这里感到既新鲜又亲切,从而置身于作家的艺术

① 《新大英百科全书》"传记文学"条目,《传记文学》1984年第1期。

世界中,不但对领袖的丰功伟绩而且对他们晚年的失误也能作出合乎人情的理解和认识,就是很自然而然的了。

如果说权延赤主要从生命个体的独立舒展,从较为单纯平面的生活化角度对领袖进行人的还原的话;那么黎汝清的《皖南事变》则就侧重从生命个体的丰富复杂,从相当广阔立体的全人格角度对领袖进行人化复呈。它们之间,虽然目的相同,都旨在塑造一个活的、真的领袖形象,但其具体的艺术途径和表现方式则又有着明显的区别。前者往往采用凝聚式的写法,它竭尽全力将人物的某一特点凸现出来,"攻其一点不及其余";后者则网开多面,更多凭借散点透视,致力写出人物性格的多种因素组成的矛盾复杂的有机体,并同时向人生的多侧面扩展。很显然,后者的还原,有利于作者在艺术上创造出更立体丰满的领袖形象来——就像福斯特早就指出的,"因为她像月亮那样盈亏互易,宛如真人那般复杂多面",所以它更能显示人生的真象,无疑在成效方面具有"圆形人物"的优势和特长[①];但也自然对作家的史料积累、思想胆识和艺术功力提出了更高的要求,它不可避免地涉及作家对领袖功过是非的把握,涉及美学上的"一与多"关系的处理,涉及作家把握历史、重构历史的能力等等。其存在的难度较之单纯的生活化描写,无疑要大些。

《皖南事变》的创作,情况就是这样。作者为此付出的艰辛的艺术劳动以及从中显现的卓识,只要翻读他的那篇极具考据味、充满理性思辨色彩、篇幅竟有二万之长的"代后记",就不难体察。然而也正是立足于此,他对当时新四军的缔造者也是当时我党领袖集团中的重要成员之一的项英以及叶挺的思想性格才能作出如此多侧面、全方位的精深激活:既写了他们那种英毅果敢,具有处变不惊的超常气概,不愧为无产阶级工人运动久经考验的革命领导者,同时在他们的许多优秀品质之下又交织着强烈的权力崇拜、家长制的领导作风以及妒贤嫉能等封建思想杂念的羁绊;一个忠勇英武,具有报国壮志、经纬之才,威震一代的名将之花,在受命于危难、可以充分施展才华之时,却为名将意识所驱,竟然拒绝率部突围,致使最后酿成了一场惨绝人寰的历史大悲剧。项英与叶挺这种溶涵着是与非、伟大与渺小、恢宏与偏狭的矛盾性格和性格的矛盾,积蓄了深不见底的巨大容量。它既是历史文化的沉淀,又是现实生活的折

---

① ［英］E. M. 福斯特:《小说面面观》,苏炳文译,花城出版社 1984 年版,第 61-63 页。

射;既是人的生命个体全信息的曝光,又是作家哲学思考和审美追求的结晶。它或许比较特殊,用二律背反解释大概无能为力,但如果我们真正辩证地认识到生活和艺术中不需要也没有完美无缺的神,只有真实存在的人,认识到凡是真实存在的生命个体,哪怕是伟人也总是一个矛盾的复合体,那么对此就不会感到大惊小怪。因为诚如马克思所说,人的还原就是"把人的世界和人的关系还给人自己",就是承认"人不仅仅是自然存在物,而且是人的自然存在物……是为自身而存在着的存在物,因而是类存在物"。① 于是,当作者的笔触从政治反思向文化反思挺进时,人的类性的全部丰富性、广阔性和可能性就自然地进入了领袖传记的艺术视野之中了。

人的还原,使当代领袖传记实现了从神化到人化、从共性到个性的历史性转折。但是有必要指出,这种还原只是问题的一个方面,而不是我们理论和实践的理想模式。为什么这样说呢? 因为生活中的领袖传主形象,无论从社会人还是自然人来说都具有某种超常性,他们并非简单的人的普遍类性可以概括得了。作为一种独特的崇高艺术,领袖形象也应该具有康德所说的高山般的体积和暴风雨的气势,他们的原型对象本身就存在着"把个人的命运纳入了人类的命运,并在我们身上唤起那些时时激励着人类摆脱危险,熬过漫漫长夜的亲切力量"。② 所以,这就决定了我们作家的人化还原除了要揭示领袖身上人的类本性或曰类的生命个体的普遍共性外,同时还要十分注意他们高于一般类性的超常特质的把握,体现了人类最高理想的完善性和崇高性。所谓领袖传记的人的还原,正确完整的理解应该是这样,也只能是这样。只有准确地契合这一点上并予以形象的显现,我们领袖传记的人化才能有效地避免进入俗化乃至庸俗化的新的误区,真正显示出自己特殊的个性和价值。就拿人们较为熟悉的《周恩来》和《霜重色愈浓》来说吧,这两部作品的传主打动我们,引起我们思想情感震撼的,难道仅仅是因为他们走下了神坛,具有我们常人那样自由不拘、丰富复杂的普遍人性吗? 主要的,恐怕还是他们那种"人所固有的,我必固有","人所没有的,我亦所有"的伟岸博大的情怀和人格力量:如周恩来在批陈大会上挺身而出;在西花厅劝陈毅作检查、相忍为国;在邢台与灾区人

---

① 《马克思恩格斯全集》(第 42 卷),人民出版社 1982 年版,第 169 页。
② [瑞士]荣格:《论分析心理学与诗的关系》,《荣格文集》,改革出版社 1997 年版。

民共进晚餐;果断地处理"九一三"事件;抱病赴长沙安排四届人大人选;和"四人帮"作斗争;临终前嘱咐罗青长勿忘朋友。如陈毅在外语学院会上公开表态支持工作组;在所谓的"二月逆流"会上与林彪、江青一伙针锋相对进行斗争;在老帅座谈会上对中美建交和珍宝岛事件所持的精辟见解;在遭受所谓的"二陈合流"诬陷时的坦荡磊落的胸襟;在身患癌症、饱受痛苦的情况下不仅自己毫不气馁反而真诚抚慰蒙受委屈的吴院长⋯⋯

《周恩来》和《霜重色愈浓》的编导者、作者丁荫楠、铁竹伟对此也并不讳言,他们在有关创作谈的文字中告诉我们:他们正是感触到这两位历史伟人"光辉灿烂令人目眩的人格魅力"①以及"博大胸怀和思想感情的脉搏"并"有意识地克服自我感情的替代,力求避免以小人之心度君子之腹"②,所以写成的人物不仅具有历史的真,而且具有崇高的美。所谓的"克服自我感情替代"和"避免以小人之心度君子之腹",意思就是不能完全用常人的思想、常人的感情去看待领袖人物,在进行人化还原时要正视他们与常人之间实际存在的差距,不能将其超常特质的一面磨灭掉。类似的例子、类似的见解在刘白羽的《大海》、范硕的《叶剑英在 1976》,尤其是陈敦德的《毛泽东、尼克松在 1972》中,也不难找到。他们塑造的朱德、叶剑英、毛泽东形象以及撰写的有关创作谈的文字,也都清楚地向我们昭示领袖之为领袖的特质和魅力所在;把握住了这种特质也就把握住了生活辩证法和艺术辩证法的真谛。

列宁在谈到决定论和道德、历史必然性和个人作用关系时曾指出:"决定论思想确定人类行为的必然性,推翻意志自由的荒唐的神话,但丝毫不消灭人的理性、人的良心以及对人的行为的评价⋯⋯同样,历史必然性的思想也丝毫不损害个人在历史上的作用,因为全部历史正是由那些无疑是活动家的个人的行动构成的。在评价个人的社会活动时会发生的真正问题是:在什么条件下可以保证这种活动得到成功呢? 有什么东西能担保这种活动不致成为孤立的行动而沉没于相反行动的汪洋大海中呢?"③我认为,从宏观的历史高度看,上述描写是和这样一种精神思想相吻合的,它激扬出的正是当代作家对历史发展中个人作用和偶然性因素所合力申导出的自觉的艺术哲学认识。它对领

---

① 丁荫楠:《制作电影〈周恩来〉的几点想法》,《文艺研究》1992 年第 1 期。

② 铁竹伟:《霜重色愈浓》代后记,解放军文艺出版社 1986 年版。

③ 《列宁选集》(第 1 卷),人民出版社 1972 年版,第 26 页。

袖特质的重视和把握,既是一种艺术进步,同时也是一种深刻的哲学嬗变。它反映了八九十年代我们作家愈来愈变得理性而富于思辨,他们不再把历史必然性当作一种形而上学的、宿命的东西来强调,而是将它与个人意志作用、历史偶然性因素异质同体,视为双向能动演绎的存在方式。可以这样说,领袖特质的把握,其意义不限于传记文学自身,它实质上触及哲学认识论上长期以来被简单化、庸俗化了的关于包括领袖人物在内的个体能动作用,并随之而来的必然充满各种偶然性因素这样一个大问题。正因此,我们没有理由不予以高度的重视。

三、需要寻求新的突破

任何实践都是在一定的时空条件下进行的,因而任何实践都必有其一定的历史局限。当我们匆匆结束了对世纪之交领袖传记成就描述,进而将探讨的目光投向对它局限的新突破时,就深深领悟到这一点。上面曾经说过,作为一种普泛的文学现象,当代领袖传记的兴起是20世纪80年代以后的事,它的出现很带有点突发性的热的味道,就像文化热、琼瑶热、三毛热一样。热者,倏忽之间,骤然升温也。它当然不是无因之果,但顷刻成热,容易出成果,容易轰动,随之而来的,往往也就容易出问题,这可以说是一个规律。我感到,正是这种热,它在激发和成就许多领袖传记作家创作的同时也制约和限定了他们的创作,甚至包括整个社会接受机制。

当然,这样说无意将当代领袖传记的兴起以及它的成就、不足统统归因于这种热——实际情况也并非如此简单,它当然还有其深刻必然的历史的、现实的、文化的诸方面原因;我只是说,当我们在对它成败得失进行分析研究,对它当前及今后创作进行预测展望时,是不能离开这种特定时空条件的参照背景的。事实表明,当前领袖传记的创作现在似已经历了从80年代末的高潮而开始呈现某种降温趋势,它正在向影视领域转移并日趋深化。这种情形,客观上有利于我们更冷静地思考一些问题。再从创作实绩来看,毫无疑问,当代领袖传记在这些年的确取得了令人瞩目的很大成绩;但是,由于时间短,也由于题材难度大,加之其他种种原因,如创作队伍中几无广孚众望的优秀中青年作家,商品经济影响带来的粗制滥造"短平快"等等,它在总体上毕竟还是比较孱弱的,艺术表现也显得不无粗糙。不要说离辉煌的史诗的要求差距甚远,就是与其他相类的姊妹艺术历史文学、报告文学相比,也处于滞后的状态。意识到这一点极为重要,它启迪我们,妄自菲薄和盲目自夸一样,都是极不明智的,无助于理解历史真相。现在的关键,是要在洞达原有创作成就的基础上总结经验教训,努力寻求新的突破;借助于历史和逻辑的演绎,从中归结出突破局限的方向及可能性。

那么,对于当前领袖传记创作来说,它所寻求的新的突破主要是哪些呢?

(一)最重要的,首先也许就是被黑格尔称之为"高远的旨趣"的东西需要作进一步强有力的开发。这"高远的旨趣"包含两层意思,一是指作品的思想深度和深层价值,一是指"心灵中人类所共有的东西,是真正长存而且有力量的东西"①,即我们通常所说的带有普遍性永久性的历史哲学或社会人生命题。用美学的语言讲,这就叫作美的深刻性和延续性。因为作为一种艺术,领袖传记影响和作用我们的,主要的并不是传主们创造的那段辉煌历史,而是在于他们创造辉煌历史时所体现的那种不朽的精神美、人格美。这种精神人格,既是推动历史前进的内在深层动因,也是贯通古今、撩拨现代读者忘情参与文本结构的审美中介。影片《开国大典》所以具有强烈的震撼力,倍受人们称道,其根本原因之一就在于它没有单纯地把艺术描写停留在对新中国缔造者丰功伟绩的礼赞上,而是在影像层面和叙事层面为我们精心构造了"新中国来之不易""国共两党兴衰胜败原因的思考"以及"共产党在执政后即将面临的问题的预示"这样的多层意义结构网。这样的多层意义既有强烈的历史兴亡感和哲学沉思色彩,又有诗学意义上的新意和深度,所以它不能不在思想情感上深深打动我们并引起由此及彼的连绵遐思。同样道理,《皖南事变》等作品,之所以在思想艺术上有不同方面、不同程度的拓展,追究其因,往往也可以从中找到类似答案。遗憾的是,具有这样意向的作品在我们的领袖传记中却非常难得。不少作者似难抵御领袖表层秘闻的诱惑。他们专注于传主常人化、个体化生活故事的讲述,虽使作品因此有血肉真情而颇令人耳目一新,但无扎实内容的支撑,其最终的结果实际上还是吞噬了作品的血肉真情,时间一长,引起读者

---

① [德]黑格尔:《美学》(第1卷),朱光潜译,商务印书馆1979年版,第354页。

的心理厌倦。此种倾向,在回忆性的文学类作品中尤为明显。如《毛泽东生活录》《毛泽东人际交往录》《紫云轩主人》,甚至包括权延赤的某些作品,如对毛泽东"拉屎的时候正好想事情"的描写(《走向神坛的毛泽东》),都程度不同地存在这个问题。

黑格尔在《历史哲学》导论中曾有言:用从私人生活角度对伟人所作的道德评价代替从历史角度所作的文化评价是不适当的,因为"因为世界历史所占的地位高出于道德正当占据的地位,后者乃是私人的性格"。① 可见私生活道德的描写也有个如何深化历史内涵,开掘"高远的旨趣"的问题,不是任何的私生活私道德描写都足资称道。这里正确的做法应该是"以小见大",从中容涵深邃的历史内容。归结到作家创造主体层面上讲,很重要的就是要解决和处理好"出"与"入"的关系,不能因为自己对传主的特殊情感或掌握的第一手材料的丰富而陷于情绪化、材料化不能自拔;而同时应该跳出来,用富有理性的眼光进行审视。今天,当这些或直接由领袖身边工作人员自己撰写或根据这些工作人员直接采访创作而成的回忆性传记(《新大英百科全书》将它称之为"来源性传记")数量剧增,并且在今后一段时间内恐怕还要剧增时,这个问题的提出就更有重要而迫切的现实意义。否则,他们弥足珍贵的材料优势不但不能得以发挥,反会堕为制造平庸和浮浅的可怕催化剂。

(二)致力向历史和艺术的双重空间开拓。这一点在谈真实性时多少有所述及。从理论角度讲,领袖传记既是熔历史与艺术于一炉的一个特殊品种,那么这对作家来讲,就很自然地有个向历史和艺术双重空间开拓的问题。这既是传记文学之所以为传记文学的个性使然,也是传记文学求得独特功能价值的基本前提条件。关于这方面,中外许多作家如歌德、罗曼·罗兰、莫洛亚、茨威格、郭沫若、吴晗等,早就发表过精论高见,并用他们的《诗与真》《伟人列传》《雪莱传》《巴尔扎克传》《创造十年》《朱元璋传》等著作雄辩地予以证实。可惜的是现在我们的一些传记文学作家,对此往往缺乏应有的认识和辩证的把握。他们在向历史和艺术空间开拓时,为数不少的人笔墨拘谨浮泛,停留在一般浅显的层面,远未将历史固有的丰富内涵和艺术应有的个性之美揭示出来。这

---

① [德]黑格尔:《历史哲学》绪论,王造时译,世纪出版集团、上海书店 2001 年版,第 67-68 页。

种情况相当普遍,以致连《遵义会议纪实》《周恩来》这样较为优秀之作也不能幸免。前者,我们只要将它与索尔兹伯里的《长征——前所未闻的故事》、威尔逊的《周恩来传》对照阅读,就不难感知它对遵义会议前后毛泽东的"担架上的阴谋"和他虎气猴气兼得性格的描写,对周恩来在关键时刻"把自己置于毛的支配之下"和他忠诚睿智品性的描写,在面向历史的价值取向和面向艺术的价值取向上都尚有一定的距离。后者呢,它在表现周恩来鞠躬尽瘁、死而后已的卓越品格时,将其内心世界的矛盾痛苦一面回避忽略,就很能说明问题。凡此,当然不能不影响到作品的真实程度和艺术审美价值,它跟作家的史胆史识、思想观念及艺术功力等不无关系。像《皖南事变》那样大胆而又富有意味的描写,在整体创作中恐怕只是一个特例。

由此看来,阻遏当前领袖传记"双重空间开拓"的,主要还是因袭思维观念的禁锢,包括价值观和艺术观诸方面。随着创作的深入,旧的思维习惯和旧的价值尺度的桎梏日见明显和突出。所以,这也预示着我们现在及将来的领袖传记创作较之早先较单纯的政治是非评判,无疑将会更艰难、更严峻。它需要在深层的思维观念上来一场革命。因为我们知道,无论就历史还是就艺术,作者的"双重空间开拓",他的每一次成功实践,都意味着对旧有传统思想观念的一次突破和超越。这种突破和超越,既是对社会的,也是对作家自身的,有时是很要点勇气和力量的。如刚才论及的周恩来在"文革"之中的内心矛盾痛苦,假若我们不像《周恩来》那样含糊隐略而是真正放笔大胆地展开描写,那么这就必然在观念思维上深深触及传统文化中的为贤者讳以及本于《史记》的那种简约明快而又不免简单粗糙的叙述方式。这对作家来讲,就不单是跟社会流行习俗的抗争,同时也是对自身惯有的封闭狭隘旧我的诀别,这是很不容易的。然而,正因此,它往往也就成为决定作家创作成败的一个至关重要的深层动因。

(三)强化美,注重按美的规律造型。领袖传记是一种崇高美的创造事业,究其实质它是按照美的规律将无序的历史转换成一种有机有序的艺术整体,所以时序安排得当与否对它来说就具有非同寻常的意义。因为作为文学的一个门类,诚如《新大英百科全书》有关传记文学条目所说的那样:"一方面,作者力图通过描写传主多样的兴趣、感情的不断变化和事件的发生,来展示传主的生活,但是为了避免产生实际日常生活中的混乱,作者必须打乱每天的时间顺序,并把材料归类,以便揭示出生活的重大主题、人物的个性特点和导向重大决定的行动和态度。作者作为一个传记艺术家的成就,在很大程度上将取决于他的以下两个能力:他所能够表现出的年代的范围和岁月的跨度;他所能够显著地表现一个人的外貌和内心的主要行为方式。"①用这样一种创作原则来衡量,应该说,我们的领袖传记是不乏成功或较成功之作的。如刘白羽的《大海》以大海为主题旋律和象征物表现朱德光辉一生,《长征风云》《毛泽东、尼克松在 1972》用大时空、复调式的叙述方式展示长征前夕和 1972 年中美建交这一非常事件等等,都颇为鲜明地表现了作者在时序安排处理上对美的规律造型的重视和追求。

不过从总体来看,这样的作品毕竟极为有限。与之相异,我们看到颇多作者因缺乏这"两个能力",不是将传记写成领袖大事记、年表图,满足于罗列事件,介绍生平经历,就是把它当作轶闻趣事的汇编、生活实录,过分黏滞于细碎琐事的拾撷,致使作品的结构形式至少在以下两个方面出现了不应有的错位:一是只重外部客观世界叙述顺序,而忽视了作家的心理对位、异质同构;二是只顾文本外在结构形式的匀称和可读,而疏忽了读者阅读心理的丰富复杂以及必有的历史嬗变(艺术接受总是一个不断有所补充、有所提高的动态过程)。传记文学中的时空关系与历史生活中的时空关系是不尽相同的,它当然要严格遵守历史生活内部结构真实性的制约,而且时间的自然延伸,空间的如实更换,都不得擅自虚构;但又可以为突出传主的思想性格,按照美的规律对有关生活时空进行必要的取舍、切割、浓缩、稀释的处理。所以,它就不能不考虑在认知方式上寻求与作家与读者的沟通。一部传记文学结构形式的美和美的结构形式的创造,它总是与作家主体创造和读者的艺术接受达到最佳的心理对位,成为他们最佳的外化形式。斯诺的《西行漫记》和史沫莱特的《伟大的道路》为什么魅力不减,其中重要原因之一就在于他们打破了时间的直线延续,摒弃了对外在琐细表象的过多关注,通过灵活自由、亲切自然的现场采访的格式,将生活结构审美物化(审美心理化)为波澜叠起、摇曳多变的艺术结构。因此,我们读来意趣盎然,叩动心弦。他们的经验做法,至今仍有必要值得我们学习借鉴。

---

① 《新大英百科全书》"传记文学"条目,《传记文学》1984 年第 1 期。

历史总是惊人的不完美,因而历史总是以螺旋式的形式上升,人类的努力和追求也才有其意义。也许人们已经看到了领袖传记创作中存在的问题以及出现的某种降温迹象,也许中国今天的现实对领袖传记创作还有种种不该有的束缚,它还不是历史真正成为历史的时候。但是展望未来,我却坚定地相信,它在经历了一段带有浓重政治学、文化学色彩的热之后,正在积储力量,酝酿着一次重要的新突破。现在所作的一切,只不过是它艺术之旅的刚刚开始。如果我们作家艺术家进一步拓展眼界,解放思想,提高素质,努力深耕,及时总结经验教训并在实践中不断加以提高完善,那就完全有可能创造出真正无愧于时代辉煌史诗的领袖传记文学出来。当然,这是一个异常艰辛、充满荆棘的历史过程。

(原载《文艺研究》1993 年第 6 期)

当代文学经典应该如何重写

——以《车厢峡》《黑夜孩魂》《半夜鸡叫》为例

1985 年,陈平原、钱理群、黄子平在中国现代文学创新座谈会上提出"20世纪中国文学"的设想,揭开了"重写文学史"的序幕;1988 年,《上海文论》开辟"重写文学史"专栏,从当年第 4 期到次年第 6 期,推出一系列对现当代作家作品及文学思潮的重评文章,一时间形成争鸣之势。尽管这一事件并没有催生出令人信服的现当代文学史,存在着明显的理论与实践的错位,但它对 20 世纪 90 年代以来文学研究及其历史化带来的影响则不容忽视。

"重写文学史"(也包括"重评文学史")颠覆了过往以阶级论、本质论为要旨的评判标准,"逐步形成了具备文学史观性质的'审美原则''历史原则'具体指导'重写'实践"①。它不仅涉及观念问题,也涉及实践问题,"重写"的过程,也正是将以上原则和理论渗入文学史的过程。众所周知,在健康的文学系统中,理论与实践互相建构,彼此不可分割。任何理论都"以文学实践及其活动结果为文学理论的对象,通过对实践活动的认识和总结生成理论,并使理论为文学的生长服务"②。然而,诚如有学者所说,"文学史观念和理论不能替代文学史写作实践。理论与实践的难题并没有在 80 年代以来的争论中得到解决"③。不仅如此,重写在某种程度上带着理论和方法凌驾于文学作品的先天性视野。当我们返回历史现场,将文学史纳入八九十年代语境重新进行编码,就会发现它与当时的实践经常是脱节的。所谓的重写,往往更多限于理性的言说,它的蝴蝶效应并未延伸到创作实践层面的文学作品上来。这种重在理

---

① 安琪:《走向多元的尝试》,东北师范大学硕士论文,2014 年,第 13 页。

② 张江:《理论中心论——从没有文学的"文学理论"说起》,《文学评论》2016 年第 5 期。

③ 孟繁华:《建构当代中国的文学经验和学术话语——中国当代文学史研究 70 年》,《文学评论》2019 年第 5 期。

论倡导而少有实践跟进的状况,致使彼时的重写不仅失之空疏,而且也因缺少实践层面的呼应与验证不免显得有点僵硬。自然,未进入重写视域的文学创作,亦很难在理论的互动与对话中前进。

本文正是基此,选择根据姚雪垠的《李自成》、柳青的《创业史》、高玉宝的《半夜鸡叫》等进行"重写"的三个文本——李冯的《车厢峡》、寇挥的《黑夜孩魂》、格非的《半夜鸡叫》,对此进行探讨。这几个"重写型"文本,彼此差异甚大,恐也很难称得上是上乘之作,但它们都写于重写热潮平息,且评论界已有定论之时,对历史、世界、人性的叙述却有某种惊人的相似或一致之处。通过对其与"前文本"经典作品(这里所说的经典作品是有争议的,当然它也有待于历史的检验)之间的"互文"关系解读,我们可以由此触摸和把握近二十年来当代作家的创作心态、艺术追求及其历史局限;同时也在理论与实践互为表里的映射中回顾、反思和盘点曾经经历的文学演进的轨迹,窥探现实及未来文学应往的路向,察悉人性叙述的可能性、有效性、有限性。苏童在评论小说《河岸》时曾这样说过:"所有的历史都只有一个真相,但之所以一代代人都在以各自的立场书写记录历史,是因为历史借助于人的公正性甚至是倾向性得以书写,容许改写,或者留下了改写的空隙,历史因此是有活力的,具有不确定性,历史不是空屁,但从某种意义上看,我认为它也可以是虚无的。"①他的这番来自实践、带有生命体悟的话,也印证了经典重写的可能性、必要性及其意义和价值。

大量事实表明,当代文学现正处在由纷繁复杂向品质提升的一个重要拐点上。立足当下,展望未来,它的健康的、良性的和可持续的发展,需要和可资借鉴的东西很多,但无论如何,自己心血浇灌和凝结而成的过往经验是最重要、最宝贵的。极而言之,经典重写与重写的经典,是由"理论"与"实践"两部分组成。只有在讲"理论"层面重写的同时,也关注"实践"层面的重写,才能将理性思考的笔触深入文学的细部与皱褶,达到对重写对象乃至整体当代文学历史更准确、更全面也更到位的观照和把握。

---

① 袁复生、苏童:《性是健康的,尽管坦坦荡荡写,坦荡的性一定不是色情》,《晨报周刊》2009 年 6 月 5 日。

一、《车厢峡》:"消解阶级"的"颠覆性"重写

李冯在《收获》2006年第4期发表的《车厢峡》,是对姚雪垠《李自成》第一卷有关农民英雄李自成的一种"颠覆性"的写作。所谓"颠覆",即推翻原作的创作思路及基本构架。落实到文本中,就是"消解"原有的阶级论、动力说叙述,而代之鄙视"苟且度日"的极度自我、极端人性的表达。用《车厢峡》中李自成自己的话来说,就是一切为了"做自己",满足自己个人的欲望,以此来演绎历史,解释历史。

《车厢峡》是李冯的一个代表作,它不仅延续了这位晚生代作家"文本寄生者"的一贯风格,对经典文本进行拆解重编后赋予其新的主题和内涵,同时也承袭着其"颠覆性"重写背后的一套创作逻辑和思维理念——"我们过去奢谈真实的生活,实际上对善、对美都关心太少,我们的生活其实已不太真实。因为在生活和文学上都努力扮演着先锋,我们多少忘了我们的根……而过去我们发出的声音及频率、音调与外国文学太相似,所以多少有些失真。"①在过去疏于"真实性"和泛滥于西方"现代性"的双重失误下,李冯强烈地感到应当发出自己的声音,于是有了1993年在《北京文学》上发表的《另一种声音》;自此开始便一发不可收拾,《孔子》《庐隐之死》等对历史人物的改写及历史题材的影视作品《英雄》《十面埋伏》前后诞生。《车厢峡》特别之处在于:它虽同样脱胎于遥远的历史人物李自成,但却有一个诞生于当代的新的前文本,即姚雪垠的《李自成》。以往历史叙事中被视为流寇的李自成及其农民起义军,在姚雪垠笔下成为高扬英雄主义、领导广大农民群众争取革命胜利的正义之师,接续了20世纪30年代"由茅盾等人开创的以马克思主义历史观书写中国农民战争历史的传统,从文学角度将被封建统治阶级翻过去的历史重新翻转回来"②。

《车厢峡》取材于《李自成》中一个微小的历史节点"兵败车厢峡"。也许是

---

① 小海:《旧梦录》,暨南大学出版社2015年版,第79-80页。

② 詹玲:《农民革命及其叙事——重读〈李自成〉》,《南京师范大学文学院学报》2008年第3期。

"诈降"的真实历史有损姚雪垠艺术世界中的李自成形象,这个情节被有意无意地排拒于《李自成》原著的叙述之外。读者仅能从"潼关南原大战"一章中找到寥寥几句:"当时闯贼愿意投降,但求率领贼众抵御东虏。门生恐其行缓兵之计,重弄欺骗官军逃出车厢峡故智,不准所请。"①"故智"二字概括了"诈降"始末,通过猜测李自成定会投降,与下文李自成坚守抵抗的事实形成对比,削弱了李自成性格中狡诈的一面。另一方面,通过同为造反派的徐以显之口,将"诈降"誉为"智谋":"崇祯七年夏天,诸家义军误入车厢峡,被陕西总督陈奇瑜围困。又是用李自成计,使大家平安脱险,转败为胜。这又是他的智谋过人。"②这样,李自成便被塑造成立场坚定、智勇双全的革命领袖和农民阶级的杰出代表。

姚雪垠在《文学创作问题答问》中提到李自成形象塑造时融入"革命的浪漫主义和英雄主义"③,在这过程中作家充分发挥主观能动性,而所有想象"必须经得起推敲,有历史生活作基础"④。因此,同样是战败,"车厢峡诈降"仅以剪影式的语句作为并不重要的背景出现。而"潼关南原大战"则反复描写"劝降—拒降"的情节,例如孙传庭第一回劝降时,写李自成因同情百姓处境而表示愿"率领手下将士与清兵决一死战",随同"东征"⑤,此虽为话术,却巧妙地点出李自成的农民阶级立场。又如写刘仁达前来劝降时,以英雄主义话语再次为李自成正名:"我李自成宁为玉碎,不为瓦全,也决不会像八大王和曹操那样,为着保存兵力,休养士卒,向朝廷低头,假降一时!"⑥在"革命的浪漫主义和英雄主义"的结合中,其崇高伟岸的形象不断得以巩固。

那么,李冯何以偏偏选择"兵败车厢峡"为重写切入口呢?《明史》有相关记载:"自成用君恩计,贿奇瑜左右,诈降。奇瑜意轻贼,许之,檄诸将按兵毋杀,所过州县为具糗传送。贼甫渡栈,即大噪,尽屠所过七州县。而略阳贼数

---

① 姚雪垠:《李自成》(第1卷),中国青年出版社1977年版,第11章。

② 姚雪垠:《李自成》(第1卷),中国青年出版社1977年版,第17章。

③ 姚雪垠:《文学创作问题答问》,《创作与评论》1990年第6期。

④ 姚雪垠:《文学创作问题答问》,《创作与评论》1990年第6期。

⑤ 姚雪垠:《李自成》(第1卷),中国青年出版社1977年版,第10章。

⑥ 姚雪垠:《李自成》(第1卷),中国青年出版社1977年版,第12章。

万亦来会,贼势愈张。奇瑜坐削籍,而自成名始著矣。"①可见这一被姚雪垠淡化的"微小节点",实际上奠定了李自成在起义军中日后的名声地位,这狡猾的"诈降"不可谓不重要。或许李冯正是从姚雪垠对"诈降"的美化、正当化中看到了历史书写的不确定、不牢靠性,或许这种不确定和不牢靠恰恰展现了重写带来多种可能的魅力所在。他的《车厢峡》反其道而行之,形成一个彻底有别于前文本的独立篇章,也就完全可以理解了。

在 2008 年出版的小说集《有什么不对头》自序中,李冯特别提及了自己对《车厢峡》的看法:"这篇小说我是很喜欢的,因为它写了一种气质,每个人的一生中,都会义无反顾地去做一些事,可能是自私的,也可能是利他的,李自成做的事情好像把两者混合在了一起。"②在创作实践中,相对于姚雪垠对李自成"利他"的强化,李冯更看重李自成身上的"自私",他的重写也紧紧地围绕着对李自成高大形象的颠覆而展开。具体表现,就是以人性的幽暗取代人格伟岸,以两性关系取代阶级关系。

这一点直接体现于重写文本对人物形而下本能的发掘。姚雪垠原著,高夫人是贯穿全书的重要角色和革命女性典型,李自成与她形如革命同志,两性关系被阶级关系所覆盖。因此,宏大主题之外的高杰、邢氏私通则极少提及,且成为"革命夫妇"伟大品格的底色:"高夫人因为巴不得邢氏能够在这些事情上助丈夫一臂之力,所以待她很好,从来不多管她。自成虽有一妻一妾,却不是个贪色的人,经常操心打仗和练兵,不常同邢氏住在一起。"③而在李冯笔下,小说着墨很多的便是李自成与邢氏的性关系,邢氏"有母马一样的屁股,弓箭一样带弹性的脊背",而李自成则具备极强的性能力,他们的媾和甚至招引来野兽,以至无法驱散④。根据弗洛伊德对"本我"也即"伊底"的论述——"它既无组织,也无统一的意志,仅仅有一种冲动为本能需要追求满足……它所有唯一的内容,就是力求发泄的本能冲动"⑤。在如何使人性的幽暗一面饱满到一个独立自主的人的问题上,李冯选择用两性关系、欲望话语颠覆前文本的阶

①　[清]万斯同:《明史》列传第一百九十七,北京图书馆。

②　李冯:《有什么不对头》,南京大学出版社 2008 年版,第 2 页。

③　姚雪垠:《李自成》(第 1 卷),中国青年出版社 1977 年版,第 12 章。

④　李冯:《车厢峡》,《收获》2006 年第 4 期。

⑤　[奥]弗洛伊德:《精神分析引论新编》,高觉敷译,商务印书馆 1987 年版,第 58 页。

级关系、政治话语。李自成在与同为枭雄的张献忠较量时,动物一般的搏斗方式和只为饱餐一顿的生存欲望消解了暴力革命的政治话语;在与邢氏、高杰的关系中,性能力和生殖力成为衡量和检验他们强弱的最重要标志。这种带有原始生命狂欢性质的欲望书写,它对阶级和群体意识形态的解构是不言而喻的。

如果说姚雪垠对李自成形象的塑造是遵循理想化、本质化的"大历史观",那么李冯对其重写则是吸附"新历史主义"观念——如"文本的历史性和历史的文本性""单线历史的复线化和大写历史的小写化""客观历史的主体化和必然历史的偶然化"和"历史和文学的边缘意识形态化"①,并融会现代西方非理性主义的结果。为了实践这一观念,李冯将前文本的李自成从极度的伟岸改写成极度的卑琐、自私和暴戾;而为姚雪垠所讳言的"兵败车厢峡"历史,在他看来却是自己笔下李自成获得自由、拥抱人性的重要经历,李自成在"马肚里"艰难熬过的日子成为他自我存在意义的见证:"我给人们勾勒了一种从未有过的生活,勇往直前,哪怕被逼到了山沟里,想的还是向前。我就是这种生活的象征。"②在这里,李自成心中没有"他人",他也不想"利他",而只有"自我"和"自私"。他的成功亦不是人民的拥戴和历史的必然,而是充满了偶然性,是一切"为己做"驱动的结果。

行文及此,我们可能产生疑问:作者在借用预设的现代西方"非人化"观念,如此这般地解构姚雪垠建构的那个理想化的农民英雄时,他是否也把李自成符号化、妖魔化,滑向到了另一个极端呢?此外,如果把"非人化"的李自成当成一种重写模式,套用在其他作品那里去,还是否可能招致艺术雷同呢?——实际上,李冯担任编剧的电影《英雄》就是如此,无名、长空和秦王不正是在"专注挖掘人性中私人、幽暗一面"原则下诞生的形象吗?当前各种影视宫廷戏中对帝王将相的"颠覆性"重写也与之相似,其所书写的人物因被纳入"新历史主义"叙述体系而失去了真正的人性本质,泛化为观念的产物。时隔多年,李冯的《车厢峡》似乎并未在评论界引起广泛关注,这对"重写型"创作也是一种启示:人性固然重要,但它并不是人和历史的全部,没有必要将其无

---

① 张进:《新历史主义文艺思潮的思想内涵和基本特征》,《文史哲》2001 年第 5 期。

② 李冯:《车厢峡》,《收获》2006 年第 4 期。

限放大,与阶级的和群体的视为水火不容的对立物。

詹姆逊在《批评的历史维度》一文中指出:"任何真正的马克思主义阐释都必须坚持两个老的且很熟悉的基本术语:商品生产和阶级斗争。也许有人会提及那些庸俗马克思主义的幽灵或者苏联教条主义,那么我就会列出一系列马克思主义的辉煌著作来反驳。"因为"阶级斗争,它本身无孔不入地存在于我们社会的个人生活和日常生活之中"。①　特别是在民不聊生、灾难动荡的时代更是如此,它绝不是你想"消解"就能"消解"得了的,其实只是表明你对阶级斗争一种排拒姿态。正如李杨所批评的:"农民为了阶级意识而革命可能是不真实的,但农民为了性欲去革命就一定真实吗? 其实,为什么革命,什么是真实的历史,并不取决于革命和历史本身,而取决于我们对历史的理解。"②这也提醒我们在"如何重写"经典问题上,需要对阶级史观和动力说有一个全面的、辩证的理解。

二、《黑夜孩魂》:"坚守传统"的"延续性"重写

寇挥的《黑夜孩魂》最初刊于《延河》杂志 2002 年第 4 期。作为对柳青《创业史》重写的一个短篇小说,作者以"尚未出生"就惨死于家庭暴力的一个孩子的视角,描绘了原作小人物素芳不为人知的"被损害"的磨难经历;同时,也从两性层面对柳青鞭挞的反动富农姚世杰作了刻画,显示了从宏大叙事向日常家庭回归的创作意向。就其深层内涵而言,不妨可称作是"坚守传统"的"延续性"重写。

在《创业史》中,涉及素芳的文字不多,主要围绕三层关系展开:素芳与王瞎子、拴拴组成的小家庭,素芳与梁生宝之间的单恋,素芳与富农姚世杰之间的不伦关系。基于寇挥的重写取材于《创业史》(第一部),而《创业史》又版本众多,我们首先从版本学角度考察《创业史》(第一部)中的素芳形象。以《延河》1959 年第 4 期起连载的版本和中国青年出版社 1960 年 6 月出版的版本为

---

① 转引自姚一诺:《马克思主义与当代中国文学批评的历史观》,《文艺报》2020 年 7 月
　　10 日。

② 李杨:《文学史写作中的现代性问题》,陕西人民教育出版社 2006 年版,第 292 页。

参照,《延河》版中柳青试图塑造一个有血有肉、渴望疼爱的女性形象,"即使只是生理上的女人,也还保留着人的起码良知"①,而中青社版则删去了这类句子。同样是描写素芳与姚世杰的相处,《延河》版肯定了素芳对姚世杰生理上的爱欲:"素芳高兴极了……公公惊人的死牛脑筋更壮了她的胆子。在回四合院的路上,她决心和堂姑父好下去。"②而中青社版则着意描写她对这段非正当关系的焦虑:"素芳作难极了。公公惊人的死牛脑筋,是不是往人生的绝路上推她呢? 在回四合院的路上,她很骇怕她和堂姑父超出男女私通的关系,引起不堪收拾的恶果。"③作为一个刚跨入新社会的女性,素芳的出身和经历自然使她不可能与姚士杰走在一起,除了道德上的谴责外,她的这种焦虑更多来自于对自我身份认同的缺失:"她只是希望平平稳稳地、静静悄悄地活下去,生娃子,做母亲,直至变成老太婆。她不反对新社会!"④她的随波逐流和可怜可叹遭遇,不要说是在"十七年",就是在今天褪去过多过重的社会政治负荷,强调回归审美日常的新时代,也会引发读者的同情。

柳青对素芳原本有精心设计,他在与女儿的对话中提到相关情节:"一次,梁大老汉借走牲口不还,大家很气愤,让妇女主任欢喜他妈去要,欢喜他妈因为过去常借人家的牲口和工具,不好意思,素芳看见,自告奋勇:'我去要!'这样就把素芳的形象推进一大步,最后,我还想让素芳当妇女队长哩。"⑤遗憾的是最终设想未能实现。这或许是因为素芳与姚世杰、梁生宝的情感纠葛始终是道难解的题,个人的小历史、小故事这时也无法被宏大的社会主义革命叙事淹没和掩盖,与其强推她为革命的积极典型,不如索性避开。 又或许是素芳作为"被损害的小人物",在柳青谋篇布局时就始终居于次要地位,因而无暇顾及其命运的"善始善终"。此外,考察《创业史》(第二部)的版本变化,关于"素芳悲哭"这一重要情节,《延河》1961 年版和中国青年出版社 1977 年 6 月版的差异,"不仅在于《延河》版的一章被中青社版扩张为两章,还在于《延河》版更加强调、突显梁生宝对素芳之哭的鄙视和厌恶,并且始终没有将素芳拔高到看清

① 柳青:《创业史》,《延河》1959 年第 4 期。

② 柳青:《创业史》,《延河》1959 年第 4 期。

③ 柳青:《创业史》(第 1 部),中国青年出版社 1960 年版,第 341 页。

④ 柳青:《创业史》(第 1 部),中国青年出版社 1960 年版,第 341 页。

⑤ 刘可风:《柳青传》,人民文学出版社 2016 年版,第 413 页。

了自己悲剧命运的高度"①。尽管中青社版删去了部分描写梁生宝鄙视素芳之哭的内容,但仍有诸多语句体现出素芳在主人公心中不受待见:"阿公活着的时候,把你简直没当人! 老顽固这阵死了,你还哭得这么伤心? 没主心骨的女人!"②梁生宝的行为因其正面典型人物的政治性原则,必须与一切落后势力划分界限,然而这样的描写终究是对素芳残酷和缺乏同情了些。

　　新时期以来,尤其是在重写之后,学界对《创业史》研究呈现出了分层:英雄与凡人、庙堂与民间、革命与爱情、知识分子与农民等。其中"英雄与凡人"分层,是指梁生宝、"三大能人"(郭振山、郭世富、姚士杰)与梁三老汉、王瞎子、素芳、欢喜之间的分层:"在 1948—1982 年的研究中,前者代表的是未来美好生活的乌托邦想象。而新时期 30 年研究中后者代表的是民间,是民间生命的自然样态。"③这里所说的民间"自然样态"也就是现实主义推崇和擅长的日常家庭书写,只有将人物置于家庭情景之中,才能充分彰显其"凡人"品性。寇挥的《黑夜孩魂》就从柳青的遗憾或缺漏之处出发,以传统小家庭里"孙辈"(在小说中,这个"孙辈"是以已经死亡的超验形式存在)的视角对素芳的故事进行重写。这样的思路暗合了重写语境下的相关评论,不能不说是创作实践上的一种主动呼应。

　　"祖孙"和"父子"关系,在现当代文学中是非常典型的家庭关系范式,它往往以对立的形式广泛存在于五四启蒙语境下的作品里。《家》《春》《秋》《子夜》等,都通过家族制和父权的兴衰来反映人物命运和社会变革。这也可以说是百年以来中国现实主义文学传统的一个重要着力点。沿着这样的思路来解读《黑夜孩魂》,我们就可发现它与现实主义传统中的家庭叙事之间具有内在关系。在小说中,叙述者"我"也即素芳腹中的孩子,与素芳一样遭受着"父权"压迫:王瞎子是封建家庭的家长,他掌握着家庭的绝对话语权,并令儿子拴拴成为其权力话语的又一分身;"父权"化身"夫权",两重压迫都通过家族关系施加于素芳和孩子。"我要活下去! 我要活下去呀! 我才生长了七个月,我不能让我的生命就这样终止……我怎么办啊? 我向什

---

① 郜元宝:《千古一哭有素芳——读〈创业史〉札记》,《文艺争鸣》2018 年第 8 期。
② 柳青:《创业史》(第 2 部),中国青年出版社 1977 年版,第 5 章。
③ 仵埂、邢小利、董颖夫编:《柳青研究文集》,西安出版社 2016 年版,第 291 页。

么控诉,我向谁控告?"①现有的文学史中,"孩子"不仅仅是与守旧祖辈相对的新进孙辈形象,正如鲁迅在《狂人日记》中"救救孩子"的呐喊,冰心在《超人》等小说中对孩子的爱和力量的张扬,它更是一种家国之希望的象征。然而《黑夜孩魂》中的孩子却深陷黑暗,惨死于父辈的棍棒之下,希望破灭于父权的统治。同样的,小说后半部分的第一人称叙述者"我",转换为"素芳",陈述她和拴拴、王瞎子之间不为外人所知的事情:"瞎子和拴拴一样,他们简直就是父子俩合娶了一个老婆。瞎子六十多岁时,几乎和他儿子一样。瞎子贪着哩。"②这段话颇有些"家族秘闻"的意味,它也完全是在家族叙事的框架内一种表述。

而在描写素芳与姚世杰"非道德"关系时,有别于《创业史》中冷酷精明的姚世杰形象——"素芳暂时还没有劳动者从劳动中培养起来的那种高贵自尊,他(姚士杰)还可以把她当破坏生宝互助组的工作"③;寇挥却笔墨一摇,为素芳也为我们塑造了一个与《创业史》不尽相同的柔情男子:"他(姚士杰)好像并不是只为了他自己。不像是霸占呀,蹂躏呀,说得那么可怕。"④两人的关系在超逸了社会政治关系后显得温情而合理了,这使素芳和姚世杰的性格由私人领域里的干瘪扁平转向丰富生动,五四时期的人和人性在相当程度上得到了彰显。

相比于李冯的《车厢峡》、格非的《高玉宝》以及世纪之交其他诸多的"重写型"作品,乃至整个千姿百态、光怪陆离的当代文学创作,毫无疑问,寇挥的重写显得有些拘谨,至今也尚未引起人们的关注。因为早在二十年前出版的苏童的《罂粟之家》和陈忠实的《白鹿原》等小说就有着迥异于以往家族叙事的"新质"内核。《罂粟之家》对刘氏家族复杂血缘与人际关系的历史叙事,实际上已隐含了作者本人对于"枫杨树"人文传统的深刻焦虑⑤,它与陈忠实《白鹿原》对白鹿村人文传统的焦虑"同根异枝",都折射出 20 世纪 90 年代人文语境下对中国农村文化、家庭伦理和现代化进程何去何从的反省。

---

① 寇挥:《黑夜孩魂》,《延河》2002 年第 4 期。

② 寇挥:《黑夜孩魂》,《延河》2002 年第 4 期。

③ 柳青:《创业史》(第 1 部),中国青年出版社 1977 年版,第 28 章。

④ 寇挥:《黑夜孩魂》,《延河》2002 年第 4 期。

⑤ 宋剑华:《苏童〈罂粟之家〉中的"历史"与"隐喻"》,《名作欣赏》2010 年第 6 期。

《创业史》原本就是人们推崇的现实主义经典作品,它在当代文学史上以写心理见长,被称为"心理现实主义"。《黑夜孩魂》沿着柳青的艺术逻辑而又根据题旨的需要,采用重返家庭的方式,将其被政治化视角和人物配角身份遮蔽或忽略了的思想心理情感方面内容作了"延续性"的重写。他以充满同情之笔揭示了作为母亲和家庭妇女的素芳的善良与柔情及其无可言说的隐痛,为之叙写了一支相当细致入微的哀婉的歌。遗憾的是,在近些年来有关《创业史》的重评活动中,人们往往很少提及素芳,更不要说提及寇挥在《黑夜孩魂》中重写的素芳。之所以如此,自然与语境变化有关,但撇开这层不讲,它在不经意间也向我们提出这样一个问题:在纷纭复杂的当下,如何开发和解放现实主义固有的潜能,使之与中外古今尤其是与现代及后现代等各种主义相互对话、相互建构,从而打开当代文学研究的更大的空间,这是时代赋予我们的一个历史使命。

在相当长的时间里,我们曾将现实主义当作封闭僵硬的一个代名词,并据此对"十七年"文学进行简单而又不无情绪化的酷评。在这样的情形下,再来看寇挥的《黑夜孩魂》,就觉得这种带有丰富、充实和扩容性质的"延续性"重写相当难能可贵。它与其说是"重写",不如说是"坚守"——对现实主义精神本质的"坚守"。但正因这种"坚守",他不仅在"十七年"文学中发现了被我们以往所忽略的看似"简单和粗糙"其实具有"可解析的深度"的"传统潜结构"①,而且还为当下如何对之进行创造性转化与创新性发展提供了重要的参酌。

三、《半夜鸡叫》:"重返民间"的"戏仿式"重写

从发生学角度看,《半夜鸡叫》可称得上是毛泽东1942年《讲话》以后持续升温的文艺为工农兵服务热潮、1947年通过的《中国土地法大纲》及随之引发的土改运动和新中国成立初期文化扫盲运动的一个产物。工农兵作家高玉宝的出现,其意义是不言而喻的:它反映了20世纪50年代社会对英雄形象的共

---

① 张清华:《"传统潜结构"与红色叙事的文学性问题》,《文学评论》2014年第2期。

同想象，也蕴含着人们对刚被推翻的富人剥削和土地制度的批判之情。这种"想象"和"批判"是新中国成立初期社会政治环境的形象生动反映，也因其形象生动成为那时社会文化政治的表征。它的一个突出表现，就是《人民日报》1951 年 12 月 14 日的《英雄的文艺战士高玉宝》文章，并在随后的 1952 年对高玉宝及其创作的集中报道宣传。从此，《半夜鸡叫》深入人心，成了家喻户晓的经典作品。

正因《半夜鸡叫》是来自工农兵，又面向工农兵，它的题材和语言就必须紧贴目标群体，也要尽可能真实，以感染和激发广大民众对旧社会的憎恶。这意味着《半夜鸡叫》创作需有一个具体的人物原型；同时，由人物原型变成小说角色也要经历一个艺术变形、取舍和凝练的过程。周春富是《半夜鸡叫》的反面人物，在小说中被起了个绰号叫"周扒皮"，为榨干长工最后一滴血汗，不仅学得祖传的"半夜鸡叫"，还因长工未能天一亮就干活而不给饭吃，甚至鞭打他们，极尽剥削之能事。作品对周扒皮所作所为的描写，实际上就是对革命伦理和民间伦理所作的一种本质化、形象化的表述。于是，一切与此无关的个人或历史片断都被剔除出革命伦理和民间伦理表述体系，同时也就产生了与其相对的英雄形象，即小说中的"高玉宝"。他虽处于弱势地位，但却勤劳、机智和正义，几乎具备所有英雄都有的优秀品质。这也是"本事"转换为"故事"的重要标志。

此外，也是更为重要的是，高玉宝及指导其创作的专业人士在根据原型创作小说时，大量吸取民间资源，突出体现了"重返民间"的意向。除了"恶财主—苦长工"这一组完全源自民间的对立形象外，在语言、情节和趣味上也都极力向民间靠拢，从中寻求借鉴。例如"周扒皮"这样充满戏谑意味又非常形象的绰号，与 50 年代赵树理的小说《"锻炼锻炼"》中的绰号"小腿疼""吃不饱"一样，都充分迎合农民趣味。再如结尾通过同是恶人的鬼子军官"歪打正着"来制裁周扒皮，"鬼子打地主"情节形成的浓厚喜剧氛围同样切中民众审美。而周扒皮中枪摔进鸡窝甚至吓得"拉了一裤子屎"，这类表述完全是下里巴人的，唯有民间元素的直白、具象和粗俗，才能实现这种喜剧效果。

那么，一向走在"形式前沿"的先锋作家格非，为何会选择对意识形态话语极为浓郁而又背离精英主义的先锋文学很远的《半夜鸡叫》进行"戏仿式"重写呢？《半夜鸡叫》载于《青年文学》1996 年第 5 期，同年，格非还发表了长篇小说

《欲望的旗帜》和其他几个中短篇小说。然而,就其整个创作生涯来看,1996 年的格非已逐渐淡出先锋写作,"蛰进了他漫长的沉默时期"①。如果说 20 世纪 80 年代的共同思想平台是重写语境下启蒙的共名,那么 90 年代的社会转型带来了多元的价值观,也带来了民间和市场的勃兴。这或许是格非在创作沉默时期所能接触并利用的一个重要资源。

《半夜鸡叫》的重写从侧面反映了格非的创作转型:他从 80 年代"封闭的孤立的自我"转变为"敞开的关系性的自我"②,也是从与时代、历史和他人的关系确定自我的过程。在重写中,格非以大量民间元素的挪用和拼贴来颠覆原本的阶级叙事,在民间立场的沿袭下,他既与前文本实现了格调上的统一,又以形式的创新解构了二者之间的鸿沟。因为戏仿的两个核心元素模仿性和滑稽性,它不仅能使重写文本产生反讽、幽默、诙谐的美学效果,而且还可起到在深层上反形式、反本质的叙述指向,它是联结民间意识和主流思想、模糊彼此界限和等级的一座"浮桥"。格非用西方现代小说"故事套故事"的方式展开,融入民间"傻女婿讲故事"的经典结构,以此来构成中西结合的叙事景观。他将三个傻女婿给丈人讲故事的素材原型改成三个儿媳妇给婆婆讲关于"鸡"的故事,但素材的内核未变,都是权威者(丈人或婆婆)做"主考官"对女婿或儿媳出题考察。小说的结局同样"再次证明了'卑贱者最聪明,高贵者最愚蠢'的'真理'"③:天佐媳妇和天佑媳妇虽然没什么文化,讲的故事却各有意趣,获得了婆婆的夸奖;而天保媳妇是硕士学历的读书人,偏偏讲得相当糟糕。作为听众的婆婆更赏识前两个媳妇的故事,这足以说明越是凡俗不堪、越是体现普通人性的故事,越能得到底层民众的青睐。

此外,三个媳妇讲述的"鸡"的故事也同样来自民间,而且还是 90 年代全球化和市场化背景下的民间。其中天佐媳妇讲述的周扒皮的故事虽与高玉宝讲的相差不大,却借婆婆的话外音式点评道出了高玉宝的叙述漏洞——"我看他的手段也毒辣不到哪儿去,他只不过半夜起来到鸡窝边学几声鸡叫,临了还

---

① 王鹏:《先锋格非及其转型》,华东师范大学硕士论文,2014 年,第 39 页。
② 王鹏:《先锋格非及其转型》,华东师范大学硕士论文,2014 年,第 39 页。
③ 南志刚:《叙述的狂欢与审美的变异——叙事学与中国当代先锋小说》,华夏出版社 2006 年版,第 251 页。

是让长工们痛打了一顿,说起来也怪可怜的"①。不要小看这个点评,它其实是告诉我们:周扒皮此举不仅劳神费力,而且也是与其富人(在格非小说中,周扒皮是周庄"腰缠万贯的大财主")身份相抵牾的。天佑媳妇的讲述重心在"扒灰"乱伦情事,同样也是民间故事的经典素材,并且还带有某种现实隐含:"倘若天佑媳妇自己没有这一番亲身体会,她也断断不能将小倩与大伯子勾搭成奸的故事说得绘声绘色,面面俱圆。"②天保媳妇的故事里甚至完全没有讲到"鸡",这意味着格非的叙述是对婆婆的命题作文和《半夜鸡叫》整体叙述的颠覆,而"金鹦鹉"的故事则显然拼接自《阿拉丁神灯》等西方民间故事,带有明显的诙谐文化特征。

总之,格非话外音式的点评,说明其"戏仿式"重写是以大于前文本的姿态进行的。而诙谐戏谑的文字、中西杂交的民间元素,除了彰显他的民间立场外,也是其先锋叙事"重返民间"的策略。不过,从真实性角度考察这两个同名的《半夜鸡叫》,仍有一些问题值得商榷。原作对真实性的追求看似严格,以致过于仿照历史原型而对其造成了戕害。另外,所有人事围绕坚硬的革命伦理乃至阶级性打转,致使可恶的周扒皮、饱受压迫的勤劳农民和年轻机敏的高玉宝这三类人物,在重写的文本中虽不乏民间的意趣,但都相当扁平化了。

那么,我们该如何衡估一部"十七年"经典作品的价值呢?《半夜鸡叫》之所以半个多世纪以来为人津津乐道,在于它形象地揭示了旧社会"雇佣劳动剥削的本质",即将人非人化、牲畜化、工具化。因此,仅从是否符合人物原型真实性去评判一个作品,也未必见得就客观公正。而格非通过"重返民间"三重叙述对前文本进行"戏仿式"重写,其价值在于"消解原著作者高玉宝所赋予底本故事的唯一本质,让它的意义由唯一走向多样,显示出价值的多元性……变成了一个存在着多种可能性的开放体系,从而扩大了作品的意思空间,让它有了更多的可读性"③。从这一点看,高玉宝对社会真实的典型化处理,格非对前文本的民间化处理,两种书写都有价值,且遵循了各自的创作原则。

需要强调指出,格非的"戏仿式"重写不仅针对过去历史,同时还植入了对当下市场经济体制下生产关系的忧思。身为暴发户的天佑与周扒皮同样坐拥

---

① 格非:《半夜鸡叫》,《青年文学》1996年第5期。

② 格非:《半夜鸡叫》,《青年文学》1996年第5期。

③ 晓苏:《当代小说叙事中的世俗立场》,《当代作家评论》2019年第4期。

万贯财产,却有一套适用于当下的话术:"你们在厂里累死累活地干活,不是为了我天佐,而是为了你们大家。你们是工厂的主人,我天佐,是你们雇来的长工,你们流出的汗,嘴里吐出的苦胆汁,年底的红包就是报答。"①这番诙谐戏谑的话在消解富人与民众二元对立的同时,也向我们提出了一个新问题:在人民当家做主的当下中国,新的周扒皮是否已悄然诞生? 面对这种新诞生的新的周扒皮,我们该怎样处理它与已当家做主的人民的关系? 诚如郭松民在《高玉宝安在哉》中所说,"周扒皮是农业时代的周扒皮,'工人吃饭机'是工业时代的周扒皮"②。

最后顺便一提,格非该作仅被收入 2001 年"中国小说 50 强"系列丛书的格非选辑《傻瓜的诗篇》和 2014 年的格非中短篇小说集《雨季的感觉》这两部书。在 1996 年这个当代文学和格非本人都面临多元背景和转型危机的时间节点上,经典文本的重写如不能有新创,即使达到了颠覆前文本的目的,有"破"而无"立",也往往落寞于历史中。然而恰恰如此,经典在艺术实践上"如何重写"问题,才有必要值得重视。

四、由重写引发的思考

通过上述分析可见,作为当代文学重要而又特殊的组成部分,"重写型"创作在开发自身资源,打破既有恒定固化的思维理念,加快推进创新方面作出了贡献。它与前文本即经典之间也具有极富意味的关系,如果说前文本是一面镜子,使有限的画面折射出绚烂夺目的光彩,那么对于"重写型"创作来说,它对经典或颠覆或扩容或民间化的多样不同的书写,为其生命延展和"永远历史化"提供了实践的样本。这也符合"'当代文学'就是一个没有休止的言说。'当代性'的魅力是有无限可能性;它的困惑是永难完成的"③的属性特点。同

---

① 格非:《半夜鸡叫》,《青年文学》1996 年第 5 期。

② 郭松民:《高玉宝安在哉》,红色文化网文艺评论栏目,2019 年 5 月 20 日,http://www.hswh.org.cn/wzzx/djhk/wypl/2019-05-19/56661.html。

③ 孟繁华:《建构当代中国的文学经验和学术话语——中国当代文学史研究 70 年》,《文学评论》2019 年第 5 期。

时亦说明,经典重写看似一个"断裂"性的行为,但却具有创作资源的丰富性和内质的可塑性。这里所说的"创作资源的丰富性和内质的可塑性",不仅是指与"重写型"作品相对的"被重写"原作(如本文所说的李冯的《车厢峡》、寇挥的《黑夜孩魂》、格非的《半夜鸡叫》相对于姚雪垠的《李自成》、柳青的《创业史》、高玉宝的《半夜鸡叫》),后者成为前者的资源和内质;同时也指"重写型"作品留下的裂缝,也为后来者"再重写"提供丰富的资源和内质,由此构成了环环相扣而又不重复的"艺术链",一个詹姆逊所说的"循环的阐释"或曰"永远历史化"。当然,不必讳言,它也给现行的文学理论提出了拷问:包括文学经典究竟可以被重写到多大程度?重写时需要遵循怎样的原则?尤其是,当这种重写主要针对带有特定政治内涵的文学现象时,这就更值得引起重视,认真加以审察了。

"经典""重写""主义",这几个不同范畴的问题在此交汇,如何从哲学或艺术本体角度进行辨析,非笔者能力所能及。这里只想强调指出,这个问题看似容易其实相当复杂,是不可对之作非此即彼的逻辑排中律的结论,也不宜将其放在狭隘的"纯文学"范围内进行评价,所有这一切,都应把它置于一个更为恢宏开阔的视域,在历史与现实、政治与文学、原创与再创、现实主义与现代主义(后现代主义)多重关系下进行观照把握。记得童庆炳、赵勇十几年前在小说《沙家浜》争论时提出了经典改写的三条原则。① 这不无道理。但笔者认为,最重要最关键的不是维护其主要故事情节不变,而是推进故事情节发展的人物性格逻辑尤其是其背后的精神价值取向。回到文本的话题上,就是在经典重写时,到底是将解构之刀对准昔日经典带有时代症候的僵硬的概念化、符号化的思想观念,还是为了追求"互文"的快感,在解构的同时把文学应有的精神蕴含和人文指向也都予以解构。

由此及彼,笔者想到了有人对新历史小说中存在的"历史的虚无"的批评,认为它们往往"用相对主义来消解历史本体的确定性。偶然性在新历史小说文本中被无限放大并被赋予本质的意义,必然性遭到了这些作家无情嘲讽乃至最后放逐了历史规律本身"。② 也想到著名文史学者葛兆光在《中国思想

---

① 童庆炳、赵勇:《改写名著的三条原则——小说〈沙家浜〉引出来的理论思考》,《文艺报》2003 年 5 月 27 日。

② 舒也:《新历史小说:从突围到迷遁》,《文艺研究》1997 年第 6 期。

史》中对精英思想因"突出"于常态的社会历史背景之上,而造成的局限性所讲的一番话,他说:少数精英和经典的思想虽然在以往一再大书特书,但由于它与常规的轨道是脱节的,所以"未必真的在生活世界中起着最重要的作用,尤其是支持着对实际事物与现象的理解、解释与处理的知识与思想,常常并不是这个时代最精英的人写的最经典的著作"。①上述两段话也许说得有点夸张,但从正面的、积极的角度去理解,对我们如何辩证地看待"重写型"文本与前文本之间关系——再扩大而言之,如何辩证地看待当代文学"后四十年"与"前三十年"之间的关系,无疑是有启迪的。这也是本文由上述三个"重写型"创作引发的对整体当代文学研究的一个思考。

（本文与陈璧君合撰,原载《浙江大学学报》2022 年第 2 期）

---

① 　葛兆光:《中国思想史·导论》,复旦大学出版社 2001 年版,第 11 页。

元典写作的文学意义与叙事策略

在公元前 6 世纪左右,亚欧大陆上的几个文明民族都进入了创造力空前的"青年"时期。在这一阶段,它们通过特定的典籍形式,集中涌现出了一批凝聚该民族既往记忆和原始意象、具有极强原创精神的文化元典。如印度的《吠陀经》,我国的四书五经及《老子》《庄子》,希伯来的《旧约》《新约》,波斯的《古圣经》,伊斯兰教的《可兰经》等等。这些元典由于"提供的是一种哲理式的原型,而并非实证性的结论;是一种开放性的框架,而并非封闭式的教条",①毫无疑义地成了一个民族最具发生力的精神内核,甚至构成整个民族文化记忆的基本原貌。故而,元典的潜在价值在应对世俗挑战时往往能得以充分的彰显。当海德格尔发现从柏拉图到尼采的整个西方形而上学遗忘"存在"时,便力图辩明形而上学的前传统,回溯到前苏格拉底时期的元典之"思"与"诗"(赫拉克利特、巴门尼德等早期希腊思者和荷马、索福克勒斯等早期希腊诗人)那里,揭示出早期希腊思想就是原始的"存在之思"。于是,"思想的道路要实施'返回步伐',要回到源头,回到思想的'第一个开端'去思存在之原始意义";②以元典的"再开端"传达出对西方形而上学纠正的努力。与之相似,鲁迅在 20世纪 30 年代探寻民族新生之路时,也曾把目光深情地投向文化历史源头——遥远的先秦,并进而以融史实、神话、寓言于一体的《故事新编》,极具震撼力地勾勒了张扬生命热力的文化哲学的构建理想。

但是,"篇章本身并不等于是圣典,也没有一个篇章会自行成为圣典。只

---

① 参见冯天瑜:《中华元典精神的近现代意义》,《中国大学人文启示录》,华中理工大学出版社 1996 年版,第 118 页;冯天瑜:《"元典之树"何以常青》,《人文论衡》,武汉出版社1997 年版,第 177 页。

② 孙周兴:《在思想的林中路上》,《海德格尔选集》编者引论,上海三联书店 1996 年版,第8-9 页。

有当一个篇章被看成圣典时,只有当某一民族或社团以一种特殊的方式看待它时,它才成为圣典。"①对于中华民族来说,在现代转型的 20 世纪,整个社会以批判传统文化、倡扬西方文化的五四新文化运动为转折点,处在一个离异本民族元典的西方文化再"开端"阶段。尽管从 20 年代起,面对全盘西化的民族虚无主义,对传统文化的呼唤不绝如缕,出现了如梁启超、梁漱溟等人对西方文明的反思,玄学与科学的论争,试图接续断裂的民族文化之根的 80 年代寻根运动,90 年代的新儒学热、文化保守主义等等回溯文化元典、感应民族身份的文学思潮;在创作上,也有杨书案、孙皓辉等在八九十年代之交,接连写出《孔子》《炎黄》《老子》《大秦帝国》等多部长篇历史小说。②但从总体上讲,它们似乎并不占主流地位,相反,在整体时代精神气候的影响下,却屡遭沉重打击,在民族精神格局中出现了明显的衰退迹象,甚至在文学记忆中逐渐褪色。

正是从这个意义上,中国近些年来出现的《孔子》(李冯)、《重瞳》(潘军)、《东巡》(张伟)、《子贡出马》(商略)、《孟姜女突围》《吴越春秋之西施外传》(卢寿荣)、《刺秦》(瞎子)等一批探寻民族之源的作品值得引起注意。它们对元典颇具先锋超验想象的"另类"写作,为当代历史叙事拓展新的艺术空间的同时,也对文学如何追溯与体认传统,在更深层次上进行文化寻根和精神承续提出了挑战。而相形之下,西方文学恰恰在这方面有许多成功的实践,像乔伊斯的《尤利西斯》、约瑟夫·海勒的《上帝知道》、冯内古特的《五号屠场》以及福克纳的《押沙龙,押沙龙!》等等堪称经典。即便是在后现代语境中,作为西方文化源头的"两希"传统,也并未简单隔断,而仍然发挥着不可低估的积极影响。为什么中西文学的元典写作会出现这样的差异,它是偶然的,还是具有某种深刻的必然? 这个问题因关系到文学的本源及其精神价值,有必要进行深入的探讨。

---

① 　美国哈佛大学比较宗教名誉教授史密斯语,转引自冯天瑜:《"元典之树"何以常青》,《人文论衡》,武汉出版社 1997 年版,第 183 页。
② 　又如山东作家曹尧德的"三圣"传《孔子传》《孟子传》《孙子传》等;山东作家的曲春礼的《孔子》;李亚东的《老子》等。

一、元典写作的文化语境：仰视与解构

　　西方的现代主义与后现代主义思潮，植根在形而上学的困境之中。强调形上之思的现代主义，不仅把自己逼上了一条极端孤独的精英之路，而且从根本上丧失了实践价值。它呼吁非理性，却证明了理性的顽固、逻各斯主义的强大。后现代思潮的崛起与这一困境有密切关系，解构主义将锋利的解剖刀率先指向了传统。它既反对"艺术品是一个有机体"，也反对"人类生活是一个逐渐显现其命定的意义"。由此波及开来，自然也涉及历史观，涌现出以葛林伯雷、海登·怀特为代表的新历史主义。在他们看来，历史是那些创造了历史的人附加的结果，仅存在于对它的阐释；历史既是一个空空荡荡的不断重复的现在，又是一个未来的预期叙述。[①]

　　然而，无论是现代主义还是后现代主义，它们主要是从认识论、方法论的角度，将逻辑学范式推进到现象学范式；虽更新了思维观念，但并未真正否定作为精神传统的文化元典。"两希"的人文精神非但没有像形而上学那样成为解构的靶子，相反在批判目前的生存状态中扩展开来；而西方新历史主义，主要则被视为是历史学科研究的一种思维方法（如海登·怀特的"元历史"说）以及强调话语权力的一种批评理论。实际上，西方当代文学所揭示的生存状态与"两希"传统的元典精神构成了一条清晰的线索，在"厚古薄今"氛围之中无形形成了一种仰视元典的崇敬姿态。如被誉为现代主义"圣经"的《尤利西斯》，它取材于《荷马史诗》，但又对之进行了现代性的重构：尤利西斯指称着英雄奥德修斯；寻父—漂泊—归家的情节设置也完全对应史诗故事。乔伊斯以《荷马史诗》为潜在文本，猛烈抨击现代人空虚的情欲、萎缩的灵魂；这与史诗原型高昂的人文精神、浓烈的英雄情结形成了强大的反讽。元典成为一面镜子，映照出现代的生存困境，作家的态度是不言而喻的。美国著名作家马克·吐温在晚年一连写下了《亚当日记摘录》《夏娃日记》《伊甸园的一天》，从亚当、

---

① 参见［美］希利斯·米勒：《重申解构主义》，郭英剑等译，中国社会科学出版社1998年版，第49-50页。

夏娃以及蛇三个视点重写圣经故事。尽管在叙事上,作家运用个人想象大胆改写了圣经中的三者关系,充满了游戏滑稽的情趣,如亚当对夏娃的喜剧性反感;但就精神而言,作家并未背离圣经中的宗教信仰,对人类始初的再次追问更折射出浓厚的人本意识。美国作家冯内古特在《五号屠场》中就干脆塑造了一个现代"基督",将《圣经》中基督的种种细节故意错位挪用,移植在主人公毕利·皮尔格姆身上;在一片非理性的荒诞中,戏弄嘲笑了这个现代的"基督"。这颇有后现代的拼贴戏谑成分。然而富有意味的是,作为基本的思想资源与知识储备,《圣经》与《荷马史诗》等西方元典并没有彻底变成现代的翻版,原教旨主义的基督精神,悲天悯人的救世情怀恰恰成了唯一的拯救前景。

这个中原因颇可玩味。简单地说,西方"两希"传统是从两个层面达到了对人类本质和人性本真的深刻理解的。毋庸置疑,古希腊—罗马文学强调原欲,蕴含着张扬个性、重视个体生命价值的世俗人本意识;希伯来—基督教文学则重视理性、提倡禁欲主义而把人的生命价值寄望于天国的宗教。然而,西方历史证实了两者汇合的必要性。古罗马人由辉煌到荒淫、中世纪的宗教信仰从高昂到沉寂,从各自的极端说明单一发展的不可能。于是,"两希"传统在后来文学中的分界就变得复杂起来,如《尤利西斯》以显在线索对应着古希腊的《荷马史诗》,另外隐藏着一条线索则遥远地回应了希伯来的《圣经》。① 宗教信仰原本就具有深沉的人本意识,神抑或上帝集中了人类对自身美好品质的综合与抽象,表现了人类对人性的理想之境无比羡慕与憧憬。正如有学者所说:希伯来—基督教文学一方面表现出对人性本质追寻趋向理性的和精神的境界,这是人对自身理解上的进步与升华,同时它也纠正了强调感性肉欲的偏差(希腊、罗马式的人性理解固然有其合理性,但一味放纵原欲,也未免显得过于原始、片面和肤浅);另一方面,对上帝的崇拜又表现了对自身原始生命力和个体生命价值的一种压制,这是人的主体性的一种萎缩,而古希腊—罗马文学所张扬的世俗人本意识恰如其分地弥补了这一缺陷。② 由此,"两希"传统形成的文化之流具备了异常完整的两位一体,所构筑的庄重坚实的人性殿堂,已成为作家的一个潜在的写作平台。即使是解构主义,也难以撼动以人性/人

---

① 参见吕争:《〈尤利西斯〉的罪与救赎主题》,梁工主编《〈圣经〉与欧美作家作品》,宗教文化出版社 2000 年版。

② 蒋承勇:《希伯来——基督教文学的人本意识新解》,《外国文学研究》2002 年第 3 期。

文精神、神性/拯救热望组成的钢铁长城。况且,在宗教传承方式的辅助下,希伯来—基督教文学彻底浸入文化肌理与思维习惯,借助根深蒂固的传统,广泛而深入地影响到每一个西方人;尤其是,由于扎根在个人信仰与家庭生活中更显得坚不可摧。美国作家福克纳曾回忆自己家庭的一个原则,每天早上大家坐下来吃早饭时,在座的从小孩子到每一个成年人,都得准备好一节《圣经》经文,要背得烂熟,脱口而出。①

而我国文学界目前对文化元典的呼唤,主要集中在较发达的历史小说文体里。在全球化挑战与经济挤压之下,伴随着强烈的文化焦虑与对本民族身份的认同渴望,历史小说因循悠久的史传传统,力图把创造元典的文化名人重塑出来,达到以"人"带"典"的艺术目的。这也从一个侧面反映了第三世界国家面临的集体尴尬:一方面西方发达国家以现代性给全球提供了发展的预设摹本,第三世界国家在生存与发展的压力之下只能在现代性命题上与西方接轨;另一方面在资本长驱直入的掩护下,西方文化广泛播撒且勃勃滋长,经济的、文化的全球化必然要引起各种力量的抵触。为了避免民族身份的遗忘,多元的民族文化便应运而生。对民族元典的寻找就是在这种语境下催生的。因此,杨书案写作《炎黄》时虽缺乏可靠的历史资料,但他仍然强调自己写作的并非是神话小说而是历史小说,这显然是有感而发。

然而,1996 年出现的《孔子》(李冯)等作却表现了对文化元典的别样理解。在这里,创造元典的文化伟人孔子和他那"知其不可为而为之"的崇高与悲壮,被作为一个政客的强烈欲念所取代。这在当下语境中是意味深长的。小说用以解读孔子及其弟子们的武器是人性的自然欲望(如权力欲望、肉体纵欲、金钱欲望、战争嗜血欲望)。作者似乎想说明欲望的合理性,但又透露些许犹豫甚至怀疑。由是,小说也透露出一种消解神圣后的困境及其对理想人性施以毁灭性打击后的无奈。与西方"两希"传统对人性进行双层互补的透视不同,以孔子为代表的中华元典文化主要是强调伦理至上、拯世济民的人生价值取向,而不是站在人类普遍共性的高度审视人性。因而李冯用西方人性论思想重塑孔子,其所遭遇的尴尬和困窘就可想而知了。为什么中华元典迥异于西方元典,在 20 世纪呈现明显的衰退迹象,其根本原因就在于中国作家的这方

---

① 参见董乐山:《探索的路上》,九洲图书出版社 1997 年版,第 16 页。

面写作,不仅与西方一样有一个古今时间承续的问题,同时更有一个具有现代性内涵的西方文化资源的空间横移的问题。这是中西作家对传统文化进行精神阐释的最根本区别,也是 20 世纪中国作家元典写作不同西方作家的最艰难之处。

二、元典写作的思维方式:神性拯救与世俗困境

正如儒道文化之于华夏文学,古希腊神话和《圣经》之对西方文学同样具有重要的发生学意义。后者从西方人与自然交往的感应体验、理解认识的角度共同构成了西方人文艺术的深层沃土:古希腊神话的感性直观、神话思维直接把神灵与人的幸福智慧关联在一起的泛神观念,极大地触发了人的广博的生命智慧,催生了汪洋恣肆的想象;而以《圣经》为代表的希伯来文化则给世俗的人以神性的提升,生存于俗世之中却有一颗渴望神性的心。应该说,它们彼此都有一种超越现实的神性诉求。

随着社会的发展,人们的文化经济来往,构成了一定的社会契约与律法关系。在物质急剧膨胀的过程中,人类的生存日益逼仄。曾经在古希腊神话或《圣经》中出现的朴素的存在状况已然发生了翻天覆地的变化,现实的复杂性远非古人能够想象。但是,西方的日常生活仍保留了宗教信仰。此时,宗教和神学尽管让位于科学,不再关心生存技术和自然规律,却依然从政治、文化和道德等层面影响到人类的精神状态。"神话随着人类思维的发展由包罗万象的综合形式解体分化以后,它那种整体性的人类文化会化为一种深广的思维背景,文化传统及精神框架,从一般文化意识形态的高度影响和制约着人文艺术精神的发生发展。"①这也就是说,神话不仅作为一种隐喻存在,构成了人类生存的图景;而且作为一种思维方式,从根本上形成了文学的精神构架。事实上,人类在任何时候都需要这两种思维形式,才能真正地守护起生命的意义,一切文学都是在"由人类的希望、欲求和忧虑构成的'神话世界'中写成的",

---

① 马小朝:《论希腊神话和〈圣经〉对西方文学艺术观的影响》,《烟台大学》1996 年第 1 期。

"文学就是神话性思维习惯的继续"。① 在这种神性思维的支持下,西方文学对元典的书写出现了前所未有的新景观。

当然,在这之中,有不少作家是比较注重元典的历史背景,如《特洛伊之歌》(考琳·麦卡洛)、《普罗米修斯》(施瓦布)等等;但大多作家还是选择具有较大自由度的现代元典变体进行写作。因此在他们那里,作为传统内核的文化元典被生活情境化,出现了语境"当下重置"的现象。文本往往具有鲜明的时代性和社会性,于是,古典内容便顺理成章地"延伸"到了现代,并在现实层面上呈现出了积极向外扩张的巨大的阐释能量。如"摩西"三部曲中的《摩西登高》。从叙述语言上说,为了能真实地表达"西印度伦敦式"的后殖民体系,作者塞尔文采用了多语混合的叙述语言,塑造了克里奥尔式的伦敦;就故事情节而言,它写的是 20 世纪五六十年代从加勒比海西印度群岛移民到英国的黑人摩西,以及周围黑人的生活和情感经历。② 故而文本反映的现实图景是真实的,同时真实的图景又隐喻了一个更大的内在的精神格局。甚至移民到伦敦的摩西,与《圣经》中率领犹太人经历艰难逃出埃及的摩西,都能从中形成极富张力的对话关系。总之借助《圣经》,小说向我们揭示了这样令人警醒的意义:经历了漫长的岁月磨砺和文明演进,现实的种族歧视、民族屈辱以及摆脱异族奴役的渴望,与人类初始时期的遭遇何乃相似。摩西,这个生活在 20 世纪五六十年代的世俗的平凡人,却依然充满救世情怀和牺牲精神,充分显示了神性自我救赎的可能。这使小说一下子跳出了现实界域而颇具寓言色彩。

这是元典与当代文本精神取向一致的情况。还有许多作品,元典与当代文本之间是错位的,因而它在语境重置方面就走得更远。如福克纳以《圣经》故事作为小说框架,但又不拘泥于《圣经》的人物与教义的《押沙龙,押沙龙!》,内中有关塞德潘家族巧合式的亲族仇杀的描写,就明显隐含了作者对南方堕落的思考。他曾说:"无论任何时候,只要我的想象和那种模式(指基督教象征

---

① 弗莱语,转引自盛宁:《"关于批评的批评":论弗莱的神话—原型批评理论》,《文学:鉴赏与思考》,生活·读书·新知三联书店 1997 年版,第 216 页。

② 任一鸣:《后殖民小说叙述语言:塞穆尔·塞尔文的〈摩西登高〉》,《外国文学》2000 年第 5 期。

模式——引者注）的框架发生冲突时，……我相信总是那种模式不得不退让。"①由此可见，福克纳的元典写作具有很强的现实指向性。当下语境一方面化为寓言，或隐或显地呼应了作为文化传统的元典，这样颇具神性色彩的"两希"传统就可巧妙地纳入目前的语境中，从而有效地起到了丰富扩容的作用。从另一角度看，作家的元典写作虽面对现实，但恰恰也正因有元典的参照和对比，它可通过以古鉴今的方式，更加准确深入地揭示当代人的种种生存困境。更何况，在相当多的作家那里，神性的自我拯救实际上已成为社会和人性双重困窘中的唯一选择。

与西方的这种"语境重置"方式不同，中国作家的元典写作更多体现在具体切实的历史还原上。这源自于对历史的莫大崇敬和信任的民族文化心理。这种"历史化"是一种迂回曲折的自我表达，它给自然欲望的粗暴替换蒙上了一层朦胧的面纱。在目前创作中，以文化名人命名的小说层出不穷。作家们力图通过再现文化源头的社会氛围、历史图景和时代情绪来揭示曾经有过的先圣祖先及其文化精神，完成对元典的追忆。但可能是与现代理性贫乏有关吧，此类作品往往显得比较陈旧，与时代社会存在着隔膜。这种情形就是在 20 世纪 90 年代以来的新锐文本中也仍然存在。新生代作家李冯就曾明言："可让我着迷的是美国作家那种处理现实的能力，到现在仍很着迷。对我来说，现实是一片尚待开垦的广阔领域，与之相比，戏仿历史不过是一种文学基本功，可能是脑子没开窍，也可能中国变化太快，我觉得对此还没有琢磨通。"②这里尽管有作家自谦的成分，却也基本符合事实。

不妨这样说，当代中国的元典写作，在整体上的确是处于一种貌似在场实则缺席的困境：它们或难以细辨现实的生存状态，以因袭传统思想来简单地进行民族记忆的修复；或以世俗的欲望与欲望的世俗，硬是把这些欲望塞到了先秦远古时代的古人身上。因此，其元典写作在相当程度上就变成了现实生存困惑的平面化的自我表达，它不但缺乏对时代的纵深式的理性审思，而且也丧失了更为深沉的精神赎救的意义。反过来，世俗欲望的尘嚣日上，也掩盖了需要作家体认的深层次问题。这与西方元典注重世俗社会中的神性拯救大相径

---

① 　转引自上官彦刚:《〈押沙龙，押沙龙！〉人物原型析论》，梁工主编《〈圣经〉与欧美作家作品》，宗教文化出版社 2000 年版。

② 　张钧:《迷失中的追寻——李冯访谈录》，《花城》1998 年第 3 期。

庭。细究其因,当然有作家知识结构、文化素养乃至精神信仰等方面的问题,但同时也与他们阐释元典的思维方式无疑有密切的联系。

三、元典写作的叙事策略:换喻修辞与互文性

正如上文所言,我们对元典的寻找更多集中在历史小说中。与西方文学割不断的史诗情结不同,中国文学具有异常强大的史传传统。自先秦开始,历史著作就成为华夏文化的重要一支。"早在文化由官方掌握的时代,其中心就是巫文化与史文化。最初巫、史是合一的。"①在古典文献分类中,在汇集元典的"经"部与汇集小说的"子"部之间,还横亘着"史"部。因此,当西方行吟诗人四处流浪之际,歌唱着当地的风俗与传奇时,便已内在地接续上了由《荷马史诗》开辟的史诗传统;而中国则需要借助特定历史人事与时代氛围这一中介,才能触摸到元典的精神脉络。

不难看出,中国的史传传统对文学本体产生了强大的压力。一方面,历史的事实性极大地钳制了文学不羁的想象力;另一方面,历史话语的意识形态性,也强有力地控制着文学所张扬的感性力量。这种历史惯性同样深深地影响着当代元典的写作。如杨书案写《孔子》时就有一种明显的恋古倾向:作者为了营造历史氛围,往往采用半文半白的拟古体语言,灵动不足而粗陋有余,造成文本的审美障碍。更为严重的是,史传传统几乎宿命地规约了作者僵硬的价值取向,在现代理性的缺席下,对元典的认同和皈依,则常常令人联想到思想的未成熟状态。

出于创新的目的,《孔子》《子贡出马》《重瞳》《刺秦》等新锐文本似乎本能地排拒了民族传统。我们说,翻案性创作的逆向思维方式,在一定程度上的确对元典进行了颠覆式重写。但是颠覆时出现的断裂状态,也从根本上否定了历史与当下的某些相通的本质。任何时期的元典寻找以及任何的寻找方式,都蕴藏着传统与当下续接的含义。因此,颠覆性文本在展现作者过于主观和偏激态度的同时,事实上也将元典固有的丰富深刻的思想文化内涵不应有地

---

① 章培恒、骆玉明主编:《中国文学史》,复旦大学出版社1996年版,第76页。

予以消解,这正是这批拒绝元典的新生代作品的致命缺陷。

这一点从上述翻案式创作的叙事策略中可以看出。这类文本均采用第一人称来写作。叙事人称的如此雷同再明显不过地表明了作者自我宣泄的写作冲动。"我"在历史氛围中身化万人,但万人之口却宣泄着"我"之情感欲望。当下严重的文化危机造成了此类文本的虚无感,而第一人称叙事的换喻修辞更加深了文化幻灭与绝望。事实上,文本用单维的当代人的欲望心理取代了多维的历史人物原型,这种策略在叙事学上称为换喻的修辞方法:换喻是"通过一事物的一部分的名称可以用来代替整体的名称,……可以用部分象征总体固有的某种性质来描写某个现象"①。作品中的人事通过换喻不仅可以理解成部分的形态与功能,而且它也可以成为暗示整体诸因素的性质关系的一个陈述。就拿李冯的《孔子》来说吧,从表面上看,它以《论语》为蓝本,作者在描写黄帝、尧、舜以及洪水时代的禹等故事时,引用并融进了《史记·五帝本纪》《山海经》《敦煌变文集》《周易》《诗经》《楚辞》以及古代天文资料的众多文献资料②,这似乎是一种重知识的写作。但是,作者所用的第一人称叙事使他根本无从还原历史;当然李冯的元典写作原本也无此奢望,对他来说,小说所叙之事无非是借他人之酒杯,浇自己胸中之块垒。在这里,文本中的"我"尽管试图一身化万身,但终因叙事的单一,使换喻牢牢地限制了作家的想象,而难以反映丰富复杂的历史与现实本真,造成了不应有的双重失真。难怪有人这样质问:"小说里人虽不能算少,但语调离真正的'众声喧哗'还有不小的一段距离,他们似乎同出一腔,始终没能形成一种真正个人的、非己莫属的话语方式……事实上,整部长篇小说也确实只有小说家李冯一个人在说话。"③这是很有道理的。其最终结果,不但模糊了元典的精神价值和确凿意义,而且大大削减了作为一部现代长篇小说的多声部的、复调叙事的艺术魅力。

而在西方的此类作品中,元典的叙事似乎比我们更多样也更有层次。正如德里达所说:文学写作应该"具有一种穿透性。它是对任何既定秩序的穿越,是对学科范畴的穿越,是对任何一种分类学的穿越,最终是对形而上学的

---

① [美]海登·怀特:《历史的诗学(元历史:十九世纪欧洲的历史想象前言)》,王逢振主编《2001年度新译西方文论选》,漓江出版社2002年版,第73页。
② 李振声:《"文本寄生者"李冯和他的长篇〈孔子〉》,《当代作家评论》1997年第6期。
③ 李振声:《"文本寄生者"李冯和他的长篇〈孔子〉》,《当代作家评论》1997年第6期。

穿越"。① 解构主义所主张的消除界限的穿越性,为戏仿、拼贴提供了学术支援。由于界限的消失,元典与当下文本就显得更加自由平等。在互文性中,元典可以被作家意味深长地分解成词语、句子、典故、情节等等,彻底穿越学科、知识、思想的种种障碍,而广泛地存在于文本中。这种互文理论的存在,不仅拓展了西方文学创作的知识背景和思想资源,而且也使西方元典书写在他们那里显示出崭新的意义。

互文性在克里斯蒂娃那里定义为"一文本与其他文本的关系"。这透露出文本真正的自由,历史的先行者与后来者完全的平等。于是,"迟到"的文本在这种特定状态中翻出新意,它经由先前元典的不断的交叉、碰撞和融合,已从传统的线性结构衍变成一种现代的立体建筑。从叙事上看,对作为经典典籍的"两希"传统,作者可根据自身的需要自由地引用、反讽、戏仿;一个在他人看来极为平常的细节,由于潜在的元典,也会衬托出许多复杂的内涵。如冯内古特的《第五号屠场》对《圣经》的引用,毕利·皮尔格里姆经历的种种、神奇的先知以及复活,就使人自然地联想到受难的耶稣;甚至其"古代罗马市民穿的宽大外袍,而且一脸胡须"的外貌描写,也与耶稣颇为相似②。加拿大作家玛格丽特·劳伦斯在《石头天使》中不仅把源自《圣经》中的哈格作为自己笔下主人公的名字,而且似乎不经意的一句话"我这个埃及人……"也含意丰富,它暗示了女主人公哈格把自己在现实生活的角色与《圣经》中的角色混淆在一起。③有学者在研究莎士比亚作品时,发现在他的 37 部话剧中不仅引用了 500 多处的《圣经》,而且他也常常故意误用或误解《圣经》的典故,以造成强烈的喜剧色彩④。

如果说戏仿和解构《荷马史诗》《圣经》等文化元典的典故与情节,是哈罗德·布鲁姆所谓的文学后来者因焦虑而进行个性强力对抗的表现,那么元典所隐藏的艺术技巧也会在不同语境中产生了惊人的艺术效果。而这则经常被我们所忽视。现代戏剧大师布莱希特为实现"间离"效果,或采用一个演员同

---

① 汪民安:《雅克·德里达:书的终结》,《外国文学》2000 年第 1 期。

② 韩振星:《五号屠场中的现代"基督"画像》,梁工主编《〈圣经〉与欧美作家作品》,宗教文化出版社 2000 年版。

③ 李渝凤:《一个朝圣者的历程》,《四川外语学院学报》1996 年第 1 期。

④ 张奎武:《〈圣经〉典故在莎剧中的艺术效果》,《外国文学评论》1994 年第 1 期。

时扮演几个角色,或运用叙述者来讲述评论,或用歌队的形式表达某种评价等,凡此种种,正是西方戏剧最本源的传统。所以,人们才说:"布莱希特不过是以一种西方传统来抗拒另一种西方传统而已。就抗拒而言,他是一个先锋派戏剧的斗士;就他抗拒的手段而言,他又不过是一个传统主义者。"①布氏在源头上找到了被遗忘的艺术传统,他更新了人们的观念与感知,以最古老的艺术手段完成了现代艺术所追求的"陌生化"效果,使元典的叙事形式在新的艺术审视中勃发出盎然的新意。可见,互文性的叙事策略实际上包含了多种意义,它既有解构性的互文关系,以其他泛文本叩击了作为整体的封闭的元典;又有建设性的互文关系,泛文本积极地参与文本意义的生成,丰富了元典意义;更有一种技巧的互文性并置。西方对传统的重视和发掘,使元典成为文学写作一个永远不竭的资源,他们的经验和理念值得我们借鉴。

　　　　　　　　　(本文与陈林侠合撰,原载《中国政法大学学报》2010年第2期)

---

① 　周宪:《布莱希特与西方传统》,《外国文学评论》1997年第3期。

"新故事新编"：
当代历史小说的一种新形态
——兼谈其历史流变及现代生成

在世纪之交众声喧哗的文学大潮中，一向以凝重厚实著称的历史小说也悄然地发生了新变：除《曾国藩》《白门柳》《雍正皇帝》等传统作品之外，还出现了一批思想艺术颇为怪异的新形态，如王小波的《万寿寺》《红拂夜奔》《寻找无双》，叶兆言的《濡鳖》，何大草的《衣冠似雪》，丁天的《剑如秋莲》，李冯的《另一种声音》《孔子》《牛郎》《我作为英雄武松的生活片段》《唐朝》，刘震云的《故乡相处流传》，潘军的《重瞳——霸王自叙》，商略的《子胥出奔》《子贡出马》，朱文颖的《重瞳》，张伟的《东巡》，木木的《幻想三国志之王粲笔记》，张想的《我作为丁兴追随建文帝的逃亡生涯》《孟姜女突围》，卢寿荣的《刻舟求剑》，瞎子的《刺秦》等等。这批作家以初登文坛的新锐居多，年龄大多在三四十岁左右；其中不少为"先锋派"或"晚生代"。迄今为止，评论界都习惯于将其称为新历史小说。不可否认，这种归类与分析自有一定的道理。的确，从文体形态的表象上看，这类小说与新历史小说有某种相似或一致之处；但就文体内在的意蕴看，它与鲁迅的"故事新编"具有直接的渊源关系，是"故事新编"在当下的发展和嬗变。从后个层次角度观照，它也许更能切中这种新文体创作的实际。

当然，由于各自所处的时代背景、写作立场以及观念取向的不同，同样是"新编"的"故事"，它们彼此也大相径庭，存在着很大的差异。鲁迅的"故事新编"无疑属于精英知识分子话语，可纳入启蒙文学范畴，是现代主义的一种诉求；而这些当代历史小说则情况比较复杂，大体可划归后启蒙文学范畴，是颇典型的一种后现代写作。为论述方便，也为了以示与"故事新编"的区别，我们在这里不妨将它称之为"新故事新编"。

一、从"故事新编"到"新故事新编"

　　"新故事新编"是相对于"故事新编"而言的。在进入正文之前,似有必要对"故事新编"文体形态的历史流变及其现代生成进行一番追根究底的探讨。

　　"故事新编"与鲁迅密切有关。其所产生的根源,在相当程度上可归因于:"文学文本决不只是被动诠释、反映特殊时空的意识形态,相反,它们是冲突和差异的发生地,价值和前概念、信念和偏见、知识和社会结构的寓所。所有这些可以清楚阐述历史自身的意识形态的复杂构成物,会在其中产生且最后被改变。"①对于中国而言,这类新小说的兴起,则与西方现代文学和文化的影响直接有关。它可以说是外国政治小说、科幻小说和中国传统小说氤氲而成的产物。因此,在发表的当时和后来都受到人们的推崇。人们推崇这些小说,除了作品所表现出的思想敏锐性和社会批判性之外,还赞赏这些小说所显示出的独特的文体形态,称这些小说是中国小说史上的一种"创新",称鲁迅是"中国现代历史小说的首创者"。② 鲁迅的"故事新编"在中国现代小说(包括现代历史小说)史上有着重要地位,这是共识;但说"故事新编"形式是鲁迅"创新"或"首创",这种说法值得商榷。③ 因为作为一种独特的文体,"故事新编"早在鲁迅之前就已经存在。倘若具体考察,它大致经历了这样三个发展阶段,即:从晚清到民初,以吴趼人、陆士谔为代表的开端期;五四及 20 世纪二三十年代以鲁迅、郭沫若、郑振铎等为代表的高峰期;以及 40 年代以张恨水、平襟亚为代表的复兴期。

　　"故事新编"最早出现在晚清之际。在西风东渐及翻新之风影响下,有些

①　Andrew Bennett,Nicholas Royle. *An Introduction to Literature ,Criticism and Theory*. Prentice Hall/Harvester Wheatsheaf,1995:136。

②　参见唐弢、严家炎主编:《中国现代文学史》(二),人民文学出版社 1979 年版,第 114 页;黄修己主编:《20 世纪中国文学史》,中山大学出版社 1998 年版,第 192 页。

③　参见汤哲声:《故事新编:中国现代小说的一种文体存在——兼论陆士谔〈新水浒〉、〈新三国〉、〈新野叟曝言〉》,《明清小说研究》2001 期第 1 期。本文有关"故事新编"开端期的论述,颇多借鉴了汤文,谨此向作者致谢。

作家不满于传统小说据史而作的套路,而以古事或经典旧作为本进行改造,并借鉴流行的翻译小说文体,赋予历史新的生命。故往往以"新××"命名。如1905年,吴趼人在上海《南方报》附张"小说栏"连载他的《新石头记》,便是其中较早的一部。在该作第一回中,吴趼人就申明他的小说不是那种"狗尾续貂,贻人笑话"的续作,而是"独树一帜"作品。这种"独树一帜"也就是"故事新编"的开端。《新石头记》在旧《红楼梦》基础上加进了一些现代的新内容,形成了中西合一的内结构。它通过传统小说中杜撰的人物——宝玉在现实境遇下的种种奇异游历,包括宝玉坐着潜艇探访海底隧道、收集海洋奇宝等,明写现代文明中的各种新鲜事物,实则书写作者自我的政治理想,并用古今交融这种独特的文体形态,对传统文化和现代文明的关系进行思考。此后的陆士谔在这方面就更突出了。他的代表作《新三国》可谓是作者对彼时政治体制改革方案的一种形象化的理性认知与抉择。从形式上讲,《新三国》属于"翻新小说"或曰"拟旧小说",他采取"蹈空"的虚构手法,将已成历史定论的"三国争霸"旧案搬到现代社会的背景下进行翻新和重构,于中寄寓自己的政治理想。小说描写东吴最先变法,但只办事业,不振国体,因而国势日衰;魏国的变法毁于内部人事倾轧和不团结;只有蜀国,因为先改政体,再兴实业,而最终歼吴灭魏,统一全国。在这里,作者殚思竭虑所表达的,并非"重兴汉室,吐泄历史上万古不平之愤气"这样一个老话题,而是通过彼此对待维新改革三种不同模式的成败利钝的比较,提出自己心目中"立宪模范国"的治国强国方案。因此,书中那大量穿戴古衣冠的人物如周瑜、孔明等以及真实的历史情节,都成了作者借用的一点历史"因由"而随意铺染。这样的古人与今人相杂,古事和今事相间,就读者而言,它可以让他们从作品人事的超验叙述中得到幽默轻松的新奇快感;就作者而言,它可以借此有效地拓展创作的艺术想象的空间,用这种极富意味的"曲笔"形式针砭现实,书写自己的政治理念。同样,与《新三国》在内容上相互呼应的另一部作品《新水浒》,也是借历史情节和人物为因由,描摹作者对当时社会经济改革的超前见解。在作品中,梁山众好汉响应朝廷变法的号召,成立了梁山会,派会众下山经营各种新事业。当然,这些所谓的"新事业"乃是围绕着当时正在进行中的维新事业展开和生发的,具有强烈的社会批判色彩。梁山众好汉的名号仍在,算是历史的一点"因由";而人物的行为举止却因现实需要而进行了"点染",这样,这些形象与读者心目中的既有模式形成反差,从而造成了颇强的讽刺和批判的效果。

需要指出,《新三国》《新水浒》这两部作品与传统意义的"翻案"之作《反三国》《反水浒》不同。后者是对旧作情节的续写,或圆旧作那令人抱憾的结局,或杜撰历史人物于情节之外的人生轶事,总之,它是旧作框架中的故事演绎。而《新三国》《新水浒》则是对旧作的根本改造或重新书写,它已融入了 20 世纪的时代的新精神。青年学者汤哲声对此有个很好的总结:他认为在文体形态上,"故事新编"将西方的政治小说、科幻小说和中国的传统小说模式相杂糅,具有强烈的社会批判色彩,可以归纳为"古今融合体";在叙事上,它把古时今时、古事今事交融在一起,构成了一种"未来完成式"的结构。① 当然,这些作品并不完美,它也留下了明显的缺憾。如过分政治理念化,大量的政治议论和治国治民方案虽然勾画了美好的"强国境界",但究竟主观色彩过浓;在作家灵动飞扬的描写中,小说固然纵横驰骋,艺术表现的天地很开阔,但对社会痼疾的批判与认识,对民族精神的反思与提升方面,毕竟比较浅显。因此作品往往显得激情有余而理性不足,有的近乎一般的科幻小说。

上述情况,至 20 世纪二三十年代有较大改观。如郭沫若收在《豕蹄》中的十个短篇,包括《马克思进文庙》《漆园吏游梁》《柱下史入关》等,尝试以荒诞不经的故事,来阐释作者的社会观和文化观。徐卓呆在《小说世界》上连载他的长篇小说《万能术》,将世俗故事、科幻小说和政治小说结合在一起,批判军阀政府治国无方。老舍的长篇小说《猫城记》,用神话的笔法描绘了火星上猫国的生活状况,借以表达作者的政治价值观。这些"故事新编"与同时期侧重于写实的茅盾、郑振铎,以及习惯于主观抒情的郁达夫的历史小说如《大泽乡》《桂公塘》《采石矶》等形成了鲜明对比和互补。当然,此一时期最为重要的是鲁迅的加盟,他不仅是五四时期最早使用此文体形态的作者,而且在继承前人的基础上将其推向到一个新的高度。较之晚清之际的《新石头记》《新三国》《新水浒》等一批"新××"作品,鲁迅的最大不同之处在于弱化或泛化它的政治小说内涵,而增强其文化批判的色彩。在他的《补天》(原名《不周山》)《奔月》《铸剑》等短小凝练之作中,先前"故事新编"文体形态的讽喻特点被很好地

---

① 汤哲声:《故事新编:中国现代小说的一种文体存在——兼论陆士谔〈新水浒〉、〈新三国〉、〈新野叟曝言〉》,《明清小说研究》2001 期第 1 期。

继承下来，还加进了他特有的幽默、犀利、深刻并有所发展和提升(这种文体形态特征与鲁迅惯有的杂文风格非常一致，可以说鲁迅是高度发挥了其杂文之长，把自己杂文的独特个性和优势都充分吸纳到"故事新编"这种新文体形态的创造之中)；同时又敏锐地将其与 20 世纪现代主义的荒诞、调侃、反讽的手法沟通连接，达到了既充分个人化又高度时代化的境地。而科幻小说的成分却潇洒地被略去了，因为它与其艺术整体显得不和谐，也太浅表化了。鲁迅根本无意将"故事新编"写成一般的准科普读物或宣传品。他借助于这种独特文体形态所具有的极大的象征意味和寓意性，自由地表达自己对历史、现实和人生的看法。而这样的结果，他在实际上是将一向滞后的历史题材小说推进到了先锋的境地，使原先经验实在的通俗文学话语，因此成为一种超验脱俗的精英文学话语。

　　三四十年代，在鲁迅影响下，"故事新编"文体形态尝试者不少，也取得了一定的成就。如聂绀弩为"纪念鲁迅逝世五周年"而创作的《第一把火》，将普罗米修斯为人类盗火受难的故事加以现代的"点染"，伴随在主人公身边的，始终不乏类似鲁迅笔下的"小东西"那样腐朽、卑劣和无耻之徒，这显然是对鲁迅"故事新编"的承接。另外两篇《鬼谷子》《一个残废人和他的梦》，分别描写主人公在幻觉和梦境中游历另一个世界，在这其中，真实的历史成了过往的情节，而虚幻的梦境却成了现实的生活细节。作者所描绘的文本世界没有纯粹的过去时，历史成为现在完成时的表述，它总是与当下特别是当代人的强烈情绪和价值判断紧紧地联系在一起，其内在的讽喻性意向与鲁迅如出一辙。难怪聂绀弩自言是"从鲁迅先生的《故事新编》学来的"①。秦牧的《囚秦记》《死海》《火种》《诗圣的晚餐》等，也是在亦真亦幻的交织中描写世态人心，与"故事新编"有某种异曲同工之妙。类似的作家还可以举出刘圣旦、郑振铎、巴金、张天翼、孟超、曹聚仁、蔡仪、施蛰存、陈子展、吴调公、包文棣、杨刚、唐弢、冯至、许钦文以及香港的刘以鬯、陶然、李碧华等一大批。有些作者对鲁迅的学习达到了刻意模仿的地步：如谭正璧把自己的历史小说集取名为《拟故事新编》，廖沫沙将他的《东窗之下》标上"故事新编试作"，端木蕻良的《步飞烟》则标上"故事新编之一"。这说明这些作家在文体形态的考虑上，都是以鲁迅的"故事新

---

① 聂绀弩：《聂绀弩小说集》序，湖南人民出版社 1980 年版。

编"为楷模的。另一方面,晚清时期出现的将政治、讽刺、科幻小说三者融为一体的通俗型"故事新编"小说,在此时也有发展。如耿小的《新云山雾沼》,对"西游记"进行了重写,孙悟空成了救国治民的英雄,人类解放了地狱,攻占了火星,宇宙因此而得到太平。还有张恨水的《八十一梦》,将上下几千年和天堂、人间、地狱等的各类人物聚集在一起,作者通过对他们品行的种种描述,对现实进行了辛辣的讽刺。不过,总体来看,此时"故事新编"较之五四时期,呈下滑态势。它们较多模仿鲁迅而又没有鲁迅那样的文化判断力和创造才情。有的看似上天入地、溯古述今,但其整体的内涵和格局都显得较为平面和平浅,与晚清之际的有关作品相比并无多大推进。这种情况一直延续到 80 年代。由于对现实主义理解的偏至,也由于受"从属论"思想的制约,历史小说不仅十分罕见,而且思维观念也凝固僵硬,故"故事新编"写作几近绝迹。

文体形态的发展是很奇妙的,有时在很长时期停滞不前或走向衰微,有时则在很短的时间内得到复活和发展,产生惊人的新变。我们所说的"故事新编"就是这样,它在经历了半个多世纪的日渐式微后,至 90 年代,在多种因素尤其是在新历史主义的影响催发下,竟奇迹般地出现了复苏,在短短十年左右时间产生了一批新作。它滥觞于冯骥才的《神鞭》(甚至包括魏明伦的戏剧《潘金莲》),也与莫言的《红高粱》以及马原等人的创作具有一定的联系。从这个意义上,我们可以说"新故事新编"与新历史小说同根异枝,具备了当下先锋实验文学的某种元素。也正是这个缘故,迄今为止,人们往往都将这批作品与新历史小说混为一谈。但其实这两者是有区别的。如果单论作品的时代感,那么应该说两种文体形态各有千秋,不相上下;但若论空间的开拓和形式的创造,这批"新故事新编"似乎更大胆出格,因而也比传统惯见的历史小说走得更远。"新故事新编",它已明显地融涵了流行于当下的不少"另类写作"的思想艺术理念,正渐渐地演化成为历史小说的一种次类型。

二、"新故事新编"的游戏历史与反讽策略

作为历史小说中的新形态,"新故事新编"显著的特征之一,就是在精神血脉上割断与传统文化谱系的联系,用喜怒不形于色的超然的态度展开叙述,表

现出相当明显的游戏历史的艺术旨趣。崇高与卑鄙，正义与邪恶，都一概遭到了作家的冷漠调侃。他们的历史叙述似乎只是为了"好玩"，进行重写或重构是为了反串一场滑稽表演，让人于荒诞不经中忍俊不禁，感到有趣。比如在商略的《子贡出马》中，一干历史上的圣贤人物都有了现代的身份标识。孔子是私立学校的校长，开的必修课是《礼》《乐》《诗》《书》《易》《春秋》，七十二弟子修不到学分要补考；子贡出使各国，住在五星级宾馆，在包厢里吃海鲜；勾践"卧薪尝胆"，睡的是云丝被，尝的是绿豆糕。所有被典籍记载的历史典故，包括《论语》中孔子师徒的谈话，孔子弟子的不同个性，子贡出使的战略部署和吴越两国的斗智斗勇，都被改写成了现代人所熟悉并身体力行着的日常经验。而在李冯的《另一种声音》里，神圣和英雄的严肃主题被消解殆尽，《西游记》变成了"戏游记"或"嬉游记"。一路上，师徒们享受桑拿浴、芭蕾舞、通宵狂欢蒙面大聚会，处理离婚、复婚、图书包销任务等。小说中有宋元交替、水浒红楼、农民起义、青楼名妓、美元兑换，林林总总，不一而足。这里同样是"故事新编"，它与鲁迅有很大的不同。鲁迅在"再叙述"时对传统文化进行了严厉的批判，他的解构性是很强的，但解构的同时也有建构。这是因为在鲁迅看来：历史小说的创作任务，不是依附于史书或复述史实，而是要将古人和今人共同面对的人生智慧和斗争策略用艺术的隧道加以沟通；现代历史小说家不但应当重视中国古代人的智慧的表现，更应当重视这种智慧表现的人道主义性质。因此当尊重历史和超越历史，小说家和历史学家发生遭遇战的时候，鲁迅设计了"象征"模式，他采用超越旧历史和重组文化框架的方式，小心地绕开了中国历史上各种政治集团的斗争和大量有趣的故事（即解构过程）；而肯定描写了造人补天的女娲、射落九日的后羿、治理洪水的大禹和维护和平的墨子等。透过这些被高度幻化了的历史人物的三棱镜，他向我们折射了人类美好的人道主义目标。当然作者也写各种形式的复仇，但展现的是惩罚人类罪恶的方式，并将其提到很高的文化精神层面（即建构过程）。① 因此，鲁迅"故事新编"中描写的历史，可能在事实层面上子虚乌有，但在精神层面上却是很实在很充沛的。文本也有内在的张力，并因彼此的紧张对立，构成了自己独特的美学力量。显而易见，这与鲁迅的启蒙文学立场是一致的。

① 王富仁、柳凤九：《中国现代历史小说论》（三），《鲁迅研究月刊》1998年第5期。

　　相比之下,当下新锐所写的这些"新故事新编"就更用一种游戏心理从事创作,他们在激烈解构历史和文化的同时却将建构悬置起来,并以此来遮掩自己对世界和对人生的狐疑感和荒谬感。因而文本自然就没有也不会选择"象征体"加以提升和转化。它呈现在我们面前的,更多的是形而下的生存生命方面的内容;历史人物迷恋于此,作者也迷恋于此。于是,我们看到,在大多的"新故事新编"中,不要说一般的下层民众,就连孔孟圣人、孙大圣等,也纸醉金迷,夜夜笙歌,极尽吃喝玩乐之能事。历史的美与善、丑与恶之间的界限被抹平了,鲁迅的"人道主义""启蒙主义"的写作立场也一概被略去了;对"意义"的消解和对"形式"的消解不仅互相认同,而且首先是被作者认同,并在滑稽中得到了统一。

　　正是从这个意义上,我们完全可将这批"新故事新编"归入后现代主义的范畴。也正是从这个意义上,我们认为将王小波的《万寿寺》《红拂夜奔》《寻我无双》等说成是"新故事新编"有点不大合适。王小波在其作品中以性为切入点,将历史人物与现代人物形成一种奇特的拼接,现代的生活场景很不协调地穿插在古人古事中,形成一种怪诞的氛围。在这种怪诞氛围的掩护之下,他以传统文学中从未有过的坦然自信,无所顾忌地表现人的欲望。作者穿行自如地驰骋于古今中外的广阔天空,将古代才子佳人的奇闻逸事与现代人的性观念以及个体意识自然地组合在一起,向中国文化的性禁忌和压制个体意识的传统因袭思想发起了一次强有力冲击。更可贵的是,他没有像30年代的施蛰存(如《将军底头》等)那样单纯以性的学说来通领一切,而是站在一个凌驾于古人与今人之上的高度,重新对中国人的性和人本观念进行了审视。以《红拂夜奔》为例,叙事者王二,是一个在高校里以证明费马大定律为生的郁郁不得志的小教员,所叙述的故事却发生在遥远的唐代。在故事里,李靖是数学天才,早已证出了费马大定律却挨了朝廷的大棒,只得与红拂逃出城去。直到学会装神弄鬼,才官运亨通,成了编写礼仪教材和道德规范的"李卫公",在限制和禁忌中过着自以为洒脱的"伪自由生活"。而红拂女呢,因为厌倦了这样的生活,想以自杀来寻找绝对的自由,结果自杀却成了一场充满黑色幽默的现代仪式。站在两人对立面的虬髯客是个遵从于禁忌和约束的扶桑国王,他对规矩的无条件的恪守已经化为了内在的一种自觉。所以作品中的他成了一个"变形人"和潜在的怪物,谁不小心踩上他,就会犯下大不敬的罪名。这一滑稽可笑的存在预示着人们置身于一种恐怖的境遇：面对无处不在的条框和无所不能的禁忌，人们必须时时伪装压抑自己，生命的自由自在已毫无可能。所以王小波在全文的最后不无无奈和痛苦地写道："我只能强忍绝望活在世界上。"这个结论与故事叙述者王二有关"活着成为一只猪和死掉，也不知哪个更可怕"的绝望感叹在精神实质上是不谋而合的了。可以看出，王小波的写作不是为了追求单纯的"有趣"，也不像一般的新历史小说那样为了悬置历史本真和理性；通过诡异的文本，他向我们表明了值得重视的这样一种精神立场：我们每个个体都应该保持自己一份特立独行的品性，坚持对生存的某些悖论性的体认。这也是王小波的高明之处和深刻之所在。它说明"新故事新编"并非宿命地注定了只有一种固定的模式，它不仅有多种叙述之可能而且还有进一步提升之必要。

当然，王小波的创作是非常个案的。就面上的情况而言，我们看到更多的是对历史平面化、游戏式地随意消解和拆毁。这种消解和拆毁犹如一把双刃剑，它在给历史叙事带来解放的同时，也给内在的精神钙质造成极大的损害。而这，与其所采用的反讽的叙事策略是很有关系的。正是这种弥漫一切的反讽，它将历史变成怪诞可笑的文本，并解构了一切以某种"偏见"累积而成的人文价值和意义。有必要说明，所谓的反讽其实有两种：一种是有"意义"为依托的反讽，所以它对讽刺对象进行大嘲大谑之时，依然保留着强烈的主体精神；另一种反讽是无"意义"为依托的反讽，故它的讽喻往往带有浓重的虚无主义色彩，甚至造成生存失落、自我分裂的极端状态。"新故事新编"大多属于后者。因此其反讽的频繁使用虽收到了很好的娱乐消遣乃至喜剧的效果，但却难以给人以心灵的震撼。就此而论，"新故事新编"与新历史小说在精神取向上同枝连体；不同的是新历史小说中存在不少颇具文化哲学意味的形而上的潜质，有不少现代主义的基因。特别是早期或较优秀的新历史小说，更是如此。而"新故事新编"不同，它的主导倾向是后现代主义的。在这里，新历史小说普遍认同并广泛使用的历史偶然性的叙事，也遭到了排拒和颠覆。与新历史小说相比，"新故事新编"要随意得多，它带有很大的随机拼盘或拼贴。这样，就不能不造成它的历史感和文化内涵的单薄，而鲜明地呈现私人化写作的特点。这可能跟90年代的后现代主义的写作语境有关，也与作者边缘化的创作心态有关。

三、"新故事新编"的古今杂陈与拼贴特点

　　就文体形态的内部构成来看,"新故事新编"无一例外地采用古今杂陈的形式。将不同历史时期的人事放在同一空间中并置,或让叙述人穿行于不同的历史时期展开人事描写,这几乎成了它最基本、最普遍的一种艺术形式。这些作品,虽然不少都有元典的历史事实的支撑,但由于打破时空界限,创造了古今交融、幻实相映的独特的第二自然;因此,与鲁迅及以往"故事新编"一样,它们便获得了为一般传统历史小说和当下新历史小说所没有的陌生美、幻象美。当然,"新故事新编"毕竟是今天时代的产物。同样是古今杂陈,它与以前的"故事新编"在层次、角度、形式、手法上还是有颇明显区别的。无论是吴趼人、陆士谔,还是鲁迅、聂绀弩、秦牧,他们在进行具体处理时还有一个潜在的整体性原则,即:注意整体氛围的营造以及上下文之间的沟通协调,寻找和确立理性逻辑基点;在古今错置描写时,充分发挥讽刺小说的嬉笑怒骂、插科打诨的艺术功能,有的还进行切实而又富有深度的文化批判;有时甚至也"油滑",但态度一般比较严肃,其所嵌入的现代生活内容,包括描写的本体"故事",大多是为被作者所针砭的,属于否定性的范畴。特别是鲁迅在这方面更是把握和处理得十分整饬到位,令人击节。

　　而"新故事新编"的古今交融的拼贴色彩就十分明显,随意性也很大。如刘震云的《故乡相处流传》,叙述人"我"挣脱了时空的羁绊,一上来就给曹操捏脚,过了几段,"我"突然变成了20世纪的"刘震云";曹操"睁开眼睛又兴致好时,知道我也是当代中国一个写字的,便也与我聊天,谈古说今"。这种转换事先未有任何叙述上的准备、铺垫和承接,我们在阅读过程中看不到任何对这种情况的解释,也看不到叙述人对这种不合理状况的任何不安。"我"坦然地来回于"刘震云"和"搓脚人"之间,穿梭于两个完全不同的世纪之间。这与新历史小说不一样。新历史小说一般是通过一种复式的叙述结构来完成时空的跳跃和变换,也就是说在历史事件发生和发展的大背景下,它还有另一个视角。或者说,它是借助于代表现时状态的叙述者(通常以"我"为主体),通过"我"在历史与现实之间不停地跳进跳出,沟通着现实与历史的联系。比如新历史小

说代表作《灵旗》，它的小视角是五十年前红军的湘江之战，而小视角背后的大视角是青果老爹眼里忽隐忽现的往事。作者让青果老爹看到五十年前的往事，有意使青果老爹和往事中的汉子产生间离效果。此处，现实的视角与历史的视角经常是重合的，现实的视角不断而又自由地跳跃在历史的各个阶段中，读者也可以鲜明地感受到这个视角的存在。而"新故事新编"一般则取消这样一个作为时空中介的第三人称叙述视角，它直接把不同的历史特征拼贴在一起。在新历史小说中，青果老爹可以用无限的视角洞窥五十年前的战争，但却不可能出现青果老爹与五十年前的人同处一隅，穿一色的服装，谈论同一件事情的情形；而在"新故事新编"中，故事的行为主体却都直接存在于一个没有古今差异的超时空之中。

在这方面，最典型的例子要数尹丽川的短篇小说《十三不靠》。"十三不靠"原本是麻将术语，十三张牌毫无关联并按一定的牌面要求组合而形成和牌的局势是为"十三不靠"。这个短篇正是在形式上套用了"十三不靠"的要求。全文分成十三节，前十二节作为故事的主体是现代生活的描写。但是文章写到了第十三节，突然插入了一段毫不相干的古代故事，描写袁崇焕在刑场上被凌迟处死的片断。这一插入，与前十二节的叙述内容没有任何情节上的关联，抽去它，全文照样成立。这也说明这个短篇的古今之间，不仅未形成对话，而且各自独立存在，它完全是人为的一种刻意拼贴。作者力图通过这个完全超逸于小说既有故事情节逻辑和割离于现实的独立的历史场景，来调动和激发读者的想象以及情绪体验，使在前十二节的现实性文本中无法表达清楚的思想理念，得到弥补和说明。不过这种尝试虽新，但由于拼贴过甚，因此文本的历史与现实割裂得太厉害，古今交融无意之中也被简单化、平面化了。从方法上看，"新故事新编"十分强调互文性，即在作品中除了加入政治小说、历史小说、讽刺小说、科幻小说等因素外，还博采荒诞小说、世情小说、新历史小说、通俗小说的长处，从而形成了颇明显的泛文本特色。互文性是后现代主义惯用的一种写作方式，它打破森然有序的纯文学范式，致力于把文本泛化为一种开放式的"杂色"的复合体。而杂而不纯，恰恰是后现代文本的一个重要特色。值得指出的是，如今这种创作倾向已出现了向网络文学走近的趋势。它不仅文字更简洁，篇幅更短小，而且往往从既有的传统经典文本那里挖掘"故事"资源，寻找写作的灵感。如杨小青的短篇小说《陈家洛》，内中由陈家洛引发，串起了金庸武侠小说的一大串人物，最后由笑声结束。这与周星驰"大话西游"式的天马行空的拼贴有惊人的相似之处。同时高科技也被引入了文本，但它与晚清时期不少"新故事新编"中的"科幻"（如上述《新石头记》等作所述的上天、入地、下海底等有关描写）不同；后者带有某种科学启蒙的作用，而"新故事新编"则仅仅将高科技当作了串联故事的一种媒介而已。

当然，以上并非"新故事新编"的全部，也有少数作品不是这样或不完全是这样。它们的古今交错当然有拼贴的成分，但也比较注意衔接。更为主要的是，它不仅仅是单纯的技术操作，而是融入了作者自己的生存体验和感受，带有颇明显的个人化写作的意味。比如朱文颖取材南唐后主李煜囚禁生涯的《重瞳》。这个历史短篇的文本就像一张精致的网，在密集的古典意象里，多重对应了一些精神问题的探讨：卑弱与壮烈、屈辱与欢乐、现实与梦想、天上与人间等等。在文中，"重瞳"不仅是一个历史细节，也是一种途径。借助它，李煜得以挣脱而去成为项羽，在卑弱的生命之外，游历了英雄的精神世界。又比如潘军的同名之作《重瞳——霸王自述》、商略的新作《子胥出奔》，也都不是以戏谑为主的叙事风格，但它们同样表达了人们一种共同的感受，那就是别无选择的历史使命与自由理想的冲突。这也是鲁迅在《铸剑》中曾经探讨过的。在《重瞳——霸王自述》中，项羽是一个血管里流着贵族血液且具有诗人气质的军人，一个对世界富有天真烂漫情怀的男人，一个厌倦了连年征战的性情中人。这些特征中矛盾的部分是作家着力刻画的内容。我们看到，项羽厌倦战争，而秦国已亡，天下大乱，他必须担负起家族的责任；他不愿意杀人，而在权力和人性之间，他又必须作出有悖于自己本性的选择；他想和心爱的女人去草原过幸福的游牧生活，但历史、家族赋予他的使命却永远是战争和杀戮。这一辈子，项羽只做过一件完全服从于自己个人意志的决定，那就是在乌江边像个真正军人那样优美地死去。"每个人对自我有其个人的概念，而这个概念却可悲地（或可笑地）同现实中的他并不相符"，米兰·昆德拉曾这样概括人的现代性悲剧。从这个意义上说，潘军笔下的项羽不是死去两千多年的古人，也不是史书上那个力拔山兮气盖世的霸王，而是我们中间的一个，他昨天才刚刚告别人间。重瞳就是中介，因为有重瞳，项羽亡灵的视界是无限的。这使他能够站在你我之间，用他一生的故事述说着我们共同的命运。

还要值得一提的是李冯的《孔子》。它写孔子师徒在诸侯割据、生灵涂炭的"可怕的混乱"时代，周游列国，试图去做"和平的使者"。但经过几年的迁徙、饥饿、放逐，终于意识到自己的壮举，实际上只不过是堂吉诃德式的疯狂可笑、毫无意义而又发人深省的一次济世旅行，它与那些无恶不作的流窜犯并没有什么差别。于是，在陈蔡边境，困窘潦倒而又百无聊赖的师徒引出了《诗经·小雅·何草·不黄》中那个著名的诘问："匪，匪虎，率彼旷野。"为什么师徒们屡遭创伤，明知治国抱负无法伸展却还要像野牛猛虎那样在黑暗荒野中奔跑？为什么他们多次发出疑问后又迟迟不肯回故国，而宁愿在路上受饥挨饿？作家在这里不住询问的命题是：人活着到底是为了什么？一种表达？一个象征？还是一次精神漂泊？其实，作者的内心是有答案的：这就是欲使生命意义不朽，就必须上路，不断追寻，哪怕路上有种种的艰难；而只要有跋涉和追寻，惆迷和痛苦就无法避免。人因其自身内外的诸多局限不能完全得到他所想获得的，这是现代人包括当下中国民众在现代社会中体验到的最为根本的生存痛苦之一。李冯不但揭示了这一层，还向我们展现了对抗痛苦的办法：人既然已经在路上，那么无论是慢行还是奔跑抑或伤痕累累，只要还坚持寻找，就都会在心灵上得到启示，或有所启发和觉悟。凡是这些，说明他已程度不同地超越了乱语讲史、俗眼看世的后现代主义，自觉注入了知识分子的人文责任，古今交融也因此显得颇为真切和富有时代感。当然不必讳言，由于悲凉颓废之情过甚，也由于弃置了作为"故事新编"文体形态的重要艺术表征的反讽，它使该作相互交融成趣的艺术特质难以得到有效开发，虚幻犹真的诗性之美不能得以充分舒展而多少显得有些沉闷压抑。如果说前面提到的那些作品随意性太强，造成虚妄、飘忽和单薄的话，那么像《孔子》这样的重现实生存感受体验的作品则又过于拘泥呆板，缺乏奇思遐想和非凡的才情。

总之，"新故事新编"作为一种独特的文体形态，它尽管不可能在历史题材领域中占据主流地位，而只能是以另类或边缘的身份置身文坛。但无论如何，它的出现，丰富和充实了当下的历史小说，其逸出常规的思维方式和超验的艺术想象，对所有的历史题材包括其他题材的创作都有重要的参考价值。当然，它对传统文本和典籍一味解构和过于空壳化的叙事策略，也值得引起我们足够的警觉和重视。

（本文与尹凡合撰，原载《学习与探索》2006 年第 6 期）

新编历史剧研究的现状与可能
——由《新编历史剧的生成机制研究》说起

一

自 20 世纪末以来,作为对文学研究与社会现实"不及物"的一种回应性的反思,体制问题逐步成为当代文学研究领域的一门显学。应该说,文学的生成和发展不是一个封闭的、自足的审美领域,而是与政治、历史、经济等具有密切的互文关系。已有的文学史往往重视作家作品和文学现象等"显性事实",对于文学制度等"隐性事实"则缺乏足够的认识。这里所谓的文学体制,是指在某种社会制度支撑下,规范文学创作、批评和研究的制度、方法及形式的总称。它源自政治学和社会学范畴的一个概念,一般来说,属于韦勒克所说的"外部研究"或偏向于"外部研究"。文学体制问题的提出,表明当代文学有走出狭窄的"审美城"、重返宏大开阔的"历史现场"之意。自然,它也由之催化与引发新的"问题与方法",将"一体化"研究推向深入的功能价值。

其实,文学的"外部研究"并不是一个新鲜的话题。中国传统文论的"知人论世"及其作品周边背景等,一直就存在于人们的研究视野中。福柯的知识谱系学和布迪厄的场域理论,在涉及文学问题时,也会谈及与体制有关的问题。但凡是这些,一般往往将其作为文本阐释的附属,限于简单的介绍。20 世纪80 年代新批评所热衷的"文本中心"和"文本自足"的"向内转"理念,更使"外部研究"黯然失色甚至声名不佳。随着社会文化的转型与当代文学研究的不断推进,这一偏于审美感知的"内转"式路数却遭遇到了某种笼罩性的困境,开始转向更强调外在客观和整体综合的文学体制研究,这种研究的结构性调整,主要源于以下几个方面的原因：

首先，是当代社会体制改革与反思的紧迫性，催生了当代文学领域体制研究的开展与推进。其次，是当代文学学科发展的内在需求，几十年来，文坛学界对当代作家作品细密评析，使其在"向内转"的同时，原有的局限也逐渐暴露出来，迫切需要寻求新的突破，在总结以往经验教训基础上，向着偏重于"向外转"的体制研究拓展是可以期许的一种选择。最后，是随着科技特别是互联网技术的发展，电子文献史料的传播广泛又快捷，使得很大程度上依赖于史料支撑的体制研究，得到了史料获取的便捷途径和多样化的技术保障。由此，学界不仅发表了大量研究当代文学体制的论文，同时这方面的专著也纷纷面世。如王本朝的《中国当代文学制度研究》（2007年），张均的《中国当代文学制度研究》（2011年），李洁非、杨劼的《共和国文学生产方式》（2011年）等。

以上所说的都是关乎当代文学整体与整体当代文学的一种体制研究，它大体属于宏观研究范畴，其宏阔融通的思维理路对近些年的当代文学研究产生了广泛的影响。然而，经过一番实践以后，人们也逐渐认识到：这种体制研究也是有局限的，文学与制度之间，远比我们想象的要复杂得多；一味地纠缠于"宏观"，也容易导致学术上的单一与疲累，不利于研究的深入。所以，稍后乃至差不多与上述"宏观"研究启动的同时，当代文学体制研究也出现了与之相辅相成而又不尽相同的另外两种趋向：一种是致力于研究疆域的拓宽，如邵燕君的《倾斜的文学场：当代文学生产机制的市场化转型》（2003年）、陈奇佳的《网络时代的文学生产》（2009年）等，它已不再拘囿于固有的"一体化"考察，而是顺应社会文化转型，将版图延伸到当下市场化、网络化背景下文学体制的探讨。还有一种是研究视角的细化，如陈伟军的《论新中国成立十七年的出版体制与文学生产》（2006年）、斯炎伟的《全国第一次文代会与新中国文学体制的建构》（2008年）、吴俊的《国家文学的想象和实践：以〈人民文学〉为中心的考察》（2011年）、李阳的《〈上海文学〉与当代文学体制的五种形态》（2016年）、徐勇的《选本编纂与八十年代文学生产》（2017年）、张春的《新世纪文学生产：出版策划与传媒风尚》（2018年）等，都是从一个相对具体的文学现象出发，考察当代文学体制运作更为细微的部分。

上述种种，构成了黄亚清的《新编历史剧的生成机制研究》（1942—1978）（以下简称《生成机制研究》）的背景。不管有无意识到，当她选择这样一个话题进行研究时,在实际上,就与上述的宏观与微观并存的文学体制研究形成了一种赓续关系。我们也只有将其置于这样的背景下进行考察,才有可能对它作出较为客观的评价。

那么,从学术发展脉络来看,《生成机制研究》这部论著具有怎样的特点,它给文学体制研究带来什么呢? 我以为最突出的一点,就是将其进而与文学或文体相勾连,使之逐渐走向内化、深化和细化。大家知道,近一二十年来,当代文学体制研究在由宏观向微观、由大向小、由综合向专题转换的过程中,往往较多集中于会议、刊物、出版、评奖、稿酬、事件、活动等文本之外的具体的"点"上,在这方面成果较多,包括出版和发表的著述,也包括研究生的学位论文。相比之下,与文本密切相关的文类如诗歌、散文、小说、戏剧就鲜有涉及,也没有引起应有的重视。文学体制研究也是一个"宏大的系统工程",是可以而且应该多样化的。当它不断做强做大而成为一种研究范式时,有必要将关注的目光投向相对具体、感性的文类生产实践层面。"我以为对于当代中国文学制度的研究主要不在制度理论层面,而在制度实践层面。也就是说,只有获得了对于当代中国文学的制度实践的充分理解,才能真正理解当代中国文学的实际意义及其文学的或政治的动机与价值。"①这是为什么呢? 因为文学处于体制与文本的中介环节,它一头连着作家作品,是作家作品的感性呈现方式,一头又连着体制,体制的规范要求及其变化都会在它那里得到投射。应该说,黄亚清对此是有比较自觉的认识的。她在援引吴俊上述这番话后所作的"文学制度和文学实践是互动的关系,前者赋予后者保障和规约,后者给予前者体现和促进"的概括,以及对自己这部论著所作的"考察一体化的文学体制如何将特定的意识形态,编织进具有浓郁民间特色的历史剧,并逐步确立了一套组织、引导、评价体系,以揭示新中国文学体制中生动、鲜活的一面"的定位②,就很好地证实了这一点。於可训在谈及文学制度研究应该是关乎人的生命、意识与激情研究时,曾称道张均的当代文学制度研究是"人化了文学制度研究,或曰把文学制度研究还原成了人的研究,即构建制度、操作制度和被制度所构建、所操作的活生生的人的研究"。③ 如果说张均的体制研究属于

---

① 吴俊:《如何观察当代中国文学》,《文艺报》2010 年 5 月 19 日。

② 黄亚清:《新编历史剧的生成机制研究》(1942—1978)绪论之第二节。

③ 参见张均:《中国当代文学制度研究(1949—1976)》序,北京大学出版社 2011 年版。

"人与体制"的研究,那么黄亚清的体制研究则可称之为"文与体制"研究。这也是当代文学体制研究比较缺失、有待强化的一个重要维度。如果我们自觉在这方面进行拓展,将会使整体的当代文学体制研究格局更为匀称合理,它也有别于与史学、哲学、社会学、文化学等其他人文学的体制研究,而显得隐曲幽微,更具灵性、弹性和活力。我们必须承认,最近一二十年,在包括体制研究在内的文化研究启动之后,文学研究似乎与文学渐行渐远,变成了文化学或泛文化学的一种言说,它已引起了学界内外诸多批评与不满。

当然,对于黄亚清来说,体制只是切入的一个角度抑或是研究的一种范式,选择新编历史剧生成机制研究为题,它还不能不涉及这种带有交叉性质的特殊文类的历史、现状及其相关知识,在这方面需要有丰富的积累与专业素养。这也是决定其研究成功与否的根本和关键所在。某种意义上,它甚至较之体制研究更难,也更为重要。作为"当代"历史叙述的一种方式,新编历史剧虽自有其渊源和谱系,但它在1942—1978的近四十年时间内由小而大,蔚为大潮,成为中国现当代文学的不可或缺的重要组成部分,却与国家政治意识形态特别是毛泽东关于社会主义的新文化想象密切有关。按照美国学者杜赞奇的设想,非西方民族国家书写的普遍经验有这样两种:一是通过吸取"新鲜血液"获得现代化,但代价是退化或者丧失同一性;二是"通过发现被遗忘的传统或受压实的历史去展现重获新生的民族的同一性与自身能力。这样做的结果是确定了民族性概念,以表明该民族的同一性或类属"。① 新编历史剧写作属于后者。长期的革命经验,让毛泽东等老一辈政治领袖清晰地认识到新文化想象绝不是不证自明的,它不排斥新鲜的"血液",然而却更需国家政治意识形态与情感的集体认同。当然,它也不妨可用揭露"阴暗面"的方式直接加以表现,但那样可能会加剧老百姓的心理淤积,有损于新文化形象及其政权的稳定。所以,除了组织严密有序的政权结构,借助于传统民族形式这个"旧瓶",去装新文化之"新酒",对之进行合历史、合目的的阐释,就成为引导民众认同现代国家政权的理想途径。而在传统民族形式中,在民间有很深入影响的当推历史剧,"历史题材通过文艺形式来表现,其对于人们的影响,比之于历史记

---

① [美]杜赞奇:《为什么历史是反理论的?》,黄宗智主编:《中国研究的范式问题讨论》,社会科学文献出版社2003年版,第13页。

录要大得不知多少倍。"①历史剧能够展示民族文化心理的演变,提炼出民族生命力和凝聚力,并把文化基因传播给广大民众,这恰恰是新文化想象普及所重视的品质。也因此故,毛泽东在延安时期对杨绍萱等人改编的《逼上梁山》给予高度肯定,致信称之为"是旧剧革命的划时期的开端"。② 新中国成立后,经毛泽东批准,还成立了专门负责"戏改"的组织机构"中央人民政府文化部戏曲改进委员会",将"戏改"上升为"国家意志"的高度。至 20 世纪 60 年代初,时任文化部长的齐燕铭,根据周恩来的指示,在戏剧领域还正式提出了传统戏、现代戏、新编历史戏"三并举"的方针,赋予新编历史剧以"超级文体"的特殊地位。自然,这样的"厚遇",它也为几年后毛泽东因新文化实践遭遇顿挫,在"二个批示"及其他谈话中对戏剧舞台上"帝王将相"的严厉批评埋下了伏笔。③更没有想到的是,在"文革"之初,江青等借助于窃取的政治权力,指鹿为马,将《海瑞罢官》《李慧娘》《谢瑶环》等一批作品打成歪曲历史、影射现实的"大毒草"。这样,当"文化大革命"在戏剧领域大革"帝王将相"之命,并用包含着太多政治隐喻的现代新歌舞剧全面取代新编历史剧时,所谓的"三并举"方针,其结果就不难而知的了。

黄亚清曾在 2010 年写过一篇有关《海瑞罢官》的文章,也许在那时就培养了她对新编历史剧的浓厚兴趣。在研读过程中她发现,历史剧在延安至新时期初的这段时间内,与文学体制之间存在着紧密互动的关系。于是萌生了全面深入探讨的强烈愿望,并将其定为博士论文选题。当然,完成一篇论文已不容易,要将其与体制问题结合起来探讨,更是面临着多方面的困难。这里涉及史料收集、整理与辨析(新编历史剧的史料零散而杂乱,需要做大量的搜集工作与对证式解读;还有,传统旧剧很大一部分是历史剧,旧剧改编作为催生新编历史剧的必要环节,它与新编历史剧的史料黏连,也很难作有效的"剥离"),同时也与历史剧在当下比较落寞、不那么为学界关注的生存状态有关。凡此这些,自然会对研究带来这样那样的影响,曾让黄亚清深感苦恼,一度怀疑选

---

① 齐燕铭:《历史剧和历史真实性》,《剧本》1960 年第 12 期。

② 《毛泽东论文艺》(增订本),人民文学出版社 1992 年版,第 142 页。

③ 参见《新中国成立以来毛泽东文稿》第 10 册、11 册,中央文献出版社 1996 年版,第 436-437、91 页;薄一波:《若干重大决策与事件的回顾》,中共中央党校出版社 1993 年版,第 1225-1226 页。

题难以为继;但一直以来对历史文学和戏剧的偏爱,还是让她执着坚持并最终完成了研究。她的这种坚持值得赞赏。当然,作为学术研究,我更欣赏并看重她在广泛占有史料基础上她所提出的"新编历史剧作为执政党政治愿望的一种表述,成为新文化想象在历史叙事与现实语境之间寻求某种对应的文化策略,其内含的中国新故事和历史新叙事,为新文化的'独立自主'提供了坚强的支撑"的有关判断①。这不仅符合事实,也为全书对之作富有深度的考察,力求在传统选题中翻出新意,提供了坚实的基础。

二

作为一种特殊的文类,新编历史剧已进入了文学史,成为文学史的一个组成部分。这里,为有助于问题探讨,我们不妨在前面概念谱系和学术脉络梳理的基础上,从文学史的角度切入,来看迄今为止的当代文学史家是怎样对它进行评定和叙述的,这其中或许可以找到一些共同的、规律性的东西。

众所周知,在现有由诗歌、散文、小说、戏剧四大文体组成的当代文学史中,一般排于最后叙述的戏剧,实际的地位和处境似乎有点尴尬。而作为戏剧之一种的新编历史剧,此种尴尬则显得更为突出:尽管它具有广泛的社会基础,成为现代民族国家与新文化想象的重要载体,而受到毛泽东等的格外青睐,但它在现当代文学史及其整个文学生态中一直处于相对边缘的位置。即便是在延安戏改之后很长一段时间内,新编历史剧与传统历史、现实社会之间的紧密互动,似乎也很难改变文学史家对其"不疼不爱"的态度。这当然与文学史的容量及压抑性的机制有关(文学史相对于已然存在的文学,它的叙述毕竟是有限的,并且总是以压抑其中的一部分为代价来完成其秩序重建,这也就是越后出版的文学史,有关新编历史剧叙述往往篇幅越小),同时也与彼此的文学观与历史观(如 20 世纪初中国文学起步阶段将戏曲视为"淫邪之词",长期以来精英文学史家对俗文学抱有这样那样的偏见),尤其是对新编历史剧的认知与定位有关。当然,具体情况在每个文学史家那里也不尽相同。这里简

① 黄亚清:《新编历史剧的生成机制研究》第一章第三节。

单梳理一下新编历史剧在当代文学史讲述中的地位变化,以期从更为深长的视域中来观照和把握这本专著的学术价值。

迄今还在不断行进中的当代文学,从 20 世纪 50 年代末开始,就表现出强烈的"建构"与"重构"文学历史的欲望。这个有趣的现象,不仅表明了当代文学学科在不断地推进与发展,同时也是文学史家在不同文化语境中,试图用不同的立场和视角言说当代文学的努力。当代文学史在历史分期、史实描述与经典认定上,一直没有形成一个稳定的框架和基本的价值认同,这从新编历史剧在文学史讲述中的地位的游移与不确定,可窥一斑。王瑶的《中国新文学史稿》是 50 年代初带有开创性的现代文学史著作,在新民主主义文化的框架内,他没有述及成为延安文学担当的历史剧变革的情况,但对新中国成立初戏改组织领导、群众路线特别是剧本问题等有关情况,还是作了相对较为详细的归纳与梳理。虽然只是极其短暂的一段历史描述,但它却给我们留下了宝贵的史料。

真正对新编历史剧给予关注,并将其当作一种新的文类或现象纳入当代文学史的,则是稍后于王瑶十年左右的 50 年代末、60 年代初,一批年轻的学者突击式所开启的当代文学史写作。其中比较代表性的是 1960 年山东大学中文系的《中国当代文学史(1949—1959)》和 1962 年华中师范学院中文系的《中国当代文学史稿》。但也许与当时的整体气候,尤其是与这一阶段新编历史剧处于高潮而引人注目有关,所以在这两部文学史中占据了不小的篇幅。如《史稿》不仅对戏改的"反历史主义"倾向有专节的阐述,同时还对《十五贯》《生死牌》《林则徐》等作了细致的文本解析。有组织有领导的"集体教科书"编写,突出的是"我们"的述史姿态。与当下历史的"同构",不仅意味着他们既是历史的参与者,同时也是历史的观察者。这为他们真切感受和体味当代文学提供了方便,但也因为过于接近而造成了不少失察。当代文学批评和研究因"当代"或"当下"而带来的学科"双刃剑",在这里再次得到佐证。

80 年代在重评文学史之前,当代文学史书写的主导倾向是"拨乱反正",希望回到十七年的"正确"轨道上。这一时期比较有影响的,主要是北大出版社出版的《当代文学概观》,以及人民文学出版社出版的《中国当代文学史初稿》和福建人民出版社出版的《中国当代文学史》这两部一"北"一"南"的文学史。稍早于《初稿》《文学史》的《概观》,虽是概观性的叙述,却是新时期初很有代表性的文学史著,在第三编戏剧中,专门有一节谈"古为今用的历史剧";《文学史》则着重解析了《十五贯》的改编与《蔡文姬》的思想艺术成就;特别是《初稿》用了四章的篇目,集中评介了十七年的戏剧文学,以《十五贯》为代表的旧剧改编,专章阐述了田汉、郭沫若戏剧创作的新阶段,其中专节解读了《谢瑶环》《关汉卿》《蔡文姬》《武则天》等有代表性的新编历史剧,还涉及了茅盾在60年代刊发的一篇专谈历史剧创作的长文《关于历史和历史剧》等,足见历史剧在那个时代文学史中的不俗地位。80年代中期,先是现代主义取代现实主义而兴起,与传统文化关系密切的历史剧逐渐被文学史所忽略;随后是重写文学史所表现的"回到文学自身"的冲动,内含的对政治性的反抗,使得以前被忽视的作家纷纷进入文学史,如沈从文、张爱玲、钱钟书等,这使文学史容量急剧膨胀,越写越厚,但留给新编历史剧的篇幅和阐释空间却越来越少。更何况,新编历史剧所固有的与阶级、革命等意识形态标识之间的亲密关系,也使它在去政治而标举艺术至上的"重写"活动中,很容易被文学史家所冷落或弃置。

90年代文学史表现出重新审视十七年文学的意向。比较有代表性的是洪子诚的《中国当代文学史》。但因篇幅有限,只是简单提及50年代末、60年代初的历史剧和历史剧讨论。陈思和主编的《中国当代文学史教程》用一个章节讲述了包括《关汉卿》《十五贯》等在内的五六十年代历史题材的创作,但他却撇开了以往政治的考量,更多把民间或者知识分子的立场作为评价的理论基点。虽然90年代一度兴盛"国学热",也无法改变历史剧在文学史中的不堪命运,特别是舞台历史剧观众寥寥,严重挫伤了剧作家的创作热情,即便各剧种有好的剧目或剧作产生,亦很难引起学者的关注。21世纪以来的文学史讲述中,历史剧的地位依然比较尴尬。除董健等编撰的《中国当代文学史新稿》对历史题材戏剧、《关汉卿》《十五贯》《团圆之后》等新戏曲,以及历史剧问题论争等,有颇为全面精要的爬梳和分析外,在颇多的当代文学史那里,虽也会涉及一些历史剧的内容,如田汉、曹禺、郭沫若的剧作,但却很少提及与之密切相关的"三并举"方针。如此这般,这就不仅使文学史漏失一个重要的"知识点",更为重要的是抽去了新编历史剧在"当代"赖以生存与发展的理论与实践根基。总之,在诸多大同小异的当代文学史中,虽然对待新编历史剧有着不尽相同的表述,但就整体而言,它在文学史中的渐行渐远,却是不争的事实。

　　与新编历史剧在文学史中的地位相对应的是,21世纪以来历史剧领域的研究也状态不佳。其为数不多的研究,主要集中在以"文学性"为核心的这样两类"内部研究"上:一是20世纪中国现当代历史剧(含十七年历史剧)研究,如吴玉杰的《新历史主义与历史剧的艺术建构》(2005年),温潘亚的《泛政治化语境中的历史叙事》(2005年),邓齐平的《20世纪中国史剧研究》(2010年)等;二是史剧作家作品个案研究,其中以硕士学位论文居多,如《田汉历史剧创作论》《郭沫若的史剧研究》等。它们主要强调对历史剧的艺术阐释,很少去作生成机制方面的考索。特别是随着戏剧的不断"荧屏化",以"舞台"为三一律活动空间的历史剧更是失去了市场与观众,这也将与之有关的"历史剧研究"置于相当尴尬的地步。因为荧屏上的戏剧,即便是较有质量的历史正剧,如《康熙王朝》《少年天子》《大明王朝1566》等,也因其媒介所具有的快餐文化的品质,很难进入学者的研究视野。

　　由上可知,历史剧作为现代民族国家和新文化的载体,它的起伏更迭、宠辱毁誉都与它所处的20世纪中后叶的整体社会政治环境密切相关。一方面,它呼应着社会政治环境,受其规约并成为其富有意味的表征,另一方面,它又对社会政治文化起到推波助澜的作用,有时甚至成为"肇祸之源"。这一点,吴晗的《海瑞罢官》是非常典型的,它的创作缘起、修改及最后受批,其所承受的社会政治负荷实在太过沉重。也正因此,黄亚清在《生成机制研究》中不无敏锐地指出,毛泽东对新编历史剧及其相关理论其实是"有矛盾"的,甚至"带有政治功利主义的色彩",他在60年代的变化(最典型的就是前文所说的二个"批示"及其他谈话对戏剧舞台上"帝王将相"的严厉批评),不仅"使新编历史剧的合法性问题变得扑朔迷离"①,而且还由此催化和引发了一场震惊全国的大批判运动。"文革"以批判一部新编历史剧(吴晗的《海瑞罢官》)为导火线而

---

① 黄亚清在谈及20世纪60年代新编历史剧讨论时指出:毛泽东"根据政治形势作出的评判甚至自相矛盾,带有政治功利主义的色彩。如有人觉得明君清官戏不能反映'历史的基本矛盾',缺乏人民性;但毛泽东却一直很赏识并多次倡导'清官戏',到'文革'前夕他又说:'历史上的清官,很难找到。包拯、关羽都是统治阶级吹出来的。'前后的变化,显示出历史评价的政治实用目的,使新编历史剧的合法性问题变得扑朔迷离"。以上参见黄亚清《新编历史剧的生成机制研究》第四章第一节。

"拉开序幕",这个事情本身就耐人寻味。当然,从艺术实践层面讲,新编历史剧也自有其规律,并非是单一的政治权力可以和能够规训、解析得了:且不说从指示的贯彻、政策的制订,到中介环节的阐释、基层部门的实施,它们彼此之间有着微妙的张力;就是主题的确立、剧情的设计、艺术的表达、观众的接受,以及诗、史、思关系的处理,这个中关涉创造主体和接受主体也极为复杂,甚至充满诡谲,对之如何掌控拿捏,都可能使意识形态的转译产生歧义。自然,它也不能不对作家和研究者的综合能力提出了考验。大量事实表明,新编历史剧涉及的问题、方面与维度很多,它绝不是如我们所想象的那样,仅凭几个抽象的概念和宏观的理论可以解释得了的。

明白了这一点,再来看黄亚清这部专著,就觉得非常难能可贵。她在历史剧日渐寥落的背景下,毅然选择了它作为考察对象,借以为文学史的重述提供必要的基础,表现了难得的学术勇气与担当。她的选题,也许不够"当代",与当下人们热议的现代、后现代、大话、穿越、耽美,或新自由、新激进主义等等热点话题不甚搭界,但是她所提出和论述的历史剧与现代民族国家及社会主义新文化想象之间关系,却有意无意地打中了当代文学和文化的"穴点"。这也说明这位女性学者看似传统与内敛,其实是很有自己想法和坚守的,甚至不无思想锋芒。为什么较之一般的同类研究,《生成机制研究》显得视界更为宏阔,内涵更加丰厚而又具有现实指向,都可从这里找到解释。

三

近些年来兴起的历史化思潮,使文学研究从单一固化的模式那里走出来,形成了批评与研究、演绎与归纳等多元分层的不同的路径与方法。"重返历史现场""重返 80 年代"等概念主张的提出及其实施,为当代文学平添了为过去所没有或欠缺的历史纵深感与厚重感,开始呈现了现代文学、古代文学等成熟学科相似的某种沉稳持重的学术品格。"当然,今天讲当代文学历史化(史料),不是回到一般的'史论结合'或'论从史出'的思维层次,而是主要强调在现有理论思想和认知的高度以及研究成果的基础上,进一步推进'史料'与'思想'或'事实'与'意识'之间的互渗互融,以达到在较高平台上的动态平衡,求得研究工作的新拓展。"①黄亚清有关新编历史剧生成机制的研究,也可视为是"史料"与"思想"或"事实"与"意识"的一种"互渗互融"的研究,它既有将宏观构架与微观细节沟通的整合思想,又有熔"史料"与"史观"于一炉的历史意识。

文学体制的形成是诸多因素综合的结果,也是社会结构与历史元素互动演绎的产物。探讨新编历史剧的生成,就意味着将宏观整体层面文学体制的建构和嬗变,最终落实到文学创作的具体实践与环节,包括"写什么"和"怎样写",只有这样,才能揭示史剧与文学体制之间的关系及其在文学体制规范下从生产、流通和消费的整个运行过程,真正实现预设的学术目标。基于这样的认知与理解,黄亚清在将主要心力投放在考察宏观文学体制在特定历史场域中,如何有组织地引导和限制新编历史剧的生产、传播、接受,及其在这一过程形成的相关原则和规范的同时;也没有疏忘或忽略它生成作为一种微观的文学制度实践,又是怎样具体地反映和体现文学体制的形成及实施,并在一定程度上影响文学体制的发展脉络与走向。她也就是基此设计并确立了全书有关管理体制的建构、创作模式的确立、批评范式的运作等板块的结构框架。这样的框架,不仅与上述"双向"考察的思维理路契节相符,并且也是进入历史与文学现场,考察文学外部各种文化力量角逐与文学内部诸种要素制约及互动的有效路径。

特别需要指出的是,论著打破了以往政治史分期的惯例,将1942—1978年作为一个相对完整的发展阶段进行考察,这也别具一格。它体现了论者较为整体开阔的学术视野。而这,显然是建立对延安文学体制与当代文学体制具有"内在关联"的认知基础之上,它无疑吸取了"20世纪中国文学""现当代文学整体观"有关研究成果。它既是一种判断,也是一种立场,同时还是一种思维与方法。它表明论者注重文学及文类自身思想资源延续的学术意向,与其秉持的"文与体制"研究范式不无有关。

文学整体性研究或曰整体观问题,是20世纪80年代中期以迄于今惹人关注的一个话题,也是影响和制约当代文学研究一个不可小视的"瓶颈"。试看当下不少名曰"打通"实则将"现代"与"当代"两个时段文学简单拼贴,存在

---

① 吴秀明:《学科视域下的当代文学史料及其基本形构》,《文学评论》2014年第4期。

着明显"梗阻"的不少"20 世纪文学史"或"现当代文学史",你就会强烈地感受到有无找到或形成如卢卡奇所说的统摄整体研究对象的"思想结构",以此来整合前后相续而又异同并置的两个时段的现当代文学,对于文学史编写来说,实在太重要了。当代文学已有七十年历史,形成了相对自洽的文学体制与观念,但与几千年中国文学相比,毕竟比较短暂,且与我们处于同构状态,没有经过时间筛选,加之诸多因素作用,极易产生身在此山中不识庐山真面目的认知局限。因此,如何克服这一局限,一直成为业界的"苦恼之源"。人们也为之作出了不懈努力。周作人当年有感于此,曾在《中国新文学的源流》("新文学"实际上也就是五四时期的"当代文学")中将其整合在长时段的文学中,使之由漂泊不定暂且变得稳定有序。于是,新文学也就成了中国几千年文学史风水轮转的一部分。近些年来,许多学者也在这方面进行了深入的探讨。只是与前有所不同,似乎更多并且喜欢从卢卡奇、阿尔都塞、詹姆逊等西方马克思学者的"总体性"或"整体性"那里寻找外源性的思想资源。这从一个侧面反映人们对分割式、断裂式研究的不满,它也说明黄亚清在这方面所作的努力,是带有某种时代普遍性的。

与整体性研究相关而又不尽相同的是有关文学、政治、历史关系的处理,这既是新编历史剧生成机制的难点问题,更是它需要面对并且回答的本体问题。不同于常见的当代文学(戏剧)研究,它一般是在文学(戏剧)与政治的二维中展开。黄亚清以新编历史剧为题,决定了她的研究必须在文学与政治之外,还要再加一个历史,在事实上变成了文学(戏剧)、政治、历史的三维研究。历史剧作家不是历史学家,他的作品不是一般意义上的史学著作,但这不妨碍他的历史叙事中有历史的精神内涵与要义,也不妨碍我们可以从史学这个维度来解读其历史叙事的特质。马克思把历史作为重要的出发点来理解文学的生产和批评,恩格斯在评价拉萨尔的《济金根》时,曾提出"美学观点"与"历史观点"是衡量文学作品"非常高"的也是"最高的标准"的著名论断。[1] 所以,无论是从创作实践还是从学术研究来看,历史都应该是我们观照和把握包括新编历史剧在内的当代文学的一个重要尺度。中国文学早期文史不分,很多优

---

[1] 恩格斯:《致斐·拉萨尔》,《马克思恩格斯选集》(第 4 卷),人民出版社 1972 年版,第 347 页。

秀的历史著作同时又是知名的文学作品,如《战国策》《史记》《汉书》等,文学作品的历史维度,一直也是文学评价的一个重要标准。然而,传统史学大都记载的是帝王将相,引车卖浆者之流是很难进入所谓的"正史"的,这就给"以史为据"而又"以人民为本位"的新编历史剧出了难题。针对这种情况,如何"翻转历史"即将颠倒了的历史再颠倒过下,同时又尊重历史,在"翻转"与"守真"之间保持动态平衡,就成了衡量史剧成败得失的关摭,也是历史之维的难点所在。黄亚清看到了这个问题的复杂,并在研究中将其充分打开。她不仅通过"历史中的文本"和"文本中的历史"的互动互文分析,揭示权力运作之对史剧生成的影响,同时还从"历史剧两套话语"的对接和缝隙的角度,对史剧的真实性、历史翻案问题等作了具体的探讨,这也就为其"三维"的整体融合找到了的根源性支撑。

文学与历史关系是一个老话题。由于空前的专业化,它使文学研究在获得坚实精进的同时,导致了人们对包括史学在内的人类整体系统知识的阉割和排斥。其实,文学与历史是文化创造机制中两个各有所司、彼此又可相融互补的学科,"在这种文化创造机制中,文学应该向史学取法凝重,史学应该向文学取法灵动,在不同的学科立足点上进行学术方法的科际借鉴和移植,把对人的精神关怀和对历史文化制度的重视结合起来,使各自的学理建设做得既博大又精彩"。"因为相对封闭的学科壁垒,在师门传授、近亲繁殖中往往强化某种思维方式或学术方法的优势,使之精益求精,却也可能忽视了甚至压抑了另外一种思维方式或学术方法的潜能。当新的能力和方法从其他学科移植过来的时候,它可能以其新锐的角度、眼光、体例和程序,解放了原先被忽视、被压抑了的潜能,开发出学科格局的新模样、新气象。"①这也是我们从黄亚清这部专著中,由此及彼得到的又一个启迪。

当代文学研究基于"当代"或"当下"优势、现代出版制度和保存系统的支撑,向来推崇乃至沉迷于"义理"或曰思想理论,而不大重视文献史料。事实上,无论是宏观、中观还是微观研究,它都应该建立在具体切实的史料基础之上,史料的开掘与利用也都应该成为研究者的一个基本功。近年来学界对史料学的重视,表明了当代文学返回历史现场,回归学术原点的强烈诉求。虽然

---

① 杨义:《现代中国学术方法通论》,山东教育出版社 2009 年版,第 5-6 页。

互联网技术的发展及各类搜索引擎,特别是大量的数据库,为研究工作的展开提供了史料查找的便利。但也许与"一体化""民间化"的特点有关,由于新编历史剧的史料零散零碎且往往存在于文件指示、领导讲话、回忆录及论文集中,因而其收集、整理和辨析,显得相当艰苦而耗时。黄亚清正是以持久的耐心,注重史料链条的延伸与拓展,在浩瀚的资料中细心查找,爬梳出了有关这方面的大量史料。基此,该论著不仅据实揭示体制借助于权力话语对文学的浸渗与干预,同时还还原解析制度与文学之间博弈互动的丰富立体样貌。当然,史料虽然重要,但它毕竟不能代替文本,如果仅仅依赖这些外在或周边的史料,也极易导致文学(新编历史剧)研究的空心化。黄亚清深谙此理。她在大量地引进和运用史料,努力基于史料说话的同时,并没有忘记给予审美的关照,将文本与文献互动,文本的文学与文本的历史融合。而且,考虑到历史剧需要导演与演员的配合,才能最终面向大众,所以论著不仅注重历史剧最终文本的阐释,同时还对文本形成过程中所受大众文化、文类规律与艺术审美的规约影响等也作了探讨。这就将史剧研究由文本考察,延伸了到了历史剧的传播及接受。她也正是沿着这样的思维理路来设计和搭建论著的框架的,从而为我们提供了新编历史剧生成机制的完整系统的链条。

当然,强调历史之维的功能价值,并无意于弱化政治在史剧中的主导地位。新编历史剧的创作,原本就是借历史块垒,浇政治之花,它的成就及影响在很大程度是政治助力的结果。所以不能由此推导出"去政治"或"反政治"的结论,其研究也不能"重史轻政",或者撇开政治而自说自话。毕竟,与其他文类相比,新编历史剧的政治化、民族化、大众化的属性及其20世纪中下叶中国特有的历史文化和现实国情,使其在延安之后的几十年间,一直受到毛泽东、周恩来等社会主义文化决策者的格外重视和关注。自然,在讲这个问题时,我们也要注意新编历史剧其所内含的政治,还有其复杂的另一面:它既是革命政治所要着力去污的对象,同时又被赋予了言说民族历史以激发自豪感的重要任务。职是之故,所以将新编历史剧作为"戏改"的重要成果,与社会政治变革联系起来,去寻找其发展的历史动因,这符合事实。实践表明,并不是新编历史剧所依托和叙述的历史都是感性的,相反,而是往往充满矛盾、张力与不确定。应该说,黄亚清对政治之维的研究,是注意到这种复杂性的。因此,她在揭示政治话语对新编历史剧强力介入与干预的同时,并没有忽略它自身的文类特征与规律及其对政治所作的对话与博弈。这种情况在第三、四两章讲创作模式和批评范式时,有较多体现。

正如上文所述,研究文学体制,或者说从体制的视角研究文学,是近些年来当代文学领域的一个热门话题,也是成果较丰的一个研究话题。它自然契合"一体化"的当代文学,有其独特的意义和价值。但体制研究不是文学研究的全部,它也有一个适应域的问题,而并不是无限的,不能将文学的一切问题都往里装,亦不能将文学的一切问题归咎于体制。恰恰在这点上,我认为黄亚清是有着相当清醒的意识。这在绪论开篇对"一体化文学体制"概念辨析时所说的这段说明性文字,就可佐证:"对'一体化文学体制'概念的沿用,很容易陷入'政治全能'的窠臼,有一定的权宜思想,因为社会文化的复杂性是各种力量博弈,而非一种力量决定的结果,所谓体制化是过程,一体化是目标,过程是否能必然达到目标,其间还有许多主客观的复杂因素,但基于任何概念的命名,都带有一定的局限性,难以涵盖一种文学模式的全部,关键是否揭示了该模式的主要特点,所以从这个意义上讲,应该更多认可它的合理性,因为至少从执政党建构文学的主观愿望讲,是存在此种诉求的。"我赞赏她的这种理性。由之反观当下已成态势的文学体制研究,我以为是倾向性地存在用简单的"政治全能"去概括丰富复杂的文学整体的问题。这里的原因,自然与其"一体化文学体制"的认知及研究范式有关。从这个意义上,我们有必要对黄亚清秉持的"文与体制"的研究理路给予重视。

总之,围绕新编历史剧生成机制而在文学、政治、历史"三维"关系处理问题上,黄亚清没有纠缠于它们彼此形上抽象的概念之辨,也没有沉浸在偏执的个人化立场上流连忘返,而是以文类为中介,将宏观整体的体制研究与具体切实的文本解读结合起来,或者说,将宏观整体的体制研究引向具体切实的文本解读的实践层面,给予历史的、人文的、审美的把握。因此,尽管有些地方还有待丰富、补充和深化,甚至尚可商榷之处,但就其整体和主要而言,我认为它是历史与逻辑相结合的一种分析。它的出版,不仅是现代历史剧(包括新编历史剧)研究的一大创获,同时也为如何深化和拓展当前处于"瓶颈"状态的文学体制研究,提供了富有价值的参照。

四

历史叙事现在还存在，且有不断强化之趋势。只是它不再像 1942—1978 年期间的新编历史剧那样，以经典现实主义与典型化为创作原则，以本质论、动力说与古为今用为旨归，诉诸舞台；而是用大话、戏说、穿越、架空等充溢着宫斗、欲望、血腥，以及带有娱乐化、颠覆性和无厘头拼贴的后现代主义方式方法，并通过网络化的路径予以表达。对此，目前人们见仁见智，意见不一。黄亚清在结语中也表达了自己的想法。作为 50 后的我，囿于自身的知识结构与学术兴趣，对之没有研究，当然也就没有发言权，不敢妄议。但基于以往的经验及对文学的基本判断，窃以为，起码有以下两点不妨提出来讨论：第一，不管是何种历史叙事，它的叙述（包括"叙述什么"与"怎样叙述"）应该是有底线的，不能因为强调所谓的"自我书写"而对历史与读者采取不负责任的态度；第二，对之秉持包容开放的姿态，不必急于下结论，非要在新编历史剧与后历史叙事之间作贬褒臧否的评判与选择。一时代有一时代的文学，一时代也有一时代的学术。作为文学研究者，我们当然可以有自己的偏好，但在研究时还是应该尽力超越个人狭隘的视角，站在历史螺旋式发展的最高阶段给予合历史合逻辑的评价。这也是时代对我们提出的要求。

（原载《扬子江评论》2019 年第 4 期）

下编 作家与作品解读

三百万言写史诗
——评《李自成》前三卷

姚雪垠的《李自成》是当代中国很有影响和颇负声誉的一部长篇历史小说。这部竣工后皇皇五大卷、三百多万言的鸿篇巨制,虽然迄今只出了它的前三卷(前三卷分别出版于 1963 年、1977 年、1981 年),并且三卷之间在思想艺术上有差异,具体评论起来也有不同的意见,但大多都承认它是当代文学优秀或较优秀的长篇小说之一,就其总体成就而言,可称得上是五四以来长篇历史小说的扛鼎之作。有的甚至认为:如果小说后两卷继续保持并发展前三卷的水平,"它有可能成为一部无愧于我们伟大时代的文学巨著",①在若干年之后,"它也将和一些古典名著并列,长远传播"。②

一

我是很推崇姚雪垠手中那管多色调、绘声绘影的生活化的画笔的。

老作家的确有本领,那无法亲临目睹的纷纷扰扰的旧时代的生活,而且距今三百余年矣,在其笔下,竟然写得那样广阔、精细和绚丽,使人叹服。它广阔,它充分发挥了长篇小说囊括整个时代、包罗广阔无垠社会生活的优势,以出色的组织能力和多种多样的表现手法,以李自成这支农民起义军为中心骨架,支撑起一座规模巨大、场景宏伟的艺术殿堂。它要写出 17 世纪中叶中国各阶级、各阶层、各社会集团和各社会力量的复杂关系、动态,写成一部明末清

①　严家炎:《〈李自成〉初探》(上),《北京大学学报》1978 年第 3 期
②　秦牧:《读长篇历史小说〈李自成〉》,《上海文艺》1978 年第 2 期。

初的中国封建社会的"百科全书"。这里,不是生活的一个片断,一个角落,一个插曲,而是生活的一个整体,一个全貌,一个全过程:从纵向来看,它起自崇祯十三年清军侵入京畿、李自成潼关突围,末卷将要写到清军攻陷北京、李自成死后及其余部抗清,前后横跨几十年之长的历史;从横向来看,它出色地发挥了"单元共同体"的优势特点,笔墨纵横驰骋,开阖自如,时而大江南北、长城内外、秦淮风月、桂林山水,时而京城繁市、乡村僻野、宫廷官邸、战场军营,举凡政治、经济、军事、哲学、文学、科学、民俗、农事、猎狩、百工、伎艺等等,无不历历如绘,仿佛把整个业已逝去的"现实关系"都重新拷贝。

它精细,它吸取了北宋画师张择端的《清明上河图》以及《红楼梦》《儒林外史》等明清小说工笔绘风光写生活的艺术传统,掇之英华,截其不齐,"丹青欲写风光细,不绘清明上汴河",①以细流浸透岩层缝隙般的笔触,非但将当时政治腐败、经济凋敝、家国兴衰、世道浮沉等种种社会弊相作了深刻揭示,而且还源源不断地把三百多年前人情风尚、民艺习俗、典章礼仪、衣冠服饰等生活情状引自笔端,毫发毕现地描摹出来,就连诸如银子和制钱的比价变化、黄钱和皮钱的关系、崇祯案头上放些什么器物、北京戒严应由哪个衙门出布告等"一雕栏一画础"也务精求细,写得符合明末实况。

它绚丽,它遵循生活的辩证法和长篇小说的美学原则,按照一个完整的艺术构思,把富有时代色彩的山川景物、风土人情同历史事件和历史人物巧妙地编织一起,熔成一炉,结构成一幅幅雄浑和谐而又眉眼活跳的生活图画。那北京的灯市,米脂的乡俗,河南的婚礼,相国寺的风光,皇帝的抽签,百姓的朝山,术士的卖卜,骚人的诗酒,巫婆的下神……所有这些缤纷奇特的世相,都被作者于观静察变之间绘制出来。其绚丽多姿之处,瑰异奇谲之状,实属少见。

《李自成》就是这样,通过如此广阔、精细、绚丽的生活化的描绘,为作品平添一种寥廓宏博、丰腴充实而又新鲜异趣的客观生活实感。这种广阔、精细、绚丽的生活化的描写,正是人们常说的文学作品的民族风格的一个重要内容,也是历史现实主义要求作品达到真实性、时代感和生活气息有机统一的不可或缺的一个环节。歌德说过:"假定一位具有天赋才能的艺术家,一个把自己的手眼在模特儿上锻炼一定程度的人,开始就以最准确的笔触,忠实而勤奋地

---

① 姚雪垠:《〈李自成〉创作余墨》,《红旗》1978 年第 1 期。

去摹写自然的形状和色彩;假定他从来没有想到背弃自然,并以自己眼前的自然作为绘制每幅图画的起点和终点;那么,这样的人将永远是一位值得注意的艺术家,因为他一定可以达到惊人高度的真实,他的作品必然是可靠的、有力的、丰满的。"①作为艺术创作的历史小说也一样,它的"惊人高度的真实",它的"可靠的、有力的、丰满的"艺术力量,是有机地渗透在自然生活的"形状和色彩"之中,完全由生活本身来显示的,而不是由作者强行地外加进去。一部历史小说,也只有将自然生活作为蓝本进行描摹,呈现其固有的"形状和色彩",并把它作为绘制每幅图画的"起点和终点",方才堪称佳作,才能生动如画地再现历史的本来面貌,真正把读者带进"这一个"历史氛围之中,给人以一种身临其境的逼真感和亲切感,具有强烈的时代色彩和浓郁的生活醇味。反之,将容易导致概念化的流俗,产生不应有的失真。近年来有些历史小说所以凌虚蹈空,假而不真,有的甚至连故事发生在哪个时代、哪个方域也使人无法辨析,其重要原因就在于"背弃"了自然生活的描写,一味地用故事化来代替生活化。这说明,要写好历史小说,就不能不"忠实而勤奋地去摹写自然的形状和色彩",就不能不在生活化上下功夫。《李自成》的成就,很大程度上得益于此。请看第二卷中所写的开封相国寺的风光,百艺逞能,九流毕备,写得何等热闹、真切!单说刘体纯和小伙计打拳时讲的那些江湖套语,就洋溢着一种家乡老陈酒似的馥郁芳香,给人以说不尽道不完的亲切感,完全是地道的明末社会生活风貌。

当然,历史小说生活化描写之意义不只是达到求真的效果,还包孕充强作品主题内涵的作用。好的作品应当是这二者的有机统一。正是出于这样的道理,高尔基曾批评了那种"全神贯注于琐屑化"的倾向,指出:"一切琐细事虽都极其重要,但我们必须能周到地描写最典型最特质的东西。"②在这方面,《李自成》也是处理得颇为成功的。小说所展示的广阔、精细、绚丽的生活,不但具有强大浓郁的客观生活的实感,而且还蕴含着丰富充盈的思想内容。我们从许多变幻流动的画面中,看到了贫富的悬殊,时代的变迁。像覆灭前夕的开封元宵节,福王府中,张灯结彩,燃放烟火,大摆酒宴,一派灯节的狂欢和富贵奢

---

① 歌德:《自然的单纯模仿·作风·风格》,引自《文艺论丛》(第 11 辑),上海文艺出版社 1984 年版。

② 转引自《邵荃麟评论选集》(下),人民文学出版社 1983 年版,第 598 页。

华的景象;而在没有被看烟火的游人踏伤的街旁灯下,却倚立着头插草标待卖的小儿女。这幅反常的生活画面,多么真实又多么深刻地折射出明王朝的腐朽和衰亡。作者就这样,从生活化的画面中表现了"最典型最特质的东西",从而使作品的生活内涵发掘得更深邃、更丰富了。

写历史小说,不是一笔一划都死扣着历史,拘谨地局囿于写载诸史册的史实、史迹,而是在叙述历史进程的同时,放开笔墨,大量地穿插和点染载不进史书的各种各样的生活,使之成为全书的一个绚丽多彩的有机部分,既写历史,也写生活,这样的艺术探索,是很可称道的。我以为这是姚雪垠对着重写英雄传奇的传统历史小说的一大创新,也是《李自成》取得成功的一个"奥秘"所在。

我们一面热情地赞赏《李自成》广阔、精细、绚丽地写生活,另一面又为它的某些不足而颇感抱憾。这里所说的"不足",当然也包括小说所描写的各种生活的明显不平衡。有些同志反映,《李自成》中写得精彩的:是宫廷生活部分而不是义军军营生活部分,是统治阶级内部矛盾部分而不是农民义军内部矛盾部分,是传统文人部分而不是农民部分;而在农民部分中,写得精彩的是张献忠、罗汝才义军部分而不是李自成义军部分。我也很有同感。我认为后者几部分生活描写尽管也颇具闪光片断,但从艺术总体成就来看,确实大不及前者写得真切、细致、深刻、感人。拿李自成义军这部分生活描写来说吧,像李岩"逼上梁山"、慧梅婚事悲剧这样堪称精彩的章节,毕竟太少了。有些地方因为过于"政治化",生活描写显得有点拘谨、呆板、浮泛、生硬,不能令人信然。比如第二卷中写刘宗敏审判吕维祺这一段,让一个不通文墨的大老粗在理学名儒面前雄辩滔滔,长篇大论地批判孔孟,似乎不大合乎生活的情理,也有悖于这位"总哨"刘爷剽悍粗猛的性格,读来做作别扭,几有漫画化之嫌(而不是喜剧化)。这恐怕是受了当时甚嚣尘上的"批林批孔"运动影响的缘故。

但《李自成》中写生活最大的不足,还是有些地方剪裁欠精当,典型化程度不够高。这个问题以第三卷表现为最。比如张秀才一家的描写,作者铺采摛藻,不厌其烦地描写他在长期围城中老父饿死,儿子溺死,妻子被逼成疯癫,最后自己惨死在黄水中。这些描写固然有它的潜在意义:借以反映长期战争给广大人民带来的生活悲剧,但由于写得过于繁长,也由于这段生活与全书整个故事进展和情节结构并无直接的关系,结果读来颇嫌沉闷拖沓,结构上也显得臃肿枝蔓。还值得指出的是,它并没有为人们提供应有的新的东西——无论是传统文人生活还是传统文人形象,它都没有达到一、二卷的水平。花了那么多的笔墨,又没有创造出应有的新的东西,这真是有点令人惋惜!再如为不少人所称道的几次围攻开封的描写,作者虽把握了多次攻城的特点,运笔也比较精细,但论文笔,论情节,都缺乏一、二卷中像"潼关突围""商洛反围剿"那样一种一气呵成、一贯到底、环环相扣、弯弓待发的紧迫感和危机感。此外的慧梅婚事描写也多少残存着繁笔絮语。总之,我认为第三卷是倾向性地存在着生活描写不精粹的问题的。故而,"冗繁削尽留清瘦"(郑板桥语),对作者的后两卷创作来说,仍然还是一个值得重视的问题。

二

如上所述,写生活是重要的,生活是否写得广,写得细,写得美,对于一部作品的成败优劣关系甚大。但是,文学作品最主要的任务毕竟是写生活中的人而不是生活的本身,它毕竟是通过写人来完成形象地反映生活的艺术使命的。

在处理写生活与写人的关系问题上,姚雪垠作了卓有成效的探索。他写生活,但更注重于写人;他写生活是为了便于更好地写人,但他写人并没有去"净化"生活。他把生活与人物水乳交融,糅成一体。这样,就使笔下的人物如鱼得水一般活动在各自的生活环境中,显示出一种逼真酷似的时代生活实感,仿佛一个个都是从历史生活深远处向我们信步走来,甚而气息可闻,须眉毕现。

值得称道的是,《李自成》中向我们走来的人物不是寥寥的几个人,少数的几种肖像,而是纷沓而至的一大批,形形色色的多群体。有人把一、二卷中写及的人物列表统计,共有298人。加上第三卷新增写的人物,前三卷恐怕共有350人之多。它囊括了当时社会各阶级、各阶层、各行各业的人物:有义军的领袖、将领、士兵、皇帝、后妃、藩王、勋戚、太监、宫女、督抚、文臣、武将、豪门、官吏、幕僚、衙役、兵丁、地主、乡绅、商贾、市贩、书生、艺人、游民、乞丐、农民、市民、手工业者、江湖术士、世家公子、纨绔子弟、医卜星相、跳神巫婆、绿林汉子、僧、尼、妓……三教九流,无所不包;并且各种形象之中,都有一批或若干个相似而不相同的人物,自成一个艺术群体,如李自成、张献忠、罗汝才等组成一个义军领袖的艺术群体,牛金星、李信、宋献策、徐以显、刘玉尺等组成一个传统文人的艺术群体……它们相互关联,如网交错,从而构成了一个宏大的形象体系。一部作品写了这么多的人物形象,这么多的艺术群体,若非大手笔,很难想象。

当然,上述 300 多个人物,在小说中也不是都写得成功的,但大体上说,还是写得各具性格,各有形貌的。就连昙花一现的人物,如灵魂丑恶的丁举人,装神弄鬼的马三婆,壮烈牺牲的向导杜狗娃等,用墨虽不多,也都勾画得活灵活现,不落俗套。更为可喜的是:作者成功地塑造了几十个各具不同思想意义、个性相当鲜明的人物形象;其中一部分特别是崇祯、洪承畴、杨嗣昌、张献忠、慧梅等,还概括了较为丰沛的社会历史内容,就其艺术水平来讲,可以称得上是代表新时期之初文学高度的艺术形象。

在论及《李自成》人物塑造成就时,我们首先要提及的是崇祯这个人物。这是一个很有深度和力度的帝王形象,他的突出的个性和丰富复杂的思想性格在迄今的描写帝王典型的文学作品中是罕见的。作为一个"亡国之君",崇祯确不像其他末代皇帝那样荒淫无度、昏愦无能,或年幼无知、大权旁落,而是以"中兴"朱明王朝为己任,宵衣旰食,亲理朝政,事必躬亲,励精图治。但是,由于当时政权的不可救药的腐败,也由于崇祯个人性格上的严重缺点,结果反而使他的一切挣扎显得"举措失当,制置乖方",前途堪虞,大局日危。小说极其精细而传神地描绘了崇祯所演就的一出漫长的"聪明误"的悲喜剧,揭示了这个命运不济的帝王在绝对君权制度造成和农民战争沉重打击下所形成的丰富复杂的思想性格:横暴残忍、猜忌多疑、空虚孤独、悲观迷信、刚愎自用而又自谓英明果断,处事昏愦而又自以为谋虑深远,易受蒙蔽而又自以为明察秋毫……从而活画出了他的畸形变态的精神状态。崇祯形象所概括的丰富的历史内容和幽深的社会意义,将使他几可与中外文学名著中的阴险的埃古、伪善的塔尔丢夫、奸诈的曹操等反面典型媲美,而受到读者的高度评价。洪承畴是另一类型的反面形象,他那儒雅随和的名士风度,老谋深算的宦官权术,被作者描绘得细腻传神,惟妙惟肖。然而,出乎读者也是出乎洪承畴自己意料的是,这个自诩为"习知忠义"的蓟辽总督大臣,竟然在兵败被掳的生死抉择的关头,虽则慷慨激昂终究又空虚软弱,最后敌不住威逼利诱,经过一番颠来倒去的灵魂格杀,终于强颜为欢地穿起为他过去所蔑视的"夷狄之服"。作者对洪承畴走向民族"叛变"过程中的那种犯罪与负罪的特殊心理状态所作的精细剖析,显示了现实主义深化的功力。另一个写得也很成功的反面形象是杨嗣昌,在明王朝众多的大臣中,杨嗣昌不失为鹤立鸡群的佼佼者。他精明练达,颇有才干,对崇祯也怀有忠心。但由于他所面临的对手李自成、张献忠等都不是容易对付的义军领袖,这就决定了他唯有自我毁灭的结局,他内心深处的矛盾痛苦,在督师无成的败局面前必将逐步深化。这个悲剧人物写得颇为深刻动人,稍感不足的是关键性几处的描写,用墨似乎欠浓。

这一点大概是事实:尽管作者把笔力和重心都投放在农民义军这一边,并笔挟感情,浓墨重彩地刻画了一大批各具姿态的正面英雄人物,但就其形象典型化所达到的深度和厚度来讲,它们确实还不及反面人物形象。这是个很可探讨的问题。当然,这只是相比较而言,并不是说在正面人物的画廊里没有可资称道的形象。像刘宗敏、郝摇旗、慧梅、张献忠、罗汝才、牛金星、李信、宋献策等,都写得不错。而在这些正面形象中,给我留下比较深刻印象的是张献忠和慧梅两个人物。

张献忠是有别于李自成的另一类更为复杂的义军首领。农民起义的反抗性和流氓无产者的烙印,在他身上矛盾地统一在一起。他那豪放狡狯的性格特征,在一系列极具典型性的动作和冲突中,被刻画得有声有色。喜剧性的夸张手法用在他身上以形传神,形神兼备,活脱飞动。这个人物是有立体感的。作者有时批判他,但方法并不简单,很注意写出他所固有的复杂性。在作者笔下的巾帼英雄行列里,论写得有新意有深意的,当推慧梅这个人物。作为李自成夫妻身旁的养女,武艺出众、才貌双全的女将,慧梅原本在出生入死的战场上与小将张鼐结下了不解的爱情。然而,在"父帅"的逼迫下,慧梅忍怨含愤地嫁给了她并不爱的袁时中。但就在她腹中常有胎儿蠕动之时,袁时中挟着她叛逃了李自成。于是,慧梅从此就陷入了水火不能相容的"父帅"与"官人"、理想与现实的冲突中,最后经历了一番超负荷的痛苦纷乱,终于举剑自刎,以报答对"父帅"的不渝忠心。这是一个丝毫不与他人重复的全新的文学形象,她的悲剧性命运的真实描写,具有迪人醒世的力量。

这里,需要特别提及并予以讨论的是李自成形象问题。这个问题较复杂,也有争论。应该说,较之当前同类题材历史长篇中的其他义军首领,李自成形象自有其特色。他在政治上高瞻远瞩、英武果断和豁达大度的领袖风度,军事上骁勇善战、有胆有识、置身于惊涛骇浪而能指挥若定的英雄气概,以及坚定刚毅的品性、平易近人的作风……在小说中不乏可读之处,作者也写得颇为用心。

但是,正如历史上不少作品常常存在的情况一样,作者着力刻画和歌颂的主人公李自成,在艺术上却难以令人满意,存在的问题和不足也较为明显:落墨虽最多但却缺乏感人的艺术光彩;强调英雄的"理想"和"治国大计"时,却没有准确把握住农民造反者和封建王朝内部改革派之间的差异,致使模糊了农民首领思想性格质的规定性。但更突出的,我以为还是表现在为了理想忘了历史,为了或然性忽视必然性,把历史人物理想化和现代化。李自成形象有时何以给人以不真、不像、不亲之感,关键就在于此。比如义送摇旗这一段,就有相当的理想化之嫌。潼关突围后,郝摇旗受不了逆境之苦,擅自拉兵自走,闯营将士闻之,决意"严惩叛贼",以肃军纪。可李自成不但力排众议,下令撤回伏兵,而且因此自怨自责,面赠摇旗军资马匹,又是再三动员他"自己去闯江山",又是反复叮咛他今后倘遇困难,千万派人来联系,"我好立刻帮助你"云云。这都是不可思议的。李自成与郝摇旗一起经历了七八年的血腥战斗,为友谊、为义气放走他,倒是可能的,合乎情理的。但把他写成这样富于高度的自我批评精神,这样想他人之所想、急他人之所急,这样善于做政治思想教育工作,这样虚怀若谷,气度恢宏,这就未免"酌奇失真""玩华坠实",拔高了李自成。

事实上,历史上的李自成也绝无上述那种超越自我狭隘性的现代的思想。史载他与张献忠、罗汝才等当时十三家农民首领之间的互相猜忌、争夺和残杀,便可印证这一点。此外在政治思想、战略战术、政策策略、领导水平、思想作风、洞人察事乃至家庭婚姻等方面,也还有一些主观臆造,强古人之难的描写。如不甚适当地赋予李自成以路线斗争的觉悟,一分为二的辩证观点,阶级分析的方法,民主集中制的作风,群众路线等等。造成这种理想化和现代化的原因可能比较复杂。一方面,思想感情上过分欣赏自己的主人公,歌颂之时,缺乏冷静有效的节制,以致把人物写得太高太完美了;另一方面,确实也有思想上受"文革"某些思潮影响的问题。最突出的例子是在第一卷修订本中增添了李自成对张献忠所说的"路子"对头决定一切的话。这恐怕是受了"文革"把一切都说成"路线问题"的形而上学观点的影响。

三

许多同志都感到：近年来历史小说创作发展很快，成就可喜，但同时存在的问题也不少。因此都觉得很有必要在已有的基础上总结经验，以期使历史小说创作走向繁荣。

在已有的长篇历史小说中，我以为《李自成》尽管有它难以掩饰的问题和缺陷，但它的创作却为我们提供了不少经验，值得借鉴。

按照鲁迅的说法，历史小说分为两类：一类是"博考文献，言必有据"；另一类是"只取一点因由，随意点染，铺成一篇"。鲁迅认为前者纵使有人讥为"教授小说"，其实倒是"很难组织"的，后者"倒无需怎样的手腕"。① 姚雪垠自述他决不采取后者的办法。他主张"写历史小说，必须掌握大量的历史文献资料，不应该靠随意空想构成题材"。② 他的《李自成》创作就贯穿着这样一种精神，从搜研史料到目前写就前三卷止，他前后耗就了 40 年心血，其间惨淡经营，钩沉刊谬，悉心查阅了多少史籍，搜考了多少文献，仅摘录的资料卡片就有二万张之多。正是因为有这样深入的史学研究为前导，丰富的史料积累为后盾，他才能于三百万言的巨幅长轴里成竹在胸，游刃有余地展开各种生活的描写，成功了这部"很难组织"之作。《李自成》的实践表明：要写好历史小说，必须无条件地深入历史，务求过好一道历史关。"长袖善舞，多财善贾"，越是深入历史，就越有可能取得更大的成就。

然而，历史小说毕竟是艺术创作而不是历史研究，因此，对于一个作家来说，光有深入历史的毅力和功夫还不够，还得具备出色的创造才能，将历史真实与艺术真实有机地统一起来才行。在这方面，黑格尔说过一段精辟的见解："我们理当要求艺术家们对于过去时代……的精神能体验入微，因为这种有实体性的东西如果是真实的，就会对于一切时代都是容易了解的；但是如果想要把古代灰烬中的纯然外在现象的个别定性都很详尽而精确地摹仿过来，那就

---

① 鲁迅：《故事新编》序言，《鲁迅全集》（第 2 卷），人民文学出版社 2005 年版，第 354 页。
② 姚雪垠：《〈李自成〉创作余墨》，《红旗》1978 年第 1 期。

只能算是一种稚气的学究勾当,为着一种本身纯然外在的目的。从这方面来看,我们固然应该要求大体上的正确,但是不应剥夺艺术家徘徊于虚构与真实之间的权力。"①我们今天要求历史小说作家的,也只能是这种"大体上的正确",同时给予作家以"徘徊于虚构与真实之间的权力"。《李自成》作者正是充分运用了这一"权力"。小说中不少真人真事、真人假事、假人真事及假人假事的描写,凡给人留下印象的,主要就得益于这一徘徊于虚构与真实之间的本领。

　　《李自成》在我看来的第三个经验是创作个性和选材的内在接近。作者在旧社会生活了近40年,对中国封建社会的生活和当时的三教九流及人物的精神状态等都有广泛、丰富的感性认识,同时,他又熟知各种史籍,具有深厚的古典文学的功底和丰富的小说创作的经验,这就给创作《李自成》提供了别人不易获得的有利条件。一个历史小说作家究竟怎样选材,到底选取什么样的题材最合适,从姚雪垠的《李自成》创作中,我们是可得到启迪的。俄国作家冈察洛夫在他们的著名论文《迟做总比不做好》中谈到自己对创作的看法时曾说过:"我有(或者曾经有)自己的园地,自己的土壤,就像我有自己的祖国,自己的家乡的空气,朋友和仇人,自己的观察,印象和回忆的世界——我只能写我体验过的东西,我思考过和感觉过的东西,我爱过的东西,我清楚地看见过和知道的东西,总而言之,我写我自己的生活和与之长在一起的东西。"②印证姚雪垠的《李自成》创作,正是如此。

　　《李自成》尚只完成其三百万言的大半,姚雪垠以古稀高龄,目前正在日夜兼程地从事后两卷的创作。作为一个读者,我企盼以下两卷早日问世,并望它们在总结前三卷经验的基础上,精益求精,取得更高的成就。

(原载《文艺报》1983年第1期)

---

① 〔德〕黑格尔:《美学》(第1卷),朱光潜译,商务印书馆1979年版,第344-345页。
② 转引自《古典文艺理论译丛》(第1册),人民文学出版社1961年版。

走向最后的历史主义典型化写作

——评《李自成》后两卷兼谈历史小说典型观问题

从 1963 年第一卷出版,到 1999 年第四、五卷最终面世,姚雪垠的《李自成》创作先后经过了风雨坎坷的三十六年,堪可称得上是中国当代出版史上历时最长的一部作品。有关的评论研究也一波三折,耐人寻味:20 世纪 60 年代第一卷初版后,尽管受到当代读者的热烈欢迎,但评论界对它却毫无反响,没有发表一篇评介文章(据说上边有指示,他是"摘帽右派",对他的《李自成》不要评介);70 年代末至 80 年代第二、三卷出版(第一卷修订本也同时再版),好评如潮,被广泛地誉为五四以来长篇历史小说的开拓性作品和宏伟史诗,甚至还为此举办过几次大型的研讨会,成立了一个专门的研究会,一时掀起了一股颇具规模的"李自成热";90 年代末第四、五卷问世,又意想不到地遭到冷遇,没有引起应有的关注。上述现象的出现或许令人唏嘘,但它却从一个侧面反映了时代社会和文化消费的嬗变。

关于《李自成》的评论和研究,以前曾发表了不少。本文主要从历史主义典型化的角度切入,进行探讨。所谓历史主义典型化,就是作家创造主体严格恪守对历史的本质设定,其所描写的人事严格按照必然性原则进行概括和创作。这也是老作家姚雪垠自觉的一种艺术追求,他曾从创作方法的角度将其《李自成》创作称作"历史现实主义"写作,认为这种"历史现实主义"即我们所说的历史主义典型化,"既遵守一般现实主义创作方法的传统,也有新的特点",①也就是"通过小说艺术写出历史事变的基本真相,它的运动规律,它所包含的错综复杂的因果关系,以及它向后人提供的历史知识和值得重视的经

---

① 姚雪垠:《创作体会漫笔》,《文艺理论与批评》1990 年第 2 期。

验教训"。①

　　姚雪垠如上的理念,与 20 世纪八九十年代中青年作家创作的文化历史小说尤其是新历史小说具有很大的不同,成为近十余年来历史小说中的一个独特而又相对孤寂的存在。他的某些创作主张与艺术实践,今天来看也有明显的局限。但撇开这些不论,就总体和主要方面包括主题思想的开掘、人物形象的塑造、形式手法的运用等等来说,我们不得不承认它是作出了重要贡献,并对当时乃至以迄于今的当代历史小说产生了整体的、全局性的影响。

一、农民革命悲剧与历史主义的理性逻辑

　　用理性的烛光秉照农民在暗无天日的酷政时代发动武装暴动,由弱至强,走向胜利的巅峰;但在夺取政权之后,又逐渐偏离原来的运行轨道而蜕变为一意孤行、腐化堕落和失去方寸,最后滑入失败的深渊,这是五卷本计三百多万字的《李自成》创作的主旨所在,也是该书历史主义典型化必须正视并必须要解决的难点问题。而这样的主题思想,就全书的具体创作而言,大致又可分为如下两个阶段:

　　在 20 世纪 80 年代及其以前创作的前三卷中,为了强调农民起义的正义性,姚雪垠用了大量篇幅揭示:由于明王朝的横征暴敛,天灾战乱,当时广大人民的生活陷于极度悲惨的境地,好多地方一片荒凉,人烟断绝,整个社会已经百孔千疮、濒临崩溃边缘。特别是从崇祯十二年起,全国除正赋之外增加的"练饷",连同原有的"辽饷""剿饷",更是把人民逼到了无法生存的绝路。借用书中人物黄道周的话来说,"今日百姓负担之重为祖宗列朝的数倍"! 真是赤地千里,饿殍遍野。在此背景下,作者进而展开对李自成"官逼民反"的描写,就不仅自然合理,而且也具有了正义的性质。更为重要的是,基于全书总体思想艺术的考虑,也是立足对农民文化的认知,姚雪垠在描写"官逼民反"的同时为我们更多地展现了李自成等农民首领身上的革命性和光明面。甚至不惜用

---

① 　姚雪垠:《从历史研究到历史小说创作》,《文学评论》1992 年第 4 期。

同向合成的典型化手法,"将古代别的人物的优秀品质和才干集中到他的身上"。① 在这方面,作者用墨是相当多的,如通过潼关南原大战,表现他临危不惧的英雄气概和宁折不弯的革命气节;谷城夜会表现其坚忍不拔的革命意志和着眼全局的政治胸襟;保卫商洛显示其政治上的坚定性和化险为夷、善于应变的军事才能;攻克洛阳则进一步表现他统筹全局、高瞻远瞩的政治抱负和革命谋略……凡此种种,就使小说中的李自成较之历史上的李自成显得更典型,更理想,也更高大和完美。

而在 90 年代出版的后两卷中,这一切随着时局的转移,在作者冷峻之笔的审视下,李自成和他的部属却发生了令人震惊的三次蜕变:(一)在进京途中,因为以往的流动作战取得了接二连三的胜利,李自成等人不仅未能审时度势,及时采纳李岩的先巩固中原以作"进退之据"的建议,反而由于太原之战的胜利进一步坚持错误的军事方针。尤其令人担忧的是他还急于求成,没让饱受战争之苦的百姓休养生息,埋下了后来兵败如山倒的隐患。(二)进入北京以后的剧变,这也是后两卷的重头戏,是作者写得最用力并且别具艺术力量的重要篇章之一。此时农民义军自身的蒙昧、腐败和短视迅速地蔓延开来,从上到下都陶醉在胜利的赞歌声中:李自成在群臣一片"劝进"声中踌躇满志地演习登基大典;刘宗敏不带兵追击残敌,却盲目地按照既定方针进行"拷掠追赃";李过、田见秀等将领都住进了明朝大官僚的豪华府第;大学士牛金星只对教习登基大典和拜客热心,俨然一派太平宰相风度;士兵们不能自律,开始抢掠奸淫,导致北京城内人心思变。更为严重的是作为义军的最高统帅,李自成在关键时刻也不能保持清醒,采取有效措施扭转危局,反而默许刘宗敏的"拷赃"行为,自己也沉迷于女色不能自拔……总之,从军事、政治到理想、道德,义军及其首领都出现大面积的滑坡,所有的这一切,都直接导致了大顺军从胜利巅峰向失败深渊迅速逆转。(三)败退北京直至大悲剧的结局,义军在进退失据之际,非但没有及时吸取教训,相反却相互猜忌、攻讦和陷害。李自成在这方面尤甚,逃亡不久,他便偏听谗言,错杀了李岩兄弟,致使军心涣散,士气低落,内部出现严重的分崩离析。之后他更变本加厉,越发偏狭、迷信、多疑,不仅不再自信,同时也对周围身边的人失去了信任。小说第五卷二十四章讲到

---

① 姚雪垠:《李自成》(修订本)(第 1 卷)前言,中国青年出版社 1976 年版。

李自成在走投无路之际,对忠心耿耿保护他的部下白旺也心存芥蒂,原因就是白旺不是延安府一带的人,起义也较晚。这一细节非常逼真地写出了李自成等农民首领的狭隘的思想眼光,他们不能代表当时的先进文化。

由上可知,尽管姚雪垠不同于时下诸多的文化历史小说或新历史小说作家,对农民起义进行嘲讽与解构,而对之充满同情与理解,将其视为推动社会前进的主要历史动力;但他并没有一味地予以美化,而是按照自己的理解和认识,尽力给予合历史、合目的的展示。随着故事情节的推进,小说后两卷更多发掘的是农民起义的落后性与破坏性,尤其是在起义军进入北京之后,更是对此作了集中描写。李自成等人迥异于前三卷的惊人蜕变,他由先前的高大伟岸变成现在的平庸粗鄙,将我们对农民起义的浪漫幻想拉回到温煦的现实人间。这是作家对历史主义的尊重,它也是历史主义的艺术力量之所在。因为历史主义文学编码严格遵循理性主义逻辑规范,这就从根本上决定了作家要遵循必然性的悲剧阐释原则,将上述一系列人事凝聚串联在李自成及其农民起义功败垂成的事理逻辑上。于是,大顺军悲剧的发生就成为必然,李自成注定也只能扮演悲剧英雄的角色,最后在英雄末路上落寞地死去。这是他作为一个小农生产者难以逾越的历史局限。

当然,作为一个历史小说的大家,姚雪垠没有将这场历史大悲剧全都归咎于李自成为代表的农民阶级,他还放开眼光将传统文人摄入自己的艺术视野,从中挖掘其身上的悲剧内涵。众所周知,农民起义军中的文人学士是一个特殊的群体,他们因拥有治国安邦之术和在民众中享有的威望成为朝廷与义军争夺的对象;而他们自身的远大抱负与独立的价值取向又让后两者都难以相容。传统文人在更多的时候扮演的是某种工具的角色,当"兔死狗烹、鸟尽弓藏"之际,往往就是他们的悲剧命运降临之时。《李自成》前三卷中,姚雪垠曾细致入微地向我们展示了宋献策、牛金星、李岩等文人学士在朝廷与义军争夺过程中的艰难选择及其具有的近乎左右时局的巨大作用。在此基础上,后两卷续作对他们悲剧结局进行叙述,前后对比,就更发人深省,它蕴含了作家对传统文人命运的深刻忧思。与起义军领导集团中的其他人物相比,牛金星、宋献策、李岩等人的眼光更为高远,对时局及个人命运的思考也更具有独立性。如李岩在义军进军北京以前就提出借鉴朱元璋的经验,"高筑墙,广积粮,缓称王",用意深远;在义军东征以前,宋献策、李岩主张不可过于冒险,苦劝罢兵;

义军退出北京之后,李岩更是想临危受命,力图恢复河南以作进一步打算。然而传统文人毕竟处于依附的地位,他们无法决策天下,甚至连自身的生命也难以保全。宋献策尽管足智多谋,在山海关之战中他也是无力回天;李岩兄弟一片耿耿忠心,换来的竟是杀身之祸;牛金星的宰相也难以为继,最后只好来个金蝉脱壳一走了之。

传统文人的价值何在?他们的出路在哪里?上述这些描写浸渗着作家对历史和现实知识分子的生存状态(也包括自己的坎坷命运)的深切体悟,叙述的背后闪烁着作家的理性审思,历史主义的理性逻辑在这里又一次显示出它的强大的穿透力和概括力。从牛金星、宋献策、李岩等传统文人身上,我们可以聆听到历史一些本质的规律穿越时空发来的不绝如缕的回音。

与李自成功败垂成描写相辅相成又相映成趣的是崇祯的悲剧叙事,这是《李自成》最富创意和最具光彩的部分。他的突出的个性和丰沛的思想性格的描写,大大深化和细化了作品的主题。在小说前三卷中,姚雪垠用精细而又传神的艺术笔触描绘了这个"亡国之君"在内外交困的局势下所产生的精神畸变:他刚愎自用而又自谓英明果断,处事昏愦而又自以为谋虑深远,易受蒙蔽而又自以为明察秋毫……后两卷对此又有新的拓进。这突出表现在他临死前后的有关描写,它让我们看到一个君权神授的昔日帝王,随着朝廷的"气数"的渐尽,是怎样痛苦无奈地由末途步向不归路的:当大顺军攻破了北京的外城,他开始异想天开地要"御驾亲征",还幻想着吴三桂"来京勤师"。这些不切实际的想法,从文化学的角度反映了崇祯作为一个饱受儒家思想教育的皇帝的封建正统思想:国家有难,君主"临危受命",扶大厦之将倾;君主有难,正是为臣的舍身"报效"之时。而当后来局势明朗,一俟得知自己"在劫难逃",这时候他反而不再慌乱,十分镇定,先是急急忙忙但也有条不紊地处置关乎朱明王朝声誉和前途的一些大事,包括逼后宫皇妃自尽,砍杀公主和躲匿太子以图以后东山再起等等;然后在心腹太监王承恩的陪同下,从容而又悲怆地写下"宁毁朕尸,勿伤百姓"的衣带诏后,自缢于煤山脚下。这些描写,极大地开拓了人物的内在心理空间,将崇祯作为帝王的人与人的帝王的一面刻画得酣畅淋漓。可以说,他既是一个"暴君",同时也是一个"家长""丈夫""晚辈"乃至一个生不逢时、想有所作为而作困兽斗的"年轻弱者",有着丰富的感情却无法享受作为人之父、人之夫、人之子理应得到的天伦之乐和亲情温暖。与李自成一样,同样也是一个悲剧性的人物。作家就是这样,在他的长篇巨制中,没有因为崇祯是"反面"人物就简单地丑化之,而是从政治、文化、人性、心理等多个维度对其进行描写。这就突破了固有的社会政治化的框范,赋予了人物丰富鲜活的思想内涵,使之成为小说最为引人注目的艺术形象。

当然,类似这样的描写在《李自成》后两卷中不是很多,因而它们并不能改变全书艺术整体坚硬的阶级论框架,也无法扭转其按照必然性事理原则进行叙事的逻辑趋势。

二、满汉民族关系与开放开阔的现代思维

《李自成》历史主义典型化的另一重要表现是民族关系的处理。作家遵循历史主义典型化原则,一方面如实写出李自成所在的满汉之间的民族冲突和斗争,甚至是满族对汉族的掠夺及其对汉族人民带来的灾难;另一方面又理性地显示这种民族矛盾和斗争毕竟是中华民族内部的兄弟阋墙,它虽然是不幸的,但在客观上却为推进中华文化或文明的进一步繁衍发展注入了强大的生命力。现在有种叫"边缘活力说"的文化理论,它就是从中华文化或文明的总体结构的高度,考察少数民族与汉族即游牧文明与农业文明的冲突、互补和融合:"当中原的正统文化在精密的建构中趋于模式化,甚至僵化的时候,存在于边疆少数民族地区的边缘文化就对之发起新的挑战,注入一种为教条模式难以约束的原始活力和新鲜思维,使整个文明在新的历史台阶上实现新的重组和融合。"①这是中华文化或文明之所以具有世界一流的原创能力、兼容能力和历经数千年生命不竭的一个很重要的原因。《李自成》有关满族文化虽然在总体上处于劣势,但他们虚心学习汉族文化,后来居上、积极进取的描写——如皇太极的雄才大略,励精图治;小博尔济吉特氏即庄妃多情而又稳重,处理家国大事恰到好处;幼主福临聪颖好学,是大清未来圣君的希望;豪格虽然居功自傲,但是亦能忍辱负重为大业着想等等,其实也涵盖了上述这样一种新思想、新理念。这里囿于篇幅,笔者不想全面地对此展开探讨,而只是择取多尔

---

① 杨义:《"北方文学"的宏观价值和基本功能》,《南京师大文学院学报》2002年第4期。

衮和吴三桂这两个有代表性的人物试作分析,以概其余。

多尔衮是继皇太极之后大清的实际权力的操纵者,是名副其实的"无冕之王"。小说叙述了多尔衮的英雄事迹,将其居于大清的"中心"。作家是从历史人物所起的作用而不是依其所拥有的名号进行定位。换句话说,他是站在历史和时代的高度来对多尔衮进行评价和把握的。传统经典历史小说受正统的大汉族主义影响,少数民族往往被视为落后野蛮的代名词,写成劫掠成性、愚顽无知,一副可憎可怕的样子。我们从多尔衮身上却完全看不出上述的迹象,恰恰相反,在《李自成》后两卷中作家为我们塑造了一位堪为高大的满族青年领袖形象:作为一名政治家,他能够以大局为重,兼听善从。例如第四卷第四章讲到多尔衮为避免争夺皇位的内讧,拥护福临登极,他甘愿和郑亲王做辅政亲王。因为郑亲王无法与之抗衡,所以多尔衮既名正言顺地掌握了实际权力,又维护了清朝的稳定,为后来的成就霸业奠定了基础,可谓一箭双雕,深谋远虑。在处理肃亲王豪格一事上,也可以看出多尔衮不凡的政治家眼光与出色的政治斗争能力。他一方面镇住了肃亲王的居功自傲的嚣张气焰;另一方面做事又留有余地,只将豪格废为庶人,并不赶尽杀绝。其次,作为一名将领,他骁勇善战,战功赫赫。夺取山海关一战最能看出多尔衮的军事才华,他巧妙地利用李自成与吴三桂之间的矛盾,以自己强大的军事实力作后盾,居然"不战而屈人之兵",用一个平西王的空头衔就赚取了吴三桂和他镇守的山海关。最后,作为一名青年英俊的男子,他多情勇敢,爱我所爱,同时又能自我克制,发乎情而止于礼。多尔衮与庄妃之间可谓两情相悦,多尔衮通过各种方式向庄妃表达自己的爱慕之意,对其子福临也有异乎寻常的关心;但是这一切基本上都在叔嫂的名分之下进行,并无任何僭越之处。这样的大智大勇的少数民族"邦主"入主中原,当然不能不给趋于僵化的汉文化注入一股前所未有的激情、野性和灵气,使之在碰撞以后实行新的重组和融合。作家开放开阔的现代民族观也由此可见一斑。

与多尔衮不同,吴三桂代表了民族关系的另一种取向。小说第四、五两卷,随着北京城的攻破和崇祯的自戕,吴三桂实际上充当着明朝的代言人。历史的进程在明末充满了戏剧的意味,任何不经意的变化都可能导致它整体结构的改变;而吴三桂的取向就成了整体结构变化的关捩点。众所周知,吴三桂向来被视为为人不齿的"民族叛徒",因此对他的"降清"描写就显得比较敏感和棘手。作家于此体现的历史观和民族观是很有见地的,他努力按照历史的本质规律进行价值取舍。小说叙述了吴三桂思想转变的三个阶段:先是迫于崇祯的压力,名为率兵前往北京"勤师",实则作壁上观,故意拖延;北京被攻破后,欲学申包胥借兵复国,以期达到既握权柄又得忠名的双赢目的;为对付李自成向多尔衮借兵不成反而落入多的铁腕之中,最后被迫投降大清。吴三桂的"降清"当然是极其利己的,但他同时也有"民心向背"的考虑;至于汉满之分,对他来讲倒是次要的。第四卷二十一章中吴三桂给其父吴襄的信,就很好地揭示了他的这种心态。显然,在这里吴三桂对吴襄的怒骂是针对李自成的,因为李自成此时已经失去民心,他不再是吴的心仪对象。通过上述对吴三桂的简要描述,再来反观明末清初这个充满玄机的转捩点,我们不得不佩服作家在民族关系处理上所体现出来的现代的文化立场与多元的价值取向。他并不把李自成的失败简单归因于吴三桂的"降清",也没有因此对吴三桂进行简单的道德鞭挞;而是将其放在当时的历史环境中,给予"既真实也合乎现代旨趣"(黑格尔语)的解释。这样,它就有效地跳脱传统小说的巢穴,真正达到对历史深层本质和本真的理性把握和透视。姚雪垠上述的民族观在当代历史小说中是颇具创造性的,它深刻地影响了后来同题材的一大批作家作品。如徐兴业的《金瓯缺》、凌力的《少年天子》《倾国倾城》等等,我们都可看到彼此在观念上与姚氏的承续关系。

当然,《李自成》的历史主义典型化的民族关系描写远未臻理想,它还存在着一些明显的不足。其中较为突出的,是在艺术向度上重"大历史"的政治生活而轻"小历史"的日常生活。由于思维观念的限制和主题思想的规约,作家主要从政治生活角度评价把握李自成及其与关外的大清之间的斗争,以此来揭示李自成的思想性格;至于政治生活之外并与之相连接的日常生活,虽写到一些(如第四卷十五章写李自成进驻北京之后仍不失农民本色,未喝完的茶也要喝掉,三四天没有洗脚等等),但却非常有限,而且主要用来为政治生活服务的。这就不可避免地使小说有关李自成及其民族关系的描写处理出现了政治化或泛政治化的倾向,失去了历史和艺术固有的丰富复杂而又鲜活丰润的内涵。

特别要指出的是,由于受时代大环境的影响与创作主体自身思想的局限,作家基本还是站在阶级论的立场评价把握农民起义,未能很好放开手脚去写农民领袖的历史局限,以至于不惜牺牲人物的真实性去增强典型性。像李自成内在心理空间的开拓问题,现在看来写得还很不够。吴三桂、多尔衮的描写也有某种类似的缺陷。前者突出表现在吴三桂"降清"的处理上,作家一反"怒发冲冠为红颜"的传统之说,代之以"民心向背"的选择动机,这种单一的典型化的方式似乎失之简单。后者主要体现在多尔衮与庄妃的暧昧关系的把握,小说对之强调得有些过分,它不仅不能对多尔衮政治生活描写起到有效的丰富、补充和延伸,相反却对它产生抵牾乃至颠覆、消解的作用。再从满汉民族关系的叙述来看,也有颇明显的重史轻诗的倾向。如第五卷有关民族战争山海关大战的描写,与小说首卷的潼关大战作一对比,我们可以发现,这里的人物只是匆匆地走了个过场。按照姚雪垠的文史功力与艺术素养,这样的缺失是不该有的。其中的一个很重要原因,恐与他高龄的身体有关。

附带指出,姚雪垠在 90 年代以后,可能已预感到自己不能理想如愿地完成预定的写作计划。为了给这部"超大河"式的巨著划上句号,他先从第五卷写起,然后倒过来再写第四卷,并对不少内容进行了压缩。所以在第四卷的开头,作家不得已采用"注解"的形式,将李自成破襄阳、杀罗汝才、建"大顺"直至回米脂祭祖这样一些极具审美价值的历史内容一笔带过。这就不能不影响和遏制包括民族关系在内的作品艺术整体的审美内化和细化,给我们留下了永远无法弥补的艺术遗憾。

三、历史主义典型化的时代境遇

姚雪垠的历史主义典型化对中国当代历史小说产生了很大的影响,不仅是传统历史小说,而且革命历史小说或红色经典也均循此例。20 世纪四五十年代出生的中青年历史小说作家如凌力、刘斯奋、唐浩明、二月河、熊召政、吴因易、韩静霆、王顺镇、马昭、刘恩铭、张笑天等,也在不同程度上继承了姚雪垠上述的典型观;不同的只是他们在作品中弱化了阶级斗争或政治意识形态,强化了大文化或大人文的观念。到了苏童、格非、叶兆言、刘震云、孙甘露、余华、刘恒、北村等一批更加年轻的、以 60 年代出生为主体的作家群那里,他们按照"一切历史都是当代史""一切历史皆文本"的观念,潇洒从容地展开艺术想象,对老一代作家的历史小说的创作路子作了颠覆性的更改,历史主义的典型观在这里似乎再也找不到自己的位置。可以说,从《李自成》后两卷发表的 90 年代迄今,姚雪垠所崇尚的典型观遭遇冷落已成事实。那么,这是否意味着历史主义的典型观已经过时,它不再具有新的生命力了呢?这个问题,有必要值得辨析。

首先,从文学体裁来看,运用历史主义典型观进行创作的多为传统的历史小说。这种创作体裁具有悠久的历史,而且长盛不衰,从古代的《三国演义》《水浒传》到《两汉演义》《洪秀全演义》再到《李自成》《星星草》等等,它们一直在向我们展示其不竭的生命力。中国作为一个政治色彩非常浓厚的国家,政治历来就是生活中的一件大事,在一些特殊的年代譬如“文革”,政治是每个人生活中压倒一切的头等大事,古往今来,概莫能外。当下社会转型时期政治的影响力较之以前虽大为削弱,但它作为意识形态领域里的重要的一维,仍然存在并且继续在发挥着不可忽视的作用。作为政治的艺术反映的传统历史小说具有其他历史小说体裁不可代替的功能价值,不仅是它所反映的社会政治生活内容,而且在叙事上也有其独特的美学魅力,是历史小说领域中的一笔蕴含丰富的艺术资源。就《李自成》来说吧,它用鸿篇巨制,全景式地反映明末清初的社会政治,这种史诗式的写作本身就显得非常大气。加上有政治强力的介入和帮助,它不仅有助于提高作家理性审视和概括生活的思维及能力,而且还会因此而给作品思想艺术增添许多深度和莽苍。再进一步从社会消费需求来看,传统历史小说也有相当可观的发展前景。以历史题材电视剧为例,《三国演义》《水浒传》《末代皇帝》《唐明皇》等都有较高的收视率,陕西电视台还准备将《李自成》改编为一百集的电视连续剧(后来因故未成)。这些传统型的历史题材影视剧都强调艺术创作与历史原型之间的“异质同构”关系,都带有历史“正剧”的性质,并受到广大读者和观众的欢迎。

由此我们可以看出,传统历史小说由于其强大的历史概括力与透析力,在今天同样需要存在和发展;它对“异质”历史的积极的投入姿态以及由此给作品平添的历史质感,也自有其独到的价值。我们大可不必因为它在典型化方面存在问题,就轻易地对这种形态的创作进行否定。那样,既不符合事实,也不利于历史小说整体的生态平衡。

其次,从艺术旨趣来看,历史主义典型观主要强调历史本质与必然,是一种典型的理性化的创作观。同所有的历史小说一样,它当然也讲艺术虚构和创造,但却将虚构和创造纳入理性认知的范畴:一方面在大关节目上循守历史真实,不作随意更改;另一方面通过因果事理逻辑透视历史真实背后的历史本质规律和必然发展趋势,以便让读者更加清晰地把握历史的主动脉。因此历史主义典型观总是十分强调"深入历史,又跳出历史",强调作家所应具的史家禀赋和唯物史观的指导。因为借助这种理性思维,作家可以有效穿越真假掺杂、是非相混的历史表象而更能逼近历史本质和本真。如关于李自成悲剧发生的原因,姚雪垠就这样认为:历史上旧的因果关系"同新的因果关系互相作用,使中国的历史形势迅速酝酿,不依李自成及其左右群臣的意志为转移,而是依照因与果交互变化的历史规律向前发展,愈发展速度愈快,最后使李自成的大悲剧来一个飞跃发展"。① 这也是衡量一部作品是否典型化以及典型化程度和水平如何的一个重要标准。从文学发展史的角度观照,它那超强的理性思维与思想文化上的反封建的结合,还曾在七八十年代的历史小说创作过程中掀起过一个高潮,给我们留下颇丰的创作成果。这一点,只要翻看一下当年从文坛宿将肖军的《吴越春秋史话》到中年主力军蒋和森的《风萧萧》再到后起之秀凌力的《星星草》等作,就不难可知。

当然,理性也绝不是万能的。如果不加分析地认为抽象思辨是认识所有对象唯一最佳的方式,并拿它来规范一切,尤其是规范感性、现象与偶然,那将自觉不自觉地委顿了历史小说的活泼生机,使创作又陷入一个新的误区。在这方面,应该说《李自成》及其新时期之初的不少历史小说是存在一些问题的,以至于有的作品艺术应有的立体为一种非文学的理念的纵深所代替。但这不等于说理性就不重要,或像当下某些新历史小说那样,在对理性矫枉过正的同时又不适当地将作家对历史生活的反映看成是一种纯粹的非理性的感性活动。结果面对丰富复杂的历史出现迷茫失语,甚至是非不分、美丑莫辨,走向历史相对主义与虚无主义。

最后,从创作实践来看,历史主义典型观也有存在和发展的充分理由,它不可轻加否定,也否定不了。这个中的原因,主要在于典型化有较强的艺术概括力,它可以打破时间之维的线性限制和空间之维的立体限制,通过历时性与

---

① 姚雪垠:《从历史研究到历史小说创作》,《文学评论》1992 年第 4 期。

现时性的移植,将其他种种不同的人事凝聚到某一人事之上,使之"比普通的实际生活更高,更强烈,更有集中性,更典型,更理想,因此就更带普遍性"(毛泽东语)。因而历史主义典型化虽不是唯一的,但长期以来乃至今天,仍被不少作家所信奉,并代有精品力作。凌力、刘斯奋、唐浩明、二月河、熊召政等中年作家的创作于此就是很好的例证,其他如蒋和森、任光椿、鲍昌、杨书案等稍年长作家的创作也很能说明这个问题。可以这样说吧,新时期成功或较成功之作都基本遵循历史主义典型观,是历史主义典型观熔铸的产物,至少与之趋近或较为一致。

历史小说是小说而不是历史教科书,它当然可以对历史人物或历史事件进行典型化的移植、加工和创造。甚至像鲁迅所说的"嘴在浙江,脸在北京,衣服在山西,是一个拼凑起来的脚色",①也不无可以。问题是这些典型化要建立在亚里士多德所说的可然性、必然律原则基础之上,而不是作家主观随意的派生物。就《李自成》这样的自觉以历史现实主义方法创作而成的作品来说,更应该按照因果事理逻辑进行文本叙述。茅盾所谓的"人与事虽非真有,但在作品所反映的时代社会条件下,这些人与事的发生是合理的,是有最大的可能性的",②用来对它进行评判,应该说合适的。

以此反观《李自成》,我们对它在典型化方面存在的问题便有一个较为客观的认识。显然,这里李自成形象之所以给人以过于高大完美之感,主要不在作家对他思想性格作了典型化的集中移植,而是在集中移植时未能很好地实施真实性原则并将它与典型化有机地结合起来。由此可知历史主义典型化并不是纯艺术的活动,它从本质上讲不能不说是历史与文学的"双语写作"。这也许就是姚雪垠所说的"历史小说是历史科学与小说艺术有机统一"的主要缘由之所在吧。

(本文与蒋青林合撰,原载《河南大学学报》2006 年第 3 期)

---

① 　姚雪垠:《从历史研究到历史小说创作》,《文学评论》1992 年第 4 期。
② 　《鲁迅全集》(第 4 卷),人民文学出版社 2005 年版,第 527 页。

一部新颖深刻的醒世之作

——评《戊戌喋血记》

一

在近年异峰突起、影响甚大的长篇历史小说领域里,除《李自成》外,《戊戌喋血记》也是极具特色、广受关注的一部佳作。据载:

——湖南人民出版社 1980 年第一版就印行了 150000 万册《戊戌喋血记》,可作者每天还要收到不少来信,反映买不到书;

——1981 年上半年,《读书》杂志、湖南文联理论组曾分别在北京和长沙两地邀请了史学、文学、出版、新闻等各界多方人士,召开了两个颇具规模的《戊戌喋血记》座谈会,并不嫌其长地刊载了座谈会纪实;

——重视赞肯《戊戌喋血记》的,从湖南省委、中宣部的有关领导,到康濯这样的老作家;从蒋和森这样的同行同辈,到活跃在文艺界的许多评论中坚,甚至远在香港的林真先生也为之投笔喝彩,邮来了热情恳切的评论文章。

是什么因素使《戊戌喋血记》产生不胫而走的社会影响?我曾经不止一次地思考过这个问题。是作品文情并茂、真切感人的笔力取胜吧!是作品波澜迭起、拨扣心弦的故事情节在发生作用吧!从两次座谈会的纪要来看,有的同志也推崇了这一点。的确,在《戊戌喋血记》中,大至一个事件,小至一个细节,一种意念,作者的行文走笔,舒展曼衍,情深意浓;并时时穿插极具民族韵味的文字,如第三节写忆红:"只见她柳眉笼烟,凤目含涕,愁思脉脉,宛为娇花带雨;珠泪滢滢,恰似斑竹含悲。"写罗英:"生得面如傅粉,目为点漆,红唇皓齿,秀眉青鬓",给人以一种幽香四溢而又逼真酷似之感。再加上故事情节曲折生动,繁复多变,时而刀光剑影,时而柔情似水,确实给作品增添了迷人的魅力。这是无可否认的事实。但我以为对于一部作品来说,文采和情节毕竟不是决定性的因素;仅仅有感人的文采和生动的情节,可以使读者有一时的好感,但时过境迁,会很快为读者所"忘却"的。这样的作品在近年来的历史长篇中并不是没有,相反,有的写得相当出色的作品,却往往并不具有强烈突出的文采和情节。拿《戊戌喋血记》的实际描写来看,小说后半部分的有关义和团弄神弄鬼的描绘,论文彩,论故事性,确是不及前半部分的关于罗英和忆红在船上"误会"来得曲折生动,但是,最能触动人心、给读者留下久久难忘的印象的,却是前者。

考虑到诸如此类的客观事实,我就很快地打消了上述的这一模糊的想法。或者,是《戊戌喋血记》所反映新颖罕见的题材来吸引着人们的兴趣吧!的确,我也曾经为这一点而再三考虑过。认真说来,戊戌变法也不能算是新颖的题材。早在晚清年间,曾朴的《孽海花》和张鸿的《续孽海花》就曾写到过它;而《续孽海花》一书更是直接正面写它。只是到了新中国成立以后,由于"左"倾思想日趋严重的禁锢,特别是不公正地批判了电影《清宫秘史》后,这一题材成了令人望而生畏的禁区,遭到了长期的窒扼,倒反给人以"新鲜"之感,因为人们久久没见它了。"文革"结束后,随着史学界、文艺界拨乱反正,思想解放运动的深入开展,广大读者热切盼望能够早日看到正面反映戊戌变法的作品,人们殷切地期望能够通过真实如画的艺术形式来反顾近代先驱所走过的洒满血泪的道路。近代先驱既然在八十多年前演出了一场震惊中外的悲壮剧,人们就有理由要求作者们能够早日写出无愧于这一悲壮剧的诗史式的作品来。

从这个意义上,我觉得如果读者对于历史小说中反映戊戌变法题材的作品有一种偏爱之情,是完全无可厚非的,因为反映这类题材的作品实在太少了——迄今为止,正面描写戊戌变法的,也唯有这样两部历史长篇:《戊戌喋血记》和稍后出版的周熙的《一百零三天》。因此,我认为,《戊戌喋血记》所表现的题材范围,是很值得我们重视和欢迎的。它弥补了五四以来历史小说中反映戊戌变法题材文学作品的历史性缺憾,用艺术的手段推翻了一个历史旧案。据说这部作品的选题和构思是在"文革"之际,这就足见作者的勇气、胆识和思想。有人认为:就历史题材的选择和历史背景的描述而言,《戊戌喋血记》比

《李自成》难度更大,也更有历史和现实意义。这不无道理。因为在教条主义、极左路线盛行之时,写资产阶级变法确比写农民起义更具风险,电影《清宫秘史》遭批而《李自成》第一卷毕竟在 1963 年出版,就从侧面证实了这一点。其次是,《李自成》写的是三百多年前的明末清初社会历史,由于年代相对久隔,对于许多史事描写,哪怕是失真违离一点,人们也往往不会指摘甚至无从指摘。《戊戌喋血记》就不尽相同,它写的是更为贴近我们的晚清之事,稍有纰缪和漏洞,就很易为人所觉察。这说明这类题材的创作是别有难度的。令人欣喜的是,任光椿以翔实的史实为后盾,相当成功地处理了这一难度较大的题材。他对戊戌变法史事所作的历历如绘的艺术描写,不仅为谙熟清史的专家倾心称服,而且也使老于创作的作家由衷赞同。于是乎,《戊戌喋血记》便顺理成章地成为《李自成》之后又一部颇受欢迎的优秀之作,当代历史小说创作中的一个新的题材领域就这样被开拓出来了。

但是,《戊戌喋血记》仅仅是由于这方面的原因才引起人们的重视吗? 显然不是。我们知道,题材对于创作是重要的,我们希望作家选择和表现新鲜的、有意义的历史题材,但我们不是"题材决定论"者。同样的历史题材在不同的笔下可以产生截然迥异的作品。跟任何艺术样式一样,衡量历史小说的成功与否,最根本的因素还是它的主题思想和人物形象。《戊戌喋血记》之所以取得不凡的成就,主要也正是得益于这两点。

二

《戊戌喋血记》主题思想所显示出来的艺术内力,其核心是对中国人民摆脱积弱和屈辱地位发愤思变、革新图强民族精神的赞美,是对科学和民族的歌颂,是对改革艰难的揭示,是对封建迷信、因循守旧思想的抨击。这一切,多是从情节和场面中自然而然地流露出来的,是借螺旋式前进的历史与现实"在更高的阶段上重复"(马克思语)的规律所传达出来的。因而,这一主题思想,就既是对戊戌变法运动及其前因后果的形象概括,同时对今天我们面临的社会现实,也将有着迪人醒世的警策借鉴作用。

小说开头,平地一声雷,就是一场触目惊心的中日甲午惨战:大东沟海面北洋水师全军覆没、牛庄大营失陷、火光冲天,嗣后张荫桓、李鸿章赴日求和,受尽侮辱……这些描写,不仅真实地再现了当时腐败不堪的历史环境,为下面忧国忧民维新志士奋起变法的壮举埋下了伏笔,而且揭示了这样一个提契全书的严肃课题:落后就要挨打,积弱就无平等可言,中华民族要振兴于世界民族之林,只有励精图治,除旧布新,尽快地提高科学物质文明。这就使其主题思想陡然升华到了一个新的高度。有人认为这样构思与作品内容脱节,我不以为然。我认为作这样正面揭写,方才更发人深省,更见思想力量。一个有五千年悠久历史、四万万人口的大国,竟然惨败于一个区区岛国的日本之手,把这个残酷的事实和盘托出,这不愈能说明变法的至关重要和必不可少吗?

接着,小说多方面地、循序渐进地展示了戊戌变法运动的整体全貌及其深刻惨痛的历史教训。而在所有这些描写中,尤为醒人耳目,足以引起我们重视的,我以为是对自上而下改革的鲜明赞肯和对义和团局限性的大胆揭示。

对于自上而下的维新变法运动,作者多次借谭嗣同、唐才常之口,开宗明义地予以肯定:

——"大动刀兵,流血千里,对国家、对百姓也都并无什么好处,而为害倒往往是很大的……所以我周游十年,思索再三,深知要救我国家之颓运,挽我民族之死亡,还是只有仿日本明治维新的办法,自上而下地改革为好。"

——"要变法图强,还是要从最高峰处首先解决问题才行。上面不解决问题,在下面就是使尽了力量,也终归是徒劳的。"

不仅如此,小说还通过一系列情节和细节的描绘,把对自上而下改革的鲜明倾向形象化、具体化。小说生动地写道,当这场深得皇上支持屡屡以御用的诏谕颁发下来的维新运动勃兴之时,那些凶顽守旧势力慑于"君君臣臣,父父子子"纲常名教的观念,曾经是怎样地敢怒不敢言,敢怨不敢抗,惶惶不安,惊恐万状。小说第六章中有这样一个细节:光绪皇帝去参加颁诏仪式之时,忽然听到太庙之中隐隐传来一阵哭声,原来是位极大学士、军机大臣的刚毅在哭。此公对变法维新一向不满和敌视,但既是皇上亲自推行的,他就不敢也无法阻挡,于是,只好偷偷跑到太庙里,痛哭于列祖列宗之前,来泄解对变法的不满、恐惧和无可奈何的心理。一个堂堂的一品大员,竟是痛哭太庙,并且又是"偷偷"的,这一富有辛辣讽刺意味的细节,不正是从一个侧面透视了这场变法的声威所在吗? 其实,如丧考妣、痛哭不已的何止是刚毅一人,颐和园、刚相府、王相府里,不也是经常有一批批的宗室觉罗、八旗显贵、僧道喇嘛、士林腐儒预感末日来临,在哭闹哀叹吗? 办议会,倡君民共主,开懋勤殿,撤六部九卿,废科举,办报章,播舆论,兴学校,育人才,结果是"数月之内,新诏迭下,朝野沸腾,大有百废俱兴之势",以致连大权在握的独裁者慈禧太后都坐卧不安,不胜恐惧。

现在的问题是,作家对于戊戌变法这样一场改良主义的历史运动的肯定,是否违背马克思主义? 诚然,农民与地主阶级的矛盾,是推动封建社会发展的重要动力;因此,我们对之应当赞肯农民为生存权利的反抗。但是从中国的历史发展过程来看,是谁最终推翻了封建王朝呢? 众所周知,不是李自成、洪秀全等农民起义,而是以孙中山为代表的资产阶级革命派。这一事实的历史原因,就在于:清朝末年,中国的封建社会已经蜕变为半封建半殖民地社会帝国列强的入侵,它使中国。社会矛盾的性质也随之变化,民族矛盾一下子凸现出来,而显得格外引人注目。在戊戌变法这个中国社会的特定历史阶段爆发的农民起义即义和团运动,它的矛头主要就指向帝国主义。所以在当时,他们喊出了"扶清灭洋"的口号,并在义和团运动初起之时还得到了慈禧的暗中鼓动。因为此故,所以从封建统治集团中分化出了一部分向西方学习的维新派先进人物,并且由他们推动了一个顺应历史潮流的改良主义运动。这股历史潮流,甚至把光绪皇帝也卷进来了。但由于改良主义的局限性,不论这些维新派先进人物怎样威武不屈、忠贞坚定,甚至视死如归,由他们推动的运动不管是采取和平的手段或是采取暴力的手段,却都失败了。继谭嗣同"喋血"之后,他的继承者发动的自立军起义也失败了。然而这段悲剧性的历史却具有不灭的历史意义,它用血的事实警示后来者:改良主义此路不通,要振兴中华民族,必须另觅途径。所以说《戊戌喋血记》揭开了辛亥革命的序幕。这就是历史唯物主义的结论。正确地、形象地反映这一段历史,不仅不违背马克思主义,而且正是长篇历史小说《戊戌喋血记》思想性深刻的原因。

《戊戌喋血记》对义和团运动的描写,也颇值得称道。究其原因,我以为主要是因为在肯定义和团运动的历史功绩的同时,正视淋漓严酷的事实,敢于大胆地"暴露"其在小农经济基础上派生出来的种种落后消极的思想因素,并别出心裁地把它作为戊戌变法的"陪衬"。作者以冷峻而痛楚的笔墨向我们展示：义和团运动的政治主张远比变法维新运动落后,特别是当他们被慈禧、刚毅收买利用,打起"扶清灭洋"的旗帜,为清廷所利用之后,在反对帝国主义侵略的同时,盲目排外,向科学和文明宣战。他们吞火吃碗盏,设坛念咒,弄神弄鬼;把西方科技书籍仪器当作妖物洋货肆意焚毁;把缴获来的洋枪洋炮弃置不用,仍然耍弄老祖宗留传下来的刀矛棍棒。小说第二十一章写刚毅指着那些死于洋枪之下的义和拳民,问张德成为何符咒法术"不见灵验"时,这位义和团的总头领、大师兄竟说什么:"这些兄弟都是太劳累了,睡觉了,等一下,待我们作起法来,取出枪子,念动咒语,呼其小名他们就都会醒来的。"还说:"等到今夜子时三刻一阳初转之时,我等请来关圣帝君、纯阳老祖诸神下界,再调来金钟罩、红灯照等,管教他洋人尽灭,明日就可大获全胜了。"这是何等的可笑可痛可悲可叹! 结果是:这些死去的弟兄永远不会"醒来",请来的诸神不仅不能叫洋人"尽灭",而是将它们自己连同其虔诚的信奉者打得惨败不堪。心造的幻影毕竟不能代替事实,迷信无知毕竟敌不过科学文明,这难道不是昭然若揭了吗?

　　思想上的信奉神灵必然导致政治上的落后守旧。他们反对维新变法,把维新党人和宣传科学文明的爱国志士当作"二毛子"加以无情打击;一听"自由""民主""立宪""国会"等语句,就"勃然大怒"地斥之为"宣扬汉奸鬼论"。改革者为了愚昧的群众奋起抗争,抛头颅,洒热血,愚昧的群众反因愚昧的见解和自己的敌人组成事实上的"统一战线"而和改革者"对着干",这是何等的悲哀——对于维新志士和义和团来说都是悲哀。当然,义和团运动的兴衰变异有很复杂的历史、社会原因,不应苛求;而且,史学界对此也尚有不同的看法,作为艺术处理,当然可以而且应该允许仁者见仁,智者见智。但是,这一切都不应成为我们为义和团运动护短的借口。护短,不仅违反历史真实,而且也不可能真正起到"古为今用"的作用。这很使我想起马克思在批判德国人民因循守旧、不觉悟时说的一席话:"不能使德国人有一点自欺和屈服的机会。应当让受现实压迫的人意识到压迫,从而使现实的压迫更加沉重;应当宣扬耻辱,使耻辱更加耻辱。应当对这些僵化了的制度唱一唱它们的曲调,要它们跳起舞来! 为了激起人民的勇气,必须使他们对自己大吃一惊。"[1]

---

[1] 　马克思:《〈黑格尔法哲学批判〉导言》,《马克思恩格斯全集》(第 1 卷),人民出版社 1995 年版,第 456 页。

《戊戌喋血记》着意"暴露"义和团运动的种种愚昧落后的思想行为,也很具有这样一种惊人醒世的作用:它使我们在"大吃一惊"中感受到改革的艰难,封建遗毒的沉重可怕,从而激起"勇气"跟包括自身在内的封建思想意识作斗争。

三

在人物塑造方面,《戊戌喋血记》也取得了可喜的成就。其主要标志:一是人物繁复众多,当时"现实关系"中各阶级、各党派、各色各样的人物,几乎都囊括其中、纷呈纸上。全书刻画的人物有 180 人之多,上自皇帝、后妃,下至官僚、胥吏、江湖、贩夫、田卒,妓女,群像罗列,千姿百态,有如长廊画卷。二是其中有些人物写得颇有思想见地,有艺术光彩,某些方面还带有明显的创新性。

如光绪皇帝,过去一直把他说成是无智无勇、愚蠢无能的"儿皇帝",把他和慈禧的矛盾说成是"狗咬狗"的斗争,把他说成是残暴的、毫无感情的"冷血动物"。小说一反此道,不仅在政治上肯定了光绪的变法图强,支持维新派,而且在生活上肯定了他与珍妃之间的情爱,并对他的命运和遭遇予以深切的同情。这样的写法很大胆,也符合历史事实。最近看到当年随侍慈禧、深谙宫闱内情的德龄女士写的《清宫二年记》一书,文中就讲到光绪皇帝表面上看似有些"呆气""迟钝""忧郁","实在是一个聪明又有见识的人,他是一个出色的外交人才,有极丰富的脑力,可惜没有机会让他发挥他的才能"。"我曾和皇帝有好几次长谈,并且发现他是个有思想能忍耐的人……谈到西方文明,我很惊异他的对于每一事物懂得那样透彻。他屡次告诉我他对于自己国家的抱负,希望中国幸福。"这些记载虽有些夸大,就大而言,应该说是可信的。它也从一个侧面说明了《戊戌喋血记》对光绪帝的大胆同情和肯定是合情合理,有史实依据的。

又如赛金花这个人物也写得很不一般。以前一些作品甚至历史展览,都把赛金花说成是卖国贼、汉奸、妓女、毫无人性的大坏蛋。"文革"前,康生一句话:"难道妓女能够推动历史前进吗?"以后,赛金花这样的人物就没人敢涉足了。如何看待这样的人呢? 当然比较复杂。塑造人物,尤忌好坏判然的简单一刀切,何况赛金花这样复杂的历史人物!她确有被侮损、被奴役的一面,按照她的身世和经历,她憎恨旧制度、赞成维新,具有一点起码的人性和民族性,这是合乎情理的。正是基于这一点,我认为《戊戌喋血记》对赛金花采取有分析态度的描写,是符合唯物史观的。在有关赛金花的描写中,尤其是这样一个细节:一个宫女深夜送茶,看到赛金花与瓦德西睡在一起:她气愤地不愿将茶送到床前,并忍不住低声辱骂起来。赛金花恼羞极了,恨不得跳起来打宫女几个耳光。但当瓦德西问起这件事时,她却没有把宫女骂她的话告诉瓦德西,反而为之开脱保护。后来等到瓦德西回身转脸,才偷偷地拭泪。寥寥数笔,就闪现了这位“赛二爷”的灵魂的一角,给这个声名狼藉的妓女添上几分光彩。再如像写袁世凯突然杀文案,张之洞接待谭继询,荣禄轻言细语安慰开缺回籍的翁同龢,张立人颓废之时仍然怀念旧友谭嗣同等等,都在意料之外,又在情理之中,写得不同凡响,颇有艺术光彩。然而在上述所有这些人物中,写得最用力,也是最为丰厚的,我以为当推谭嗣同形象。

谭嗣同是全书的中心人物,也是作者倾注全部感情刻画出来闪耀着理想光辉的形象。写戊戌变法,不以康有为、梁启超为主角,却把谭嗣同作为主要描写对象(在过去的历史教科书上,一谈戊戌变法,总是言必称康、梁的),这样的人物选择应当说是卓有慧眼、很有深意的。这不仅是因为康、梁后来变成了“保皇党”,也不光是因为谭嗣同是被害的“六君子”之一,写他更切中于“喋血”的题目;更主要的是在于谭嗣同在实际变法中,见解超群,志行坚贞,甘冒艰危,品德高尚,确是砥柱中流式的人物。

写历史上的英雄人物,比起反面人物、中间状况的人物往往具有更大的难度,不易取得成功。《李自成》《星星草》等几部历史长篇创作,便是一个很好的例子。我并不认为谭嗣同形象就不复存在某些类似的通病,不是的。就读了全书的直观的印象,我总觉得这个形象多少还有点拘谨,还可以写得更精细、更深刻些。主要原因可能是过于局囿了史实和未能浓墨酣畅地展示人物的精神世界。不过,从艺术总体上看,我还是认为谭嗣同形象是写得相当成功的,在迄今为止的历史英雄的谱系中,它还是属于水平线之上的艺术形象之一。

作为“这一个”历史上的英雄人物,谭嗣同不同于救民于水火为的是黄袍加身的李自成、洪秀全式的农民首领,也不同于赤胆忠诚、保家卫国的岳飞、文天祥式的民族精英;不同于雄才大略、治国平天下的秦皇、汉武、唐宗、宋祖式的英明君主,也不同于仗义执言、为民请命的魏征、海瑞式的清官诤臣。他具有自由、民主、平等、博爱的思想,是从封建统治集团中分化出来的一位叛逆者;他"倡论擘画""内河小轮,商办矿务,湘粤铁路",是我国早期的民族实业家,他在变法事业已处极度危难之中,毫不气馁地拱卫皇上和新政,壮志献身,是一位有胆有识、刚勇义烈的改革家。他长于官宦之家,却不习科举,不乐仕进,将全身心都投注在国家和民众的安危问题上。他把尽力履行一个彻底的"仁"字,建立一个他心中所梦想的卢梭、华盛顿等所鼓吹和建立的那样一种民主自由的社会,履行佛陀所倡导的众生平等的学说,走向康有为所阐述的自由小康而臻于大同的世界,作为自己"生命的唯一目的"。他对好友张立人写道:在"国与教与种将偕亡"的内忧外患的国情下,"食不甘味,寝不安席",决意仿精卫填海的精神,"献此一腔热血,以荐我轩辕耳"!正是基于这样的信念和精神,他在湖南巡抚陈宝箴等的支持下,置生死于度外,尽其所能,竭力猛进地与长沙城内叶德辉、王先谦等展开斗争,推行新政新学,宣传新思想,筹办新实业,培养新人才。也正因为如此,他"不识时务,不知死活",毅然接受诏命,以清白高尚之躯,进入危机四伏的北京城,协助光绪主持变法维新事业,最后壮怀激烈,血洒菜市口。小说的一连串自然衔接的事件,使一个临危不惧、忠昭日月的资产阶级改革家跃然纸上。

这里,我们实际上已接触到小说塑造谭嗣同形象的这样一个显著特色:善于从大厄大难的危机顶点来表现人物的思想性格。像谭嗣同这样刚勇义烈、敢于冲破一切黑暗罗网,不忧、不惑、不惧,既仁、既智、既勇的革新家,也只有通过这样的艺术手段,才能以少胜多,以有限显无限,更经济而更充分地揭示其固有的思想性格。《戊戌喋血记》突出地描写了两次危机的顶点。一次是从皇上密诏到夜访袁世凯。这时局势突变,慈禧兵围皇城,要逮捕康有为,光绪处境险恶,新政难保。在这千钧一发的危急存亡之刻,谭嗣同挺身而出,夜访袁世凯,神情激昂,晓以大义,想策动他入京勤王,诛荣禄,除旧党,救皇上,助维新,表现了挽狂澜于既倒、知不可为而为之的克难精神。另一次是从袁世凯告密到毅然留下,壮烈就义。这时光绪被幽禁,慈禧下令捕杀维新党人,变法已经无可挽回地失败了,人们劝他赶快出走。他却反劝别人走,自己坚持留下来应变。他认为临难苟免,作鸟兽散,是一种懦夫的德能,而变革总是要流血的。"各国变法;无不从流血而成。今中国未闻有因变法而流血者,此国之所

257

以不昌也。有之,请自嗣同始。"在刑场上,面对死亡,他昂然挺立,英气袭人,在判决书上奋笔疾书:"有心杀贼,无力回天,死得其所,快哉快哉!"充分表现了为拆地狱而入地狱、不成功便成仁的义烈浩气和卓励敢死的献身精神。稍感不足的是,我以为这两个危机的预点的运笔还不免拘囿,未能泼浓墨施重彩。这给谭嗣同形象带来了某些不应有的损害。

《戊戌喋血记》塑造谭嗣同形象的另一个显著特色是追求人物性格的立体多面、丰富复杂的内涵。这也是当前不少历史长篇写英雄人物的共同特征。但就我读过的二三十部长篇的直感,似觉任光椿对这方面的追求更着力,也较有成效。当然也感到有某些不足,比如对谭嗣同思想性格悲剧一面写得不够。《戊戌喋血记》写谭嗣同丰富复杂的性格,最突出之处我以为是:把谭嗣同放在敌、我、友,君臣与主仆,家庭与社会,上下前后左右各种错综复杂社会关系的轴心,一方面通过众多人物的眼光,或正或反,或浓或淡,或正面或侧向地透视谭嗣同的志向、品格、脾性、为人、胸襟、气节;另一方面通过谭嗣同与他们的冲突、纠葛、相交,在美与丑、正与邪、公与私、爱与恨的明镜中,在各种各样情感的撞击中,深挖谭嗣同作为"现实关系总和"的一个人所固有的异常丰富的思想性格的内涵。比如:他既主张"废君统,倡民主,变不平等为平等",但同时又在绝命书中"告我中国臣民,同兴义愤剪除国贼,保全我圣上";他既献身变革,"意志坚强,不可更改",但同时又常怀"僵冷和凄凉之感";他既与世故守旧的父亲在政见上"长期对立",但同时"在感情上却始终保持着亲人之间的骨肉之情",以至于在赴难时为免父亲不受株连,用心良苦地写了一封忤逆信;他既疾恶如仇,平生最鄙恨狎妓讨妾的文人陋习,但同时却又与养妾嫖妓、挥金如土的花花公子张立人成了莫逆之交……不仅如此,小说这种将谭嗣同置于轴心地位的开放式的人物关系的设计,还使作者可以游刃有余地组调性格相反或相似的人物于一处,"把各个人物用更加对立的方式彼此区别得更加鲜明些"(恩格斯语)。小说第十章中写康有为在听到谭嗣同为光绪帝所重用消息时的"醋意"、甚至不惜借星相迷信来贬低谭嗣同,这就把这两个共有变法图强信念的维新党人同中有异的性格准确而精细地揭示出来:一个是光明磊落,虚怀若谷,一个是刚愎自用,猜忌贤能。诸如此类的描写,书中还有不少。它犹如群星托月一样,把谭嗣同形象映衬得更加光彩感人。

当然,《戊戌喋血记》也并非无懈可击的。除了个别细节失实错乱,人物的语言、行为、思想也有个别现代化之嫌外,主要是结尾拖沓,后劲不足。谭嗣同"喋血"了,作者还用了占全书三分之一篇幅写义和团和自立军的情状,其意图是想总结"喋血"的历史经验,说明谭嗣同的精神不死。这样的用意当然是无可厚非的。但我以为,作为一部小说,似乎不必求全,来龙去脉,面面俱到,而且从全书的实际描写来看,由于后半部分运笔过于粗简、匆促,作者的原意也未能得到很好体现。所以,读来至少给人以头重脚轻、画蛇添足之感。不若写到谭嗣同就义为止,在艺术上倒显得干净利索和完整,或是将这些描写大大节缩。这是我的一孔之见。是耶? 非耶? 还待作者和同行们不吝教正。不过,尽管如此,我认为《戊戌喋血记》毕竟取得了难能可贵的、令人瞩目的成就,它是新时期的一部新颖深刻的醒世之作。

(原载《文艺通讯》1982 年第 2 期)

一部很难组织的"教授小说"
——《金瓯缺》的历史叙事

　　《金瓯缺》怎么样？郭绍虞先生说可与姚雪垠的《李自成》"媲美"，其"学识与才华,均不弱于姚氏。二难相并,堪称双璧"。① 也有学人并不那么认同,有的甚至提出相当尖锐的诘难。这是两种颇为"对立"的看法。虽然它们彼此并未展开过正面的交锋,但它的存在确乎是事实。只不过前者见之于文字,后者尚未见之于文字或现时还未见之于文字罢了。

　　我是较为倾向于前者的看法的。但是,当我听到了诘难性的意见后,坦率地说,我确实困惑了一阵子。我曾这样疑虑过:这或许是自己初读这个作品太匆促？或许是自己对这个作品过分偏爱？对我的"疑虑"不敢自信,我把《金瓯缺》又读了一遍。不知怎的,我发现我的基本看法没有变,和初读时一样,我仍然执着地认同这部书。认为郭绍虞所誉的"媲美"之言,可能带有褒奖的成分,但无可否认,这是新时期长篇历史小说中的一部难得的佳作。这样的评价恐怕不至于太过分。事实上,这部小说的前两册出版以后,海内外文苑论坛已基本上是这样称誉它的。据我所知,到目前为止,专文对这部小说予以较好评价的,就有《文艺报》《文学评论》《光明日报》《文汇报》及香港的《文汇报》等十余家报纸杂志。在我所接触的有关历史小说的作家和从事评论的同志中,大都也交口称誉这部书。比如长篇历史小说《天国恨》的作者顾汶光、顾朴光,就曾跟我讲起过,他俩非常欣赏这部书。一部历史小说能受到这样的礼遇,无疑是不多见的。

　　关于《金瓯缺》的成就,有关的评论文章已谈得不少了;而这部带有"史诗"性规模的长篇巨制有许多特色,可谈的东西确实也很多。但最大的长处,我认

---

① 《金瓯缺》序,福建人民出版社1980年版。

为还是它对历史的忠信,在真实性方面显示出来的力量。

真实性,这是个老生常谈的命题,古今中外大师如亚里士多德、黑格尔、狄德罗、歌德、莱辛、别林斯基,以及鲁迅、郭沫若、茅盾等都曾谈到过它;翻检 20世纪 60 年代初和近年来有关历史题材方面的评论文章,触目可见,也往往是这类字眼。然而,这又是一个至关重要的问题,只要稍有不慎和偏离,就要给作品抹上虚伪的痕迹,招致人们的责难甚至讥讽。这样的赝品古今中外都可找出一些。真实性,就这样严峻无情地把一切功力平庸、不求严谨的作家斥之于艺术殿堂之外。

自然,细究起来,在如何求得历史真实的问题上,浪漫主义和现实主义是不尽相同的。《金瓯缺》似乎是两者的有机结合,它有现实主义的成分,也有浪漫主义的成分。因此,他笔下所描画的历史,就既有很强的质的规定性,能给我们以确凿可信的历史知识,又充盈着浓郁的抒情诗意的味儿,给我们以相当的愉悦和美的享受。"他是有一股激情要描述北宋之亡与南宋之偏安一隅,从而说明当时政治、军事、宫闱和社会风貌各方面存在的内因和外因的。所以以《金瓯缺》命名就可知其寓意之深,不仅仅是记述一些宫闱琐事而已。"①郭绍虞先生此说完全合乎实际,这大概就是"史诗"性作品的一个重要的艺术品格吧!

《金瓯缺》中的人事描写百分之九十五以上都有历史依据。如书中正面描写的两次伐辽战争,在徐梦莘的《三朝北盟会编》中有比较详细的记载,小说的描写就是以此为构架的。再如对刘绮、马扩两个人物的刻画,他们每到一个地方,每参加一次战斗,每调动一次职务,都与史实相吻合。尤其值得一提的是写马扩这个人物,可能由于他拥护信王赵榛而为高宗赵构所忌,《宋史》中连他的传也没有,被隐没了许多年,一般非专攻宋史的研究者也多不知。作者凭着他那丰博的历史知识,在《南宋书》《三朝北盟会编》和清人毕沅所编的《读资治通鉴》等史著中钩沉稽误,广考博征,终于使这位曾是关系到那个时代三个政权兴衰而被埋没了许多年的封建社会英杰重放光彩。比之那种"借古人之酒杯,浇自己之块垒",百分之九十五以上的人事都是虚拟出来的历史长篇,我认为这种写法值得尊重。自然,因为它更严谨,写起来也就更费力,更艰巨。

---

① 《金瓯缺》序,福建人民出版社 1980 年版。

　　然而,《金瓯缺》的真实性仅止于此吗？我以为不是的,远非如此。不知别的同志读这部作品时的感觉如何,我在读这部作品时,是被作者点石成金,源源而来的写生活写风俗的笔力所折服。小说中有多少色彩斑斓、趣味横生的人情风土、世态习俗、典章礼仪、衣冠文物以至于当时的语言习惯等方面的画面啊！那官家的仪仗,蔡的盛宴,那元宵节的狂欢,杂技百戏的惊险,那金明池的祝捷大典,龙舟的竞渡……所有这些,都被作者描绘得眉眼活跳,声容斐然,使你情不自禁地被它所勾迷,以至于欲罢不能,不忍释卷,仿佛你随着作者遨游了一番我国北宋时期的五光十色的社会生活情状。

　　但这并不是作者故弄什么惊人之笔,更不是靠奇风异俗招徕读者,他只不过是在情节和场面的展开过程中,顺手易便(显得多随意轻松！)地引进上述的这些描写(自然有些地方还缺乏更精当的提炼)。本来,这部小说的故事情节是很带有"传奇"因素的,但作者却有"奇"不"传",他宁肯愿为多穿插一些生活风俗化的画面而使个别故事情节失去应有的紧凑性、节奏感(这确实也是小说的一个缺陷)。有意思的是,当作者按照一个完整的艺术构思,把这些毫不惊人的社会生活场景编组起来一齐推到你的面前,连带着它的泥香土热,源流变迁,于是,你就被这十分陌生却有那样亲切的精确、细致、逼真的画面所征服了。别林斯基说过:生活的诗歌,现实的诗歌,"在于对现实的忠实性,它不改变生活,而是把生活复制、再造,象凸出的镜子一样,在一种观点之下把生活底复杂多采的现象反映出来,从这些现象里面汲取那构成丰满的、生气勃勃的和统一的图画所必需的种种东西"。① 这部小说的真实性,它的显著的艺术特色,我想也就在于此。

　　有先例吗？有的。读托尔斯泰的《战争与和平》,以及司各特的《艾凡赫》等先前名著,读姚雪垠的《李自成》、端木蕻良的《曹雪芹》等同辈作家的佳作,你都可找到这方面的许多精彩的片断。看来,作者是有意识地从他们那里汲取了这一艺术养分来血肉自己的。而这种汲取一旦和他的宋史专家的身份结合起来时,便自然而然地显现出上述的这种非凡的才能。这种才能表现在,作者不仅笔墨纵横驰骋,开阖自如,把当时宋、辽、金三个朝廷的战争与和平、前线与后方、军队与地方、宫廷与边隅、家庭与社会、上层与下层的广阔多样的生活情景囊括于笔底,组成一幅气象万千,包罗万象的带有"史诗"规模的艺术画

---

① ［俄］《别林斯基选集》(第 1 卷),满涛译,上海译文出版社 1979 年版,第 191 页。

卷,而且也善于以淋漓尽致、娓娓动听的笔致,把那些日常生活中看起来相当琐屑的、毫不惹眼的细节,诸如衣服啦,诗画啦,烹调啦,观光啦,舞会啦,流行口语啦,等等,写得新鲜奇趣,引人入胜。如小说第三章关于逛大相国寺庙会,看"棘盆"百戏杂要,品味宋四嫂做的鱼羹和曹婆做的肉饼与东京灯节的描写就是一个很好的例子。作者对生活观察的细密和对于题材处理的"平中见奇"的本领,不难从中可见一斑。

不要小看这种本领。没有这一手,作品的真实性就极有可能成为空中的楼阁。唐弢先生不久前在一篇论文中,把"风俗画"的描写作为民族风格及真实性的"第一个特点"提出来,便很有见地。这于历史题材创作也很有针对性。君不见有些历史题材的作品,写寺庙总是"深山古刹",究竟是佛教、黄教还是道教? 奉的是佛祖、法师还是菩萨? 往往面目不清,抽象含糊。同样的写服饰,总是"峨冠博带",写市景总是"车水马龙",写屋宇总是"雕梁画栋",不问朝代,不问地方,千篇一律,有的则避而不写,将世态习俗一概"净化"掉,还有的唐冠宋履,服饰易代。这样的作品还有多少真实性可言! 遗憾的是这样的作品近年来屡有出现,为数不少。这种现象应当引起我们的重视。从这个意义上说,《金瓯缺》也很值得珍视。

不过,小说毕竟属于艺术的范畴,而不是断代的风俗史,因此对一个作家来说,光有世态习俗的描写还是很不够的。风俗毕竟还只是"外景",哪怕写得再逼真,也只能为作品提供一个好的背景或环境。要真正形象而深刻地反映历史的真实面貌,只有深入社会关系的内部,深入时代风云中去,准确有效地写好人物的思想性格和精神面貌才行。

这是一种更具难度自然也更为重要的工作。它是一部作品真实性的吃重的支点。一部作品是否真实以及真实的程度如何,主要取决于此。这一点如果做不到,包括世态习俗在内的其他方面的逼真,也将变成是次要的了。这里关键的问题是分寸的掌握,是看你能否准确把握时代的特点,按照历史和生活的必然性和可然律来写人,而不是一个简单的史有其人还是虚构创造的问题。《战争与和平》在这方面为我们提供了成功的范例。这部小说中的主角安德烈、彼埃尔是作者虚构出来的非历史人物,但他们确实又是"拿破仑时代"的产儿。如果把安德烈写成十二月党人,时间相差虽不过十多年,但精神面貌各异,读起来就会感到是一个历史性的错误。每个人的思想意识都受时代支配。

安德烈在个人气质上近似十二月党人,他不满现实,参加过斯比兰斯基的改革运动。但从 1805—1812 年一段历史时期中,大家想的是如何抗击拿破仑的问题,这是当时的时代精神。从 1825—1917 年那段漫长的历史时期,以十二月党人起义为起点,俄国人主要考虑的才是革命。托翁在这里把当时的时代精神准确地抓住了。这正是一个有良知、有功力的作家的构思,也是这部作品取得巨大成功的重要原因。

作为热爱俄罗斯文学,认真探究过《战争与和平》的作者,徐兴业是深谙这一艺术真谛的。他是一个宋史专家,但他知道这是创作,而不是当"学究"。因此,他苦心孤诣地履行着一个作家的使命:他不仅仅以写人情风土,写世态习俗为满足,而是还要写人物,写性格,写人的心理和情堵,并把它作为自己创作的终极目标,作为反映时代特征、取得历史真实感的根本途径。

也许是"求全责备"吧,我认为作者在这方面的描写还未能达到写世态习俗那样洒脱自如、左右逢源的境地,某些地方甚至还有不无可议之处。如有的评论所指出的让李师师长篇大套地说出:"依咱看来,上自蔡京、童贯,下至开封府、祥符县,连带那些胥吏押司、豪权爪牙,都是一鼻孔出气,一张嘴说话。滔滔天下,哪有不破的筒?哪有不烂的菜?咱怕打破了一个筒,泼去了一碗菜,人间未必就有一个好世界!"仿佛这位周旋于皇帝与各臣之间的妓女已明确意识到连根铲除封建制度之必要似的,这就未免嫌理想化了一些。艺术表现过犹不及,失去适当的度与量,有时会"差之毫厘,失之千里",给作品的思想和艺术、声誉和价值带来意想不到的损害。因此,即使只是轻微的偏差和游离也值得引起注意。这一点,对于包括《金瓯缺》在内的一大批长篇历史小说也同样适用。当然,这个情况在《金瓯缺》中是极个别的例子。就总体成就和主要方面考察,应该说,小说的写人叙事是分寸合度令人信服的。这才是这部小说取得较强真实性的最根本的原因

作者是以宋辽战争、宋金战争为骨架构造起这座涉及三个朝廷、上百个人物的艺术大厦,来再现当时中国社会的真实面貌的。用郭绍虞先生的话来说:"这是历史的大事,也是民族的大事。"①要完成这样的艺术使命,实质上无异于要写这两场战争。这不是外来的强加给作者的任务,而是由历史生活的逻

①　《金瓯缺》序,福建人民出版社 1980 年版。

辑决定了的。试问在这样两场关系到三个民族盛衰兴亡,关系到千百万人民生死命运的战争中,中国社会有哪一个角落、哪一个民族、哪一个人可以不受到它的震撼扰乱,而置身于局外无动于衷呢? 正是基于这样的道理,作者在刻画人物和结构故事时,不管是正面人物还是反面人物,是主要人物还是次要人物,是喜剧性人物还是悲剧性人物,都无例外地把他们的思想性格、语言行为、喜怒哀乐、悲欢离合同战争紧紧胶结在一起。这样写,不仅使小说能高屋建瓴地透视出当时灾难动荡的历史真相,而且还便于生动有效地把握住人物身上所别具一格的时代精神风貌的特征,使形象获取最高意义上的真实。这也许是作者从托翁的《战争与和平》那里得来的有益的启示吧。

作品对时代特点的真实揭示,是与它创造了诸如马扩、赵隆等颇为成功的人物分不开的。马扩是小说的主角,提挈全书的人物,是作者倾全部热情精刻出来的带有理想光辉的形象。这个形象连同他的妻子亸娘在作者心目中活了四十年,作者的本意是想写马扩个人的"经历史,冒险史",以这个沟通宋、辽、金三朝的传奇式的人物,"为贯穿全书的线索,通过他,写出那伟大的历史时代"。① 由于历史上的马扩并未直接参加过伐辽战争,故小说前两册对马扩的刻画,不能不受到很大的限制。这或许是人们对这个形象还感有不很满意的重要原因吧。事实上,这也是严谨史事的作者的一个苦衷。作者曾跟笔者讲过,他心里活的马扩连同亸娘的形象在前两册中远没有表现出来,这个任务将随着第三、四两册宋金战争的全面铺开才得以完成。从这个意义上说,目下对马扩形象的一切品评,包括本文在内可能带有更多的随意性和片面性。跟写当代英雄一样,塑造古代英雄形象,是很具难度的工作。在新时期众多的历史长篇中,真正写得活写得真,使人感到可亲可信的似乎还不多。为数不少的作品往往为了理想而忘了历史,把人物写得过于高大完美,犯了历史人物"现代化"的错误。

应当说,作者笔下的马扩形象是带有明显的理想化成分的。从作品的实际描写来看,挑剔一下,个别地方稍嫌浮泛了一些,似乎还缺乏更多的出神入化、深刻有力的细节。但这一切都没有超越历史。作者赋予马扩的思想行为都还是根源于他的时代生活的土壤之中,颇具有真实性和时代感的。这种真

① 徐兴业:《给巴黎的一封信——〈金瓯缺〉书简》,《海峡》1981 年第 1 期。

实性和时代感在前两册中主要表现是：小说既写出了马扩原先对官家的忠诚信任，认为天子是不会错的，忠君与爱国是不可分的，又写出了由于多年实践的教育，他已经把复国的希望更多地寄予人民的武装力量，由于他来自社会底层，本来就与人民群众的思想感情相通，因而他逐渐地把他对权奸的憎恨扩展到对官家的怀疑上，思想感情正在发生着变化。作者通过循序渐进、丝丝入扣的笔致向我们展示，马扩是官员，他热爱他的国家，也忠于当朝的官家（皇帝），与义军的赵杰不一样，他的觉悟自然缓慢，但毕竟开始了。当两次伐辽战争遭到惨败，官家再派他使金去执行"乞兵之议"的时候，他身上怀疑的种子萌发起来了，对官家开始产生了"大不敬"的思想："现在他痛苦地感觉到的事实是，官家本人就是他那份基业的对头，如果他没有带头有意识地去拆毁它，至少他是纵容那些奸党们去拆毁它，而他在一旁熟视无睹。……只有到得最近一看，他才想到忠君、爱国这两个统一的概念，在特定情况下也有可能分离。"这些描写是真实的，也是必要的。只有充分显示这一点，小说后两册中写马扩成为活跃于敌后的义军首领，才能显得自然贴切，合情合理。

跟马扩不一样，马扩的岳父赵隆在前两册中是个基本定型的人物。作者在他身上所用的笔墨并不多，甚至只在第四、第七、第十一等几个章节中随意作了点染，而且是用那么一种谐谑、调侃的笔调。但他作为北宋末年忧国伤时的老忠臣义士的形象，却跃然纸上，须眉毕现。就其个性化和真实性的程度而言，我以为比之马扩都更有胜人之处，是小说中具有高度概括力的很成功的艺术形象。作为北宋的高级军官，西北军全军的总参议，赵隆"考虑了全盘利益，认为不依靠自己的力量，只想利用他人投机取巧，侥幸邀利，照这样发动战争，不会有好结果"。后来的事实印证了他的这一先见之明。但是，他的对国事负责的赤胆忠心，不被人理解，他的进京游说进谏，处处碰壁。结果不仅没有防患于未然，反而被童贯那厮气得吐血。于是他孤独，他暴躁，他愤慨，在精神上痛苦地作践自己。他天天上酒楼或在家里酗酒，喝到深更半夜，喝得人事不省；他在丰乐楼上，面对楼下走过的王黼、童贯忽然发出奇怪的笑；他稍不称心就不仅骂山门，骂别人，也骂自己，骂政敌童贯，也骂医官和女儿。看来，如东京人所视，他真的是一只"白头老鸦"，一个不合时宜的"老怪物"。

其实，这只是他的一个表象，是他变态的、畸形的表面。他还有本质的一面，那就是他的对民族潜藏的灼人的爱，对佞臣痛切的恨，先天下之忧而忧的爱国赤忱。他在生命垂危之际,仍然关心着战争。他在治病期间煞费苦心地提出种种"装腔作势的要求","目的就是为了要了解战争"。当他确知战事不可避免时,他以沉思代替了激愤,经常通宵不寐,严肃地考虑着战场上的胜负得失的因素,提出了防微杜渐、克敌制胜的筹计。尽管这时他还不无愤慨地槌床怒骂"童贯那厮,害得俺好苦呀"! 但他的精神上已变为战争的热烈关心者、支持者和拥护者。他的逻辑是这样,既然朝廷的决策,已经无可挽回,那么他只能在这个事实面前为它考虑取胜之道,其他的选择是没有的。"他不可能希望一场胜利的战争是他所反对的。"这是多么符合时代环境和人物性格的真实描写! 他以他的性格反对这场战争,他又以他的性格关心、支持和拥护这场战争。这不是他的朝三暮四,毫无原则,恰恰相反,而是表现他对民族大业的笃忠如一。这个转变,对他来说是痛苦的,但也是真实的、正常的、合理的。这是他的性格所使然,也是当时时代环境所促成的。

　　以上所述,我以为是《金瓯缺》真实力量的两个最主要的方面。四十八年前,鲁迅先生论及历史小说创作时,曾说过一句深得三昧的话,他说:"对于历史小说,则以为博考文献,言必据者,纵使有人讥为'教授小说',其实是很难组织之作。"①鲁迅此话,移用于《金瓯缺》以及严循历史真实的作品上来,倒是挺切合的,作者说他写这部小说先后就花了四十多年的时间,其间惨淡经营,博考文献,悉心钻研宋金史,经历了多少哀乐悲欢、辛酸甜苦。我读了这部历史长篇后,觉得它确是一部"很难组织"的"教授小说",很值得大家一读,因此写了自己的感触如上。

（原载《小说评论》1985 年第 4 期）

---

①　鲁迅:《故事新编》序言,《鲁迅全集》(第 2 卷),人民文学出版社 2005 年版,第 354 页。

《少年天子》的史与诗

在漫长的历史之流中,女性往往是被丑化或扭曲的。历史成了男性的专利,女性是没有话语权的。于是,一部"二十四史"事实上就成为一部男性史:男性写给男性看,同时又以男性为唯一历史主体的历史。这种情况一起延续到20世纪初才有根本的改观。正是从这个意义上,我比较欣赏和推崇凌力。她的处女作《星星草》,曾以豪放细腻、多情多姿的笔调赢得了广大读者的喜爱,尤其是曾国藩、李鸿章两个人物的塑造,更令人击节。然而,作者并没有因此感到满足。面对鲜花和掌声,她欣慰之中始终保持着清醒的头脑。1981年《星星草》下卷脱稿以后,为了创作《少年天子》,她不为文坛上这股风那阵雨所动,做着在有些作家看来或许是过时的、没甚必要的史料准备工作:先后花费了两年左右的时候,蹲档案馆、图书馆,看那些不能出借的资料,如顺治朝的题本、康熙起居注、图册等等,边看边抄录、做卡片;不去档案馆和图书馆的时间,就读可以借到手的资料,如实录、《东华录》《清史稿》等史书和其他有关的第二手、第三手史料、笔记、论文、野史、碑志、族谱等等,有用的就制卡片、抄写……作者1986年5月在中国作协湖北黄冈主持召开的"中国当代历史小说创作讨论会"上曾这样说过:

> 我认为深入历史,毕竟是历史文学作者需要花费大量精力和时间的基本功,要查阅大量史料,学习和认识历史发展规律,要弄清所要表现的那个时代的政治、经济、文化、伦理道德等各种因素,以及在这种社会条件下和传统影响下形成的各种人物类型等等。这些基本的东西了解在胸,创作才有依据。尊重这些客观的历史事实,是构思整个作品的前提。阅读、熟悉史料,不仅为了从中获得形象、情节,形成主题,还有一个重要作用,那就是阅读熟悉史料的过程又是对作者的潜移默化的过程,它使作者熟悉乃至沾染上历史的特定气息、那个

时代的味道,自然而然形成一种辨别力,在后来下笔之时,比较容易
发现和摒弃那些违反历史真实的、不自然的、不和谐的地方,对增强
作品的真实感有很大好处。

作者此话,虽非新鲜但却令人玩味。它实际上道出了历史小说创作中带
有根本性的一个规律:要想在创作上进入自由的理想王国,真正达到"从心所
欲不逾矩"的境地,那就首先必须要"心静自然凉",深入历史,甘于寂寞,具备
严谨踏实的创作态度。我们反对以史化的观点看待历史小说,但也不主张用
虚妄的理念代替历史小说创作。当有些作家因强调审美、强调主体、强调艺术
创造而对历史和规范秉持一种不屑态度时,我在这里特地不厌其烦地唠述如
前,其意是不言而喻的。对于每个历史小说作者来说,倒不一定都去效仿凌力
的这条创作路子——百花齐放,丰富多彩嘛,历史小说的创作路数当然也应该
是非常宽广的,但是,作者那种严谨执着的创作态度,却是可以而且应该值得
学习和师法的。光恃才气图省事,产生不出真正有分量的作品;只有苦心孤诣
地花费艺术劳动,最大限度地保持自我稳定,才有可能使自己的作品到达史与
诗兼备美的理想彼岸。这也许就是凌力的《少年天子》给我们当前历史小说创
作的一个富有说服力的启示吧。

一

论及《少年天子》的史、诗交融,首先也许应该提到的是它对民族矛盾关系
的把握和处理。作为一条辅线,小说于此的描写,笔墨并不太多,艺术上也不
无可挑剔之处,但它却是全书艺术整体中的一个不可分割的重要组成部分。
从历史的或美学的观点看,它应当在作品中具有自己确定的位置,值得引起我
们的关注。

描写民族矛盾,当然离不开尖锐对峙的情节、场面入书。因为唯其如此,
才有可能将作品的矛盾冲突推向激化和深化,才有可能将作品的主题和人物
凸现得鲜明而强烈。作者显然悉知这一道理。为此,她在开篇之初,就推出了
这样两个情节:一是永平府的两个乡民反对安郡王和佟皇亲家强行圈地,因上

告无门逼得只好到午门外持刀割腹。面对这样两条人命大案,清朝廷的议政王贝勒大臣会议上,竟然以"算不得什么"通过了议决,不对肇事人作任何处罚。另一个情节是江南名士陈名夏因说了"留发复衣冠"之类的话,被朝廷议政的王公大臣和满官所弹劾。顺治皇帝明知陈名夏"罪不至死",但迫于压力也只好将他问斩,结果是"多数汉臣口中不说,却都表现出一种兔死狐悲、黯然神伤的忧郁"。这两个情节的描写,一开始就把民族矛盾问题尖锐地提了出来,在艺术上造成了一种"山雨欲来风满楼"的情势。

然而,光这样写还是很不够的。这不仅是民族矛盾本身很复杂,不能作如是简单化的处理;更为重要的是,作家是现代人,她要按照现代人的思想观念和审美标准,对民族矛盾关系作出富有时代新意的处理。于是,从上面两个情节入手,作家于后面的描写,笔墨指陈所括,显然为民族矛盾建立了如下三个层次:

(一)人民的层次,也就是身处生活底层的贫苦劳动者,包括受蹂躏受欺凌的梨园弟子等。在满族贵族的眼里,他们只不过是活的"牛马","谁家里奴婢一年不寻死十来个? 牛马不是也要死的吗"? 因此,贫苦劳动者因有自己的亲身遭际,对民族歧视、民族压迫尤有切痛之感。像小说中写到的乔梓年在午门前自戕,柳同春的流离颠沛那样,他们也抗争、也积怨、也不平,但他们并不想推翻现今的朝廷,他们的目的是为了求得一份属于他们自身应有的权利和幸福。

(二)中间阶层主要是知识分子的层次。这个层次中的人物思想精神状态十分复杂。他们深受儒家正统思想的教育,对前朝旧主怀有眷恋之情,但又不放弃眼前可以获得的各种实惠,因此,常常陷入自卑自弃的思想境地而不可自拔。他们因为饱读诗书而从心底里鄙视无知无识的八旗贵族,但慑于情势,哪怕面对不义和非理,也只会嗫嗫嚅嚅,委曲求全。这是一部分最敏感也最受人注目的人物。他们之中自然也有英雄和败类之分,然而就其总体思想倾向看,熊赐履、傅以渐、陈名夏、金之俊、吕之悦、龚鼎孳、王崇简等人大概可以作为代表。这些人物对清朝的态度和处世的哲学,内中表现了比较浓重的历史惰性和传统惯力。比之身处底层的人民群众,他们更复杂,精神情感也更丰富,因而形象本身往往也更带有历史的深度和审美价值。

(三)原先最高统治阶级的层次,即作品中崇祯皇帝的后嗣三太子定王殿下——所谓的"小道士"是也。此人也是"少年天子"。自幼的帝王家生活铸就了他的暴戾性格和万物皆备于我的占有欲。即使一旦成了"平民"不得不隐匿深山之时,他也不忘摆开架势,处处要人们伺候他,满足他。因为在他看来,天下本来是他朱家的,只不过现在被爱新觉罗夺去了,他当然有权力获得这一切。他痛恨爱新觉罗为首的清朝,与他们怀有不共戴天之仇。但那是痛恨他们夺去了他的"祖宗基业",使他这个龙子龙孙四处逃亡,不能享受荣华富贵。他所做的一切,目的是为了东山再起,重新抢回被人占着的那个宝座,至于其他什么人民的疾苦,民族的兴衰,他才顾不了那么多,也从来不想去顾及它们。

从上述三个层次简略的复述中可以看出,作者赋予民族矛盾的内涵是丰富的。这里,层次的多样,有效地揭示了生活本身的错综复杂;而从作者主体创造这个角度看,反映了作者在创作《星星草》之后思想上艺术上的进一步成熟:既尊重历史真实,又有强烈的现代意识;既注意对象之间量上的相近,又显示他们之间质上的差异,其艺术思维和艺术描写的确是相当细微而又富有分寸感。比如,在对人民的层次和对中间阶层、原先最高统治阶级层次的描写处理上,她的态度就很不一样。对于前者,她是同情厚怜;对于后者,则更多的是批评贬斥。而同样是批评贬斥,她对中间阶层批评之中有理解,甚而有时还有一点赞许;对于原先最高统治阶级者,她基本上是无情地加以鞭笞。看,同样是民族矛盾,作者能脱去它的表象,呈露出各个层次人物在这一总的社会情势下的所表现出来的各自阶级的属性,并赋以鲜明的情感色彩。作者这种描写和处理,既跟简单绝对的机械阶级论划清了界线,也与不分是非一锅端的历史唯心主义区别了开来,应当说是较好地体现了现代新型的民族观的。

自然,这里也不是没有问题和不足。如人民的层次写得比较浮泛,圈地、逃人事件的前因后果未能述深述透,柳同春其人在更多情况下仅仅被当作穿针引线的工具,形象本身在民族关系问题上的审美价值有时则不免有所忽略,等等。不过,最突出的还是三太子的塑造。作品把他写成昏愦无耻的"流氓恶棍",使之有意与顺治形象形成鲜明对比。这样的构思是不错的,也有人物的阶级社会属性可凭。问题是:首先,笔墨过多地落在个人道德品质方面,道德愤怒的结果,有时则模糊和干扰了作者对历史的深入思考。其次,从审美角度看,太醉心在个人劣行上兜圈子,那就势必招致艺术上的直露,影响形象涵纳的丰富深刻的社会容量。这一点,只要跟宫闱斗争中的顺治形象比较一下,就不难体味得到。

二

当然,以上这一切毕竟还只是"辅线",它的成就和不足也许不致给作品带来整体和全局性的影响。真正给一部作品的史诗价值带来决定性影响的,主要还是它的"主线",它的主体部分的描写。只有于此倾心竭力地写出水平、写出光彩,才能为作品的成功提供最切实也是最根本的保证。

从这个意义来看《少年天子》,我觉得作者是打了一个具有战略性意义的漂亮仗的,因为她的主线和主体部分的描写获得了很大的成功。作者全力叙写改革与守旧的斗争、文明与愚昧的冲突,没有简单地处理成宫闱红墙内的尔虞我诈、争权夺利,而是联系特定的时代、特定的社会作了深刻细致的艺术开发。这就使得小说主线和主体部分比之其他有关辅线的描写,不只是量方面的占据优势,更主要的是质上高出一筹,从而也就为作品整体的思想艺术成就确定了扎实的基础。

描写革新与守旧斗争历史的作品,早在 20 世纪 80 年代初就有了,如任光椿、周熙反映戊戌变法的《戊戌喋血记》和《一百零三天》等就是。今天看来,题材好像不算太新。可是,艺术审美是因人而异的创造事业,同一题材落到不同作家手里,完全可以写出不同品格的作品;更何况,较之以往描写古代改革的作品,《少年天子》不仅题材内容显得不一样,而且它所选择的文化历史背景也大不相同。那么,什么是这部小说的文化历史背景呢?作品切实的描写让我们感觉到,那是一个军事上骁勇善战、思想文化上愚昧落后的少数民族,在入关以后成为汉民族统治者的这一历史转折时期,他们内部纷生的矛盾和冲突,他们的欣喜和欢悦,他们的忧虑和痛苦。

是的,当满族统治阶级从李自成手中夺来了现成的天下,他们实际上也就陷入了一个十分艰难的困境:作为一个征服者,他们在军事上无疑占有绝对的优势,但在文化思想道德方面,他们却无法跟历史悠久的汉民族相抗衡。这些努尔哈赤的子孙们,由于长期游猎劫掠的生活,由于缺乏人类先进文明的熏陶,他们愚昧无知,不学无术,身上积淀着浓重的奴隶制时代的许多野蛮恶习。

小说第一章,作者借福临即少年天子顺治皇帝和外国传教士汤若望的一席对话,就表达了她对作品所写的特定时代满族文化历史背景的认识和理解:

福临点头叹道:"我明白了,你为什么宁肯要落水鸭子一样的汉人入教,而不愿接受满洲人。"

汤若望笑着摇摇头:"不,上帝指示我,我们的鸭子都是鸿鹄。"

"哦! 满洲人就不是鸿鹄?"

"不是。他们是鸷鹰,是嗜血的猛禽。"

"你说什么?"福临倏然变色,黑眉拧起,一脸威严。

汤若望直率地回答说:"成年的满洲人,由于长期的劫掠和其他恶习,加入基督教还不到成熟地步。"

"汉人就成熟?"福临声调也变了,高得刺耳。

"汉人的文化、道德,确实优于满人。"

福临的脸霎时涨得血红,嘴唇缩得看不见,鼻翼急促地翕动,眼睛忽大忽小,目光阴沉得可怕,一场盛怒就要爆发:"你,你胆敢如此护汉排满!"

汤若望照直看着福临冒火的眼睛,面不改色:"皇上,尊贵的太宗、太祖皇帝,就曾向汉人学了许多东西,大到官制,小到犁铧。如今你一百个臣民里汉人占九十九,你怎能不了解他们? 那些成年满洲人的嗜杀恶习,正要靠皇上你的仁德去感化改正,使他们最终免堕地狱……"

这双忠诚的蓝眼睛和这无可辩驳的道理,平息了少年皇帝的怒火。事实上,他不正在拼命地学汉文、读史书吗? 他不是越来越倾慕这古老灿烂的文化吗……

正因为满汉民族之间在文化思想道德方面竟有如此之差,这就不仅给清统治阶级中的有识之士在思想心理上产生巨大的压力,而且直接危及他们所苦心经营起来的新王朝。很显然,如果清统治者不仰法灿烂先进的汉文化,放弃"穷兵黩武",采取"文德绥怀",改革弊政,那后果是不堪设想的。

　　然而可悲的是,在当权的清贵族群体中,能自觉意识到清王朝所面临的困境,并力主图治革新者,只有顺治、庄太后、董鄂妃、岳乐等寥寥几个,其余的八旗贵族都浑浑噩噩,麻木不仁,只是抱着祖宗的法制不放。这样,围绕着革新还是守旧,清最高统治层内部就展开了尖锐激烈的矛盾冲突。也许是受现实生活的启发吧,作者对这场冲突的必然性、严重性、艰巨性有着很强的自主意识,对当时的守旧势力的强大有着很深的认识。在她看来,在整个封建时代,改革者之所以最终都莫不以惨遭失败而告终,其肇祸就在于他们的所作所为是违反祖法祖制,违反了传统因袭的旧思想,因而为庞大的旧势力所不容,遭到了他们的合力围剿。这是问题的实质所在。根据这样的认识和理解,作者在描写顺治皇帝强制性地实行改革的过程中,就用了相当充分的笔墨揭示了以济度为首的清王公贝勒对顺治革新之策的本能的反对。他们开始从一般的不满,发展到后来的合力抗辩乃至不惜采用"大逆不道"的手段。作者将这些人物思想生活、精神情感的保守性、落后性、封闭性和狭隘性,循序渐进地作了暴露。有这样一个场面发人深思:简亲王济度正在为顺治要撤议政一事大动肝火,想不到他的一群家眷却也在大谈"南蛮子"的吃穿如何如何好。这下把济度气得要死,于是,他探手入怀,掏出一个油纸包甩给福晋,声色俱厉地说:"我看你是忘了,给我念!"那福晋没有办法,只好打开这尚有济度体温的纸包,拿出那块写满满文的白绢,一字一句地读下去:

　　　　太祖创业之初,日与四大贝勒、五大臣讨论政事得失,……太宗缵承大统,亦时与诸王贝勒讲论不辍,崇奖忠直,录功弃过,凡诏令必求可以顺民心,垂久远者。又虑武备废弛,时出射猎。……伏祈效法太祖太宗,时与诸王贝勒大臣等详究政事得失,必商榷尽善,然后布之诏令,庶几法行民信,绍二圣之休烈……

　　福晋读完时,他还加重语气问她"记住了吗"? 然后,这才虔诚地把白绢折叠包好,郑重地收回怀中。这个场面,乍看起来有点滑稽可笑,所谓的纸包中的白绢,原来不过是济度父亲老郑亲王病危之际向顺治皇帝所上的奏疏,本是很平常的,然而济度却把它奉为至宝,不仅时刻不离地带在身上,而且经常以此为教育子女家眷的精神良方。他的这一行为当然是自觉的,他恪守祖法,维护祖制也虔诚之至,这就更加说明他不懂时易政异,极端顽固痴愚,以及他精神心理上的怀古恋旧症。可见作者这一场面的构想,实在是匠心独运,寓意幽深的。

应该强调一下,由于写了济度如前所述的思想意识,在小说后半部分作者才可顺理成章地描写他和顺治之间矛盾冲突的日趋激化,步步升级,甚至写了顺治外出奠祀崇祯的路上,济度暗中设伏,准备废掉顺治。情节推进到这里,也许人们以为济度非要成为一个图谋不轨的逆臣不可。然而令人感到沉思不已的是,作者却始终赋予他以一副忠臣色相。剥开他外表的粗鲁、愚顽和充满野性,作者让我们窥见济度的是他对大清皇朝的一片耿耿忠心。他痛恨顺治的怀柔亲善之策,发展到后来甚至千方百计地想废掉他,乃是因为在他看来,"那位年纪轻轻的皇上,醉心于前明制度、崇儒教、重文士、习汉俗,那不正是要拿满洲子孙送上这条败落的路吗?"他深知自己反对撤议政,皇上必然会对他产生很大的戒心,自己也随时都有被论罪至死的可能。但是,对他来说:"死,不甘心。更不甘心的,是大清江山的命运。济度一死,满洲旗就失去了中流砥柱,这个糊涂的皇帝会把天下拱手送给南蛮子! 不行! 绝对不行! 济度不能眼看这个不肖子孙败坏门庭!"看,他的所思所想,所忧所虑,都是为的"大清江山的命运"。由于出自这样的动机,他在说出"废掉"顺治这一叛逆性的话时,"带着一点壮烈的味道";他在谋变事败后,照例不失神态地"向皇上一叩头,站起来挺身而去"。作者这样描写,比之那种将济度当作野心家或赋予以篡逆思想的作法,我以为要真实得多,也深刻得多。它使当时这场矛盾冲突有效地从简单的宫闱权力之争和抽象的道德化阶次上越过去,而上升到历史的、美学的高度。

济度的失败,意味着小说已经接近尾声。按照惯常的写法,政敌已除,接下去应该写顺治改革的畅通无阻了。然而,客观事实不是如此,作者也没有这样写。她意识到济度的失败只不过是他个人的失败,作为他代表的社会势力仍会像橡皮碉堡一样坚不可破。小说结尾,作者为我们描画了这样一个启人心扉的场面:顺治帝死后,她的母亲庄太后为处理儿子留下的那份"固执"革新遗诏,感到十分棘手和痛苦。从内心深处说,庄太后是站在儿子一边的,她深知儿子以前所做的这一切,都是有利于江山社稷的有远见的举措。她多么希望能尽最大力量来满足儿子的这一临终愿望。但是,她考虑到满族豪贵反对革新的势力太强大了，为了政局稳定起见，她最后还是不得不违心地将儿子遗诏中有关"满汉一体"、撤议政的话一概删去，改成了顺治帝严厉痛楚的"自责"。庄太后是顺治革新的强有力的支持者，朝廷中权重威高，但即使如此，面对强大的守旧势力，她也无能为力，只能痛心地看着儿子的事业遭到夭折和中断。读到这里，我们的心也深深地为之悸动了。两个封建王朝的最高统治者，为了求得朝纲的久治长安，奋起于落后，革旧布新，自强不息，但他们反而成为众矢之的，到头来竟为忠诚于他们的臣子所击败，这是怎样一种可悲可叹的历史现象啊！作者如是的描写和处理，分明潜藏着一种鉴古通今、震撼人心的思想艺术力量。它促使我们由此及彼，引起包括对今天在内的改革的艰难性、复杂性的认识和理解。从这点看，这部作品无疑奉行着历史感和现实感交融的古为今用的创作原则。

三

一个审美情趣较高的读者，他对作品的期待，不会仅仅局限于题材的新颖别致，主旨的深刻有力，也不会把故事内容的曲折多变、情节场面的惨厉夺人视为评判文学成就高低的主要尺度。他所感兴趣的是社会生活的人格化，是作家对身处一定"现实关系"中的人的内外两方面所作的何种程度的艺术开发。历史题材长篇小说和现实题材长篇小说的描写对象都是人，这是其共性。但它与现实题材长篇小说又有所不同，现实题材可虚构，而历史题材长篇小说所写及的这些人之中，有不少是历史上确有其人，其中有些人还是人们很熟悉或相当熟悉的历史名人。但是人们还是对他们那样充满兴味，乃是因为人们总是对他们的经历和结局的所知还不满足，他们还想进而看到一个形象生动、血肉丰满的具体可感的人，看到一个既熟悉又陌生、嵌上作家自我个性印记的独特的人。因此，无论历史小说有各种各样的类型和格局，强调写人，写既真且美，具有丰富深刻思想内涵的人物形象，同样是历史小说作家的着力之处。

站在这个角度观照《少年天子》，我们的审美期待很大程度上得到了满足。在这里，我们看到的是一个庞大的、面目各异的、完整的形象群体：男女老少，尊卑贵贱，三教九流，生旦净丑，各色人等，一应齐备。他们活跃在作品的故事

情节中,彼此按照各自的性格逻辑生活着、抗衡着、思索着,向我们传达着足以
赏心悦目的艺术美感。当然,不必讳言,在这个形象群体中,绝大多数人物描
写不可能不是比较粗疏的,直观的,表象的,他们大体是属于单向型和类型化
的人物。一部文学作品中的人物要想个个成功是不可能的,中外文学史上包
括巴尔扎克、托尔斯泰、曹雪芹等艺术大师在内的优秀佳作,也概莫能外。但
是,既然称之为长篇小说,那它就应该为我们提供几个不同模式的、多维型的
艺术典型。巴尔扎克、托尔斯泰、曹雪芹之所以成为艺术大师,迄今倍受人们
推崇,就是因为他们描绘了葛朗台父女、高里奥父女、拉斯蒂涅、安娜、玛斯洛
娃、彼埃尔、安德烈、贾宝玉、林黛玉、王熙凤、薛宝钗、鸳鸯等若干令人难忘的
艺术形象。这不仅是长篇小说特有的艺术规律使然,也是读者审美鉴赏的需
要和期待。《少年天子》的成功,就是以多样之中求集中、群峰之中显主峰的笔
法,相当成功地塑造了济度、顺治、庄太后、董鄂妃、岳乐、吕之悦、熊赐履、汤若
望等几个活生生的形象。这些人物的塑造,不独比作者前些年写的《星星草》
中几个主要人物有了很大的突破,就是放在新时期历史小说的人物画廊中,也
是出类拔萃、不同凡响的。

　　譬如济度,他的思想性格是那样的棱角分明而又富有个性。他强硬地反
对革新,但又不是好利贪欲之辈;他带头抵制顺治推行新政,甚至进而想废掉
他,但又绝无取而代之的野心;他剽悍粗鲁,动不动就挥拳、瞪眼、骂娘,但又英
武果敢富有抱负。他的血管里,"流淌着努尔哈赤的血、皇太极的雄心和济尔
哈朗的忠诚",像这样一个改革的反对派,在我们的历史小说中还是第一次出
现。又譬如庄太后,她的才能和魄力很使人想起武则天,但我们旋即发现,她
和武则天很不一样。她不是那种好胜逞能,炫耀自己强权的铁手,而是一个寓
刚于柔、甘于淡泊的政治家。她待人是宽容的,通人性,近人情,更像一个"温
和、慈祥、迁就,仿佛安享清福的婆婆和奶奶"。只是在关键的时刻,"她那帝王
的眼光、统帅的气质、糅合着母亲的胸怀,就变成转危为安的巨大力量了"。她
的思想性格,往往也就在这个时候迸发出璀璨夺目的火花。再譬如熊赐履,作
为一个读书人,他身上有很重的道学气,为了保持自己的名节,迟迟不肯"下首
阳山"。但他内心深处却燃起很强的功名欲望,不愿在学馆了此终生。这样,
他就经常陷于自我矛盾的境地。最后在郑成功失败之后,他才决定出仕并最
终列班朝廊,成为顺治御下的一个文臣,生动地概括了那个历史转折时期一般

汉族文人的思想心理历程……当然,写得最出色的还是顺治形象。这是一个在更高层次和更高意义上写得成功的艺术典型。它的出现,可以看作是作者对历史小说的一个创造性的贡献。

按照通常的说法,顺治无疑是一个革新派。作者显然也赋予他以革新派的思想风貌。但是,这只是就社会学、政治学的意义而言,从审美价值这个角度考察,此一形象塑造的整体特点则是"杂多的统一",其思想性格的本身充满复杂和矛盾,如一方面,他精明聪慧,临大事有魄力,胸怀进取心,锐意求治、开创大业的抱负;另一方面,他自身又有狃于皇室习俗、暴戾脆弱等致命弱点。他虽然是个有着无上权威的天子,但他最后的结局竟是如此的不幸:不仅在政治上失败,在爱情上也破灭。他只有二十三四岁就离开了人世,他一生的命运,既是历史的悲剧,同时也是他性格的悲剧,内涵是十分丰富的。

在顺治身上,确实具有通常惯见的改革派的特质。正像革新派往往是处事凌厉,敢于大刀阔斧地革除弊政一样,顺治在政事决断上也是凌厉果敢的。他是皇太极之子和努尔哈赤之孙,念及祖宗创业的艰难,他当然要维护祖业,光大祖业;但是,他又是满洲统治者入关以后开创大清帝国的第一代皇帝,要担负起统治全中国的重任,与其父祖相比,情况起了很大变化,政事当然要随着形势有所改变,这在客观上迫使他必须成为一个革新派。何况他从小受到汉文化的教育,加上正当年少,血气方刚,内有庄太后、董鄂妃的支持,外有汤若望、范文程、岳乐的拥戴,所以在同保守派发生抵触之时就显得格外颐指气使,无所顾忌。江南十家冤案是顺承郡王划定的,拖了十年之久,涉及刑部和众多的皇亲勋臣,他得知其间冤情后,马上就下诏平反,结果出他意外,竟极大地触怒了一批满洲贵族。在处理圈地、逃人问题上,他的态度更严厉,一连发出四道谕旨,又使"满洲亲贵受到前所未有的冲击"。最典型的例子大概要算撤议政之举,他的矛头直指朝中那些年迈功高而又因循守旧的议政王大臣。他的这一大胆急治构想,连他的积极支持者、被人公认为"新派"的岳乐听后都"口吃得厉害,顿觉心慌意乱,呼吸急促",认为这是"又要冒天下之大不韪……这怎么得了"! 可他自己在阐述这一"新政"时,"神采奕奕","语气坚决","眼里射出令人心悸的光芒"。以上这些表明,顺治不失为封建时代的一个敢于除旧求治的革新派。

然而,仅有进取精神和果敢雄风还不是顺治性格的全部,我觉得,在致力于写出顺治凌厉自负地进行改革的同时,揭示他内心的自卑和脆弱,才是这个形象的最独特和最具深刻内涵的地方,也才使这部作品达到了某种震撼人心的艺术效应。因为顺治性格上的自我冲撞,精神上的自我矛盾,可以使我们看到一个矛盾的统一体,看到一个有血肉、有哭笑,充满生气的活生生的人;更重要的是,通过这一描写,为主人公的悲剧命运从性格上找到了合情合理的解释。

在我们的历史小说中,也有不少是写人物悲剧,作者的眼睛往往停留在外在的社会政治原因上,而对内在的人物思想性格则缺乏关注。《少年天子》与之不同,作者写福临悲剧命运时,其艺术触角始终没有离开他的性格本身,写他的性格的多重性。读者一定会记得小说有关撤议政的描写,那时,福临的态度是那样的强硬,不容置疑,但是,当他在乾清宫中轮流召见诸王贝勒,遇到了他们坚决反对,他却"竟然产生了输理的感觉,气势上不由矮下一截"。而对他们的"合力抗辩",他色厉而内荏,而最后亦唯有"发出一声长长的、惨烈的嘶叫",于暴怒中摔坏什物之后躲到西苑的静谷中以求虚幻的安慰。这样既写出顺治的思想性格中倔强好胜的一面,也写了他脆弱无能的一面。读者一定也会记得小说有关"金陵被围"的描写。这是全书中的一段最惊心动魄的文字,也是顺治悲剧性格刻画得最集中、最淋漓尽致的一个场面。乍闻此讯,他开始"耳边'嗡'地响过一阵尖啸,脸色骤然失去了血色";但为了掩饰心头的慌乱,又故作帝王的威严"啪"的一声,连扇子带手掌在桌上猛一击,紧接着,得知郑成功凌厉的攻势,他再也控制不住内心的惊慌:先是脑海里频频幻出种种可怕的迹象,继之突然大叫一声,像发疯似的跑到庄太后的面前,哀求赶快"退出山海关,回到老家去",精神上仿佛完全崩溃。此时此刻的顺治,正像庄太后在给他狠狠泼了一杯冷水后所叱骂的那样:"你这个败家子、窝囊废! 草原上的兔子也比你强! 你的父亲和祖父流血拼命打下的江山,你竟然胆小得要弃土逃跑! 你怎么配当爱新觉罗的子孙? 你的血管里怎么就没有祖先的英勇气概! 你这个懦弱卑怯的东西,我生你的时候怎么没拿你扔去喂鹰! ……"

这就是顺治思想性格的另一面,从表面看来与他好胜争强、极富进取的一面极不协调,实际上,顺治性格的多面性正是在颇为丰富、深刻的社会历史文化背景下形成的,有其必然性。他是清王朝的一代英主,为了实现以满族一统天下的壮怀,他仰法先贤,励精图治。他深知如果继续搞关外带来的那套落后野蛮政策,实行民族压迫已不行了,要想站得住脚,只有从汉文化中吸取营养,推行怀柔亲善的新政。为此,他不顾八旗贵族的反对,改祖制,近汉俗,在许多方面雷厉风行地实行改革。然而,他毕竟是少数民族中的一员,他的民族人口稀少、文化落后,与汉族人口众多、文化辉煌灿烂相比,差距是何等之悬殊,而历史给他的使命是第一任的大清皇帝,要他对大汉民族正统观念根深蒂固、沿袭了数千年的中国进行统治,这对于非常敏感的他就不可能不在精神心理上产生一种自卑感。这种自卑感,既是对自我才能、意志的怀疑,也是对自己民族能否统治好整个中国的怀疑,它是民族自信心不足的表现。正是上述这样一种特殊而复杂的历史背景,造成了顺治性格上的两个极端,他在外表上呈现暴烈而内心实则充满脆弱,既仁厚宽宏而又刚愎残酷,既多情善感而又喜怒无常。随着事态的发展变化,思想性格常常大起大落,频频变化,有时甚至显得不近情理。他的暴烈,往往正是表现了他的软弱或者正是为了掩盖他的软弱。他在"金陵被围"的后半个场面中,又一反常态,不顾一切地要"立刻御驾亲征",就是这种心态的反映。其实这时候,他虽是"一副高傲中带着固执的表情",但手里却在翻着一函《玉台新咏》,心里虚弱得很。顺着这样性格的逻辑发展,他后来果然走上了看破红尘、削发出家的悲剧道路。他的悲剧性的命运,是他的性格使然,也是历史所使然,具有相当高的认识作用和审美价值。

四

如果我们不把美学追求这个词意看得很玄乎的话,那么应当说,每个认真执着的作家都是有这样的追求的。当然他们有的有很清醒的自主意识,有的则相当朦胧模糊。

《少年天子》的美学追求是什么? 这就是我们开头所说的史、诗融合,并在作品中"达到总体的和谐和自然"。这部小说,除济度政变纯属虚构外,其余主要人事描写,都有一定的史实依据,可信度较强。虚构部分也遵循可然律和必然性的法则,写得颇为合情合理,令人信服。如济度政变的描写,虽然并非史实,但却是允许的,放在当时历史条件下也是可能发生的,这是议政王权与专制皇权尖锐矛盾的结果,也是人物性格逻辑发展的必然。如果说当代传统型历史小说的真实观和美学特征主要体现在忠于历史,不轻易更改史实原型的本来面目;那么,《少年天子》倒不失为它的一个代表作。就这点而论,它和作者的前作《星星草》以及徐兴业的《金瓯缺》、蒋和森的《风萧萧》,应该说是同属于一种类型。

这里,我们无意中又涉及历史小说创作中长期以来争执不休的真实性问题。毫无疑问,历史小说是艺术而不是历史。因此,我们在对一部作品真实品格进行评价时,就不能也不应该只是光就它史实的真伪作简单的类比,或者依其史实成分的多少来与真实性机械划等号。因为那样等于取消了历史小说作为艺术所应具有的种种品格。但是,我们能不能由此得出结论,认为强调了的史实限制,就要扼杀艺术创造? 恐怕不能。任何艺术都是有限制的。戏剧受舞台的限制,电影受银幕的限制,连弈棋中的马也有个受马路的限制。历史小说受史实的限制也情同此理。这种限制,正是历史小说独特的审美属性之所在。历史小说之所以为历史小说,很大程度上就在于此。如果取消了这一点,是否就取消了历史小说自身而导致它的"自我丧失"呢? 事实上,强调受史实的必要限制,也并不见得就会扼杀艺术。关键在于你是怎样写的。高明的作家,其高明就在能恪守其所禁,纵横其所许,循其所囿,在有限中求得无限。这才是主要的。从《少年天子》的创作实践来看,作者是很睿智地循守史实的必要限制的;但是另一方面,她在具体地展开艺术描写时,笔墨又是那样从容畅达,挥洒自如,毫无拘束压迫之感,最大限度地发挥着个人的主观能动性。正因如此,她的这部作品;不仅在历史真实方面获得很大的成功,在艺术上也更加精美生动、扣人心弦了,从而真正达到了史、诗兼得,既真又美的艺术效应。这也说明作者的创作,自《星星草》之后已进入了一个更成熟的阶段。那么,与《星星草》相比,《少年天子》在审美创造上到底有哪些新的突破、新的提高? 我以为主要有以下两个方面:

第一是强化对人物精神心理的抉发。写精神,写心理,应当看作是现实主义深化的一个重要标志。"灵魂的深处并不平安,敢于正视的本来就不多,更何况写出?"(鲁迅语)从小说自身发展的角度看,这也是它日趋成熟的一种必然。有人根据文学史进化的历史轮廓,曾把小说发展概括为生活故事化的展示阶段、人物性格化的展示阶段以及以人物内心世界审美化为主要特征的多元的展示阶段这三个发展阶梯。作者《少年天子》于写精神、写心理上的努力,它预示着凌力的历史小说开始向人物内心世界审美化逼近的趋势。我在前些年所写评论《星星草》的一篇文章中曾谈到，作者注意到了描绘包括捻军领袖赖文光、张宗禹在内的人物精神心理。① 但现在回过头去看，恕我直言，总觉得作者那时的描写笔墨还相当拘谨，基本上还没有跳出即事点缀的范畴。这当然不可避免要削减人物的圆形结构和生活的错综复杂。此番《少年天子》的创作，情况就不大一样。作者在描写这些形形色色的人物时，几乎把他们都置于精神的苦刑之下，审视他们的欲望和苦恼，解剖他们心灵的震颤和奥秘。她写书中的几个主要人物如庄太后、济度、岳乐运用这一手法，尤其是写顺治，心理的揭示更为细腻。当顺治听到汤若望一番所谓"护汉排满"言论时呈现的"恼怒""虚骄"，在处斩陈名夏时的不想杀而又不得不杀的"违心的痛苦"，在爱恋乌云珠而不可得时的"悲哀和空虚"等地方，作者笔墨都是触摸到了人物感情心理的里层深处。作者对顺治政治、家庭、爱情的方方面面，即这一少年天子身处各种矛盾交叉点上时的悲、喜、怨、恨、爱、愁、惧、恼等复杂心理，都作了穷形尽相、富有层次的披沥。

尤为值得称道的是，小说后半部分的有关郑成功兵围金陵、董鄂妃病逝的描写，更堪为全书心态刻画的神来之笔。这些描写是对顺治当时心理活动的精心揣摩和细致剖解，直让我们感受到人物的嘘息和心灵的轻微的颤动。董鄂妃这个形象虽然从总体看来，写得太透明了，没有顺治写得成功，但她内在精神心理的开掘同样也是值得称道的，有些地方甚至比顺治的描写还要细腻，富有感染力。如她在病危之际和顺治的生死离别，作者就以一管如泣如诉的笔写出：或悲痛、或辛酸、或凄婉、或爱怜、或绝望、或留恋、或期待……这何止七情？何止六欲？读来令人潸然泪下。如此极尽抉发人物心态之能事，这在新时期历史小说中还是不多见的。

第二是讲究在艺术结构上的严谨统一。艺术结构不是一个简单的艺术形式和艺术技巧问题，它处理得当与否，直接关联到一部作品的整体和全局。长篇小说作为叙事文学中的巨大的"纪念碑"，它摄取的是一个时代的社会生活的方方面面，以较为深广的时空作为自己艺术开发的对象，这就给作品艺术结构的制作提出了很高的要求。因为唯其要写多样深广的生活，那就势必给作

---

① 吴秀明：《一部年轻女性作者的发愤之作——评凌力的长篇历史小说〈星星草〉》，《新文学论丛》1983 年第 1 期。

者的艺术"组合"带来了种种犯难。弄得不好,就很容易流于散漫凌乱,内在各个部分、各个方面也会相互脱榫,叠装不成一个有机体,艺术上不能给人以和谐匀称的美感。应当说,从《星星草》开始,作者对此一直是比较注意的。《星星草》的结构比较简单。正因为简单,作者在写捻军、清军的矛盾主线外,添加了一条有关名妓、江洋大盗生活的辅线。作者这样做,实际上是想借他(她)们的行踪足迹,来把捻清之间、东西捻之间联结得更紧密,并拓宽生活的视野,增加画面的色彩和情调。构想应该说是很好的。只可惜具体描写时意图没有贯彻好,使辅线与主线之间若即若离,显得有点游离。而且在下卷中,东西捻分开来写,没有中心和重点,也大大影响了主要人物性格的突出。

《少年天子》的创作,此一缺陷就较好地得到了避免。这部作品,篇幅大约只有《星星草》的一半(45万字),涉及的生活面比《星星草》却要广阔得多,其内在的各个部分都被作者相当从容不迫、结实牢靠地联系在一起,组成了一个颇为严谨和谐的艺术整体。小说之中,人多事冗,千头万绪,矛盾纷生,但多样里面有中心,繁杂之中有重点,所有的描写都是围绕中心人物而展开的。整个的结构,颇有点像"一颗菜",各个叶瓣紧紧地环绕着菜心有序地排列起来。作者以历史真实为依据,按照艺术描写的需要,为作品衍化出若干个足以牵动所有人事进行运转的艺术支轴——主要事件,并注重它们之间在绵延不断中的阶段性。第一个事件圈地,汉臣与满臣发生了冲突,作者写了顺治虽有一些违心之举,但他毕竟是坚定的。第二个事件平反江南十家冤案,虽照样也有不少阻力,但他终究还是胜利了。第三个事例科场案,满臣借机报复,阻力很大,斗争结果,最后打成胜负参半……整个作品就是由这样一系列的事件所构成,一直发展到顺治终于完全失败、去世时留下遗诏为止。这种将故事情节的推进与主人公的命运对应同步的写法,有利于作品艺术结构的削臃求精,也有利于主要人物性格的凸现。这对于史诗性规模的历史长篇来说,应该说是适宜的。

从《星星草》到《少年天子》,作者凌力走的是一条艰难坚实的路。她憧憬着真,也憧憬着美,执着致力于艺术上的不断自我超越,致力于向高水准的寓意目标挺进。她的《少年天子》,是严谨持重的创作态度的艺术结晶,也是代表这几年长篇历史小说创作水平的一部佳作。

(原载《长篇小说》第十四辑,北京十月文艺出版社1987年版)

女性主义视域下的凌力历史小说创作
——兼谈当前女性主义历史小说

　　凌力是新时期为数不多的专注于历史小说创作的女作家。与不少同行一样，她对女性在历史中的命运和地位有着颇深刻的思考，其创作也明显烙上了作为女性作家的共同特点：细腻的情感刻画，诗意的情景描写，精致的语言表现等。但凌力并不是一个女性主义者，她的作品在显现柔情细腻的同时，还拥有一般女性主义历史小说所缺少的那种大开大阖的气度和纵深理性思辨的特征。从 20 世纪 70 年代的《星星草》到八九十年代的"百年辉煌"（内含《少年天子》《暮鼓晨钟》《倾城倾国》《梦断关河》四部长篇历史小说），凌力把这两种截然不同的特质融合在一起，逐步达到了浑然天成的境界。所以，凌力不是传统男性主义历史叙事的接续者，也不是西方女性主义历史叙事的趋同者。在 90 年代女性主义历史小说颇为走红的时候，凌力正是以这种女性又超女性的特点确立了她与众不同的艺术范式，并且得到了大范围的回应。这足以说明凌力的创作具有独特的存在价值，她在处理女性如何言说历史，包括说什么、怎样说等问题上，已具有属于自己的独特的契入角度和阐释体系。

一、女性与超女性的双重文本

　　女性主义源于西方，20 世纪 80 年代中期随着文化学的兴起以及弗吉尼亚·伍尔芙、西尔维娅·普拉斯、安·塞克斯顿等女性作品的引入，它才真正影响本土作家的创作。正是从这个时候开始，许多女作家逐渐把目光投向历史，她们基于人文主义立场和明确的性别意识，从女性的生命体验出发，对历史进行

284

了个人化的阐释,其关注点往往集中在大历史中的女性个体如何被改写、被遮蔽的境遇这一方面。这样的作品一般被评论界称为女性主义历史小说,如赵玫的《高阳公主》《武则天女皇》《上官婉儿》,须兰的《武则天》,王小鹰的《吕后·后廷玩偶》,王晓玉的《赛金花·凡尘》,石楠的《陈圆圆·红颜恨》,包括电视剧《大明宫词》等。女性主义历史小说从本质上讲是一种意识形态创作。女作家们书写历史,但更强调借历史来抒发女性的思想意识。以往的历史事实上是以男性话语为主导的历史,女性则处于"被言说"的地位,完全丧失了应有的话语权。为了改变这种不公平的现象,女性主义历史小说作家们以扬厉的姿态显示她们对男性话语的挑战——让女性获得言说历史的权力,让历史通过女性的视野重新得以呈现。

女性主义的出现有其历史的必然性,它体现了女性在长期被压抑后对自我的一种重新认识和定位。中国就更是如此,几千年来,女性一直是有生命而无历史的一种存在,女性的历史一直为男性世界所掌握和书写。多数情况下,传统历史对女性的记录并非是对其性别价值的看重,而是在她们与历史或男性发生某种"交错"时的一种无奈的选择。因此,很多女性即便能在青史上留名,这种"名"多半也是被扭曲、玷污,至少是被改写的。如武则天、高阳公主、吕后、陈圆圆等,她们在史书上不是被斥为"淫乱""邪恶",就是被描写成"红颜祸水",或是别的什么不良或负面的形象。而女性主义历史小说则体现出关于历史的一种新的认知,从本质上讲,它是女性以主体的身份言说历史的某一文本:"女性所能够书写的并不是另外一种历史,而是一切已然成文的历史的无意识,是一切统治结构为了证明自身的天经地义、完美无缺而必须压抑、藏匿、掩盖和抹煞的东西"①。许多女作家们也正是"以自己作为人与作为女人的历史眼光与性别眼光看待历史,看生存在历史中的男人和女人时间性的此在生存,发现了传统的帝王将相历史观、阶级斗争历史观和男性历史无意识性别无意识所无法发现的人类另一种生存的真相"。②

在中国文学的发展过程中,曾有许多女性作家有意回避自我的性别意识,在作品里追求与男性相趋同的文化立场。这一方面是建立在对男性话语主流

---

① 孟悦、戴锦华:《浮出历史地表》,中国人民大学出版社 2004 年版,第 269 页。
② 刘思谦:《走进历史隧洞的女性写作》,《周口师范学院学报》2003 年第 1 期。

地位的认同基础上,另一方面也是迫于意识形态覆盖男女性别差异的要求。从这个意义上考察凌力的历史小说创作,就会发现其与女性主义历史小说存在某种"同构"关系:凌力与女性主义历史小说作家在女性意识的回归和释放这点上是很接近的。在思想上,与赵玫、须兰、石楠一样,凌力是十分认肯女性的历史地位和作用的。但在具体创作中,凌力似乎更注意对女性性别的优势和特征的把握。比如她经常用诗化的语言去表现历史的场景和氛围,努力挖掘细节优势和蕴含的艺术美感;最为重要的是,凌力能够以细腻的笔触去披沥历史人物特有的心态和情感。比如在《少年天子》中有一段关于佟妃思念孩子的文字,写她下意识地径直向"乾东五所"走去,对宫女们的"哀恳""跪拦"视而不见,听而不闻,如同进入迷狂的状态:佟妃"猛冲过去,一把夺过孩子,发疯似地亲吻孩子的小脸、小手、脖子、头发,一阵哭一阵笑"。在这里,作家写的是妃子皇后梦破灭后的同时,也把一个女性最本真、最动人的骨肉之爱清晰地展示在读者面前。凌力对佟妃失望后的悲哀心境及其哀恸情感的释放把握都非常准确,她充分发挥了一个女性作家对人物内心的敏锐感受力。当然,女性意识并不等同于女性主义,所以我们不能据此而把凌力归入女性主义的范畴中去。与90年代活跃于文坛的赵玫、须兰等女性主义历史小说作家相比,她作品呈现的性别意识要淡薄得多,而内容则丰富得多。

关于女性及其和男性关系的问题,凌力在早期的《星星草》中主要表现的是他们彼此之间的和谐。她把对男女感情的描述建立在相同的政治立场上,从而有效地避免了由于政治歧见而引发的情感矛盾和混乱。义军里发生的几段情感故事,如赖文光与卜玉英、张宗禹与罗晚妹等就明显表现了这种相知相恋的和谐境界。到了《少年天子》《暮鼓晨钟》《倾城倾国》等作品,情况有所变化,凌力对女性情感心理的描写逐渐出现了外放化的特征:她们与民族融合等社会政治问题发生了交错,情感问题纠集了更复杂也更现实的内容。比如《少年天子》中的董鄂妃乌云珠,她具有满汉双重血统,这注定了其必将会被卷入民族纷争的漩涡之中,特殊的民族身份阻碍她与顺治结合并最终导致不幸的悲剧命运。由此可见,凌力笔下的女性不再仅仅当作一个单纯的性别角色,性别意识、性别关系开始作为更丰富的历史的个体表现方式而存在。而到了《梦断关河》,这样的趋向就更为明显,主人公柳天寿与亨利本身就属于鸦片战争期间对立的双方,他们之间的情感波折也就自然会与中西方的矛盾相关联而折射了当时纷繁复杂的历史大景观。所以,在凌力的作品里,我们不仅能看到她对情感的细腻的感受能力,还可发现她对历史的宏观的理性把握能力。而这,在女性主义历史小说作家那里是很难得的。女性主义历史小说作家们更多实践的是法国女性主义理论家埃莱娜·西泽丝的理论:妇女必须写自己,必须通过她们自己的身体来写作的观点。故而她们习惯于把对女性身体欲望和情感的描写放在首位,并任由她们超越历史的一般可能性。这种写作方式往往带有强烈的主观色彩,有时甚至还带有某些超常的心理。历史与之对比,反倒显得简单化、狭隘化和平面化了。凌力的历史小说虽也较多涉及男女情感,但由于文本同时兼具女性与超女性的双重内涵,因此,她的作品具有一般女性主义历史小说作家所没有的恢宏境界以及对历史本质的深度关照。凌力的这一特点,使她的创作具有某种大家的气象。

二、历史主义女性观的坚守

女性作家的历史小说写作,从一定意义说就是探讨女性如何进入历史和如何言说历史,她们在历史及其在创作中占据什么样位置的问题。也许是出于对传统的反拨,女性主义历史小说在表现女性与历史的关系问题上往往是很夸张的:女性可以超越历史的限制,以极度张扬的姿态出现,因而自然就带有很强的主观性。如赵玫的《高阳公主》对高阳公主超凡脱俗的描写就很具代表性,这与其说是来自历史,不如说是作家主观幻化的结果。至于高阳那无可抑制的情感、欲望、反叛以及自缢,也都显现极强的私我特征,而与外在的政治权利和历史事件关系不大。可以这样说吧,在女性主义历史小说那里,女性是根本的核心,她高于历史,也重于男性,历史和男性恐怕只是女性心灵折射下的虚影罢了。甚至像《上官婉儿》所说的那样女性不再需要依赖男性就可以达到某种自足,男子在女性看来也是多余的、无足轻重的。

虽然凌力对女性的生存状态和命运也给予了特别的关注(在这点上,她与女性主义历史小说作家显然颇为接近),但在处理女性如何进入历史、言说历史的问题上,凌力的做法则完全不同。凌力认可女性在历史中的地位和作用,也同情她们的不幸遭遇。不过她并不刻意对之进行拔高,也很少把自我的主观意志强加在她们身上。她笔下的女性形象大多与历史相互融合并发生作用，而不以现代式的新女性姿态出现。凌力是真正以历史的视角去看待女性，她擅长表现历史中女性艰难恶劣的生存状态以及由此带来的精神状态。于是，她一方面描写了女性为争取自我权力而进行的努力和抗争，比如在《少年天子》中写到的乌云珠和顺治的爱情故事。它发生在帝妃之间，但本质上描写的是两个普通人为了追求幸福而苦苦挣扎。特别是乌云珠，她虽然身为一个贵族女子，但对感情一直有自己的追求。她不顾来自皇族内外的反对和仇视最终和顺治走在一起，并屈意承奉，努力扮演着一个贤德妃子的角色。而另一个方面，凌力对当时历史条件下（主要是明清时期）女性的生存处境具有清醒的认识。她用大量篇幅告知我们，与以往历史相比，这个时期的历史显得更复杂，此时阶级矛盾、民族矛盾和中西矛盾纠集在一起，女性的生存经受了严峻的考验。她们在历史的沉重压抑下，置身边缘，缺少自由。在历史与女性的互动中，凌力的笔墨是冷峻的，她更多看到了女性进入历史、言说历史的艰难。

凌力历史小说中最为常见的是两类女性。第一类是地位显赫的女子，她们处于政治权力的中心，其一言一行都会对国家的命运产生重大的影响。比如"百年辉煌"里的女政治家孝庄就是这样一位人物。作为庄妃，她是皇太极所倚仗的后宫谋士；作为孝庄皇太后，她是顺治背后执掌朝政的中流砥柱；作为太皇太后，她则担负起培养辅佐康熙的最重要职责。对于整段清初历史，孝庄都是一位至关重要的人物。凌力在作品里，对孝庄的政治才能作了充分的揭示：她身居后宫却洞悉时事、掌控全局，危难关头却沉着冷静，应对有方。从本质上讲，作家笔下的孝庄是特殊时期内不得不承担起男性职责的一个女性，她无形之中已被男性所异化，成为一个具有女性外形的男性符号。可这对于一个女性来说，又实在是一种无奈的选择。皇太极过早亡故，清朝百废待兴，孝庄不得不扮演起政治舞台上的重要角色。这种"无奈"或许就是历史的悖论，它同时还表现在对皇家婚恋关系的处理上。当顺治苦恋乌云珠时，从宗室利益如政治稳定考虑，孝庄应该反对这段感情——事实上一开始她也是这么做的。不过最终母子之情还是占了上风，看着日渐憔悴的儿子，她不得不成全他们之间的这段婚恋。顺治驾崩后，孝庄反思了自己作为一个母亲和一个太后的失败，逐渐学会了以更冷静的态度来处理问题。因此关于冰月与康熙的感情，她虽有不忍，但还是决绝地把他们拆散。历史的发展让孝庄经历了情感的曲折，一个母亲、一个祖母的情感不能自由地实现，她必须在国家政治、个人情感之间进行选择以求得平衡。压抑自己，使她痛苦，但解决痛苦的办法却是把情感压抑得更深。表现女性政治命运的历史小说已有不少，有的是写女性对政治权利的强烈欲望，也有的是写女性被沦为政治的牺牲品。而凌力的作品却着力反映享有无上权利的女性在走向男性政治的过程中，女性本性与之产生矛盾抵牾。凌力在表现她们被压抑的矛盾痛苦时，并不回避她们指点江山的才华和气度。因而就使这些女性形象显现出相当丰富的历史质感。

凌力历史小说的另一类女子是具有草根性特征的下层普通民女。这些女性由于地位低微往往不能进入历史，为作家或史家所忽略。但凌力基于自己的人学理念和性别意识，却给予足够的关注。如"百年辉煌"里的乔梦姑，作家写她在历史动荡中的种种不幸的遭遇：自幼生活的家园被抢夺，与青梅竹马的恋人被迫分离，被朱三太子强占并受到非人的折磨，和双胞胎女儿骨肉相隔，充当奴隶备受摧残。在这一系列的灾难中，我们看到的是一个受尽苦难而无力反抗的女性形象。这恰恰是当时下层女性最真实的生存状态的写照。发人深省的是，就是这位乔梦姑，她在有了身孕后还想入非非，当她想到日后朱三太子即位后自己的命运或许会有所改变时，脸上竟露出了久违的笑容。这是何等苦涩和辛酸的笑啊，让人读来不禁为之唏嘘。更为重要的是，我们发现在凌力的笔下，乔梦姑的悲剧已不只是她个人的悲剧，而是与满族圈地、朱三太子反满等清初重大事件联系在一起。乔梦姑的个人化故事始终与当时整个民族的生存状态保持一致，因此也就具有了某种代表性。乔梦姑是一个虚构的女性形象，并且由于身处下层而并未进入历史事件的核心。凌力在刻画的时候很少采用俯视以及全景式的视角，而是通过大历史与小人物、虚与实相结合的方式，把普通女子命运与整个历史景观融合在一起，这与女性主义历史小说是很不一样的。

当然，凌力并没有因此忽略对这些女性个体命运的关注，相反，给予深切的同情，并用她那挚爱之笔揭示其内心丰富美好的情感：她们虽历尽坎坷、饱经苦难，但却对情感非常执着，对爱情充满了憧憬，始终保存着一份天然去雕饰的纯情。与庄妃们相比，凌力更多还原了她们身上的本色之真和本色之美。在这些平民女子身上，我们可以看到女性所特有的那种阴柔之美，这使得她们很多时候甚至比阳刚的男性更有韧性。《倾城倾国》中的银翘在这方面就颇为典型。这位出身青楼、后为官家小妾的平民女子,为报答孙元化的救命之恩,虽屡遭拒绝,但一片痴情却始终未改,最终化妆进京,在孙元化临刑之时用玉簪刺喉自尽。作家有意让凡俗女子的执着情感超越了传统道德的要求和尺度。孙元化的忠义自守固然令人敬佩,可是银翘却在与之的对照中显示出更撼人也更唯美的光彩。可以这么说,在这些平民女性身上更为直接地映照出了凌力的女性理想:女性应该勇敢地追求爱情,而绝不应该被桎梏在男性权利之下。凌力常常会通过政治或道德话语来衬托女性对情感追求的超越世俗的纯美,但很少会以之为标准来评价其合理性。事实上凌力已经把女性的情感需求放在了一个相对独立和自足的位置上。这与女性主义历史小说所主张的女性本体化的写作立场似乎比较接近,只是在表现方式上显得更为内敛与含蓄。

　　或许是介入了较多的理想和情感的要素,凌力对平民女性的塑造有时也暴露出纯美有余而沉厚不足的问题。但到《梦断关河》那里,此一问题有了较大的改观。特别是从主要人物柳天寿的书写中可以看到,凌力对于女性的剖析已经进入了一个新的境界:她越来越关注女性本体的心理特征、内在需求以及由此生发而来的矛盾。生理上的缺陷使柳天寿在生活中不能以女子的身份出现,而扮演的戏剧角色却让她又沉醉在女性的体验中。柳天寿在心理上对女性的身份有一种认同,她拥有女性正常的心理情感特征和需求,但石女的现实让她不得不一再压抑。舞台上是对真实自我的表现,那种秀丽、妩媚、温柔的演绎却反被认为是表演;现实里一身男装的柳天寿是在对自我的压抑、禁锢中生活,却被人认为是她的本来面貌。柳天寿最大的苦痛就是身为女性却不能成为女性,她是小说中的特殊人物,同时也是在当时历史条件下有可能对自我性别进行自觉反思的巧妙案例。这也昭示我们:女性对自我命运的拯救不是建立在对男性依附的基础上,不是要泯灭女性的特征而趋同于男性,也不是要架空男性的历史存在;只有当她们完成了对自我性别的确认,认同自我存在的价值后才有可能获得真正平等和独立,作为女性的理想也才有可能实现。如果说早期的作品体现了凌力对于女性情感历程的唯美式的想象的话,那么《梦断关河》则更多地体现了作家立足于本体的理性思考,表明她对女性特有的心理感受和生存环境有了更为深入的认识。

三、女性现实主义及其他

这是从创作方法角度对凌力历史小说所作的一种解读。大家知道，从当代文学的发展过程来看，现实主义在相当长的一段时期内曾占据着历史小说创作的主流地位。直到 80 年代以后，这样大一统的格局才有所突破。像女性主义历史小说就更多地借鉴了一些现代、后现代的要素。在这些作品文本里，历史的确定性已经彻底丧失，"历史只存在纯粹的形象和幻影。历史事件转换成了照片、文件、档案，这些仅仅记录了早已不存在的事件或时代"。① 历史可以随意地组合和拼凑，甚至被搁置。在许多女性主义历史小说那里，"历史的神圣感、庄严感以及沧桑感、统统消融于现代人的感官欲望之中。既然历史什么都不是，那么它就根本无权要求人们向它承诺什么，人们尽可以在这块没有业主的废墟上自由狂欢"。② 例如须兰的小说，人们认为其实质就是一种"仿古典"的写作，作家感兴趣的是对彼时历史的总体印象，至于其中有关的历史事件尤其是重大历史事件，却根本不在她的视野之内。现实生活的感受才是历史迷雾里的真正内核。这种对历史的态度，显然是后现代式的。后现代历史观主张将叙述的历史与真实的过去分开，只追求文本的"叙述"如何与如何"叙述"。它否认真实过往对叙述的限制力量，否认历史的框架和秩序，历史小说的文体边界已被打破，历史、文学在女性主义历史小说那里具有了某种趋同性。由此带来的是女性主义历史小说通常所弥散着强烈的主观倾向，作家们习惯于某些宣泄式的表现方式，从形式上打破了主客观的界限，让作品人物、作者与读者三者密切接触和自由交流。

与上述这些作品相比，凌力的历史小说显得更为传统，从中也蕴积着更多的现实主义要素。她的作品不作太多的主观夸饰，而是把艺术重心放在真实性和真实感的追求上，是比较经典的现实主义一路。就这点而言，它与女性主义历史小说的叙事拉开了距离，反倒与唐浩明、刘斯奋等男性作家的创作非常

---

① 王岳川：《艺术本体论》，上海三联书店 1994 年版，第 103 页。
② 路文彬：《历史想像的现实诉求》，百花洲文艺出版社 2003 年版，第 294 页。

接近。当然,凌力不是停留在一般真实现象的描述。长期从事清史研究的经历,不仅使她养成了"认真倾听历史的声音,尊重客观的历史事实"①的思维理念,而且也使她具备了洞幽烛微、理性地把握历史的本质的能力。历史本质涉及一个阶段内历史所呈现的总体趋向和规律。探索历史本质有助于抓住历史的整体特征,而不至于对历史的再现流于形式,并使之具有了坚实的内源性支撑。比如《倾城倾国》描写明末孔有德军队攻入登州城内遭变军抢劫:"太阳升起,照着白雪笼罩的大地。城中还有几处房宅余火未尽,黑烟在袅袅飘散。街头巷尾,尽是夜来激战留下的尸体和血迹。"此处尽管没有正面描写动乱中百姓的生活状态和变后心情,但给其带去的灾难性打击却通过凄惨寥落的景象被表现得入木三分。这些细节虽来自作家的想象,不过它的体验却是真实的。这除了作家的艺术功力外,还与她对彼时"苦难深重"的历史总体特征的准确把握密切有关。高层次、大境界的历史小说,应该追求的是一种切近历史本质的真实。过多将心力用在风土文物、衣冠服饰等细节真实上,而置历史总趋势于不顾,只会导致历史小说的庸常和琐细。

总之,凌力的历史小说从整体上讲更倾向于现实主义。当然与传统的现实主义相比,她的创作也出现了许多新质。其中最为突出的就是自觉不自觉地把自己作为一个女性的本体特征融到了历史小说的写作中去。众所周知,传统的现实主义往往要求作家对现实进行宏观和理性的把握。很多女作家的作品通常因此而丧失了女性的特点。凌力似乎是一个特例,她的创作在遵循现实主义艺术原则的前提下,又充分展示了自我的风格,在这里我们姑且称之为女性现实主义。它与传统现实主义创作相比,主要有以下两方面的特征:

第一,是大历史与小历史互渗。传统现实主义所认同的历史真实性一般是建立在对重大事件复现的基础之上,所以现实主义创作往往更着眼于宏大的历史,其人物似乎成了演绎大历史所配置的角色。作为一个女性作家,凌力特别关注个体特别是女性个体,通过她们相对独立和完整的命运遭际,尤其是情感变迁、心路历程来反映时代,使作品描写的历史既有显在的主体框架,又有丰富的生活细部。如《暮鼓晨钟》里的冰月柔嘉公主的情感发展轨迹。年幼

---

① 凌力:《倾听历史的声音》,《光明日报》2000 年 7 月 20 日。

时对康熙充满了妹妹对兄长的依赖；少年时二人青梅竹马、亲密无间；长大在无奈当中下嫁耿聚忠，开始固执地守等与康熙的情感。这里冰月的命运和情感是伴随着撤藩等重大历史事件而发展的，它让我们看到了在当时历史条件下，一个贵族女子的成长过程和人生命运，看到了关于一个纯真女性的真切的情感悲剧。从这个意义上，凌力小说可以说是一部形象的明清史，同时也可说是一部隐秘的女性的情史和心灵史。人是历史里最为重要也是最活跃的要素，大小历史的互渗和结合，使凌力的作品真正触及了历史的丰富本质，同时也为人物活动提供了更为广袤开阔的现实空间。

第二，是感性与理性并重。对历史本质和发展趋势的把握有赖于作家的理性思考。凌力这方面表现得非常突出，在"百年辉煌"里她提出了满汉兼容思想。在《梦断关河》里她更是对传统的战争"正义论"提出质疑，认为战争对于参战双方来说都是灾难性的；突破狭隘的国别利益，寻求和平的相处方式才是正途，在任何时候，人的生命和情感都需要得到尊重。当然，作为中国当代卓有成就和精通艺术辩证法的一位历史小说作家，凌力深知理性重要但也懂得它毕竟不能代替历史生活本身，更永远无法追随和穷尽发展中的艺术本身。因此，她在用理性审度历史同时十分强调感性的作用，将其内化为形象生动、具体可感的艺术形象。如《少年天子》就是通过表现乌云珠的双重血统来体现自己满汉兼容的思想。"乌云珠是一个满洲格格，在家里是个备受宠爱、说一不二的姑奶奶，豪放、开朗、洒脱。但是，她生长在江南水乡，有一个崇信李卓吾的江南才女的母亲，一位'蛮子'额娘；又有一位钱塘老名士的师傅。母亲给了她聪慧的天赋，师傅培育了她出众的智能和过人的才华。她于是又兼备汉家才女的蕴藉、温柔和多情善感。"凌力曾经说过，乌云珠是一个没有太多信史支撑的人物，自己在创作中更多是凭借虚构、通过诗意方式去描绘。比如写乌云珠入宫前为见天子一面而意外陷入前有深堑阻挡、后有豹子紧逼的境地时，如何扬马纵身一跳，"如同展翅翱翔的鹰，一瞬间飞过了壕堑"，一个英姿勃发的女子形象就在这样的描述中跃然纸上。大婚之日，如何吟诗弄箫，那"一个甜美的声音，像低吟的洞箫，随着清风和花香，飘到福临耳边"。

如此这般，一个既具满族女子英姿勃发又有汉家女性温柔聪慧的女性形象就活脱脱地呈现在我们面前。它既是现实主义的，同时也有理想浪漫的成分。在众多历史小说作家中,凌力是把理性与感性融合得较好的一个。与女性主义历史小说作家相比,她对历史的把握显得更为深刻;而与传统现实主义创作相比,她又能发挥女性敏感细腻的特长。她的作品与时俱进但又有自己的坚守,在一定意义上代表了当代历史小说的最高成就。

（本文与戴燕合撰,原载《海南师范大学学报》2007 年第 5 期）

于严酷史事中觅诗意

——评《秦娥忆》

老实说,与杨书案前几年出版的《九月菊》相较,他的长篇历史小说新作《秦娥忆》并不那么出色。小说抒情性很强,字里行间浸润着作者飞洪喷瀑般的诗情,可是,必要的艺术节制不够精微,有些抒情写意的情节和场面,多少给人以人为强化或过于烦絮之感。但就在这情感抒发不够精制的一个个艺术画面中,却显见出一种独特的美和力,扣动了读者的心弦。不管怎样,你不得不承认,它为我们历史小说领域带来了一些新的东西。

如果不是健忘的话,我们一定会记得,取材于秦代社会生活的作品,早几年前就有人涉足了,如刘亚洲的历史长篇《陈胜》《秦时月》等。今天写来,题材上恐怕不能算新了。但对一个有才能的作家来说,即便是相同的题材,他也可以构造出从内容、主题到故事、人物、生活场景都是全新的艺术天地。恩格斯说过:"情节大致相同的同样题材,在海涅的笔下会变成对德国人的极辛辣的讽刺;而在倍克那里仅仅成了对于把自己和无力地沉溺于幻想的青年人看做同一个人的诗人本身的讽刺……前者以自己的大胆激起了市民的愤怒,后者则因自己和市民意气相投而使市民感到慰藉。"①其实历史题材的创作何尝不是如此。

这里关键所在,就看你作家能否在无限丰富复杂的历史生活中撷取属于自己的"这一个"东西。杨书案显然是找到了属于自己的"这一个"东西的。他的《秦娥忆》虽然也是描写公元前二百多年前的秦时生活,但在立意和写法上却和《陈胜》《秦时月》迥然有别:《陈胜》《秦时月》主要是写秦末农民起义以及在农民起义沉重打击背景下秦廷内部的分崩解体;而《秦娥忆》则是写秦在统

---

① 《马克思恩格斯全集》(第 4 卷),人民出版社 1958 年版,第 236 页。

一中国的十数年间惊心动魄的历史风云,作者力图表现的,乃是当时既创造了伟大业绩,又产生过惊人暴政的这样一个独具特色的时代。

从小说已有的描写来看,应当说,作者的这种艺术意旨是相当成功地实现了的。在这部三十多万字的长篇中,他既写了秦代的"伟大业绩",也写了秦代的"惊人暴政",亦褒亦贬,赞肯和暴露并至。作者没有因为秦代的"惊人暴政"而忽视或抹杀对它"伟大业绩"的描写。作者的头脑是理智的,态度是比较公正的。他非其所非,同时也是其所是。在小说楔子中,他描写齐姬在咸阳街头歌舞两天,全然没有遇到她在齐国临淄演出时所遇到的当街受浮浪轻薄子弟的侮辱,甚至有被豪门权贵强行劫走的危险。这里街头行人攒头聚观,看到得意处,有人撮口打个唿哨,但没有人近前侮辱她。多次有路过的官员停车勒马观看,也没有一个倚势妄行的。"都说中原是礼仪之邦,却不及秦地事事井然有序"。这就是齐姬对秦国政治的赞称,也是作者对秦国政治的赞称。以后,作者还描写了齐姬应诏入宫,因铁蝴蝶一事受到门卫的严格检查,贾易想以金钱行贿,被门卫拒绝;齐姬被秦王纳为嫔妃后留居坤懿宫,李斯一早就带皂隶前来闯宫传讯,幸得秦王代保才免难等等。这些情节和细节的描写,虽非历史所实有,但却是符合历史真实的,在当时情况下是可能发生的,合情合理的。的确,秦国自秦孝公采用商鞅变法以来,政治清明,法度森严,举国安定。秦始皇执政后,"奋六世之余烈,振长策而御海内",更是法令明,执法平,律令整肃,天下大酺,以至于被史家誉为"路不拾遗,山无盗贼,家给人足,民勇于公战,怯于私斗,乡邑大治"。[①] 可见,小说楔子中的这些描写,实在是并非夸饰的。而正是通过这样的描写,作者寄寓了他对稳定的、清明的秦国社会政治的肯定和赞许。

如果说楔子仅仅是对秦国社会政治作一番掠影式的巡礼的话,那么,正文便是对秦统一六国之初的"伟大业绩"创造的正面广远的描写了。在这里,作者通过"六王毕、四海一","收兵器、铸金人","车同轨、书同文","修筑万里长城",以及"焚书坑儒"等一系列重大历史事件,形象地向我们表明,秦始皇的这些做法,尽管有他个人的阴私和野心,但从历史唯物主义的观点看,其中有些则还是有意义的,不可一概而论,也不可一概否定。作者不因秦始皇个人动机

① 范文澜:《中国通史简编》,人民出版社1965年版。

和手段的卑劣而否定其客观历史功绩,也没有用道德的评价来代替历史的评价,这就使作品较好跳脱了那种各执一端的片面的反历史主义的做法,在表现秦所成就的"伟大业绩"方面显得比较公允辩证,颇令人信然。就拿"修筑万里长城"的描写来说,一方面,他毫不隐恶地描绘了秦始皇此举实和他好大喜功、急功近利的秉性有关;但另一方面,他也如实地展示,秦始皇之所以如此,主要还是为了"以防匈奴南扰"。不错,小说也用了相当的篇幅描写了范喜郎和民伕们不堪承受的劳动重负,描写了他们对筑城无期的幽怨、悲愤和辛酸,还描写了范喜郎死于非命,孟姜儿千里寻夫、哭倒长城等等。这些描写,特别是范喜郎、孟姜女故事的描写,悲剧色彩很浓,批判成分很重。但是,作者并没有因此抹杀修筑万里长城本身的历史功绩,也没有让秦始皇简单地为范喜郎"披麻戴孝"。

"修筑万里长城。以攘外寇,保我华夏;非独为秦皇陛下,实为黎民百姓安居乐业,不受外寇侵扰。""但此事工程浩大,……造陵寝、建宫室、修驰道已征调不少民伕,再加上筑长城的繁重徭役,百姓如何承受得了?"这是蒙恬将军所想所说、所喜所忧的,也就是作者对修筑长城所持的基本态度。这样的态度,我认为大体是符合历史唯物观的。田汉同志在 20 世纪 50 年代与人谈《孟姜女》剧本时曾说过:"秦始皇修长城是一件好事,不仅对当时有利,而且对后世也是有利的。长城一直到抗日战争时期还起着一定的作用,这是秦始皇的功绩。……(他)修长城是为了对外……当然,他的目的是为了子孙万代的天下,但子孙万代的天下和人民的长远利益,客观上是不矛盾的。可是因为修长城,确是大大妨碍了当时人民的眼前利益,因修长城使许多人妻离子散,家破人亡。当时人民对他的怨恨,是可以理解的。秦始皇不可能同我们现在一样,既照顾了人民的长远利益,又照顾了人民的眼前利益。我们今天加工这出戏,如只考虑了当时人民的眼前利益,而否定了修长城的伟大贡献,那是不公平的。孟姜女哭长城,让她大骂秦始皇是不对的,秦始皇虽然对当时人民有许多不利之处,但他确实把社会推进了一步。他是中央集权的首创者。让这样一个历史上的伟大人物,来为范杞梁披麻戴孝去送葬,那是对秦始皇的污辱,是反历史。"[1]田汉这席话,可谓精辟之至,这才是真正的历史的评价!《秦娥忆》中有

---

[1] 王昌言:《我与〈孟姜女〉——回忆田汉同志关于〈孟姜女〉的谈话》,(河北)《大舞台》1984 年第 2 期。

关的修筑长城的描写,努力实践的也正是这样一种历史的评价,它与田汉的宏论基本是相近的。而由于作者能用历史的眼光来洞烛历史,表现历史,他就能从纷繁复杂的历史表象中充分发掘其潜在的积极意义。

如前所述,对于秦代创造的"伟大业绩",作者是有赞许,有肯定的。但是,作者毕竟是现代人,是一个清醒的现实主义者。即使在赞肯秦的"伟大业绩"时,他也没有忘记它所产生的"惊人暴政",没有忘记它同时给当时以及后世带来的许多历史性的灾难。在他笔下秦国绝不是一个广施仁义的王道乐土,而是一个寡恩薄德的严酷时代。这个时代的一面,即空前的统一、空前的集中、空前的强大,是同它的另一面,即空前的专制、空前的残暴、空前的冷酷,紧紧胶结在一起的;它的暴政几乎无时不在、无处不在地渗透在当时社会的各个领域,伴随着秦始皇的言行神态而来。小说描写,齐姬因为唱了一支思念故国的《松柏之歌》,秦始皇便又是声色俱厉,亲自盘问,又是陡起杀机,准备再次"背剑而拔",最后将她贬出咸阳宫,不许和爱儿扶苏相见。小说还描写,王子扶苏,因为在御座前直言不讳地说了一些拂逆圣意的话,秦始皇就先是将他囚禁在离宫,继之把他贬到边隅去监军。更为令人感到吃惊的是小说第一章中所写的这样一个细节:宫娥荷香服侍秦始皇夜读。这个荷香做事利索,模样也俊,但眉宇间却深藏着高雅矜持的神情。秦始皇看了很不舒服,不觉皱起眉头。正在这时;他突然发现荷香脚上穿了一双锦缎做的花鞋,就板起脸孔,以"违反秦律"为理由,一声令下,令人将荷香绑住,斩去左趾。这个细节虽小,但却很发人深思。它把秦始皇的性格和秦朝的苛政作了相当深刻有力的揭示。轻微的罪尚且如此,重一点罪所受的惩罚就更不必说了。秦国施行的"轻罪重刑"的严酷法令,连入秦多年的齐姬也感到"不寒而栗"了。

但令人"不寒而栗"的还在后头呢,那就是千古以来被人谴责的"焚书坑儒"。"焚书坑儒"与前面所说的"轻罪重刑"的法令不同日而语,作者对它所持的态度也不一样。对于严刑酷令,作者显然是鞭笞的,但鞭笞之中也有所保留,那就是如齐姬所说的那样,"这固然整肃了社会,有利于朝廷政令的推行,然而,臣民却深受其害了。"而对"焚书坑儒"就不一样了,作者的笔端喷着火,义正词严地加以讨伐,完全彻底地加以否定。作者饱含悲愤感情,写出了这场浩劫的前因后果及其发展的必然性,写出了当时惨绝人寰的两次血淋淋的场面。一次是在咸阳城里——:

焚烧诗书简册的大火,就燃烧在咸阳宫前的广场上。那火堆好大,周围占地怕有十来亩面积,像座小山。那火烧得好旺,烈焰浓烟直冲云霄。越往前走,火光便越加刺目,浓烟也越加呛鼻。灼人的热浪阵阵袭来,虽在秋天的霜晨,相隔里许,也炙人肌肤。……而广场旁矗立的十二个数丈高的铜人身上,却满系着扛枷带镣、人头攒动的儒服书生……这些满腹经纶、口若悬河、能言善辩之士,现在都一一缄口无语。只有从愠怒的面容上,可以看出他们心中积郁的怒愤。

一次是在骊山脚下:

一声号炮轰然震响;接着,马谷两旁山头,机关掣动,将那早已准备好的擂木滚石,暴雨似的抛向谷底。只听得马谷之中,呼叫之声山鸣谷应,哀惨凄厉,入耳惊心……

嗟呼,惨无人道的屠戮!哀哉,炎黄文明的浩劫!在中国历史上,还有比这更残忍、苛烈的么?这样做的结果,岂止是焚烧了一大批诗书简册,腰斩了四百多个儒生,活埋了七百多个学士,不,这是在弃圣绝智,强钳百家之口。值得玩味的是,秦始皇即使在进行"焚书坑儒"之时,也仍然不忘在宫中行乐。一边是火焰腾空,人头落地,一边是歌舞升平,宴乐如故。两两对照,岂不更加触目惊心,发人深思。

"焚书坑儒"的描写,对于揭露秦朝的苛政有着举足轻重的作用。如果说"修筑万里长城"是着重表现秦创造的"伟大业绩"一面,那么"焚书坑儒"主要就是暴露其"惊人暴政"这一面。比之前者,应该说,作者用在后者的笔墨更多,描写也更真切、更丰富。他虚构了秦始皇在"焚书坑儒"之时坐镇正殿作乐,造成了艺术上的强烈对比;他让扶苏两次为此事廷争,突出了秦王父子之间尖锐的思想冲突;他描写李斯在这一事变中出谋划策,和秦始皇配合默契;他写了李鸾在淳于越死后举火自焚;他写了扶苏贬谪戍边出走之时咸阳父老们的长亭相送。这些描写,有效地增强了作品的艺术容量和思想深度。它既暴露了统治者施予人民的暴政,也写出了人民对暴政的不屈抗争,既鞭打了假恶丑,也讴歌了真善美,从而形象地说明了哪怕是在如同密封罐头的严酷时代,也必然会有地火在运行。"焚书坑儒"事件,有力地显示了作者于严酷史事之中觅诗意的艺术才思。

《秦娥忆》不仅在题材开拓和处理上别开生面,在时代特色的把握和传递上真实准确,而且在艺术表现方面也脱出窠臼,具有自己的特色。这个特色的最显著一点,我认为就是抒情,充满强烈主观色彩的抒情。"艺术家呀,要紧的是情意,并不是言语,因为一口气息就是你的诗。"[1]郁达夫借歌德之话所剔括的史托姆的这一艺术准则,其实就可看作是杨书案的艺术准则。他的历史小说,从长篇《九月菊》开始,就明显呈现出主观抒情的倾向。后来的三个中篇《斯文劫》《丹青误》《天涯沦落人》,抒情倾向又有了进一步的强化。到了《秦娥忆》,他对抒情的追求,那就更自觉、更明朗了。《秦娥忆》原是根据历史中篇《斯文劫》扩充、改写而成的。作者写它,自然增补进不少客观材料,但与此同时,也灌注了不少主观情感。在这里,作者派给抒情的地位和作用,比起《斯文劫》似乎要崇高得多,至要得多,它仿佛成了整部作品的艺术中轴。从抒情出发,作者注重人物的心理刻画,潜心人物精神领域的探究,敏于对人物内在感受力的捕捉,对于人物心迹倾吐、情绪宣泄的抒写,比外在客观行为实在的兴趣似乎更急迫、更强烈。这就导致了他的小说具有某种诗的素质,具有一种细腻、柔和、率真的艺术魅力。如小说第五章齐姬在秦始皇威逼之下的一段心理活动的描写,就是典型的例子:

　　数年长侍,枕席与共的秦主啊,你才略过人,振兴秦国,威加海内.终于削平六国,一统天下。齐姬作为你身边的妃嫔,曾经把你当英雄一样崇敬,并且心甘情愿地委身于你。然而,今日之事,齐姬不能不重新思量你了。

　　你皇威如山,可是,你也滥用权威;视臣仆、囚虏如草芥、如蝼蚁,生杀予夺,为所欲为。一个已经臣服于你的诸侯王,你夺了他的国不算,还让他活活地饿死荒野;一个长侍枕席的妃嫔,一朝得罪,即置多年恩爱于不顾,翻脸成仇。

　　你包举宇内,并吞八荒,然而,你的心地却十分褊狭,不能容物,

---

[1]　　郁达夫:《施笃姆》,《郁达夫全集》(第10卷),浙江大学出版社2007年版,第17页。

你容不下一个臣服于你的、身为囚虏的亡国之君,也容不下一个稍稍违逆圣意的姬妃。如果连身边的姬妃都容不下,你又如何容得天下人?!

你手握重兵,有至高无上的权势,喑哑山河为动,叱咤风云变色。可是你又镇日惶惶,如临深渊,如履薄冰。对周围的一切人,一切事常怀疑惧之心。你外虽弘雄,而内实虚弱、忌刻,以至连姬妃唱了一支齐地传入宫中的民歌,也疑神疑鬼,以为心怀二志,悯敌非秦;如临大敌,亲自盘问。水至清则无鱼,人至察则无徒,你这样忌刻,就不怕有一天众叛亲离吗……

像这些地方,既是人物内在心灵的尽兴倾吐,也是作者主观情绪的自我燃烧,心理描写和抒情写意水乳交融,达到了有机的统一,它简直像一首首清词丽句的抒情诗。

杨书案的历史小说创作笃于情,系于情,以情夺人。优美的抒情是他的一大长处。但是,"尺有所短,寸有所长",对这种抒情过于执着,也可能成为他的短处,有碍于他作品的思想和艺术。在读《秦娥忆》时,我有时也觉得他似乎有点太溺爱自己的长处了,有些地方抒情太多,失却自我控制,而赖以抒情的结结实实的客观细节刻画单薄。这不但在一定程度上削弱了他笔下人物形象的鲜明性和生动性,而且也使他作品的情节发展显得拖沓缓慢。总之,在抒情性的描写上,杨书案的长处和短处,是这样辩证地统一在一起,倒有些像法国作家梅里美形容吉卜赛少女嘉尔曼的容貌时说的:在她优点里,同时也包含着她的缺点。看来,如何扬长避短,恰到好处地驾驭抒情艺术,对杨书案今后历史小说创作来说,恐怕也是一个值得重视的问题。

（原载《小说评论》1985 年第 5 期）

"七实三虚"的天国世界
——读《天国恨》

在历史小说的园地里，顾汶光和顾朴光兄弟俩合著的《天国恨》算是比较迟到的。1982年下半年，当《李自成》《曹雪芹》《戊戌喋血记》《金瓯缺》《星星草》等历史长篇竞妍于文坛一阵子之后，它才姗姗来到读者面前。带着一个尖锐而又重大的题材，跻身于近年来成就斐然的长篇历史小说领域中。作者的心情也许有些忐忑不安。他们第一次涉足文坛，并且远在祖国大西南的边陲，再加以"迟到"，这会不会导致评论界对它的冷落呢？作者并不奢望鲜花和掌声，但期待着一个公允的评价。因为这种评价将意味着对他们所走过的饱蘸辛酸的文学道路的慰藉和肯定，使他们在迈出第一步之后有勇气继续向前走去，把这部多卷本的长篇巨制写完。出乎作者意料的是，它出版以来，反响相当热烈。史学界的一些老前辈和有关专家，也都予以热情的鼓励和赞赏。贵州省作协还为此组织了讨论会。于是作者忐忑不安的心情为之一扫，更加满怀信心地向着长篇历史小说的艺术殿堂进发了。

作者的创作道路是令人心酸、令人钦佩的。兄长顾汶光，是针织厂的一位漂染工人，胞弟顾朴光是一名中学教师。顾汶光早在高中读书时，就对太平天国史事产生了浓厚的兴趣，并开始搜研史料，编写提纲。"文革"期间，不幸资料、提纲全部被抄，付之一炬，作者自己也遭受批斗、审查。以后又不幸身患恶疾，被诊断为癌症。在这"终境"面前，顾汶光并没有消沉下去，而是志向弥坚，更加快了小说的创作进程。他先是扒火车，睡公园，两次沿太平天国活动过的地方进行实地考察，接着，马上就动手编写提纲，在咯血不止、不能直立行动、病危通知一份接一份的情况下，手不停笔地拼命写着，写着……就这样，当他的疾病奇迹般地痊愈之后，小说第一卷100万字的初稿也完成了。毫不夸张地说，这是一部"发愤之作"，一部"呕心沥血之作"，它真是作者用生命和鲜血写出来的。果戈理说过,所有一切构成人的生活内容的东西都可以作为艺术的对象,而且应该成为作为艺术对象。"在艺术家那里,卑鄙的东西不成为其卑鄙的东西,因为美好的创造的精神会无形地穿透它。"①事实正是这样,特殊的年代使作者遭受不公,可怕的病魔几乎吞噬了他的青春,但"诗穷而后工",灾难和不幸却意外地成全了他的事业。作者为它付出重大的代价,我们却赢得了《天国恨》,长篇历史小说领域一个新的题材就这样被拓展出来了。

历史老人啊,你是多么的无情,又是多么的多情!

一

也许,首先引起读者和文史学者关注的,是小说的真实性,是流贯于作品之中的那种颇为充强的历史感。作者写作《天国恨》,态度是严谨的,他们恪守着"事俱按实"的原则,殚精竭虑地把人物和故事写得像一百多年前原有本相一样真实可信。他们非但不像过去有的历史题材作品,为了某种"现实的需要",或为了迎合读者,随心所欲地对待历史,相反,而是有如一个勇敢的逆水行舟的舟子,拨开历史河边上所弥布的重重迷雾,寻踪辨迹,力求在最大程度上达到对历史的"还原"。

牵一发而动全身,我们谈到《天国恨》真实性的时候,不可避免地要涉及学术界长久争执不休的有关历史真实和艺术真实的关系问题。历史小说常见的写法有两种:一是"借他人之酒杯,浇自己之块垒",一是"语必有微,事必有实,虽极细微之事亦有所本"②。客观地说,两种类型的历史小说都有好作品。然而我们也不得不承认,前者由于更重主观情怀的抒发,稍有不慎,颇易偏离历史,削足适履,以古射今,从而损害作品的艺术生命力。后者因具体切实地展现历史的本色和原貌,往往给人以恍似躬历其境的感觉,在真实书写上具有一定的优势。当然,惟其"事俱按实,语必有微",这在事实上也对作家的史学修养、史料积累提出了更高更严的要求。为什么《李自成》《曹雪芹》《金瓯缺》从

① 转引自《文学评论丛刊》(第12辑),中国社会科学出版社1982年版,第3页。
② 参见周贻白:《中国戏剧史》,中华书局1953年版。

动念到写作先后达四十余年,其重要缘由就在于此。

《天国恨》的创作显然属于后者。作者舍易就难,追求"七分史实、三分虚构"的艺术境界。小说写及有名有姓的一百多人物,除十来个次要人物是虚构而外,其余的如创教传教的教主洪秀全、冯云山,鹏隘山烧炭佬杨秀清、萧朝贵,金田财佬韦昌辉、韦俊,那邦村举人石达开,洪秀全胞妹洪宣娇,花洲山人村财主胡以晃,龙山挖矿佬秦日纲,天地会首领罗大纲、邱二嫂、苏三娘,以及义军叛徒张嘉祥,石人村地主王作新,金田村恶霸蓝如鉴,桂平知县王烈,广西巡抚郑祖琛,黔军首领张必禄,蜀中名将向荣,等等,都是实有的历史人物。他们的各种特征,包括一些次要侍征,如洪秀全的伟岸严肃,石达开的英俊高大,郑祖琛的笃信佛教,向荣的瘦小瘸腿,卢贤拔的两耳重听等,也多有据可查。至于书中写到了一些重要情节,如韦昌辉逼上梁山,洪秀全砸甘王庙,王作新劫捕冯云山,杨秀清代"天父"传言,林则徐客死普宁,向荣、张必禄入桂,蔡江村之战等,都是以《清实录》《国朝先正事略》《太平天国印书》《湘军志》《湘军纪》《中兴名臣传》《东华续录》等正史、野史、县志等记载的史实去写的,甚至时间、地点也是悉按史载编年,而不作随意改动。有的还在博考文献的基础上钩玄稽沉,拨开历史长河里密布的重重迷雾,力求还历史以本来面目。以张嘉祥降清描写为例,其时间、地点、原因、受降者等,早在张在世时就有各种不同的记载。他死后,史书、传闻更五花八门,信口编造。作者深入历史,据招安张嘉祥的当事人半窝居士俞凤翰的《粤寇起事纪实》、李滨的《中兴别记》,再证之以其他多种史料,确定了张于 1849 年底降于南宁守将盛钧,从而澄清了长期被错乱了的事实真相,使这个狡黠剽悍的叛徒形象真实得以再现。《天国恨》就是这样从大量的历史记载撷取素材,严格地忠于历史真实,这就使它与那种名为历史小说,实际上却置彰明较著的史实于不顾的作品区别了开来。

《天国恨》不但在大关节目的史实上真实可靠,就是一些无关宏旨的细节描写也力求做到:有史可微的尽量用之,无史可据的也务求合情合理,令人信服。这就大大加强了它的逼真性、亲切感和艺术魅力。细节描写包括多样内容,其中尤为犯难而又常被人所疏忽了的,是有关当时的社会风尚、衣冠文物、典章制度和生活习惯等方面的描写。一部历史小说对这些有所忽略、错乱,历史真实感就会大打折扣,受人非难,影响所及往往会毁及作品的声誉。近年来一些历史题材的作品不时受到批评,以致弄得作者很尴尬,其中居多者都是出于这个缘故。然而"犯难"的是有关材料往往为正史所不载,只是零星地散见于庞杂的野史、诗文、笔记中,所以一旦作者视野狭窄或急于求成,便不可避免这方面的孱弱和失真。这可说是历史题材创作中的通病。据作者自述,他们动笔之初是多少意识到这一点的,并为此作了有意探索。尽管小说有关这方面描写仍有不足之嫌,风景化的多,风俗化的少,但其中仍不乏精彩动人之处。比如都鸦村男女青年月半对歌,广西客土之间的大械斗,威镇门艺人演技卜卦的场面,石硐寨瑶民祭神的情景等,清新奇谲,绘声绘影,散发着浓郁的地方色彩和生活情趣;某些片段颇有《李自成》《曹雪芹》《金瓯缺》的笔意。作者描摹这些人情风俗的细节,是下了一番苦功的,比如为了写好马,光"马经"就读了两部。像这样务真求实的细节,就已经不是一般的艺术描写了,而是汇入了作者扎扎实实、一丝不苟研究历史的心血。

特别值得指出的是,小说的这种严循历史真实的做法,对同题材的长篇历史小说来说,某种意义上,可称得上是一次创造。这个题材的长篇,晚清至民国间就有《洪杨豪杰传》《绘图洪秀全》《洪杨演义》《洪杨劫运》《曾左彭》等。这些作品往往观念陈旧,艺术拙劣,倏忽意兴地对待历史,当然谈不上什么历史真实与艺术真实的结合了。较好的黄世仲(字小配)的《洪秀全演义》,虽对太平天国秉持比较理性的态度,艺术上仿效《三国演义》,颇有些曲折动人处。然而只要稍作检点,便可发现小说在人物、时间关系等问题上都存在不少错讹处,如把清江北大营重要谋士钱江说成是洪秀全身边的"诸葛亮",把烧炭佬杨秀清说成"巨富",时间、空间关系的混乱颠倒不胜枚举,这些都是不足为训的。究其原因,在于作者深入历史的功夫还不够。《天国恨》似不存在这类失误。它的人事描写乃至细节选择,如前所述,基本都是有史实可查,符合历史的真情。有人因此可能要批评它有"学究气"。我的看法是:如没有这么点"学究气",作品就不会像现在这样具有较强的真实性了。历史小说不应当违反艺术规律,写成历史教科书,但也有必要严肃严肃历史;历史小说当然可以虚构创造,但应该接受史实的必要限制,不能作漫无边际的想象。好的历史小说须在循从艺术规律的同时,尽可能多地反映历史的真相。《天国恨》的成功及其意义,重要原因之一,我以为就在这里。

二

史实重要如斯,自不待言;但它只是构成真实性的一个方面,而不是唯一和全部。不能以为写出了史实就写出了真实,史实愈多愈充足,真实性一定就愈高,将两者简单地划等号,机械地定正比,那样理解恐怕过于狭隘、片面了。其实,历史小说的真实性岂止是史实可以包代得了,它的内涵要宽泛得多。历史小说的真实性如果仅靠史实所给予,那是有限的,难以达到臻境。这只要看看许多旧历史演义小说,就不难领悟到这一点。

那么,怎样才能达到历史小说真实性的臻境?除了史实以外,还需作者作何种努力?我认为,首要在于作者能否以科学的历史观为指导,正确把握历史的本质和规律,揭示历史发展的必然走向和趋势。这也是今天历史小说有别于旧时代历史演义的一个重要标志。旧历史小说中,虽《三国演义》这样"七实三虚"的杰作,也未能真正求得历史的本质规律和发展趋势。这并非因为那些作者个人缺乏才能,而是时代局限所使然:"人们能够对于社会历史的发展作全面的历史的了解,把对于社会的认识变成了科学,这只是到了伴随巨大的生产力——大工业而出现近代无产阶级的时候,这就是马克思主义的科学"。①情况既然如此,我们在评价今天历史小说的时候,就理应向它提出合乎时代发展的更高要求。

《天国恨》所追求的正是这样一种真实境界。整部《天国恨》是个大悲剧,它将向我们展示多少惊心动魄的历史画面!作者对这个悲剧的根源有着相当独到深刻的理解,他们努力站在宏观世界的远处和高度,俯瞰这个悲剧产生、发展、爆发的必然性和渊源所在;在纷繁万端的历史现象中,以高屋建瓴之势,穷形尽相之墨,揭示其内在的历史本质与规律。这样的追求当然并非《天国恨》所独有。属于《天国恨》的独特之点在于它以充裕的篇幅表现这一切。小说采用的"百川归海",从头一路写来,以至于"事与其来俱起,亦与其去俱讫"(鲁迅语)的叙述方式,也许并不是一种高明有效的办法,给作品的更精细描绘

---

① 《毛泽东选集》(第 1 卷),人民出版社 1951 年版,第 260 页。

带来了不少局部性。但有弊也有利,这样写对于小说顺序渐进地表现太平天国功败垂成的历史进程,倒是颇有相洽之处的。应当说,在小说第一卷中,作者是倾心尽力地化弊为利,发挥这一写法上的长处的。他们以浓重的笔墨形象地展现了天国草创时出现的隐隐裂痕,投下了悲剧的阴影。矛盾主要在几位首领身上,问题的核心是权力之争。洪秀全手中没有实力,也未做多少有建树的实际工作,却以至尊至圣的领袖、教主自居,忌刻他人声威超过自己。杨秀清才力过人,刚直自负,但上有洪的严令,下有韦的掣肘,故不惜用"铁腕"攫取代上帝传言的权力。韦昌辉身为"六兄",位在杨下,既佩杨的才干,又不甘居下,居心叵测地与之抗衡……这是性格的冲突,而性格又围绕权位在冲突;作者以权位之争写出洪、杨、韦等人的性格,又把他们的性格冲突归结到权位之争上。

权位啊,你给天国带来了什么?你使同信一个"上帝"的兄弟之间关系变成了怎样?小说透过艺术形象深刻地揭示出,权欲是最终葬送天国大业的一大祸根。杨秀清力挽狂澜,救出冯云山,挫败王作新的阴谋,洪、韦该高兴了吗?不,这事与他们的权位有碍,思想情态就变得微妙复杂了:洪是"又喜又忧。喜的是冯云山终于获释;忧的是杨秀清代天父传言,其影响和声望大增,足可与自己和云山颉颃"。韦目睹上帝附魂杨体时,"仿佛有一股和风吹进心田,把忧愁烦恼一扫而光。可是,当他看见杨秀清被狂热的会众簇拥着走进大厅,心中泛起似敬佩,又似嫉妒的,连自己也说不清楚的情愫"。而杨呢?有了代天父传言的权力后,愈发踌躇满志,在审判"天妹"洪宣娇时"这位烧炭佬认识到,严格执行军纪法令,就能保证他们的事业顺利地进行。同时,此刻行使至高无上的权力,也使他产生一种无与伦比的快感"。觊觎、计较权位的结果,必将导致"兄弟"之间离心离德,相互猜忌,开始埋下后来内讧的祸根。这一点,关于杨秀清审判洪宣娇的描写是有说服力的。这是一次潜在而又激烈、严重而又富有戏剧性的冲突。宣娇因犯令首战失利,杨欲树威,要捆绑处置她。可韦偏说:"天妹身份高贵,恐不宜绳索加身,有伤上帝之德,二兄之威",以此向杨"挑战",逼他释放宣娇。哪知次日上帝再次附杨体下凡,命令锁拿宣娇,待洪秀全自山人村回来后再行严惩。上帝的权威是高于一切的,无人敢再为她求情,韦也噤若寒蝉,只暗暗希望洪早些回来。待洪回到金田,杨怕韦夺得审案权"会使自己被置于无足轻重的地位上","当仁不让"地主审宣娇。审案结果,宣娇"按律当斩",洪秀全脸色阴沉,韦却出人意外地跪请,愿为宣娇"代死"。洪"大为感动",可杨"却连看都不看他一眼"……权力、地位,就这样使洪、杨、韦之间的矛盾初步展开。

　　自然,作者笔下是有褒贬,有鲜明的感情和态度的,却没有把责任皮相地归之于某个人,而是照生活本身的复杂性发掘造成首领异化蜕变的社会历史原因。它意在说明"冰冻三尺,非一日之寒",天国后期的大悲剧并非一夜之间酿成的,而是有一个量变到质变的过程,它早在此时就埋下了隐患。比之那些把农民首领(特别是前期)的起义动机和个人品质写得"高"而又"纯"的作品,《天国恨》的做法无疑真实、深刻得多。历史小说究竟怎样写历史,尤其将其写真写深,求得"历史本质层次的真实",我们是可以从中得到某些启迪的。

　　除了从人物关系探入揭示农民起义固有的局限外,作者还很注意时代环境的真实性,力求写出一个鲜明具体、逼真酷肖的典型环境。这也是求得历史本质层次真实所必需。典型环境,哪部作品都写,但《天国恨》有自己的特色。首先,它突出揭示了广西地处"山高皇帝远"的边缘地,清廷势力薄弱,农民力量强大的客观事实。广西农民起义如火如荼,当地官员却置若罔闻,只求一时之苟安,不肯防患于未然,作者用深沉的、戏谑性的笔墨揭露他们"处处弥缝,固宠欺饰"的贪婪昏庸的本性:知县王烈见了王作新贿赂的一座玉佛,面目大变,听说胡以晃送来"一套富贵"而满脸堆笑;巡抚郑祖琛忝任封疆,不能发一策,弯一弓,惟终日盘坐蒲团诵佛经而已。凡此等等,就把洪、冯能够在广西"一夫奋臂,八方响应,从者万千"首旗造反的必然性,作了充分的艺术表现。作品以形象的力量告诉我们:"任何地方发生革命震动,总是有一种社会要求为其背景,而腐朽的制度阻碍这种要求得到满足。"[①]

　　这部小说描写典型环境的另一特色是着力揭示义军之间,特别是拜上帝会与天地会之间时分时合、错综复杂的"现实关系"。天地会义军在广西多如牛毛,潜力极大,但有的纪律较坏,有不少致命的痼疾。拜上帝会一旦起义,首先就碰到如何处理与他们关系的问题。小说通过洪、冯与张嘉祥争邀石达开出山、邱二嫂、苏三娘营救冯云山,以及洪、冯舟遇罗大纲、张钊、关钜等情节,一方面于对比中显示出两者的优劣高下,另一方面也有力地表明,这两个会党

———————————

① 《马克思恩格斯选集》(第 1 卷),人民出版社 1995 年版,第 500-501 页。

由于信仰、习性、宗旨歧异,很难真正融为一体,他们之间的分合聚散,将对天国大业带来巨大而深远的影响。这一点,小说在继作中还会继续描写。应该说,作者这样写是符合历史真实,符合历史唯物主义观点的。

在探求历史真实,反映历史本质规律方面,《天国恨》也存在令人抱憾的欠缺。与历代农民起义有所不同,太平天国是通过"宗教信仰转化为宗教斗争",再由"宗教斗争转成政治斗争"的,它的"理论基础"来源于宗教——上帝教。而"上帝教包含宗教迷信与革命思想两部分,在广西,迷信部分曾起了极大的组织作用"①。但作者在具体描写上没有有力地显示这一点,某些地方作了不应有的回避和跳脱,这不能不说是一大缺陷。这是作者"胆识"不足所致,应当引起注意。另一大缺陷是反满问题的表现。少数民族统一中国的朝代,民族矛盾向来都分外尖锐激烈。为了维护满洲贵族的统治,爱新觉罗氏对包括官吏、士大夫在内的广大汉族人民实行高压和种族歧视,必然导致反满民族意识的滋生(那时人不可能对民族矛盾有科学的认识,就是以后的孙中山也不可能真正懂得)。这种反满思想贯穿于太平天国的始终,很大程度上决定着这场起义的成败。但小说中民族矛盾却成了可有可无的点缀,往往不是审慎地绕开,便是一笔带过,不敢正面深入予以反映。这于作品的真实性和思想深刻程度来说,显然都带来了损害。

三

这里要探讨一个问题,必要、合理的虚构是历史小说求得历史真实与艺术真实有机统一、步入"真实的领域"的一个不可或缺的桥梁。史实再详细,也不可能提供小说所需的详情细节,更不用说那些微妙的生活情趣了。这里就有了个虚构问题,看来作者是深谙这一真谛的。顾汶光在《关于〈天国恨〉的通信》一文中对此说过一段颇有见地的话:"打一个不很恰当的比方:在历史小说的创作中,史实是赖以成篇的骨骼,艺术处理(如合理的虚构、集中、提高等手段)则是皮肉、衣冠。没有史实作骨骼,纵使皮肉丰腴,衣冠华美,是'立'不起

---

① 范文澜:《中国近代史》上册,人民出版社 1955 年版。

来的,敷衍成事,也不能称作历史小说。反之,没有皮肉衣冠,就只能算作历史的考证,或历史的叙述了。"①。当然这也只是"比方"说而已。其实,艺术虚构的作用岂是"皮肉衣冠"所能"比方"得了。在史料缺乏的情况下,虚构就更见重要。"没有虚构就没有历史小说",恐怕并非夸饰。

《天国恨》首卷创作也碰到这样的问题。天国草创初期的史料至今能见到的并不多,这就给作者的创作带来很大困难。显而易见,如作者囿于仅有的史料而不展开大胆而必要的艺术创造,那就不仅只有"骨骼",恐怕连写成一部完整的书也有困难了。可见虚构对于《天国恨》来说,也同样是必不可少的。当然,作为一部现实主义的历史小说,它没有为了虚构的需要忘了历史,随意编排。作者在进行虚构时,头脑是清醒的,描写是理智的,他们"严格遵循这样一条原则:在重大的、彰明较著的史实上,忠于历史,不能擅自变动;史料上没有的,或无关宏旨,不会影响历史真实的枝节问题,则在符合典型性的前提下,进行合理虚构"②。那么,著者是怎样在忠于历史的前提下进行"合理虚构"的呢?

方式之一是移植集中,即根据艺术的需要,把分散的生活素材加以集中、概括,使之典型化。例如叶坤元其人原属子虚,但像他这样叛卖的人,当时是有的,也见诸记载。作者只不过沙里淘金,从无数叛卖者中概括提炼出叶坤元这个角色,并把他设计成韦昌辉的妻舅,王作新派进拜上帝会的"内奸"罢了。这样写既能如实反映当时农民运动错综复杂的形势,又能借此深化韦昌辉的思想性格,既能在情节上穿针引线,有机紧密地联系了拜上帝会与团练的斗争,又完全符合拜上帝会最终挫败王作新阴谋的历史事实。

另一方式是生发想象,即根据史书极简略的记载,顺着事件和人物性格的逻辑生发开去,展开合乎情理的想象,以"补充在事实的链条中不足的还没有表现的环节"③。以石达开与洪宣娇的关系为例,有史料记载,石达开负气出走前夕,曾与洪宣娇有过密议,并得到她的支持。作者从这个情况推断,他俩之间早期必有一段异乎寻常的情谊。根据这基本判断,作者在第一卷中虚构

---

① 顾汶光:《关于〈天国恨〉的通讯》,《山花》1982 年第 5 期。

② 顾汶光:《关于〈天国恨〉的通讯》,《山花》1982 年第 5 期。

③ [苏]马克西姆·高尔基:《我怎样学习和写作》,戈宝权译,生活·读书·新知三联书店 1984 年版。

了一段曲折感人的"政治联姻",表现他们为大业割弃情爱的高风亮节。

第三种方式是合理创造,即有关人事描写,毫无史料作依傍,按艺术的需要和历史的可能性化无为有,合理加工创造出来的。例如张嘉祥决定降清时,为义子吮脓吸血、葬送盟军、出卖将士的事,大都是乌有的,也根本没有潘三、李义其人。但作者还是写了这故事,成功地塑造了张嘉祥这个"大义灭亲""真心就抚"的叛徒形象,这完全符合历史真实。有人曾建议把这个情节改为"他在葬送更军后,挟持部下投降,遭到反抗,再设计杀害"。作者答道:这"自然未尝不可,但一则情节拖沓,二则他的形象就'低'了,就不是'这个'张嘉祥了"。① 我赞同作者的话,应该说,这样的虚构反过来有助于加强作品的历史真实感。

总之,在处理历史真实与艺术虚构的关系问题上,作者以谨严的态度,烂熟历史,深入研究历史,"七实三虚"地进行虚构,既不排除历史的根本事实来谈历史的真实,也不离开历史的可能性来进行艺术虚构;既尊重历史,立足历史,又不拘牵史实,拙于措辞。他们以谨严的态度,从熟悉历史、深入研究中获得驰骋想象、进行虚构的广阔天地,把史实当成"骨骼",把虚构视为"血肉衣冠"。凡主要事件、主要人物均都符合历史原型,凡虚构的一些次要人物种事情,都是当时历史环境下必然会有的,可能产生的,而不是"超出他们自己时代所给予他们的限制"。② 这是一种可贵的创作态度,也是这部小说能给人以历史真实感和艺术美感的重要原因,尽管它是诸多历史文学创作范式的其中之一种。

顾汶光和顾朴光是贵州文坛上的新人,有着丰富的生活经历,厚实的史料积累,独特的见解,奋发的进取心,较好的艺术才华,具备了写好这部多卷本长篇历史小说的有利条件。因为是新人新作,难免有不够成熟之处,但我认为,在新时期历史长篇领域中,《天国恨》不仅在题材上作了大胆的拓展,而且在真实性方面也获取了可贵的成功,应当引起我们的重视。

(原载《山花》1983 年第 11 期)

---

① 顾汶光:《关于〈天国恨〉的通讯》,《山花》1982 年第 5 期
② 《马克思恩格斯选集》(第 3 卷),人民出版社 1995 年版,第 405 页。

新保守主义视域下的唐浩明历史小说创作

　　历史守成主义又称历史新保守主义,它是 20 世纪 90 年代后形成的一股文化思潮。这股思潮的出现,外因源于对西方现代文化内部自我批判成果的吸纳,内因则来自对本土文化身份追求的强烈意愿。

　　其实,西方现代文明病在第一次世界大战结束后,就已显端倪,西方思想界即开始了对人类理性的深刻反思。20 世纪下半叶,工业化对人类生存环境的极度破坏,又催生出后现代主义对一味追求物质进步的现代性的批判。可是,由于中国文化发展与西方的非同步性,决定了五四以来的中国知识分子往往将文化选择的目标锁定在对人类理性的乐观主义追求上,而对同时存在的西方文化自我批判的那一面,暂且搁置不论。90 年代中国在进入市场经济后,现代文明的弊端也开始显露,这一时代语境使得思想界能够与西方文化的自我反思产生应和,原先被历史进步理性所抑制的反思西方现代性的那一面,从边缘走向中心。正是对西方现代性知识谱系的清理,以及因中国国力增强所引发的建构民族本土文化身份的认同意识,这两者的共同吁求,才构成了新保守主义的合力。因之,在当下时代语境中,"保守"不再是一个贬义词,它意味着对文化发展连续性和绵延性的一种合理性肯定。新保守主义也不再是西方中心主义的价值立场,而是在尊重中华民族本土文化价值和历史经验的基础上,追求一种渐进式的现代性的发展路向。而挽回文化态度上的适应性,以西方文化为"他者",在现代阐释中重新"发现"传统的力量,确立自我的民族文化身份,则成为新保守主义思潮的核心命题。当然,它在当下是有歧义的,也是可以深入讨论的一个话题

　　历史小说作为与传统文化直接对接的一种文体,这一文体特性使得它在文化价值取向上与上述所说的新保守主义产生特别密切的关联,并进而成为

新保守主义在创作界的一个大本营。自然,这是 90 年代以后的事,此前的历史小说特别是像《李自成》等描写农民起义或阶级斗争范式的历史小说,因政治意识形态色彩太强,类似新保守主义的理念是没有,也不可能有的。因为时代没有为作家的历史想象提供这样的理念。而唐浩明的创作情况就不同了,他的三部煌煌 350 余万字的长篇巨著《曾国藩》《旷代逸才》《张之洞》,恰好躬逢其时,产生于 90 年代文化保守主义(如"国学热""新儒学")从海外大量涌入,在中国大行其道的是这样一种特定的文化思想大背景;更为主要的是作家书写的从鸦片战争到 20 年代中华民族在西方文化强行冲击下艰难痛苦转型的这段近代历史,与新保守主义思潮形成了一种内在的精神上的互动。我们发现,正是这种精神互动的书写以及对传统文化的认同性肯定,使得新保守主义理念在唐浩明的历史小说创作中,能得以充分体现。

诚然,这里所说的精神互动是相对的。就唐浩明的实际创作而言,他虽秉承了新保守主义的思想理念,但在对史实层面的中国的历史现场式追忆与同情性理解中,又与新保守主义思想理念有所错位:新保守主义所批判的是晚期资本主义的文明病,而唐浩明历史小说所描写的历史时段,面对的却是正处于蓬勃上升而又具有极强的对外扩张性质的西方文化。因此,唐浩明历史小说中的民族本土传统文化,是在西方文化的极度膨胀中奋力自救和抵抗的一种弱势文化,文本中弥散着浓重的悲剧色彩。概括起来说,唐浩明的历史小说创作中的新保守主义理念,是从历史和文化价值这两个向度上具体体现出来,即在历史维度上实行"同情"性评判,在价值层面上追求"同理"性思考。

一、同情:达成体谅与理解的历史评判

《曾国藩》《旷代逸才》《张之洞》所选取的晚清至民国时代,风雨如晦,战祸频仍。血与火的斗争,在太平天国运动、中法镇南关之战、洋务运动、戊戌变法、辛亥革命、复辟帝制、北伐战争等一系列中国近代史的大事件中,得到了具体的体现。这些历史事件以及事件主人公的历史道德评判,早已借助教科书的经典阐释,在大众心中根深蒂固。新中国成立以后拍摄的历史题材的影片

《林则徐》《甲午风云》《火烧圆明园》《垂帘听政》《孙中山》等，也进一步强化了这些已成定格的历史评价，并成为几代人所共有的历史认知。这些历史认知大体倾向于将历史人物分作对立的两极：追求历史进步的革命者和食古不化或逆时而行的守旧派与反动派，对传统文化的毁弃与维守成为区分革命派同守旧派、反动派的主要依据。由于多在历史功绩和道义逻辑上用力，这些历史人物往往会在一种绝对的认同或批判中走向"神圣化"或"妖魔化"。针对以往这种状况，唐浩明这三部作品首先在历史层面上打破过去陈旧僵化的道德认知标准而另辟蹊径，努力对长期被"误读"的历史人事特别是被贬斥的守旧或反面人物，达成一定体谅和理解的"同情"性评判。

这一"同情"性评判首先体现在唐浩明对传统历史认知或历史定论的"翻案"式处理上。为了有效地完成这样一种颠覆性的历史重构活动，作家在写作时有意采用了一种目的性转换的叙事模式：这就是把曾国藩、杨度、张之洞等人的为过去的历史认知认为的不道德行为，转换成对传统道德和社会公义的倾情救护，这样其人性的酷烈在作家的"同情"性评判中，也就化作了生命的崇高与苍凉；而读者亦为作家苦心营造的西方强势下的这些封建名臣的文化自救感动不已，疏忘或冲淡了他们身上固有的历史的恶与恶的历史。

曾国藩的"曾剃头"形象，因为众所周知的原因，早已在人们心中定格；而曾国藩亲身经历的历史事件，也是必须正视的史实。不过，当事件被讲述的方式发生了变化，事件的结果或许仍然不变，但它给人们的感受却会有所不同。应该承认，唐浩明对曾国藩卫道人生的酷烈并不讳言。如曾国藩为达到自己建军、治政、谋事之目的，而"宁肯错杀，不可轻放"，滥施酷刑，诛杀无辜；对太平天国降将韦俊叔侄先敬后杀，不诚不信；为保全自家门楣之光耀，威逼误以为兵败战死却全身而还的六弟曾国华隐姓埋名，终老于黄卷青灯之中，以上种种足以披露曾国藩人性中的酷烈。但我们发现，曾国藩卫道人生中的种种酷烈，都是在救护风雨飘摇的传统文化的理由下，被作者悄然转换成传统文化自救而情非得已和竭力卫护传统文化的坚强；曾国藩去世时那场从天而降的无边"黑雨"，就成为传统之花行将凋零的一个隐喻。

与曾国藩的"曾剃头"的形象相比照，杨度的"帝制余孽"的名头也好不到哪儿去，作者同样用目的性转换的叙事模式，暗度陈仓地实现了他的"同情"性评判。作为一个入世的传统文人，杨度禀赋超拔，既有救国之大志，又有治国之雄才。然而,杨度所笃信的中国传统政治文化之菁华——"帝王之学",在那个时期只能成为"封建末世的背时学问"。① 虽然杨度本人苦心坚守,全力实践,但在历史巨潮顺势而下之际,仍是悖逆时势,落得个恶名远播。唐浩明在惋惜慨叹之际,把杨度因一己"成百年相业"的私欲,而计助袁世凯骗过南京革命党人在北京就职,以及计赚严复进入复辟帝制的主干机构筹安会等种种不义之行,转换为一种救国道路的个体选择,赋予更多的乱世士子为酬志向不得已而为之的苍凉和无奈。杨度那为建立功业而改变信仰,从而在君宪与共和之间摇摆不定的"投机"心态,因为作者的"同情"性评判,而使读者能够在肯定杨度奋斗人生的前提下,给予杨度程度不等的理解。

不过,在"同情"性评判中,对具有历史之"恶"的历史人物进行目的性的转换,尚不足以深刻反映唐浩明的新保守主义的文化理念。正如个人永远无法全然脱离时代,传统文化也有着自己的历史背景,我们以为,对小说人物所救护的传统文化的历史境遇之复杂情状的体悟和把握,更能真切地体现唐浩明"同情"性评判的新保守主义取向。1840 年鸦片战争之前的中国,有着自己独特的文化价值体系,并渗透到社会生活的方方面面。鸦片战争爆发后,西方文化的涌入,在从上至下的中国社会引起强烈的震撼,随着民族危机的加剧,中西文化的冲突势所必至。由此产生了两个问题:一是中国该不该接受西方文化,这关乎价值层面上的评价;二是中国能在多大程度上接受西方文化,这成为一个事实层面的问题。关于这两个问题的思考与论争,贯穿了整个中国近现代史。与此同时,民族、文化、心灵的全面危机,也驱迫着人们把对外的救亡图存与对内的变革求富紧密交织在一起。然而,在这样一个动荡不宁的时代,历史新潮与文化传统的冲撞交恶,并不必然意味着两者能够携手齐头并进;相反,由于传统的强大的绵延性,在长时期内往往使得人们对传统价值的情感性评价与历史的进展出现了非同步性。唐浩明正是深刻体悟到了那个时代传统文化的复杂历史背景,由此在艺术表现时才力求让情节和细节说话,只求"同情"而不妄下结语。具体书写,主要强调和突出以下两点:

---

① 唐浩明:《帝王之学:封建末世的背时学问——历史小说创作随感》,《理论与创作》1999 第 2 期。

第一，是株守传统道义之士有可能成为历史前进的障碍。《旷代逸才》中的晚清军机大臣瞿鸿机，时人皆赞扬他以"清德孤操称天下"。这样一个"清德"君子却因反感张之洞的治世之道，上奏慈禧，将张之洞任主考的光绪癸卯经济特科考试的第一名说成"梁头康足"；使得中国历史上一场空前绝后的经济特科考试成为一场可笑又可悲的儿戏，溃败已极的清廷也彻底失却了疗伤的机遇。《张之洞》中的清流党人大力抨击崇厚的卖国行径，其爱国之情可嘉；但是，因为卖国丧权之徒主张兴办洋务，就守定一条宗旨："闭口不谈洋务，而且要告诫子孙后代也决不能谈洋务"，"谁谈洋务，谁就是祸国殃民的奸邪小人，谁不谈洋务，谁就是尊圣敬祖的正人君子"。这里的爱国之情却遮掩不住历史观的陈腐与落后。其中，唐浩明选取的清流党人怒摔洋怀表的细节，可资体味。

第二，是品行不端、私德不能服人者也有可能成为历史前进的同路人乃至推动者。《曾国藩》中的李鸿章虽然聚财敛富，任用私人，胸襟狭窄，手段刻毒，却是晚清大吏里曾国藩之后倡导洋务最力者。他承继曾国藩开创的"师夷智以制夷"的事业，先后兴办金陵和天津制造局等军工实业；曾国藩一手打造的江南机器制造总局，由安庆迁到上海后，也在李鸿章任两江总督期间得到了很大的发展，成为当时中国最大的军火轮船生产基地。可以发现，与当时一批恭俭自律却闭锁视野的封疆大吏相比较，李鸿章的徐图自强、踔厉风发却代表了历史前进的一种方向。《旷代逸才》里的袁世凯在政治上倒行逆施，行事做人也常常两面三刀，一切皆从一己私欲出发，但其倡导的资产阶级共和政体，比起腐朽至极的晚清帝制，无疑更切合时代发展的趋势。在唐浩明笔下，袁世凯复辟帝制既有着个人的权力贪欲，更因为其子袁克定欲执掌天下的妄想作祟。小说中袁克定为蒙蔽父心，制造虚假版的《顺天时报》，足可资证其为登大宝的不择手段。唐浩明的这番体谅"同情"之说，也许不一定合乎历史真实，尚可讨论，但话又说回来，正史上对袁世凯的讲述也不见得都确凿可信。复杂时代历史人物的复杂人生不是一段历史结语便可道尽，由此可见一斑。

二、同理：追求同构状态的价值思考

对传统文化的历史境遇和对历史人物的"同情"性评判，赋予了唐浩明的历史小说丰厚绵远的历史品格。但作家并没有孤立地审视晚清民国时代的传统文化,而是把它置于中西文化接触与冲突的大背景下,以当下中西文化会通交融、向本土传统深度回归的新保守主义视域为文化审视视野,对那个时代民族本土文化与西方文化的冲突展开了与传统文化机制处于同构状态的"同理"性思考。这种"同理"性思考不再拘泥于"冲击—回应"的中西文化冲突模式,而更多去关注那个时代民族本土文化自身的悲剧性裂变。

众所周知,晚清民国时代的中西文化冲突,一开始尚停留在物质层面。当时的不少有识之士,在这"三千年来一大变局"中,面对西方物质文化如船坚炮利、械精兵锋等看得见摸得着的胜出,发现和接受显得并不太困难;反过来,对西方文化中的制度层面和价值心理层面,与传统文化的对应层面展开的比较和思考,就要痛苦和艰难得多。这里的原因有二:其一,从显性层面上看,三千年来,"我们"的文化优越感根深蒂固,几次巨大的冲撞,弯子难以一下子拐过来;就隐性层面而言,文化体系的最深层部分——价值观念、思维方式、心理意识等等,既由"我们"所塑造,同时也在塑造着"我们",它已内化成我们生命的一部分,因此,任何坦坦荡荡的剥离反而有悖常情,无条件地放弃更是说不过去。应该说,唐浩明对这样的文化深层结构的痛苦转型表现并不很充分。这里究其缘由,客观上有作品所选取的历史时段的局限:中西文化在深层结构上的冲撞,中国传统文化核心形态的转型,是五四新文化运动的中心主题。五四之前,从洋务运动、戊戌变法到辛亥革命,对西方文化的认识,虽然已透过表层的物质文化而进入制度文化乃至价值心理层面;但是维新人士的文化审视视野、分辨能力和选择水平,在深层结构上还欠缺足够有力的把握。主观上说,作家所采取的"同情"性评判视角,力求贴合当时历史文化的复杂情状,追求一种与传统文化机制"同理"性同构性思考状态,也使其文化审视视野难以跳出历史时段的局限,进入中西文化的深层结构冲突上来。上述主客观原因的综合作用,导致我们在唐浩明的历史小说创作中,更多感受到的是中国传统文化机制自身的裂变与新生,与西方文化的接触与冲撞似乎只是一个带有偶发性的契机,主导这一文化转型的是我们传统文化体系内部自身变革的需求。从文本中看得出来,唐浩明的这一"同理"性文化理念,既有新保守主义的思潮背景,恐怕也同作家本人的情感取向密切有关。

严格地讲,唐浩明的这三部历史小说都属于历史悲剧,悲剧贯穿于作品艺术描写的始终。曾国藩为自己"吏治和自强之梦的破灭"①痛苦不已,杨度谋求功业的人生以幻灭作结,张之洞临终前喟叹自己"一生的心血都白费了",悲剧所指均不言而喻。作家有关悲剧人事的书写,最终都指向了那个转型时代的文化悲剧,其对传统文化的"同理"性思考也在这种指向中表现出来。在文本中,这一悲剧源于传统文化自身的裂变,具体体现在下面两组矛盾之中:

　　第一,文人角色与官僚角色的矛盾。唐浩明关注的是晚清民国政坛"精魂"曾有过的生存状态,我们不妨将他的这三部长篇看作是晚清民国的政坛风云史,传统政治文化也由此进入了作家艺术审视的中心。我们知道,有唐一代开始的由科举入仕的文人官僚衍生成为中国传统的政治文化模式——士大夫政治;而文人角色与官僚角色的关系处理,也就自然而然地构成了中国独特的文化形态。士大夫是集文化功能与政治功能为一身的社会统治阶层,"政教合一"成为士大夫政治深植于文化深层结构的一种历史形态追求。然而,士大夫组成的官僚群体,没有经受行政管理的专业训练,他们治理天下的不二法门便是"圣人之道";由此带来的结果,便是文化创造与行政管理功能的混溶。这一"制度化的'一身二任',显然与现代社会的专业分工原则相左",②在现代性视野中,这一高度适应中国传统社会的政治文化模式存有不可弥合的矛盾:文人角色与官僚角色的矛盾。

　　唐浩明历史小说中的主人公都有着浓烈的"文人情结"。③ 曾国藩首先是一个文人,封侯拜相、统将率兵都是文人角色后面的内容。在第二部《野焚》中,有一细节读来饶有趣味,曾国藩在部署进兵江宁时,曾请各路将领于行前去阅兵场"看个把戏"。这"把戏"就是安庆内军械所铸造的开花炮和西方所造的千里镜。而曾国藩居然由千里镜"发出一通出人意料的议论来":从"琢磨成器"便精光夺目的千里镜,悟出"加倍磨冶"方能"变化气质,超凡入圣"的"求学进德"之道来。可以看出,"立言"之梦时刻牵系着曾氏之心。袁世凯曾这样评价杨度:"用用可以,当宰相不行",原因是"书呆子气太重",不是"大器之材"。一个以"帝王之学"为实现人生追求鹄的的士林俊才,为什么在有利于个人建功立业的转型时代,却进退失据,功败名毁? 莫非就因他的书呆子气阻障了他

---

① 唐浩明:《〈曾国藩〉创作琐谈》,《文学评论》1993 年第 6 期。

② 阎步克:《士大夫政治演生史稿》,北京大学出版社 1996 年版。

③ 唐浩明:《晚清大吏的文人情结——历史小说创作琐谈》,《理论与创作》2003 第 6 期。

在名利场中的圆通无碍？说到名利场上的圆通无碍，张之洞在这方面的修为可谓深矣，然而就是这样一个仕途大顺的晚清重臣，居然去琉璃厂买下假古董，欲破译蝌蚪文，给京师学界留下一个千年笑柄。书中道出了个中原因："翰林出身的前清流柱石，骨子里仍把学问上的事看得最为神圣崇高"，想像其内兄王懿荣发现甲骨文那样名垂千古。儒家"三立"学说之中，"立言"的分量可以想见。

但是，善"立言"的文人不见得能当好官，办成事。当文人角色和官员角色合二为一，矛盾的出现也就难以避免。张之洞身为能"做实事"的"江南柱石"，在山西巡抚任内，也因文人气闹出官场上的笑话。他以学问之精深作为决定官员升迁的主要依据，将因喜学问不问政事而降职的洪洞县丞王纬升为太原知府，把素不读书的榆次县令吴子显改任贫瘠之地。显然，张之洞是把文学创作上的率性而为挪到了行政管理上来，造成的弊端自不待言。一个能干的官员尚且会犯这等错误，那么平庸之辈或无能之徒呢？"一身二任"的政治文化的悲剧性可见一斑。

第二，儒家的经世思想与道德理想主义的矛盾。上文所述的文人角色和官僚角色的矛盾主要体现在功能性上，上升至价值层面，就成为儒家的经世思想和道德理想主义的矛盾。儒家主张由"内圣"而"外王"，把自己的道德理想转化为影响社会人文的实际行动。"外王"是由"内圣"开启的，可是，一旦由思想文化层面的道德理想主义进入实践层面的经世致用，矛盾便凸显出来。

唐浩明笔下的主人公都是能办实事的国家干臣，"外王"之道各有千秋。曾国藩开创"师夷智以制夷"之事业，张之洞大力实践"中体西用"之文化观，杨度对君宪救国之途追求不息。他们的文化选择之利弊在此姑且置之，若推究他们文化选择形成的源头，西方文化的冲撞固然是一因，但儒家文化自身内部的变革需求也不容忽视。这一变革要求便是由儒家经世致用的思想促成的。可是，经世致用意识使得这些有识之士的思维方式，在变革中表现出追求实用与功利主义的特点，再加上经世致用的舞台——名利场上的滑头与虚饰，产生的结果是"外王"之道往往会与"内圣"之道悖反。小说中曾国藩对天津望海楼教案的处理，成为他"立德"生涯里的"滑铁卢"。当时他是以"宁得罪于清议，不敢贻祸于君父"的宗旨来处理此案，最后则是全国上下怨谤交集，甚至背负上"卖国贼"的恶名。此外，曾国藩的"乱世须用重典"，张之洞的"为政不得罪巨室"等"外王"之道,显然都与儒家的道德理想主义相背。耐人寻味的是,小说借张之洞之口对这一矛盾作出了这样的解释:"做负有牧民守土之责的地方官,其实是有许多难处的,怪不得李鸿章老是抱怨指责他的人是'看人挑担不费力',看来,过去做清流时说的不少话是苛刻了些!"这也可以说是作家的一种"同理"性的文化态度吧。遗憾的是它仍无法遮掩这一矛盾的存在,更不要说对彼此的化解了。

三、超越性缺失引发的思考

毋庸置喙,唐浩明历史小说对历史的"同情"性评判和对文化的"同理"性思考,能贴合传统文化的生存状态;他对传统文化的经验性感悟,较之一般新保守主义的陈述显然要饱满得多,由此也体现出作家对民族本土文化经验的应有尊重。然而,对本土传统文化的尊重与弘扬,不应成为"站在此山看此山"的口实;与历史贴得太近,与传统文化机制处于同构状态,会导致作家丧失超越传统文化价值之上的主动性。我们认为,正是作家视野中文化超越性的缺失,才会引发其文本产生和出现以下两个值得注意的问题:

(一)在大力塑造实干家型知识分子的同时,对另一类思想型知识分子的忽视。从《曾国藩》开始,唐浩明的历史小说便呈现出褒实干家贬清议派的倾向。这种情况的产生,有中国徐图自强的现实主义背景,也带有某种功利主义价值取向。曾国藩的一生最光彩的一页,并非对太平天国运动的剿杀,而是开创了"师夷智以制夷"的自强之路。他本人也孜孜以求"以自己的实在有效的行动",在国人面前树立自己"目光远大、脚踏实地为国为民的实干家"形象,使那些"自诩爱国其实不负责任,未有任何实际作为的清议派羞愧";而"清流砥柱"张之洞之所以能被慈禧重用,也是因为他"有清流之长而无清流之短",能"做实事"以"担当重任"。反过来,在作家笔下,只知无根清谈,却"不去考虑事实上办不办得通"的清流党或清议派,是作为实干家的陪衬人物出现的,受到了历史的嘲笑。如《张之洞》中的清流名臣张佩纶,平日攻讦在位者之弊,锋芒毕露,咄咄逼人;可一旦身临前线,就轻敌中计,面对炮火,惊惶失措,成为马尾之战福建水师全军覆没的主要责任者。

其实,唐浩明上述此说,按照传统的"知行观"来看,也就是思想与行动是否要明确判分的问题。世界上既需要为民生谋实绩的能干的"行动者",也需要以内在精神的非凡超众而在精神领域成就深远之影响的"思想者",这一点在现代社会已经形成了共识。大量事实表明,在一定的历史时段内,或许"做实事""担重任"的行动家所体现出来的现实物质力量,更容易为人们所发现;但进入人类历史长河,超脱现实功利而对世俗世界不能直接"有用"的思想者,他们在精神领域方面的贡献,也许远远胜于现实物质的力量。像一生平淡无奇的康德,现实生活中木讷寡言的卡夫卡,都是很好的例子。所以,在专门化分工日益明晰的现代社会,思想者的精神作用理应得到尊重,因为在现实物质世界中"无用"或"无力"的思想者,却可以在精神领域里影响深远,这也成为思想者即现代知识分子最具根本意义的特点。然而,在中国传统文化中,由于对经世致用思想的重视,知与行的相混不分,导致了人们对重智匮行的思想者的轻慢。可是,一种文化是不可以缺少思想者的,因为思想者对现行社会文化机制的批判反拨,能有效地制衡文化不至于朝一个方向狂奔。中国文化看重行动家轻视思想者的传统,所带来的后果是,我们的文化体系内部自我批判性的匮缺。而唐浩明的历史小说借助对清流党或清议派人的讲述,对此似乎进行了认同,这是令人遗憾的。

(二)在发掘本土文化传统优质内涵的同时,对其暴力和专制的一面缺乏有力的批判。最明显的例证,就是小说对封建宦海生存处世的描写。在文本中可以发现,仕宦术、帝王学的权力智慧,在尊重"做实事""担重任"的传统的理由下,得到了作家的苦心体谅和同情性理解。墨经出山的曾国藩,在初办团练、衡州练勇及督师军阵之时,为靖安地方筹集军饷而手段强硬,"锋芒毕露,刚烈太甚",导致不能见容于湘赣官场;后来,是从黄老之学中悟出的"柔胜刚,弱胜强"的迂回处世行事之道,助他在充斥暗礁潜流的险恶官场优游自如。深谙官场仕宦的种种潜规则的张之洞,株守"为政不得罪巨室"的古训,所作所为均唯慈禧心意为是,从而保得这位晚清"江南柱石"仕途顺利,官运无虞。在"血溅变法"一章中,奉旨进京的张之洞突然半途折回,在阴晴未卜的政局中全身而还,这足可资证张氏圆通无碍的政治智慧。当然,所有这些政治名利场中的运筹帷幄,最终都指向了以保存实力来达到"整治九州四海"之宏愿的良苦用心。

　　然而,这种同情性或认同性体谅和理解,往往潜在地支持了传统的权力智慧所导致的专制与压迫,从而模糊削弱了知识分子的一种批判立场。21世纪的今天,让我们困惑的是,五四对科学和民主的兼收并蓄,何以到了今天,科学与进步成为各方竞相追求的目标,而民主在中国依然是"未完成的工程"? 传统力量之强大,可见一斑。还有,站在中国近代以来的历史背景上看,这一被视为中国传统和特色的仕宦权力智慧学,是否有利于中国的民主化、现代化? 诚然,民主并不必然在批判传统的暴力和专制里产生,但是,对暴力与专制的批判,却是民主建设的重要内容。批判专制并不仅仅意味着一种理想主义情怀,它还体现了知识分子对传统历史的复杂性的一种清醒认知,从而为传统文化的改造和出新提供有效的思想资源。所以,我们不应对这种批判,不加辨析地扣上一顶"激进主义"的帽子,因为对本土文化传统中的暴力和专制压迫的批判,其本意并非颠覆或推翻本土文化传统;恰恰相反,它趋同于另外一种价值向度,那就是希望以此来优化和改进本土文化传统,达到一种新的文化构建。

　　因此,这种批判性的存在,将为传统文化肌体的健康发展提供很好的保障。反过来,如果丧失了对本土文化传统中暴力和专制的批判,其文化选择就有可能走向无条件保守的文化犬儒主义。我们认为,作家可以有千万条认同传统的理由,但是,无论如何,他不应与传统保持精神同构,而理当在思想认知上有新的超越。这就是我们从唐浩明历史小说创作中得到的一个启发,是需要我们现在和将来历史小说作家注意的一个问题。

　　　　　　　　　　　(本文与刘琴合撰,原载《湖南大学学报》2005年第4期)

大众文化视域下的二月河历史小说创作

　　虽然历史小说不同于历史题材的影视,但在大众文化日益喧嚣的今天,其创作思想和艺术诸方面都不可避免地受到时代风尚的影响。本文所说的二月河就是这方面的典型代表。他出版于1985—1999年期间的三大部十三卷、计530余万字的"落霞"系列(内含《康熙大帝》四卷、《雍正皇帝》三卷、《乾隆皇帝》六卷),也许存在这样那样的一些问题与不足,但他通过自觉的艺术实践为历史小说的大众化写作提供了丰富的经验,其所遵循的创作原则对历史小说的多样化发展也具有重要的参考价值。

一、"落霞"世界中的欲望叙事

　　大众文化从某种意义上讲,就是现代的通俗文化。它的娱乐消费特征决定了其创作要顺从普通民众的欣赏习惯,对以往被社会性、阶级性压抑了的世俗欲望给予充分的关注乃至放大描写。二月河也是这样做的,作为底层出身的平民作家,也是基于对广大读者接受心理的了解——一般民众在意识深处存在对权力的膜拜以及对权力运作的兴趣。因此,在创作之中,他不仅自觉地将自己的作品定位为"在不违背大的历史史实的原则下,那些小的历史史实我并不拘泥,因为我必须讨好我的读者",①而且还集中笔力和才情,驰骋想象,淋漓尽致地揭示深藏在皇权世界背后对大众具有极强刺激性和吸引力的各种世俗欲望,从而使一向拘板沉滞的历史小说变得诡谲无比,充满了诱人的魅

① 二月河:《致读者》,《卧龙论坛》1993年第4期。

力。一时之间,其所推出的卷帙浩大的"落霞"系列洛阳纸贵,盗版四起,创下了历史小说发行量的一个奇迹。

当然,这里所说的世俗欲望对二月河来说,主要是"权欲"和"情欲"两个方面。而前者,可视为是透视作家皇权世界的一个窗口。它既是二月河解读封建文化特别是封建政治文化的极佳的切入点,同时也是作家提高作品趣味性和娱乐性的有效手段。众所周知,权力作为政治的重要组成部分,是驱动历史发展的一个基本要素。而中国是一个具有几千年悠久历史的高度集权的国家,权谋文化向来十分发达,它也因其诡秘性和残忍性而成为蕴含极为丰富的创作资源。这些权力斗争的引进,既能增加文学叙述的戏剧性,又可迎合普通民众潜意识中的权势崇拜心理,故深受历代作家的青睐。二月河自然也深谙此道。在他所构筑的"落霞"世界里,作家用细腻的笔触展现了宫廷内部皇帝与大臣、皇帝与皇子以及皇子与皇子之间围绕着政治权力的争夺而展开的生死角逐。如《康熙大帝》开头和结尾所写的康熙在险恶政治环境中与阴谋篡位的鳌拜之间的较量,康熙与皇子们之间围绕储位继承展开的争斗等。《雍正皇帝》对此的描写就更多也更集中了,全书三卷干脆以储位或皇位之争作为小说叙事的主干,通过整顿吏治、八爷党政变、铁帽子王逼宫等一系列政治事件,挟雷携电地描绘了众皇子之间进行的一场你死我活、灭绝人伦的权力争夺战,并进而深入细致地挖掘这种严酷惨烈的权力争斗给人性带来的极度扭曲和畸变。尤其是雍正在这方面表现最突出、最触目惊心:一次又一次的权斗,半是逼迫、半是自愿,竟使他身不由己地由一个性格怯懦、生性淡泊的阿哥变成豺声狼顾、鹰视猿听的一代阴鸷枭雄,并逐渐被异化为可怕的反人性反人伦的受害者和迫害者。作家借雍正身边的"红颜知己"乔引娣之口曾这样评论雍正:"我留心来着,你越是心里苦闷,身弱,越是爱翻牌子……你这人真怪。"雍正与乔引娣之间的"情爱"悲剧,虽纯属虚构,于史无据,但通过乔引娣这"第三只眼",作家却可有效地将权力叙事与人性嬗变融为一体,从而为作品的大众化写作平添了某种生命的思考和理性的深度。

与权欲相辅相成、互为表里的是情欲,它也是构成作家有关世俗欲望描写的不可或缺的重要组成部分。无论是才子佳人式的清纯韵事,还是风流皇帝式的民间艳遇,无论是雍正扭曲压抑式的乱伦,还是太监与那拉氏的荒诞性交,它贯穿了二月河欲望叙事的始终。这些诸如偷情、乱伦、狎妓的情欲描写,不仅极大地吸引和刺激大众的眼球,满足了他们潜在的猎奇心理,而且还对隐藏在性爱本能背后的封建文化体制和权力关系进行了透视与剖析。如被作家称之为主要是"说感情"①的《乾隆皇帝》一书,内中有关乾隆与妻弟媳棠儿的畸形情欲描写便形象地展示了权力与性的互动关系:棠儿为丈夫的政治前途与乾隆乱伦,而乾隆则凭着皇帝的身份和事业有成的骄傲与棠儿偷情。对于乾隆而言,性是权力的果实,而权力则是实现性的手段。它们之间看似矛盾冲突,但在一定的条件下又是可以统一和置换的。中国政治文化的诡秘性、残忍性和实用性,由此可见一斑。

诚然,欲望书写并非是二月河的专利,历史叙事的欲望化或曰欲望化的历史叙事可以说是 20 世纪 90 年代以来历史小说的一大突出景观。放大地看,即使在一些精英化或趋向精英化的历史小说作家(如唐浩明、凌力、熊召政)那里,也都融进了有关这方面的大量描写。二月河不同之处在于:从大众文化的人学理念出发给予较多的欣赏和认同,同情大于批判,有时乃至把欲望的追逐和谋划当成政治智慧进行描绘。另外对大众阅读兴趣的过分迎合,也容易使作品的欲望叙述从形而上的精神文化层滑落到形而下的物质身体层,而影响了小说的思想艺术品位。《乾隆皇帝》中出现的过多不当和雷同的性爱场面,就凸显了作家这方面的缺陷。这也是《乾隆皇帝》之所以在"落霞"系列中不被看好的主要原因。

二、超越大众的另一面

尽管二月河以较著的篇幅揭示了历史中的世俗欲望的因素,有时甚至作了过度阐释,沾上了大众文学的通病。但这只是一方面,与此同时,我们也要看到,他在对康、雍、乾三朝的历史进行大众化书写时,并非简单使用一般大众文学惯用的伦理道德化评判机制,或按照"历史的流言"进行写作,而是努力站在国家、民族和百姓的文化立场,用历史唯物史观予以观照把握:"在我的历史

①　[英]约翰·阿克顿:《自由与权力——阿克顿勋爵论说文集》,侯健等译,商务印书馆2001 年版。

观里'英雄和人民同时创造历史'。这里指的是英雄人物,并不是帝王。有的帝王也很差,我指的是杰出的帝王。我为什么要歌颂康熙雍正乾隆,因为他们对于当时民族国家的团结作出过贡献。任何一个人,不管他是什么出身,只要在这些方面作出贡献,地主也好、帝王将相也好、农民也好,我就是歌颂。"①这使得他的"落霞"系列超越了一般流行的历史演义或戏说路数,与习见的大众文学是有距离的。

二月河这种追求,突出体现在《雍正皇帝》中的雍正的描写把握上。作家尽管揭示了他强烈的政治权欲和狡诈的权谋,但并不因此否定他的历史作用,将历史道德化、私人化。相反,以理想的"明君"尺度打造之,寄托自己的文化理想,曲折地表达对现实的关怀。用他自己的话来说就是:"我写这书主观意识是灌注我血液中的两种东西。一是爱国,二是华夏文明中认为美的文化遗产。我们现在太需要这两点了,我想借满族人初入关时那虎虎生气,振作一下有些萎靡的精神。"②因此,在保留基本史实的前提下,二月河在雍正形象塑造中输入了诸如励精图治、勤政廉政、惩治腐败、整饬吏治等鲜明的"警世"意识。如雍正继位之前,为了国家和社稷利益,不惧骂名,得罪盐商,大刀阔斧刷新吏治。继位之后,继续贯彻"以民为本"的治国政策,不怕得罪群臣,大胆实施摊丁入亩、实行养廉银等。这就使其大众写作具有了某种超大众的文化内涵,由之,对雍正的历史还原也就有了颇扎实的思想基础,它比之道德化的历史翻案更加有力也更为可信。而过去,所有这一切都被视为统治阶级内部"狗咬狗"的斗争,它没有是非曲直、忠奸正邪之分,更没有评判的基本尺度。

当然,这并非是雍正形象的全部,作为艺术创造,最具新意和深度的恐怕还当推其思想性格被权力异化的另一面:从得势前的"龙骧虎步"到得势后的"鹰视猿听"的性情转变。作家将雍正放在"落霞"的历史情境中,既描写了雍正的勤政与廉政、"振数百年之颓风"的政绩,又展现了他为追索亏空,革新吏治,不惜得罪众阿哥以及年羹尧、诺敏、杨名时、岳钟麟、张照和天下所有的读书人,最后落得个阴谋夺嫡、杀兄屠弟、杀人灭口的千古骂名。这正是他的历史悲剧性所在,而雍正的悲剧则是封建文化的悲剧,是历史回光返照的一个具

① 冯兴阁等:《聚焦"皇帝作家"二月河》,广东人民出版社 2003 年版,第 116 页。

② 马芳芳、丁尘馨:《专访二月河:我为何歌颂康熙雍正》,《新闻周刊》2003 年总 148 期。

体表现。在这点上,作家可以说是相当清醒的。他曾感叹道:"从康熙初政虎虎灵动的生气,勃然崛起到乾隆晚期江河日下穷途末路,时光流淌了近一百四十年,是中国封建社会回光返照,所谓'最后的辉煌',可看的东西实在太多了。雍正这十三年是这段长河中的'冲波逆折'流域,宏观地看,它是嵌在大悲剧中的一幕激烈的悲剧冲突。"①这也就是他为什么不同意将他的三部作品称之为"清帝"系列。在他看来,康、雍、乾三世所在的中国封建社会已日薄西山,落霞满天却衰势尽显。这使得他的作品无意中平添了一种微妙而复杂的况味,并深深触摸到了中国晚期封建社会的某些规律性的东西。

上述这种既立足于大众又努力超越大众的创作理念,最真切的,也许体现在伍次友、邬思道、方苞等士人形象的塑造上。这些人物以帝师的身份活跃在帝王身边,用他们的智慧,为争夺王位继承权和巩固王权殚精竭虑。每当关键之时,他们往往出来指点迷津,化险为夷,在政治决策中发挥了举足轻重的作用。二月河通过他们的遭遇,一方面探询儒道文化精神与知识分子的命运,批判民族传统文化的残酷和虚伪:"那种东西,我并不喜欢,我并不欣赏,我要把中国传统文化中那些残忍的东西,封建社会中那些温情脉脉的很虚伪的东西拿出来给读者";②另一方面批判封建君王的政治权术,也就是所谓的"帝王之术"。这些封建文人浸渍着浓厚的儒家民本思想,他们胸存济世之志,身怀匡世之才,然而命途多舛,仕途不达:或抑郁惆怅,浪迹江湖;或悲患忧戚,归隐山林。如伍次友,虽为帝师而深得皇上器重,但"不耐这京师人事纷扰,更厌宦海浮沉,钩心斗角,相互倾轧",最终只得悄然身退,意气还山。邬思道虽为雍正登基殚精竭虑,立下汗马功劳,但最终却只能远离庙堂,归隐山林。在他们身上,都带有明显的理想与现实冲突的悲剧的色彩。而这种悲剧,则来源于儒家民本意识无论如何都不能超过"忠君"的界限。它实际上隐含了作者对民本思想和传统文化的现代理解,这里的视角是批判大于借鉴。对于封建统治者来说,仁政只是幌子,巩固封建政权才是目的。一切都以"君"为主体和本位,"民"只不过是一种值得重视和利用的政治资源,重视人民只不过是"驭民""治民"之术。因此,他们注定要把民本思想变成一种根本无法实现的政治空话。

① 二月河:《与鲁枢元先生的通信》,《二月河作品自选集》,河南文艺出版社1998年版。
② 二月河:《新年杂想及雍正》,《二月河精品自选集》,长江文艺出版社1999年版。

至于对"士"的倚仗与警防问题,他们就表现得更为矛盾。如乾隆就说过:"汉人聪明博学处事练达阅历深广,文明典型历代倡盛,这是其长。若论阴柔怀险,机械倾轧尔虞我诈,谁也难比他们。所以又要防他们又要用他们,真是如履薄冰如临深渊,生怕一不小心就落入圈套陷阱里头。"而开"博学鸿词科"、安抚士林的康熙,对待身边"士"的那种"洞悉一切",那种刚柔并举和突然发难,更令人不寒而栗。由此也不难看出,清朝统治阶级对汉族知识分子的重视并没能从根本上改变其低下的社会和政治地位。二月河正是以之为视点,写出了封建末世之际传统知识分子在夹缝中求生存的两难处境和他们的精神痛苦。就这点而言,他的描写与唐浩明的《曾国藩》《旷世逸才》《张之洞》,熊召政的《张居正》并无多大区别,应该说是真切而深刻的。它揭示了在这盛世的背后,包括知识分子在内的所谓的民本的真实涵义。

然而在认肯作家上述成就的同时,也要看到大众立场毕竟对他这方面的深入探讨带来一定的制约和影响。比如乔引娣作为观照雍正的一种民间视角,从民本的立场出发本应更具有批判的力量,但过分沉迷于她与雍正之间情感爱欲的描写,使它显得平面化、传奇化;邬思道作为作家的人格化身,也没有达到以现代眼光烛照历史的效果,只是以逃避和无奈显示传统文人无一例外的"独善其身"。这就使得他对大众文化的超越显得有些力不从心,难以在整体本质上有大的突破。

三、汲取民间资源的奇趣活水

大众文化作为现代化进程中文化变迁的重要元素,充分体现着传统文化对现代化所做的适应性转变。与大众文化形态各异的西方文化体系的欧美各国相比,中国的大众文化更是打上了特有的历史文化烙印。一方面,我国的大众文化以其商品意识、开放意识和参与意识,猛烈地冲击着传统的等级秩序、尊卑长幼的封建伦理思想,推动着转型期文化的现代化;另一方面,它又不断地从传统文化中吸收着如仁爱思想、民本思想、务实观念等精华,丰富充实自身。而从艺术形式上看,大众文化往往体现在对传统文化颇富现代大众旨趣的诗性阐释,尤其是对传统文化中的民间资源给予充分的关注和阐扬,以此来滋润和充盈大众叙事,赋予作品鲜活的生命感。

这里所说的民间资源,撮其要者,大致有以下三个方面:

首先,在叙事策略上大胆突破历史政治化、本质化的思维定势,采用符合民间趣味和标准的历史人性化、平民化的创作范式。

比如《乾隆皇帝》便摒弃了以往的既定模式,眼睛向下,以平视的眼光有意将帝王平民化,当作普通人来写。作家花费了相当的笔墨表现了日常生活中的乾隆,描写他政事之外如读书、吟诗、听戏、书法、骑射、闲游、私访、寻花探柳等生活内容。这使其笔下的乾隆不仅有威镇四海的皇权尊严,也有常人的七情六欲,充分显现出作为真实历史情境而不是观念形态中的皇帝形象,人物也因此有了更为丰富的人性内涵。当然,严格地讲,历史人性化、平民化就是历史的自然生命化,它是作家从民间质朴的人道情怀出发,对被政治事件尘封的人的生命世界的关爱。因此,它的眼睛向下,不仅表现对帝王英雄的平视,而且也体现在对普通人物生存境遇的深切关注和同情上。在历史对象的描写把握上,二月河似乎有一种偏"下"、好"下"的取向,他更加愿意赋予小人物以传统的人伦和道德。如被康熙解救的死囚替身张五哥,作康熙侍卫时始终是逆来顺受,忠心耿耿;民间女子乔引娣历尽坎坷始终如一,不畏权势,宠辱不惊。这些被视为中华民族传统美德化身的小人物,在作品中起着连接帝王与百姓的中介作用。通过这些历史人物的书写,作家不仅发掘了一种古今共有的民族精神,而且可使读者在历史与现实中感受到相同的价值观和审美意蕴,从而有效地缩短了与陌生异己的历史之间的距离。

其次,在虚实关系处理上,打破正史或仿正史的"按鉴"传统思路,择取百姓偏爱的重艺术真实和大众趣味的通俗化写法。

如康熙智擒鳌拜一事,在清史上原本只有寥寥四行文字记载,《康熙大帝》在此基础上展开丰富的想象,设计穿插了许多惊心动魄的情节,而将康熙与鳌拜争夺皇权和政权的这段故事演绎得波澜起伏,妙趣横生。二月河如是创作与唐浩明、凌力等是有区别的。在唐浩明、凌力那里,不仅小说中的主要事件是真的,而且有关的细节描写也力求有所本,做到合情合理,在此前提下讲艺术虚构和创造。而二月河却更加"忠实于艺术的真实性",他把艺术的真实性置于历史的真实性之前,看得很重,明确表示:"当两者发生矛盾时,我在总体上忠实于历史真实的前提下对历史细节的描绘让位于艺术的真实性;当读者与专家发生矛盾时,我尽量的去迎合读者,历史小说允许虚构。"①基于此,他不仅追求史实的真实可信性,同时更喜欢在小说中挖掘世俗文化背后所隐含的诗性,追求文学的趣味性,于精彩绝伦中实现质文同胜。以上文提到的虽有其人而并无实事的邬思道为例,野史记载他系田文镜的幕僚,作家以这有限史料为基础进行大胆虚构,才使得这位才思机敏、料事如神几乎可与民间"智圣"诸葛孔明相媲美的权谋家形象,逼真酷肖地呈现在我们面前。从全书艺术整体来看,引进这样的人物不仅有助于深入批判和揭示帝王术和中国封建社会的政治化,而且大大推动了小说故事情节的发展,增强了作品的欣赏性,为我们提供了精英化、主流化之外的另外一种叙事,使历史叙事最大限度地走向大众。

最后,在表现方法和手段上广泛借鉴非主流的野史和民间资源,将民间文化的活水引入文本。

这方面作者用力最多,成就也最为突出。首先是对历史传说、民间传奇故事、神秘文化特别是巫道之术的借鉴。如《雍正皇帝》中所写的道士贾世芳,清野史《悔逸斋笔乘》的两段野史记录其有异术,但又记录了他的法术并非百分之百灵验。作家抓住这一点,展开了丰富的联想,他用夸张的手法描述了贾的巫术,如用桃木剑跟给雍正施术作祟的番僧斗法,以天雷毙之于神武门外。另外还有史贻直弹劾年羹尧,其诚心感天动地,以致大雨滂沱的奇异情节;弘时魇镇雍正、弘历等妖迷鬼道之事等。凡此种种,这里虽有一些怪诞夸饰的成分,不足为取,但对增强小说的趣味是有益的。它不仅使小说因此具有某种历史文化意识和生活实感,而且还平添了些许的诡谲神秘色彩和奇幻之趣。其次,是对民间故事中广为流传的忠奸对立、才子佳人、落难拯救、侠义英雄等叙事模式的借鉴。如雍正与八王党、张廷玉与明珠等宫廷上的忠奸对立,苏麻喇姑与伍次友、刘墨林和苏舜卿、曹雪芹和芳卿等的才子佳人情,胤祯落难被小禄一家搭救、勒敏落魄幸得张屠户家收留等,更有胡宫山、史鉴梅、江湖女杰"一枝花"等侠义英雄,使小说情节跌宕起伏、引人入胜。再次是对民间语言资源的借鉴。无论是拟回标目的章回体形式还是叙述描写的文言形式,二月河在语言上都尽力"拟古",而且还竭力模仿古典白话小说的风格,甚至借鉴评

---

① 白万献、张书恒:《二月河创作座谈会》,《卧龙论坛》1993 年第 4 期。

书、说书的口气。如:"仇人相见,分外眼红","正说话间","走着走着,但见斜阳西下"等。由之,使小说语言既有古典的韵味,又有民间的情趣,颇适合现代一般读者的阅读欣赏习惯。

需要指出,二月河大众化写作有一个过程。而在这一过程中,面对欲望极度膨胀而精神日趋稀薄的当下社会,他并非一味迎合,而是有自己的清醒定位:"专门迎合是不成的,读者的审美情趣太不统一了",①"既然理论家和读者都不可迎合,我只好迎合我自己。拿什么迎合? 我想了想,一是凭我的文史知识,二是个人阅历,三是我的自我感觉。把自己对人生、社会的理解融进自我,变成一个社会人,这个社会人运用自己的知识和对人面的洞察和内心灵魂的挖掘去组编,去结构",②"让尽可能多的人各自能从中找到自己的影子"。③ 他的三部"落霞"系列就是他的这种理论的具体实践,可以看作是他对大众化历史小说或历史小说大众化的一种吁求。

历史小说是多样的,不必画地为牢,强令作家只能这样写而不能那样写。一切有志向抱负的历史小说作家也应该而且需要打破陈陈相因的创作模式,按照自己的艺术个性和才能发展,为时代和人民提供更加丰富多样的精神食粮。这就是二月河大众化历史小说创作给我们的启发,也是我们从评论中引发出的结论。

(本文与王军宁合撰,原载《海南师范大学学报》2006 年第 6 期)

---

① 李海燕、谭笑:《晓霞璀璨,黑暗将归——二月河谈他的"落霞"系列小说》,《东方》2000 年第 4 期。
② 二月河:《二月河作品自选集》,河南文艺出版社 1999 版。
③ 二月河:《二月河作品自选集》,河南文艺出版社 1999 版。

历史重构与作家的现代文化立场
——评《白门柳》

一、历史重构与早期民主思想溯源

提起《白门柳》，人们就会想起那段多灾多难的历史，并对小说的有关"真实"书写给予较高评价。作者刘斯奋在不同的场合曾反复强调："我觉得真实的历史给人的联想更多"，①他明确声言自己在创作时严循历史的真实，而无意于简单比附、影射现实，力图直截了当地将活泼饱满的历史原生状态和盘托出。也许正是在这里，《白门柳》显示出了别样的风采，作者以他那管多姿多彩的如椽大笔，为我们历历如绘地再现了三百年前明末清初的整个社会风貌、经济状态、阶级矛盾、民族斗争、人文景观，包括当时的饮食服饰、里巷百业、典章文物、礼仪乐律；空间上，笔墨广阔地拓展到大江南北、乡村都市、宫廷庙堂，堪称是对这一时代全像式的艺术拷贝。当然，更重要的是突破传统单一的政治真实观，在历史重构时融入了民主思想的内涵，说出了关于历史真实的独特话语，将自己的艺术思考不显痕迹地渗入文本中，文本通过现实读者充满主动性的阅读，完成了历史与现实的理性联结。

《白门柳》是属于文化批判与反思的历史小说。作者有着严肃而明确的创作意图，他力图"通过描写明末清初著名思想家黄宗羲以及其他具有变革色彩

---

① 刘斯奋、程文超、陈志红：《历史、现实与文化——从〈白门柳〉开始的对话》，《当代作家评论》1996 年第 4 期。

的士大夫知识分子,在'天崩地解'的社会巨变中所走过的坎坷曲折道路,来揭示 17 世纪我国早期民主思想产生的社会历史根源"。① 作者所欲表达早期民主思想诞生的艰难,从而避开了与主流意识形态直接对话的冲动。治史多年的刘斯奋独具慧眼地看准了这段动荡纷乱的历史,选中了担当守护思想文化重大职责的知识分子群体。在李自成农民起义摧毁了传统的学而优则仕的官宦通途之后,满洲铁骑挟带野蛮彪悍之气践踏着传统文化与伦理道德,士大夫在现实权力系统中一无所有的同时精神上也陷于一片荒芜,他们的灵魂在大动荡、大变革中漂泊不定,无从归依。这种历史的悲剧具有永恒的价值,足以让当时及后来的知识分子反省不已。与此同时,作者一改历史理性主义将人抽象化的偏颇,用平民主义的思想温情关注下层人民的苦难。如第一卷描写黄宗羲北上途中,看到榆林中悲惨阴冷的死亡图景,在精神上引起强烈的震撼,表现出救死扶伤、悲天悯人的民本主义的文化立场。而这正是作者与文本双向碰撞的结果。作者选择题材的同时,题材也在选择作者。可能是与生活在岭南宽松开放的文化思想环境不无关系吧,20 世纪 80 年代初,时值政治上的拨乱反正演进到思想上的拨乱反正,具有独到见解的作者才会被这段历史所选中;同理,只有这样独立思考的作者才会根据自己思维向度选择文化的角度契入历史,别具创意地在旧题材中拈出了"民主"这一现代性的话题,从而有效地将小说创作推进到精神思想的前沿地带。

民主话题首先在题材立意上表现出来。明末清初的历史纷繁复杂:农民起义、清兵入关、明朝覆亡、社党之争、儿女情怨……不同的作者有不同的兴趣。而作者立足于当代意识,认为明末清初这段历史,从社会进步意义来讲,最具价值的不是民族的历史遗恨,不是名士名妓的悲欢离合,不是李自成的农民起义,而是"以顾炎武、黄宗羲、王夫之为代表的我国早期民主思想的诞生"。在他看来,"顾、黄、王的思想,……这也无疑是明末清初值得大书一笔的思想巨变"。② 作者这种尊崇民主思想的观念与五四精神无疑是相一致的。正是这种民主思想富有意味的抉发,使得这部小说具有强烈的现代意味。这里所说的民主思想并不是作者强加的,更非抽象概念的产物,它已内化为活生生的

---

① 刘斯奋:《〈白门柳〉的追述及其他》,《文学评论》1994 年第 6 期。

② 刘斯奋:《〈白门柳〉的追述及其他》,《文学评论》1994 年第 6 期。

审美表达，甚至与江南日盛的商品世俗文化密切相关。该书开篇，作者有意地展示江南特有的繁茂的商品经济，写出了天下商品集于南京的印象。此处感性的景观文化描写寓含着某种深刻的思想指向：只有在这种商品经济昌盛的基础上，才能产生商品意识和民主思想。正是在这样的基础上，作者为整个作品的思想艺术创新提供了坚实的基础，找到了理想的逻辑支点。什么叫历史真实的还原，这就是历史真实的还原，而且是一种别具新意和深度的历史真实的还原。归落到情节和场面上来，就有了第一卷《夕阳芳草》所述的黄宗羲在浙东会馆与毕石湖交谈时发表的工商皆为本的一番议论："其实，世上若无工匠，这一应民生日用之物，从何而来？世上若无商贾，这一应货物，又安能转运流通？可知农是本，工商又何尝不是本？"黄宗羲此说，使商家毕石湖顿开茅塞。这个不起眼的细节昭示着新生思想与新生经济的产生一样，在看似不经意中忽然跃出，实乃当时客观现实孕育的结果。它是建立在对重农轻商的传统文化批判的基础之上，是传统文人所没有的思想突破。

最具意义的是小说有关义利关系的描写与处理，作者在维护义即人文道德基本规范的同时对利的合理性给予正确的认同。他以饱满的笔墨向我们展示：这种义利关系渗透到当时社会的各个领域，尤其是在传统士大夫的生活中表现得更为突出。在这点上，钱谦益多重身份的安排设计颇耐人寻味：他既是一个高级知识分子，具有文坛祭酒之誉；同时又是一个拥有众多土地的大地主，收取佃户的租金，兼并他人的土地；与此之外，他还在做着海上贸易，又是商人的身份，可说是三位一体的角色。作者对钱谦益身份的如此定位，实质上肯定了商品经济的"温床"作用，这为小说中钱谦益的性格发展和复杂变化奠定了坚实的思想基础。当然不同于"思想型"的黄宗羲，钱谦益没有那样有意为之的形上思索，他只是在享受工商活动带来的生活实惠和精神及物质上的欲望满足。黄宗羲与钱谦益两人实际上从两个不同层面讲述着明末清初整个时代的义利观；它揭示了在江南这么一个商品经济相对发达的地区，以"存天理，灭人欲"为标榜的宋明理学，面对资本主义的萌芽，它最终无可挽回地失败和破产。作者敏锐地把握住了这一新的思想事变，进而形象地表达出来。在整个小说中，士大夫对妓女的看法与过去相比发生了很大的变化，钱谦益公开迎娶小妾，不顾礼法地要求家仆称呼柳如是为"夫人"；冒襄迎娶董小宛被传为一时的佳话。小说中妓女形象也表现得各有特色，柳如是的精明泼辣，董小宛的温柔体贴,李十娘的善解人意,士大夫在纯然玩乐的心境中衍生出对妓女的欣赏乃至人格的尊重。这一切都是在作者肯定情欲、利欲有一定的合理性,甚至认为世俗文化与精英文化互存互渗的基础上发生的。用小说中顾媚粗俗的话来讲,就是"如今的世道上,我们当婊子的要走红,自然得有他们的捧场;可他那个大名士,若离了我们婊子,只怕也当不神气哩"。冒襄想背弃自己娶董小宛的诺言,然而名妓们却撮合了他们两人的婚姻;名士离不开名妓,名士的风流总要借托妓女,妓女的艳名也要借托名士的宣扬,世俗文化与精英文化至此发生了某种结构性的变化。

以往历史小说(包括革命历史小说)的历史真实背后往往隐藏着作者功利性的冲动,文学中的历史几乎等同于阶级斗争史。我们不否认人类历史涵盖着阶级斗争,但阶级斗争不是历史的全部,人类文明的演进也不是阶级斗争所能包融得了,它的内涵要大得多,包括经济、文化、思想、伦理、道德等诸多方面。《白门柳》的成功,从创作论角度讲,首先就在于对这种历史观的超越。当作者选择文化(而不是阶级或政治)的视角来表现明末清初这段历史时,题材对象也就不期然而然地恢复了原有的丰富复杂的貌态,获得了本色的真和自然的美;它不再以绝对的是非、正邪、美丑的两极对立的方式出现,同时也改变了潜伏在人们意识深处的狭隘的大汉民族主义——单一的阶级或政治标准放大之后往往极易催生狭隘的民族主义。由此,在他创造的文本世界中,我们看到的钱谦益不再是一个简单的民族叛徒,他在欲望交错斗争中,苦苦挣扎,表现出了精神分裂的特征。至于在通常场合下都是以"可耻和可悲"的叛徒身份出现的洪承畴就更不必说了,他在第三部作品中不仅有劝降复社首领吴应箕等时的苦口婆心,而且还俨然具有站在大汉民族文化的立场上,同化、征服满洲异族的长远考虑,这与坚守高位的汉文化的黄宗羲等人可谓殊途同归。

写历史更注重写文化,而在写文化时不忘民族矛盾、阶级矛盾的内涵;既注意文化共同性,又富有意味地融入高位文化与低位文化、传统文化与新生的早期民主思想冲突方面的新质,以凸显中华民族思想突围的艰难坎坷。这就是《白门柳》历史重构最特殊最具魅力之处,也是它之所能在真实性问题上高标独立的主要缘由吧。

二、知识分子群像及其尴尬的生存状态

知识分子的角色定位被法国社会学家布尔迪厄阐释得非常精当:知识分子是"统治阶级中被统治的一部分"。知识分子由于拥有文化知识。一跃而为"统治阶级";又因为所倚仗的文化资本的抽象,不如权力、经济那样充满世俗力量,而沦为了"被统治阶级"。知识分子就在统治者与被统治者的夹缝中生存着。然而夹缝并不一定意味着依附。夹缝一方面意味生存空间的狭窄,受到多方面的夹击;另一方面又意味着独立,虽然狭窄却也自足。然而在狭窄的空间自足需要信心,中国的知识分子由于文化的差异,不是西方知识分子式的"不怕被烧死在火刑堆上,不怕被孤立或钉死在十字架上",他们没有"倔强性格的彻底的个人"状态,缺乏"处于几乎随时与现有次序相对立的状态"①的勇气,剩下的道路便只能是依附了。

传统的士大夫在寒窗苦读、埋首经书的时候,想到的不是用学识来支撑自己的人生信条;在精神漂游于形上之王国时,能够知远而返。在单向的政治入仕选择中,他们几乎别无选择地将自己的一生寄予在政治权利上,对入仕充满了羡慕与渴求。没有摆脱政治权利中心控制的勇气,没有独立于政治与经济之外的价值追求,无论个体具有怎样的才情,具有怎样的探索精神,都不会产生具有真正价值的学统。② 这种僵化的学统只能是维护、抱守原本应由学统产生的恒定的道统。当道的内容被确定为封建的宗法制度时,又再一次加强了士大夫们渴求政治认同的热情,更进一步失去了学统独立的可能性。士大夫们在学统、道统、政统的恶性循环下丧失了自己的独立。在"万般皆下品,唯有读书高"的自我赞颂中,隐藏着底气的虚弱。士大夫们一致渴望太平盛世,除了物质上的原因外,还有一个原因:就是在稳定的社会中,有稳定的可以依附的主人,为他们提供人生价值保证。而在社会大裂变大动荡时,精神上首先体验到错位、反差、矛盾的往往也就是这一群士大夫们。凡此这些,在刘斯奋

---

① 张隆溪:《赛义德笔下的知识分子》,《读书》1997 年第 7 期。
② 参见吴炫:《知识分子:批判的立场、对象和方法》,《文艺争鸣》1997 年第 6 期。

的笔下都有非常深刻精彩的描写。

《白门柳》从某种意义上说,便是知识分子在大动荡时代自我挣扎心路历程的形象写照。从第一卷《夕阳芳草》开始,以讲述崇祯十五年的有关人事为起点,沿着政治团体"复社"与阉党阮大铖的斗争,以及年轻士子们在陈贞惠领导下与钱谦益作较量一路讲述下去。首卷是灾难潜伏的阶段,在清兵压境、农民起义的压力下,预示了明朝如西下的夕阳不可挽回的衰落;活动在江南一带的复社分子们每每感到时局的危急,却也由于来自北方的灾难毕竟遥远空洞。这从他们频频出入妓院寻求欢娱的信息可以表现出来。他们可以寄托人生价值的明朝及道统毕竟还存在。复社的士人们照样可以充满热情地参加乡试,可以循环着已定的道路。从第三卷《秋露围城》开始,当李自成攻进了北京城,明朝建立的稳定的社会秩序顷刻混乱起来,并无限期地推迟了入仕之途,将读书人的梦想搁置起来;士人们在咒骂"流寇"的时候,不可避免带有自身的利益被损害的怨恨情绪。而留驻北京的士大夫们他们更是受到了历史的戏弄,仓皇之间辨视不清方向,找不准自己应该效忠的主人:是李自成、南朝小朝廷,抑或是清王朝?如复社四公子之一的方以智佯装归顺之后,历经千辛万苦,意欲逃回江南证明自己品行的高洁;然后具有反讽意味的是,先前被心高气傲的冒襄视为榜样的方以智,却遭到了士人们的围攻与唾骂。相反的是龚鼎孳,在反复无常的纷变中随波逐流,保住了性命,保住了官职。这场历史的闹剧将许许多多的士人悲欢离合、痛苦绝望、欢悦向往等精神上的错位、反差与惶惑表现得入木三分,从根本上消解了他们原先崇尚的"意义世界"。

值得称道的是,作者在塑造知识群体形象时,他总是充裕自如地将笔触深入人物精神世界的里层细处,大胆还原早已逝去的古人的心迹。这种充裕自如与大胆是基于详尽地掌握史料,清理出人物思想性格的发展脉络,再造真实的历史氛围和历史情绪之上的。作者不是代古人立言,不是披戴古人的面具言说当下人的心境,而是自我退隐,让古人出场,随着情节和人物性格发展的逻辑,演绎着彼此的心路历程。这种心理真实不是普通意义上的人物性格的流露,而是真切细微地指向乱世时代:它写出了天崩地解的非常时期,个体在面临飘渺不定而又具有极大恐吓力的生存危机面前的精神心理震荡以及人性的裂变与扭曲。这突出地表现在第三卷冒襄偕同家人逃难的有关情节描写。

这是一段令人惊心动魄的经历,身为贵公子的冒襄坚守名节,带着家眷逃到浙江海宁一带,途中受尽了清兵以及南明官兵的骚扰,将物质上的贫寒、困顿、饥饿一一领教,蒙受巨大的耻辱、痛苦、惊惧。逃难的冒襄头上始终笼罩着死亡的威胁,即将降临却又万幸得以逃脱;死里逃生之后带给他的并不是如释重负,而是心有余悸以及结伴而来的莫大人格侮辱。他眼睁睁地看着清兵强暴自己的女仆,平常的仁义道德轰然解体,人在死亡和暴力面前变得如此的渺小、如此的鄙琐。死亡消泯了人的雄心壮志,剥去了人的虚幻理念,甚至激发起人性深处潜伏的兽性的东西,人在死亡威逼下放弃了道德的规范,死亡使人的生存问题突现出来,变得是那样的现实和具体。作者就是这样,将贵公子冒襄还原成一个普通的人,用近乎新写实主义的笔法,以低位的叙述语调揭示了他的触目惊心的生存状态。这种历史心理化和心理历史的描写,无疑大大深化、细化了他笔下知识分子形象的塑造。

当然,以上所说的知识分子还比较笼统。尽管他们面对时代社会的巨变,在权力和文化的双重考验中切身感受到道统与政统之间尖锐的矛盾,无一不扮演着可悲的角色;但是由于他们赖以安身立命的学统的柔弱,以及彼此不同的个性使然,在具体道路选择上则显得迥然有别。归纳起来,主要有以下三种类型:(一)才子型,如冒襄,他出身高贵,才华艳发,但因孤高自许,决定了不可能有美好的命运;(二)生活型,如钱谦益,他融儒家思想与市民意识于一身,更多从自我角度协调与现实的关系,虽然活得并不轻松,但也在左右逢源中保住了自家性命,享受了生活的乐趣;(三)思想型,就是我们这里作为个案重点要分析的黄宗羲,他既具有强烈的内省意识,又有果敢的实践精神,是作者着力颇多而又喜爱的人物,他承载着作者关于文化和知识分子问题的许多理性思索。众所周知,黄宗羲是著名的思想家、学问家,但作者更看重他在未成为思想家之前,怎样从传统士大夫蜕变成为早期的启蒙思想家。作者着意向我们展示他的这一蜕变的艰难痛苦的过程。小说中的黄宗羲,既是一个激进的思想家,又是一个刚毅的实践者。作者非常深刻地挖掘出蕴埋在他果敢后面的多重含义的困惑,这种困惑主要集中在这样三个方面:

首先表现在他身上情感与理智的冲突。黄宗羲是一个不仅很有思想而且也同样有着丰富复杂情感的近代知识分子。由于他自小深受传统道德的浸淫,从情感上讲,他更依恋传统的文化,而且传统文化中的确也有令他着迷的精华;但他也接受了其中的糟粕,这种糟粕按照理性的逻辑无疑是应该丢弃的,然而在感情的包裹下他却割舍不下。如此,这就造成了他理性清醒中的不应有的情感盲目。

其次,黄宗羲对于改朝换代式的武装暴动以及所引发的生灵涂炭极为厌恶,他饱含一颗原儒的仁爱之心热切关爱着平民大众的苦难,并承接着传统的反战情绪,对社会的大动荡给予批判;然而他又洞悉腐败的明王朝已无可挽回地走向没落,认识到北京的沦陷固然是不幸的,但也改变了僵硬死板的格局并为此暗自庆幸。历史的复杂性就表现在这里,无限的历史规律宣告明王朝的灭亡,历史进程终于在痛苦分裂中走进了又一个驿站,而只具有有限生命的个体的人,却要在历史的狂欢中度过流离失所、动荡不安的岁月。黄宗羲一面不无期盼地看待北京失守这个历史之果,却又对平民百姓苦难这个历史负面效应忧心忡忡。

最后,黄宗羲还有一个困惑就是明知道一人之天下的君主专制制度有着极大的弊端,在质疑南明王朝时,他在断然否定了一姓之天下之后却又感到了茫然。历史将去往何方?已有的政统倒塌了之后应该建立怎样的新世界?他不甚明了。尽管他带着冷峻的理性思考批判君主专制,但他却不知道该怎样实践自己的思考。在这种情况下,小说第三部中黄宗羲在南明灭亡之后毅然参加反清复明武装斗争的有关行为,就显示出他的悲剧性:面对清人入主中原,他胸臆中的大汉民族自尊心受到了伤害,而且高位的汉文化受到了少数民族低位文化的威胁,也是为他所不能容忍的,尽管他悉知行将灭亡的明朝是那样的黑暗腐朽、无药可救;但为了挽救受威胁的传统文化,维护自己可怜的大汉民族观念,此时他不得不聚集在反清复明的旗帜下,不得不违心地把传统文化赖以寄植而又毫无前途的政统(明王朝)一道进行营救。看,作者赋予黄宗羲形象身上的思想内涵,的确是够丰富驳杂的,甚至充满了二律背反的意味。但惟其如此,它才能充分揭示思想文化转型的艰难。

当然,黄宗羲毕竟是那个时代的先进知识分子,作为一个思想型的艺术形象,光是写其困惑显然也是不够的,还要如实揭示他的大胆激进、超然独立的另一面。小说于此也有相当篇幅的描写。如黄宗羲基于民本思想所提出的有关工商与农皆为本的主张;他随方以智北上由西洋镜所引发的对有关中国传统文化弊端的思索;他初次接触到西方文化时所表现的如饥如渴的求知欲;他与老师刘宗周切磋阳明心学时所标举的有关"气为万物之本"的观点等等。凡此这些,都昭示了他随着知识上的精进,无形之中颠覆了旧我,具备了消解旧知的可能性。这种方式即是学理上的批判先于社会的批判。学理批判即提出支撑新知的前提和批判旧文化的根据,它避免浅薄单一的激情式批判。只有这样的批判才具有理性的新内涵。也就是说,黄宗羲此时坚守的学统已有挣脱道统与政统的可能性,它正在努力争取独立的资格,产生有别于已有学统所没有的新质。这一条线索也正为后人所继承,在孙中山那里,对君主专制的批判终于有了彻底的突破。应该说,这种思路对今天来说仍有它的积极意义,这也是黄宗羲这个形象的主要价值之所在吧。

需要指出,上述有关黄宗羲形象的塑造是有不同的看法的。有的论者以他毫无疑虑、缺少内心矛盾与冲突为由,批评其性格单一。这种论断根基于两元对立的思维方式,性格冲突论便是这种思维方式在文学批评上的表现,即认为人物须有相互对立矛盾的正负两极,只有这样才能塑造真实丰满的人物,揭示人物内在复杂的人性世界。我们对此并不完全赞同。毫无疑问,在作品中,黄宗羲的确代表了当时先进的思想,他的刚强正直的性格特征的确也压倒了其他方面的特征;然而作者并没有给他无上的权力,让他始终站在正确的一方。他的刚直也透露出迂腐顽固,他的易躁易怒也反映出他思想情绪的不稳定。作者在他思想嬗变之前的第二卷中,围绕南明政治状况,也曾反复渲染他的希望与绝望:刚有中兴希望的兴奋与欢悦,就会突转式地产生绝望与痛苦等等。不过话又说回来,黄宗羲的确也有论者所说的性格单一的问题;然而性格的单一并不一定就是黄宗羲形象的缺陷。

大家知道,在过去很长一段时期内,二元对立思维曾在我们的创作中被简化成政治上的二元判断。这种看似复杂的二元对立实际已经演变成单一的平板。作者抛弃了这种思维方式,他不再塑造这样的性格冲突的人物形象(即使钱谦益的性格冲突,作者也主要着眼于文化的冲突,如精英文化与世俗文化、士文化与官文化、中原文化与少数民族文化的纠葛)。黄宗羲有许多缺陷。他的缺陷,也正是由他的优点所衍生出来的。在这里,缺陷与优点不是以二元对立的方式出现,而是两者难分难解的同一,很难将它们断然分开。这也许比两元对立的情状更为复杂,也更为真实。而且,从根本上说,黄宗羲在这部小说中不是性格型的形象,而是思想型的形象。思想型的形象塑造最为成功要数陀思妥耶夫斯基,他特别擅长描绘这样的思想者的形象,笔下的众多主人公(如《罪与罚》中的拉斯柯尔尼科夫)往往陷于自言自语的驳诘中而不能自拔,在独立未定的意识流中无休止地漂浮,而在性格上显示出一种单纯的明朗。这种思想者的形象重在揭示人物思想性格的嬗变过程,对自己认定的真理在抽象性的思想世界作怎样坚决地维护;为了真理与自我作痛苦的思想斗争,在与他人的交往中,更多的是注重思想流变与发展。他的内涵在于思想的纠缠分裂以及由此带来的痛苦与焦虑。这种形象有别于性格形象,伴随思想的裂变自然掺杂情感的内容,然而他的根本的落脚点却在思想世界,而非情感世界。他内心涌动的矛盾,来源于他的思想与现实的对立,而不是情感与性格世界本身的复杂变化。

如果说黄宗羲形象有什么缺陷,笔者认为主要是作者塑造时在思想型与性格型之间的拿捏不定。作者既看中他思想的演化,又想把他的实践刻画出来;既想把他写成一个思想家,又想把他写成一个行动者;既想把他放在思辨的精神文化空间,又想让他在世俗的生活中展示自己的性格。因此黄宗羲并没有像拉斯柯尔尼科夫那样出现多重思想的复鸣,没有出现具有真正对话性的复调。但他毕竟在性格形象之外被赋予了难得的新意;即便不完全成功,也迈出了可喜的第一步,为新时期历史小说所仅见。

三、叙述心态的自控与风格的冷静

《白门柳》洋溢着现代的理性精神。这种理性精神绝不是单一的理性批判,而是带有人文的激情、理想的色彩。这是一种复杂的融合,在小说中具体表现为一种叙述体态的分裂:叙述心态的自控与人物的激情相矛盾。叙述者游离于人物之间,而与隐在的读者结成同盟:人物在叙述者真实的历史氛围中自由地出场,自由地抒发激情。这无疑显示了作者在叙事上的努力,力图用自己的方式说出对历史的独特话语。

通览全书,我们随时可以发现叙述者的露面,他常常在每一个章节的开端走出来,潇潇洒洒地给读者指点江山。从他的口中,我们知道了那一段特定的历史背景,了解了当时的风俗习惯,懂得了历史典故,也知道了即将开始的故事发生的地点以及主要人物。叙述者的出现常常意味着小说视觉的改变,焦点的调整,空间的转换,人物的变更。如果的处理,别具魅力,无论故事情节怎样紧张,人物怎样痛苦,作者总是显得从容不迫,娓娓道来,悉心用缜密的工笔描摹着精致的画面;他似乎也脱离故事,悠悠然有了一种冷静,一种理性的自我控制,避免让自己陷入激情的泥潭中不可自拔。这与作者避免激情式的政治评判和道德的评判有极大的关系。正是由于叙述者能够保持清醒的头脑,随时介入故事文本中,用这一份清醒提示着读者,这就给读者提供理性思考的保证,从而达到自己预设的文化思考的艺术目的。

　　这种自控的心态为小说的叙述风格平添了一种冷静的色调。此所谓的冷静包括许多方面。首先表现在叙述频率上的变化。我们知道,《白门柳》每一卷反映的时间都只有一年左右,但人物众多,头绪复杂。面临庞大的叙述体,怎样将故事完整地叙述出来,就成了创作中相当棘手的问题。作者将视点集中在钱谦益与柳如是、冒襄与董小宛、黄宗羲三组人物上,对他(她)们进行理性的调配,将主要人物的故事相互穿插;在一组人物故事发展最吃紧的时候,忽然中断叙述,而讲述起另一组人物的故事。这种叙述方式即蒙太奇手法,但在作品中却带有特殊的意义。传统历史小说叙述人本来具有说书人的味道,但经作者这么一改造,叙述人不仅有效地将故事的来龙去脉贯穿起来,将故事的背景、历史知识、典籍掌故说给读者听,而且传统的"花开两朵,各表一枝"也富有意味地变成了两朵花同时表述,单向型的时间性向着并置型的空间性转换,古典的叙述方式质变为现代性的叙事策略。蒙太奇手法的运用,一方面大大增强了作品的表达内容,使之出现 $1+1>2$ 的结果;同时使用蒙太奇手法也有利于作者的高位叙述:作者站在高于作品的位置,统观全局,进行有利于自己作品主题表达的组接方式。这种方式可以冷冷地截断一个故事的自由流向,使作者不动声色地去诉说另外的故事。

　　诚然,蒙太奇式的穿插是指不同情节的相互交融,不过在同一个情节中,作者也有叙述与描写的穿插。我们常常忽视这两种方式的区别。其实在《白门柳》中,这两种方式的区别是非常明显的。叙述者通常以淡淡的口吻叙说,描写往往是通过人物的眼睛或感受或想象等人物的主观视角来传达,从而显得富有激情。因此,在故事的紧张激烈、扣人心弦的进程中作者常常加进淡淡的叙述,或议论或抒情或写景,以淡远闲散的情致将故事隔离开来。从而使整部小说显得有张有弛,疏密相同;不是一味紧张激烈,而是有意识地冷观。

作品的景致描写也别开生面,具有自己的特点。作者常常将景致安排在人物活动中,篇幅不长,并且一般都是通过人物所见所感而出现,如落日、冷月、晚风等意象。在景物的空间,人物通常是抬头望天上的日月,心中想着烦恼的现实,一面感受着嗖嗖晚风的吹拂:这是一幅人物受痛苦煎熬、遥望理想的人间画像。此时的景物多为冷色调倾向。另外,景物描写融入故事情节中,围绕着人物的活动,也不时地隐现。作者借用古典诗词的意境,采用了象征暗示的方法,以增强作品的不确定性和空白点,最大限度地调动读者的想象力,追求超越时空、富有审美的艺术境地。随便拈一个例子,如写柳如是伴随钱谦益南京赴任一段文字,其中提到她走下船去,接下来作者有意宕开一笔,描写柳如是举目远眺:看到枯萎泛黄的秧苗,荒芜的田野。她凝视着那一轮被晚霞笼罩的苍茫落日,一任野生吹来的冷风把她的一双雪白的衣袖吹得像鸟儿的翅膀上下翻飞。作者借用落日、田野、晚风等意象,在文本中建构起广阔的景物"场"。在"场"中,人物的静与衣物的动形成极富意味的张力;在枯黄与昏红的铺垫下,白色显得异常的醒目。作者用粗疏的笔致淡淡地勾画,折射的是柳如是在钱谦益即将上任时,由欢悦转至萧瑟冷落的情绪。钱谦益无意中道出的《昭君出塞图》,更具有暗示的功能;苍凉的景致同样带着象征的色彩,这在有意无意中埋下了预示整个江南前景惨淡的伏笔。作者不是一言道尽,甚至连柳如是到底想的是什么都没有细述,而是让读者自己去想象和填补。这种景致的描写无疑渗透着古典文学的美学情愫,它强化了上文所说的淡远闲散的情致,与叙述的冷静相得益彰。

与叙述的冷静相反,是作品中的人物被赋予充沛的情感。且不说激情昂扬的黄宗羲,患得患失的钱谦益,孤独易变的冒襄,易暴易躁的阮大铖等都显得情感丰富。即使是一般人物如黄澍,也有如此的特征。他一出场,作者就把他这种情感状态渲染得淋漓尽致:写他不仅敢于在皇帝面前情绪激昂、语锋凌厉地陈列手握实权的马士英十大罪状,侃侃而谈;说到动情处,泪如雨下。为什么《白门柳》中的人物有如此的激情呢?我们认为除去性格因素之外,恐怕与时代有着不可分割的联系。在那个特定的历史阶段,人们面对外界的无序,内心深处浓烈的情感油然而生:可说是人物的激情是时代的折光,是历史情绪的写照。有意思的是,这种激情与作者冷静的叙述心态相互比照,历史的情绪与当下的心态互为补充。作者没有在背后评议他的主人公,而是给人物创造机会,让人物自我展示、自我表达,对主人公的议论了如指掌。作者与人物进行平等的对话,没有强制干预人物的激情抒发,从而获得了抽身于历史之外的冷静反观历史、审视现实的艺术效果。如此这般,抓住了历史情绪,真实地重构了历史图景。

（本文与陈林侠合撰,原载《广东社会科学》1999 年第 3 期）

《张居正》：权力"铁三角"下变法悲剧与作家的诗性叙事

一、文化转型与末世变法的悲剧

从某种意义上说，历史小说创作的全部活动，就是用作者的主体认知同历史进行对话，并且以审美方式将其转换成既真且美的特殊的艺术形态。因此，从文本的构成来看，它往往同时涵盖了历史和艺术的双重因素。这是历史小说有别于其他文体的独特之处，也是它容易招致批评的原因所在。熊召政的长篇历史小说《张居正》也不例外。本文不想就此展开探讨，而是指出：简单的虚实之辩并不能破译历史小说的奥秘，一部历史小说的真实与否以及真实程度如何，主要还是看它对历史真实背后深刻的社会文化内涵和文化走势的把握。这也是我们评价历史小说真实层次、境界和规格的根本要旨。以此来考量《张居正》的创作，我们便对近几年学界围绕该书是否"厚诬"和"粉饰"历史人物展开的争鸣获得了另一种新的认识。① 在这里，也许存在如有的评论家批评的，在主要人物张居正、高拱和次要人物隆庆皇帝、魏学曾、王希烈等人塑造上的有违史实之处（当然也有人不赞同这种批评）。但由于作者不满足于形而下的史实的真实（包括典章制度的真实和风俗民情的真实），而是以高度的

---

① 《张居正》出版之后，引起了学界和媒体的广泛关注。马振方、王春瑜、何西来、何镇邦、贺绍俊、周新民等多位学者都写了评论文章。其中关于历史小说真实性问题的争论最引人注目。马振方认为该小说在人物塑造上有违史实，存在"厚诬"和"粉饰"的倾向；王春瑜等人则认为小说在重大历史事件和重要人物性格的叙述上基本符合史实，在此基础上的艺术虚构也是必要的。

理性自觉,努力揭示形而上的文化的真实,写出张居正主政下的"万历新政"所处的晚明末世背后的本质规定和历史走向;因而使得笔下描画的历史形神兼备,在总体上达到了列宁所说的"更深刻的本质"的层次。①

晚明是中国社会由古代向近代的转型期。"阳明心学"的兴起和新旧文化的相互纠缠、碰撞和融合在此时形成一种独特的社会文化形态。特别是商业经济的长足发展以及由此派生的市场规则和价值规律,深深地影响着人们的日常生活乃至国家的政治生活。随着商业经济的日趋繁荣,商人的社会地位也随之上升。书中的那个亦商亦侠的邵大侠居然可以插足朝廷首辅的任免,另一个布商郝一标拿出一点钱来竟能给所有京官发几个月的俸禄,他走私的布匹还卖到皇宫给太后做衣裳。这不禁使我们想到《金瓶梅词话》中西门庆的势力。同商业经济的发展相联系的是社会思想的解放。以"心学"大师何心隐为代表的"异端"学说的流行和书院讲学风潮的高涨,这股新思潮在向传统儒学的伦理纲常和道德准则提出挑战的同时,也进一步导致了社会意识形态的裂痕和朝廷中"循吏"与"清流"的分化。在新的经济文化因子的影响下,中国固有的实用主义思想空前膨胀,好色好货好利思想广为流行并进而引起了晚明社会的结构性变化。所有这些,都在小说中得到了相当充分的揭示。

但是作者也清醒地意识到,这些新的经济文化因子在未经突破性发展之前,仍被强硬地纳入传统政治体制和价值体系内运行,它的整体力量是有限的。明代毕竟是一个高度集权的社会,在那种环境下,这些新的经济文化因子不仅无法与皇权体制分庭抗礼,而且只有依附于皇权才能有所作为。小说中邵大侠的起家致富依靠的就是以布衣身份介入宫廷的政治斗争,郝一标的布匹生意也是靠走私和勾结官方来操作的。商业经济和政治权力的这种结盟具有鲜明的时代特色和民族文化内涵。与此相似,以"阳明心学"为代表的新思潮也与传统的纲常礼教有着纠缠不清的关系。"心学"所提倡的个性自由不仅没能冲决程朱理学的纲常礼教,反而与这些道德教条形成一种奇妙的结合,从而导致了士子们既拘泥僵化又空疏狂热。正如小说中何心隐所说:"这些人讲求操守,敢与官场恶人抵抗,这是好的一面。但他们好名而无实,缺乏慷慨任

_____

① 《列宁全集》(第38卷),人民出版社1957年版,第143、144页。

事的英雄侠气"。在"讲学"热和"救援"何心隐等一系列运动中,士人们的这种矛盾秉性得到了充分展示。何心隐的"心学"代表了当时思想界的最高成就,但它在儒家教条与个性自由之间左冲右突,反复无常,仍未走出传统文化的藩篱。作者告诉我们,在张居正就任首辅前,何心隐可以跳出宗法礼教的羁绊建议张居正"清巨室""用循吏",以天下为己任进行变革;然而,当变法影响到他的话语权力,就转而站在礼教的立场上批评张居正不回家守制为亡父尽孝,并煽动士子们起来反对张居正"夺情"留任。这说明他看似有些"异端",但骨子里并没有真正摆脱传统文化的框范。

任何变法,都离不开特定的社会文化背景。综观中国历次变法,大体有以下两种历史背景:一种是严重的两极分化导致了深刻的社会危机。中国式的宗法政治和土地私有制是其根本原因,中国古代的大多数变法属于这一类。另一种是新生或外来的经济文化因素的催生。商鞅变法和戊戌变法便可归属此列。就万历新政而言,是两种因素兼而有之。明季是典型的宗法社会,书中像李太后的父亲李伟和驸马都尉许从成等豪门贵族都占有大量的土地。另一方面,新的商业经济又进一步加剧了土地兼并和官场的贪污腐化,使得贫富两极分化在晚明达到极其严重的程度。此外,"阳明心学"的传播和私学书院的兴起,也对官方教育体系和传统意识形态产生了强大冲击。面对上述严峻形势,小说主人公张居正借助皇权的支持和庇护,用传统法家的霹雳手段,强力推行了著名的"万历新政",实行了一系列的变法自救。随着新政的实行,原来穷得连官员俸银都发不出的国库盈实了,皇帝扫扫箱角就可以每月办一次大型灯会;边防在张居正重用的李成梁和戚继光等将领的整顿下巩固了,不断有外族前来通好;阶级关系有所缓和,百姓的生活得到改善,一时四海升平,百业兴旺。

然而,万历年间的晚明毕竟是末世而不是盛世,张居正的变法也毕竟是在扩大内阁权力、与冯保等宦官结盟并对皇权实行羁縻的新专制政策的基础上展开的。他的整饬官场吏治、整顿税收盐政以及取缔书院等措施,不但不能从根本上改变明王朝松弛慵懒的政治体制、日趋严重的土地兼并和僵化保守的道德礼教,相反因损及贪官庸吏、皇亲贵戚和清流士子们的利益而招致他们的敌视及最终的清算。小说第四卷对此有相当触目惊心的描写。当然,如果站在现代的文化立场上进行考察,传统的法家学说也不能充当末世变法的思想资源。张居正压制言路、取缔书院的文化专制政策便很能说明这个问题。这也从一个侧面显示:作者在叙述万历新政时,态度是十分清醒、理智和冷峻的,他并不因笔下人物是改革家而对其功绩作出不恰当的夸大,而是努力写出这场变法的深刻的文化悲剧和个体在历史巨人面前的无奈和渺小。鲁迅说过,悲剧就是把有价值的东西撕裂给人看。小说就是这样,通过对张居正在艰难曲折中一步步走向事业的顶峰,又一步步走向失败的深渊的一波三折的叙述中,让我们不仅具体而微地感受到历代改革家共同的悲剧命运,而且由此及彼地激发了对中国文化命运的深沉思考和对中国式改革的痛切拷问。

总之,《张居正》为我们书写了中国在近代化门槛前利用传统文化资源进行的一次自救运动,它虽然在一定程度上延缓了明王朝的覆灭,却并没能改变历史发展的总体趋势。这次变法的成功与失败,以及作为改革家的张居正的人生悲剧和人性悲剧,都无疑具有典型意义。"在这个时候,皇帝的励精图治或者宴安耽乐,首辅的独裁或者调和,高级将领的富于创造或者习于苟安,文官的廉洁奉公或者贪污舞弊,思想家的极端进步或者绝对保守,最后的结果,都是无分善恶,统统不能在事业上取得有意义的发展,有的身败,有的名裂,还有的人则身败而兼名裂。"①黄仁宇先生的这段话,不妨可看作是对熊召政上述有关晚明历史本质和末世走向描写的一个绝妙总结。

二、"铁三角"权力关系与复杂的人性本质

任何变法都是对社会利益关系的调整,必然有人赞成也有人反对,并往往由此导致激烈的政治权力碰撞。正如上文所说,中国是一个具有几千年封建集权传统的国家,皇权历来被视为是天授的,是其他国家权力的源泉。所以,变法必须取得皇权的支持(虽然有时候皇权并不一定掌握在皇帝的手里)。在某种意义上讲,变法就是围绕皇权展开的一场你死我活的权力角逐和权力再分配。

---

① 黄仁宇:《万历十五年》,中华书局 1982 年版,第 238 页。

　　就小说《张居正》而言,在万历皇帝长大以前,皇权的实际代表者是其母亲李太后。而在明朝,又没有太后直接干政的先例,她必须寻找自己信任的大臣来执政从而实现对政权的间接控制。经过仔细考察和反复考验,李太后认为,具有这种资历和能力的只有张居正。同时,作为深居后宫的太后,她与张居正的接触是受到一定的限制的,需要一个可以自由出入皇宫的人来传递信息,这个人就是司礼太监冯保。因此,"李太后—冯保—张居正"之间就形成了一个特殊的"铁三角"权力关系。其中李太后是冯保和张居正的权力源泉,张居正代表皇权的公权力,而冯保则代表它的私权。设法维护这种权力关系的稳定,以巩固李太后对自己信任,这是张居正变法的前提和基础。小说的艺术描写也正是围绕这个权力轴心的逐步形成、稳定运行和最终瓦解的过程展开的。第一卷《木兰歌》主要叙述在隆庆皇帝重病去世和皇权变更的特定情况下,高拱、张居正、冯保之间的争斗和权力"铁三角"的逐步成型,这是变法的前奏。第二卷《水龙吟》明写京城里围绕"胡椒苏木折俸事件"引起的一系列纷争,而暗写张居正借"京察"整饬吏治和调整人事的机会建立并巩固自己的政治权力。这一阶段中,权力"铁三角"在主要人物的相互冲突、试探和协调之中逐渐趋向稳定。第三卷《金缕曲》写权力"铁三角"的进一步稳定运行,叙述了张居正变法的最艰难的攻坚阶段。由于张居正的变法是在取得皇权的信任的基础上展开的,所以,皇权一旦发生变动,他所有的权力就会顷刻瓦解,变法的一切努力也将付之东流。小说第四卷《火凤凰》描写的就是随着小皇帝长大并逐步收回皇权时,权力"铁三角"随之瓦解并进而导致变法迅速失败,保守势力全面复辟。

　　权力关系是权力主体之间按照政治需要编制的一张错综复杂的人际关系网。与张—李关系相比,张—冯关系是比较简单的,张—冯之间主要是一种利益同盟的关系:冯保需要通过张居正来巩固他的司礼太监的地位,并进一步扩大他在朝廷中的影响;而张居正则需要联合冯保来加重自己在李太后和小皇帝心目中的地位,同时他的变法也离不开冯保的配合。冯保是一个贪婪而又极具心机的宦官,为了变法大业,张居正有时也不得不违心地答应他的一些出格的要求,比如给贪官胡自皋安排肥差,对杀人犯章大郎网开一面等等。在基本合作的同时,张—冯之间也常有些摩擦:张居正必须防范冯保过多地插手外廷事务,而冯保也时常在太后面前给张居正上点"眼药水",以便让张居正意识到自己的重要。至于张—李关系那就更复杂了。李太后是一个端庄贤淑、深明大义的年轻太后,她希望张居正是一位有治国才能而又忠心耿耿的相国,同时还是小皇帝的一位称职的老师,甚至在情感上承担着一定程度的父亲角色。此外,作为女人,她对张居正还有一些男女情感意义上的欣赏。因此,张居正必须很有分寸地处理与李太后的关系:既要显示自己的果敢干练,又不致有专权僭越之嫌,还要在皇宫对国库公银的索取、李太后父亲李伟无穷无尽的名利要求面前一再妥协。在张—李关系中,张居正经常表现得战战兢兢、如履薄冰,稍有不慎就会引发李太后对自己的信任危机。小说《荐贪官宫府成交易,获颁赐政友论襟怀》一回中有这样一个细节,张在私下里曾对他的朋友大发感慨:"古今大臣,侍君难,侍幼君更难。为了办成一件事情,你不得不呕心沥血曲尽其巧。好在我张居正想的是天下臣民,所以才慨然委蛇,至于别人怎么看我,知我罪我,在所不计。"

需要指出,权力是一柄双刃剑,它在成就张居正变法霸业的同时,也在潜移默化地异化着他的人性本质。从这个意义上,置身权力"铁三角"的张居正,注定要扮演悲剧英雄的角色。作者正是基于这样的认识和理解,在描写张居正大刀阔斧变法的同时,也揭示了其性格中的残忍狠辣的一面:他以每年大批地处决犯人来树立自己领导下政府的权威,并把曾经插手朝廷政治斗争的邵大侠和何心隐找借口秘密地杀掉。另外,权力斗争的隐秘诡诈还致使张居正工于心计和不择手段:他甚至联合冯保通过东厂的特务机构来达到整垮对手、控制朝廷官员的目的;而权力斗争的妥协性则导致了张居正性格中的某种软弱性:在就任首辅之前,面对受隆庆皇帝重用的、强硬老辣而富于计谋的高拱,素有大志的张居正只能隐忍行事。在两广总督的任命和处理内阁同司礼太监的关系上,张居正都委曲求全,尽量不与高拱发生冲突。他多次对高说:"你是首辅,凡事还是你说了算。"尤其是变法一旦涉及皇室利益,他便不得不作出让步。因为他明白:"他什么都可以碰,唯一不能碰的是皇权;他什么都可以改,唯一不能更改的是皇室的利益。"张居正性格的复杂性是权力复杂性的外化。他在成为首辅之前和甫登首辅之位时,私人生活十分严谨,不事经营,也不喜贿赂,对家人管束甚严,还常常因家里的用度而捉襟见肘;但是到了执政后期,他不仅接受戚继光送来的胡姬,纵情声色导致身体衰败,还开始排斥直臣循吏,任用钱普、陈瑞等阿谀奉承之徒。"用今天的态度来看,张居正的人格是典型的，也可以说是分裂的。"①他是中国古代知识分子入世从政而致使人格畸变的一个典型写照。

权谋文化是中国政治文化的精髓，错综复杂的权力斗争以其很强的神秘性、趣味性成为了历史叙事的最爱。在中国当代小说中，对于这种传统古老而又残酷诡谲、博大精深的政治智慧，往往有两种迥然不同的文化立场：一种是批判揭露之中有欣赏认同，如二月河"落霞系列"对雍正皇帝形象的书写。其实正如有的学者所说，"这种智慧却并没有带来社会的进步和经济的发展，没有带来现代中国的繁荣和富强，它起到的是恶化社会环境、阻碍人类进步的作用"。② 另一种如刘震云的《故乡相处流传》等新历史小说对权力的揭橥和嘲讽。这种态度多少有失偏颇。因为作为历史发展的一种重要的驱动力，权力毕竟是一种客观存在。借用英国历史学家阿克顿的话来说："历史并非清白之手编织的网。使人堕落和道德沦丧的一切原因中，权力是最永恒的、最活跃的"，有时，甚至人性之"恶"也能推动社会进步。严格地讲，权力仅仅是一种手段，是政治家为了达到一定的政治目的挥舞在手中的一把利刃，对权力不加区别的否定与对权力的不加分辨的认同一样都是不可取的。立足于这样的层次角度观照，小说《张居正》中的权力叙事就颇可称道。虽然作者常常借别人之口表达自己对张居正务实稳健、炉火纯青的政治智慧的赞赏，但他并未对权力作简单的情感化和道德化的评判；更不因自己赞赏张居正，就回避对其在取得和运用权力时表现出来的冷酷残忍、刚愎自用和不择手段的批判揭示。的确，权力的善与恶有时是很难截然分开的。当张居正看在冯保的面子而起用贪官胡自皋受到友人的责难时，他反问道："如果用一个贪官，就可以惩治千百个贪官，这个贪官你用还是不用？"并说："为了国家大计，宫府之间，必要时也得作点交易。"这说明作者已超越了简单的善恶对立，站在更高的历史基点上来看待权力斗争了。

与单纯地叙述宫廷斗争的作品不同，《张居正》的权力叙事是指向变法叙事的，并被整合在变法叙事的整体大格局之中。权力是变法的手段，变法才是目的。变法是挽救大明江山、造福于天下百姓的事业，也是触动千万人利益的

---

① 　熊召政：《儒者从来作帝师》，《南方周末》2005 年 5 月 13 日。

② 　王富仁、柳凤九：《中国现代小说史论》（三），《鲁迅研究月刊》1998 年第 5 期。

异常艰巨浩大的系统工程。在完成这一事业的过程中,显规则和潜规则、光明正大的目的和实现这种目的的不择手段,往往难以分割地掺杂在一起。也正因此,《张居正》中的权力叙事,使读者感受到的不仅仅是隐秘诡谲和尔虞我诈,也不是刀光剑影和热血火并,而是正直人格在复杂社会面前的委屈和无奈,是正义事业惨遭失败后的悲悯和感慨。这种叙事效果与作者的权力观和叙事立场是分不开的,它昭示了近年来历史小说思想艺术理念的进一步成熟。

三、和谐而富有张力的历史叙事

与当下其他作家的历史小说相比,《张居正》的诗性叙事是相当突出的。二月河的"落霞系列"熔历史、情爱、武侠、推理等小说因素于一炉,突出了小说叙事的"趣味"二字。唐浩明的《曾国藩》《张之洞》《旷代逸才》等作品在古今中西开阔的文化视野里突出了历史的厚重感和理性的穿透力。熊召政的《张居正》则显示出从容的气韵,散发着浓郁的诗情。熊召政是一位诗人,这部长篇巨著的诗性风格,主要体现在各种叙事要素相互纠缠、排拒与协调之后形成的和谐而又富有张力的历史想象与重铸之中。

"张力"是从西方新批评那里引进的一个概念,它的意义正如福勒(Fowler)所谓的是由"对立而又相互联系的两种力量、冲动或意义"形成的某种"势"。在中国当代文学批评中,它更多用来指称由于思想、情感和想象处于两点之间的亦此亦彼的不稳定状态,而"在审美心理上引起的紧张活动和紧张状态"。① "和谐"本是中国古典艺术的主要特征。《论语·子路》中有关"君子和而不同,小人同而不和"的说法,虽然是就人际相处而言的,但还是可以看出在古人的审美理想里,"和"与"同"是不一样的:"和"是有差别的因素甚至是对立因素间的协调统一;而"同"则是无差别地苟同或一律化。由此可见,古典艺术中所说的"和谐",指的是由各种不同的艺术要素按照一定的等级秩序组织而成的统一有序的艺术有机体的一种风格体现,它本身就含有"张力"的意思在内;只不过与西方文论相比,它更强调协调一致而已。然而,中国后来的艺

---

① 吴非:《张力的叩求》,《中国韵文学刊》1994 年第 2 期。

术实践，特别是话本、拟话本和章回体小说等叙事艺术，越来越偏重协调一致而忽略了各叙事要素之间的差别或对立，从而使不少小说人物形象概念化、情节发展公式化、叙事视角单一化并充满说教气味，艺术水准大大降低。可见真正的艺术"和谐"是建立在"张力"基础上的一种"和谐"，它充满了艺术辩证法和分寸感。《张居正》的创作，就较好地体现了上述这种理念。为了使小说样式与所叙述的晚明时代的社会生活更加协调，作者采用了章回体的形式。作品对于时间、空间、主次、虚实等叙事要素的安排和处理，也十分注意彼此合理有序，对立统一。常常在紧张的情节叙述之间，穿插如张居正与玉娘的歌诗唱酬、两情相悦和大量富有诗意的风俗画，以及像北京棋盘街的市井风情，紫禁城内声势浩大的鳌山灯会，南京秦淮河畔的灯红酒绿中的莺花事业，扬州巨贾豪华的私邸酒楼，广东边陲之地的风土人情等有关轻松场面。风俗画是中国小说的一个传统，属于民间文化趣味在文学中的表现。"所谓风俗，事实上也是一种人性内质的表现形式和展开状态，是人的一种特定的心理倾向的现实存在方式。越具有特色的风俗画，其对人性的表现就越有深度和价值，因为艺术的要旨，事实上就在于能否准确、真实地表现出特定历史文化环境和人生境遇中独特的人性表现。"①小说中这些类似于《清明上河图》的风俗画描写，不仅再现了晚明独特的社会文化氛围，而且也使人性内质与外在的社会环境因此显得更和谐统一。

当然，以上所述对于《张居正》来说也许不是最主要的。作为一部具有史诗品格的多卷本长篇历史小说，我们认为它的和谐而富有张力的历史叙事，主要还是体现在以下几个方面：

首先，是对社会历史的复杂性、偶然性和多变性的处理。作者对社会、历史和文化无疑怀有深深的敬畏感。这种敬畏感驱使作者超越单一的道德化、主观化和一律化的观念去框范生活，而是尽可能地再现从隆庆六年到万历十年间这一时段的复杂状态，书写出历史原生态的那种毛茸茸的质感，把思考的权力留给读者。在一定程度上说，历史的发展是合目的性的，张居正凭借自己卓越的政治智慧和强硬的政治手腕，使即将崩溃的明王朝在他手上呈现出短暂的中兴气象；但历史的发展又是合规律性的，它不以任何人的意志为转移，

---

① 管宁：《迷人的风俗：文化语境中的人性影像》，《社会科学研究》2001年第5期。

张居正变法最终被扼杀在旧体制中,改变不了明王朝覆灭的命运。历史是必然的,也是偶然的;历史发展的必然性是通过无数的偶然事件体现出来。李太后保冯保驱高拱、起用张居正的决定奠定了"万历新政"的基石,但小说中这一重大决定是在将老和尚和小太监的一通互不搭界的话理解为机缘的情况下作出的;首辅的任免是关乎朝廷的大事,但是邵大侠和何心隐这样一些布衣百姓,却可以看准机会以"四两拨千斤"的手段在其中起到关键性的作用。就总体而言,作者无疑站在唯物史观的立场上,但机械单一的唯物史观是否真的可以解释所有的社会历史现象呢? 作者对此似乎尚有疑虑。于是他在作品中为我们留下了些许神秘叙事的痕迹:测字高手李铁嘴屡屡对人物身份和命运洞若观火;衡山的和尚十年前就预测到张居正有当首辅的一天;张居正死后冯保去白云观抽的签,预示了其即将为张四维等"小人"所害,被排挤出局的命运。

其次,是对多元、丰富、立体的生活状态和人物性格的把握。这在很大程度上是借助多声部或准多声部的叙事来实现的。作为主人公,张居正的声部无疑是最高亢的,小皇帝、李太后、冯保以及张居正的政友们的声音,更多地衬托出了主人公的成熟干练、勇于任事的改革家形象。这体现了作者基本的价值立场。但除此外小说中还有高拱、何心隐、清流派士子们等与张居正正面形象不很协调的声部存在,它起到了对历史生活和主人公性格另一面揭示的作用。小说中其他人物的性格也在这种多声部的格局中呈现丰富复杂性:李太后的睿智与多疑,冯保的狡诈与优雅,小皇帝的老成与稚气,高拱的急躁与老辣等等。凡此种种,都无不入木三分,写出了人性深层的悖论。在形象塑造上,作者显示出在"熔铸"历史资料方面的深厚功力。这里所谓"熔铸",是指在历史小说创作中,对于主要人物和重大事件的叙述基本采纳历史资料的记载;在阅读历史资料的同时,作者把自己的心灵沉潜历史,与古人进行对话,把"死"的历史资料转化成"活"的小说素材。这就好比把废金属重新回炉熔铸一样,把好多表面看似矛盾,其实在人性的深处或者社会的本质层面上可以协调一致的材料纳入一个有机体,达到深层次的协调一致。这样的创作过程本身就充满着张力和悖论,塑造出来的人物形象才能深刻而逼真。

最后,是对故事情节、结构跨度的安排。小说基本上采用了章回体结构,但与传统的章回体又有很大的不同。最明显的区别在于,传统的章回体系列性很强,各情节单元相对独立完整,衔接勾连之处要作重复概述。其实,章回体小说的这种写法主要是受了话本和拟话本的影响。话本作为一种说话艺术,为了吸引听众的注意力并避免遗忘,反复提醒是必要的。但对于以阅读为主要欣赏方式的现代小说,这样做就显得拖沓啰嗦。《张居正》在这方面显示了自己的独特之处。小说的叙事紧扣主要事件的主体部分,就事不就人,至于人物尤其是事件中涉及的次要人物的结局,则在下一事件的叙述中自然带出。比如第二卷一开始写设计抓捕章大郎,但抓了以后如何处置,却一直等到第九回王希烈与魏学曾密谋闹事时才在谈话中带出。这种类似于史传"互见法"的情节布局,把可以想象得到的情节以空白的形式留给读者,使小说叙事显得简洁而凝练;适当的情节跨度又可以激起读者的探究和想象,增强阅读的兴趣和叙事的张力。还有,小说章节的结尾方式也别具匠心:一种是关键人物的表情和语言,一种是富有诗意或者余味的场面描写。前一种方式把人物当时复杂的内心活动留给读者去想象;后一种方式则引导读者去回味当时的场景。不论哪种情况,都体现出作者的同一个追求:干脆利落的结尾可以把无穷的余味和想象留给读者,增强叙事的诗意和张力。

总之,《张居正》是一部相当稳健丰满、别具韵味的作品。它的宏大而不失复杂的历史观照、严谨而不失灵动的文化立场、各卷之间的平衡匀称以及典雅而充满书卷气的叙述语言,使它在当下历史小说中脱颖而出,成为继《李自成》《少年天子》《白门柳》之后的第四部荣获茅盾文学奖(中国长篇小说最高奖)的长篇历史小说。《张居正》的成功表明,文学创作追求形式技巧的创新固然重要,但真正优秀的作品,归根到底还须依靠学问的积累和识力的增长。从这个意义上,《张居正》的经验有必要值得我们重视。

(本文与杨鼎合撰,原载《中山大学学报》2006年第3期)

重返戊戌风云的历史现场
——评《戊戌变法》

　　穆陶的长篇历史小说《戊戌变法》于戊戌维新 120 周年之际面世以后,旋即受到较为广泛的关注。自 2018 年出版以来,《文艺报》《文学报》《中国文艺评论》《中华读书报》《中国作家网》等报刊纷纷发文,给予好评。在当下历史小说创作总体处于沉寂,思想艺术质量与影响力尚不景气甚至出现集体性下滑的情况下,《戊戌变法》对历史的反思、温情和敬意,以及坚守的责任感和使命意识,值得引起重视。

一、"戊戌"题材的现实境遇

　　戊戌变法是中国近代史上的重大事件,它的失败加速了清政府的败落和民众的觉醒,推动了历史前行的步伐。作为对"中国往何处去"这一时代命题的回应,"戊戌"对此后中国社会历史文化走向具有转折性的标志意义。然而,反观近些年文坛,戊戌变法似乎有意无意地被遗忘了。

　　对历史的追忆是对现实的审视。在当下,抛开戊戌变法的"评价史"来反思戊戌变法必将导致视野的狭隘;历史现场与现实语境的互动,有助于突破固化的思维方式,打开历史的意义空间。这也是历史小说"当代性"的命脉之所在。史家对戊戌变法评价的"一波三折"[1],不难让后人感受到隐匿在事实判断和价值评估背后多番"较量"的现实因素。本质上,"戊戌"题材之重大与复杂,肇因于它难以回避近现代中国在"革命"与"改良"之间道路选择问题。既

---

[1]　参见孔祥吉:《新中国成立以来戊戌变法史研究述评》,《近代史研究》1985 年第 4 期。

然主流意识形态着意于建构一个始于"辛亥"的革命历史叙事,以确证"民国""共和"政权的正统性和合法性,那么戊戌变法自然面临如何进入主流叙事的"历史难题"。长期以来,学界以"资产阶级改良运动"为戊戌变法定性;当"改良"被主流意识形态赋予贬义性内涵,戊戌变法理所当然地与主流话语之间出现裂隙,成为被悬置乃至回避的禁区。这一"空白"直至20世纪80年代才得到填补。这也反证了"戊戌"题材所承载的"当代性"价值,即所谓的"一切真历史都是当代史"也。

"实事求是"和"思想解放"的时代潮流使戊戌变法的研究重回学术领域。① 史学和文学对戊戌变法的"重写"高度契合了时代精神。此时,"戊戌"疑案中众多人物和秘传的"污名化",被重新加以审视,这引发戊戌变法评价的迅速提温。② 文学界也参与了这一"翻案"。最早出现的任光椿的《戊戌喋血记》和周熙的《一百零三天》是其中拥有较大社会影响力的两部长篇历史小说。前者以谭嗣同为中心,它高度评价了变法志士的爱国精神,率先对"改良"进行"清污",可谓"开风气之先";后者侧重于还原戊戌变法全貌,并打破对变法领导者尤其是戊戌六君子的不加区分的赞扬,力求呈现历史内部的差异性,展现了作家探索历史纹理的创新欲望。于冰雪初融之际,这两部历史长篇对戊戌变法时代价值和历史进步性的肯定,表现了作家超越改良与革命二元对立,发掘历史真实的巨大勇气和胆识。历史小说由此与史学界的"翻案"形成共振,将历史重评和观念更新的成果推向社会。

继80年代历史小说热之后,"戊戌"题材似乎进入了新一轮"冰期"。80年代正值我国社会文化思想转型的变动时期。"戊戌"题材在近现代转型的意义上与当时的"改革"遥相呼应,其宏大叙事和史诗构建的模式也契合了"大时代"的欣赏趣味。90年代以降,消费主义的泛滥带来了文学审美由公共性向私

---

① 1979—1983年,《人民日报》相继发表多篇文章,作出"戊戌变法的积极作用应当肯定"的"表态"。详见《戊戌变法的积极作用应当肯定》(1979年11月14日第3版)、《关于戊戌变法的评价问题》(1980年6月20日第20版)、《戊戌变法是"改良主义"运动吗》(1980年7月10日第5版)、《戊戌变法八十五周年学术讨论会将在北京大学举行》(1983年7月27日第5版),等等。

② 参见杨立强:《民族觉醒的一块里程碑——关于戊戌变法评价的若干问题》,《复旦学报》1979年第5期。陈旭麓:《中国近代史上的革命与改良》,《历史研究》1980年第6期。

人性的转变,碎片化、娱乐化成为"小时代"的时尚。正如论者所言,"整体文学结构性而且功能性地呈现向内、轻、软、小转换,重情绪、意象、隐喻、简约成为一种思潮,并培养了一批与之相适的新的读者群"①。"戊戌"题材的宏大厚重与时代潮流相去甚远;而文化工业对清史资源的滥用,一定程度上也成为读者对类似题材缺乏兴趣的原因。此外,90 年代中期,伴随"告别革命"及其引发的论争,"革命"与"改良"关系问题再度成为敏感话题。作为这场讨论的重要议题,戊戌变法的评价问题溢出历史范畴,陷入价值与政治的立场之争。这不可避免地导致戊戌变法的政治化,使原本复杂的问题更显复杂。因而,在主流意识形态与娱乐市场的双重"冷漠"中,"戊戌"题材创作再度陷入冷寂。

献礼戊戌变法一百周年的胡建新的《戊戌风云》作为剧本化的创作,融入了较多宫廷生活、稗官野史式的娱乐化创造;刘敬堂等的《戊戌追杀令》着重书写"政变之后"康有为的惊险逃亡,放弃了对戊戌变法历史本体的探索;晓箭的《康有为》(又名《戊戌变法》)则否认康梁的变法,力图倚靠新史料完成对历史的颠覆,但其"不妨读如历史"②的创作观念和强烈的述史诉求对文学艺术造成了难以忽视的压制。事实上,随着戊戌变法基本叙述框架的建立,作家对重要事件、主要人物的基本判断达成共识③,如何挖掘"戊戌"题材的新意,成为作家面对的难题。在这一意义上,90 年代以来的"戊戌"题材小说,都试图寻找创新的可能性。然而,上述作品的"翻新"似乎并不成功,它反而失去了对历史规律的深度求索。从结果上看,这些探索也未能改变"戊戌"题材所面临的现实冷遇④。

上述种种,构成了穆陶执笔写作《戊戌变法》隐显并存的历史背景。他也就是在这样的状况下,以直面过去的不凡勇气重返戊戌变法的历史现场,实践现实主义对真实、规律和本质的主张,显示和成就了自己的独特价值。在小说

---

① 吴秀明:《文学形象与历史经典的当代境遇》,浙江大学出版社 2004 年版,第 48 页。

② 晓箭:《康有为·前言》,华夏出版社 2015 年版。

③ 如公车上书、袁世凯告密等重要事件,康有为、光绪、慈禧等人物的认识,除《康有为》认同台湾学者黄彰健对《戊戌奏稿》的质疑,以此作为小说历史依据之外,《戊戌喋血记》《一百零三天》《戊戌风云》等作品表现了明显的一致性。

④ 在大陆之外,李敖于 2004 年出版的《北京法源寺》具有强烈的思辨色彩,探讨"生死、鬼神、僧俗、出入"等问题,为"戊戌"题材小说的意义空间开拓提供了一种思路。

中,作家搭建中央、地方、民间三维结构空间,多角度还原守旧派、洋务派、维新派之间的观念差异和利益斗争,并把戊戌历史纳入现代化、全球化的时代脉络中,为近代知识分子选择提供了具体而恢宏的语境,在此基础上对"改良"的必要性及其走向失败的必然性进行了理性思考。在观念层面,作家对戊戌变法的体认建立在民本主义、人民史观的基础上。小说多次强调"百姓""民权""民心",从这一维度观照和把握戊戌变法,这也表明作家对知识分子以天下为己任的崇高使命感、救国家于危亡的爱国热忱以及宁死不悔的牺牲精神的欣赏和认同;而这,恰恰也是这一历史原型所蕴含的超越时空的、重要的美学资源。正如梁启超在变法时所说:"戊戌维新之可贵,在精神耳;若其形式,则殊多缺点,殆犹大辂之仅有椎轮,木植之始见萌蘗也"①。就此而言,"戊戌"题材永不过时。穆陶的《戊戌变法》继承了80年代任光椿们对"改革"精神的礼赞,于戊戌变法双甲子之年,以坚守崇高的姿态对90年代以来价值失落、娱乐消费化的现象作出了回应,展现了对历史的温情与敬意,对民族苦难的铭记与反思。文学之不能遗忘历史,在于历史中凝结的真实的、鲜活的精神能量,穆陶的实践在此意义上具有宝贵的价值。

二、真实性大厦的多层建构

《戊戌变法》在总体上呈现出现实主义的"信史"品格,作家积八年之功"探赜稽微",将戊戌变法纳入宏阔的时代潮流中进行审思,为观照和把握历史真实提供了充分准备和较高平台。除去楔子和尾声,《戊戌变法》全书56章,正面书写维新运动22章,其余篇幅则着眼于"历史周边",悉心布置戊戌变法发生前后的若干典型事件,对无可挽回走向衰落的历史大趋势和总背景作了全面概括,以此探讨戊戌变法之发生、发展、失败的必然性。

小说以康有为入京赴试、宣传维新作为起点,切入晚清中央政府的多重面相。康有为试图通过上书皇帝以变法强国,挽救国家危亡。但是横亘在他面前的是重重关隘。甲午战败之际,慈禧为首的亲贵权臣主张割地求和,不惜损

---

① 梁启超:《梁启超全集》(第1册),北京出版社1999年版,第484页。

害国家主权以保全荣华,他们关心的是谁来承担战败的责任和国民舆论的指责。小说中,慈禧太后明面上下旨不可割地,但事实上回避主战派的奏折,以放权归政的姿态,逼迫光绪皇帝承担下诏求和的责任,守旧派的外强中干于此表露无遗。值此危亡之际,"变法"已成为民心所向,并得到大多中下层官员的支持,但把持朝政的却是顽固自私的"后党"——徐桐官居一品、名满京华、深得重用,却昏庸顽固、图谋私利、堵塞言路;刚毅等大臣坚持祖宗家法,对"民权""立宪"之说深恶痛绝;而恭亲王作为朝廷中枢,也主张稳健而反对变革政体。翁同龢虽然举荐康有为,但对其激进主张也心存疑虑,反对冒进。小说以康有为第一次入京的铩羽而归,揭示了统治阶级"心脏"的腐朽昏暗:甲午战败、列强环伺,朝廷却在为慈禧太后的六十大寿"普天同庆",这一派粉饰太平的局面终究无法长远。与此相对,谭嗣同、梁启超的行踪,为小说进入广阔民间提供了另一视角。参与甲午战争的烈士孤女令狐凌霜回乡途中遭遇劫匪,幸得谭嗣同仗义行侠才得脱身;原来湖南饥荒遍地,灾民只好落草为寇;而地主刘福堂等旧派士绅却趁机哄抬粮价谋求暴利,谭嗣同为救饥民,与毕永年等同道好友"仗势"取粮。随后,谭嗣同与梁启超等维新派齐聚湖南,在湖南巡抚陈宝箴的大力支持下率先实行新法,启蒙民众。康有为发起的"公车上书"之所以能成为一个影响广泛的"事件",便在于内忧外患之际,变法自救已经成为天下有识之士的心愿。正如《戊戌变法》所写,"办学堂,废科举,开发民智,这几乎是国人的共识",即使顽固昏庸的徐桐也意识到"倭寇入侵,外患内忧"之深重危机。但当权派囿于现有格局下的既得利益与封建传统的强大惯性,不顾国家、民族和民众的利益,更有甚者认为,"我们大清的江山,宁给外国友邦,也不能给这些家奴"。

小说由此完成了对戊戌前后中国社会的"全景式"的扫描,并以之作为历史叙事的基本背景。"统治阶级的思想在每一时代都是占统治地位的思想。"①然而,鸦片战争以来江河日下,当求新、求变的思想逐渐成为燎原星火,帝国的心脏却仍然一如故旧。清王朝已然不可能带领中国摆脱亡国危机。穆陶将戊戌变法放置在衰朽的封建社会走向崩溃的历史潮流之中,瞩目于全球化背景下中国面临的外源性危机。正如卢卡奇所说,"只有在这种把社会生活

---

① 〔德〕马克思、恩格斯:《马克思恩格斯全集》,人民出版社 1960 年版,第 52 页。

中的孤立事实作为历史发展的环节,并把它们归结为一个总体的情况下,对事实的认识才能成为对现实的认识。"①在这个意义上,晚清社会各种矛盾交相错杂的历史环境,既促使戊戌变法产生,也导致它最终失败。

在把握历史大趋势的前提下,《戊戌变法》通过营建中央、地方、民间三维空间,为小说的真实性大厦奠定基本架构。这一设计,既立足于整体性视域下展现多维历史空间,也成为作家书写一场自上而下发动、波及社会各阶层各领域的变法运动的合理选择。尤其值得一提的是"恭王之死"及其在中央层面因政治平衡打破后引发权力重组的描写,在小说整体框架中的意义。恭亲王是维系帝后的重要桥梁和"稳定器"。恭亲王去世不久,慈禧便与光绪达成了某种协议:慈禧调荣禄、刚毅等入值军机,开缺翁同龢,维持守旧亲贵对军机处的把控;光绪也以此换得慈禧对变法的支持。这表明变法前,统治阶级内部派系之争的激烈。这一权力位移和真空,被小说当作维新变法得以迅速开展的重要契机。

尽管穆陶主要从帝国心脏的角度展开对戊戌变法真实性的探究,但他并未将维新派与保守派、洋务派之争局限于中央。在他笔下,地方局势、民间环境所呈现的相似矛盾结构,不仅是中央的辐射与延伸,同时也反映了中央派系斗争的深层社会根基。有关这方面,小说第 20－22 章有关湖南新政在变法前后局势描写就颇具典型。在这里,作家宕开一笔告诉我们:在谭嗣同、欧阳中鹄等人的建议下,心怀忧患的湖南巡抚陈宝箴邀请黄遵宪、梁启超等维新人士,率先在湖南启动新政。在官府的支持下,"时务学堂"招收四十多名少年学子,讲授世界局势、传播维新思想。然而,王先谦、叶德辉为首的旧派士绅公开诋毁其"假忠义之名,阴行邪说",认为"开民智,兴民权"是"蛊惑人心"与"谋反",并联合张之洞进行弹压。嗣后,随着时局变化,在戊戌变法的关键时刻,张之洞为了与维新派划清界线以图自保,紧急编纂《劝学》,这也暗合了他在湖南新政时期的行为逻辑。张之洞曾将康有为奉为上宾,但"民权""民智"成为洋务派与维新派的分界线,"变法"双方在政治立场、思想主张上的迥异由是得到清晰展现。而谭嗣同之父、湖北巡抚谭继洵的畏缩不前、保守顽固,也通过他对谭嗣同的训斥,及其在谭嗣同就义后他的"杖打棺材""断绝亲缘"叙述表

---

① ［匈］卢卡奇:《历史与阶级意识》,杜章智等译,商务印书馆 2004 年版,第 72 页。

露无遗。

《戊戌变法》如上描写，源于作家对戊戌变法的理性认知。尽管对"资产阶级改良运动"的定性早已成为普遍共识，然而，在还原和叙述这段丰富复杂历史时，小说已然超越了我们后来附加给"改良"一词的本质化的含义，赋予其更切近历史真实的体认，即"变法活动首先是一项政治活动"，它"必然涉及权力体制的调整和权力重新分配，必然要打破既有的权力、利益格局"①。作为一种特殊、本质的利益，权力成为贯穿变法运动始终的"看不见的手"，戊戌变法的开展与失败及其所以面临的巨大阻碍，无不折射出"权力"与"人性"困境的"在场"。如"袁世凯告密"事件。当帝后之争处于你死我活的白热化状态，而又关系到身家性命和仕途前程，也牵连到维新救国、名垂青史的抱负，袁世凯开始举棋不定，两面周旋。后来，得知慈禧已率先发动政变，便果断地作出"告密"的选择。在这一过程中，袁世凯对谭嗣同所说"围园锢后"出自光绪授意之真实性的怀疑，基于自身与荣禄军事实力对比下对政变的可行性分析，以及在现实利益与理想抱负间的权衡，表现了特定环境下人性抉择的复杂与无奈。史学界认为，光绪罢免礼部六堂官事件、会见伊藤博文，激化了两派矛盾并引起慈禧的强烈不安，是戊戌政变发生的直接原因；而"告密"发生在政变之后②。小说在处理"告密"事件时尊重关键史实，并借由这一典型环境倒逼人物的性格逻辑，填充历史空白。正如郭沫若所言："在史学家搁笔的地方，便须史剧家来扩展。"③《戊戌变法》并非对历史文献进行翻译式的转述，而是从改良变法与权力斗争的双重认识上探索历史真实。人性探索使小说超越史书而与"历史本体"进行对话，进入心理真实、审美真实的层面。这也正如福柯"历史本体"与"历史意识"的概念所提示的，作家应超越对历史材料的真伪辨析和

①　邱涛、郑匡民：《日中结盟活动与戊戌政变》，郑大华编：《戊戌变法与晚清思想转型》，社会科学文献出版社 2010 年版，第 17-37 页。

②　这一观点最早见于房德邻《戊戌政变史实考辨》，胡绳武编：《戊戌维新运动史论集》，湖南人民出版社 1983 年版，第 235-283 页。而杨天石等学者在《围园杀后——康有为的武力夺权密谋》（载《百年潮》1998 年第 4 期）、《戊戌变法失败的原因》（载《社会科学论坛》2018 年第 6 期）等文中表示支持。

③　郭沫若：《历史·史剧·现实》，彭放编：《郭沫若谈创作》，黑龙江人民出版社 1982 年版，第 137 页。

简单翻译,以历史理性为桥梁实现从"无生气的材料"到"对自己的过去事情的新鲜感"①的跨越。

在框架结构之下,是文学细节对历史真实的支撑与落实。在历史小说中,细节不仅承担丰富的意义内涵,还要遵循特定的历史逻辑。《戊戌变法》有关细节真实的描写,首先体现在对文献材料大容量占有、辨析和还原基础上的"贴着历史滑行"。此类细节往往表现为对人物重要言论、奏疏原文的挪用。如为了表明变法初衷,小说将"人人有亡天下之责,人人有救天下之权"(康有为《三月廿七日保国会上演讲会辞》)这一原文置于"保国会"一节中,加强历史情境中的情感和氛围。这既为塑造形象、还原事件提供了历史依据,也使读者得以"触摸"历史人物的真实心态,把握时代脉搏。

其次,小说还通过对历史细节的真实描写,将其创造性地转换为形象塑造的重要手段,使之不仅合历史合目的,而且也合情合理。如李盛铎其人,文献史料对其参加"保国会"前后反复行为曾有简略记载②。《戊戌变法》在叙述这段历史时,据此富有意味地加以演绎发挥。它写"保国会"如火如荼之际,吸引了李盛铎等一批名流或大臣纷纷出场,认为康有为等维新派奇货可居,便主动参与,以同道相称。然而,嗣后情势稍变,加之徐桐的训斥,李盛铎便马上划去"保国会"名单上的名字并登报公告,假装因内心愧悔而病重。凡此这些,都是作家综合把握人物性格和行为逻辑基础上的合理推衍,它超越了对历史的亦步亦趋,进入艺术逻辑的可然性领域。这种"还原式的虚构创造"③,显示了小说处理历史与文学两大质素关系时的理性自觉。

最后,《戊戌变法》的细节之真还进一步与人性之真相勾连,并指向人性。此类细节在全书中有不少,它可以说是体现作家还原历史、求真致真的一种重要方式。如变法前夕的帝后关系。光绪在慈禧处得到许诺:"只要对国家有利,不损害大清祖宗的事业",便不加干预。此后,作家铺展光绪面对康有为上

---

① [法]福柯:《知识考古学》,谢强等译,生活·读书·新知三联书店1998年版,第6-7页。

② "戊戌政变前一天,徐桐'召木斋至邸,深斥之'。当听到御史潘庆澜欲参劾倡会诸人时,李盛铎'乃检册自削其名,先举发之',以脱干系,并邀上功。"《江西省志人物志》编纂委员会编:《江西省志人物志》,方志出版社2007年版,第308页。

③ 吴秀明、黄健:《论茅盾对现代历史文学理论建设的贡献》,《中国现代文学研究丛刊》2009年第4期。

书中的"乾纲睿断"四字展开的细腻心理,而这部分内容集中于光绪对帝位和
权力之有名无实的不满。这隐含着小说对光绪变法动机的探究以及对光绪人
物形象的定位。通常认为,光绪出于内忧外患而奋发图强、支持变法;但作家
既然从政治运动的角度重审历史,必然涉及对关键人物光绪的判断。有人对
变法性质提出新议,主张戊戌变法"是资产阶级维新运动与地主阶级自救运动
发生'共振'而引发的"[1],"戊戌变法时帝党与后党本质上乃共同体关系"[2]。
这表明史学界对变法之性质与诉求的认识发生了新变。而小说则以人性探索
的方式进入历史,其文学想象力和艺术创造力所开拓的审美境界与史学界达
成了某种共识。光绪变法不仅意在图强,还着眼于统治阶级内部的权力之争。
正如慈禧较顽固派大臣表现出对变法更为开明的一面,"只看结果,不问过
程","什么变法维新,什么顽固守旧,只要使大清强盛起来,不受洋人的欺负,
让祖宗的大业万寿永昌就好"。这与小说对戊戌变法原因的判断存在逻辑自
洽性:慈禧是在光绪罢免礼部六堂官、提拔军人袁世凯、接见伊藤博文后发生
态度激变。而戊戌变法的成果,也并未越出洋务运动的范畴。正如小说另一
重要细节所展示的:"明定国是诏"的基本方针在于"以圣贤义理之学植其根
本,又须博采西学之切于时务者,实力讲求";小说随即强调这"与张之洞提出
的'中学为体,西学为用',意思差不多",光绪看罢诏书"深感满意"。这些细节
表明作家对戊戌变法的根本主张和实际成果的有限性的体认,使小说在同情
和认肯中表现出难能可贵的理性反思力度。《戊戌变法》细节运用的多样性和
层次性,达到了以细节展现史观之效。小说在历史的重大关节点之细部,生发
对历史逻辑的思考以及历史人物的深层心理分析。这些细节描写,内在地蕴
含了作家对历史及其历史真实的洞见。

　　作为特殊的文学门类,历史小说同时接受文学与历史的双重规约。尽管
我们承认"虚构"作为历史小说本体的地位,但"真"仍然应当被视为"美和善价
值兑现的前提条件和基础"[3]。历史小说真实性应当指向其所还原之历史的

① 郑永福:《资产阶级维新与地主阶级自救——戊戌维新性质的再认识》,王晓秋编:《戊
戌维新与近代中国的改革》,社会科学文献出版社 2000 年版,第 18-25 页。
② 罗福惠、何卓恩:《戊戌变法的几点再认识》,郑大华编:《戊戌变法与晚清思想转型》,社
会科学文献出版社 2010 年版,第 67-74 页。
③ 吴秀明:《中国当代长篇历史小说的文化阐释》,文化艺术出版社 2007 年版,第 145 页。

复杂性、丰富性、层次性;从宏观的历史潮流及其走向的基本判断,到中观的历史框架的搭建,再到微观的历史细节的挖掘,无一不是对作家的史料积累、历史观念、认识方法的严格考验。在这一点上,《戊戌变法》有其可圈可点之处。但作为一种特殊的文学形态,小说在总体上表现为对历史的完整性、宏大性的追求,而在具体的人生完整性尤其是历史的心灵化、个性化方面似嫌不足。在这里,作家对历史话语与文学话语关系处理似乎显得有些含糊。正如南帆所说,"历史话语显然注重'记',文学话语显然注重'忆'。历史话语的记载尽量客观、公允,避免各种主观因素的干扰,描述历史内部各种举足轻重的社会层面;文学话语更多地纵容个人的好恶,许可独特的叙述角度,不惮于按照一己的情感逻辑扩张什么,简化什么";文学不能停留在"镜子说"层面,文学之真的一种意义在于,以历史与文学的对话构成"历史连续性的丰富理解",寻求"人生"对历史叙事的证实或证伪①。在这一意义上,《戊戌变法》过于贴近历史的姿态有其缺陷,即"重记轻忆"。这主要表现在作品大量取材于历史人物、历史事件,程度不同地存在历史逻辑压抑文学逻辑的问题。从这一角度看,《戊戌变法》所采取的"正史"书写方式,在艺术转换和内化、细化方面,尚有提升的空间。

三、群像书写的独特实践

群像书写是《戊戌变法》历史叙事的显著特征。小说虽以康有为作为群像枢纽,居于中心位置,但他并不像常见的作品那样独占鳌头,所有人物都围绕着他运转,而是笔分五彩,在整体性视域下展开对当时各派系、各阶层人物描写,为我们提供了一个相当完备的晚清总体形象谱系。作家在小说扉页之后专设一页,列举三十七人作为本书主要人物,这一郑重其事的介绍方式自有其特殊寓意。观察作家的排版设计可知,小说将全体人物划为三层,以康梁、戊戌六君子、毕永年等民间义士为一层,代表变法的直接推动力量;以光绪帝、翁同龢、李端棻、徐致靖等为一层,代表变法的支持者;以慈禧太后、荣禄、刚毅、徐桐等为一层,是为变法阻力。

① 南帆:《文化记忆、历史叙事与文学批评》,《文学报》2018 年 6 月 28 日。

在分层分群的群像书写中,小说在展现各层人物共同性之余,对彼此个体之间的差异给予充分关注。例如慈禧、荣禄、刚毅、徐桐等同为当权守旧势力,基于共同利益对维新派围剿堵截;但在出发点和人物个性上,又存在差异。慈禧与"后党"大臣之间有不同的视角,慈禧虽无现代的国家意识,但其将"大清"视为祖宗基业或曰私产,在不危及权力的情况下,相当程度地容忍变法;荣禄、刚毅则以维护自身在现有体制中的既得利益为出发点,表现出对变法更为激烈的否定态度。在小说中,刚毅与荣禄也有明显差别。荣禄作为北洋大臣、直隶总督,筹建近代化军事,更为直观地体会到西方的强大威胁,对器物层面的变法有一定的接纳;他以"后党"军师身份出现,熟知国内外局势,在慈禧提出废帝之时,荣禄分析可能造成的朝廷动荡和外国干预,坚决劝阻,展现了狡诈和深沉的特征。而刚毅则表现为有勇无谋、残酷阴狠。例如刚毅持有满汉民族矛盾高于中外矛盾的落后观点,又听信义和团"神迹"、鼓动慈禧利用义和团抵抗八国联军,并在一败涂地之时出卖义和团。同样,在变法支持者内部也存在明显差异,例如翁同龢主张稳健隐忍、反对光绪与慈禧发生正面冲突;王照希望拉拢慈禧作为变法的后盾,并反对康梁以军事力量介入变法;徐致靖则对王照的"保守"加以训斥。而在变法核心力量中,康有为的沉稳与忧国、谭嗣同的急进与激愤、徐致靖的耿直与冒进,共同构成了"围园锢后"这一稚嫩计划的成型及其走向失败的原因。

堪称庞大的群像塑造,对长篇小说提出了挑战。但《戊戌变法》仍然把握了历史人物的基本定位,还原出观念立场的多样性和变法面临之矛盾的复杂性。这归功于作家对史料的全面搜集和审慎辨析,也得之于从历史原生态中提炼发掘艺术潜质的审美眼光。《戊戌变法》的群像书写,有其创作基点和主题设计的必然性。作家创作的重要出发点在于"纪念"戊戌变法,这决定了他将全面呈现历史、总结经验作为小说的基本构架。因此,《戊戌变法》不可能采用《戊戌喋血记》《康有为》等以主要人物的单一视角观照历史的"纪传体"的写法,而是致力于将历史发展进程中的各种力量纳入视野,构筑还原戊戌变法"全景"的稳固框架。事实上,《戊戌变法》的命名,最直接、最醒目地表现了这一特点。在此前提下,群像塑造作为小说艺术设计上的选择,显得自然而又合理。正面书写"戊戌变法"并全面总结其历史经验,是作家给自己设置的一个难题。穆陶采用的"正面强攻"式的写作模式,类似于我国古代历史叙事中的"纪事本末体",即

"以事件为中心确立标目而展开"①。但在文学创作领域,这一更常为史学家所采用的叙事方式,对作家文史知识素养提出了很高要求。在这里,众多文献史料的引进,固然为史实的概括梳理、历史规律的认识判断提供了丰厚的知识支撑,使小说获得智性的深刻与史学的厚重;但与此同时,它也让"历史"给"文学"带来某种压迫,致使自己创作出现了"重史轻诗""质胜于文"的倾向。

尽管群像书写一定程度上造成了人物形象的单薄及整体布局的松散,然而从《戊戌变法》的艺术实践来看,我们不得不承认,康有为形象塑造仍不失为这部小说最为醒目的一个亮点,兼具线索人物和典型人物的双重意义。前者,如康有为出场时宣传变法思想的艰难——拜访大臣遭拒、发起"保国会"和上呈"上清帝书"的受挫,这些围绕康有为发生的事件带动并激活了周边人物,在这一线索中带出了徐桐、翁同龢、李鸿章、慈禧、光绪等一批重要人物及其性格观念,推动了情节发展,勾画变法的社会图景;后者,则表现为人物性格、思想与时代的碰撞冲突中呈现的悲剧效果。小说中,康有为的主张出现了"倒退式发展"。在小说开场,康有为反感"封建皇权,生杀予夺,何时能了",宣传"民权"、以"大同"为终极理想。面对封建传统的强大阻力和瓜分狂潮的迫近,康有为转而幻想以君主"乾纲独断",推行自上而下的和平变法。而在维新变法陷入困境之后,康有为意识到"照搬西方"忽视了中国国情,从主张建"制度局"转向"循祖制"开"勤懋殿"。这真实展现了历史上康有为在政治实践中的思想转变。史学家或称之为斗争策略,或指责其政治投机。但《戊戌变法》从康有为"大同""民权"思想的节节后退,从其"唯有尽力,便不后悔"的决心在腐朽政权面前的失败,发现了个人在强大政治环境面前的无力,以及落后时代对前瞻性、变革性力量的压制与扼杀。当然,小说也并不回避康有为在政治上的幼稚和冒进及其狂妄性格对悲剧收场的影响。如对光绪许诺的三年强国蓝图,在荣禄面前直言"杀几个一二品大臣"为变法立威,在危急时刻轻信袁世凯,甚至他在变法前期并未清醒地认识到光绪权力的有限性,等等。这令康有为形象呈现出性格悲剧的色彩。但更为重要的,是小说发掘了康有为形象蕴含的至今极富感染力的美学质素,即和谐幸福、自由平等的乌托邦想象,力挽狂澜、济

---

① 朱露川:《中国古代史学历史叙事发展的新阶段——论纪事本末体史书的兴起及其意义》,《史学史研究》2017 年第 4 期。

世救亡、九死不悔的爱国热忱,千难万险推行变法却终究走向毁灭的悲壮感。康有为形象代表了身处封建社会末世,有抱负有理想的一代知识分子的崇高人格与精神力量;晚清所处环境与当前全球化或后殖民语境的中国具有某种"异质同构",也更容易激发国人对"戊戌"和康有为的"同情"。

如此,《戊戌变法》以康有为形象为相对中心,将零散无序的群像符号编入逻辑有序的意义链条。毕竟,历史小说是对历史事实打碎后的重组,只有在重构整体性的基础上,才可能再现历史大势走向,并使小说与传统的"纪传体"对接。康有为作为戊戌变法的"起因"和"总工程师",在理论设计、政治实践方面,皆居于中心地位,有其历史特殊性。以康有为作为推动整体叙事的动力源,不仅是历史真实的要求,也蕴含了作家对戊戌变法的价值判断。20世纪80年代初任光椿《戊戌喋血记》以谭嗣同为中心,固然是对"戊戌"的大胆肯定,但作家似乎更看重谭嗣同的"爱国"和"烈士"两种身份,这虽然有其历史时代背景的特殊考虑,但客观上也让小说对"改良"的肯定有"擦边球"之嫌。21世纪第二个十年晓箭《康有为》对康有为形象进行逆向"翻案",主要还是出于对戊戌变法的否定。而穆陶《戊戌变法》将康有为塑造为正面及主要人物,一定意义上表示了作家站在今天的立场和新时代的高度,对作为渐进式"改良"的戊戌变法的更高的评价。它包含了"历史"与"现实"的双重视角。

对康有为和戊戌变法的评价,经历了基于政治意识形态的贬损到认可的过程,后又出现以"道德"代替"历史"评价人物的"非历史化"倾向。但正如黑格尔《历史哲学》导论中所说,"世界历史的地位高于私人道德的地位"。《戊戌变法》从时代潮流演进的高度对人物进行历史评价,还原人物在走向庙堂过程中的思想心理变化,不失为重构"过程"复杂性的一种方式。康有为之重要价值正在于其顺应了历史前行的方向。戊戌变法虽然以失败告终,但却揭示了改革的艰巨性和复杂性,至少在思想启蒙的意义上为后来的革命和今天的改革提供了重要参照。而小说对康有为及戊戌变法的赞肯,也是基于变法领导者和支持者心忧家国、挽救危亡的一片赤忱。在这一意义上,《戊戌变法》所重现的风云际会的历史现场,所回应的历史关键时刻,都应成为当前和未来人们不断重返的一个历史"原点"。

(本文与俞清瑶合撰,原载《当代作家评论》2020年第4期)

文化历史小说的"另一种写作"

——读《风流宰相谢安》

　　20世纪八九十年代以来,海峡两岸众多作家纷纷投身文化历史小说创作。他们致力于从社会生活纵深处开掘历史的文化内涵,在这基础上展开有关人事的叙述,并对人作为生命实体的存在及意义给予更多的关注。于是,其所创作的作品就有颇高的认识价值和浓厚的文化底蕴。刘斯奋的《白门柳》、顾汶光的《百年沉冤》、唐浩明的《曾国藩》《张之洞》以及中国台湾的高阳的《慈禧全传》《胡雪岩传》等,可称得上是这方面的代表作。

　　王顺镇的长篇历史小说《风流宰相谢安》,也可名忝此列。作者以百年的东晋历史作为小说的叙事背景,在一幕幕宫廷争斗、家族恩怨、党派纷争、个人欲望的描摹中,透视乱世众生相:谢安的织网术、桓温的皇帝梦、司马昱的无上柔功、朱序的忠勇善战、释道安的洞明睿智……可以说,作家为我们提供了一个颇高的文化平台,在这个平台上,世家贵族一个个粉墨登场;他们为生计、权力和战争奔波挣扎,轮番上演了一出出人间悲喜剧。与其他文化历史小说不同,王顺镇关注的不是以儒家为本位的中国传统文化,而更多承续的是以佛禅为旨归的另一种文化资源。全书不是按照传统的时间之维推演,而是通过空间转换的日常场景进行叙述。作家言说历史的方式也颇为独特,一如他至今未被人们引起足够重视的两部长篇历史小说前作《长河落日》《竹林七贤》[1]那样:以敏感的心灵和冷静的目光,卸下史料的重负,通过复活心目中神秘瑰丽的魏晋历史,去探索和诠释世界及人性关系的多种可能性,隐喻地表达作家对人类生存状态的思考和对生命终极意义的叩问。

　　小说的深度来自作家心灵的博大和精深,一部优秀的作品总是与作家独

---

[1]　王顺镇:《长河落日》《竹林七贤》,(台湾)实学社出版股份有限公司1996年、1998年版。

特的审美感知方式和洞悉社会、体悟人生的高超能力息息相关。《风流宰相谢安》为读者提供的,并不只是一个遥远的故事,还有潜藏在故事底下的有关社会、历史、文化以及生命的多方面思考。可以这样说吧,王顺镇的《风流宰相谢安》是文化历史小说的"另一种写作",它带给我们的将不只是一种新的话语方式,还有对生命的独特而深刻的感悟。

一、叙事角度与立体绘画的视觉效果

福斯特在他的《小说面面观》中引用卢伯克的话说:"小说写作技巧的关键,在于叙事观点——叙述者与故事的关系——的运用上。"[1]可见,叙事观点也即叙事角度或叙事视角是小说艺术中至关重要的问题;不同的叙事角度会产生不同的艺术效果,会赋予作品以不同的艺术特色。文化历史小说大多采用比较宏伟的历史叙事,致力于社会写实层面的开掘,文本因此显得大气厚实。相形之下,叙事角度就较为单一,大都使用全知全能的第三人称客观叙事,对人物的心理描写也用墨不够。而像赵玫的"唐宫三部曲"等"人化"历史小说,则多把小说叙事的焦点放在人物内在心理的剖析上,社会写实层面几乎没有涉及。如何让社会写实和内心写真有机统一? 王顺镇的《风流宰相谢安》对此作了很好的探讨。

该小说从上卷第一章起始,褚太后、桓温、王文度、谢安、郗嘉宾这样六个人粉墨登场,每一个人物各为一节。作者给他们每一个提供足够的文本空间展示自己的生存状态,言说自己心灵深处不为人知的焦虑困惑乃至屈辱痛苦。比如桓温,他是一个极为复杂的人物。作为东晋大司马,他执掌天下兵权,连皇帝都对他毕恭毕敬。但他却有很大的政治野心,那就是篡位夺权,想自己当皇帝,这是形同窃国的大贼行径。作者在第二节就重笔渲染了桓温的内心流程:他的做贼心态,与王敦的心灵对话,立德的迫切愿望,等等。褚太后、谢安等人也都有类似的心灵独白。这样,我们从小说一开始就进入了人物的心灵深处,洞知其喜怒哀乐和鲜为人知的另一面。当然,人物言说自我内心的文本

---

[1] ［英］爱·摩·福斯特:《小说面面观》,苏炳文译,花城出版社 1984 年版。

空间毕竟是有限的,为了让笔下的人物都活起来,作家又颇具匠心地让他们在言说自我的时候,又被他人所言说。这是一种多方位、多角度的透视法。还是桓温,他既阴险,喜怒不形于色,为了达到个人目的不择手段;又心怀天下,善于用人,深谙平衡人际之道,这在乱世尤为不易。他视野开阔,深谋远虑;但在战争中又为一己私欲所困,因为太珍惜老本,不敢主动出击,使得北伐失败,终未完成收复中原之大业。对于这样一个"圆形"人物,仅仅提供给他自己言说的空间是不够的。为此,作家还巧妙地选取了其他人物作为观察点。比如身为幕僚的郗超、名士谢安、当朝宰相司马昱等都在不同层面观照了桓温的为人处世,透视其性格的不同侧面。在作品中我们还发现,几乎所有的人物都处在说与被说的境地。从不同的叙述者和不同方位的透视中,读者领略到了"横看成岭侧成峰,远近高低各不同"的艺术效果。而不同的叙述者和不同的视角又互相交织、补充和印证,从而成就了作品人物形象谱系的立体塑造,使一个个具有多重矛盾性格的、有血有肉的艺术形象站立起来了。

与内视角互为一体又相映成趣的是外视角,在这方面作者也很有自己的个性和特色。回眸历史,王顺镇的眼光是冷静、犀利而又理性的,他对自己笔下人物的性格和命运了如指掌,但从不介入文本代替人物说话,只在必要的时候稍作评点。这样的外视角有利于对当时时代社会的评判和把握。东晋是一个战祸迭起、皇权频繁更替的乱世之秋。那时门阀世族凭借门资,通过九品官人法,占据了庙堂中心。当官的世世代代当官,当兵的世世代代当兵;百姓厌战,朝廷懦弱无能,整个社会处于剧烈的动荡之中。乱世先乱心,清谈者多,实干者少;囿于一己之私利者多,心怀家国者少。文本中处处可见作者在描述这段多灾多难历史时的隐而不露的批判态度。而人物的言行举止恰恰成为连接内在心理和外在社会的中介,这完全符合人学的要求。于是,内外视角的相互交织,就使作品的社会写实与内心写真真正走向融合。

需要指出,作者的这种不断变化、内外交织的叙事视角,在某些方面类似绘画艺术中的立体画派的技法,它是对传统小说固有叙事的一个富有意味的突破和超越。立体画派主张从各个不同的角度来表现物体的形象,以求达到立体的、科学的真实。王顺镇深知,从一个角度观察,只能描绘出呆板单调的人物画像,而从不同的侧面去透视,才会塑造出立体丰盈的艺术形象。不同的叙事者,不同的叙事角度,焦点都集中在同一个人物身上;而反过来,这个人物又通过自己的方式来表达对他人的观感。这样就获得了立体主义绘画作品的视觉效果,它能将从一个角度看不到的物象的其他侧面同时表现出来,作品由此也获取了某种可贵的张力。卡西尔曾说:"一切时代的伟大艺术都来自于两种对立力量的相互渗透。"①可见,一切相互对峙而又相互作用的原则、意义、情感和词语,都可以产生张力。而在叙事作品中,主要是由不同的人物来产生不同的张力。《风流宰相谢安》一书独特的叙事角度,使得人物在不同的视域中相互作用,从而形成一种极具张力的立体网状结构。这种网状结构,它不再按惯见的时间之维进行叙事,而是在不同人物的内心流程中,自然呈现繁复的历史状貌。这虽然打乱了故事发展的顺序,但却符合读者的思维逻辑和阅读心理:小说中的他(她)究竟是个什么样的人? 他(她)为什么这样做? 他(她)这样做的思想基础和心理原因是什么? 这一连串的问题不能不引起读者的思考。小说始终在调动着读者的心理期待,激发着他们的阅读兴趣,诱使他们一页一页地读下去。

二、深度对话与繁复历史的简约化拆解

一位曾参加过第一次世界大战,后来成为法国年鉴派史学家的代表人物之一的法国退役上尉吕西尔·费弗尔曾这样说过:"历史不应再是一片沉睡的墓地,只有阴谋诡计在那里出没无常。历史学家们充满战斗渴望,他们身上披着硝烟,染着妖魔鬼怪的血迹,必须冲进公主长眠的古老沉寂的宫殿,打开窗户。点亮烛台,让这世界恢复声息,然后以他们自己的沸腾充沛的生命力,去唤醒在沉睡的公主身上已中止的生命……"②这里的"公主"可以指代所有历史小说中的人物。由此可见,历史小说作为小说诸多样式的一种,其根本宗旨是借助特定的历史情景,来显现人类灵魂活动的力量或构成方式,并在这显现过程中见出作家本人的终极关怀。然而,由于描写对象与作家创造主体存在着巨大的时空距离,这就使得作家在进入具体创作情境时,主体思想情感极易

---

① [德]恩斯特·卡西尔:《人论》,甘阳译,上海译文出版社 1986 年版。
② 转引自董小英:《再登巴比伦塔——巴赫金与对话理论》,生活·读书·新知三联书店 1994 年版。

被悬置,主客之间颇难形成一种双向能动的对话关系。如何有效进入主体思想深层,提升文本的文化诗意? 这对于任何历史小说作家来说,都是一个无法回避的艺术难题。

王顺镇在《风流宰相谢安》中所做的一个有益尝试,就是用人物对话的方式,把繁复的历史拆解成一个个几乎只有两人"在场"的对话式叙述场面。在其他的文化历史小说中,往往宏阔场面刻画多而对话描写少;即使有对话,大抵也是一般叙事学意义上的常规性的对话——如人物之间的应酬等日常会话,或者是因叙事需要所展示的对话情景等等。这类对话通常意义较为浅显,它也不指向小说的题旨。而王顺镇不仅花费大量笔墨描述一个个对话场景,而且在类型和层次上将其推进到直逼生命与存在的境界——我们不妨可将此称之为"深度对话"。"深度对话"是一种强指向的对话,人物通过它,或直接发表对社会、制度、人情和生命的看法,或在对人事的具体见解中呈现出各自的精神世界状况。正是这种对话,它成了人物之间产生深层联系和碰撞的重要纽带。《风流宰相谢安》类似的"深度对话"俯拾皆是,几占全书的一半,简直成了一部"对话体小说"。比如桓温与司马昱的涑州对话,说是对话,实际上是双方智慧和计谋的较量:一个是大权在握,居心叵测;一个是当朝宰相,无为中图有为;一个咄咄逼人,试图以气势压人,实现自己夺权的阴谋;一个以退为进,以柔克刚,不动声色。他们每一句话的背后都有千万种考量。对世态的分析,对对方心理的揣度,一念牵动万念,人物的精神状貌由此纷呈毕现。

对话难写,它既需作者对笔下人物内心进行深入的挖掘,又需要他对对话双方(或多方)彼此关系的准确把握。处于战乱的东晋世风日下,人人自危,以血缘关系为纽带的望族联姻已成时尚。如琅邪王凝之娶陈郡谢奕女,太原王国宝娶谢安女,谯国桓冲娶琅邪王怡女。这就使人与人之间的关系显得格外复杂而又微妙,从而也为作者的对话描写在平添韵味的同时增加了不少难度。《风流宰相谢安》的成功之处及其卓尔不凡的文字功力,就突出表现于此。随便举个例子,如第六章东晋大将朱序在襄阳之战失败被囚往秦国的途中,他与高僧释道安的一段对话:

朱序见到释道安,叹曰:

"一切都完了! 都结束了!"

道安说：

"这是俗家的看法。在佛家看来，万物万事都无始无终，或说结束就是开始，新的开始。"

"法师在中原是说法，在长安也是说法，可以始终如一；朱某昨为战士，今为俘虏，结束了战士的岁月，开始了俘虏的生涯，始终判如云泥！"

道安笑道：

"君自画地为牢矣！"

两人见面交谈不过几句，但句句直入朱序内心，没有寒暄，没有客套，言简意赅，又极富哲理。这种"深度对话"，亦是小说整体文化诗意升腾的有力引擎。作者擅于用人物的对话烘托哲性的氛围。他笔下的人物，多是东晋有权有势的贵族子弟，他们或掌握朝廷大权，野心勃勃；或醉心清谈，善于营造虚名；或纵观天下，运筹帷幄；或花费毕生精力缔结血亲之网，以打造世家望族的势力。这些人都是言语表达的佼佼者，他们擅于通过对话来表达对生存的思考："处则为远志，出则为小草"；"大智与大愚往往形似"；"吾以多才胜，以缺德败"。如此这般，处处可见富有思辨色彩的智性闪光。

历史是充满矛盾差异的多种力量的复合体，世上并不存在恒定一致的所谓历史。文学作为最具个性化的精神产品就更是如此。那么如何表现历史的变动不居、多元开放呢？作者由作品中"对话"世界的建构，给出了一份较为满意的答卷：这就是人物由"对话"体现对社会、历史和人生的感悟，而作品经由"对话"完成了对繁复历史的简约化拆解。即使是对北伐之战、淝水之战这些大的战争场面的描写，作者也设计出一幕幕对话场景，让人物在对话中明了战事的走向，掌握敌我军情，制定御敌良策。这些颇类似戏剧的折子戏，有因有果，有开端有高潮有结局，他们一律都由人物的对话来完成。巴赫金强调：纯粹的对话关系乃是"同意和反对的关系，肯定和补充的关系，问和答的关系"。①而当对话出现在人与人的意识中，就构成了一种对话性，这其实是在各

---

① ［俄］M.巴赫金：《陀思妥耶夫斯基诗学问题》，白春仁等译，生活·读书·新知三联书店1998年版。

种价值相等、意义平等的意识之间相互作用的特殊形式。《风流宰相谢安》的"对话"丰富了作品的意蕴,使其迥异于一般历史小说的单线运作。

除了冷静的旁观视角之外,作者还通过人物对话巧妙地融入了自己的声音,并由此拉近了与遥远历史之间的距离——从这个意义上说,对话不仅仅是为人物性格服务,它同时还表达了作者对历史、社会和人生的一种体悟,成为作者进入历史、感知历史的一种方式。当然,作者这种体悟和感知并非是纯个人的,而是将其终极目标执着地指向与个人生存息息相关的民族乃至整个人类命运的关注上。苏珊·朗格在《艺术问题》中讲道:"艺术家表现的决不是他自己的真情实感,而是他认识到的人类情感。"①这也说明,一己的悲欢只有与人类存在相通,它才有可能获得更加廓大的审美意义。世俗的关怀,如果不能通向人类的终极关怀,那它只能使作品匍匐于地面,显得小鼻子小眼,零零碎碎。在人性关怀上,王顺镇正努力随步当年鲁迅先师之后尘,以一种悲天悯人的博大抚慰着困顿在苦痛尘世里的大众的灵魂。也就是说,他决不满足于对一般社会现实和人生问题的描摹与反映,而更注重探求生命形式的终极意义。他在求解人生方程式奥秘的过程中,努力挖掘并引发读者去探索超越时空的人生精义和心理蕴含。简言之,王顺镇的那些看似闲笔的描写内在地氤氲着深刻的哲学意味。他笔下的人物尽管个性不一,但人人都摆脱不掉命运的捉弄,他们的人生航船无一例外都行驶在悲剧的河流里。

三、超验之美与最高灵境的体悟

魏晋南北朝晋时期,佛教勃兴。一大批佛教般若学者模仿着玄学清谈家的风格,以般若学的概念、范畴和命题附会玄学,迅速形成了一股颇具规模的般若学思潮,实现了玄佛的合流。东晋的君臣和名士热衷研习佛学,即便是名士清谈,也往往要借助佛教义理进行。因此佛教在这个时期广泛地传播开来,并影响到社会的各个阶层。王顺镇研读佛经十几年,作家本人的内在修养与他所择取的历史氛围之间的契合,使得作品到处弥漫着浓浓的佛禅哲理。不

---

① [美]苏珊·朗格:《艺术问题》,滕守尧等译,中国社会科学出版社 1983 年版。

仅仅是作品的十几个小标题,就是作者重笔勾勒的人物形象和努力营造的文本意象,都可见出佛理玄机的自然流露和高度抽象的思辨色彩,作品也由此笼罩上了一层神秘超验的美感。

所谓超验,是德国哲学家康德界定的概念。他说:"我将所有那些不是与对象有关,而是与我们关于对象之认识方式有关的认识,只要它们是先天可能的,都称作'先验的'。'先验的'并不意味着某种超越出经验的东西(那将会是'超验的'),而是某种虽然先于('先天的')经验,但除了使经验成为可能以外还没有得到更进一步规定的东西。"①可见,超验同经验相对,指超出一切可能经验之上的不为人的认知能力所及的神秘力量。它以经验为基础,又超越具体感性的经验世界,是凭借心灵的契合而达到的一种体验和领悟。它非经验所能指归,非常识所能认知,非习惯所能判别,给人一种可感发可领悟却不可触摸的质感,具有空灵、飘逸、浩瀚、激荡和震撼等美感效应。美学家宗白华在《艺境》一书中曾以"直观感相的模写""活跃生命的传达""最高灵境的启示",来表述阅读由浅入深的不同层次。② 对超验之美的体验,因其不确定性和开放性远胜于经验世界的一切,它注定读者只能处于不断体验、不断追寻和不断探求的过程中;凭借作品留下的印迹,去参悟那不可穷尽的大大小小的人生之谜和人性之谜。

《风流宰相谢安》一书因其对佛理内蕴的把握,对人生的探索指向了终极的存在,故文本世界蕴涵着超越日常经验的不可言说的超验之美。换句话说,作品的超验美感源自佛禅文化这一中国传统文化资源;而恰恰是如此珍贵的文化遗产,却时常为我们的历史小说家所遗忘。综观全书,作者为我们提供的人物谱系除了东晋的世家贵族外,还有一批名僧如苦头陀、竺法汰、竺法深、支道林、慧远法师、释道安等,他们在文本中大都以清谈或讲学的方式来阐释佛学经典的义理。佛家认为,"缘起性空,性空缘起",世间一切人事都是因缘聚散无常的变化现象,此中本来无我无人,也无一层不变之物的存在。因此对苦乐、顺逆和荣辱等境,皆视为等同如梦如幻的变现。小说中活跃的高僧们,往往也都抱有这样的佛学要旨并身体力行。苦头陀是全书最早出场的一位高

① [德]康德:《未来形而上学导论》,庞景仁译,商务印书馆1982年版,第172页。
② 宗白华:《艺境》,北京大学出版社1987年版,第155页。

僧,虽然作者对他的着墨不多,但在有限的文字中,其睿智、豁达和洞明给人留下深刻的印象。他往往一语中的,"你施舍,你心安,此事已然扯平,了无痕迹,何谢之有"? 他的感物方式已超越俗世之上。他的年龄也难以猜测,长年住在寺旁的塔中,不与寺中僧人接触,却对世事了如指掌。全书尾声苦头陀由砂锅中的蚂蚁悟到:"蚂蚁也有它的业力,它们在业力的驱使下,其势亦不可逆转。故曰,业力大于佛力。佛不度无缘之人。"类似的佛学禅语在书中颇多。竺法深亦是一位很神秘的大师。他指出,"世间万物万事都在因果之中,一因能生万果,一果可追溯出万因来。若以因果编成网络,那便是一张立体的向外无限伸张并且互相勾结的天罗地网,每个人每件事不过是这张无穷大网上的一个小结而已。"整个人世在他看来已然是一张网,其对事物的透视打通了过去、现在与未来。而释道安大师则是作者用墨最多的一位。他从第四章开始出场,其后经常都可见其飘忽的身影。他剖析义理精到透彻,料事如神,禅修已入六通境界。更可贵的是,他心系天下苍生,对两次关键的战役:襄阳大战和淝水之战的成功战略起了关键的作用。"结束便是开始","胜中有败,败中有胜","非中有是,是中有非"……处处见出其佛理的精辟。这也是人类如何协调自我、处理人际关系,尤其是在大动荡的乱世间了悟安身立命之道的一种大智慧。这些高僧在文本中有形无形地穿行,他们的洞察世事,对事物命运走向的准确把握,给全书平添了一种别样的意趣。他们的存在为作品涂上了跃动的智性色彩和浓重的佛禅哲理。

《风流宰相谢安》中"网"的意象很明显,这也是该书何以弥漫超验美感和呈现无上玄机的一个重要因素。此所谓的"网"的意象的营造,从发生学的角度看,主要归因于以下两方面的努力:

第一,作者以极具叙事张力的家族作为文本描述的中心,他把家族关系网与社会关系网相连接,形成了家国一体的叙事模式。这一叙事模式对于人物角色命运的定位及其隐秘心灵的揭示都具有重要的作用。小说中的谢安,46岁出仕成为桓温身边的一位司马,一直到后来位极人臣,掌控朝政。他的权力来自其高明的编织术。他不仅周旋于豪门世族之间,而且还让谢家子孙与琅邪王氏、太原王氏、诸葛氏、庾氏、羊氏、殷氏等联姻,织就了天下最强势的关系网。全书以谢安为主线,从他出仕和去世为始终,让这样一个枢纽性的人物带动家国一体的叙事模式展开。的确,就社会学和美学角度而言,能为人际交往的可行性和合理性进行诠释的莫过于"关系"了。人生存于社会关系的组合变量中,人际关系的确立因人际交往的社会属性,增添了合逻辑的哲学理性及非逻辑的美学效应。从这个层次角度审视人类,作家有必要为人的生存本相搭建纵横交织的关系网络,然后再进而从中寻找种种的生存奥秘。王顺镇就是基于这样的事实和道理,在他的书中刻意铺叙谢家(谢安)以及王家、司马家、庾家这四大家族的关系网,为我们营造了一个探索历史和人性隐秘的错综复杂的网络系统。中国文化的基本单元是以血缘为纽带的家庭/家族关系。这种关系经过长期的世代强化式的累积,已形成以家族祠堂(祖庙)为中心的伦理文化和亲缘关系。抓住了这张关系网,也就抓住了中国文化的基本特质。当然,它亦从中寄寓了王顺镇对这种文化的深刻忧患乃至某种荒谬宿命感。也是在这个意义上,我们与其把王顺镇说成是哲学家、思想家,毋宁说他是一个极其敏感、悟性很高的艺术家;他对人生的观察和体验,已穿越经验而上升为超验,这种超越和提升自然具有形而上的意味。

第二,作者笔下的生活本身就是一张网。"网"是看不见摸不着的,它无形而又坚固,密密匝匝,很不容易突围。也因了"网"的坚固强大,才使人物的精神世界呈现异样的艺术光彩。他们生活在"网"中,又折射着"网"的险恶及无处不在。谢安就是一个很典型的例子。他穷尽毕生的精力要为谢家营建一张牢不可破的血缘关系网和家族势力网。可以说,他就是一只擅于编织大网的蜘蛛;而他的可悲之处,也正在于这张网的编织成功。就谢安的生存状态及命运轨迹而言,他自身又自觉不自觉地被"网"所利用,甚至本身就是"网上之扣"。他为了适应九品中正制,不得不到处与望族求亲,"每次都是摇尾乞怜,每次都是赔尽小心,每次都是一波三折"。这样的忍气吞声,不但消磨了他的英雄气,而且也伤尽了他的自尊心。透过这张生活之"网",我们不难感受到整个东晋社会的伤痕累累,上自朝廷下至民间,到处都是精神的污染和灵魂的残损;尽管也有正义与良知在奋起抗争,也是如此的微弱和力不从心。"网"的意象建构的意义世界是超乎经验的,它需要精神的提升和心灵的契合才能体悟人生之道。意义世界也许不是终极真理,但它却是人的主体可以把握的一种真实的生命体验。

总之,王顺镇的佛禅意识与艺术思维互融,开拓了一个具有超验性质的新的历史世界。他的实践(也包括他以前的实践),为当下文化历史小说的创作提供了新的启迪。众所周知,我国佛禅文化博大精深,源远流长,是中华元典文化的一个不可或缺的重要组成部分。遗憾的是时至今日,仍尚未引起广大历史小说作家的足够重视。在文化资源继承问题上,重儒学而轻佛禅,这似乎成了我们历史小说创作的一个普遍症候。为什么迄今为止大部分历史小说缺少思维超越性和审美想象力,其中一个重要的原因就在于此。由是以观,我们认为历史小说作家有必要加强自身多方面的文化积累,不能将文化溯源狭隘为儒学的单向度的借鉴,而对包括佛禅在内的其他脉流的存在视而不见。如果是这样的话,那么我们的文化历史小说在形态、层次和境界方面是很难有真正的质的突破的。这也是《风流宰相谢安》留给我们的一个思考,是我们结束本文时不得不说的一句话。

(本文与夏海微合撰,原载《小说评论》2005 年第 5 期)

《北大之父蔡元培》
与现代历史小说创作

    陈军是历史小说集团军中的新成员。但他凭借着自己对历史独特而深切的理解,对艺术锲而不舍的追求,出手不凡地为当代文坛平添了一部庄重蕴藉,且极具现代意味的历史小说。他的这部《北大之父蔡元培》,在我们看来,不仅是他个人由地域(吴越文化)走向世界、由传统走向现代、由局促走向开放的一次腾跃和突破,而且还通过对以蔡元培为中心的 20 世纪初叶的一批知识分子心路历程的准确细致的摹拟再现,为我们提供了一个以纯正的现代知识精英及其人文立场来重构历史的文本范例,从而进一步拓展与深化了当前的历史小说创作,使其获得了真正的现代性品格,成为"代表我们的这个历史时代特色的一种'文明的形式',一种'精神状态'"。①

一、寻找现代新人文与重塑大学理念

    在当前多元并存的历史小说领域,陈军的《北大之父蔡元培》的意义在于:致力于建构而非消解,同时它所建构的人文是现代而非传统的。前者是针对新历史小说的解构性文本实践而言的,后者则是对比于其他的将思维视点尚局限于专制王朝内部的治乱循环,即"王霸之道"的解释的历史小说得出的。这后一点上的成功,从表面看,似乎是得力于作品选择了最具现代性转折意味的五四前后的以蔡元培为中心的北大知识分子群体为写作题材所致——这确

---

① ［美］阿历克斯·英格尔斯:《人的现代化》,殷陆君编译,四川人民出版社 1985 年版,第 18 页。

实是主要原因之一，且深刻地反映了作家与题材实际上处于一种互为选择的关系之中——但更为重要的是，作者正是通过步入这段深富现代性转型意味的历史时空，领悟到了种种与当下息息相关的现代性命题及其人文资源。也就是说，当作家敏锐的问题意识和这段深富现代性转型意味的历史相遇后，导出的文本和人文价值归趋已不再是回归到那个传统的"文化—政治学"模式当中，而是超越式地升入了一条直面当下、寻取现代精神资源的崭新之路。这一超越对当前历史小说的创作困境和历史小说家的意识困境而言，无疑具有双重的启迪和刺激。

有了这种观念上的现代性转型和提升，作者就能较准确地抓住那个时代的"中心司令"展开他寄托着自我人文向往的文化历史叙事。全书以1916年蔡元培冒雪北上接掌北大开笔，一开始就把这位"忠厚长者"置放在了一个意义深远的新旧转折关头。一个本该是中国人文圣地的全国最高学府，如今却是乌烟瘴气。作者以总体/局部、学生/教授等多个视角清晰地描摹出了此刻的旧北大的沉沦。在书中，他还让一个旧学者陈汉章来缅怀那份曾经辉煌的"太学"传统，这一方面形象地显示了旧北大、旧文人的衰落；另一方面，则在为蔡元培及其领袖下的一代新知识分子群体重振北大、开创新人文的实践提供了一个广阔的活动舞台。那么，以蔡元培为首的五四新知识分子为北大带来的新人文究竟是什么呢？作者又是怎样给予表现的呢？对于这一点，我们通览全书后认定，其根本就在于那个"思想自由，兼容并包"的方针。作者书中把这个方针置放在了新旧转型、社会文化冲突异常激烈的大背景中加以表现。

一方面，小说营造着军阀混战、统治阶级"王纲解纽"、社会风气败坏、人文教育缺失无望等一系列礼崩乐坏的局面，这实际上召唤着一代思想文化巨人的创生；另一方面，小说又真实地再现了当时知识界新旧交杂、百家林立的景观：国粹派、自由主义、苏俄革命派、乌托邦、无政府主义等相互磨砺又多元并存。此时，作为小说结构中心和时代新人文精神代表的"思想自由，兼容并包"迈入了历史的前台，展现着它糅合多元、独立不倚的光芒。其突出之处就在于它从根本上改变了传统人文观中诸如压迫个性、维护"群治"的立场，而以"立人"的现代性命题为其宗旨。因此，当书中的蔡元培把这一新人文观作为对待他人和领袖北大的指针时，那种把人当人，即注重人道、人性、人情的新人伦、新理性亦油然而生、沛然而立。我们在小说中看到一些颇具代表性的细节，如那个蔡元培与门房间老刘头的第一次见面，就极生动、到位地展现着这一新人文的风采。老刘头是长期受旧传统、旧精神奴役的平民，他认为"校长大人就是老爷和一校的皇帝"，自己则是"下人"。因此，当他摘帽敬礼时，内心"胆怯"而"谦卑"。但蔡元培使他享受到了从未有过的"奇迹"，他看到蔡校长也亲切地摘下礼帽，回鞠一躬后，他激动地意识到"这大学堂要变了"！这就是北大新人文的一次形象化展现。蔡元培其后通过办校役夜班等言行，一以贯之地展现着这种现代性的人道主义精神，这同传统意义上那种开明贵族对下等人的怜悯有着本质的区别。一种民主平等的意识真正地贯注在蔡元培的生命中，使他洋溢着当代圣者的人格。

当然，作为一部反映现代大学高级知识分子生活的作品，《北大之父蔡元培》中的这种新人文自然更充分、更具魅力地展现在学术至上、多元并存的格局的叙写中。书中蔡元培不只是把一批新文化运动的干将们请到了北大，还把颇具争议的辜鸿铭、刘师培等旧派人物亦包容进了北大学园。在蔡元培看来，"思想自由，兼容并包"并不是简单的为新兴知识分子开道的旗帜，更是一种达成冰炭同炉、学术"极端自由"的真精神所在。在这种人文立场的坚持下，像辜鸿铭、刘师培这样人物才能被真正感动；新兴知识分子之间也达成了一种虽观点歧异却能相互尊重的态度。如小说写到李大钊、陈独秀与胡适之间在五四时期的几次论争，但这并未妨碍他们的友谊，这又是作者为我们展现的新人文的魅力的另一面。作者就是这样以"思想自由，兼容并包"的现代性、多义性来展现蔡元培人格气度上的博大和思想主张上的宽容的。也只有这样的蔡元培，才能寄托作者的人文向往，才能造就五四时期那个令人瞩目的北大。

由此，作者把其后那个以北大学生为首的五四爱国运动也纳入了上述新人文的观照中。我们从作者笔下的历史叙事发现，那个具体的五四——1919年5月4日的爱国学生运动的精神根脉实际上在蔡元培执掌下的那个自由自尊的北大学园里就已孕育成熟。无论是学生还是学者，能在这突如其来的生死关头迅速、干练地组织起来，作出一致的反应，都可谓得益于新北大精神的滋养。我们不能想象如果是那个充斥着书中开篇所描绘的军阀的少爷、富家子弟的"探艳团"之流的旧北大会在这一民族劫难前有什么出色的表现。因此，我们可以大胆地认为，作者实际上在这里申发着某种可称之为"大学理念"的东西，即认为大学（北大）是现代中国人文精神的策源地和集合点，大学所具有的精神源足以支持人们在民族劫难的紧要关头作出清醒、勇敢的判断和行动。这种对"大学理念"的构塑既是对五四历史的还原,亦是出自于当下的某种缺失和意义迷惘而读出的历史新质。从作者笔下的五四史来看北大及其象征的现代新人文资源几乎就是一个现代转型的支点,民族的早期的自由知识分子(新型知识分子)们在此完成了一次现代性转换的辉煌仪式,这本应成为我们民族文化文明全面创生的一个契机。作者在此地重新提出,想必也就是要指出我们当下对现代人文精神的讲座可以接着这个"大学理念"来谈,可以从重塑这个"大学理念"做起。

作者的这部小说是对他得出的这种文化思考的落实。这在小说本身看来,至少是找到了一个全新的切入角度。我们原先对五四的历史通常过分执着于"广场"的模式,而往往忽略了这个"广场"背后的人文支援,即那个以北大为代表的现代大学、现代教育体制及其精神内涵的作用。《北大之父蔡元培》却第一次把这个"广场"的风云突变放到了此前此后的更为宏阔的北大史中加以叙写,使我们看到了现代教育借助"人"影响整个社会走向的有机能动过程。写北大以"大学理念"和教育视角切入,因此也不仅仅是一种新的叙事策略,更象征性地表明了作家精神追索的崭新成果。

对于一个作家来说,恐怕每一次这样的精神层级上的提升都在召唤他创造出新的作品。陈军过去曾选择过"建筑文化"和"吴越文化"来表达他对人类文化及其精神内质的理解,但来自对象和他自己的种种局限造成了他的这些作品无法向更为深刻开阔的方向挺进。而《北大之父蔡元培》给了他超越旧我的机会,20世纪初的那段岁月中北大这一亮点则给了他现代新人文的震撼。从"读《诸子集成》,品历代笔记"、"去百年老屋边那口老井打捞残存的传统文化氛围"①到"一所新型大学的诞生"、"一种敢于和封建专制和黑暗势力誓不合作的精神勇气",这是一个多大的脱胎换骨的飞跃啊。陈军也由此而变成了一名与20世纪初期启蒙主义思想先驱们平等对话的现代型知识分子。这也正是历史与人的奇妙联系。

---

① 陈军:《小说氛围十三悟》,《东方闲情》,浙江文艺出版社1993年版。

二、知识分子形象塑造层次及其悲剧性结局

　　然而,历史小说毕竟是文学,它的艺术力量主要是建立在栩栩如生的形象描写基础之上的。所谓的人文只有通过写人这个中介环节,才能富有意味地实行审美转换,最终由智性空间进入诗性范畴。就这点而论,《北大之父蔡元培》也颇可称道。不同于目前颇多的文化历史小说,往往为文化而文化,让文化遮蔽了形象,陈军写作这部书时,始终将艺术描写的重心投放在蔡元培等五四一代重量级的知识分子身上。他用沉雄凝练的笔调,殚精竭虑地为这批 20 世纪的文化精英立像,自觉负起了重塑英雄的艺术使命。正因此,他的这部书才被誉为"展示现代启蒙思想先驱的历史长篇"其所描写的人物如蔡元培、陈独秀、李大钊、鲁迅、胡适等,不但神形兼备、各具风采,而且在精神内核上具有独立不倚的品性,让人读来感到精神为之一振。

　　像这样把知识分子当作民族脊梁正面为他们立传的,在以往的小说(包括历史小说)中似从未有过。我们不妨回顾一下现当代文学史上的有关知识分子题材的长篇创作。20 世纪 40 年代如钱钟书的《围城》,写的是抗战期间一群知识分子的灰色形象。在它的意蕴深层"没有一个英雄,所有的人物均是盲目的寻梦者,是为命运所玩弄的失败者"。① 深沉的宿命感随着文中高超的反讽技巧弥散浮游。50 年代如杨沫的《青春之歌》,实际上是一部带有时代政治烙印的中国知识分子成长和改造的命运史。尤其是修订本,更突出了对知识分子的改造,并将改造作为其成长的前提条件,认为知识分子的"个体生命只有融合、投入以工农大众为主体的革命事业中去,他的生命的价值才可能得到真正实现"。② 杨绛那部出版于 80 年代的《洗澡》写的也是 50 年代初"知识分子第一次经受的思想改造——当时泛称'三反',又称'脱裤子,割尾巴'"、"洗澡(洗脑筋)"③的经历。这里同样不可能有世纪初如蔡元培那一代知识精英的

① 钱理群、温儒敏、吴福辉:《中国现代文学三十年》(修订本),北京大学出版社 1998 年版,第 502 页。
② 洪子诚:《中国当代文学史》,北京大学出版社 1999 年版,第 119 页。
③ 杨绛:《洗澡》前言,生活·读书·新知三联书店 1998 年版。

大气魄、大作为,有的只是一些夹在政治氛围中的小知识分子及某种荒诞感。回到 90 年代一些写知识分子的历史小说,如唐浩明笔下的曾国藩、杨度,虽已涉及中西文化文明交汇碰撞的种种历史事实,但一方面由于这些历史人物本身的局限(或为专制体制下的官僚知识分子,或为尚未找到自己人文价值皈依的"文化浪子"),另一方面也由于作家本身文化历史观的局限,仍未能撰写出在思想高度和文学审美机制上都经得起现代性命题考验的"知识分子—人文精神"的巨幅。这就限制了作家同人文学者在启蒙、现代人文精神等课题上进行对话的可能性。陈军的这次实践,突破了这种僵局。也就是在此意义上,《北大之父蔡元培》确有其拓新之意义。

那么,陈军是如何在作品中具体展开他的"知识分子—人文精神"书写的呢?他理解中的时代知识分子呈何种样貌呢?这就需要深入作品细部进行观照。在《北大之父蔡元培》中,以蔡元培为中心的知识分子实际上按照思想主张的不同各自团结又互为缠绕。20 世纪初的北大教授当中,辜鸿铭、黄侃、刘师培、黄节、陈汉章、马叙伦等以研究国故、倡扬国粹为职责,当属一支;陈独秀、胡适、钱玄同、刘半农、沈尹默、周氏兄弟等,初时都是新文化运动的干将,对国故持破坏观,开白话文学及五四精神主流,当属另一支。但实际正如大家所知,两支脉络里面的人物情况复杂,并不是简单区分可以划定的。尤其是后者,在其后的文化历史进程中变化、分裂甚巨,他们象征了五四高潮前后的形形色色的知识分子对中国前途命运的多极化思考,呈现出分别走向"学问"和"主义"的不同道路。当中像胡适的自由主义取径(包括他"整理国故"的实践)、钱玄同后来的退归书斋,同陈独秀、李大钊的向马克思主义、俄国"十月革命"靠拢的道路就是一种二极化的背离。但无论何者,如今看来都有理由使我们相信,他们当时仍是带着强烈的忧患意识和独立思考的价值立场,为解决中国现代化转型过程中启蒙与救亡之类的话题不惜牺牲生命的一代脊梁式的新型知识分子群体。在这一点上,此后的中国知识分子都相形见绌,最起码是一直无法再营造出那种群星璀璨的局面。当时的这批知识分子,大都具备良好的传统文化根底,又挟有东洋西洋的新思维、新观念,虽这些学问思想都还有一个融合和实践检验的问题,但他们都抱着苦心孤诣得来的某种武器,希望为救国救民作出贡献。于是,他们在思想学说甚至个性方法上或者充满了这样那样的缺点,但在人文精神上呈现的某种丰沛性却会给当下的人们以震烁。

就《北大之父蔡元培》中对人物形象的具体描绘而言,我们认为它基本上有三个层次的创作分级。其中除蔡元培、鲁迅外的其他各色人等为第一层次。在这个层次中,作者主要依现代"人论"的观念标准来写人叙事。他写出了这些人物的个性心理、思想局限,尤其精到的是,他常在一些细节布置这些人物的人性流露。如胡适,就是一个写得颇为传神的人物。书中第 166 页出现这位千呼万唤始出来的已名噪国内的年轻博士。但他初到北大,就被辜鸿铭、章士钊、马叙伦等一班国学硕儒和口味颇高的北大学生打得连连败退,他的紧张、懊恼、好胜心在这些细节里表露无遗,但他个性里坚韧的反弹力又使他能逆流而上:一段时间"闭门谢客,日以继夜地潜心研读"之后,他终于开出了名动一时的"哲学史大纲"课。而此后,胡适那些颇具锐气与睿智的言论又屡屡同他好表现、好耍心眼、"爱惜名声"的性格缠绕交杂,使这个历史人物活泼可见,十分契合现代"人论"的情趣。此外,如陈独秀的锋芒毕露,辜鸿铭的古怪滑稽,李大钊的温厚朴正,青年毛泽东的自尊干练,都是作者持现代"人论"的思想观念成功塑造出来的形象。这种现代"人论"观自然借鉴吸收了弗洛伊德在精神分析学里指出的人的精神活动的三层面(意识、潜意识、无意识)或三重人格理论(超我、自我、本我),它是弗氏精神分析学原理(当然不仅仅限于此)在文学上的具体实现。

而作为全书中心人物的蔡元培却是一个特例,我们觉得作者对他的塑造更多地停留在"超我"人格的层面,作者至少在两处借他人评价,指认蔡氏为"现代圣者",这使得该人物在成功展现其道德理想的同时,在"自我"和"本我"方面则过于内敛。作者似乎不敢或不愿过多地想象构写出蔡氏在生活真实中的某种人之常情方面的可能性,于是蔡元培在书中只能主要以其北大校长的公职身份出现在我们面前,体现其高尚卓越的思想言行。当然,我们知道蔡元培先生的精神人品原本就属于很朴正端方的一路,他对自身"超我"人格的培养可谓深具功夫。要在这样一个人物身上寻出类似陈独秀、胡适、辜鸿铭那样的"戏"感,不可能也不现实。对此,我们是不能苛求于作者的。但就现有的艺术描写来看,小说似乎可以更多交代一些蔡氏形成超常品质的内驱力或其早年性格上的执着坚忍的事迹,那样,也许更能增加这一人物的心灵收缩空间和艺术真实感,也更适合现代人(读者)欣赏口味与接受心理。

除此而外,鲁迅这一形象可以视为该书人物群像塑造中又一层级的特例。

对于这个形象,我们感到作者的创意是明显的,他力图重构一个人化的甚至带有某种精神敏感症的鲁迅来,与第一层次的人物塑造一样,其整个形象的描写贯穿了强烈的现代"人论"的思想。这使其笔下的鲁迅较之蔡元培多了一份生动性、血肉感,更具现代韵味。然而,从形象的真实性、深刻性乃至与全书的统一性角度来审视,我们又觉得有某种不足和遗憾。在我们的印象里,鲁迅是深沉的,但又是幽默的;是凌厉的,但又是热忱的。对他笔下那种"火与冰"的意象和生命感的体味有助于构塑出鲁迅世俗形态中的超越性的内质,这一点,作者似乎欠缺了一番沉潜的功夫。他更多站在蔡元培的立场和角度,认同并赞赏着那个"思想自由、兼容并包"的格局,无暇真正进入鲁迅的生命宇宙中,准确地把握好这个在思想深度上超越于时代同僚的、代表着中国知识分子现代性探索最前沿的思想家的精神特质。

当然,瑕不掩瑜,《北大之父蔡元培》对这一知识分子群体的宏观把握和艺术处理基本上是成功的。这里面就包括作家微妙地把这一知识分子群体置放在了历史政治场中,加以展开的情境构架。通过这种源自历史本身的大学(文人)与政治势力间的对立制约关系,小说深刻地揭示出当时知识分子们所无法回避的一个问题,即"人文政治化"趋势。也就是说,无论蔡元培为首的人文知识分子群体如何努力地创建他们理想中的一方自由独立的天地,都将无可奈何地受到各式各样政治势力的干涉、摧残和弹压。这一情形拿书中所引的那篇发表在《申报》上的《蔡元培的大学理想》中蔡先生自己的话来说,即:"教育不想卷入政治,可政治总想控制教育,这是民国以来的现实。所以我还不自量力地提出教育要独立的主张,看来至少在现在还行不通。"(见该书第221页)在与政治势力的这种拉锯厮磨里,文人们的心理结构、人生取向都发生了一些位移。如蔡元培几次同北洋政府对着干,也几次以辞职作为了结,他在当时无法不同政治势力斡旋,这最终促成了他同王宠惠、陶行知、胡适、丁文江等组建"好人内阁",提倡"好人政治",不得不趟入了政治这潭"浑水"。再如胡适,这位回国之初决心"二十年不谈政治"的自由主义知识分子典型后来频频出入于政治权力之间,成了五四时代最活跃的政论家之一。至于陈独秀、李大钊等谋求同共产国际、孙中山时期的国民党合作的行动,岂不也是一种"人文政治化"的显现?这种趋势在他们的学生辈中如毛泽东、张国焘等,后来就完全变成了急迫建设新的政治力量的实践。我们在此很难对这种人文政治化的走向作出简单判断,里面蕴含的东西很复杂、很多元,有令人激动鼓舞的,也有让人感慨无奈的。但无论怎样,作家在此叙写这种人文/政治之间的较量和互渗,既还原了历史真实,也启人作深长的思索。

通过上面这一番由教育入政治漫游,晚年蔡元培和经他亲手经营的那个人文鼎盛的北大知识分子群体开始分化衰弱。作者赠予小说最末两章的标题就可见出这种"风流云散"的悲剧气氛:"第十章、幻灭与歧途(1926—1928)";"第十一章、最后的岁月(1929—1940)"。15年的岁月在此仅浓缩成全书的约十二分之一,时光疾转直下,仿佛在传达一份历史和心情叠压在一起的无情与苍凉。这里更多的是疲惫、阴沉、血腥和苦难之守望的意象,作家是在为那段辉煌及其缔造者的老去唱着挽歌!一个百年难遇的知识分子群像就此隐入历史册页,我们何时再能重现这样的不朽之光?……

三、颇具史化特色的经验写作

最后,有必要对《北大之父蔡元培》书稍作一番艺术上的点评。

陈军此作在语言、结构等方面都表现出了他成熟、有个人特色的一面。这种成熟和稳定的个人文本特色,无疑同他长期从事小说创作、注意在创作中提炼酝酿自己的美学风格有关。熟知陈军小说的读者都能发现,他的文学语言并不以轻巧伶俐著称,更不会呈现出如当下"新生代作家"或"女性文学"的跃动诡异之风。他过去曾坦言为谋求一种属于自己的文学风格:"先喜洋玩艺,卡夫卡、加缪及法国新小说,拉美爆炸文学和福克纳等,都看了些,不精,总觉得洋拳术偷不来,与气脉打不通。"①于是,他改而深入本土那些深厚的经史子集中去捉摸自己的路子,从而影响并形成了他如今的语言等个人文本特色——这种文本特色固然也有利有弊,但均属作家的个人选择。并且,我们看到,当他把这种显得朴厚平实的文风纳入梳理眼前这本以蔡元培为中心的北大(五四)史时,不但不"笨拙",反而显得朗畅,有很强的历史质感。这也在一个侧面反映了作家个性与题材对象之间的对应关系。换言之,如果用那种跳

---

① 　陈军:《小说氛围十三悟》,《东方闲情》,浙江文艺出版社1993年版。

跃诡异之风来叙写这段崇高的知识分子的"心史",总结20世纪壮丽的人文精神,可能是不大合适的。因此,我们认为,从艺术角度考量,《北大之父蔡元培》正是陈军个人文风的一次良好发挥,是一部属于经验型写作的作品。

需要指出,历史小说领域的这种经验写作一俟配合以具体细节的精雕细琢,其文质往往散发出耐人咀嚼的深长韵味。一方面,它不同于青春型写作——那种主要凭借青春激情的张扬喷薄于纸的作品——它们往往会因情绪的不可抑制和文学语言上的稚拙留有天然的毛病。另一方面,它也不同于时下流行的某些"戏说"历史的通俗小说,这些小说不但缺乏深厚根底的依靠,也不会在文字等细部做必要的琢磨,它们属于供大众娱乐的快餐型文化。当然,我们也看到存在于经验写作的历史小说家们身上的创作粗鄙化问题,即一些素有经验的作者仍未能对其小说的文字、结构做良好的艺术加工。他们挥动如椽大笔,写得多写得快,纵横捭阖地囊括整个历史时代的风云。其中有些写得大气磅礴,寥寥几笔就勾画出了历史的主干和脉络。但可能是作者文字素养的缘故,也可能是作者的创作态度关系,或者是两者兼而有之,在细部的枝叶之处往往显得十分粗糙,残留不少败笔。这种情形甚至在一些优秀的历史长篇中也显而易见地存在,已成为一个带有普遍性的突出现象。正是在这种情况下,陈军以他的严谨踏实,历时三年,不火不急地对这部作品进行细致的打磨,这就显得格外难能可贵。它至少为当今历史小说创作粗鄙化的现状,提供了另一面值得学习的范本。

任何文本都不是孤立的,它是历史与现实、客体与主体互渗互融的艺术结晶。倘以此对《北大之父蔡元培》的文字特色和审美趣味作进一步考察,我们认为它显然较多地汲取了传统史传、笔记或现代文史小品文的笔法,从而显得中和雅正,散发出浓浓的文人气、学者气。陈军在文本中从不刻意去渲染、虚构那些在他看来不合情理的事件,包括历史人物的私生活,而是按照历史和艺术的可然性、必然性进行叙事。比如,不少人传言的陈独秀逛八大胡同的事,他在书中稍作点及,便让另一些了解陈独秀品性的人发言给予驳斥。又如1919年5月4日北大学生准备出校游行时,据当事人之一张国焘的回忆,说蔡元培当时是阻止学生出游的,是被"他和其他几位同学连请带推地将蔡校长拥走了"的。而作者此处据实录出此说,但又表示了不同意见。他此后的叙述脉络是根据另一路,即"蔡元培本人与多数的参与者"的记述展开的。在他看来,这一路说法更符合蔡元培在事件前后的行为逻辑及其一贯的性格逻辑。这种理性主义的写作观使陈军此书透露出严肃雅正的史学气质和美学品格,这有助于提升其历史小说的文化内质。此外,作者在书中还引涉了不少历史文本化入小说整体。一些当时的文章、信件、电报、通告、诗词楹联被有机地整合到了新的时代文本当中,形成了文字之间的张力,这在为读者(接受者)制造某种"陌生化"解读效应的同时也增强了小说的历史真实感。这就可以解释为什么一些属于作家虚构的人物(如李鸿章的孙子李平原)和事件(如范文澜帮助蔡元培所做的一切)都会使当代阅读者信以为真的原因。对一般读者来说,他们在那个历史的空间中读到的是一些符合人物情理逻辑的东西,这些东西"虚构"得很自然、很逼真,被注入了历史的生命基因,这就达到了列维·斯特劳斯所说的那种"一组历史事实系列的'总和谐性'",即"故事的和谐性"的境界。

这样看来,陈军的这部历史小说实际上是一种颇具开放性、兼容性的文本创制。它既能综合诸多属于历史真实的异类文本,又能化入属于艺术创化性质的虚构成分,从而达成了一次源自自我"问题意识"的对民族文化历史阶段的重述。作家在这一过程中实现了自我人文价值的提升(从原来单纯注重吴越文化旧传统的"文人"上升为现代意义上的"人文知识分子",即同周围民族自 20 世纪初以来的诸如民主、自由、科学、教育等前沿性大课题接上了轨,开始了对话)。同时,作家亦探寻了一种类同于新历史主义的对历史书写所持的方法和观念:"如何组合一个历史境遇取决于历史学家如何把具体的情节结构和他所希望赋予某种意义的历史事件相结合。这个作法从根本上说是文学操作,也就是说,是小说创造的运作。""如果我们承认每个历史叙事都带有虚构成分,我们就可以把历史编纂学的教学提到更高的自我意识的程度。"①——这是《北大之父蔡元培》在文本体制方面为我们提供颇可借鉴的亮点。

当然,这部小说对史化特色及雅正气质的追求可能最终使得一些诗性笔墨的发挥受到了局限,这包括我们前面所说的对某些人物形象的内在情感("本我"、"自我"领域)的发掘不足。除了一些似嫌单调的赞美诗式的抒情段落,小说还缺少了一点沉潜隽永和柔美、富有透明质地的情愫流荡,这也许可

---

① [美]海登·怀特:《作为文学虚构的历史文本》,《新历史主义与文学批评》,北京大学出版社 1993 年版,第 165、170、179 页。

算美中不足。

　　总之，陈军此作令我们在思想和艺术两方面都深有共鸣。它令我们通过重阅 20 世纪初的那段日子想到了当下的人文精神建设和诸多现代性的命题，亦让我们再次关注起历史小说这一特殊文类在创作上的不少亟须讨论的问题和具有探索性的角度。我们在此为作者这部甚富价值的历史新作击节称道的同时，更希望他有更多的高水平的历史小说问世，以推动历史、现实、文学三者间的良性互动，并启益当代读者真正地走近历史，为人的解放及其现代性提供坚实的文化资源。

　　　　　　（本文与夏烈合撰，原载《当代作家评论》2000 年第 2 期）

巴人《莽秀才造反记》
及其在历史小说史上的地位

一

一般文学史认为,现代长篇历史小说的滥觞,源于 1935—1937 年李劼人的三部系列长篇《死水微澜》《暴风雨前》《大波》,它生动完整地反映了从 1894 年甲午战争到 1911 年特别是四川保路运动以至武昌起义的历史风貌,以恢宏的气势再现了清末民初成都一带由世态人情、市井习俗组成的风俗史,从而填补了文学史的空白,被称为可与左拉的巨著《卢贡-马卡尔家族》媲美的"大河小说"。其实,巴人的《莽秀才造反记》创作时间较之更早。

根据王欣荣的《大众情人传——多视角下的巴人》记载及巴人之子王克平在《莽秀才造反记》后记中介绍,这部小说最早创作于 1927 年,经重大修改后于 20 世纪 30 年代初完稿。也就是说,如果按正常情况,这部作品的发表应在《死水微澜》之前,当属现代长篇历史小说的发轫之作。然而谁曾想到,由于多重复杂因素,《莽秀才造反记》如同叙事长诗《洪炉》一样,竟被埋没了几十年,直到 1983 年才由人民文学出版社正式出版。从 20 世纪 30 年代到 80 年代,在中国现当代文学史上有着如此之长的创作—出版周期(历时半个世纪)的作品,除此之外,别无他者。也许这一事情本身就是历史悲剧的一个缩影,有着让人感慨无穷的意味。急剧变幻的时代风云,知识分子崇尚的个性主义与巴人固有的悲剧人格在《莽秀才造反记》文本本身甚至文本之外都留下了清晰完整的投影。它伴随着巴人生活经历与思想情感的变化而经过了四次修改,直到"文化大革命"中作者去世也未能定稿。或许,今天我们看到的并不是一部思想艺术无可挑剔的小说,但可以确认的是,它绝对无疑是一部极具个性,并在历史小说发展史上具有重要意义的作品。

当然,历史是不能假设的,我们也没必要为《莽秀才造反记》迟到半个世纪而未能成为 20 世纪长篇历史小说的开山之作感到惋惜。作为一种文学研究,尤其是立足历史的眼光观照的文学研究,我们更感兴趣于巴人在《莽秀才造反记》中将沉淀在农民心理上的传统文化的深层结构纳入自己的艺术视野,并用深邃不凡的审思来探讨农民起义失败所作的不懈努力,这就使其文本超越了同题材的创作而具有了特殊的意义。

《莽秀才造反记》描写了发生在 19 世纪末叶我国江南——浙东宁海的一场反"洋教"的农民暴动。小说并未如 20 世纪 30 年代茅盾的《大泽乡》那样流贯着十分亢奋炽烈的激情,借昔日的农民起义直接呼应现实的农民革命,也不同于六七十年代姚雪垠的《李自成》,内中映现着浓重的现代革命意向;而是怀着深沉、热烈的赤子之心,用渗出血泪的目光焦灼地注视着民族的精神残疾,独自咀嚼着农民起义这一周而复始的悲剧。小说丝毫没有皮相地、廉价地表现农民的觉悟和胜利,而是着力透视了他们身上所固有的我们民族和土地的"惰性"力,如保守、循矩、沉滞、古板、迷信、短视、狭隘等。在他笔下,当时宁海县大理村即农民暴动的策源地,封建主义的陈规陋习还是那么根深蒂固、弥漫一切,简直如同鲁迅《阿 Q 正传》中写及的未庄。人们生活在封闭性的、与世隔绝的山坳里,过着一种"两栖动物似的两栖生活",在象征着一村最高权威的"祖庙系统"的管辖下,供祖、祭祀、上坟、诉讼、械斗。正是这固有的"惰性"力和在此基础上形成的愚昧与野蛮,使得农民起义只是"用血去涂抹别人命运的华丽",奴隶们偶然一次"为自己的命运张开眼",但得到的却只是"更牢固的一副锁链,更富有魔术性的一种欺骗"。

全书以"序曲"开篇,"尾声"结束,中间凡十八章,没有一章不涉及对自然经济语境中传统农村与农民的批判。即便是描写农民"反教平洋"暴动最激烈、最壮观的第十七、十八两章,作者的笔调仍是阴冷得令人窒息。造反后的村民们发疯似地在笑,在谈,在动怒,商量如何杀死曾同是族人的品松夫妇,用刀剐,用火烧,用蜈蚣和蛇咬,无所不用其极。而他们暴力杀伐的过程更是充满了原始的血腥:"首先由董增祥向赤裸裸的品松老婆的奶子上戳了两刀,然后一挥刀把那女人的头劈下了","那品松的脑袋就像被急激地标出来的血柱送到空中去,落下地滚着,直滚到那女人的头上,张着的嘴就咬住那女人的左耳朵,好像再也分不开了"。特别是他们围观朱神父被开膛剖腹的场面时,那种猥亵、原始的思想和对屠杀的盲目崇拜,不禁令人想起了鲁迅当年所说的一段名言:"暴君治下的臣民,大抵比暴君更暴;暴君的暴政,时常还不能餍足暴君治下的臣民的欲望。""暴君的臣民,只愿暴政暴在他人的头上,他却看着高兴,拿'残酷'做娱乐,拿'他人的苦'做赏玩,做安慰。"①正是这种原始的民族劣根性使侵略者的坚船利炮护卫下的"上帝"与"仁慈"起到了巨大的作用,曾是同样倍受迫害的农家子弟成了农民深恶痛绝的朱神父,品松夫妇更是在这场斗争中充当了最下等的工具,愚昧无知的中国农民便在帝国主义"恩德"的感召下不断地上演着自相残杀的悲剧。

这是一次充满了偶然性的农民暴动,它的产生和失败同样有着深刻的必然性。农民的一切劣根性竟使它犹如一场付出巨大代价的历史闹剧,在令人怵目情节的背后隐藏着深层的悲哀。正如鲁迅所说:"凡是愚弱的国民,即使体格如何健全,如何茁壮,也只能是做毫无意义的示众看客,病死多少是不必以为不幸的。"面对这一切,作者在痛苦地思索,文章最后,他用血和泪呼喊着:"中国呵!你的不幸的悲剧,是应该结束了!结束了!"作者的本意并不在于为人们指出一条前进的光辉大道,知识分子的敏感与积极入世的人生态度,使他过早地咀嚼了人生的苦痛与革命的艰难复杂,但他无法也无意告诉我们究竟应该怎样活下去。因此从某种意义上讲,这部作品只是"受过他们眼泪的抚养,受过他们血汗的洗礼","一个飘摇的灵魂"而"为土地上生长的父老的呼喊"。但是,由于《莽秀才造反记》的笔触已触到了我们民族精神心理的底蕴,解剖了我们"国人的灵魂",很带有鲁迅笔法的味道,因而也就更富有思想艺术张力,更接近历史生活的真谛。不妨说,巴人是在一个更深的层次上,找到了造成我们这个以小生产者为主体的民族长期处于落后状态,以及历次农民抗暴悲壮失败的一个重要的内因。作者似乎早就发现了中国封建社会的超稳定结构,并以历史小说表达着哲理性的思考,挖掘出了带有本质性的历史内涵。而这种历史的理念或曰历史小说创作观,我们直到 80 年代才开始出现。就这个意义而言,我们不妨是可将《莽秀才造反记》称之为历史小说的先锋派或曰

---

① 《暴君的臣民》,《鲁迅选集》(第 1 卷),人民文学出版社 2005 年版,第 384 页。

先锋派的历史小说,这也是它有别于其他同题材作品而在群星灿烂的新时期历史小说中卓尔不凡的一个重要原因之所在。

与农民悲剧相关的是对土地的揭示,它也成为作者情感抒发的支点和历史悲剧产生的最终根源。《莽秀才造反记》50 年代的手稿原题即为《土地》,就很能说明这个问题。正如作品题记中所描述的:一方面,土地抚养和孕育了人民,"在土地上,我们的父老,一代又一代,悄无声息地工作着,从出生,结婚,到老死,他们没有一天洗净过手上的泥土";而另一方面,土地也背负了中国历史的灾难,使他们一代代"加入丧葬者的行列"。当然,巴人对土地的感情是复杂甚至矛盾的,他深知土地与农民的血肉联系,向往着田园牧歌式的生活,同时又痛感古老华夏土地派生的封闭僵化的认知观念和生存方式。深知土地之烈,苦无自救之道,而自己最终又不得不向土地这无限的存在去求活,这是作者的痛苦,也是所有知识分子的痛苦。但是,他并没有沉溺于这种痛苦,而最终跳出了对土地的膜拜情结而对此进行了俯视式的观照。浙东翕蕴郁勃的土地所培植出来野蛮、剽悍的性格与中国农民的愚昧盲目成为作者双重的批判对象。这是巴人对农民文化的超越,也是现代知识分子启蒙立场与批判责任的有机统一。

我们必须永葆这样一份理智与清醒:怜悯同情当然表现了文化人的世俗关怀与社会良知,但只有批判与悲悯才能构成有利于作家成长和文学发展的精神资源。鲁迅之所以在所有 20 世纪中国作家中成其伟大并为文学的发展和民族觉醒作出了杰出的贡献,不是因为他后期有点犹豫的礼赞和奉承,而是因了他前期对人民饱浸痛苦和血泪的悲悯与批判。无论是过去还是今天,我们都需要在灵魂和情感的维度上对个体及民族的生活经验反思,这是催生伟大文学作品,开辟建设新文化、创造新生命的前提与基础。从这个意义上说,《莽秀才造反记》不仅是对六七十年代文学所谓的"群众路线"前瞻性的反叛,同时也为今天的历史小说创作提供了极具意义和可资借鉴的文本。

二

对知识分子文化的反省也是《莽秀才造反记》不可或缺的复合主题之一。

它与农民文化的批判双峰并峙,相辅相成,成为该作又一大特色。这突出体现在作品主人公莽秀才王锡彤形象的塑造上。王锡彤是一个充满了良知的知识分子,他始终奔走于农民与统治阶级之间,为百姓争取生存的权利,是极受爱戴的好秀才。但是,这又是一个充满悲剧性的人物,其安身立命的思想和可怕的惰性偏偏又被历史所选中,充当了平洋党的领袖。于是他歪歪斜斜地走上了历史舞台,在磕磕碰碰中行使起自己的使命。然而,作为农民所崇仰与信任的英雄,他并不具备领导才能,更无法胜任这一角色;相反,他平庸懦弱,消极苟安,一身窝囊气,甚至有点阿 Q 气,负载着沉重的"小康安命的思想,分散互轧的精神,疟疾似的痉挛的症状,时热时冷时辍时息的不能坚持到底的行动,爱小利而忘远景的眼光"。在攻入县城后就产生歇手不干的思想,最后连一支小小的队伍也驾驭不住。于是,造反成为一场鲜血谱写的闹剧,他也在历史的长河中扮演了一个不可避免的尴尬角色。

从一定意义上讲,莽秀才王锡彤是作者自我甚至是那个时代相当一部分知识分子的缩影,作者试图通过他对知识分子及其文化心理结构进行解剖,探寻农民起义失败的另一深层原因。"他仿佛有泼辣的青年的朝气,但他永远苦痛于衰败的老年人的失败主义中。"王锡彤对生长在土地上的人们有着深厚的情感,但从小深受传统儒家文化教育的他,却是一位具有士大夫历史性格的典型:他"看似生活在农民里面,实际上却是生活在农民之外,以诗人的气质与情感,游戏于劳动之间"。因此,王锡彤始终未能真正融入土地,而只能遵循着"宁可他人负我,不可我负他人"的正直道德,在无奈中进行着痛苦的思考。"士大夫的智慧永远不曾与人民的正直公平的粗野力量相结合,中国历史的悲剧便也永远演出不已。"这是王锡彤审视历史的悲观结论,它也体现出作者对现代知识分子话语与民间话语关系的独特思索。而王锡彤在造反前与神秘客牛老的哲理探讨,他因居学宫时与赵举人、曾师爷的辩论和月夜下的内视自醒,是封建末世各类读书人哲学观的精确刻画,堪称知识分子文化人格剖析的精湛篇什。尤其是在囚居学宫时的月下内视自醒一节,《道德经》成了他精神皈依的源头,这实际上是作者凭借深厚的知识积累与文化修养对中国传统知识分子进行的一种文化溯源,并试图找到另一种解释方式,为痛苦中的他们提供新的精神资源。这是作者思想智慧的结晶,也是中国知识分子的精神探索中极具光彩的部分。

而纵观历史小说史,对农民文化的批判与对知识分子文化的反思这种双峰并峙的把握方式极为罕见。茅盾的《大泽乡》等三个短篇历史小说以阶级斗争的观点去描写历史事件,表达了"革命的农民必须有先进阶级领导"的主题思想,是较多地表现农民局限性的作品。姚雪垠的《李自成》已涉及知识分子话题,闯王的三大谋士就是知识分子直接参与农民起义的典型。但作者并未对起义中他们的悲剧命运加以更多观照,知识分子主题始终作为一条副线被遮蔽。可见,历史已提供了机缘,但对题材的处理与把握却需要作者自我现实生存的体验。双峰并峙的创作方式固然是为题材本身的特殊性所决定,但同时它何尝不与巴人将自己的影子投射于王锡彤,并在此基础上进行深刻反思批判的个性化写作密切有关。尽管由于作品尚未修改完稿等原因,这种叩问与思考不少尚停留在知性、理性的层面,但作者的尝试与努力已开同类小说之先河,在思想史与文化史上留下了独特的一页。

需要指出,作者在塑造王锡彤形象时,很少刻意进行加工与雕琢,而努力保持这一形象的历史鲜活性,一切都显得那么自然天成。这与以《李自成》为代表的带有较浓政治化色彩的历史小说具有很大的区别。《李自成》之所以受到赞扬,在很大程度可归因于对李自成这一核心形象的描述:李在作品中不仅仅是传统意义上的英雄豪杰,而是既有高度智慧和崇高品德,同时又有政治家和军事家才干的起义军领袖,是集诸多优点于一身的高大光辉的英雄形象。可《莽秀才造反记》不是这样,作品中的王锡彤毫无人为纯化或拔高色彩,他完全是作者根据自身对农民的理解而进行历史还原的艺术产物。作为一名农民领袖形象,王锡彤伴随着小知识分子的软弱与狭隘,他的优柔寡断等缺点都未经过任何政治标准加以批判或校正,而是以其性格的真实还原出了人性的本色。即便是作品中的朱神父,一位十恶不赦的反面形象,作者也给予了人道主义的关注,并没有一味地对他进行批判与鞭笞,而是从他对过去的追忆中分析其性格产生的原因和之所以异化为"这一个"的外部因素,从而从更广阔的意义上揭示了作品的主题。

显而易见,这是一种历史还原的创作方式。也许作者认为,历史的本真是不能概括和提取的,只有用复原或还原的方式进行再现,只有强化历史的原生态,才能使形象栩栩如生。这样的创作观可避免"假大空"形象的产生,自有其独到的优势,值得引起重视。但是,历史小说作为文学作品,适当的艺术概括不仅是需要的,而且也是必不可少的,这也是它塑造艺术形象的前提条件和必要手段。从这个角度看,巴人的历史还原是有缺陷的。一方面,他赋予以形象本色之真和本色之美,另一方面,由于缺乏必要的概括,他又使形象显得粗糙粗鄙,从而程度不同地伤及作品的艺术美感。人物虽不再是作者表情立意的工具和政治观念的传声筒,但却无意成了单纯历史进程的表现者。王锡彤从一个在士大夫阶层与农民阶层两面讨好的角色成为农民暴动的领袖,其间的角色转换似乎缺乏必要的过渡。在他心情郁闷之时,与前来造访的陌生人几日的相处,就"把他从日常琐事细物的关心上,提升到民族的哀凉与人类的残酷;把他从那大理村父老兄弟共同吐纳的阴暗气愤中,而放眼到世代的论辩与正义的抗争上",这似乎令人难以置信,至少缺乏形象生动的艺术描写。然而,从以后的造反过程我们不难发现,王锡彤的思想与行为似乎并未进行着这种转变,上升到如此的高度,他依然无可避免地在这次充满盲目性与悲剧性的历史事件中充当了尴尬的角色。而那位寄托着作者理想的神秘客也从此不见人影。这样,这些单纯因为历史的存在而塑造的人物形象或人物活动的片段事实上就失去了本身存在的意义而成为小说中多余的一笔。

附带补充一句,巴人这种历史还原的创作方式与他的历史观一脉相承,他所寻求的是对历史原动力即粗野、原始的人性在历史发展进程中的作用的揭示。因此,在他笔下,农民起义不再是单纯的革命斗争,而充满了人类原始的野性,成为革命性与破坏性的矛盾对立的统一。作品中的农民也是淳朴善良与粗野愚昧的结合体,他们的造反充满了血腥的复仇与盲动。这种复仇与盲动在某些时候可以用制度和领袖的力量进行防范控制,但一俟失控并进入暴动激烈的时刻,会被充分地激发,成为一种被扭曲的巨大力量,在历史的长河中留下并不和谐的声音。这是值得我们深思的。

三

《莽秀才造反记》中复仇的野性、盲动的力量即历史原动力的描写,是浙东沿海一带民俗的生动再现。此处,我们很难看到洋溢着生活的诗情和欢娱,作者在文本中浓墨重彩呈现的,是大量原始、野蛮、荒唐、迷信的陈规陋习。这里的乡村往往由同一姓氏依靠自然法则结成了"贵族风貌"的古典村落。山陆与海洋结合这一特殊的自然条件,培养出了浙东特有的迁、硬的民风:"他们在狂波巨浪中,学得了狂放与勇猛;他们在丛林与巉岩中学得了坚韧与挺拔。"这是一种植根于特定土壤的原始野性,它在造就了人们所谓的"台州式的硬气"的同时也意味强悍与残忍、械斗、抢亲、吃大户……在整个作品中,始终表现出来的是一种生机勃勃的民间激情和原始粗鄙矛盾浑一的文化景观,它包容了以狂野不羁的野性生命力为其根本的对性爱与暴力的迷醉。当农村连年旱涝、生活水深火热的时候,他们想出来的求生之道,竟是以险恶、狂乱、放荡为生命娱乐的"花会筒"。疯疯癫癫的傻大姐是乡村青年性饥荒的慈善家,会公然接受淫秽下流的十八摸,让大家在演唱呷戏中获得满足。这样一种原始狂放的民风,使整个造反过程体现出一种自发的为生存而奋起反抗的暴力愿望,在很大程度上弱化了历史战争所具有的政治色彩,将其还原成了一种自然主义的生存斗争。造反中粗鄙丑陋的一面也变得自然起来,有关人物粗俗化性格的刻画、有关残酷杀戮的暴力展现都呈现出与作品整体奇异的和谐,并因作者的人文关怀而具有了一种震撼人心的力度。

这种对民俗的描写与莫言的中篇小说《红高粱》极为相似。但同是民俗的描写,《红高粱》把民间世界认同为一种理想状态,体现出作家在民间话语空间里的某种寄托:民间是自由自在、无法无天的所在,民间是生机盎然、热情奔放的状态,民间是回环壮阔温柔、醇厚的精神,这些都是人所憧憬的自由自在的魅力之源。而《莽秀才造反记》更侧重于对粗鄙民俗以及在此环境下的人的批判,以找寻民族文化之劣根。这里,无论是理想的向往还是刻意的批判,这一描写都具有重要的意义。而后来的有些历史小说尤其是新历史小说对民间粗鄙形态不加选择的表现,则体现出某种俗趣。一旦失去真正的理想的支撑,这类描写就很自然地堕为作者感官刺激上的自我放纵,而丧失了向民间认同所应具有的人文意义。

当然,《莽秀才造反记》的这种写作方式也有欠缺,但它所表现的历史生动性与鲜活性却是后来的历史小说所难以企及的。这在很大程度上取决于作者的叙述。《莽秀才造反记》感情深沉、浑厚、真挚,语言风格狂放泼辣,极富浙东所独有的强悍的地方特色。这与巴人历史还原的创作方式以及对农民与知识分子文化的双重思索这一历史任务相对应。作品开篇,作者叙述18世纪中叶至 19 世纪初的时代背景,全部采用感情浓烈的抒情语言;描写侵略者铁蹄下惨遭蹂躏的中国面貌,用直抒胸臆的方式表达着对他们掠夺行为的极度愤慨与中国悲剧的深沉忧伤,并发出了原始而粗野的呐喊:"……他们呻吟着,苦痛地呻吟着,挣扎地呻吟着,受着一切的逼害……呻吟是他们生命唯一的价值,呻吟是他们生命唯一的标记!……然而终于,在一定的时候,一种自然力量的粗野的号召,伟大的号召,又起来了,唤醒了他们所有原始的灵魂,野兽似的本能。他们咆哮起来了,愤怒地咆哮起来了,排山倒海似地咆哮起来了……"这种抒情性极强的叙事方式一直延续到作品最后。似乎只有这样一种表达,它才能完全抒发作者内心积郁的痛彻感受。

然而,深谙艺术之道的巴人决不会通篇采用一种风格的叙述语言。当描写到故乡风貌时,作者又采用了生活化的笔法,使文本充满了自如性与亲切感,高耸天际的老松树,鼓翼高飞的岩鹰,甚至一块拳曲溪石,一粒沙子,一握风干的泥土,一片落叶,都充溢了故乡的生气与活力。这种泼墨山水兼抒情写意的文笔融入悲剧性的历史叙事中,使全书诗情盎然又耐人寻味。在叙事的过程中,作者还时常转换叙述角度,用第一人称与读者进行面对面的交流,用诸如"亲爱的读者……"等句式引发读者自觉融入作品,关注思考内中寓意。这种生活化的笔法与全书浓墨重彩的描写互为映衬,一张一弛,使小说的语言避免了平铺直叙,显得摇曳多变,富有内在的张力。

此外,《莽秀才造反记》的语言还具有强烈的哲理与思辨色彩。在这部小说创作与修改的过程中,巴人还从事过诗歌、散文、戏剧的创作和文学理论、鲁迅作品的研究和一定的政治工作,这使他的思辨力和想象力同样的发达。因此,作品在叙事中常融入了发人深省的警句和颇有深度的议论,表达着对历史的深刻体验和对人生的深刻反思。作者的议论笔力遒劲,阐发精到,与山川田园、风俗生活或政治风云的描写相结合,大大深化了作品的思想内涵,有效地提升了历史还原的艺术描写。

历史的悲剧往往与喜剧相伴。经历了半个多世纪的历史变迁,流逝的时光终以无上的权威评判了《莽秀才造反记》的价值。巴人强烈的参与意识与丰富的人生经历成就了作品深厚的文化底蕴与历史深度;而知识分子的独立意识和批判精神又使他一次又一次地抵御了左倾文艺思潮的侵蚀,使其作品凸现出鲜明独特的个性,具有了永不消失的当代意义。在他此后的历史长篇创作由于受时代之风的影响而循守"一切历史都是阶级斗争历史"的历史观,简单狭隘地"古为今用",失去的往往就是作者这种极具个性的东西。直到八九十年代,我们的作品才不同程度地重新对这些东西进行了回复。就此而论,我们今天评价这部作品,其意义远远超出了该作品本身。事实上,它不仅蕴涵着对现当代历史小说的总结,同时也寄寓着对构建新的历史小说的渴望。

(本文与陈洁合撰,原载《宁波大学学报》2001 年第 3 期)

在文学与历史之间徘徊

——高阳历史小说论

　　提起中国台湾地区历史小说的创作，这样一位文学大家是无法绕过的，他就是 1992 年去世的著名历史小说作家高阳。在不算太长的 30 多年的创作生涯中，他不仅为我们留下了总计 3000 多万字、近 80 部作品，创造了中国当代小说史上数量之最的奇迹；而且作品总体质量也堪可称道，具有不可替代的独特价值，其中有些篇什如《慈禧全传》《胡雪岩全传》等，还可忝列 20 世纪中国现当代历史小说佳构的行列。至于创作风格与个性，高阳的深沉厚实的文化历史感与别具一格的艺术魅力是有口皆碑的，其所创造的"散文化历史小说"至今为人推崇备至，深受广大读者的喜爱。所谓的"有水井处有金庸，有村镇处有高阳"，便是对他卓尔不凡创作成就的充分肯定。

一、中华民族"整套生存样式"的书写

　　中国传统的历史小说基本上是写"历史"的小说，而很少有写"文化"的。如蔡东藩的《中国历代通俗演义》，描述的都是历代王朝内部尖锐激烈的政治斗争，尤其是帝王将相的改朝换代、政权更替。一般的文化，包括物态文化、制度文化、精神文化，是略而不述的。名著《三国演义》也难免此弊。从而使得作品虽然故事情节波澜起伏，有很强的观赏性，但却缺乏广阔的思维视野和深邃的立体感。这可能跟演义小说固有的演正史的创作思路密切相关。高阳历史小说可贵之处，首先就在于突破传统演义小说所走的"演正史为小说"的路子，以多维开阔的视野展现与历史密不可分但其内涵又远远大于"正史"的整个宏观的文化，包括经济、政治、伦理、道德、宗教、艺术等方方面面。如历代的典章

制度、宫廷奏仪、科举考试、园林狩猎、牢狱生涯、官府宴饮、民家喜筵、山城习俗、水乡风土以及戏曲音乐、烹饪酒茶、切口隐语,种种讲究,种种细节,均无所不包,兼收并蓄,给人以博大精深的"总体史"之感,使人油然叹服小说本身所体现的现实主义文学那种伟大的真实性与准确性,以至于有人说,了解封建时代的礼仪、称谓用不着去翻史书,读读高阳的历史小说就可以了。

文化是历史联系的纽带,是渗透在历史之中的精魂。按照英国文化人类学创始人泰勒的解释,文化是"整个生活方式的总和"①;而美国的克鲁柯亨则解释为"指的是某个人类群体独特的生活方式,他的整套的生存式样"。② 高阳所醉心的,就是中华民族的"整套的生存式样"。因此,他的作品不仅具有百科全书的性质,而且还显示出很高的文化品位。

从空间角度考察,一个民族的文化传统,包括地域文化与民族总体文化两个方面。任何一个作家都身不由己地生活在一定的地域文化之中并受其熏陶影响;而一个作家感受最深刻、最真切的也便是这与生俱来的本土的文化。从一定意义上讲,这带有本土特征的地域文化本身就是作家生命的记忆,它是激发作家进行创作的原动力。高阳 26 岁前一直在杭州生活,沐浴着吴越秀媚劲直的文风民气;多年来漂泊海外的思乡愁绪,又使他在创作中自觉不自觉地对吴越文化产生了特别钟爱之情。一个最明显的事实是,他把大部分历史小说的文化时空背景放在自己熟悉而亲切的吴越之地,笔蘸感情,津津有味地展开对吴越地域范围内有关风土人情、方言俚语及旧时学术风范的叙述,如《胡雪岩全传》,其主要场景就是杭州、湖州、苏州及上海,除却一个无法忽略不计的政治经济文化中心北京之外,胡雪岩的故事主要就在杭嘉湖诸城市间转换。其余如《小白菜》《花魁》《醉蓬莱》《丁香花》《徐老虎与白寡妇》《草莽英雄》《状元娘子》《苏州格格》等篇,人物主要活动场所亦布置在杭州、扬州、绍兴、苏州等吴越乡里。在这些小说中,我们可以看到高阳见缝插针、不失时机地把自己对家乡故地的熟知和挚爱化成了人物语言、民风民俗甚至人物性情气质的介绍和细节描写,从而使作品充溢着地道的吴越文化之遗风余韵。

但是,如果总是停留在地域文化的外在质感,高阳还不值得我们如此推

---

① 引自《多维视野中的文化理论》,浙江人民出版社 1987 年版,第 99 页。
② 引自《多维视野中的文化理论》,浙江人民出版社 1987 年版,第 117 页。

崇,他的成就也会很有限。作为一个文学大家,他高出常人的不凡之处是在于,没有以吴越文化外在质感描写为满足,而是由此及彼将笔墨指向内在的人文深处,着意发掘内中所包含的中华文化的普遍义理,将地域文化与整个民族文化融会贯通。可能是命运的播迁和长期生活在台湾所致,高阳的文化心理早就作出了相应的调整,他体悟到吴越文化虽是精致文化,但它毕竟只是民族多元文化的一部分。民族文化比它要复杂得多、丰富得多,也浩阔得多。特别是在价值取向上,高阳比较倾向或接近于儒家本位说的立场;加之其创作的宗旨,如他自己所言,是为了使"每一个中国人对于我们的源远流长、博大精深的历史文化,有一透彻的了解,进而激发出深挚的爱国家、爱民族的热情"①,以最终实现寻找、重视民族文化之目的。这样,就决定了高阳历史小说中的地域文化超出了一般的物理空间,而上升到形而上的精神空间的高度。它实际上追求的是写民族文化史、向民族文化回归的一种创作方向。这也是高阳与其他一般通俗化、风俗化历史小说的最根本的区别,是他堪称文学大家的一个很重要的艺术原因。

如从胡雪岩这个人物身上,我们诚然可以领略到高阳所谓的"不愧为吾乡的'杭铁头'"的吴越风韵;但更重要、更突出的,是那种远非吴越文化所能涵括的丰富深厚的时代内涵。这就是作为一个近代商人,他既有骄奢淫逸、奸诈狠毒的一面,也有急公好义、刚正不阿的另一面;既有与官府狼狈为奸、狂热地崇尚官本位的一面,又有同情平民百姓、对他们仗义疏财的另一面。显然,这里的胡雪岩,已被融进了吴越文化、儒家文化、世俗文化甚至某些西方文化等多种文化,他不折不扣地成了那个转型时代的"社会关系的总和",成了 20 世纪小说史上一个不可重复的、立体丰满的商贾典型形象。如果过分执迷于吴越文化而不图超越,那么,无论如何不可能获得现在这样的成功,成为金融商业题材的扛鼎之作。

从这里,我们不难得到启发,现代历史小说虽根植于地域文化这块丰饶的沃土之上,假地域所谓的"活的潜文化"来滋润血肉自己,但这种地域性的追求切忌狭隘的地方化,它应该体现与时俱进的、全民族乃至全人类的普遍要求。别林斯基曾说过:"作品的民族性必须是人类思想之无形的精神世界的形式、

---

① 　高阳:《中国历代名人胜迹大辞典》序,(台湾)旺文社股份有限公司 1992 年版。

骨干、肉体、面貌和个性。换句话说，一个民族的诗人不仅必须对本国具有伟大的历史意义，他的出现还必须具有世界性的历史意义。这样的诗人只能在注定对人类命运起世界性的历史作用的民族里面，也就是以其民族生活影响全人类发展过程的国家里面，才能出现得了。"①将别氏的"民族性"改为"地域性"，"世界性"改为"民族性"，恐怕也是可以成立的。就这个意义上说，"愈是地域的就愈是民族的、世界的"观点是不全面的。题材内容的地域性，固然可以提高作品的信息新颖量和文化内涵，但它的作家必须站在整个民族文化乃至世界文化的高度，以一种胸怀千丘万壑的开阔气度和视野注目历史生活，把地域文化追求的目标锁定在那些与民族及人类生活命运息息相关的题材内容上。只有这样，地域的叙事才能成为"民族的、世界的"。这也可以说是高阳的一个成功之道，是他留给我们的一个弥足宝贵的艺术经验。

二、"历史的人"与"人的历史"的双向演绎

"人与历史"的关系是历史小说无法回避的一个本体问题。它们彼此应该是双向演绎、互融互动的；而作为实践，它的表现方式则是丰富多样的。如现实主义历史小说往往致力于"历史的人"的描写，浪漫主义历史小说更倾向于"人的历史"的把握。

高阳历史小说总体上当属"历史的人"的范畴。他在人物形象塑造时，总是竭力将历史背景、历史氛围写得浓浓的、足足的，高度重视对生成情感生命个体的人的历史综合情境的修复上；在此基础上，再徐徐推出有关历史人物，对之作理性的观照。如对胡雪岩的描写，为揭示这一民族资产阶级先驱人物出现的深刻必然性，作者在其系列小说《平步青云》开篇，便是通过落魄文人王有龄的"捐班"晋职契入，花了六万字的篇幅，从多个侧面形象地揭示了当时清朝财政的捉襟见肘、清朝官方财政运行的无能、西方先进交通工具的引进、外国殖民者在中国交通上处于的特殊优势等种种"历史合力"交织而成的历史大环境，开阖自如地把笔墨投向官衙、商行、帮会、青楼、赌场、书肆等地。如此浓

---

① 《别林斯基论文学》，梁真译，新文艺出版社1958年版，第39页。

重的"史影"的映现,这在以往同类的历史小说中似不多见。

不仅如此,为了营造逼真的历史场景,将历史人物写活,高阳还广泛采用"以考证入小说,以小说成考证"的信史笔法。如成名作《李娃》中有关唐代长安东西两凶肆(相当于现在的殡仪部门)在天门街"打擂台"比"大出丧",以及落难公子郑一郎在葬仪中唱挽歌惊万众的场面描写,就是作者在阅读《唐两京城坊考》和《唐朝政教史》等大量历史资料关于唐代城坊格局、规模和"出丧"的记载,并加以精审的考证、想象的结果。类似的奠基在扎实的考据基础之上,将考据心得化为极富创意的艺术形象的例子比比皆是。学者杨照在总结高阳历史小说真实特色和成就时指出:"避免现代性错置到历史情境上的一个重要作法,就是在小说中大量穿插对于现代人经验相去甚远的历史生活描述。高阳的故事必须要在这样处处提醒读者的历史异时空氛围底下读来,才格外有趣。如果硬要把文学分成'求异'与'求同'的两种大趋向的话,高阳无疑属于前者。"①这颇具慧眼。所谓"求异",就是营造一种陌生美、距离美的效果,使历史小说不至于因当代意识的烛照而犯现代化、常识性的错误,最大限度地凸现自我独特的个性色彩。

以上种种,就构成了高阳"历史的人"的描写的基本内涵。

然而,单是写出真实的历史环境还不够。历史小说毕竟是文学而不是史学,所谓的"文化"也罢,"历史"也罢,它最终要落实到人上来,靠人来体现。写人生、人性、人品、人格,无论在什么情况下,都始终是历史小说艺术追求的最高目标。这是一。其次,从人与历史的关系来看,历史中的人除了接受历史制约之外还有能动反作用于历史的另一面,人向来都扮演着主体性的角色。高阳对此的认识是比较明确的。他曾自述:"写历史小说……最高的境界,也就是作者至乐之事,是所创造的人物,一下子会活起来,谈得具体一点,就是所创造的人物,有了自己的生命与个性,有他自己的思想、情感与行动。"②落实到文本创作,他主要是通过"恢复史实的偶然性"③来解决人与历史的辩证关系:一方面把握住历史发展的必然趋势,强调历史人物所处环境对历史个体的潜

---

① 杨照:《历史小说与历史民族志》,见《高阳小说研究》,(台湾)联合大学出版社1993年版,第138页。

② 《〈历史·小说·戏剧〉讨论会发言》,见台湾《联合文学》1985年第12期。

③ 《接受美学译文集》,生活·读书·新知三联书店1989年版。

在规约作用;另一方面又描绘出这必然趋势又存在着许多千变万化"史实"的"偶然性",于是每个人物的参与都有其自身的能动价值。再以胡雪岩为例,如前所述,在《平步青云》中,作者用了大量篇幅写了胡雪岩应时而起的具体历史环境,但高阳并没有就此赋予胡以"因势而成事"的宿命色彩。恰恰相反,他是在尊重历史必然性的基础上,对其个人主动参与历史的能力和价值作了充分的肯定。因为他知道,胡雪岩的脱颖而出诚离不开当时的历史大势,但胡雪岩怎样把握这历史新际遇,历史并无一定之规。高阳正是吃透了这一点,才在作品中着力描写了商界巨擘胡雪岩的犀利远见以及精明老辣的经营才能:如他赶上上海小刀会行将起义前夕大量抢购生丝,他运用青帮势力打通沪杭间的漕运,他借左宗棠的威势大发军火财等等。这就不仅揭示了胡雪岩作为历史偶然性或曰历史个性存在的无可替代性,而且还对他"又狠又忠厚"的个性特征作了颇富诗意的展现。

把握历史必然性时不忘人(历史主体)的个体性因素的能动作用,表现人的主体性时又不离历史必然趋势的统摄,高阳就是这样在他的作品中实施着他双向互动的形象塑造。这种使"历史的人"与"人的历史"彼此互相渗透、双向演绎的艺术把握,既有效地展现作品的时代历史真实,又成全了小说的人物形象塑造,切实地达到了"人事两全"的效果。

由此探索高阳历史小说的创作,就会豁然开朗。他在历史小说创作之初曾表现过这样的"两难"心境,在此得到妥善的解决:

> "历史与小说的要求相同,都在求真。但历史所着重的是事实,小说所着重的是情感。……历史与小说在本质上的差异与作为上的冲突——这是我所深切体验过的。"
>
> "历史的考虑与小说的考虑,在我们的思维——构成截然不同的两种状态:实际与空想、谨慎与放纵;只能求一,不可兼得。"
>
> "这个念头(写历史小说)起了不止一年,我也曾找过许多题材而终于罢手;唯一的症结,仍在历史与小说的性质的基本冲突上面。"①

---

① 高阳:《历史·小说·历史小说》,《台港文学选刊》1992年第8期。

如此这般执着地思考历史、小说、历史小说的问题,这就已不只是简单的姓"历"还是姓"文"的属性考虑了,其实质乃是在构建一种现代历史小说的真实机制和写人艺术:把尚未消融为一的历史／小说、历史真实/艺术真实分置于左右,然后以写人尤其是写人的内在人性作为审美中介,把它们沟通连接起来,转化为栩栩如生的艺术成品——这种构建当然可以参照古今中外许多历史小说的作法,但颇富独创性的高阳企图最终靠自己的实践来寻找历史/小说、历史真实/艺术真实之间巧妙适宜的沟通方式,这显然是一种"自找苦吃"的差事。

当然,这样说还比较笼统。再进一步观照分析,我们发现同样是历史与人合一、人事两全的描写,高阳历史小说自身内部也是有差异的。此说的差异,撮其大要,大致表现在以下四个方面:

1.从时间范围看,后期创作的作品一般总比前期的好,为我们称道的优秀佳作,基本上都写于后期。

2.从题材范围看,写清朝的通常要比写其他时期都好。

3.从表现内容看,写封建官场的往往要胜于写一般社会生活。

4.从描写对象看,世俗英雄的塑造要比贵族英雄塑造来得成功。

这里的差别,当然跟作者对特定社会历史时期微末细节了解掌握的程度有关。如"红曹"系列之与早期写汉唐的几部作品,前者叙事如行云流水,后者故事则时常节奏不一,原因就在于缺乏丰富的历史资料作为调剂缓冲。但这不是最主要的,最主要的还是在写人的层次上,高阳基于自己个人的身世(祖先是清朝杭州的名门望族)、个人的经历(长期在国民党军界供职)和对封建社会权力意志的深刻认识,在后期有关作品中,透过官场这个特殊场所,写出了人性的深度,将历史真实与人性真实有机结合起来,将历史冲突化为人性冲突。如《慈禧全传》中慈禧形象的塑造,作者通过辛酉政变、玉座珠帘、母子君臣等一系列重大事件,一方面极写她的精明能干、工于心计、有胆有识、野心勃勃、善弄权术;揭示在宫廷斗争的过程中其人性逐渐被"恶欲"所吞噬;另一方面又刻画她作为同治皇帝的母亲和年轻丧夫的寡妇,其所固有慈母之情和难以言传的痛苦伤感,以及渴望享有正常的家庭生活、人伦之乐的隐秘复杂心态。这就大大丰富深化了慈禧思想性格的内涵,使之不仅合乎历史的逻辑,而且契合人学的原理,从而给全书带来了气韵生动的艺术效果。为什么高阳后

期的作品愈来愈明显地表现出"非英雄化"倾向,在人事描写时执意追求一种
自然天成的状态,不愿对历史原生态作太多同向合成或异向合成的概括①,都
似可从这里找到答案。

三、主体性灵与自由不拘的表达方式

性灵是中国人非常稔熟的一个词。早在南北朝时就颇为习用,如庾信称
"含吐性灵,抑扬词气"。明代中后期,六朝文风重新受到重视,公安"三袁"力
加倡议,性灵遂发展成为影响一代人的文学口号。到 20 世纪二三十年代,由
于周作人、林语堂等人的亲身实践和推波助澜,性灵说一度又颇具市场,在一
部分作家那里有了一种性灵附体的感觉。其实,所谓"性灵就是自我","一人
有一人之个性,以此个性(Personality)无拘无碍自由自在之文学,便叫性
灵"②。它的美学渊源一直可上溯到以强调人格独立与精神自由为核心的庄
子学派。与以儒家美学思想原则为基础的"宗经征圣"正统文学不同,性灵主
要是强调文学应"独抒性灵,不拘格套"(袁中郎语),以表现人性的纯真和活泼
为己任,追求作者"自我"和"个性"在创作中的充分体现。

综观高阳的历史小说,我们也可明显感受到作者那源自"自我"和"个性"
的独特的性灵内涵。或许是基于诚实而执着的"历史温情"说的立场,或许是
受到传统士大夫方正雅趣和知识性情的影响,高阳一般并不特别追求作品强
烈的戏剧冲突和气吐山河、恣肆汪洋的浪漫情调,反而有意无意地通过"挟泥
沙""生枝蔓""跑野马"等手法,冲淡故事的戏剧化冲突,把大开大阖的历史风
云寓于不徐不急的叙述之中;他也不喜挥舞饱蘸强烈情感力度的艺术之笔去
贬褒臧否历史人事,而是用掺着温情的牢骚来浸润、再造历史素材。这样做,
也许多少降低了作品的可读性,但它别具一种闲适冲淡的韵味,释放出浓浓的
书卷气、文人气和超脱感。这是中国传统文化中的中庸之道、中和之美的颇典
型的表现。如《金缕鞋》中的南唐与北宋、李煜与大小周后的矛盾关系,《王昭

---

①　有关高阳"非英雄化"和"自然天成"艺术表现的详细分析,参阅吴秀明、陈择纲:《高阳
　　历史小说论》,《文学评论》1996 年第 4 期。

②　林语堂:《我的话》(下册),河北教育出版社 1994 年版,第 4 页。

君》中的汉朝与匈奴、昭君与元帝的有关冲突,作者以一管徐缓有致的走笔,将奇诡紧张的历史故事铺展得灿烂舒婉,飘逸典雅。于是悲也好,喜也好,生也好,死也好,苦也好,乐也好,所有一切现世的人生烦恼都被柔美虚静的艺术观照化为沉潜而超脱的诗的境界。这种糅合了"忧乐圆融"文化品格的东方美学,在烦乱骚动的现实外为我们提供了一片"自心所造"的净土。这从"入世"角度而言,或许是趋于消极的,但它给予文人和文学创作却是利多于弊的光辉灿烂。它不仅增添了文学美的色泽,使小说文体获得一张一弛的、如同国画"布白"一般的气韵、节奏;而且更从深层上抚慰、舒缓了作家主体面对现实的焦灼心态,使他能较好地从现实矛盾中逃离出来,展现一下个体自由活泼的情性,而进行一种超功利的艺术审美活动。

我们在前面曾经谈过,高阳历史小说是非常重视历史真实的,具有明显的信史的品格。尤其是后期的创作,更是发挥了独擅的考据和博学之才,引进的历史知识之密集、准确程度,简直可以与正史等量齐观。但有利也有弊,唯其如此,这就使其历史叙事极易造成干枯,失却鲜灵活泼的艺术魅力。正是在这样的情况下,高阳个人的性灵帮了他的大忙。当这些充分体现了作家主体平和关爱的情性进入文本,它就自然而然地开拓了作品的精神活动空间,使原本沉滞僵硬的历史叙述变得疏朗蕴藉,充满活性和张力。这也就可以解释,如同武侠小说大家金庸一样,高阳为什么在其历史小说中是那样感兴于琴棋书画、笔墨纸砚的描写:他在大容量地进行有关此类文化常识介绍的同时,总忘不了进而将它们与小说中人物的情感体验融合为一。不言而喻,这一诗性灵光的营造,它对作者崇史尚实的艺术描写起到了多么重要的调节作用。

与主体性灵相谐,是高阳的自由不拘的表达方式,我这里主要指的是他的散文化的表达方式,那种向史传中"糅合世家列传为一体,按时间顺序对⋯⋯历史进行综合性叙述"①的"杂传"靠拢,并融汇吸收了中国传统历史散文颇为通脱潇洒、灵活自由的表达方式。在这方面,高阳也堪为特别。他的前期创作,倒也还重视小说情节的构筑。但到了后来,由于艺术旨趣和审美理想的嬗变,他愈来愈注重"旧式历史叙事中不屑一顾的'琐事'"②,或曰"历史生活碎

① 石昌渝:《中国小说源流论》,生活·读书·新知三联书店1994年版,第99页。
② 高阳:《历史·小说·历史小说》,《台港文学选刊》1992年第8期。

片"的描写,而对整个小说具有决定性意义的故事情节却颇为淡漠,将不泥于主线情节的细节化描写视为文学创作的枢机所在。他的《慈禧全传》《胡雪岩全传》《红楼梦断》《乾隆韵事》《金缕鞋》等诸多长篇历史小说,都已见不到一个贯穿始终的"事件—情节",代之而起的是在历史生活片断大量加入基础上的自由切入和自由组合。这样,我们便可非常清晰地看到高阳对传统小说文体的一个重要构成——情节因素的颠覆。虽然,我们不能认为高阳这种形式就是历史小说致真求美的最理想方式,但却可以说他对之的掌握的确具有最自由不拘、天籁自成的表现力,有利于深化、细化作家对历史的思索,达到对特定时代文化历史和人物灵魂构成的全面反映。

随便拈个例子,《百花洲》是一部描写风流才子唐寅的世情小说。该作一开始情节布局并不错,写到唐寅为心有叛意的宁王朱宸濠所骗,来到大动乱之前的南昌城,又如何心中后悔,千方百计思寻脱身之计。但就在这情节紧锣密鼓全面展开之际,高阳却笔势一顿,转而大写唐寅与两位侍女之间一种超越肉欲的情感交流了。这一段闲笔的插入,表面看来颇为突兀,破坏了原来的叙事流程,但它却与全书所要表达的艺术意境神意相连:就是在关乎自家性命的当口,唐寅竟能以绝对品"美"的心态去看待两个女孩子,并因此影响到自己的脱身大计。这是怎样的一种艺术家的气质,怎样的一个可爱的艺术家的真性情!有意味的是,由于既有故事情节的破坏,小说这段看似散文化的闲笔,它对唐寅精神本质的展示,虽非用力凿实,但却横空而出,反而给人以一种"实者虚之,虚者实之,满幅皆笔迹,到处却又不见笔痕,但觉一片灵气浮动于上"①的轻灵之美。

最能体现高阳散文化表达方式的当推《乾隆韵事》。乍一看,这部小说有点不伦不类,前面三分之二的篇幅是写康熙立储和雍正铲除异己,最后三分之一的篇幅才写到乾隆与大臣傅恒之妻孙佳氏的暧昧关系(即所谓的"乾隆韵事")。以"韵事"作题,当然含有某种商业的考虑;但撇开这层不谈,而就作品描写本身而言,它的主线还是很明确的,神意始终未断,那就是围绕着对帝王情理关系处理的态度,表达高阳自己主体审美意向的褒贬臧否。对于康熙和

① 孙衍栻:《画诀》,见韩林德《境生象外》,生活·读书·新知三联书店1995年版,第173页。

雍正,作者是有讽意、有鞭笞的。相比之下,乾隆可算是他心目中情理关系处理得恰到好处的皇帝。乾隆不仅孝亲认母,深明大义,而且敢于与孙佳氏搞宫外恋,在热河行宫及东巡途中佳期密约,是真性情之人。为了"情妇",他丝毫不怕跟皇后翻脸;而对孙佳氏却热情如火,极尽温柔。一般来说,婚外恋是中国礼法所不能容的,皇帝与臣妾发生关系更是有丧私德。但高阳在这儿显然不是从伦理而是通过对人性本真自由的彻底洞察和理解,对乾隆此举作了充分认肯。所以,在《乾隆韵事》中,高阳尽管侃侃而谈,有点信马由缰,离题万里,而其实他是胸有成竹。他将艺术聚焦紧紧扣住情理矛盾关系,以此作为情节,漂亮地建构了全书。

小说与散文分属叙事与抒情两种不同的文体,它们当然都有各自独特的审美属性和要求。笔者在此也无意将高阳的历史小说与散文混为一谈。但从艺术文类"大体则有,定体则无"的独创性角度来看,他的这种小说散文化的实践无疑是值得充分肯定的,它至少在以下三方面显示了其独特的价值:一是为他本人的艺术个性增彩添色;二是对传统历史小说叙事模式的革新作了颇成功的尝试,具有很好的启迪作用;三是平添了小说文体解读的多义与复杂性,使得小说的审美传达别具空灵之感。从这个意义上说,将高阳的散文化实践称之为是对中国历史小说叙事模式的一次革命,是不算太过分的。

(本文原载《浙江学刊》1999 年第 4 期)

```
┌─────────────────────────────────────────────────────┐
│                    附录一                              │
│         如何"历史"? 怎样"小说"?                        │
│    ——谈谈我的历史小说研究,兼及治学相关问题与方法          │
└─────────────────────────────────────────────────────┘
```

　　首先有必要说明,历史小说研究不是我学术研究的全部,大概占了我 30 年学术活动的一半左右时间,但它却是我学术生涯的重要组成部分。历史小说研究让我受益良多,但更重要的是它确立了我的学术起点,增强了我的学术信心,为以后进一步研究打下了基础。历史小说研究可以说是我从事学术研究的"阿基米德点",我有关研究的基本思路、理念与方法大都来自历史小说研究。

　　今天,我主要拟对自己过往的研究做一番盘点与反思,也想借此就历史小说研究及治学有关问题与方法,与在座的本科生、研究生和青年老师交流与切磋,敬希得到大家的批评指正。为了方便起见,我想将讲演分为二个阶段:先是由我谈谈自己历史小说的研究过程和感受体会,然后再与大家进行现场互动。历史小说研究虽是我个人的实践活动,但它毕竟带有学术研究的某些共通性和规律性的东西。因此,大家不妨将我今晚的讲演看作是由个别通向普遍的一个简单粗糙的现场自述,而不是廉价无趣的王婆卖瓜式的一种自我夸耀。

一、研究过程:从批评到理论再到综合

　　说起来,我的历史小说研究也许带有一定的偶然性。30 年前,也就是 20 世纪 80 年代初,当时还是"老杭大中文系"年轻教师的我,生了一场长达二三年的病。身体恢复以后,接下来为如何寻找"突破口",进入研究状态感到很焦

虑。那时不像现在,年轻老师上岗都要进行"试教",教研室分配给我的一个任务是"试讲"姚雪垠的《李自成》。这部长篇历史小说有十几卷、总计三百多万字,现在可能很多人都没有读过,但在当时却是很"爆热"的,影响也很大。为了备课,同时也为了寻找"突破口",有段时间,我几乎天天都往中文系的资料室和学校图书馆跑,满脑子在考虑怎么在茫茫的学海中找到自己赖以生存和发展的"栖身之地"。有一次在书架上意外发现了一部名为《陈胜》的长篇历史小说。该书开头描写了这样一个情节和场面:在秦始皇入葬的前一天,秦二世领着一班王公大臣们在咸阳的上林苑观看了一场非常残酷的人兽相搏游戏,许多手持兵器的"角抵"被迫去与各种野兽进行了酷烈的恶战。正在这危急的关头,后来成为农民领袖,也是为大家所熟知的陈胜出场了,他擅自单身一人跳进圈斗场内,在转眼之间就把两头凶猛无比的狮虎给杀死了。——中国古代先秦时代也有像古罗马那样专供观赏用的斗技场,并且这个斗技场还有规模宏大的看台、相关的配套设施以及乐于此道的观众吗?说实在的,我当时读了以后是很怀疑的。请注意,我这里指的是供人观赏的一种娱乐活动,一种民情风俗,而不是偶尔为之的惩罚性举措。我怀疑这样的描写,是否是从西方的小说及影视《斯巴达克斯》那里移植过来的?

可仅仅只是怀疑,我有限而又浅陋的历史素养无法回答和解释这个问题。没有办法,于是就去请教中文系和历史系从事"四古"(古代文学、古代汉语、古代历史、古典文献)研究的姜亮夫、黎子耀、沈文倬、蔡义江等先生。或许这个问题有点偏,这些先生没有正面给予解答,但他们却给我提供了检索的一些具体路径、方法和工具书,如《史记》《汉书》《秦会要》等。通过相关资料的查阅,我不仅得到了解惑,而且也懂得了怎样去"入史"。最后,联系全书对陈胜不无神化的描写,整合其他有关的材料,将其写成了一篇文章《虚构应当尊重历史——关于历史小说真实性问题探讨》,寄给了当时颇有影响的《文艺报》。没想到很快收到了编辑的来信,对我热情加以褒扬,并把它作为重点文章予以发表。记得当时接到散发着浓浓油墨香味的样报,激动了好一阵子,后来还将收到的 26 元稿费去买了一张藤椅,以示纪念。需要指出,编辑还因此特地推荐我参加 1982 年年初在北京举办的首届"茅盾文学奖"的评选。至今我非常感谢那位编辑,是他发现、鼓励并且引导我走上学术道路,我也很怀念那个时代相对比较纯洁的人际关系及其学风。

稍后，我接着又在《文学评论》上发表了一篇题为《评近年来的历史小说创作》的文章，进而较为全面地对 20 世纪七八十年代之交的历史小说创作，包括思想与艺术成就、真实性品格以及成败得失进行了归纳、总结，并就今后如何发展提出了自己的看法。也许是选题有点新意，最早对当时文坛上涌动的历史小说大潮作出了回应，他们认为比较重要，所以拙稿寄出后不久，很快就被发表出来（载《文学评论》1982 年第 2 期），随之还被数家报纸杂志转载，产生了较好的反响。当时我应邀正在北京参加"茅盾文学奖"的评选，编辑得知后特地把我叫到他的办公室，在勉励的同时告诫我要戒骄戒躁，争取今后有更大的成就，等等。

上述两篇文章就是我历史小说研究的起点。现在回过头去看，它们的不足是十分显见的，对历史小说的真实性——主要是历史真实与艺术真实之间的关系的解读比较简单、粗糙乃至不无僵硬（实则是限于比较紧箍的"历史现实主义"的一种解读）。但有一点我以为是对的，那就是它的提出来自实践，同时又反作用于实践。也就是说，我是从实践中发现问题、提出问题，讲的是一个真问题，而不是一个伪命题，对中国当下文学和文化的建设是有意义的，是一种及物的研究。文学研究不能太实用、太功利，但文学研究的确也有一个价值效应的问题。它至少对文学创作、理论研究和学术史应该有推动作用；或者是说，文学研究应该有一个价值论的问题。只有这样，它才能更好地发挥其功能价值，并有效激发自己的研究兴趣。这一点对现当代文学来说特别重要，它可以说是构成我们这个学科的一个非常重要的"根性"特点。一切的一切，都应该立足于此，从这里出发。

这两篇文章发表后，我就顺势而发，继续从事历史小说研究（主要是当代历史小说的作家作品研究），先后大约有四五年吧。那时几乎所有重要的或有代表性的作家，包括姚雪垠、徐兴业、任光椿、凌力、杨书案、鲍昌、顾汶光等等，我都对他们写过批评文章，开始慢慢有点影响了，有的历史小说作家还主动与我联系，将作品寄给我。不少圈子里的人都知道"杭大中文系"（那时"杭大"与"浙大"没有合并）有个搞历史小说的，有的人还误认我是一个"老先生"。以至于有次闹了一个笑话，有位从事太平天国题材长篇历史小说创作的贵州作家去南京参加会议，特地在杭州下车，来敲我家的门，问我是不是"吴秀明的儿子"？因为他想啊，搞历史小说研究的肯定是一个上年纪的人。（众大笑）这是我研究的第一阶段,这个阶段主要是历史小说批评,我发的文章大多收在 1987 年出版的历史小说评论集《在历史与小说之间》。该书封面的字,是由姚雪垠先生题签的。

第二个阶段是 80 年代中后期到 90 年代初期,那个时候觉得自己不能老是跟在作家作品后面转,认为感性的认识必须上升到理性的高度,应该有自己的一套东西,特别是有一套理论。那时北京等地也有人在搞历史小说研究,有位先生建议我不要再写这类批评性的文章了。我当时虽有点接受不了,但自己确实也对自己感到不满意,想在原有基础上有所提升和超越。所以就有一个转型的问题。那么如何转型呢? 我反复考虑,首先想从理论上寻找出路。80 年代中后期,学术界正在兴起一股以"新三论"(系统论、控制论、信息论)为代表的"新方法论热",那时的我也感到了某种落伍的危机。第二次去北京参加"茅盾文学奖"的评选,见有的批评家发言,满口都是新名词、新概念(从自然科学那里移植过来),我听得云里雾里的,似乎有点"失语"。因此,那段时间里,我有意识地压制自己的发表欲,想补课,颇读了一些美学、心理学、文化学、新批评、新方法论方面的著述。我现在书架上的很多跨学科的书就是在那段时间买的。老实说,能发表文章,而压制自己的发表欲,还是蛮难受和压抑的。大概与年龄及经历有关吧,我们是将学术研究当作"第二生命"的,而绝无半点"玩"的心态——坦率地讲,像我们这样有过上山下乡或扛过枪的经历,后来有幸上大学从事教学和科研的 50 后,是不会也不愿去"玩"的,更不会"玩的就是心跳"。(众笑)但现在回过头去看,我觉得当时的难受和压抑是值得的。暂时的难受和压抑,是为了以后更好的发展。有时候一帆风顺、直线发展,并不一定是好事。做人如此,作文也如此。另外,我还结合申报的国家社科基金项目"历史文学研究",撰写了不少历史文学理论方面的著述。本阶段,我的历史小说研究逐渐由历史小说批评推进到了历史文学理论研究——需要说明,我这里所谓的"历史文学",除了"历史小说"外,还包括"历史剧""历史题材影视""诗史"等,是指与"历史"有关的所有文学创作。

历史文学有别于其他文学,它既姓"文",又与"史"有着特殊的联系。如果不嫌生硬,你也可以说它就是一种跨学科或跨文类吧。在这里,如何"历史",怎样"文学"("小说"),不同的立场、观念与方法,彼此会有不同甚至截然相反的理解和结论,由此也就构成了我们通常所说的现实主义、现代主义、后现代主义几种研究范式。近些年来,也有研究者将这种文史兼具的文类统称为"纪实文学",具体再细分为传记文学、历史文学、报告文学这样几种形态。怎样看待纪实文学内部这几种文学形态之间的关系呢? 我认为:如果说传记文学是纪实文学的古典形态,报告文学是纪实文学的现代形态,那么历史文学就属于介于传记文学与报告文学之间既传统又现代的一种形态。我就是基于这样的理解和定位来展开对历史文学理论研究的,撰写了历史真实与艺术虚构、历史的限度与艺术分寸、历史文学影射与现代化问题等一批文章。它们大多发表在学术刊物的"文艺理论"栏目。通过这样的撰写,几年下来,自觉在理论方面有了不少提升。这些研究主要集中在 1993 年、1994 年出版的《历史文学论》《历史文学真实论》《历史的诗学》这三本书。也从这个时候开始,我的研究发生了一些变化:从原来的"我注六经"慢慢转向"六经注我",并逐步形成了自己的一套话语。我尽力按照自己对历史文学的理解,对作家作品进行阐释。这样既评价了一部作品,同时也表达了自己对历史文学的一种认知。我以为这样的阐释比以前的批评更难,也更有意味、更具挑战性。第二个阶段,我把主要的精力花了历史文学理论研究上。我现在之所以对文艺学有点兴趣,并与这一领域的专家学者勉强可以对话,主要倚仗那时打下的基础。

第三个阶段是 90 年代中后期开始到现在,我的研究重心转向到了当代文学方面:开始研究当代文学思潮,出了一本书(《转型时期的中国当代文学思潮》);接着致力于文学史编写,主编出版了两部文学史(《中国当代文学史写真》《当代中国文学 50 年》);最近几年还写了一些当代文学学科和史料方面的文章。至此,我的研究同时涵盖了"作家作品""文学史论""学科与史料"(先是学科,后来逐渐偏向史料)这三个方面,或者说逐步形成了"作家作品+文学史论+学科与史料"这样"三维一体"的研究构架。此外,还广泛地当然也是蜻蜓点水地涉及教育学、生态文学、地域文化等。与以往不同,历史小说在 90 年代中后期只是我偶尔为之的"副业",数量明显减少。但这种研究的转向也给我的历史小说研究带来了一些以前所没有的新东西,它使我的观念、思维、方法都有一些新的拓展。这个阶段的成果主要收录在 2007 年出版的《中国当代长篇历史小说的文化阐释》那本书里。

为有助于梳理自己走过的学术轨迹,方便大家批评指正,这里我不揣冒昧地对这部《阐释》稍述一二。作为带有研究文章汇编性质的一部拙著,《阐释》

分上下两部分,上半部重点讲思潮现象,后半部主要讲作家作品。与我以前研究相比,《阐释》的不同主要表现在:1.从当代文学整体性乃至 20 世纪文学整体性的角度,以大视小,也可以说是以小见大,来观照和把握当代历史小说。2.借鉴文化批评的理念,同时还将当代历史小说当作一种文化现象进行审察。3.在讲真实性的同时,亦不忘其艺术想象和创造能力的发掘,因此故,所以本阶段不仅调整和扩大了历史小说的概念内涵,将新历史小说、新故事新编、戏说历史等纳入视域,还对其固有的意义和价值也作了认肯。4.还进而就历史小说理论与实践有关问题,努力作出新的解读。这一点相对比较重要,我想在此稍多说几句。

如历史小说真实性问题,古今中外讲得很多,包括我自己在内,以前基本上都围绕虚实关系展开。这样的解读自有道理,但也往往容易平面简单。尤其是,当大家都大同小异地这么说,如"七实三虚"呀,"三实七虚"呀,"子虚乌有"呀,将它当作研究的不二范式,此弊就显得更为明显,甚至有点乏味。有感于此,我从"语言"和"内容"两方面入手,提出了历史真实的"两度创造"问题:所谓"一度创造",是指语言上合情合理的创造与转换,即以"无障碍"阅读或观赏为前提,大可不必为了所谓的"求真"或"稽古",而在叙述时向读者兜售深奥生冷的历史用语,使人不知所云或接受起来十分费劲;所谓"二度创造",则是指内容上基于现代伦理和人性的创造与转换,因为真的不等于善的和美的。例如大家都知道勾践"尝胆"的故事,但历史上勾践为了讨好吴王还干过"尝粪"的事。为什么迄今为止的所有创作,都没写"尝粪"呢?因为它尽管真实,但实在太恶作、太恶心了,如果将其正面表现,恐无法令人接受,所以有必要按照善和美的原则对此作隐显抑扬的处理。我将上述这样的想法,整理成文寄给了《文学评论》,得到了他们的认可,后来就以《从历史真实到现代消费的两度创造——论历史真实的现代转换》为题,刊发在《文学评论》1998 年第 2 期上。

此外,还有像历史知识的两面性问题、历史翻案的陷阱问题、历史文学创作的底线和境界问题等,也都有类似的情况。它已超越了狭隘的历史小说文体界限,与整体的当代文学联系起来,彼此具有一种互文性的、相互激发和建构性的关系,包括历史观、价值观、真实观、艺术观。为什么会出现这样的变化呢?这里的原因,除了得益于自己此前历史小说研究的积累外,还与当时研究重心向当代文学转移密切有关。也就是说，这里虽然讲的是历史小说，但某种意义上，何尝不是在讲当代文学，它反映和体现了我对历史小说所归属的，自然也是更为宏大的当代文学的一种认知和评判。而这，是我早期历史小说研究没有的。这也从一个侧面反映，我后期历史小说研究开始注意到历史和文学的丰富性、复杂性，并努力给予整体性和综合性的把握。总之，在如何"历史"，怎样"小说"问题上，由于受时代社会和主客多方面因素的影响，至此，我的研究有了不同以前的调整和拓展。当然，后来我逐渐由此淡出，而转向到当代文学思潮、文学史及史料研究；但即使如此，历史小说仍成为我充满温馨的一种记忆，并深刻影响着我后来以迄于今的整个当代文学研究。

二、研究体会：需要正视的三个关系及有关问题与方法

回顾自己研究的道路，我有三点体会。它具体体现在以下三个关系的处理上：

（一）创新与规范的关系

这几年学术界出了一些学术不端的行为，大家都把目光锁定在学术规范上面。这当然没有错，也有其必要，但我认为更值得关注和重视的还是学术创新，这是包括历史小说在内的当代文学研究最难也是最重要和最欠缺的，是学术研究的核心和灵魂所在。学术规范只是手段，创新才是目的。规范的目的在于更好地创新，而不是为了规范而规范。可不是吗？你看不少文章，从表象上看，的确写得很规范，引文、出处、参考文献一应俱全，无可挑剔，但就是没有新意，人云亦云，没有自己的想法。这几年量化考核制度实施以后，中国学术界文章数量成倍猛增，但这之中到底具有多少创新的文章呢？相信在座的都知道，也懂得的。我所在的现当代文学学科还不到百年历史，时间不长，又不稳定，共识性的东西本来就不是太多，可资拓展的空间相对也较少，这种先天不足自然会影响到我们的创新。今天的时代不同于五四，那时可是几千年之一遇啊，文学革命"断崖"式的巨变，为创新留下了可供驰骋的广阔空间。所以我们的前辈相对容易出成果，其中不少人都成为某一领域的开拓者。他们也

是碰上了一个好时代,是学术的幸运者。如今一百年过去了,留下来的空间越来越少,这是我们当前学术界尤其是现当代文学学术界面临的一个严峻问题,也是我们大家苦恼的地方。但我觉得这亦是我们研究的意义之所在。越是有危机,我们也就越是要正视创新这个问题。好在大家的境遇相同,所以大体还算公平。那么如何进行创新呢? 我觉得没有什么捷径可走,每个人只能根据自己的积累、个性、优势、特长去选择。有的创新也许重在观念认知,有的可能推崇路径方法,有的可能强调从史料出发,或从传统的话题中挖掘新意,而有的则从当下鲜活的生活,或从跨学科那里提炼话题,寻找灵感。我想在座的对此都有体会,下面我想结合自己的历史小说研究,主要强调彼此相互关联的这样二点:

首先,也是最重要的一点,就是不仅把创新提到学术"本体论"高度来加以认识,而且还将其内化到自己的具体研究中,并与之对接,以至于每篇文章、每个话题,都尽可能有所发现,言他人之未言,道他人之未道;没有新的观点,至少有新的角度、方法或新的材料。这当然很难,但却值得我们持续不懈地去追求。就拿上面曾提及的新历史小说、新故事新编、戏说历史来说吧,它所隐含的"文本之外无历史"等某种历史虚无和不可知论的思想艺术观念,在整体上也许为我们所难以接受,但它对破除延续已久的、带有超稳定性质的"历史本质主义"和"农民革命动力说",推动历史小说观念创新,无疑是有意义的。事实上,也正是与这股新思潮有关,90 年代以降,原有大一统的历史小说才出现了明显的嬗变。我本人也正是在这样的情况下,对原有的"历史现实主义"作了调整,除了凌力、刘斯奋、唐浩明、二月河、熊召政外,同时还将赵玫的《武则天》等唐宫三部曲、李少红导演的电视连续剧《大明宫词》甚至《戏说乾隆》《大话西游》等带有很强观念化、狂欢化、娱乐化写作也纳入视野,肯定了其意义和价值。当然,认肯新历史小说、新故事新编、戏说历史的价值,并不意味着对 80 年代首次历史小说高潮(以《李自成》《戊戌喋血记》《金瓯缺》为代表)和 90 年代第二次历史小说高潮(以《曾国藩》《雍正皇帝》《张居正》为代表)创作,尤其是对首次历史小说高潮成就的否定。那时刚从"文革"走出来不久,整个文坛学界都标举现实主义回归,推崇真实性原则,反映论和认识论成为主要的批判武器。所以,包括我自己在内,大家有意无意将真实性中"历史真实"放大,对其中严谨史实的"教授小说"(如蒋和森的《风萧萧》和徐兴业的《金瓯缺》)分外赞许；相反，对于强调虚构想象，尤其是完全虚构想象即"子虚乌有"写作的，却多有贬抑。可知创新虽须臾不可或缺，十分重要，但它到底"如何怎样"，与其所在的时代社会的精神气候密切有关，还是有它自身的发展逻辑的。情况既如此，那么我们就应该将创新放置在特定的历史情境和脉络中进行审察。如此，才能对它们抱持"了解之同情"的态度，给予合历史合逻辑的理解。要知道，"一代有一代的学术"，作为学术链中一个环节，我们与研究对象一样，本身也是历史的一部分，包括历史的局限性，是一种历史性的存在——我们研究者难道能超越历史吗？

还有一点需要提及，就是在讲创新时也要注意它也是有陷阱的，过于追新求新，效果可能恰得其反。何为创新、如何创新，它有一个实践检验的问题，并不是所有的创新都值得称道，我们也不能对之不加辨析唯新是从。前些年学界有所谓的"追新逐后"之说，就是对这种盲目跟风潮的批评，这在研究项目化、功利化、浮躁化的当下，有必要值得警惕。在如今"小历史"风靡情况下，如何客观公允地评价以叙述"大历史"为要的传统历史小说，将它们视为相互碰撞又相互建构的历史小说的"共同体"，而不是将其当作水火不容的对立物，这也是我们需要正视的一个问题。学术创新从根本上讲是对真理的一种言说，它的目的是为了求是，所以我们在讲创新时不能疏忘或忽略"实事求是"这个基点。

(二)寻找"根据地"与超越"根据地"的关系

搞学术研究恐怕有一个"根据地"的问题，极而言之，我们甚至可以说，有没有根据地，它也是衡量学者是否成熟的一个重要标志。学海茫茫，面对知识"大爆炸"时代浩瀚无比而又层出不穷的万千世界，我们每个个体都会感到不适和渺小，所以只能择取其中一个点来进行研究。这个点也就是根据地。当然，同样是根据地的建立，每个人的情况可能不一样：有的根据地建立比较早，有的则比较晚。自然咯，晚建有晚建的好处，也有它的负作用。我听人讲，姜亮夫先生曾说他的研究工作，"收网"的时间嫌晚了。姜先生此说，是否有点类似于我这里所讲的根据地呢？姜先生的意思是说，他研究工作所铺的面即"撒网"过广，占去了过多的时间；如果收得早一点，他可能在专方面钻得更深，取得更大的学术成就。之所以要建立根据地，我想主要是为了集中力量打歼灭战,着眼于战略的考虑;不能毫无计划,四处出击,逮住一个搞一个,碰到什么研究什么,到处打游击,打一枪换一个地方,没有自己的主攻方向和目标。说起来,我大概算是较早有了根据地的——似乎一起步就歪打正着地选择了历史小说作为自己的研究方向。当然这种选择有利也有弊,它使我在无形之中为自己的研究对象所拘囿,显得专有余而通不足,拘囿在一个相对比较局促的空间里打转转,这也是蛮致命的。这个缺憾,直到 90 年代以后随着时间推演及研究方向的转换才有所认识和改观。

这也告诉我们,找到根据地固然是好事,但亦容易滋生一种封闭性的思维理念。因为你躲在根据地里,熟门熟路,非常安全,没有压力嘛,所以无形之中,它就给你平添了一种惰性。这大概就是根据地的"负面效应"或者说是根据地的一个"陷阱"吧。正因此故,所以我认为要有超越根据地的意识。超越根据地就是打破现有恒定的秩序,防范和克服一劳永逸的思想,使之处于一种动态的、开放的状态。这有利于学术的提升和发展。就拿我自己来说吧,如果当时不从批评转向理论,再进而从历史文学转向当代文学思潮、文学史乃至学科及史料研究,那么就有可能在继续专精的同时也被专精所累。因为不管怎么说,历史小说只是当代文学的一个门类,而且还不是主流的门类,它毕竟有点窄,难以全面系统地表达我对当代文学的想法,更不要说对学术主流产生辐射影响。所以当时下决心少发文章,多读点书进行补课,现在看来没错。超越根据地或走出根据地,应该说是有风险的,谁也不能保证你手到擒来,必然会成功!但我觉得这种冒险是值得的,因为它对你的学术有一种推进、驱动和逼迫的作用。所以即使找到了根据地,我还是主张对之"不即不离",即与根据地保持一种适度的平衡和张力。

学术研究推进到一定的阶段,恐怕都会面临一个自我选择和定位的问题。某种意义上,这也可以说是学术研究走向成熟的一个"成年礼"吧。这种选择和定位当然因人而异,有的可能是在原来延长线上不作任何更改的继承推进,也有的可能要作六十度、七十度"转弯",甚至一百八十度"大转弯"的调整,每人的情况不一样。但我觉得,年纪轻轻的,就躲在根据地里睡大觉,睡懒觉,也是有忧虑的。在这个时候,看准了,该突围的还是要突围,该狠心的还是要狠心。也许这一步跨出去,又给你打开了另一个天地,推进到了另一个境界,对你的研究产生了质的影响。我以为不妨可一试,冒点风险也是值得的,人生难得冒点险嘛。实在不行,大不了再退回来,有什么关系呢？当然这不是提倡蛮干,它是有前提的,并且我们还得坦率承认,学界不也从中可找到不少与我上述所说的相反例证吗？在国家社科基金项目越来越成为左右乃至支配整体学术研究及其走向的背景下,这种情况似乎也越来越突出,它也极易催生功利的、短视的思想。什么话题申报容易成功或命中率高,就申报什么。不少人不也因此照样驰骋学界,大获成功,很有影响吗？这亦是事实。可见,我这里所说的寻找根据地与超越根据地其实还是蛮难的,它带有某种浪漫的"想象"成分。对学者来说,恐怕也有一个定力的问题。也许在多元化的时代,人们对根据地乃至是否需要根据地,原本有不同乃至完相反的选择。我这里讲的,只是基于专业化和相对稳定性因素考虑,我个人的一点感受和体会,可能有点片面而不切实际,仅供在座的参考吧。

(三)批评与研究的关系

先从自己参加古代文学博士论文答辩说起。记得 2003 年 4 月份吧(正是中国举国上下面临"非典"的时期),我的师辈、浙大中文系著名的古代文学研究专家徐朔方先生要我去参加他指导的一位博士生的论文答辩。开始人家来通知我,我还不相信,说:"你有没有搞错,我是搞现当代文学的。"他说:没错,是徐先生叫他来通知我的。没有办法啊,我只好给徐先生打电话,想说服他收回决定。我小心翼翼地对他说:"徐先生呀,下午那个答辩你是不是……""你是不是说我搞错了？没有！就是我就叫你来的。"说完就将电话搁了。老先生发话,我只好硬着头皮去了,没有办法呀。(众笑)那次博士论文答辩是由吴熊和先生主持,安排在浙大西溪校区东一教学楼四楼的中文系会议室。也许受到徐、吴两位先生的启发,在会上,我曾不无"放肆"地发了这样一通议论:学术研究大致分各有侧重而彼此又有关联的"实证研究""文化研究""审美研究"三种范式。浙大中文系的传统是以实证见长的,也就是所谓的考。我们论文写得很扎实,实证研究往往占了论文的大半篇幅。的确,实证研究是中国很好的一个学术传统。它强调实事求是,追求言必有据,文章不写半句空。事情往往也是这样,有时候一条重要史料的发现,会将原有的结论整个推翻——借用老话说,这就叫"事实胜于雄辩"。古代文学呢,因为年代久远,存疑的很多,所以实证特别重要,甄别、辨伪、考据等等,它可以说是学者的基本功,也是研究的重要的前提。古代文学这样一种治学传统,在我们现当代文学这里,现已得到了回应。这些年来,有关现当代文学史料方面会议,开过多次,研究成果也出了不少,重视史料现已成为人们的普遍共识。这说明古代文学与现当代文学两个学科之间逐步在靠近。我参加徐先生的这次博士论文答辩,最大的收获就是认识到实证的重要,并由此及彼,对以论见长的现当代文学研究有所反思。我后来撰写的当代文学史料方面的文章,将来还想就此再作继续探讨,都与之不无有关。限于今晚的话题,这里就不说了。

当然,在充分肯定实证的同时,在那次答辩会上,我也坦言它不是唯一的。认为不能因此而忽略文化研究和审美研究,不仅不能忽略,相反,而是要高度重视之,充分发掘它在文学研究中的功能价值。我说,文化研究是介于实证研究和审美研究的中间环节,这一研究范式,积累了很多现代理性的思维成果。如果我们很好地借鉴和吸纳这方面的成果,是有助于激发和提升实证的水平、层次和境界。我以为现在中青年这一代,要想在实证方面超过师辈和前人,是很难的。因为师辈和前人,他们从小捧着线装书,拿着毛笔,在这样的语境中长大。而我们则是在电子文化和互联网背景下长大的。从某种意义上,我们现在已没有传统实证的语境了。所以要想在这方面有所超越十分不易,甚至是不可能的。如果要突破的话,恐怕在文化研究上,也寄希望于文化研究上。这或许是这些年文化研究为什么比较热、受不少人推崇的一个重要原因吧。文化研究侧重研究文化人格、文化心态、文化政治,文化经济等等,是比较理性的一种认知活动。它也是浙大中文系的一个学术传统。中文系的传统是什么?我认为是"既考又论"。我当时还以徐、吴两位先生为例,说他们的《史汉论稿》《唐宋词通论》就是"既考又论"、"考论兼具",这从书名那里都不难可以看出。学术研究是个体的一种精神活动,当然应尊重个人的选择,发挥其个人的特长,并且每种研究范式彼此是平等的,没有也不存在什么"等级"之差。我只是就大而论说,中文系不仅要重视实证,而且还应向文化的、审美的向度拓展,有更大的容量、气度和胸襟。中文所谓的"文",同时还应涵盖文化、指向审美。评判一个作家的成就和贡献,最终应该落实在文学史中,靠文学作品来说话。这点特别重要,是不能也不应忘记的。离开了这些,所谓的实证,包括文化研究,是有局限的,甚至在向度上恐怕也是有问题的。所以我认为实证,最好对文化的、审美的研究有参酌,要体现一点中文系的特色,中文系的个性和优势;不要将它锁定在单向单维的视野中,用单一的文献研究来代替富有意味的文学研究。当然,也反对把文学性或审美性抽象化和超历史化,在讲这个问题的同时,亦要对狭隘的、闭锁的文学性或审美性保持应有的警惕,不能从一个极端走向另一个极端。

我记得当时讲了这番话之后,坐在旁边的吴熊和先生给了我鼓励和肯定,他说:"吴秀明讲的是对的,我们应该有所考有所不考。"说实在,我当时这样讲时是有点紧张的,心中没有底呀!听吴先生这么一说,暗暗地松了一口气。(众笑)徐先生当时没说什么,事后也对我的说法表示赞赏,说:"看来请你来参加答辩,是请对了。"徐、吴两位先生是中文系重量级的人物。他们如上态度,不仅是对我这个晚辈也是他们的老学生的抬爱和鼓励,也从一个侧面反映了两位先生现代开放的治学理念。这是我没有想到的。由此,又对他们平添了一份敬意,至今感念于心。我始终觉得,任何研究都是带有价值指向的。实证也不例外。以价值论的观点来看,并不是所有的东西都值得我们劳神费心地去实证的,它是可以而且应该纳入价值论的范畴里面去进行评判。中国几千年下来累积的东西实在太多,所有的东西都要去实证,有没有这个必要? 是否也太累? 你实证得完吗? 再说,即使实证完了又如何呢? (众笑)呵呵! 每个个体的生命有限,我们恐怕只能选择更有意义的事情去做,更有意义的对象去实证,也就是说,对于实证,要有一个理性选择的问题。所以,我非常赞赏当时吴先生最后总结时讲的一句话:"我们应该有所考有所不考。"

从审美研究出发,由此及彼,我想到了文学批评。它们两者是有联系的。文学批评主要是对文学作品在鉴赏基础上所作的一种艺术评价。在有些人看来,也许批评很容易。但我不这样认为,相反,觉得要真正进入批评的境界,成为一名出色的批评家其实是很难的。俄国的别林斯基,中国的茅盾、何其芳等,都堪称其中的杰出代表。他们既是学者,又是批评家,集两种身份于一身。与一般的纯学者不同,他们的学术研究融会了浓郁的批评的元素,是基于敏锐的审美判断的一种研究。而缺少审美判断,恰恰是我们当下学术研究,特别是包括硕博论文在内的学院派研究的一个很大的弊端:这就是相当程度地患上了审美贫乏症,往往习惯并喜欢对对象从逻辑到逻辑、从推理到推理的分析和评价。批评是学术研究的基础,我甚至认为一个学者最好同时也是一个批评家,至少有过从事批评的经历。批评应该成为学术研究的基本功和必不可少的一个重要环节。批评可以培养、丰富我们的学术感觉,促使我们对真善美保持一种高度的艺术敏感。往浅处说,批评元素的融入,它可为我们研究增彩添色,使之富有美感。研究当然需要逻辑和推理,这是常识。但研究如果完全变成判断和推理的演绎,即康德所说的"判断力的判断",那也是很煞风景的。那样,只要中间出现一点失当,它就有可能使整体理论面临崩塌的危险。从这个意义上说,依托于某个支点而搭建起庞大体系的西方理论(如黑格尔的历史哲学和美学理论),是有致命局限的。对此,我们在借鉴时有必要引起注意。

中国古典文论有所谓的"评点"派,它在这方面为我们提供了很好的借鉴。古人在阅读经典时经常有"妙不可言"之类批注,虽然它不像西方学术著作那样有一个庞大的、逻辑有序的体系,往往三言两语,就道出了文章的妙处,让人拍案叫绝。这就叫艺术感觉、学术感觉。按现代的理论来看,也许你觉得太简单了,"言"得太少,不够系统也不成系统;但你不得不承认,它的确击中了作品的"文眼",讲到了点子上,不妨叫"踩点"。这就是传统文论的"妙处"所在。审美贫乏症往往下笔千言,不知所云,一点都"不妙"的地方他却偏偏说"妙";相反,"很妙"之处他却看不出来,感受不到。(众笑)感觉或直觉有时比理性更能洞见本质,所以我们说理性不是万能的。正因这样,学术研究有必要向批评敞开,从它那里吸取有益的东西来丰富和充实自己。学院派中有的人往往看不起批评,这是偏见。没有感觉和感性介入的文章,怎么可能不晦涩、枯燥呢?因为它全靠概念、逻辑、推理来堆成,将文学研究变成与美无关的一种研究。或者说他的研究只用左大脑,而关闭了右大脑——左大脑是管理性的,右大脑是管感性的。理想的研究应该是左右大脑打通,感性与理性交融。严格地讲,学术研究面对的是两个对象:一个是批评,还有一个是批评的对象,即文学作品。批评的作用在于对文学作品进行非常准确到位的评价和把握。也正因这个缘故,缺乏批评意识,对研究者来讲,绝不是可有可无的。当然,批评也有必要反思,向文化研究和实证研究开放,不能故步自封,更没有必要自恋。恕我冒昧和直言,批评中既不会"踩点"也没有想法的,在当下绝非少数和个别。粗暴地说,批评在最近一二十年,正处在一个令人尴尬的、无可挽回的下滑状态。

返回刚才所说的话题上来,我之提出并强调研究的批评化,可能与我的兴趣、专业和经历有关。上面讲过,我开始是从批评(历史小说批评)起步的,并曾于 1982 年、1985 年、2006 年有幸参加中国作协举办的三次"茅盾文学奖"评选,使我有机会与国内一些著名的批评家在一起,阅读了全国各地推荐参评的诸多长篇小说,受到了熏陶和训练。特别是第一、二两次的评选(主要是为巴金为主任的"茅盾文学奖"终评委提供推荐名单),为了方便工作,当时的作协把我们拉到了远离市区的北京西郊,一两个月整天埋头读长篇,虽有点单调,但阅读过程的跌宕起伏和讨论时的交流碰撞还是挺有意思的,回想起来,至今仍感到很温暖。那是一个文学浪漫的时代,也是一个批评红火的时代,我们近20位的批评家和编辑集中住在香山别墅和曹雪芹故居附近,大家以宁静平和的心态分头阅读作品,然后隔三岔五地经常交流,分合有致地对每部作品作出言简意赅的点评。一部四五十万甚至上百万、几百万字的长篇小说,往往寥寥数语就对它作出评判:如果大家认为这个作品很不错,就说"过了";如觉还可以,就说"暂且先过,留待下一轮再议";如嫌平,比较一般,就说"算了吧,下",即在初选时就将其淘汰出局。(众笑)开始时,我比较紧张,不敢多说话。因为参与评奖的都是名人哪! 几轮下来,感到对作品的评判与大家比较接近,逐渐就有了自信,胆子也大起来了,似乎真正进入了批评的"角色"。以后我从事批评,撰写有关作家作品论方面的文章,应该说与"茅盾文学奖"评选经历不无有关,包括兴趣,也包括思维理念、言说方式等等。

在座的大都是硕博士研究生或博士后,学术研究上均受过比较规范的训练,在这方面大概问题不是很大;相对来讲,对批评可能涉猎不多,重视也不够。故有必要进行弥补,适当地注意研究的批评化。当然,这里所说的"研究的批评化",不是叫你把研究写成批评,而是指在保持研究属性的前提下向批评寻求借鉴。这样,它也许能给我们的研究特别是学院派研究增添为过去所没有或少有的新的东西,显得丰润、饱满和细腻,也为文章平添一种灵性、韵味和才气。学术研究就大而言,也是一种诗学,我们不但不拒绝诗性的介入,相反,应该而且需要大胆地向它敞开,与之对话,接受它的馈赠。这也可以说是中外学术高手留给我们的一个重要经验吧。

三、对话:高校学术生态与我们的忧思及选择

下面是现场互动,以问答的形式与参加会议的青年教师进行交流:

最先提问的是陈洁老师——

陈问：吴老师，我提一个操作层面的问题。如果有一天您发现在自己的研究领域有很多人参与，就像我目前碰到举国上下几乎所有研究出版的人都在研究数字出版，而我自己也找不到新的理论或方法来进行突破，应该怎么办？我在读博之前比较喜欢古典美学，与现在有很大的不同。我对您刚才讲的"评点"话题很感兴趣，我是继续从事数字出版，还是退回去搞古典美学研究呢？

吴答：我对你的情况不大了解，不敢妄言。从直观感受出发，常常觉得在历史小说研究领域，因为加盟的学者和批评家不多，犹如置身于无物之阵，不仅感到有点孤寂，而且因缺少碰撞与对话，也不利于自己学术提升。从这个意义上，很多人参与，并不见得就是一件不好的事。每个学科乃至每个话题，其自身内部都有一个"科层化"的问题，它是"科层化"与"整体性"的统一。我想数字出版是否也这样，它是多层、多维和多向的？我不知道你的特长是什么，也许在很多的层次、维度和路向中有一种比较适合你的，也许都不甚适合，你可能适合似是而非、似像又不像的"第三种"？每个人只能根据自己的实际情况，去寻找最适合自己的研究范式和方向。比如说我现在为什么不再从事批评，而转向了研究呢？重要原因之一，就是觉得自己置身的高校环境，与鲜活的当下社会现实有一定的距离，甚至多少有点隔膜，加上年龄等方面原因，在这样的情况下，要想继续搞批评并有所成就，是蛮难的。也就是说，觉得自己在这方面已不具有优势，至少优势不多。兴趣也越来越显得寡淡。于是，就从批评"跳槽"到了研究。需要说明，"只有批评而没有研究"的经历与"既有批评也有研究"的经历，它们彼此是不一样的。后者，即使再返回去从事批评，其审美评判也可能会多一份理性和历史感。我大体属于这种情况。现在的我，相对地说，理性为主，兼及感性，喜好并适宜于作综合判断。这是否是我的一个优势特点呢？你刚刚走上学术之路，自己到底是谁，擅长什么，这一切还都比较含混，或者说还来不及清晰地展现。在这样的情况下，我以为不必太急。如果匆忙地给自己定位、定性，不一定对发展有利。建议最好还是再等一等，也许在不久的将来，有的人可能要退出，进行"华丽"的转身呢？

陈问：我是第一批从事数字出版研究的，现在发现有很多人都挤到这个领域来了。所以这一年我就搁笔了，想好好沉淀一下，找一个研究方向，可是至今还没有找到。

吴答：我理解你的心情，据我所知，不少人都有类似你的苦闷和焦虑。关键是要有自己的东西，人家没有的我有，人家有的我亦有，并努力超越之。这当然很难，不是轻松就能得到的。但置身学术领域，则又不能不将之自律为追求的一个目标。这是没有办法的事。其实，你所说的我也遇到。80年代中期，就在我刚"入行"历史小说研究不久，我发现也有包括北京在内的其他同行加盟于斯，我为此感到高兴的同时，也增加了不少的压力。针对这种状况，到底如何从中探寻适合自己的个性之道，体现自己的价值呢？我选择的是"批评理论化"的路子。这就是先专攻历史文学形态理论，寻找一种批判的武器，然后再回过头搞批评。这样，也就有可能与其他同类的批评区别开来了，而具有自己的优势特色。自然，它也有意无意地逼迫我从理论的维度对如何"历史"、怎样"小说"进行阐释，这不仅对我而且对整体历史小说研究都是有意义的。当代文学不同于其他学科的一个重要特点，是批评家的层出不穷及其对文坛学界带来的辐射及影响，尤其是人气较高的批评家更是如此。加之体制和市场等诸多因素的影响，各种各样的新人新作研讨会纷至沓来，频繁不断地在这类会上露面及撰写诸如此类的批评文章，固然有效地扩大和提升了知名度，但在这样的情景下，即使最有思想、才情的批评家也吃不消，人的精力毕竟有限嘛。它反过来会影响批评的质量，出现了为人所诟的过多重复和"注水"的问题。我这样说可能有点夸张，也容易"得罪人"，但从批评需要反思及历史化，批评应该有更高远追求目标和更深邃境界的角度来看，也自有其道理。所以说任何事情都是有所得也有所失，世上没有绝对二字，有时候，上帝也是蛮公平的，不能什么好处都给你一个人。回想当年"新方法论"刚出来时，其提出者和拥趸者有关文章引领时代风骚，说产生"轰动"效应也不为过，尤其是在青年学者和批评家那里，一时遂成时尚，当然他们的确也为当代文学批评和研究作出了属于自己的贡献。但因与文学的"不及物"，以及尚未诉诸有效的中介转换机制，很快就由热转冷，被人们遗忘了，以至在座的有的可能还不知曾有此事。

接着是陈力君老师——

陈问：吴老师，我们很熟了。这个问题我平时很想问，但一直不敢问，今天我要趁这个机会向你提问，希望你不要回避。就是现在我们的女生越来越多，女性之间的竞争也越来越激烈，你是怎样看待这种现象？你看我们的路在何方？我读书的时候女生还是蛮少的，我记得你当时对我们女生，眼光是很不屑的。(众大笑)你从现在的角度,从男性学者的眼光来看,我们当前面临的最大的问题是什么,我们又如何去突破,实现自身的价值?

吴答:我要郑重申明,我从来没有所谓的"不屑的眼光",我对女性向来是很尊重的。你问问在座的女生,我什么时候对她们说过重一点的话,你的话很使我伤心,真是天大的冤枉。(众大笑)当然,这是开玩笑咯。回到正题上来,严格地讲,女性也是一个复杂的群体,不能简单化、绝对化。当然就总体而言,女性可能感性的东西多一点。女性比较敏感、细腻,理性化也许不是她的强项。从这个意义上来讲,女性从事学术研究,较之男性,恐怕不占有优势。但这也仅仅是就"总体"或一般而言,女性中理性强的也大有人在;同样,男性中敏于感性者也不是没有。落实到每个具体的个体,就更不可一概而论,不能搞一刀切。现在我们中文学科包括整个大文科,学生、研究生都以女性为主,男性都跑到理工科那里去了,这就是我们目前的学科现状。不过,整个中文学科都以女性为主,甚至相当程度地女性化了也没关系啊,北大、复旦不也是这样的吗?我们浙大这样,好像也不奇怪。大家多感性一点那就多感性一点,人人都一样,就不要紧,这样谁也没吃亏嘛。(众笑)也许少数的男性稍微占了一点便宜。(众笑)现代社会的异化是无所不在的,并把它贴上现代性标签,内化为一种机制性的存在。生活在这样的机制中,我们仿佛很自由,其实没有真正的自由,我们都被"量化"指标所牢牢地控制着。它把一切个性的东西,包括男女之间异同互呈的个性的东西,有意无意地消解、抹平。在这样的机制中从事研究,我常有一种"一言难尽"的感慨,有时很无奈也很焦虑。当然,在无奈焦虑之后又不得不去做。就这样,身不由己而又周而复始地生活在这么一个怪圈之中。我们明明用了很大心力想进这个门,不想神使鬼差,却拐入了另一道门——这似乎成为我们"现代性"的组成部分。所以你刚才问我"路在何方"?坦率地讲,我不知道,真的不知道。(众笑)我自己都不知道自己的路在何方,自己都不知道该怎么办,哪里敢讲这种话,给你指什么路。所以可能使你失望了,对不起了,呵呵!(众笑)

最后是王艳博士——

王问:吴老师,我是高校的老师,但同时也从事一些创作。我一直苦恼一个问题,就是自己不太能协调好两种生活状态,处理好两者关系。一方面在高校里做理论研究,另一方面也应一些杂志社邀约写些畅销书,也写一些专栏,还在电视台做媒体评论员。现在的世界很浮躁，学校是以论文或者课题之类来对我们进行评价的，如果完全服从于这种评价体系可能会丧失自己的一些兴趣、爱好或者特长；但如在外面做得太多，单位的领导又会不太满意，觉得你不务正业。而且写畅销书或者专栏会带来一些经济上的收益或者是知名度的提高，对于我们年轻人来说，还是蛮有诱惑力的。那么就是说有没有一种方法，可以游刃有余地处理好这两种关系呢？或者说是如何比较好地实现着两种身份的转换？

吴答：你的苦恼有一定的代表性。五四时期的学者在这方面比我们幸运。他们中的不少人，往往既是一流的学者又是一流的作家。我们现行的体制是把作家这个身份交给作协来管理，而五四时的作家有不少是在大学里的，那时也没有作协这个机构。现代西方高校有驻校作家制度。这值得我们借鉴。我们的学者最好同时也是作家（还是批评家）。我们中文系的徐朔方先生就是这样，他既是一位诗人，又写过小说，一手写论文，一手写美文。所以你说现在高校里面既搞研究，又搞教学，还搞创作，我认为很好。但问题也像你说那样，人家不搞创作而把主要精力放在研究上，他写了 10 篇研究文章，你也要像他那样写 10 篇，怎么可能呢？所以你也不要太求全了。有所得必有所失，同样有所失也必有所得，这可以说是生活的辩证法。在这样一种体制下，我认为要有一个基本的生存底线和精神底线，这就是在学校里每个教学工作者都能有体面的、有尊严的生活。在这个前提下，你去做你自己喜欢做的事情。现在的社会有很多诱惑，面对这些诱惑，你必须要作出自己的选择。诱惑之所以为诱惑，肯定有它诱人之处，比如名利等等。正因为如此，对它说一声"不"或"不要"，有时比说"是"或"要"可能更难。什么东西都想要、都想得到，往往会把自己搞得很苦很累，也不见得就幸福和快乐。所以我觉得，有时候要学会适度的拒绝，不要太"要"，在有基本的底线的基础上还是要讲究一点精神质量。我对当下学术生态有这样那样的想法，但就自身具体的研究来说，我觉得还是蛮有意思的。如果纯粹为了评职称而去研究，那的确是很乏味的，职称解决了，也就失去了研究的积极性。首先得有兴趣。没有兴趣，强己之所难去研究，结果可想而知。真正的学术研究源自研究者的内心需求，它同时包括了"精神之道"和"治学之术"两个方面。今天晚上我主要是从个人一己感受出发，讲具体的"治学"，是讲"术"而没有讲"道"。刚才所说，其实也已涉及"道"即"精神之道"。这个问题很重要也蛮复杂,限于时间,在此就不展开了;再说,以我这样的身份和境次,也不适合讲"精神之道"。在这方面,我自己何尝没有问题,只是与你及在座的可能侧重点有所不同。

王问:吴老师,我想再问一个比较具体的问题,就是去年浙大核心期刊的调整。您可能不是特别在意。但对于我们年轻教师或者博士生来说,核心期刊与二级期刊的区别还是很要紧的,所以我们是很关注这个变化的。从学校公布的调整目录来看,我们发现核心期刊的比例大大减少了,二级期刊中原本有七八种创作类杂志,调整之后也被取消了。这就意味着创作不能作为学术成果进入量化评价体系了。显然,这个调整对于创作型的老师和学生来说,是一个不好的信息,因为毕竟是在高校这样一个评价机制下生存。不知您对此是怎么看的?

吴答:我多少知道一点,我也知道期刊与我们的关系,知道期刊在很大程度上控制着我们的学术及其学术生产。在这方面,近年来学界有很多反思和批评。从学校管理来看,他们似乎也有苦衷。对此,我也听到一些。当然这个情况比较复杂,非三言两语能讲清楚,恐怕在短期内也很难改变。因为它涉及刊物分级的合理性及其分级的具体操作管理问题,涉及学科之间异同关系的处理等等。我只能说说自己,说说自己是怎么做的。我是这样对自己也是对我的学生要求的:一篇文章如果写到六分,恐只能发在你所说的"核心刊物"上,而如果咬一咬牙写到八九分,就有希望在你们所期待的更高级别的"一级刊物"甚至"权威刊物"上发(需要说明:刊物"级别"与质量有关,但不能简单划等号)。写文章,首先得有一个好的选题。选题好,等于在战略上取得了胜利。所以我特别在乎选题。一旦找到了这样的选题,那就殚精竭虑、不计付出,这段时间肯定寝食不安,没好日子过。好选题不易得,选择了它,也是一种缘分,可千万不要糟蹋呵。当然要将它写好,是很不容易的。但研究的意义和价值,恰恰也就体现在这里。没有艰辛的投入,哪有好的学术回报。我们所能做的,就是尽量在质量上做得好一些。

(附记:本文是笔者 2010 年 1 月 5 日晚在浙大中文系组织的"启真学术沙龙"上的一篇讲演稿,讲演的地点在当时的浙大西溪校区人文学院会议室。其讲演文字,由研究生王林芳、李俐兴根据现场录音

整理。如今倏忽之间,11年过去了,物是人非,情况发生了很大变化,
当年在会上与我交流的年轻老师或博士,现已成为学术精英或骨干,
而笔者的观点基本仍其旧。为了更好体现演讲特点,保留一些口头
交流的"现场感",也是为了尊重原意,本文尽量保持王、李整理的文
字不变,尤其是第三部分与青年老师和研究生对话。当然,出于表意
完整和修辞效果的考虑,也在局部地方对文字乃至内容和例子作了
润色及增删处理。借此机会,谨向组织者和整理者表示感谢。——
吴秀明于 2021 年 3 月 6 日)

附录二
问学于文史之间
——吴秀明教授访谈录

一、"求是博雅"传统的当代演绎

史婷婷：吴老师，您好！很荣幸今天能有这样一个机会与您进行对话与交流。我们知道，浙大中文系作为一个具有百年历史的老系，有着优良的传统。您作为中文系承上启下的一代学者，对这个传统有何理解？

吴秀明：如果从 1897 年求是书院创立时延请名家开设国文课程算起，浙大中文系已历春秋 120 余载，倘若将 1920 年的之江大学文理学院国文系视作现代意义上的浙大中文系的源头，那么它迄今已走过近百年风雨沧桑的历史。20 世纪 70 年代，我从杭大中文系毕业就留校工作至今，可以说中文系培养了我，我也有幸见证了近半个世纪以来中文系的风采。虽然我们历经了从"老杭大"到"新浙大"的转变，但中文系的良好学风从第一代学者夏承焘、姜亮夫等老先生，到第二代的蒋礼鸿、徐朔方、吴熊和、王元骧先生，再到我们这些"50 后"，以及从"60 后"到"80 后"学人，在这里一直就没有中断过，几代师辈的精神之道与治学之术始终是激励我们后人前行的动力。2011 年，由我任总主编，吴笛、黄健、陶然三位教授任分卷主编的三卷本《浙江大学中文系系史》，就曾用"考镜源流"的方式对此进行了梳理。通过"系史"的编纂，我对浙大中文系的"前世今生"有了更全面深切的理解：这就是百年的历史，加之浙学的影响，名师的垂范，使它逐渐形成了"求是博雅"的学术传统。这也为中文系的继续发展奠定了坚实的基础，筑就了很高的学术平台。2017 年年底，在教育部组织实施的学科评估中,浙大中国语言文学学科被评为 A 级,与复旦大学、南京大学等 5 所全国名校一起,成为仅次于北大、北师大(他们为 A+)的中国语言文学的重镇,这也从一个角度显示和见证了我们的实力,尽管在师资队伍组成上,浙大因体制之故,我们中文系现今还不到 50 名教师,仅仅是许多同类学校的一半,甚至还不到一半。

史婷婷:想来"求是博雅"不仅是浙大中文系的传统,而且对包括中国现当代文学在内的新兴学科乃至整个人文学科的发展,都有普遍的借鉴意义吧!

吴秀明:是的。正如我在十年前的"钱江新潮"丛书总序中提到的那样:浙大中文系长期以来以"求是博雅"为系训,正是因非求是无以成专家,非博雅则无以成通儒。在我的理解中,所谓"求是",就是求真、求实;所谓"博雅",就是求善、求美。不尚空谈,不发虚辞,以追求真理为目标,以崇尚事实为基础,强调学术研究的"实事求是"与"实事求是"的学术研究——我认为这是中文系生生不息的学术传统,它贯穿百年而又延续至当下,已内化为我们的一种精神生命,一种支撑当下中文系存在和发展的基点。作为中文一级学科"大家族"的重要一员,现当代文学自然也不例外。

说到这里,我想起了吴熊和先生与我讲的一件轶事,他说自己 60 年代在老杭大中文系跟夏承焘先生从事词学研究时,有一次给夏先生提交了一篇八千字的文章,不想夏先生认为里面的"水货"太多需要榨干,导致他后来不敢写长文章了。紧接着他对我说:你们现当代文学与我们古代文学不一样,好像特别擅写长文章!这是三十年前的事了,吴先生本人也于六年前驾鹤西去离开了我们,但此番话至今令我记忆犹新,感慨良多。不同于"三古"(古代文学、古代汉语、古典文献)具有非常成熟与完善的学科体系,包括现当代文学在内的新兴学科自有其独到的优势,但我们也得坦率承认,它在历史积淀方面是存在着明显的不足的。以当代文学为例,虽然 20 世纪 80 年代文学批评曾一度引领风骚,对整体文坛乃至学界产生了不可小觑的辐射影响,批评本身也成为文学史的重要一部分。但回过头来看,这些批评也包括有些理论践行的主要还是"我批评的就是我",它在充分凸现批评主体个性和才情的同时,是否存在着"注水"过多的问题?这样想来,几十年前吴先生的批评至今还是颇有现实意义的。

史婷婷:说起吴熊和先生,我想到您在几年前撰写的那篇很感人的悼念文章,文中提及吴先生一句话"从事人文学科研究要耐得住寂寞,耐得住冷落",给我留下深刻的印象,你能否从治学角度展开一下?

吴秀明:您说的这篇文章,是 2012 年吴熊和先生追思会的发言稿。吴熊和先生是我非常敬重的师辈,无论是作为学者,还是作为古代文学学科乃至中文系曾经的"掌门人",他都是很杰出的。"从事人文学科研究要耐得住寂寞,耐得住冷落"是吴先生经常与我们说的,自然也是他的经验之谈。包括中文在内的人文学是一门"无用之用"的学问,它对精神性、情感性、审美性的追求,对意义、价值、生命的叩问,是需要放在长时段中,用超越世俗的眼光才能充分彰显其价值。而当下盛行的评估体系,它似乎更看重论文和项目的量化指标及其在此一生产过程中的动态价值,所以,为完成这些指标以及为求现实的功利效果,它往往催生了我们急于求成的心理。有关这方面,最近一些年来批评反思的声音很多,也很强烈,但迄今尚无体制性层面或有效的应对措施。看来只有靠我们学人个人自身的定力和修为了。可以说,学者能否保持定力和修为走自己的路成了最大的挑战。不必讳言,我这样讲是很有点无奈和苦涩的。

史婷婷:我记得您在《浙江大学中文系系史》代序(《我心中的浙大中文系》)中曾提及您目睹过许多中文系名师大家的风采,并有幸向他们讨教,获益良多。除了刚才谈到的要耐得住寂寞之外,您认为,师辈们的治学理念与态度对您的影响还具体体现在哪些方面?

吴秀明:如你所知,"三古"一直以来都是浙大中文(1998 年四校合并以前为"老杭大中文系")的传统强势学科,它们悠久历史凝结而成的学术传统,使之即使在特殊年代也产生了一批经得起时间考验的精品力作,而成为中文系弥足珍贵的宝贵财富,不仅对我们后辈为人为文产生了深刻的影响,而且还为包括现当代文学在内的新兴学科的规范化及其进一步提升提供了重要的参考。记得多年前受邀参加古代文学博士论文答辩,在答辩会上,吴熊和先生针对"三古"擅长的考证,曾指出要"有所考,有所不考",意即并非所有的材料和对象都值得去考证,它还有一个选择的问题;考与不考以及如何考,它关涉研究者的学养、心胸、境界以及对研究对象的宏观整体的判断——也就是司马迁所说的"究天人之际,通古今之变"。如此,才能将研究引向扎实、厚重与开阔,对对象作出更精准的评价。

这也就牵涉到与"考"相关的"论"的问题。这一点,王元骧先生有关文学理论研究对我是有影响的。这里所说的影响,除了立论之外,我主要是指严密的逻辑思维,环环相扣、层层推进的演绎方式,以及行文,包括上下句、上下段之间衔接的严丝合缝,呈现逻辑上的自洽、有序与完整。其实古代文学也不排斥"论",就像徐朔方先生的《史汉论稿》、吴熊和先生的《唐宋词通论》一样,其"言必有据"的研究中也都有"论"的观照和审思。从这个意义上,我认为不应将中文系的"实事求是"传统简单狭隘为考据或实证,它同时应该包括思想理论,并由此形成考论结合(或曰史论结合)的治学理路。只有这样,才能形成并实现更高层次的"实事求是"。这也是我们今天在阐释中文传统时需要注意的。

说到师辈的治学理念与态度,我认为还应该包括学术真诚。学术研究本应超越世俗功利,以契接历史公意和客观事实或如康德所说的以"善的意志"来发言,并一以贯之地忠于自己的内心。但在现实的语境中,情况往往并非如此。虽然学术理念发生变化是很正常的,也是常有之事,但这种变化应有内在的逻辑。最起码是"修辞立其诚","我手写我心",不能用今天来否定昨天,或是为了今天的某种功利简单地否定昨天。这不仅是对历史、现在和未来负责,同时也是对自己负责,它涉及学术伦理和为人为文的底线。道理很简单,"批评家需要具备知识储备、历史感(包括传统)和个人才能,当然还有专业操守和道德底线。……'真诚'(真实)写作是产生优秀作家和批评家的一个基本前提,而'真诚'既是对修辞和语言能力的考验,也是对精神难度和问题意识的要求。"(霍俊明:《批评的矢量:众目所视或内在秘密》,《山花》2018 年第 5 期)就此而论,学术研究,包括研究什么以及怎样研究,它从一个侧面反映了研究者的人格及价值取向。所谓的文品背后是人品,应该说还是有道理的。

史婷婷:就您个人的学术经历与心得而言,您认为当代文学应如何从实践层面与"求是博雅"这一中文系传统进行对接呢?

吴秀明:我想到 2017 年年底系里撰写的教育部有关学位点自评总结报告,它在谈及浙大中文学科三大鲜明特色时,曾十分显目地将"文献史料"作为中文系的其中一个特色:"形成以文献史料为基础,将文学与语言、传统与现代、文献与文物、文学与影像、编纂(整理)与研究融为一体的研究格局,并通过教材编纂与项目合作,落实到教学和人才培养上,形成并初步构建了一个古今打通、多元立体的文献史料研治体系。"可见文献史料在浙大中文学科中的地位。事实上,经过多年的积淀,当然也受整体时代学风的影响,我们现当代文学这里多少也出现了变化。除了我本人的当代文学史料研究外,我的同事陈力君、张广海也分别在鲁迅影像史料和左翼文学史料研究方面倾心用力,取得了不俗的成绩,他们各自从不同方向和维度,为本学科研究提供了新的学术生长点。当然,陈、张二人的史料研究,是与他们的导师郑择魁教授、陈平原教授的影响和熏陶有关,我也从他(她)们那里学到了不少新的东西,包括思维观念与方法手段。尽管彼此的研究对象与范围有所不同,但它毕竟都是基于事实的一种研究,与中文系的学术传统具有血脉关联。

史婷婷:您长期在浙大中文系工作,经历了从"老杭大中文系"向"新浙大中文系"转换的全过程,还主编过"系史",想必对中文系有一种特殊的感情。这从"系史"总序中能感受得到。当年此文发表,曾赢得广泛的好评,其影响力可以说较之您研究和评论文章甚至更大。可否以您的经历,来谈谈中文系学科发展的前景?这也是像我这样的从浙大中文系出来的人十分关心,并在各种场合经常议论的一个话题。

吴秀明:这个话题涉及百年历史,实在有点大,以我这样的身份及其水平学识,坦率地说,回答不了,也不合适。这里只想结合"系史"编纂,冒昧地谈一点个人体会:首先,当然是要发挥"三古"的学术优势,但同时又不能拘囿于此,而应该有新的拓展,有更高远的追求。毕竟"一代有一代之学术"嘛!事实上,经过了风风雨雨、分分合合的百年历史,现在的浙大中文系已不再是 1920 年的之江大学国文系、1928 年的国立浙江大学中国语文学门,甚至也不同于1998 年四校合并前的老杭州大学中文系。整个社会文化教育生态变化之快之大,令人瞠目结舌,你可以因不适发牢骚,做"重温"老杭大中文系之"梦",但你必须得直面并且承认,不仅是浙大,整个中国乃至整个世界都在发生深刻的变化,它已形成了一股不可阻挡的"潮流"。面对这样的情形,每个学科及其每个个体都在变化,这不是你要不要、愿不愿,而是不得不变或身不由己要变或必须要变。像我这样的 50 后,因经历和教育所至,属比较理想主义的一代,与现有环境及其学术生态,往往不那么协调。我曾在"系史"总序中提出了新兴学科"历史化"与传统学科"现代化"相融发展,并对中文一级学科在新形势下如何"守正创新",寻找浴火重生之路在五个方面进行了反思。翻翻七年前写的文字,我以为现实的基本语境没有变,甚至比以前更严峻了。看来中文学科未来的发展,还是任重而道远。当然,这是60后及比他们更年轻一代学人的事了。

二、当代文学史料的多维探讨

史婷婷:我发现对当代文学史料的关注是您近些年研究的重心,特别是2016年主编出版的《中国当代文学史料问题研究》及其配套史料选丛书,对当代文学史料作了较为全面系统的梳理。我很好奇,您为何感兴趣于史料研究,将它作为一个重要的学术问题提出?

吴秀明:我的学术研究大体上经历了"历史小说研究""文学史研究""文献史料研究"三个阶段。无论是"历史小说研究",还是"文学史研究"、"文献史料研究","历史"均是贯穿其中的一个重要关键词,可以说我对于"史"的兴趣是始终一贯的。你说的当代文学史料研究,最早可追溯到2005年与人合撰的《应当重视当代文学的史料建设》一文,在该文中,我首次对当代文学史料的内容、特点和存在问题等方面作了较全面的清理。后来在《史学:当代文学研究面临的一次重要"战略转移"》《当代文学学科建设与史料意识的自觉》两篇"笔谈"文章中,进而从学科建设和发展的角度作了强调。再后来,就是为完成国家重点项目"中国当代文学文献史料问题研究"而撰写的具体的专题性文章,并最终形成了一部65万字的论著。

至少到目前为止,我认为当代文学史料学及其与之相关的问题,都是实实在在的,它源自实践,是对历史与现实史料存在的理性概括,用钱理群的话来说,"就是对遗失的生命(文字的生命及创作文字的创造者人的生命)的一种寻找与激活,使其和今人相遇与对话"(钱理群:《重视史料的"独立准备"》,《中国现代文学研究丛刊》2004年第3期),是真命题,而不是相反。每个问题及方面,又都是一个系统,它对我来说,哪怕穷尽一辈子也都完成不了,甚至只完成千百分之一。当代文学已有近七十年历史,有不少层累性的史料积累,随着研究及"历史化"的启动,提出这个问题应属本义。没有想到,真正开展起来竟如此不易,观念障碍也有不少。"当代文学史研究者,已经意识到资料长期匮乏的严重性。然而坦率地说,这种工作无论规模、连续性和系统性都不能与现代文学的资料建设相提并论,迄今还有业内人士对他们的艰苦努力不以为然,以为与'当代文学'无关。对此我不想做过多评论。"(程光炜、夏天:《当代作家的史料与年谱问题》,《新文学评论》2018 年第 1 期)程光炜此说,我深以为然。而之所以如此,这是否与长期以来形成并占主导的批评及其思路和心态有关呢?

　　当然,当代文学史料研究并非今天才有,上述所说的史料研究也不都是从开创意义上讲。但诚如马良春在谈现代文学史料时所说的那样,毋庸置疑,过去有关这方面工作,"多半是自发的、零散的","'史料学'的建立,这就意味着要进行有组织有计划的工作,改变过去的自发的、零散的状态,使整个资料工作形成一个适应现代文学史研究需要的完整体系"。(马良春:《关于建立中国现代文学"史料学"的建议》,《中国现代文学研究丛刊》1985 年第 1 期)虽然对于这一渐成趋势的史料研究及其"当代文学史料学",人们见仁见智,存在着不同的看法,但我以为,这显然不是少数人或少数刊物人为炒作的结果,而是带有某种深刻的必然性。对此,我近期在与人合撰的一篇待刊稿中专门对当代文学史料研治情况作了数据统计与分析,相信可为人们讨论提供一些新的参考。需要补充一句:尽管史料研究是当代文学研究及其"历史化"的重要基础,但也警惕一哄而起,不要认为人人都适合,都要去搞。在史料研究问题上,我还是主张多元分流分层,意思是说,大家不必千军万马都挤在批评这座独木桥上,而应该有部分人分离出来泡图书馆、档案馆,从事这方面的当然也是学科建设的基础工作;即使进行史料研究,也应该多样化,整理、鉴别与研究均可作合乎个性的自主选择,不必也不应在这里搞所谓的尊卑贵贱的"等级"划分。

　　史婷婷:拜读了《中国当代文学史料问题研究》之后,我有一个明显的感觉,就是您与常见的"专题"性路子不同,主要倾向于"综合"研究,这种研究是否含有史料学构建的意向呢?

　　吴秀明:现在的当代文学史料研究大多都是"专题"性的,虽然这种"掘一口深井"的方式有利于逐步地完善当代文学史料学的体系,但多少有些"各自为政"的味道。我认为从文学史料到文学史料研究,再到文学史料学是一个必要而渐进的过程。像古代文学及现代文学,就有《中国古代文学史料学》(张可礼)、《先秦两汉文学史料学》(曹道衡等)、《隋唐五代文学史料学》(陶敏等)、《中国现代文学史料学》(刘增杰)、《中国现代文学文献学研究》(徐鹏绪等)等。这体现了这两个学科自觉及较为成熟的状态,从中也可看出综合研究的理念。

而迄今为止，以"中国当代文学史料学"命名的、系统自洽的综合论著还没有。我主编的《中国当代文学史料问题研究》及其配套的 11 卷本史料选丛书（后来因故只出了 5 卷），只是一种尝试，当然它也反映了我对当代文学史料的有关整体性思考。尤其是《中国当代文学史料问题研究》一书，在主观上是有为"当代文学史料学"提供某种雏形之意。但也仅仅是"某种雏形"，所以没有亦不敢将它名为"中国当代文学史料学"，至于实际效果如何就不敢说了。希望得到同行专家和广大读者的批评指正。

史婷婷：史料研究是一个传统，从这样的视域来看当代文学史料研究，你认为应该需要注意什么问题？

吴秀明：一方面，我们必须承认，不同于古代或更遥远的远古时期，当代文学史料研究主体与对象均生活在同一时空。由于诸多原因，尽管它在真实性甚至在价值取向上尚有不少问题，但是否存在足以改变现有结论的重大史料未被发现呢？众所周知，上世纪初中国学界曾出现了轰动一时的四大史料发现（即甲骨文、汉晋简牍、敦煌遗书、清宫内阁大库档案），这些新史料的发现对当时乃至今天的学术研究产生了不可低估的重大影响，也造就了诸多学术研究大家。以甲骨文为例，它成就了"甲骨四堂"即罗振玉（号雪堂）、王国维（号观堂）、董作宾（字彦堂）和郭沫若（字鼎堂），唐兰认为，"卜辞研究，自雪堂导夫先路，观堂继以考史，彦堂区其时代，鼎堂发其辞例，固已极一时之盛。"（唐兰：《天壤阁甲骨文存》自序，辅仁大学，1939 年）但另一方面，我们也要看到，从先秦两汉到唐宋元明清，包括民国以迄于今的当下，文学史料在更多和更长的时间里，还是以点滴性发现的渐进式方式推进。像上述所说的类似四大发现这样的情况毕竟极为罕见，不具有普遍性，我们不能以此为准来排贬和要求包括当代在内的其他朝代的史料研究，否则就显得过酷而不近情理。在古代文学领域，学人们对此都能从容看待，他们并不因没有出现类似的四大发现而放松或忽略了对史料的重视及其不懈的投入，当代文学如果以此为由，不努力弥补加紧跟进，相反对之予以批评指责，那是不应该的，也是蛮可悲的。

当然，如同每门学问都有各自的适应域一样，史料也不是万能的。我们在研究时对之应有清醒的界限意识，不必将其功能价值过分夸饰。须知，史料研究毕竟更多关注文学周边，属于外部研究，它不能取代对美的评判。这也是我们研究需要注意的另一个问题。

历史的诗性守望
——吴秀明历史小说研究自选集

史婷婷：您在继 2010 年国家重点项目"中国当代文学文献史料问题研究"之后，又申报了 2015 年国家重点项目"当代文学研究的'历史化'及其主要路径与方法"，并在《文学评论》《文艺研究》《文艺理论研究》《中国现代文学研究丛刊》等重要刊物上发表了一系列阶段性成果，这些文章可否看作是您史料研究的"再出发"？

吴秀明：姑且也可以这样说吧。"中国当代文学史料问题研究"主要是探讨文学史料的本体及其相关问题，而"当代文学研究的'历史化'及其主要路径与方法"则是对文学史料研究的研究，从某种意义上讲难度更大，它较多涉及学术史问题。所谓的"历史化"，是指有别于文学批评的一种学科化、专业化的学术活动。它不但在"外源"性上受到以詹姆逊为代表的西方马克思主义理论的影响，而且在"内源"上与中国汉宋两学的诠释系统具有内在的关联。完整意义上的"历史化"，它应该同时包含了"外源性"与"内源性"两种思想学术资源。对此，我曾在《后现代主义语境中的知识重构与学术转向》等文中，尝试着作了一番归纳和分析。毕竟，当代文学也不"年轻"了，它两倍多于现代文学的时长，使其逐渐成为相对比较稳定的一个知识谱系，我们有必要超越固有的"批评"状态，将其当作一个问题置于认识性的知识框架中来进行考察和反思，就像福柯所说着眼于那种知识与思想的生产，是不妨可将它当作一门"学问"去尝试了。后一项目即"历史化"项目的申报，也体现了我对目前当代文学整体研究历史和现状的一个判断。

史婷婷：以前的当代文学以"批评"为主，真正属于"研究"的不是太多，可以说，文学批评是构成当代文学的一个显在特点。那么，您认为批评与史料是什么关系呢？这个问题迄今似无人谈及。

吴秀明：我认为，当代文学批评与文学史料共同支撑着理论思维，彼此构成了一个"正三角"（"△"）的关系。批评与史料之间存在着看似矛盾，实则相反相成、相互建构的互动关系，批评经过了这些年的发展，也已有了一部属于自己的批评史。批评尽管是带有主观色彩的审美评判活动，但它并不像有人所理解的那样一味地拒斥理性，相反，优秀的批评总是能将主观的感性认识与客观的理性判断有效地融会一体。一味地强调批评的审美纯粹性与审美纯粹性的批评，排拒它与包括史料在内的外部世界的关联，也容易造成自我封闭，反过来给批评带来负面影响。有关这方面，我在新近发表的《批评与史料如何互动》一文中有过分析,这里恕不重复。需要指出的是,近年来,已有学人在不遗余力地倡导"学理性批评",将其视为《文学评论》办刊六十年来"力倡和践行的批评的标准",有的还执着地为其辩护。这与我所讲的"批评与史料互动",就其内在本意来说,大致是相通的。借用倡导者的话来说,就是"从事文学批评和研究也必须植根于历史,如果离开了历史,我们的文学批评和研究将陷入虚浮无根的非确定状态"。(参见刘艳:《学理性批评与批评的学理性》,《长江文艺评论》2018 年第 2 期)

当然,反过来,史料研究也应放开眼光,融会与吸纳批评的元素,丰富充实自己,这是一种双向能动而又互惠互利的关系。事实上,不少版本或本事研究(即文本与历史原型之间关系研究),就明显借鉴了文本细读的批评方法。史料研究侧重于真伪甄别,属于真实性范畴,它有自己的功能价值,我们不宜简单地用所谓的审美性来强行要求史料研究,进而对之进行否定。有识者指出:一个学科发展到一定阶段,大凡都会提出"历史化"问题,何况从文学史角度来看,"实录"与"虚构"并存或者交叉,始终是文学创制的基本特点。按现代文艺理论的说法,文学是作家个人的心灵活动当然没有问题,但如果研究者想整体性地把握一个作家作品,仍需把他重新还原到历史之中。如此一来,虽说作家本人并不认为自己仅仅是历史的产物,但研究者如果跟着他们的思维走就无法开展工作(程光炜、夏天:《当代作家的史料与年谱问题——程光炜先生访谈录》,《新文学评论》2018 年第 1 期)。当代文学不能过于强调特殊性,而将自己置身于历史之外,这并不利于学科的提升和发展。有关这一点,解志熙在二十多年前针对现代文学研究存在着类似认识,就作过批评,建议有兴趣者不妨一读。(解志熙:《"古典化"与"平常心"》,《中国现代文学研究丛刊》1997 年第 1 期)

史婷婷:对了,吴老师,我注意到无论是 2010 年的《中国当代文学史写真》,还是 2012 年的《中国现当代文学作品与史料选》,文学教育一直是您的关注点。这是否与您曾任十四年之久的中文系主任,尤其是与您教师的身份及其人才培养理念有关?

吴秀明:因为我始终认为自己不仅是学者,更是一名教师。将史料融会到教学与人才培养中,实现对"纯中文"的超越,这一方面与我曾任中文系主任有关,另一方面也融涵了我在教学科研过程中对文史"分科"弊端的深切认识与体会。我认为,对中文专业学生而言,授课的内容与范围,仅仅局限在纯语言文学界域是不够的,应该同时向史学开放。《中国现当代文学作品与史料选》及《中国语言文学作品与史料选》其他相关系列教材,就是基于这样的考虑而编纂的。不仅是教材,在实际的课堂教学中,我也注意文里文外、书里书外的互融互证。最近看到一个材料:陈寅恪在西南联大讲课时每每要引证很多的史料,他把每一条史料一字不略地写在黑板上,总是写满了整个黑板,然后坐下来,按照史料分析讲解。他告诫学生,有一分史料讲一分话,没有史料就不能讲,不能空说。他以身作则,总是在提出充分史料之后,才能讲课,这已是他的多年习惯。当时陈寅恪多病体弱,眼疾已相当严重,写完黑板时常常汗水满面,疲劳地坐下来闭目讲解。(转引自周勋初:《当代学术研究思辨》,北京大学出版社 2013 年版,第 100 页)我看后为他的认真深受感动,也从其"以史治教"的方法得到启发。

当代文学讲的作家作品及其思潮现象都是近距离乃至无距离,且大家都比较熟悉,一般不会也没必要满黑板地抄录史料,但它是否也有个融进史料,与之进行对话的问题?窃以为,如史料运用得当,它不但可以求真,而且还有助于对美的评判把握,加深对作品的理解。出于上述理解,这些年我在给本科生上当代文学专业课时,有意以史料为中介,对作家作品进行"超文本"解读。比如在讲徐迟《哥德巴赫猜想》时,我会告诉学生,作者其实遮蔽了陈景润在"文革"中受到江青的特殊"照顾"这段史实,而并非如作品所写的那样全然是受难者;在讲顾城"朦胧诗"时,我会告诉学生,当年为它的"崛起"曾引发十分激烈的论争以及后来顾城在新西兰激流岛自杀,希望超越感性层面对其诗作进行评价;在讲柳青《创业史》时,我会告诉学生,柳青的长女刘可风在新近出版的《柳青传》及其他有关的年谱中披露了柳青在 20 世纪六七十年代对互助合作运动的反省,及其对未动笔的第四部续作的"合作化运动怎样走上了错误的路"的设想,试图结合作者的"后期思想"来分析它。这与过去纯粹地就文本谈文本不同,至少为之提供了另一种阐释的可能性。通过这样的"以史治教",培养学生的史料意识,为他们日后可持续发展打下较扎实的基础。

三、治学方法及对研究主体的反思

史婷婷：您在当代文学研究领域已耕耘数十载，在治学方面一定有很多体会，可否结合当代文学学科的属性与特点谈点看法？

吴秀明：在现在中文一级学科建制中，当代文学似乎有点特别：一方面它是一个学科，另一方面它又经常不被认为是一个学科，很多时候变成了借文学之名进行"公共发言"的一种表达。此种情形，在社会文化转型或思想观念碰撞比较激烈年代尤甚。这也不是说就不好，或不可以。但实事求是地说，它也容易由之导致人文学者与公共知识分子角色的混淆，给我们研究带来言说快感的同时，有意无意地疏忘或搁置了对学科发展的长时段思考。那么，到底如何处理专业性与公共性之间的关系呢？好像没有现成的答案，似乎也不可能有现成的答案，每个人只能根据自己的兴趣和爱好作出选择，并且说说容易，真正做起来其实是很难的，有时候甚至无法由个人意志所能决定，有诸多身不由己的成分。因此，对之有必要抱持一分同情的理解，包括对"公共发言"的表达，不能也不宜一概排斥。

尽管如此，我认为当代文学还是要有点专业意识，面对"公共"问题，要有所选择，有所为有所不为。一味躲到象牙塔里，固不足取，但不加选择地都参与，什么都要插一手，恐怕也不是个办法。大学中文系及其当代文学专业毕竟不是文联、作协及其创研室，我们有自己的专业和岗位，主要是通过自己的专业和岗位来发言的。在这个前提下，谈所谓的治学及研究方法，也就是说，治学及方法不能脱离我们的专业和岗位，否则就流于浮泛。我这样说，也许有点封闭了。

史婷婷：您的研究融入了较多的思想理论，显得比较思辨，有深度，也比较大气，这是否也与研究方法有关？

吴秀明：谢谢，但这样的夸奖不敢当。我起步于历史小说批评，上个世纪80年代曾两次参加茅盾文学奖初评工作，对批评有具体切实的感受和体会。我也比较喜欢理论，每每作文，都习惯于寻找理论作为"批判的武器"，有时候为寻找不到而苦恼，并且不无固执地认为包括史料研究在内的当代文学研究应充分发挥思想理论作用,而思想理论反过来能激活历史,实现更高层次的史论结合。为此,我平时比较关心思想理论(包括史学、哲学、社会学、文化学方面的理论),而不愿太拘囿于所谓的"纯文学"。在研究时,每篇文章都试着或正或侧地旁及一个思想理论问题,包括史料研究。像《中国当代文学史料问题研究》,下编九章的"专题探讨",实则从史论关系的九个方面展开对史料的探讨,它述及历史、政治、科学等思想理论。当代文学史料问题原本就与思想理论联系在一起,其中不少是"思想解放"运动的产物(如俞平伯的红学研究和胡风事件的"平反"等),而"思想解放"是与"实事求是"不可分割地联系在一起的。如果将其视为"反思想理论"或"去思想理论"而加以批评,这就有违事实和常识。

不过在高度重视思想理论同时,我们也不能不看到其"灰色"的另一面。相比于丰富复杂的生活与艺术本身,思想理论及其解释不是万能的,而是有限的。尤其在当下,有必要防备和警惕这样一种不成文的做法:就是往往从西方那里找到某个"主义",然后按图索骥,再去找作品作印证式解读。应该说,这样的研究在当下绝非个别,它在相当程度上已弥漫为一种"风尚"。

史婷婷:"历史化"是近年来的一个新话题,它强调文学研究的学科化、规范化,这与通常所说的对文学的定位还不完全一样。我知道您是主张当代文学"历史化"的,请简述一下您的看法?

吴秀明:文学及文学研究就其本质而言是主观的,文学讨论的问题从根本上讲是不可验证的,这也是文学的魅力所在,是它不同于社会科学和自然科学的重要特点。也正因此,文学史料学或曰朴学是有先天局限的,对此保持警惕有其必要,也可以理解。那么,到底怎样看待和处理这个"矛盾"关系呢?我以为,这里的关键不在简单的肯定或否定,而在确认其基础性的同时,有边界和节制地加以审美之维的介入,即所谓的文本内证。任何不适当夸大或贬斥,都不合适。说到这里,我想起了南大周勋初先生在谈古代文学研究时说的一番话,他说:一个优秀的作家作品可以从各种不同角度去接触它,一个优秀的研究工作者应该具有多方面的能力。"但在我国学界也有一些不正常的现象,那就是文人相轻的旧习未能根除。人们各以所长,相轻所短,例如擅长写赏析文字的人往往看不起考证工作,而擅长作考证工作的人往往轻视赏析文字,这些都是一偏之见,往往造成自我局限。"(周勋初:《当代学术研究思辨》,北京大学出版社 2013 年版,第 313 页)他的话,用在当代文学研究上来也完全合适。

还有一点需要指出,"历史化"实则是站在今天的立场上对往昔历史的一种爬梳和归整,所以,它不可能没有研究者史观的介入。今天,我们当然需要对传统狭隘的政治决定论进行纠偏,将过去被遮蔽了的日常、地下、边缘等"非中心"历史还给历史,但同时也不应该排斥或忽略"中心"历史的作用。当代文学史不能狭隘为革命文学史,同样,也不能简单套用福柯的异托邦理论,将其窄化为地下史、民间史抑或碎片泡沫之类的异托邦史,从一个极端走向另一个极端。

史婷婷:学术创新是响彻学界的一个响亮而又诱人的话题,也是当代文学研究的一个重要的驱动力。流行的做法是向西方"拿来",借助于"外源性"资源进行创新,您所走的"问学于文史之间"的治学路径与之不同,但您的《中国当代文学史料问题研究》却被评为 2016 年中国社会科学出版社重大出版成果,产生了较大的影响,这怎样解释?

吴秀明:我是从 80 年代过来的,身上明显打上了那个时代的烙印。观念革命,文体革命,方法革命,这一切我都经历过。那时刚从"文革"走出来,思想观念封闭僵化,所以,在此情况下,这种"革命"很受大家欢迎,也自有其特殊的意义。但当社会回归常态,它所潜存的问题也开始暴露出来。尤其是进入新世纪之后,随着传统文化的复兴及其他诸多因素的综合作用,学术研究至此出现了翻转,原先以"外源性"(实则是"西方性")为本的学术创新逐渐降温,"内源性"的行情看涨,开始受到重视,王国维、陈寅恪等实证治学方法重新得到了确认。

当然,这样讲王国维、陈寅恪可能有失简单,其实这两位学术大师不仅擅长考据,而且在考据中融入思想,并将其纳入原创性的"义理"阐释体系之中,在更高层次和境界中进行史料与思想碰撞、互动与对话。所不同的是他们的博学,将思想蕴含在丰富宏博的带有原创性的史料之中,以高度契合的方式呈现出来,以至于使我们浑然不觉。推动学术创新的一般有两条:一是观念发现,二是史料发掘。长期以来,我们往往推崇前者而排贬后者,由之带来了许多问题。对此,我们有必要从源头和方法论上进行反思。这也可以说是近些年渐成气候的史料研究给我们的一个启迪吧。

史婷婷:有种说法认为,当代文学史料研究只能提供一些局部性的知识,不能改变学科的历史框架,故意义不大。您对此是怎样看的? 再进一步,您认为当代文学研究应该怎样"历史化"?

吴秀明:我们今天当然十分仰慕王国维、陈寅恪等人的学问。但常识也告诉我们,"一代有一代之学术",故没有必要去模仿,事实上也模仿不了。今天毕竟不同于百年前的近现代,它有自身的背景与情况,也有自己的"问题与方法"。比如从研究对象或曰史源上看,当代文学不存在王国维所说的沉睡在"地下"上千年乃至更为遥远的新史料,所以无须也不必在这方面耗费心力,而是可将自己全部的智慧和注意力都聚焦于与我们生存于同一时空的"地上",从中央馆藏与地方保存、官方档案与民间私藏那里去寻找。而对馆藏档案史料,我们要有所期待但也不过分期待。所谓的"有所期待",是冀希政府按照《档案法》尽快尽多地公布材料,毕竟当代文学史料生成于"一体化"机制中,而"一体化"是自上而下的、层级型的,这些处在文化链上最高端的重要史料公布,虽不能像百年前的四大史料发现那样,会根本颠覆和改观当代文学史料的整体格局、走向和基本结论,但也自有其重要的功能价值;所谓的"不过分期待",是指当代文学的发展脉络、基本框架、知识谱系,经过近七十年的积淀大体已成或几成共识,特别是在新时期思想解放、政治平反以来,陆续有不少披露,若无特殊或特别重大史料的发现,一般不会恐怕也难以改变现有文学史的结论。当代文学"历史化"、知识化,当然有价值论的要求,并可作价值评判,但这一切不应将其作狭隘化、功利主义的理解。

至于你说的"局部性的知识",我不清楚你的具体所指,是从哪个意义上使用这个概念的? 它是否就是近年来有人批评的史料研究的零散化? 如果是,我以为有两点需要辨析:首先,这种情况也许存在,但它到底有没有形成一种现象,泛化为一种普遍的"时代症候"? 其次,我想强调的是,即使是零散化,史料对象的零散也许不是最重要的,最重要的还是史料研究主体的零散。如果说上述说法有道理的话,那么我们在研究文学史及"历史化"时,就不能将眼光仅仅局囿于史料对象本身,为史料而史料,相反,应该由此及彼,由表及里,将其纳入"究天人之际,通古今之变"的阐释体系中,与社会文化及研究主体的整体性相勾连。这才是问题的核心和关键所在。当代文学史料实在太庞杂,它任何的一方面都远超于以往的全部累积,加之政治的、人事的、世俗的等复杂因素的掺杂,这自然对研究主体的理性认知水平和能力提出了更高的要求,亦提醒我们在史料研究时不仅要破"人蔽",而且也要破"己蔽"(戴东原语)。

史婷婷:我注意到近几年您对"历史化"研究主体不足提出批评与反思;当然也有不尽同的意见,认为讲"历史化"弊大于利,"历史化"实则是非文学的"史学化",您是怎样看的?

吴秀明:这个问题,前面多少已有述及。按照王瑶的说法,当代文学史是历史科学与文学艺术的结合,它同时涵盖文史双重内涵。由于"分科"建制,导致现代大学中文专业乃至整个文学圈内的包括我在内的几代人对史学的隔膜和生疏,以至于有人认为现当代文学史的编写,只有请从事党史研究的人参与,才比较靠谱。(徐庆全、胡学常、商昌宝:《不尽如人意:史学视域中的文学史》,《名作欣赏》2016 年第 3 期)而对这一点,现在学界似乎有意无意地回避了,只是将批评的目光投向对诗、思缺失的关注。这当然不无可以,理论上也没问题。但从实践活动或理论"及物性"的角度来讲,这种批评是否确当、对榫? 至少与我的阅读印象,存在着较大的出入。当代文学学人不同于旧时学者(如清代乾嘉学派),我们现有的知识学养,到底有多大"史学化"的可能? 这里是否太夸大了呢? 我想,是很值得商榷的。

为什么会对"历史化"作出这样排贬性的评价呢? 个中原因也许是多方面的,但批评思维的潜在影响,不妨可视为其中一因。也就是说,它涉及研究主体"历史化"以及如何"历史化"这样一个更为隐匿、复杂自然也更难把握的问题。当代文学毕竟不同于古代文学甚至不同于现代文学,在这里,长期以来盛行的批评,它在给该学科带来当代性、灵动性的同时,是否也不知不觉地弱化了它的历史感、厚重感,压抑了它与历史对话的潜能呢? 当然,这不是说现有的"历史化"已做得很好,不存在问题,也不需要批评与反思了。

史婷婷:我注意到同样是文学史及"历史化"研究,您与其他学者不一样,从十五年前的《中国当代文学史写真》到前二年的《中国当代文学史料问题研究》,可以说是贴着史实的研究。我想问一下,这样一种研究方法是否与研究心态有关?

吴秀明:这个问题提得好,"历史化"恐怕有一个研究心态的问题,它看不见、摸不着,实则无时不在、无处不存地影响和左右着我们,包括研究过程及其节奏,甚至我认为心态问题就是影响和制约当代文学"历史化"及其史料研究的最大也是深层的隐性障碍。尽管在"政治中心"向"经济中心"转型的世俗化时代,反躬自省,包括我自己在内,治学心境浮躁,似乎再也无法回到 80 年代相对单纯朴素的状态。但在具体的学术实践中,我想我们还是要贴着问题、现象、发现、心得去谈,而不是先预设一个观点,或给一顶帽子或一个符号,依此进行贬褒臧否。这也就牵涉到前面所说的"个体的定力和修为"了,有一个底线和自律的问题。我认为"常态"的当代文学及其史料研究应该具有这样的心态:回到实事求是"原点",贴着史实飞翔,心境放松但又不能任性。正是从这个意义上,我认为将史料定位于工具的说法,失之浅显,相反,对傅斯年不无极端的"史学等于史料学"多了一份理解。看来方法问题是与心相通的,它不仅是技术性、操作性的,而且还是精神性、心理性的。

史婷婷:以上所说的研究方法,是否与福柯谱系学的影响有关? 这些年有关谱系学研究颇成态势,您是怎样看待谱系与方法之间关系的?

吴秀明:应该说,近些年学界有关知识谱系研究与福柯谱系学的影响有关。但我们也不要忘记,中国传统在这方面亦有自己丰厚的资源。如章学诚的"辨章学术,考镜源流",就有知识谱系的蕴含,它既是一种知识分类,也是一种治学方法。众所周知,传统治学一般将史料分为目录、版本、考据、校勘、辑佚、注释等几种形态,它主要运用"归纳法",强调考据甄别;而现代研究根据全球化、大众化、信息化的实际,则在传媒、批评、评奖等方面作出新的拓展,它更倾心于"演绎法",侧重于理性辨析。近年来刊物上不少"考论"文章,就明显具有这样的特点,它大多"重论轻考"、"以论代考",甚至"有论无考",代替考的,往往是来自田野调查的图表或统计数据——有人将其称之为"三重证据法",或者是对史实作爬梳和叙述。而之所以如此,在我看来,主要有如下两点:一是从客观上讲,当代文学学人与研究对象零距离的关系,决定了它的实证研究可以绕过传统小学训诂等文字或文物层面的求索,而改由与之具有横向同构关联的政治、民间、档案史料的调研和叙述,这也符合研究对象的客观实际的,更何况论与考还有"同一性"的另一面。二是从主观上看,恐怕与学人缺少这方面的知识学养、学术训练乃至沉潜心态有关。谱系与方法属于学术本体范畴,它也反映了学术的成熟,是学科专业化、规范化的一个重要标志。我们对此,应该给予足够的重视。

史婷婷:谢谢,您讲的治学及其研究方法使我受益匪浅,相信对整个当代文学研究都有启示。最后,请您谈谈对当代文学"历史化"及史料研究有何期待？

　　吴秀明：当代文学只有起点而无终点，同样，当代文学史也是正在行进中的历史。这种状况在给当代文学研究平添风险性、不确定性，提出严峻挑战的同时，也为其提供了丰富的空间和创新发展的可能性。虽然"历史化"及史料研究只是其中的一个环节，它不可能也不应该取代其他，但它显然是一项重要而又不可或缺的基础性的"宏大的系统工程"（樊骏语）。相信随着当代文学学科化、学理化、规范化的逐步推进，"历史化"及史料研究在不久的将来必有进一步的提升与发展。我们现在需要做的，是根据实际情况，将目前可做和能做的基础性工作，包括目录、版本、选本、年鉴、大事记，也包括作家的年谱、传记等先做起来，并且尽量花工夫将它做得更加扎实。钱理群曾经说过："历史评价必须是长时段的，甚至可以说，时间越长，历史事件和人物多方面的矛盾暴露越充分，评价越客观，越具有科学性。有些问题过于复杂，一时看不清楚，就不妨搁一搁，冷却一下，不要急于作结论。与其轻率作判断，不如下功夫把历史事实的方方面面搞清楚。"（参见谢保杰：《主体、想象与表达——1949—1966年工农兵写作的历史考察》钱序，北京大学出版社2015年版）我认为这是很有道理的，值得引起重视。

（原载《中文学术前沿》第十五辑，浙江大学出版社2018年版）

附录三　中国当代历史文学：面向全球化的新语境

——"中国现当代历史题材创作"国际学术研讨会综述

　　方兴未艾的历史题材创作与近年来席卷寰宇的全球化浪潮具有内在的相关联系,这在当前已是文学批评界的共识。全球化从最初由经济领域旋起,之后漫卷文化领域,再到更广大范围的渗透,其汹涌之势有目共睹。对于民族国家特别是第三世界民族国家来说,这一浪潮所激起的焦虑(詹姆逊甚至将它称之为"恐惧")远远大于由此而来的最初的兴奋。敏锐的文学和文化批评家几乎不约而同地意识到了全球化与民族自我认同之间的连锁反应。

　　面对全球化背景下民族文化自我认同的尴尬,以历史为书写对象的文学创作不期而然地走上与之对话的前台。在全球化背景下,对民族历史重新加以反思,一方面使许多为历史尘埃遮蔽的精神资源重见天日,从而不仅为民族文化提供了新境遇中的立身之基,同时也增强了自我认同的信心。另一方面重新反思也是一个再建构的过程,它也为本民族文化与异域民族文化的平等对话和交流,为民族文化进入全球化轨迹展现了一种方式。中国的历史叙事具有最大的资源优势,如何很好地择取和利用就成为当前历史题材创作的关键。从近年来的创作实绩来看,在历史取材上明显地呈现出"上溯"和"下移"两种倾向:前者主要集中在上古先秦,后者则侧重于明清。它们一端对应中华文化的"生成期",一端则正值中华文化的"转型期"。即使同一题材,不同作家的立意和构思也迥然相异,这在影片《林则徐》(1959年郑君里导演)和《鸦片战争》(20世纪90年代谢晋导演)以及凌力的历史小说新作《梦断关河》的对比中可见端倪。用文学叙事的方式反思历史以期达成民族的自我认同,是否正成为许多作家选择走进民族历史深处的"集体无意识"? 历史题材创作取材上的趋向,是否映射出文学与思想界的新保守主义和新激进主义两极思潮的契合?

这些由历史题材创作所引发的问题与时代氛围密切关联,但在当代批评领域却一直没有得到广泛讨论。

正是在这样的背景下,2003 年 10 月 30 日至 11 月 1 日,由浙江大学中国现当代文学与文化研究所和中国社会科学院《文学评论》杂志社联合主办的"中国现当代历史题材创作"国际学术研讨会在杭州举行,这是近年来规模较大、层次较高的一次历史题材创作研讨会。与会者有来自美、韩、日、越及国内该领域的评论家、学者、出版社编辑、作家等近 70 人;著名学者徐中玉和钱谷融先生也到会;列席会议的还有许多浙江大学中国现当代文学与文化研究所的教师和博士、硕士研究生等。会议由浙江大学中文系主任吴秀明教授和中国社会科学院《文学评论》编辑部副主编王保生、胡明研究员共同主持。此次会议距 1995 年《文学评论》在京举办的"当代历史小说创作研讨会"已有八年之久,研讨的对象(从当代扩展到整个现当代)和内容(从小说扩展到包括影视文学在内的整个文学艺术)都有所超越。八年来,历史题材创作一直处于不衰的势头,涌现出了一大批作家和作品,它们为此次研讨提供了可资分析的丰富的文本。如果对本次研讨会提交的论文和由此展开的广泛讨论加以整理,可以看出主要在以下几个方面取得新的拓展:一、关于历史观的问题,二、历史题材的影像创作,三、历史题材文学创作的叙事研究,四、对历史题材创作批评的批评。下面将分别展开评述。

一、碰撞与共生中的多元历史观

在讨论历史题材创作的时候,总会涉及一个绕不过去的话题,即历史真实和艺术真实。多年来历史题材创作围绕这个话题一直争论不休,直至让众多的作家和批评家生出厌倦。在这次讨论中,它依然是讨论的热点和焦点。不同的是,历史真实和艺术真实以及由此所牵涉出的关于历史小说的定义、历史翻案、拟实与虚构、历史小说的可能性和限度等问题都被统辖到历史观的题下。说明经过多次讨论作家和批评家都已经意识到关于历史题材创作问题的众多分歧实际上均源于不同的历史观,这是此次讨论最为醒目的一个亮点。

华东师范大学九十高龄的徐中玉教授首先以历史题材创作中对李鸿章和

曾国藩的评价为例,发出了"按什么标准衡量当时人物?""对历史人物评价应该是几重标准?"等尖锐质问,拉开了关于历史真实和艺术真实的讨论序幕;徐老认为我们的历史题材作品暴露出作家在历史真实和艺术想象的融合中存在不少问题。浙江大学吴秀明教授则在接下来的主题发言中指出,这实际上可以归结到对传统文化如何评价上,说到底则是历史观的问题,这便从讨论伊始就为话题的深入开展提供了一个良好的基点。

(1)"历史翻案"现象 通过对新时期以来历史题材小说创作得失的对比分析,吴秀明教授指出,一些历史题材创作之所以不够成功,一个重要的原因在于没有将人物放到最能反映他性格发展的历史原点当中,缺乏对历史文化的理性分析,严重暴露了作家历史观的贫乏。而成功的作品则主要是因为在对历史的认识上注入了新的观念,这些新观念引起了历史题材小说创作的结构性变化。他敏锐地发掘出20世纪八九十年代兴起的历史文学大潮中一个引人注目的景观——"历史翻案",并从文学与时代的关系来考察这一现象,指出"它是文化转型的精神气候之在文学中的一个折光反映,是历史文学作家历史观大变革的一个生动写照"。通过对作品中不同类型的两种翻案——"历史化翻案"和"非历史化翻案"的比较,来揭示作家不同的历史观。他仔细区别了当代老、中、青三代作家历史题材创作中的不同,对于以唐浩明为代表的中年作家创作中的"历史化翻案"和以苏童、叶兆言、刘震云等为代表的年轻作家新历史小说写作中的"非历史化翻案"的优缺分别给以公允客观的评价,展示了从早期的阶级斗争的史观到历史合力论史观再到新历史主义史观的演变过程。作为一个从事历史题材文学研究多年的学者,吴秀明教授一方面看到了历史题材文学创作中"历史翻案"现象所揭示的全新的历史观,但同时又对之抱以审慎的态度。当触及"历史翻案"中必要的历史知识和文学品质关系的时候,他指出了存在于两者之间的悖论现象:"那些文史功底深厚的作家,由于观念思维的惯性所致,往往难以超越固有历史对自身的'压迫'。这时丰富的历史知识反而成为一种负担,不能转化为活的生命整体。而那些历史知识并不丰富甚至相对贫乏的作家,因为摆脱了所谓的历史真实的约束,从中注入了自身独特的生命生存感悟,反而赋予冰冷的历史以温暖鲜活的人性内涵,显得魅力无穷。"因此,他提醒作家"历史翻案自然以一定的历史知识为前提,尤其是历史化的翻案更是如此。但一旦进入创作的堂奥,就应将历史知识抛开,按照美的规律造型"。对于翻案现象,吴秀明教授也从另一面对其做出方法论和本体论上的质疑。认为"它只有相对的合理性,而没有绝对的完美性"。并以具体作品《曾国藩》为例,指出:"历史文学仅是翻案是不够的,它同时还需要融合。真正优秀的历史文学,也不是简单的翻案所能概括的,它应该兼容并包地涵盖了更加丰富立体的历史内容。"一言以蔽之,就是"既翻案又超越于翻案"。

在这一点上,南京大学教师王爱松有相同的感受。他认为近百年来谈论历史题材文学之历史真实的一个盲点,就是忽视了其中的真伪的相对问题和转换原则。他特别强调了历史翻案文章作者在这方面的一个明显的缺失:总是借历史的真实建立起在前代作品面前的巨大的道德优越感和翻案的勇气,"这种翻案可以成就'新的观点'的真实性,却并不能保证还原所谓历史的真实"。这番话对当前有些泛滥的"历史翻案风"可谓一针见血。

从讨论中可以看出将真实性问题投射到不同时代作家的历史观上是一种独特的研究视野,对历史的认识在一定程度上也折射出作家对自己时代的理解。这就从另一个侧面提示作家要注意历史观的动态特性,杜绝一尘不变的历史观。

(2)历史和历史题材的概念内涵　历史真实和艺术真实问题要放在历史题材创作中来讨论,鉴于目前历史题材创作概念的模糊,许多评论家主张首先要对历史题材文学的内涵和外延给出界定。以《文学评论》编辑部王保生研究员和北京大学马振方教授的呼吁声最高,但在具体讨论中却引起了热烈的争论。马振方教授认为千差万别的小说形态实际上都可以归为两类:现实的拟实类和超现实的表意类。而历史小说无论有多少虚构成分,也是以摹拟历史现实的形态出现的,属前一类。因此他给出的历史小说定义为:它是以真实历史人事为骨干题材的拟实小说。这是一个比较严格的定义,以此为标准将有很多小说被从历史小说中剔除出去。但仍存在何为历史小说所说之历史的疑问,即对历史区间的规定,马振方给出了"记忆前时代"的崭新提法,认为:"作者写他自己生活时代的内容,是写现实而非历史,因此不能算历史小说;写他记忆前时代,只能凭史料间接获取骨干题材,写的才是历史小说。"这样他的历史小说定义就成为"以作者记忆前时代的真实历史人事为骨干题材的拟实小说"。但同时也有学者在讨论中指出,"记忆前时代"是个滑动的能指,带有很大的灵活性,对于不同的人来说意味着不同的时段,"记忆前"很难作为一个固定的时间点来划分历史小说与非历史小说，它必将在具体操作上遭遇困难。马振方教授自己也承认这一界定在应用方面比较麻烦。郑州大学的张鸿声教授因此提出了"历史单元时间"作为对"记忆前时代"提法的重要补充。浙江师范大学的王嘉良教授则对将拟实和表意小说完全疏离的提法表示异议，认为历史小说中仅是写实无表意是没有价值的。

对于历史小说定义的争论甚至最终追究到对什么是历史的讨论。南京大学的王爱松认为历史题材文学创作中所涉及的历史，按其形态来划分存在三种含义：一指事实上曾存在过的历史即原生态历史，二指遗留态历史，三指历史题材文学对历史的叙述即叙述态历史。但是实践的过程证实，以此三者作为检验历史真实性都存在着很大的不足，仍然有难以求证的漏洞在。因此只有在区别了历史题材文学创作和史学实践的不同之处后，作家才会在创作中对历史取一种较正当的态度，批评家才会对历史真实的含义有更为切实的理解。在他看来，"中国历史题材文学今后要获得更大的发展，一方面自然要反对那种游戏历史、毫无来头地篡改历史的创作，另一方面也需要重提史学与文学的区别，使作家意识到自己确有不同于历史学家的职责"。对于历史文学与历史的关系，王爱松从作品出发，将传统历史小说和新历史小说区别为历史同构小说和历史虚构小说。

对历史涵义的界定是必要的，但更重要的是作家的取舍。河南大学的刘涛也谈到了"历史小说"与"历史的小说"名称辨析问题，指出现代历史小说在确认自身的过程时，必须面对两个问题：即历史小说的历史性和历史小说的小说性。"历史小说既然是历史小说，它的取材只能是历史而不是其他，而要从历史中取材，便牵涉到一个重要问题：作家怎样看待历史与历史记述问题，这其实是一个历史观的问题。"如何看待历史？历史可以按正史处理，也可以按野史处理。山东大学威海分校刘明教授主张不要对历史小说期待太高，特别要排除一部分只以意识形态承认的历史为历史真实标准的做法。刘涛认为历史小说独立意识形成的标志之一就是多数作家和评论家都达成的共识，即"历史小说的历史性只能从对史传的颠覆与再度阐释中产生，一味信守史传反而会使历史小说失去了历史性"。以此来认识当今风头正健的"非历史化翻案"的"戏说"类作品，应当会对之给予宽容的理解。浙江大学盘剑副教授对"戏说"类作品的评价正可以作为代表。他认为"戏说"类作品是一种现在进行时的对当下感受的表达,而不是对历史的认识。它直接满足现代人的审美需求和娱乐需求。言外之意,历史并非这类创作的追求。

(3)拟实和虚构问题 关于这个问题马振方教授提出了"底线说"。他认为"历史小说不仅不能超越拟实的权限,即人事的自然性和社会性的极限,也不要超越史的底线,即历史人事的基本轮廓"。这一点为与会代表特别是几位作家所赞同。香港作家金东方女士就在分组讨论会上从自己的创作实践出发谈了体会。她以唐太宗李世民"玄武门之变"为例,认为关于历史真实,亲历者的记录也难以让人相信;而对于作为写历史小说的人来说,只能相信别人写下来的历史,这是无可奈何的事。于是她提出了发人深省的问题,即对于历史谁掌握着撰写权和解释权?虽然不同的撰写者和解释者会对历史的真实做出不同的答卷,但作家却仍有虚构的权力。因此,她自信地宣称"有历史的地方按历史写,历史达不到的地方是我的天下"。长江文艺出版社周百义编审从出版者的角度指出,历史真实只是作家眼中的真实,很难还原。出版者更多考虑的是受众,但仍然有对真实的要求。多年的出版经验证实,作品必须尊重艺术创作规律,那种不顾历史真实的完全"戏说",受众是不会全部接受的。

对历史真实和艺术真实的讨论的另一派观点的分歧则不再纠缠于历史,而是基于对真实的不同理解。杭州市文联的钟本康研究员认为,对历史真实和艺术真实的认识应集中在作品有没有真实感而不是历史事实,以历史事实作为衡量作品真实的标准是不够的(仅把历史复述出来的历史小说只能算作历史影像)。对于历史小说而言,真实感才是其生命。有无真实感的关键在于作家对历史的认识观念是否是新的。问题再次触及历史观。

(4)历史真实和艺术真实作为批评标准的意义 历史真实和艺术真实的问题讨论了这么多年,其意义何在?南京大学王爱松提出"作为一个批评标准提出的历史真实,只有在同另一个关键词'艺术真实'结合起来时才有意义"。中国人民大学的陈奇佳博士也认为孤立地过分追求历史真实会对创作产生制约,但适度的把握又对提升作家的艺术才华有很大帮助。因为作家的想象也是有限度的,只有对历史真实熟悉,才有可能回到历史中,写出真实的作品。浙江大学盘剑认为纠缠于历史是否真实意义不大,甚至认为不存在历史真实问题,关键在于创作者对历史题材的处理是否真实地反映了创作者的思想、意识和情感。不必去强调历史事件的真实,而要努力表现对历史生活的真实感受,挖掘被历史事件遮蔽了的历史人物的生活。事件有记载,生活没有记载,需要想象来填补,并将创作者对当代生活的真实感受融入对历史生活的真实感受中去。因此盘剑提出,我们的历史题材创作需要回到生活,回到生活就意味着回到艺术。同时他认为,回到生活一方面使创作多元化,另一方面也可以满足接受者多方面的审美需要。河南大学刘进才副教授也认为过多纠缠于历史真实与艺术虚构的问题会遮蔽我们对历史小说其他层面的探讨,历史小说首先是小说的,其次才是历史的。浙江大学陈坚教授则认为谈论历史真实不可回避,他对三种关于真实性的说法分别加以评述,并以历史剧《陆游和唐婉儿》的成功来说明历史题材和当代意识相结合的意义。浙江师范大学骆寒超教授则将人性的真实作为构成历史真实的内核,提出在历史题材小说创作中,历史事件的叙述以及人物形象的塑造必须符合人性的真实,这一点在部分作家的创作谈中有相似的认同。

从对具体问题的讨论中可以看出,每一个问题最终都与历史观相联系。正如首都师范大学张志忠教授所言,"历史观影响决定着历史的真实"。他通过对几部均取材于戊戌变法作品的对照分析,发现由于作家历史观的差异,导致作品中对历史人物行为的动机、因果做出了不同的评价。浙江大学陈建新副教授通过对莫言具体文本"民间"和"历史"两个关键词的考察,探讨了其"整合个人的审美经验和人生体验,以表述对传统/现代、庙堂/民间、男性/女性等的认知和思考"的创作理念,以及小说所折射出的"微言大义"在当代中国文学史上的思想、文化和历史意义。有的研究者对现代作家历史题材创作中所体现的历史观进行再度阐发,以作为当前历史题材创作的借鉴。如浙江大学黄健教授对鲁迅历史观和创作理念的研究,他指出,鲁迅历史观的特点是强调作为主体的人,必须自觉地面对历史与现实的必然,理智地审视历史,把握现实,并主张在历史、现实和未来的三位一体的联系当中,发掘历史与现实一脉相承的内在关联。纵观讨论中所涉及的当前历史题材创作所体现的不同历史观,有阶级的历史观、主流意识形态的历史观、知识精英的历史观、女性主义的历史观、人性的历史观、民间的历史观、日常生活的历史观等等。吴秀明教授指出,历史真实是多样的,也是多层次的,作家的写作立场和境界影响着历史真实层次的提升。因此他提出要确立多元宽容的历史观,这一主张引起众多与会作家和批评家的共鸣。

二、影像创造的繁荣与精神价值的底线

对历史题材影像化创作的讨论也是此次会议的一个热点。近年来的历史题材创作，一直是两路齐头并进。一路采用传统的文字语言，另一路采用声像语言。受现代文化工业发展的影响，现代人越来越习惯用直观的声像语言替代文字语言。声像语言的历史题材创作无论就社会反响层面还是受众接受层面都大大超过了文字语言的历史题材创作，而且很多影视作品本身就是由小说、传记或剧本直接改编而来。因此本次会议将视线集中到历史题材影像化创作上也可以看作是对当代一种文化现象的研究，我们同样可以从中得到若干理解时代的信息。

历史题材影视剧创作在海外产生了很大影响，普通大众对中国历史的理解几乎就直接来源于影视剧。越南文学院的范秀珠教授就指出，在越南，中国的历史题材创作包括文学和影视等深受欢迎，尤其是被命名为"清宫戏"的影视作品，在越南流传极广。她认为中国历史题材创作在国内外的繁荣主要得益于中国几千年来的悠久历史，为后世作家储备了丰富的创作资源；同时，她也认为中国作家的历史观很强，对历史的认识很深，特别是在经历了"文革"等大的历史变动之后的中国新一代作家对历史的认识不是死板的、缩小的，而是宏放的、阔大的。应该说她对中国作家历史观转变的认识是十分准确的，正是因为历史观的开放，才有了创作的繁荣多样。

台湾的历史文学学会副会长兼历史小说作家林佩芬女士指出大陆影视剧风靡台湾，甚至影响了台湾电视剧的剧本风格。但她对小说和影视的结合表示出喜忧参半的复杂心态，一方面她认为两者结合可以使小说所反映的内容更加深入人心，但同时她也为这种结合所导致的粗制滥造现象深感忧虑。作为台湾一位有成就有识见的中年作家，她同样具有批评家的犀利眼光，指出台湾由于历史内涵不够丰厚，历史本土化意识匮乏，只能移植大陆历史剧的做法将是台湾历史文学最大的隐忧。面对与会的众多大陆作家和批评家，她慨叹："衣冠文物，犹在中原"，恋土思归之情溢于言表。

浙江大学范志忠副教授十分关注中国历史题材影视剧的创作，他认为中

国转型期文化的多元性决定了该时段中国影视剧历史叙事的多元性,既有被喻为"民族精神标本展览馆"的史诗性影视剧的宏伟叙事,又有反映历史中"个人生活世界喧哗骚动"的世俗小叙事。范志忠认为:"历史题材影视剧以戏说的方式拒绝历史的真实性,拒绝表现历史上具有永恒意义的重大事件和英雄人物,实质就是拒绝将历史逻辑化和理想化,并最终拒绝了个体命运的历史性。"但他同时又指出伟大的史诗叙事,对于世纪之交的中国社会依然具有一种"无意识"的影响力。山东大学威海分校周怡教授致力于探讨中国历史题材影视剧的文学渊源与继承关系。他认为历史题材影视创作的源头可以追溯到《史记》和宋代的"说话",它们均以人物为核心来叙述历史。《史记》的人物关系、对话艺术对于历史题材影视剧创作产生明显影响;"说话"中的"讲史"则即是历史记录的民间形式,也是历史与民间艺术的结合。浙江大学郑淑梅副教授则注意到,当今的影视剧在极大地丰富群众日常文化生活的同时,也面临着一些问题。如"一些帝王戏在皇帝形象的塑造过程中严重背离史实,宣扬'好皇帝'思想,误导民众"。她指出,当前一些历史题材影视剧之所以内容荒诞、思想乖张,主要原因有两个:一是作家缺乏正确的历史观和价值观,另一个则是媒体一味迷恋收视率和经济效益。因此她主张应该对历史进行新的审美阐释和科学描述,以便在历史叙事中实现历史意识与现代意识、历史精神与现代精神的完美结合。对于 20 世纪 90 年代以来中国第五代导演的历史题材书写,浙江大学包燕博士将其放在世纪之交文化转型的背景下来分析,她借用张颐武的话将这种背景表述为"以消费为主导,由大众传媒支配的,以实用精神为价值取向的,多元话语构成的新的文化时代"。而第五代导演历史书写的转型则正是对这种大众文化语境的回应。在评价历史题材电影中走向充满感性狂欢精神的"历史故事"叙述的时候,她提出应该采取审慎的态度,即在批判的同时还应该看到其作为一种文化声音的表达所具有的文化启蒙功能。综合这些讨论,既有对当前历史题材影视剧创作的宏观审视,又有对其创作源头的回溯,同时还有针对具体现象的批评。虽然它们的切入角度不尽相同,但合在一处,无疑就是一幅关于历史题材影视创作研究的全息景观图。

事实上,对历史题材影视化创作中出现的问题应该采取宽容的态度还是严苛的审视标准,从根本上说还是一个如何看待历史观的问题。电影电视作为大众传媒之一种,在一定程度上反映了大众的声音,可以看作大众话语的间接表述。因此历史题材的影视化还牵涉到如何看待大众话语权这样一个文化命题。在讨论中,吴秀明教授就提到对于影视剧中的"戏说风",只从民间狂欢和情感宣泄的角度来谈论是远远不够的。如果忽略其对长期以来历史题材创作中唯我独尊的精英化倾向的削低,及这种削低所产生的文化生态效应,那么这一研究思路只会导致对一种文化现象的研究流于表层。此外,关于影视剧的改编问题,包括市场原则的制导、影视化对纸媒所产生的辐射及其相互影响等等问题也没能在这次会议中深入展开,但却都已作为新的研究课题浮出水面。

三、想象的腾飞与叙事的可能

叙事学研究是当今文学研究的重镇,这次会议上,关于历史题材创作的"言说"问题也引起了许多学者的热烈讨论。

河南大学孙先科教授首先指出在历史题材创作研究中应该特别关注历史的言说者即"谁说""说谁"以及"怎么说"等问题。他提出的这些话题也即是叙事学致力于要研究的问题,对应着叙事学关于叙述主体、叙述行为、叙述层次、叙述方位等的研究中。浙江大学教师李杭春认为面对只能被叙述的历史,叙事者的立场和角度常常决定着整个叙事的面貌。在具体的文本分析中,她发现许多作家对被叙述的帝王将相历史常常采取一种"过度礼赞"和"过度仰慕"的叙述视角。以作品《雍正皇帝》为例,她敏锐地揭示出"过度礼赞"是以丧失叙事者的应有立场和节制为代价的,往往会有损历史人物在人们心中的形象,甚至可能会违背作家的意愿,引起读者对所塑造人物某种程度上的反感。她还从叙事学的角度来考察这种叙事视角所隐含的文化危机:如果这种叙事视角在历史题材创作中成为习惯,它极有可能造成叙事者、隐含作者以及作家本人精神立场之间的界限模糊,从而可能导致叙事者的立场演变成了作家的立场,甚至被扩展为整个知识分子阶层所持守的立场,这样就在无形中使知识分子长期努力建立的价值理念和精神信仰面临被解构的危险。因此,针对这种明显的叙事视角偏差,李杭春预设了一种理想状态的叙事视角——中立的叙事立场,即尽量以最接近历史、退出历史事件漩涡的立场进行创作。中立立场叙事的提法是批评家对作家的一种良好的期待,但正如吴秀明教授对此的反诘:能不能做到中立,所谓的中立以何为参照?这个问题,不同的历史观会给出不同的回答。因此他提请与会学者注意这样一些问题:是否应该对知识分子自身也进行反思,知识分子精英化的价值取向是否就一定具有普适性?这就将单纯的关于历史题材创作叙事视角的讨论上升到了文化思想层面,使对历史叙事的研究获得了广阔的文化视野。

吴秀明教授在谈到历史叙事问题时着眼于强调历史题材创作者的艺术想象力和审美创造力,结合历史题材创作中的"翻案"现象,他认为艺术想象力的匮乏是导致历史叙事平面单维的主要原因。对于为批评家颇多诟病的新历史小说,吴秀明教授却从艺术创造力的角度给以肯定。"它(新历史小说)第一次将先锋的想象和先锋的超常思维带进历史文学创作领域,使历史叙事的审美话语在想象中获得生机勃勃的活力,而真正成为一种充满艺术智性的可能性叙事。"这次会议上,浙江大学吴晓教授也把目光对准了先锋作家的新历史小说。他以苏童的创作作为个案分析,认为在苏童的历史叙事中,"最富特色的形式因素是想象的力量,并借此实现对'大历史'的书写"。通过对苏童历史小说创作叙事策略与意义生成等方面的探讨,吴晓教授指出:"相较于传统的历史小说创作,先锋作家新历史小说切入历史和文学的方式,更接近文学本体的形式表征和内在意味。"

对于赵玫的《高阳公主》等历史小说和李少红导演的电视剧以及其他大量"戏说历史"作品,吴秀明教授认为对它们在历史的"艺术化"和"创造力"方面所作的探索同样值得重视。"即便是'我说历史',我们在指出它的过分商业诉求和世俗化倾向给历史文化正常承传带来消极影响的同时,也要对其具有'狂欢'和'自娱'性质的大众化的合理想象给予一定的认同。"针对目前的创作状况他提出"从空间、思维和文体三方面进行扩展"的构想:在空间上,不但要重视宏观的大历史,同时也要关注微观的小历史,让艺术创造力和审美热情伸向政治生活之外并与之相连接的日常生活,不能把眼光过多停留在帝王将相及其彼此之间的政治斗争尤其权力之争上,做好日常生活这篇文章,将历史进一步细化;在思维上,不但要重视常态的经验写作,同时也要关注"非常态"的超验写作,将艺术审美智性拓展到超逸客观实在的抽象世界或幻象世界;在文体上,不但要在历史文学本体本身进行艺术革新,同时也要向其他文体特别是向武侠文学和科幻文学寻求借鉴,进行跨文体的融合。由于时间关系,这些构想虽然没能详细展开,但它无疑为作家和批评家提供了许多可资借鉴的信息。

此外对叙事问题表示热情的还有一批年轻的研究者。南京大学博士陈娇华探讨了 20 世纪 90 年代以来历史小说中的欲望化叙事,认为它是在历史理性与个体欲望之间建构历史叙事,因而更能真实地反映历史本真面目;它通过人性、人情的描写来映现历史的律动;同时,欲望化叙事也丰富和深化了历史小说创作的审美艺术。浙江大学教师黄擎博士以"文革"时期最为显赫的文艺样式"样板戏"为个案,探讨革命历史叙事的特征及其不应有的异化和嬗变。浙江大学陈晓云副教授通过研究发现革命历史题材电影的创作中,年轻电影创作者对于战争的想象基本上来自于"阅读记忆"而非"现实记忆",因此他选取了"阅读记忆"的角度来分析中国当代电影中一种引人瞩目的作品系列,意图打开一个新的视角去考察这一类已经离开我们生活很远的题材在新的历史文化语境中如何更好地进行创作。在充分肯定现今革命历史题材电影创作的成就的同时,他也清醒地看到:重拍经典或许能够先声夺人,但如果电影和人们记忆或者想象中的效果相去甚远,反而得不偿失。浙江大学陈林侠博士从修辞学的角度来对当下影像多种形态的历史叙事予以考察;还有专门从 90 年代女性历史题材创作来研究性别视阈下的历史叙事;有的则从先锋作家历史叙事来探讨新历史小说对文学本体的接近方式。也有对选取同一个"刺秦"历史题材的中国第五代导演叙事策略的分析,来研究大众文化语境下的历史书写观念转型和策略回应。

上述多种维度的叙事研究一方面反映了历史题材创作本身的摇曳多姿,另一方面也透露出批评界正在走出旧有的批评牢笼的讯息。由此也可以推断,历史题材创作的多样也必将为叙事研究提供更多的个案,并因其创作扎根于独特领域的特殊性而丰富和拓展现有的叙事研究成果。叙事这一研究角度为历史题材创作研究打开了另一扇远景开阔的窗口,这次会议虽只是揭开冰山的一角,但它的潜在的研究价值已经充分显示,众多与会者意识到在这一领域还存在很大的开掘空间。

四、批评范式的突破与整合

　　历史题材批评严重滞后于历史题材创作是近年来理论批评界有目共睹的事实,其中突出的表现就是批评方法的陈旧和不当。如何使批评跟上创作步伐,真正对创作起到有效的推动和促进作用,也是本次讨论的一个重点。

　　河南大学刘进才副教授在审视中国现代历史小说创作观念时,发现现代历史小说创作实践上已逐渐摆脱了中国传统演义小说补正史之余的陈旧观念,而在历史小说理论批评方面,则或者过分注重历史事实,或者过多纠缠于"虚实之辨",没有摆脱"金圣叹式"的论述,显现出明显的历史小说批评观念的古典化特征。这在一定程度上阻止了在其他方面的探讨,没有建构起它应具的独特的理论体系。中国古典小说因为始终在史学观念的阴影里徘徊,形成的崇实抑虚的主导倾向,刘进才认为我们当前的创作和理论界仍未能完全摆脱这种羁绊。

　　在启用新的批评方法上,河南大学孙先科教授在这方面做了有益的尝试。他借鉴克里斯蒂娃对"互文性"的阐释,从中领会到"互文性"不仅指同一符号系统之内"新"文本对"旧"文本的有意"误读",而且指不同的符号系统之间的互相"指涉"。以大家熟知的《白鹿原》和《创业史》为例,他从"互文"的角度对白嘉轩与姚士杰以及田小娥与素芳两组对应人物重新分析,不止读出他们之间的某些一致性,更发现在"互文"的意义上,两组人物的后者均是对前者的"误读"与"修改"。比如在白嘉轩和姚士杰这一组人物身上,共同的富农身份,以及思想、性格逻辑上的一致性是他们相似的地方。但白嘉轩这一形象又是对姚士杰的"误读"和"修改"。对于这种建立在"互文"基础上的"误读"和"改写"所揭示出的文学与文化的意蕴,孙先科在分析的基础上,首先给予充分的认可,但他也指出这种"误读"和"改写","并不意味着后出的文本在价值观上自然而然的优越于前出文本;'互文性'的本意是不同文本在互相指涉中产生意义,而不是生产真理或推翻真理"。正如孙先科教授自己所说,这种在跨文本,即在"互文"的框架内进行的意义阐释在目前批评界较为少见。

　　对历史题材创作的批评既要摆脱旧有的陈旧观念,同时也不能随便乱用

"批判的武器"，即随意搬用那些远离历史题材创作的批评理念。正是基于这样的忧虑，北京大学马振方极力主张要对历史小说的形态和品类加以界定和区分，正确认识其各不相同的创作原则、价值取向，以避免不着边际的跨元批评。虽然与会代表对于马振方教授将历史小说分为表意和拟实两类产生分歧，但是对于他的"确当的小说分类是深入而合理地认识和评判各类作品的重要前提"的批评动机却予以赞赏。当前历史题材领域之所以出现创作和批评两张皮，一方我行我素，另一方自说自话，马振方教授揭示的跨元批评不能不说是其中的一个重要症结。因此拿传统的小说理论去衡量和评价当前的诸如"新历史小说"和影视剧中的"戏说"类等作品，无疑是削足适履的滑稽行为。但如果固守陈旧的批评理论，那些具有创新性的作品就必然被排除在批评之外，其影响所及，必将对作家造成无形的心理规范，形成创作上的桎梏。这似乎成为难以解决的悖论。当然许多批评家也注意到，如果从文史哲之间的同源关系考察，采取跨学科的文化批评又显然具有理论上的可行性。目前文化批评在其他领域的成功实践，也似乎在鼓励从事历史题材批评的批评家们走出尝试性的第一步。因此在这次会议中也形成了这样一个共识：对于批评理论的使用应该是没有禁忌的，关键在于批评家是否能够适度地使用，并且合目的、合规律也合文体。

　　文化批评在其他领域的开展为历史题材理论批评的自我更新提供了良好的参照。在这次会议上，与会者虽然在不同的议题下都曾触及了一些属于文化范围的命题，但只是开了一个头，并没有形成足够的自觉。比如文化体制对历史题材创作的影响；市场的因素介入创作后，市场的运作机制与历史文本生产的关系；历史题材创作作为精神产品和商业产品的结合；新意识形态笼罩下历史题材创作分析等等。阐释上述问题必然要求批评家具备大文化的批评视界，熟悉其他学科的研究成果并且能运用"拿来主义"的方法做到为我所用。怎样才能既避免不恰当的跨元批评又不落入陈旧的传统批评方法的窠臼，真正阐发作品的丰富复杂的思想艺术内涵？这的确是个难题。也许目前兴起的批评方式都只处于小心翼翼的实验阶段，但相信随着众多批评家对此的自觉认识和努力探索，多元的批评视角和崭新的批评方法一定会与日新月异的创作之间达成和谐，并在相互促进中共同生成。这成为与会作家和批评家共同的期待。

结　语

　　这次历史题材创作研讨会,与其说它试图解决创作和批评中出现的问题,不如说它更致力于展示问题。仅仅是通过各种问题的提出,进而引起热烈的争鸣和讨论,作家和批评家的视野就已是别有洞天。历史题材创作作为一种历史悠久而又随时代成长的艺术实践,它从已逝去的历史中寻求叙述资源,同时它又是连接着当前时代的脐带,回顾整个历史题材创作历程,所有对历史进行叙述的行为,其动机并非再现历史,而是为了针对现实说话。无论是从历史观的多元还是创作的多样入手,也无论是从叙事的创新还是批评的解放看取,历史题材创作像一面多棱镜,从各个侧面映照出鲜明的时代特色。因此解读历史题材创作,在重温已经成为"过去时"的历史的时候,同时也打开了一轴"进行时"的书写当代的画卷。对于时代的理解永无止境,方兴未艾的历史题材创作也将呈现出"永在路上"的精进势头。

　　　　　　　　(本文与荆亚平、赵卫东合撰,原载《浙江大学学报》2005 年第 1 期)

图书在版编目（CIP）数据

历史的诗性守望：吴秀明历史小说研究自选集 / 吴
秀明著. —杭州：浙江大学出版社，2022.2
　　ISBN 978-7-308-22372-0

　　Ⅰ.①历… Ⅱ.①吴… Ⅲ.①历史小说—小说研究
Ⅳ.①I054

　　中国版本图书馆 CIP 数据核字（2022）第 035347 号

历史的诗性守望——吴秀明历史小说研究自选集

吴秀明　著

责任编辑	宋旭华	
责任校对	蔡　帆　周烨楠	
封面设计	周　灵	
出版发行	浙江大学出版社	
	（杭州市天目山路 148 号　邮政编码 310007）	
	（网址：http://www.zjupress.com）	
排　　版	杭州青翊图文设计有限公司	
印　　刷	杭州高腾印务有限公司	
开　　本	710mm×1000mm　1/16	
印　　张	30.25	
字　　数	512 千	
版 印 次	2022 年 2 月第 1 版　2022 年 2 月第 1 次印刷	
书　　号	ISBN 978-7-308-22372-0	
定　　价	98.00 元	